문안에 서서,

"잘 가슈."

할 뿐이었다. 다만 조석으로 글 가르쳐 준 열세 살난 어린것 하나가,

"선생님, 짐을 벗으오. 내 들고 가겠소."

하면서 '청시허'에서 십 리되는 '다사허' 고개까지 와서

"선생님 편안히 가오, 그리고 빨리 오우."

하면서 운다. 운심이도 울었다. 애끓게 울었다. 어찌하여 울게 되었는지 운심이 자신도 의식치 못하였다. 한참 울다가 주먹으로 눈물을 씻고 돌아서 보니 그 아이는 그저 운다. 운심이는 그 아이의 노루꼬리만한 머리를 쓰다듬으면서 ,

"어서 가거라, 내가 빨리 당겨오마."

말을 마치지 못하여 그는 또 울었다. 온 세계의 고독의 비애는 자기 홀로 가진 듯하였다. 운심이는 눈을 문지르는 어린애 손을 꼭 쥐면서,

"박돌아! 어서 가거라, 내달이면 내가 온다."

"나는 아버지가 내 말만 들었으면 선생님과 가겠는데……."

하면서 또 운다. 운심이도 또 울었다.

이 두 청춘의 눈물은 영별의 눈물이었다.

물을 건너고 산을 넘어 허덕허덕 홀로 갈 때 돌에 부딪히며 길에 끌리는 지팡이 소리만 고요한 나무 속의 평온한 공기를 울리었다. 그의 발길은 정처가 없었다. 해 지면 자고 해 뜨면 걷고 집이 있으면 얻어먹고 없으면 굶으면서 방랑하였다. 물론 이슬에도 잠 잤으며 풀뿌리도 먹었다.

이때는 한창 남북 만주에 독립단이 처처에 벌떼같이 일어나서 그 경계선을 앞뒤에 늘인 때였다. 청백한 사람으로서 정탐꾼이라고 독립군 총에 죽은 사람도 많았거니와 진정 정탐꾼도 죽은 사람이 많았다. 운심이도 그네들 손에 잡힌 바 되어 독립당 감옥에 사흘을 갇혔다가 어떤

아는 독립군의 보증으로 놓였다. 그러나 피끓는 청춘인 운심이는 그저 있지 않았다. 독립군에 뛰어들었다. 배낭을 지고 총을 메었다. 일시는 엄벙벙*한 것이 기뻤다. 그러나 날이 가고 달이 갈수록 그 군인 생활이 염증이 났다.

그리고 그는 늘 고원을 바라고 울었다. 그 이듬해 간도 소요를 겪은 후로 독립당의 명맥이 일시 기운을 펴지 못하게 됨에 군대도 해산되다시피 사방에 흩어졌다. 운심이 있는 군대도 해산되었다. 배낭을 벗고 총을 집어던진 운심이는 여전히 표랑**하였다. 머리는 귀밑을 가리고 검은 낯에 수염이 거칠었다. 두 눈에는 항상 붉은 핏발이 섰다. 어떤 때에 그는 아편에 취하여 중국 사람 골방에 자빠진 적도 있었으며, 비바람을 무릅쓰고 사냥도 하였다. 그러나 이방의 괴로운 생활에 시화詩化되려던 그의 가슴은 가을 바람에 머리숙인 버들가지가 되고 하늘이라도 뚫으려던 그 뜻은 이제 점점 어둑한 천인 갱참***에 떨어져 들어가는 줄 모르게 떨어져 들어감을 그는 깨달았다. 그는 신세를 생각하고 울었다. 공연히 소리를 지르면서 뛰어도 다녔다.

이 모양으로 향방 없이 표랑하다가 지금 본국으로 들어오기는 왔다. 내가 찾아갈 곳도 없고 나를 기다려 주는 이도 없건마는 나도 본국으로 돌아왔다. 알 수 없는 무엇이 나를 이리로 이끈 것이었다. 그러나 그로부터 어디로 가랴.

*

운심이가 회령 오던 사흘째 되는 날이다. 회령 여관에는 도배장이 나운심(塗褙匠 羅雲深)이라는 문패가 걸렸다.

—《조선문단》 창간호(1924. 10).

* 어리둥절하다.
** 漂浪 : 정처없이 떠돌아다님.
*** 千仞坑塹 : 천길이나 되게 깊고 긴 구덩이.

범우비평판 한국문학 30-①

최서해 편

홍염(외)

책임편집 하정일

국립중앙도서관 출판시도서목록(CIP)

홍염(외) / 최서해 지음 ; 하정일 책임편집. -- 파주 : 범
우, 2005
   p. ;   cm. -- (범우비평판한국문학 ; 30-1)

ISBN 89-91167-20-9 04810 : ₩13000
ISBN 89-954861-0-4(세트)

813.6-KDC4
895.733-DDC21   CIP2005001941

한민족 정신사의 복원
—범우비평판 한국문학을 펴내며

  한국 근현대 문학은 100여 년에 걸쳐 시간의 지층을 두껍게 쌓아왔다. 이 퇴적층은 '역사'라는 이름으로 과거화되면서도, '현재'라는 이름으로 끊임없이 재해석되고 있다. 세기가 바뀌면서 우리는 이제 과거에 대한 성찰을 통해 현재를 보다 냉철하게 평가하며 미래의 전망을 수립해야 될 전환기를 맞고 있다. 20세기 한국 근현대 문학을 총체적으로 정리하는 작업은 바로 21세기의 문학적 진로 모색을 위한 텃밭 고르기일 뿐 결코 과거로의 문학적 회귀를 위함은 아니다.

  20세기 한국 근현대 문학은 '근대성의 충격'에 대응했던 '민족정신의 힘'을 증언하고 있다. 한민족 반만 년의 역사에서 20세기는 광학적인 속도감으로 전통사회가 해체되었던 시기였다. 이러한 문화적 격변과 전통적 가치체계의 변동양상을 20세기 한국 근현대 문학은 고스란히 증언하고 있다.

  '범우비평판 한국문학'은 '민족 정신사의 복원'이라는 측면에서 망각된 것들을 애써 소환하는 힘겨운 작업을 자청하면서 출발했다. 따라서 '범우비평판 한국문학'은 그간 서구적 가치의 잣대로 외면 당한 채 매몰된 문인들과 작품들을 광범위하게 다시 복원시켰다. 이를 통해 언

어 예술로서 문학이 민족 정신의 응결체이며, '정신의 위기'로 일컬어
지는 민족사의 왜곡상을 성찰할 수 있는 전망대임을 확인하고자 한다.

'범우비평판 한국문학'은 이러한 취지를 잘 살릴 수 있도록 다음과
같은 편집 방향으로 기획되었다.

첫째, 문학의 개념을 민족 정신사의 총체적 반영으로 확대하였다. 지
난 1세기 동안 한국 근현대 문학은 서구 기교주의와 출판상업주의의 영
향으로 그 개념이 점점 왜소화되어 왔다. '범우비평판 한국문학'은 기존
의 협의의 문학 개념에 따른 접근법을 과감히 탈피하여 정치·경제·사상
까지 포괄함으로써 '20세기 문학·사상선집'의 형태로 기획되었다. 이를
위해 시·소설·희곡·평론뿐만 아니라, 수필·사상·기행문·실록 수기, 역
사·담론·정치평론·아동문학·시나리오·가요·유행가까지 포함시켰다.

둘째, 소설·시 등 특정 장르 중심으로 편찬해 왔던 기존의 '문학전
집'편찬 관성을 과감히 탈피하여 작가 중심의 편집형태를 취했다. 작
가별 고유 번호를 부여하여 해당 작가가 쓴 모든 장르의 글을 게재하
며, 한 권 분량의 출판에 그치는 것이 아니라 작가별 시리즈 출판이 가
능케 하였다. 특히 자료적 가치를 살려 그간 문학사에서 누락된 작품 및
최신 발굴작 등을 대폭 포함시킬 수 있도록 고려했다. 기획 과정에서 그
간 한 번도 다뤄지지 않은 문인들을 다수 포함시켰으며, 지금까지 배제
되어 왔던 문인들에 대해서는 전집발간을 계속 추진할 것이다. 이를 통
해 20세기 모든 문학을 포괄하는 총자료집이 될 수 있도록 기획했다.

셋째, 학계의 대표적인 문학 연구자들을 책임 편집자로 위촉하여 이
들 책임편집자가 작가·작품론을 집필함으로써 비평판 문학선집의 신
뢰성을 확보했다. 전문 문학연구자의 작가·작품론에는 개별 작가의 정

신세계를 더욱 구체적으로 살펴볼 수 있는 한국 문학연구의 성과가 집약돼 있다. 세심하게 집필된 비평문은 작가의 생애·작품세계·문학사적 의의를 포함하고 있으며, 부록으로 검증된 작가연보·작품연구·기존 연구 목록까지 포함하고 있다.

넷째, 한국 문학연구에 혼선을 초래했던 판본 미확정 문제를 해결하기 위해 최선의 노력을 기울였다. 특히 일제 강점기 작품의 경우 현대어로 출판되는 과정에서 작품의 원형이 훼손된 경우가 너무나 많았다. 이번 기획은 작품의 원본에 입각한 판본 확정에 특별한 노력을 기울여 근현대 문학 정본으로서의 역할을 다했다.

신뢰성 있는 선집 출간을 위해 작품 선정 및 판본 확정은 해당 작가에 대한 연구 실적이 풍부한 권위 있는 책임편집자가 맡고, 원본 입력 및 교열은 박사 과정급 이상의 전문연구자가 맡아 전문성과 책임성을 강화하였다. 또한 원문의 맛을 최대한 살리기 위해 엄밀한 대조 교열 작업에서 맞춤법 이외에는 고치지 않는 것을 원칙으로 했다. 이번 한국문학 출판으로 일반 독자들과 연구자들은 정확한 판본에 입각한 텍스트를 읽을 수 있게 되리라고 확신한다.

'범우비평판 한국문학'은 근대 개화기부터 현대까지 전체를 망라하는 명실상부한 한국의 대표문학 전집 출간을 목표로 한다. 따라서 권수의 제한 없이 장기적이면서도 지속적으로 출간될 것이며, 이러한 출판 취지에 걸맞는 문인들이 새롭게 발굴되면 계속적으로 출판에 반영할 것이다. 작고 문인들의 유족과 문학 연구자들의 도움과 제보가 지속되기를 희망한다.

2004년 4월
범우비평판 한국문학 편집위원회 임헌영·오창은

1. 작품들은 발표 원전을 저본으로 삼았다. 단, 〈해돋이〉는 《최서해 전집》
   (상권, 곽근 편, 문학과지성사, 1987)과 《한국 현대 대표소설선 2》(임형택
   ·최원식 외 편, 창작과비평사, 1996)를 저본으로 하여 비교 대조하였다.
2. 원문을 최대한 살리되, 필요한 경우 현대 독자들이 읽기 쉽도록 현대
   표기로 고쳤다.
3. 어려운 용어나 단어 또는 방언 등에는 각주를 달아 설명하였다.
4. 창작 년월을 밝히기 위해 작품 말미에 적은 간지는 독자들이 이해하기
   편하도록 서기로 바꿨다.

최서해 편 | 차례

소설

고국

큰 뜻을 품고 고국을 떠나던 운심의 그림자가 다시 조선땅에 나타난 것은 계해년 삼월 중순이었다. 첨으로 회령에 왔다. 헌 메투리에 초라한 검정 주의* 때아닌 복면모를 푹 눌러 쓴 아래에 힘없이 끔벅이는 눈하며, 턱과 코 밑에 거칠거칠한 수염하며, 그가 오 년 전 예리예리하던 운심이라고는 친한 사람도 몰랐다.

간도에서 조선을 향할 때의 운심의 가슴은 고생에 몰리고 몰리면서도 무슨 기대와 희망에 찼다. 그가 두만강 건너편에서 고국 산천을 볼 때 어찌 기쁜지 뛰고 싶었다. 그러나 노수**가 없어서 노동으로 걸식하면서 온 그는 첫째 경제 문제를 생각지 않을 수 없었다. 다음 그의 가슴을 찌르는 것은 패자라는 부끄러운 느낌이었다.

'아―나는 패자다. 나날이 진보하는 도회에서 활동하는 모든 사람은 다 그새에 훌륭한 인물이 되었을 것이다. 나는 확실히 패자로구나……'

생각할 때 그는 그만 발 옮길 용기가 나지 않았다. 고국의 사람은 물론이요 돌이며 나무며 심지어 땅에 기어다니는 이름 모를 벌레까지도 자기를 모욕하며 비웃으며 배척할 것같이 생각난다. 그러나 이미 편 춤

---

* 周衣 : 두루마기.
** 路需 : 노자.

이니 건너갈 수밖에 없다 하였다. 그는 사동탄寺洞灘에서 강을 건넜다. 수직이* 순사는 어디 거진가 하여 그를 눈도 거들떠보지 않았다. 그러나 그에게는 다행이었다. 운심은 신회령역을 지나 이제야 푸른 빛을 띤 물버들이 드문드문한 조그마한 내를 건넜다. 진달래 봉오리 방긋방긋하는 오산을 바른 편에 끼고 중국 사람 채마밭을 지나 동문 고개에 올라섰다. 그의 눈에는 넓은 회령 시가가 보였다. 고기비늘 같은 잇대인 기와지붕이며 사이사이 우뚝우뚝 솟은 양옥이며 거미줄같이 늘어진 전봇줄이며 푸푸 푸푸 자동차, 뚜뚜하는 기차 소리며, 이전에 듣고 본 것이언만 그의 이목을 새롭게 하였다.

운심은 여관을 찾을 생각도 없이 비스듬한 큰길로 터벅터벅 걸었다. 어느새 해가 졌다. 전기가 켜졌다. 아직 그리 어둡지 않은 거리에 드문드문 달린 전등, 이집 저집 유리창으로 흘러나오는 붉은 불빛, 황혼 공기에 음파를 전하여 오는 바이올린 소리, 길에 다니는 말쑥한 사람들은 운심에게 딴 세상의 느낌을 주었다. 그의 몸은 솜같이 휘주근하고 등에 붙은 점심 못 먹은 배는 꼴꼴 운다.

'객주집을 찾기는 찾아야 할 터인데 돈이 있어야지⋯⋯.'

그는 홀로 중얼거리면서 길 한복판에 발을 멈추고 섰다.

밤은 점점 어두워 간다. 전등빛은 한층 더 밝다. 짐을 잔뜩 실은 우차가 삐걱삐걱 소리를 내면서 그의 앞을 지나갔다. 그의 머리 위 넓고 푸른 하늘에 무수히 가물거리는 별들은 기구한 제 신세를 엿보는 듯이 그는 생각났다. 어디에선지 흘러 오는 누릿한 음식 냄새는 그의 비위를 퍽 상하였다

운심은 본정통에 나섰다. 손 위로 현등 아래 '회령 여관'이라는 간판이 걸렸다. 그는 그 문 앞에 갔다. 전등 아래의 그의 낯빛은 창백하였다.

---

* 맡아서 지킴.

'들어갈까? 어쩌면 좋을까?'

하고 그는 망설였다. 이때에 안경 쓴 젊은 사람이 정거장에 통한 길로 회령 여관문을 향하여 들어온다. 그 뒤에 갓쓴 이며 어린애 업은 여자 며 보퉁이 지고 바가지 든 사람들이 따라 들어온다.

"어서 들어가십시오. 여관을 찾습니까?"

그 안경 쓴 자가 조그마한 보따리를 걸머지고 주저거리는 운심이를 보면서 말을 붙인다. 그러나 운심은 대답이 없었다.

"자 — 갑시다. 방도 덥구 밥값도 싸지요."

운심은 아무 소리 없이 방에 들어갔다. 방은 아래위 양간이었다. 그리 크지는 않으나 그리 더럽지도 않았다. 양방에 다 천장 가운데 전등이 달렸다. 벽에는 산수화가 붙어 있다. 안경 쓴 자와 함께 오던 사람도 운심이와 한방에 있게 되었다.

저녁상을 받은 운심은 밥을 먹으면서도 밥값을 치러 줄 걱정에 가슴이 답답하였다. 이를 어쩌노! 밥값을 못 주면 이런 꼴이 어디 있나! 어서 내일부터 날삯이라도 해야지…… 하는 생각에 밥맛도 몰랐다.

*

바로 삼일 운동이 일어나던 해 봄이었다. 그는 서간도로 갔다. 처음 그는 백두산 뒤 흑룡강가 '청시허' 라는 그리 크지 않은 동리에 있었다. 생전에 보지 못하던 험한 산과 울창한 산림과 듣지도 못하던 홍우적(마적) 홍우적 하는 소리에 간담이 서늘하였다.

그러나 하루 지나고 이틀 지나 차차 몇 달 되니 고향 생각도 덜 나고 무서운 마음도 덜하였다. 이리하여 이곳서 지내는 때에 그는 산에나 물에나 들에나 먹을것에나 입을 것에나 조금의 부자유가 없었다. 그러한 부자유는 없었으되 그의 심정에 닥치는 고민은 나날이 깊었다. 벽장골 같은 이곳에 온 후로 친한 벗의 낯은 고사하고 편지 한 장 신문 한 장도 못 보았다. 이곳 사람들은 그의 벗이 되지 못하였다. 토민들은 운심이

가 머리도 깎고 일본말도 할 줄 아니 탐정꾼이라고 처음에는 퍽 수군덕수군덕하였다. 산에 돌아다니면서 사냥을 일삼는 옛날 의병 찌터러기*들도 부러 운심을 보러 온 일까지 있었다. 이곳에 사는 사람은 함경도 평안도 황해도 사람이 많다. 거개가 생활 곤란으로 와 있고 혹은 남의 돈 지고 도망한 자, 남의 계집 빼가지고 온 자, 순사 다니다가 횡령한 자, 노름질하다가 쫓긴 자, 살인한 자, 의병 다니던 자, 별별 흉한 것들이 모여서 군데군데 부락을 이루고 사냥도 하며 목축을 하며 농사도 하며 불한당질도 한다. 그런 까닭에 윤리도 도덕도 교육도 없다. 힘센 자가 으뜸이요 장수며 패왕이다. 중국 관청이 있으나 소위 경찰부장이 아편을 먹으면서 아편장사를 잡아다 때린다.

운심은 동리 어린 아이들을 모아 놓고 이야기도 하고 글도 가르쳤다. 그러나 그네들은 운심의 가르침을 이해치 못하였다. 운심이는 늘 슬펐다. 유위**의 청춘이 속절없이 스러져 가는 신세 되는 것이 그에게는 큰 고통이었다.

운심은 그 고통을 잊기 위하여 양양한 강풍을 쐬면서 고기도 낚고 그림 같은 단풍 그늘에서 명상도 하며 높은 봉에 올라 소리도 쳤으나 속 깊이 잠긴 그 비애는 떠나지 않았다. 산골에 방향을 주는 냇소리와 푸른 그늘에서 흘러나오는 유량한 새의 노래로는 그 마음의 불만을 채우지 못하였다. 도리어 수심을 더하였다. 그는 항상 알지 못한 딴 세상을 동경하였다.

산은 단풍에 붉고, 들은 황곡에 누른 그 해 가을에 운심이는 '청시허'를 떠났다. 땀냄새가 물씬물씬한 여름 옷을 그저 임은 그는 여름 삿갓을 쓴채 조그마한 보따리를 짊어지고 지팡이 하나를 벗하여 떠났다. 그가 떠날 때에 그곳 사람들은 별로 섭섭하다는 표정이 없었다. 모두

---

* 몹시 찌들어 버린.
** 有爲 : 능력이 있음. 쓸모가 있음.

탈출기

1

김군! 수삼차 편지는 반갑게 받았다. 그러나 나는 한번도 회답치 못하였다. 물론 군의 충정에는 나도 감사를 드리지만 그 충정을 나는 받을 수 없다.

—박군! 나는 군의 탈가脫家를 찬성할 수 없다. 음험한 이역에 늙은 어머니와 어린 처자를 버리고 나선 군의 행동을 나는 찬성할 수 없다.

박군! 돌아가라. 어서 집으로 돌아가라. 군의 부모와 처자가 이역 노두에서 방황하는 것을 나는 눈앞에 보는 듯싶다. 그네들의 의지할 곳은 오직 군의 품 밖에 없다. 군은 그네들을 구하여야 할 것이다.

군은 군의 가정에서 동량棟樑이다. 동량이 없는 집이 어디 있으랴? 조그마한 고통으로 집을 버리고 나선다는 것이 의지가 굳다는 박군으로서는 너무도 박약한 소위이다.

군은 ××단에 몸을 던져 ×선에 섰다는 말을 일전 황군에게서 듣기는 하였으나 그렇다 하여도 나는 그것을 시인할 수 없다. 가족을 못 살리는 힘으로 어찌 사회를 건지랴.

박군! 나는 군이 돌아가기를 충정으로 바란다. 군의 가족이 사람들발 아래서 짓밟히는 것을 생각할 때 군의 가슴인들 어찌 편하랴.—

김군! 군은 이러한 말을 편지마다 썼지? 나는 군의 뜻을 잘 알았다. 내 사랑하는 나의 가족을 위하여 동정하여 주는 군에게 어찌 감사치 않으랴? 정다운 벗의 충고에 나는 늘 울었다. 그러나 그 충고를 들을 수 없다. 듣지 않는 것이 군에게는 고통이 되는지 분노가 되는지? 나에게 있어서는 행복일는지도 알 수 없는 까닭이다.

김군! 나도 사람이다. 정애情愛가 있는 사람이다. 나의 목숨 같은 내 가족이 유린받는 것을 내 어찌 생각지 않으랴? 나의 고통을 제삼자로서는 만분의 일이라도 느낄 수 없을 것이다.

나는 이제 나의 탈가한 이유를 군에게 말하고자 한다. 여기에 대하여 동정同情과 비난非難은 군의 자유이다. 나는 다만 이러하다는 것을 군에게 알릴 뿐이다. 나는 이것을 군이 아니면 다른 사람에게라도 알리지 않고는 견딜수 없는 충동을 받는 까닭이다.

그러나 나는 단언한다 군도 사람이어니 나의 말하는 것을 부인치는 못하리라.

2

김군! 내가 고향을 떠난 것은 오 년 전이다. 이것은 군도 아는 사실이다. 나는 그때에 어머니와 아내를 데리고 떠났다. 내가 고향을 떠나 간도로 간 것은 너무도 절박한 생활에 시들은 몸에 새 힘을 얻을까하여 새 희망을 품고 새 세계를 동경하여 떠난 것도 군이 아는 사실이다.

—간도는 천부금탕*이다. 기름진 땅이 흔하여 어디를 가든지 농사를 지을 수 있고 농사를 지으면 쌀도 흔할 것이다. 삼림이 많으니 나무 걱

---

* 원래 금이 많은 땅.

정도 될 것이 없다.

농사를 지어서 배불리 먹고 뜨뜻이 지내자. 그리고 깨끗한 초가나 지어놓고 글도 읽고 무지한 농민들을 가르쳐서 이상촌을 건설하리라. 이렇게하면 간도의 황무지를 개척할 수도 있다.

이것이 간도 갈 때의 내 머릿속에 그리었던 이상이었다. 이때에 나는 얼마나 기뻤으랴? 두만강을 건너고 오랑캐령을 넘어서 망망한 평야와 산천을 바라볼 때 청춘의 내 가슴은 이상의 불길에 탔다. 구수한 내 소리와 헌헌한* 내 행동에 어머니와 아내도 기뻐하였다.

오랑캐령을 올라서니 서북으로 쏠려 오는 봄 세찬 바람이 어떻게 뺨을 갈기는지,

"에그 춥구나! 여기는 아직도 겨울이구나."

하고 어머니는 수레 위에서 이불을 뒤집어썼다.

"무얼요, 이 바람을 많이 마셔야 성공이 올 것입니다."

나는 가장 씩씩하게 말하였다. 이처럼 나는 기쁘고 활기로왔다.

3

김군! 그러나 나의 이상은 물거품에 돌아갔다. 간도에 들어서서 한달이 못 되어서부터 거칠은 물결은 우리 세 생령生靈의 앞에 기탄없이 몰려왔다.

나는 농사를 지으려고 밭을 구하였다. 빈 땅은 없었다. 돈을 주고 사기전에는 일 평의 땅이나마 손에 넣을 수 없었다. 그렇지 않으면 지나인支那人의 밭을 도조**나 타조***로 얻어야 된다. 일 년내 중국 사람에게

---

* 이목구비가 반듯한.
** 賭租 : 논 밭을 부치고 해마다 벼로 세를 무는것.
*** 打租 : 수확량에 따라 지주에게 도조로 바치는 것.

서 양식을 꾸어 먹고 도조나 타조를 지으면 가을 추수는 빚으로 다들어 가고 또 처음꼴이 된다. 그러나 농사라고 못지어 볼 내가 도조나 타조를 얻는대야 일 년 양식 빚도 못 될 것이고 또 나 같은 시로도*에게는 밭을 주지 않았다.

생소한 산천이요, 생소한 사람들이니, 어디 가 어쩌면 좋을는지? 의논할 사람도 없었다. H라는 촌 거리에 세방을 얻어 가지고 어름어름 하는 새에 보름이 지나고 한 달이 넘었다. 그새에 몇 푼 남았던 돈은 다 부러먹고** 밭은 고사하고 일자리도 못 얻었다.

나는 팔을 걷고 나섰다. 이리저리 돌아다니면서 구들도 고쳐 주고 가마도 붙여 주었다. 이리하여 호구하게 되었다. 이때 H장에서는 나를 '온돌쟁'(구들 고치는 사람)이라고 불렀다. 갈아입을 의복이 없는 나는 늘 숯검정이 꺼멓게 묻은 의복을 벗을 새가 없었다.

H장은 좁은 곳이다. 구들 고치는 일도 늘 있지 않았다. 그것으로 밥 먹기는 어려웠다. 나는 여름 불볕에 삯김도 매고 꼴도 비어 팔았다. 그리고 어머니와 아내는 삯방아도 찧고 강가에 나가서 부스러진 나뭇개 배를 주워서 겨우 연명하였다.

김군! 나는 이때부터 비로소 무서운 인간고를 느꼈다. 아아, 인생이란 과연 이렇게도 괴로운 것인가? 하는 것을 나는 생각하게 되었다. 나는 나에게 닥치는 풍파 때문에 눈물 흘린 일은 이때까지 없었다. 그러나 어머니가 나무를 줍고 젊은 아내가 삯방아를 찧을 때! 나의 피는 끓었으며 나의 눈은 눈물에 흐려졌다.

"에구, 차라리 내가 드러누워 앓고 있지, 네 괴로와하는 꼴은 차마 못 보겠다."

이것은 언제 내가 병들어 신음할 때에 어머니가 울면서 하신 말씀이

---
* 아마튜어.
** 헛되이 다 쓰고.

다. 이것을 무심히 들었던 나는 이때에야 이 말의 참뜻을 느꼈다.

"아아, 차라리 나의 고기가 찢어지고 뼈가 부서지는 것은 참을 수 있으나, 내 눈앞에서 사랑하는 늙은 어머니와 아내가 배를 주리고 남의 멸시를 받는 것은 참으로 견디기 어렵구나."

나는 이렇게 여러 번 가슴을 쳤다. 나는 밤이나 낮이나, 비오나 바람이 치나 헤아리지 않고 삯김, 삯심부름, 삯나무, 무엇이든지 가리지 않았다.

"오늘도 배고프겠구나, 아침도 변변히 못 먹고. 나는 너 배 주리지 않는 것을 보았으면 죽어도 눈을 감겠다."

내가 삯일을 하다가 늦게 돌아오면 어머니는 우실듯하게 말씀하셨다. 그러나 나는 흔연하게,

"배가 무슨 배가 고파요."

대답하였다.

내 아내는 늘 별말이 없었다. 무슨 일이든지 시키는 대로 소곳하고 아무 소리 없이 순종하였다. 나는 그것이 더욱 불쌍하게 생각되었다. 나는 어머니보담도 아내 보기가 퍽 부끄러웠다.

"경제의 자립도 못 되는 내가 왜 장가를 들었누?"

이것이 부모의 한 일이건만 나는 이렇게도 탄식하였다. 그럴수록 아내에게 대하여 황공하였고 존경하였다.

어떻게 하면 살 수 있을까?…… 이러한 생각은 이때 내 머리를 몹시 때렸다. 이때 나에게 부지런한 자에게 복이 온다 하는 말이 거짓말로 생각되었다. 그 말을 지상의 격언으로 굳게 믿어 온 나는 그 말에 도리어 일종의 의심을 품게 되었고 나중은 부인까지 하게 되었다.

부지런하다면 이때 우리처럼 부지런함이 어디 있으며 정직하다면 이때 우리 식구같이 정직함이 어디 있으랴? 그러나 빈곤은 날로 심하였다. 이틀 사흘 굶은 적도 한두 번이 아니었다. 한번은 이틀이나 굶고 일

자리를 찾다가 집으로 들어가니 부엌 앞에 앉았던 아내가 (아내는 이때에 아이를 배어서 배가 남산만하였다) 무엇을 먹다가 깜짝 놀란다. 그리고 손에 쥐었던 것을 얼른 아궁이에 집어넣는다. 이때 불쾌한 감정이 내 가슴에 떠올랐다.

"……무얼 먹을까? 어디서 무엇을 얻었을까? 무엇이길래 어머니와 나 몰래 먹누? 아! 여편네란 그런 것이로구나? 아니 그러나 설마……. 그래도 무엇을 먹든데……."

나는 이렇게 아내를 의심도 하고 원망도 하고 밉게도 생각하였다. 아내는 아무런 말없이 어색하게 머리를 숙이고 앉아서 씩씩하다가 밖으로 나간다. 그 얼굴은 좀 붉었다.

아내가 나간 뒤에 나는 아내가 먹다 던진 것을 찾으려고 아궁이를 뒤지었다. 싸늘하게 식은 재를 막대기에 뒤져내니 벌건 것이 눈에 띄었다. 나는 그것을 집었다. 그것은 굴 껍질(橘皮)이다. 거기는 베먹은 잇자국이 났다. 굴 껍질을 쥔 나의 손은 떨리고 잇자국을 보는 내 눈에는 눈물이 괴었다.

김군! 이때 나의 감정을 어떻게 표현하면 적당할까?

—오죽 먹고 싶었으면 오죽 배고팠으면 길바닥에 내던진 굴 껍질을 주워 먹을까, 더욱 몸 비잖은* 그가 아아, 나는 사람이 아니다. 그러한 아내를 나는 의심하였구나? 이놈이 어찌하여 그러한 아내에게 불평을 품었는가. 나 같은 간악한 놈이 어디 있으랴. 내가 양심이 부끄러워서 무슨 면목으로 아내를 볼까?

—이렇게 생각하면서 나는 느껴가며 눈물을 흘렸다. 굴 껍질을 쥔 채로 이를 악물고 울었다.

"야, 어째 우느냐? 일어나거라. 우리도 살 때 있겠지, 늘 이러겠느냐."

---

* 아이를 밴.

하면서 누가 어깨를 친다. 나는 그것이 어머니인 것을 알았다.

"나는 아이구 어머니, 나는 불효외다."

하면서 어머니의 발을 안고 자꾸자꾸 울고 싶었다. 그러나 나는 아무 소리 없이 가슴을 부둥켜안고 밖으로 나갔다.

"내가 왜 우노? 울기만 하면 무엇 하나? 살자! 살자! 어떻게든지 살아 보자! 내 어머니와 내 아내도 살아야 하겠다. 이 목숨이 있는 때까지는 벌어 보자!"

나는 이를 갈고 주먹을 쥐었다. 그러나 눈물은 여전히 흘렀다. 아내는 말없이 울고 섰는 내 곁에 와서 손으로 치마끈을 만적거리며 눈물을 떨어뜨린다. 농사집에서 길러난 아내는 지금도 어찌 수줍은지 내가 울면 같이 울기는 하여도 어떻게 말로 위로할 줄은 모른다.

4

김군! 세월은 우리를 위하여 여름을 항상 주지 않았다.

서풍이 불고 서리가 내리기 시작하였다. 찬 기운은 헐벗은 우리를 위협하였다. 가을부터 나는 대구어大口魚 장사를 하였다. 삼원을 주고 대구 열마리를 사서 등에 지고 산골로 다니면서 콩大豆과 바꾸었다. 난 대구 열마리는 등에 질 수 있었으나 대구 열 마리를 주고 받은 콩 열 말은 질 수 없었다. 나는 하는 수 없이 삼사십 리나 되는 곳에서 두 말씩 두 말씩 사흘 동안이나 져(負) 왔다. 우리는 열 말 되는 콩을 자본資本삼아 두부豆腐 장사를 시작하였다.

아내와 나는 진종일 맷돌질을 하였다. 무거운 맷돌을 돌리고 나면 팔이 뚝 떨어지는 듯하였다. 내가 이렇게 괴로울 적에 해산한 지 며칠 안 되는 아내의 괴로움이야 어떠하였으랴? 그는 늘 낯이 부석부석하였었다. 그래도 나는 무슨 불평이 있는 때면 아내를 욕하였다 그러나 욕한 뒤에는 곧 후회하였다.

콧구멍만한 부엌방에 가마를 걸고 맷돌을 놓고 나무를 들이고 의복 가지를 걸고 하면 사람은 겨우 비비고 들어앉게 된다. 뜬 김에 문창은 떨어지고 벽은 눅눅하다. 모든 것이 후질근하여 의복을 입은 채 미지근 한 물속에 들어앉은 듯하였다. 뜬 김에 문창은 떨어지고 벽은 눅눅하 다. 모든 것이 후질근하여 의복을 입은채 미지근한 물 속에 들어 낮은 듯 하였다. 어떤 때는 애써 갈아놓은 비지가 이 뜬 김 속에서 쉬어 버린 다. 두부물이 가마에서 몹시 끓어 번질 때에 우유牛乳빛 같은 두부물 위 에 빠다빛 같은 노란 기름이 엉기면 (그것은 두부가 잘 될 징조다) 우리는 안심한다. 그러나 두부물이 희멀끔해지고 기름기가 돌지 않으면 거기 만 시선視線을 쏘고 있는 아내의 낯빛부텀 글러가기 시작한다. 초를 쳐 보아서 두부발이 서지 않고 매캐지근하게* 풀려질 때에는 우리의 가 슴은 덜컥 한다.

"또 쉰 게로구나? 저를 어찌누?"

젖을 달라구 빽빽 우는 어린 아이를 안고 서서 두부물만 들여다보시 는 어머니는 목메인 말씀을 하시면서 우신다. 이렇게 되면 온 집안은 신산하여 말할 수 없는 울음, 비통, 처참, 소조한 분위기에 싸인다.

"너 고생한게 애닯구나! 팔이 부러지게 갈아서…… 그거(두부)를 팔아 서 장을 보려고 태산같이 바랬더니……."

어머니는 그저 가슴을 뜯으면서 우신다. 아내도 울듯울듯 머리를 숙 인다. 그 두부를 판대야 큰 돈은 못 된다. 기껏 남는대야 이십 전이나 삼십 전이다. 그것으로 우리는 호구를 한다. 이십 전이나 삼십 전에 어 머니는 운다. 아내도 기운이 준다. 나까지 가슴이 바짝바짝 조인다.

그날은 하는 수 없이 쉰 두부물로 때를 메우고*** 지낸다. 아이는 젖

---

* 연기와 곰팡냄새와 비슷하다.
** 蕭條 : 풍경이 호젓하고 쓸쓸함.
*** 다른 음식으로 끼니를 때우다.

을 달라고 밤새껏 **빽빽거린다.** 우리의 살림에 어린애도 귀치 않았다.

5

울면서 겨자 먹기로 괴로운 대로 또 두부를 하지 않으면 안 된다. 그러나 이번에는 땔나무가 없다. 나는 낫(鎌)을 들고 떠난다. 내가 낫을 들고 떠나면 산후여독産后餘毒으로 신음하는 아내도 낫을 들고 말없이 나를 따라 나선다. 어머니와 나는 굳이 만류하나 아내는 듣지 않는다.

내 손으로 하는 나무건만 마음놓고는 못한다. 산 임자에게 들키면 여간한 경을 치지 않는다. 그러므로 우리는 황혼이면 산에 가서 나무를 하여 지고 밤이 깊어서 돌아온다.

아내는 이고 나는 지고 캄캄한 밤에 산비탈로 내려오다가 발이 미끄러지거나 돌에 채이면 나는 곤두박질을 하여 나뭇짐 속에 든다. 아내는 소리 없이 이었던 나무를 내려놓고 나뭇짐에 눌려서 버둑거리는 나를 겨우 끄집어 일으킨다.

그러나 내가 나뭇짐을 지고 일어나면 아내는 혼자 나뭇단을 이지 못한다. 또 내가 나뭇짐을 벗고 아내에게 이어 주면 나는 추어 주는 이 없이는 나뭇짐을 질 수 없었다. 하는 수 없이 나는 어떤 높은 바위위에 벗어 놓고(후에 지기 편하도록) 아내에게 이워 준다 이리하여 산비탈을 내려오면, 언제 왔는지 어머니는 애를 업고 우둘우둘 떨면서 산 아래서 기다리시다가도,

"인제 오니? 나는 너 또 붙들리지나 않는가 하여 혼이 났다."

하신다. 이때마다 내 가슴은 저렸다. 나는 이렇게 나무 도적질을 하다가 중국 경찰서까지 잡혀가서 여러 번 맞았다.

이때 이웃에서는 우리를 조소하고 경찰에서는 우리를 의심하였다.

─흥, 신수가 멀쩡한 년놈들이 그 꼴이야, 어디가 일자리도 구하지

않고 그 눈이 누—래서 두부 장사 하는 꼬락서니는 참 더러워서 못 보 겠네. 불알을 달고 나서 그렇게야 살리?—

이것은 이웃 남녀가 비웃는 소리였다. 그리고 어떤 산 임자가 나무 잃은 고발을 하면 경찰서에서는 불문곡직하고 우리 집부터 수색하고 질문하면서 나를 때린다. 그러나 나는 호소할 곳이 없었다.

6

김군! 이러구러 겨울은 점점 깊어가고 기한은 점점 박도하였다. 일자 리는 없고……. 그렇다고 손을 털고 앉았을 수는 없었다. 모든 식구가 퍼러퍼레서* 굶고 앉은 꼴을 나는 그저 볼 수 없었다. 시퍼런 칼이라도 들고 하루라도 괴로운 생을 모면하도록 쿡쿡 찔러 없애고 나까지 없어 지든지, 그렇지 않으면 칼을 들고 나서서 강도질이라도 하여서 기한을 면하든지 하는 수밖에는 더 도리가 없게 절박하였다.

나는 일이 없으면 없느니만치, 고통이 닥치면 닥치느니만큼 내 번민 은 컸다. 나는 어떤 날은 거의 얼빠진 사람처럼 눈을 감고 깊은 생각에 잠긴 일도 있었다.

이때 머릿속에서는 머리를 움실움실 드는 사상이 있었다. (오늘날에 생각하면 그것은 나의 전 운명을 결정한 사상이었다)

그 생각은 누구의 가르침에 일어난 것도 아니려니와 일부러 일으키 려고 애써서 일어난 것도 아니다. 봄 풀싹같이 내 머릿속에서 점점 머 리를 들었다.

—나는 여태까지 세상에 대하여 충실하였다. 어디까지든지 충실하려 고 하였다. 내 어머니, 내 아내까지도 뼈가 부서지고 고기가 찢기더라

---

* 퍼렇다의 강조.

도 충실한 노력으로써 살려고 하였다. 그러나 세상은 우리를 속였다. 우리의 충실을 받지 않았다. 도리어 충실한 우리를 모욕하고 멸시하고 학대하였다.

우리는 여태까지 속아 살았다. 포악하고 허위스럽고 요사한 무리를 용납하고 옹호하는 세상인 것을 참으로 몰랐다. 우리뿐 아니라 세상의 모든 사람들도 그것을 의식치 못하였을 것이다. 그네들은 그러한 세상의 분위기에 취하였었다. 나도 이때까지 취하였었다. 우리는 우리로서 살아온 것이 아니라 어떤 험악한 제도의 희생자로서 살아왔었다.

김군! 나는 사람들을 원망치 않는다 그러나 마주*에 취하여 자기의 피를 짜 바치면서도 깨지 못하는 사람을 그저 볼 수 없다. 허위와 요사와 표독과 게으른 자를 옹호하고 용납하는 이 제도는 더욱 그저 둘 수 없다.

―이 분위기 속에서는 아무리 노력하여도 우리는 우리의 생의 만족을 느낄 날이 없을 것이다. 어찌하여 겨우 연명을 한다 하더라도 죽지 못하는 삶이 될 것이요, 그 영향은 자식에게까지 미칠 것이다. 나는 이미 어미품 속에서 빽빽하는 어린것의 장래를 생각한 때면 애짬짤한** 감정과 분함을 금할 수 민다. 내가 늘 이 상태면(그것은 거의 정한 이치다) 그에게는 상당한 교양은 고사하고, 다리 밑이나 남의 집 문간에 버리게 될 터이니, 아! 삶을 받은 한 생명을 죄없이 찌그러지게 하는 것이 어찌 애닯지 않으며 분치 않으랴? 그렇다면 그것을 나의 죄라 할까?

김군! 나는 더 참을 수 없었다. 나는 나부터 살려고 한다. 이때까지는 최면술에 걸린 송장이었다. 제가 죽은 송장으로 남(식구들)을 어찌 살리랴. 그러려면 나는 나에게 최면술을 걸려는 무리를 험악한 이 공기의 원류를 쳐부수어야 하는 것이다.

---

*魔酒 : 사람의 정신을 흐리게 하는 술.
** 매우 절실한.

나는 이것을 인간의 생의 충동衝動이며 확충擴充이라고 본다. 나는 여기서 무상의 법열法悅을 느끼려고 한다. 아니 벌써부터 느껴진다. 이 사상이 드디어 나로 하여금 집을 탈출케 하였으며, ××단에 가입케 하였으며, 비바람 밤낮을 헤아리지 않고 벼랑 끝보다 더 험한 ×선에 서게한 것이다.

김군! 거듭 말한다. 나도 사람이다. 양심을 가진 사람이다. 애정을 가진 사람이다. 내가 떠나는 날부터 식구들은 더욱 곤경에 들 줄도 나는 알았다. 자칫하면 눈 속이나 어느 구렁에서 죽는 줄도 모르게 굶어 죽을 줄도 나는 잘 안다. 그러므로 나는 이곳에서도 남의 집 행랑어멈이나 아범이며, 노두에 방황하는 거지를 무심히 보지 않는다. 아! 나의 식구도 그럴 것을 생각할 때면 자연히 흐르는 눈물과 뿌직뿌직 찢기는 가슴을 덮쳐 잡는다.

그러나 나는 이를 갈고 주먹을 쥔다. 눈물을 아니 흘리려고 하며 비애에 상하지 않으려고 한다. 울기에는 너무도 때가 늦었으며 비애에 상하는 것은 우리의 박약을 너무도 표시하는 듯싶다. 어떠한 고통이든지 참고 분투하려고 한다.

김군! 이것이 나의 탈가한 이유를 대략 적은 것이다. 나는 나의 목적을 이루기 전에는 내 식구에게 편지도 하지 않으려고 한다. 그네가 죽어도, 내가 또 죽어도……

나는 이러다가 성공 없이 죽는다 하더라도 원한이 없겠다. 이 시대, 이 민중의 의무를 이행한 까닭이다.

아아, 김군아! 말을 다하였으나 정은 그저 가슴에 넘치누나!

박돌의 죽음

1

밤은 자정이 훨씬 넘었다.

이웃의 닭 소리는 검푸른 새벽 빛 속에 맑게 흐른다. 높고 푸른 하늘에 야광주를 뿌려 놓은 듯이 반짝이는 별들은 고요한 대지를 향하여 무슨 묵시를 주고 있다. 나뭇잎에서는 이슬 듣는 소리가 고요하다. 여름밤이언만 새벽녘이 되니 부드럽고도 쌀쌀한 기운이 추근하게 만상萬象을 소리 없이 싸고돈다.

남자인지, 여자인지, 어둠 속에 잘 분간할 수 없는 히슥한 그림자가 동계사무소洞契事務所 앞 좁은 골목으로 허둥허둥 뛰어나온다.

고요한 새벽 이슬기에 녹은 추근한 땅을 울리면서 나오는 발자취는 퍽 산란하다. 쿵쿵 하는 음향音響은 여러 집 울타리를 넘고 지붕을 건너서 어둠으로 규칙 없이 퍼져 나갔다.

어느 집 개가 몹시 짖는다. 또 다른 집 개도 컹컹 짖는다. 캥캥한 발바리 소리도 난다.

뛰어나오는 그림자는 정직상점正直商店 뒷 골목으로 휙 돌아서 내려간다. 쿵쿵쿵……

서너 집 내려와서 어둠 속에 잿빛같이 보이는 커어단 대문 앞에 딱 섰다. 헐떡이는 숨소리는 고요한 공기를 미미히 울린다. 그 그림자는 대문에 탁 실린다. 빗장과 대문이 맞찍혀서 삐걱하고는 열리지 않았다.

"문으 좀 열어 주오!"

무엇에 쫓긴 듯이 황급한 소리는 대문 안 마당의 어둠을 뚫고 저편, 푸른 하늘 아래 용마루선線이 죽 그인 기와집에 부딪쳤다.

"문으 좀 열어 주오!"

이번에는 대문을 두드리고 밀면서 고함을 친다 소리는 퍽 황급하나 가늘고 챙챙한 것이 여자다 하는 것을 직각케 한다.

"에구 어찌겠는구? 이 집에서 자음메? 문으 빨리 벗겨 주오!"

절망한 듯이 애처로운 소리를 치면서 문을 쿵쿵 치다가, 삐걱삐걱 밀기도 하고, 땅에다가 배를 붙이고 대문 밑으로 기어 들어가려고도 애를 쓴다. 대문 울리는 소리는 주위의 공기를 흔들었다.

이웃집 개들은 그저 몹시 짖는다.

닭은 홰를 치고 꼬끼요— 한다.

"그게 뉘기요?"

안에서 선잠 깬 여편네 소리가 들린다.

"에구 깼구만!"

엎드려서 배밀이하던 여인은 벌떡 일어나면서,

"내요, 문으 좀 벗겨 주오!"

한다. 그 소리는 아까보다 좀 나직하다.

"내라는 게 뉘기요? 어째 왔소?"

안에서는 문을 벌컥 열었다. 열린 문이 벽에 부딪치는 소리가 탁 하고 울타리에 반향하였다.

"초시初試 있소? 급한 병이 있어서 그럼메."

컴컴하던 집안에 성냥 불빛이 거물거물하다가 힘없이 스러지는 것이 대문틈으로 보였다. 다시 성냥 불빛이 번득하더니 당그랑 잘랑 하는 램프 유리의 부딪치는 소리와 같이 환한 불빛이 문으로 흘러나와 검은 땅을 스쳐 대문에 비치었다. "에헴" 하는 사내의 기침 소리가 들렸다. 칙칙거리는 어린애 울음소리가 난다. 불빛이 언뜻하면서 문으로 여인이 선잠 깬 하품 소리를 "으앙" 하며 맨발로 저벅저벅 나와서 대문 빗장을 뽑았다.

"뉘기요?"

들어오는 사람을 기웃이 본다.

"내요."

밖에 섰던 여인은 대문 안에 들어섰다.

"나는 또 뉘기라구? 어째서 남 자는 밤에 이 야단이요?"

안에서 나온 여인은 입을 씰룩하였다.

"에구 박돌朴乭이 앓아서 그럼메! 초시 있소?"

밖에서 들어온 여인은 떨리는 목소리로 아첨 비슷하게, 불빛에 오른쪽 볼이 붉은 주인 여편네를 건너다본다.

"여기는 있소."

주인 여편네는 휙 돌아서서 안으로 들어가더니,

"저두에 파충댁이로구마! 의원이구 약국이구 걷어치우오! 잠두 못 자게 하구!"

소리를 지른다. 캥캥한 소리는 몹시 쌀쌀하였다. 지금 온 여인은 툇마루 아래에 서서 머리를 숙였다 들면서 한숨을 휴— 쉬었다.

정주鼎廚에서 한참 동안이나 부시럭 부시럭하는 소리가 나더니 사잇문 소리가 덜컥하면서 툇마루 놓인 방문 창에 불빛이 가득찼다.

"에헴, 들오!"

다 쉬어빠진 호박통을 두드리는 듯한 사내의 소리가 들린다. 밖에 섰던 여인은 툇마루에 올라섰다. 문을 열었다. 방에서 흘러나오는 불빛은 마루에 떨어졌다. 약 냄새는 코를 쿡 찌른다.

2

"하, 그거 안됐군. 그러나 나는 갈 수 없는데……."

몸집이 뚱뚱하고 얼굴에 기름이 번질번질한 의사(김초시)는 창문 정면에 놓인 약장에 기대앉았다.

"에구 초시사, 그래 쓰겠소? 어디 가 봐주오."

문앞에 황공스럽게 쫑그리고 앉은 여인의 사들사들한 낯에는 어색한 웃음이 떠 올랐다.

"글쎄 웬만하문사 그럴리 있겠소마는 어제부터 아파서 출입이라구 못하고 있소. 에헴, 에헴, 악."

의사는 입에 물었던 담뱃대를 뽑아 들더니 안 나오는 기침을 억지로 끄집어내어 가래를 타구에 받는다.

"그게(박돌) 애비 없이 불쌍히 자란 게 죽어서 쓰겠소? 그저 초시게 목숨이 달렸으니 살려주오."

의사는 땟국이 꾀죄한 여인을 힐끗 보더니,

"별말을 다하오. 내 염라대왕이니 목숨을 쥐고 있겠소? 글쎄 하늘이 무너진대도 못 가겠소."하며 담배 연기를 휙 내뿜고 이마를 찡기면서 천장을 쳐다본다. 흰 연기는 구름발같이 휘휘 돌아서 까맣게 그을은 약봉지를 데룽데룽 달아 놓은 천장으로 기어 올라서는 다시 죽 퍼져서 방안에 찼다. 오줌 냄새 약 냄새에 여지없는 방안의 공기는 캐애한 연기와 어울려서 코가 제리도록 불쾌하였다

"제발 살려줍시요. 네? 그 은혜는 뼈를 갈아서라도 갚아드리오리! 네? 어서 가 봐주오."

"글쎄 못 가겠는 거 어쩌겠소? 이제 바람을 쏘이고 걷고 나면 죽게

앓겠으니 남을 살리자다가 제 죽겠소."

"가기는 어디로 간단 말이요? 어제해르, 그래, 또 밤새끈 알쿠서리."

의사의 말 뒤를 이어 정주에서 주인 여편네가 캥캥거린다.

여인은 머리를 푹 숙이고 앉았더니,

"그러문 약이라도 멧 첩 지어 주오."

한다.

"약종이 부족해서 약을 못 짓는데."

의사는 몸을 비틀면서 유들유들한 목을 천천히 돌아서 약장을 슬그머니 돌아본다.

"약값 염려는 조금도 말고 좀 지어 주오."

"아, 글쎄 약종이 없는 것을 어떻게 짓는단 말이오? 자, 이거 보오!"

하드니 빈 약 서랍 하나를 뽑아서 땅바닥에 덜컥 놓는다.

"집에 돼지 새끼 하나 있으니 그거 모레 장에 팔아드릴께 좀 지어 주오."

"하, 이 앞집 김 주사도 어제 약 지러 왔다가 못 지어 갔소."

의사는 어이없다는 듯이 입을 벌린다.

"그래 못 지어 주겠소?"

뚝꺼진 여인의 눈은 이상스럽게 의사의 낯을 쏘았다. 의사는

"글쎄 어떻게 짓겠소?"

하면서 여인이 보내는 시선을 피하려는 듯이 미닫이 두껍집에 붙인 산수화山水畵를 본다.

"에구, 내 박돌이가 죽는구나! 한심한 세상두 있는게?"

여인의 소리는 애참하게 울음에 젖었다. 때가 덕지덕지한 뺨을 스쳐 흐르는 눈물은 누더기 같은 치마에 떨어졌다.

"에, 곤하군, 아아함, 어서 가 보오."

의사는 하품과 기지개를 치면서 일어섰다. 여인은 눈물을 쑥쑥 씻더

니 벌떡 일어섰다.

"너무 한심하구만! 돈이 없다구 너무 업시비 보지 마오. 죽는 사람을 살펴주문 어떠오? 혼자 잘 사오."

여인의 눈에는 이상한 불빛이 섬득하였다. 그 목소리는 싹 에는 듯이 아츠럽게 들렸다. 의사는 가슴이 꿈틀하였다.

3

여인은 갔다.

한 집 건너 두 집 건너 닭 우는 소리가 요란하다. 이웃에서 개 짖는 소리도 들렸다.

포플라 잎에서는 이슬 듣는 소리가 은은하다.

"별게 다 와서 성화를 시키네!"

여인이 간 뒤에 의사는 대문을 채우고 안으로 들어오면서 중얼거렸다.

"그까짓 거렁뱅들에게 약을 주구 언저게 돈을 받겠소? 아예 주지 마오."

주인 여편네는 뽀루퉁해서 양양거린다.

"흥, 그리게 뉘기 주나?"

의사는 방문을 닫으면서 승리나 한 듯이 콧소리를 친다.

"약만 주어 보오! 그놈의 약장 도끼로 바사 놓게."

의사의 내외는 다시 불을 끄고 자리에 누웠으나 두루 뒤숭숭하여 졸음이 오지 않았다.

4

"에구, 제마(어머니)! 에구 배야!"

박돌이는 이를 갈고 두 손으로 배를 웅크려 잡으면서 몸을 비비틀기도하고 벌떡 일어 앉았다가는 다시 눕고, 누웠다가는 엎드리고 하며 몸 지접할 곳을 모른다.

"에구, 내 죽겠소! 왝, 왝."

시큼하고 넌들넌들한 검푸른 액液을 코와 입으로 토한다. 토할 때마다 그는 소름을 치고 가슴을 뜯는다. 뱃속에서는 꾸르르꿀 꾸르르꿀하는 물소리가 쉬일새 없다. 물소리가 몹시 나다가 좀 멎는다 할 때면 쏴—뿌드득 뿌드득—쏴 하고 설사를 한다. 마대 조각으로 되는 대로 기워서 입은 누덕바지는 벌써 똥물에 죽이 되었다.

"에구, 어쩌겠니 ? 의원醫員 놈도 안 봐주니……. 글쎄 이게 무슨 갑작병 인구?"

어머니는 토하는 박돌이의 이마를 잡고 등을 친다.

"에구, 이거 어찌겠는구? 배 아프냐?"

어머니는 핏발이 울울한 박돌의 눈을 들여다보았다. 눈이 휘둥그래서 급한 호흡을 치는 박돌이는 턱 드러누우면서 머리만 끄덕인다. 어머니는 박돌의 배를 이리저리 누르면서,

"여기야? 어디 여기는 아니 아프냐? 응, 여기두 아프냐?"

두서없이 거듭거듭 묻는다.

"골은 아니 아프냐? 골두 아프지?"

그는 빤한* 기름불 속에 열이 끓어서 검붉게 보이는 박돌의 이마를 짚었다. 박돌이는 "으흐 으흐" 하면서 머리를 꼬드기려다가 또 왝 하면서 모로 누웠다. 입과 코에서는 넌들넌들한 건물**이 주루룩 흘렀다

"에구, 제마! 에구 내 죽겠소! 헤구!"

박돌이는 또 쏟다. 그의 바지는 벗겼다. 꺼끌꺼끌한 거적자리 위에

---

* 어두운 가운데 빛이 비쳐 환함.
** 걸쭉한 물.

누운 그의 배는 등에 착 달라붙었다. 그는 가슴을 치고 쥐어뜯고, 목을 늘였다 쪼그리면서 신음한다.

"니 죽겠구나, 응! 박돌아, 박돌아! 야 정신을 차려라 에구, 약 한첩 못 써 보고 마는구나! 침鍼이래도 맞혀 봤으면 좋겠구나!"

박돌이는 낯빛이 검푸르면서 도끼눈을 떴다. 목에서는 담 끓는 소리가 퍽 괴롭게 들렸다.

"엑구, 뒷집 생원(서방님)은 어째 아니 오는지, 박돌아!"

박돌이는 눈을 떴다. 호흡은 급하고 높았다.

"제마(어머니)! 주(橘)을 먹었으면!"

"줄(橘)으? 에구 줄이 어디 있니?"

어머니는 한숨을 쉬면서 등불을 쳐다본다. 그 눈에는 눈물이 고였다.

"그러문 냉쉬(冷水)를 좀 주오!"

"에구, 찬물을 자꾸 먹구 어찌겠니?"

"애 고고고……."

박돌이는 외마디 소리를 치더니 도끼눈을 뜨면서 이를 빡 간다.

뒷집에 있는 젊은 주인이 나왔다. 어둑충충한 등불 속에서 무겁게 흐르는 쾌저분한 공기는 새로 들어온 사람에게 몰려들었다 젊은 주인은 부엌에 선 대로 구들을 올려다보면서 이마를 찡그렸다.

찢기고 뚫어지고 흙투성이 된 거적자리 위에서 신음하는 박돌이 모자의 그림자는 혼탁混濁한 공기와 빤한 불빛 속에 유령幽靈같이 보였다.

"어째 의원醫員은 아니 보임메?"

젊은 주인이 책망 비슷하게 내뿜었다.

"김초시더러 봐달라니 안 옵데. 돈 없는 사람이라구 봐주겠소? 약두 아니 져 주든데!"

박돌 어미의 소리는 소박을 맞아 가는 젊은 여자의 한탄같이 무엇을 저주하는 듯 떨렸다.

"뜸이 나 떠 보지비?"

"그래 볼까? 어디를 어떻게 뜨문 좋은지? 생원(서방님)이 좀 떠 주겠소? 떠주오. 쑥은 얻어 올께."

"아, 그것도 뜰 줄 모름메? 숫구멍에 쑥을 비벼 놓고 불을 달믄 되지 그런 것두 모르구 어떻게 사오?"

"떠 봤을세 알지, 내 어떻게 알겠소!"

박돌 어미는 어색한 웃음을 지으면서 젊은 주인을 쳐다보았다.

"체하잤났소?"

"글쎄 어쨌는둥?"

박돌 어미는 박돌이를 본다.

"어젯밤에 무스거 먹었소?"

"갱게(감자)를 삶아 먹구……. 그리구 너무도 먹구 싶어하기에 뒷집에서 버린 고등어 대가리를 삶아 먹구서는 먹은 게 없는데."

"응, 그게로군. 문(傷) 고등어 대가리를 먹으문 죽는대두! 그거는 무에라구 축축스럽게 줏어먹소?"

젊은 주인은 입을 씰룩하였다.

"에구, 그게(고등어) 그런가? 나는 몰랐지! 에구, 너무도 먹구 싶어서 먹었더니 그렇구마. 그래서 나도 골과 배가 아팠던 게로군! 그러나 나는 이내(곧) 겨워(토하여) 버렸더니 일없구만."

박돌 어미는 매를 든 노한 상전 앞에 선 어린 종같이 젊은 주인을 쳐다 본다.

"우리 집에 쑥이 있으니 갖다 뜸이나 떠 주오. 에익, 축축하게 썩은 고기 대가리를 먹다니!"

젊은 주인은 뒤도 안 돌아보고 나가 버린다.

"에구, 한심한 세상도 있는게? 의원만 그런 줄 알았더니 모두 그렇구나!"

박돌 어미의 눈에는 또 눈물이 괴었다. 가슴은 빠지지하다. 어쩌면 좋을지 앞뒤가 캄캄할 뿐이다. 온 세상의 불행은 혼자 안고 옴짝달싹할 수 없이 밑도 끝도 없는 어둑한 함정으로 점점 밀려들어가는 듯하였다.

쫑그리고 무릎 위에 손을 꽂고 불을 빤히 쳐다보는 그의 눈은 유리를 박은 듯이 까딱하지 않는다. 때가 꺼먼 코 아래 파랗게 질린 입술은 뜨거운 불기운을 받은 가지茄子처럼 초들초들하다. 그의 눈에는 등불이 큰물항아리같이 보였다가는 작은 술잔같이도 보이고 두셋씩이나 되었다가는 햇발같이 아래위 좌우로 씰룩씰룩 퍼지기도 한다.

"응, 내 이게 잊었구나! 쑥을 가져 와야지."

박돌의 괴로운 고함 소리에 비로소 자기를 의식한 박돌 어미는 번쩍 일어섰다.

5

이웃집 닭은 세 홰나 운 지 이슥하다. 먼지와 그을음에 거뭇한 창문은 푸름하더니 환하여졌다. 벽에 걸어 놓은 등불빛은 있는가 없는가 하리만치 희미하여지고, 새벽빛이 어둑하던 방안을 점점 점령한다.

박돌의 호흡은 점점 미미하여진다. 느른하던 수족은 점점 꼿꼿하며 차다. 피부를 들먹거리던 맥박은 식어가는 열과 같이 점점 사라져 버렸다. 이제는 구토도 멎고 설사도 멎었다. 몹시 붉던 낯은 창백하여졌다.

"으! 끅!"

숫구멍에 놓은 뜸쑥이 타들어서 머리카락과 살 타는 소리가 뿌지직뿌지직할 때마다 꼼짝 않고 늘어졌던 박돌이는 힘없이 감았던 눈을 떠서 애원스럽게 어머니를 쳐다보면서 괴로운 신음 소리를 친다. 그때마다 목에서 몹시 끓던 담 소리는 잠깐 그쳤다가 다시 그르렁그르렁 한다.

박돌의 호흡은 각일각 미미하다. 따라서 목에서 끓는 담소리도 점점 가늘어 진다.

"꺽."

박돌이는 폐기* 한 번 하였다. 따라서 목에서 뚝하는 소리가 났다.

박돌이는 소리없이 눈을 획 휩떴다. 두 눈의 검은자위는 곤줄을 서고 흰자위만 보였다. 그의 낯빛은 핼끔하고 푸르다.

"바 바……. 박돌아! 야 박돌아! 에구, 박돌아!"

어머니는 박돌의 낯을 들여다보면서 싸늘한 박돌의 가슴을 흔들었다.

"야 박돌아, 박돌아, 박돌아! 이게 어쩐 일이냐, 으응? 흑흑, 꺽꺽."

박돌 어미는 울면서 박돌의 가슴에 쓰러졌다.

밖에서 가고 오는 사람의 자취가 들린다. 개짖는 소리, 닭 우는 소리, 새의 지절거리는 소리가 요란하다.

6

붉은 아침볕은 뚫어지고 찢기고 그을은 창문에 따뜻이 비치었다.

서까래가 보이는 천장에는 까맣게 그을은 거미줄이 얽히설키 서리고 넌들넌들 달렸다. 떨어지고, 오리이고, 손가락 자리, 빈대피에 장식된 벽에는 누더기가 힘없이 축 걸렸다. 앵앵하는 파리떼는 그 누더기에 몰려들어서 무엇을 부지런히 빨고 있다. 문으로 들어서서 바로 보이는 벽에는 노끈으로 얽어 달아매 놓은 시렁이 있다. 시렁 위에는 금간 사기 사발과 이빠진 질대접 몇 개가 놓였다. 거기도 파리떼가 웅성거린다. 부엌에는 마른 쇠똥, 짚부스러기, 흙구덩이에서 주워 온 듯한 나뭇가지가 지저분하다.

뚜껑 없는 솥에는 국인지 죽인지 글어서** 누릿한 위에 파리떼가 어

---

* 딸꾹질.
** 액체가 묽지 않고 툭툭하다.

찌 욱실거리는지 물 담아 놓은 파리통 같다.

먼지가 풀썩풀썩 이는 구들, 거적자리 위에는 박돌이가 고요히 누웠다. 쥐마당같이 때가 지덕지덕한 그 낯은 무쇠빛같이 검푸르다. 감은 두 눈은 푹 꺼졌다. 삐쭉하게 벌어진 입술 속에 꼭 아문 누릿한 이빨이 보인다. 그의 몸에는 누더기가 걸치었다. 곁에 앉은 그 어머니는 가슴을 치면서 큰소리 없이 꺽꺽 흑흑 느껴 울다가도 박돌의 낯에 뺨을 대고는 울고, 가슴에 손을 넣어 보곤 한다. 그러나 박돌이는 고요히 누워 있다.

"흑흑 바…… 바…… 박돌아! 에고 내 박돌아! 너는 죽었구나! 약 한 첩 침 한 대 못 맞아 보고 너는 죽었구나! 에구 하느님도 무정하지. 원통해서……. 꺽꺽 흑흑…… 글쎄 무슨 명이 그리두 짜르냐? 에구!"

그는 박돌의 가슴에 꼭 엎드렸다. 박돌의 몸과 그의 머리에 모여 앉았던 파리떼는 우와 하고 날아가다가 다시 모여 앉는다.

"애비 없이 온갖 설음을 다 맡아 가지고 자라다가 열 두 살이나 먹구서…… 에구!"

머리를 들고 박돌의 푸른 낯을 들여다보며,

"박돌아, 야 박돌아!"

부르다가 다시 쓰러지면서,

"먹고 싶은 것도 못 먹고 입고 싶은 것도 못 입고 항상 배를 곯다가…… 좋은 세상 못 보고 죽다니! 휴! 제마(어머니)! 제마! 나도 학교를 갔으문 하는 것도 이놈의 입이 원쉬 돼서 못 보내고! 흑흑."

그는 벌떡 일어나 앉았다.

"애구 하느님도 무정하지! 내 박돌이를, 내 외독자를 왜 벌써 잡아갔누? 나는 남에게 못할 짓 한 일도 없건마는."

그는 또 박돌이를 본다.

"박돌아! 에구 줄을 먹었으면 하는 것도 못 먹였구나. 이렇게 될 줄 알았으면 돼지 새끼 하나 있는 거라도 주고 먹고 싶다는 거나 갖다줄 걸. 공연히 부들부들 떨었구나! 애비 어미를 잘못 만나서 그렇게 됐구나!"

어제까지 눈앞에 서물거리던 아들이 죽다니! 거짓말 같기도 하고 꿈속 같기도 하다. "제마!" 부르면서 툭툭 털고 일어나는 듯하다. 그는 기다리는 사람의 발자취를 들은 듯이 머리를 번쩍 들었다. 그러나 그 눈앞에는 아무도 없고 다만 애석히 죽어 누운 박돌이가 보일 뿐이다.

"박돌아!"

그는 자는 애를 부르듯이 소리쳤다. 박돌이는 고요하다. 아아 참말이다. 죽었다. 저것을 흙 속에 넣어?— 이렇게 다시 생각할 때 또 눈물이 쏟아지고 천지가 아득하였다. 자기가 발 붙이고 잡았던 모든 희망의 줄은 툭 끊어졌다. 더 바랄 것 없다 하였다.

그는 박돌의 뺨에 뺨을 비비면서 박돌의 가슴을 안고 쓰러졌다. 그와 가슴에는 엉클겅클한 연 덩어리가 꾹꾹 쑤심질하는 듯하고 목구멍에서는 겻불내가 팽팽 돈다. 소리를 버럭버럭 가슴이 툭 터지도록 지르면서 물이든지 불이든지 헤아리지 않고 엄벙덤벙 날뛰었으면 속이 시원할 것 같다. 목구멍을 먼지가 풀썩풀썩하는 흙덩어리로 콱콱 틀어막아서 숨실 틈 없는 통 속에다가 온몸을 집어 넣고 꽉 누르는 듯이 안타깝고 갑갑하여 울려야 소리가 나지 않는다.

가슴이 뭉클하고 뿌지지하더니 목구멍에서 비린 냄새가 왈칵 코를 찌를때, 그는 왝하면서 어깨를 으쓱하였다. 그의 입에서는 검붉은 선지피가 울컥 나왔다. 그는 쇠말뚝을 꽉 겯는* 듯한 가슴을 부둥키고 까무라쳤다.

문구멍으로 흘러드는 붉은 별은 두 사람의 몸 위에 등그런 인을 쳤

---

* 쓰러지지 않게 어긋장하게 세움.

다. 뿌연 먼지가 누런 햇발 속에 서리서리 떠오른다. 파리떼는 더욱 웅성거린다.

7

"제마! 애고! 아야! 내 제마!"

하는 소리에 박돌 어미는 머리를 번쩍 들었다. 문을 내다보는 그의 두 눈은 유난히 번득였다.

이때 그의 눈속에는 보이는 것이 있었다.

낮인가? 밤인가? 밤 같기는 한데 어둡지는 않고 낮 같기는 한데 볕이 없는 음침한 곳이다. 바람은 분다 하나 나뭇가지는 떨리지 않고 비는 온다 하나 빗소리는커녕 빗발도 보이지 않는 흐리머리한 빗속이다. 살이 피둥피둥하고 얼굴이 검붉은 자가 박돌의 목을 매어 끌고 험한 가시밭 속으로 달아난다.

"애고! 애고—곡 제…… 제마! 제마!"

박돌의 몸은 돌을 부딪치고 가시에 찢겨서 온몸이 피투성이가 되었다. 피투성이 속으로 울러 나오는 박돌의 신음 소리는 째릿째릿하게 들렸다.

"으응……?"

박돌 어미는 몸을 부르르 떨었다. 그는 머리를 번쩍 들었다. 부릅뜬 두 눈에서는 이상스러운 빛이 창문을 냅다 쏜다. 그는 도야지를 보고 으르는 개처럼 이를 악물고 번쩍 일어서더니 창문을 냅다 차고 밖으로 뛰어나갔다.

먼지가 뿌연 그의 머리카락은 터부룩하여 머리를 흔드는 대로 산산이 흩날린다. 입과 코에는 피 흘린 흔적이 임리하고* 저고리와 치마 앞

---

* 흠뻑 젖어 흘러내리다.

은 피투성이 되었다.

"야 이놈아, 내 박돌이를 내놔라! 에구 박돌아! 박돌아! 야 이놈으 새끼야, 우리 박돌이를 내놔라!"

그는 무엇을 뚫어지도록 눈이 퀭해 보면서 허둥지둥 뛰어간다.

"야 이놈아! 저놈이 저기를 가는구나!"

그는 동계사무소洞契事務所 앞 골목으로 내뛰더니 오른편으로 휙 돌아 정직상점正直商店 뒷골목으로 내리뛰면서 손뼉을 짝짝 친다. 산란한 머리카락은 휘휘 날린다.

"에구 저게 웬일이야?"

"박돌 어미가 미쳤네!"

"저게 웬 에미넨(여편네)구!"

길에 있던 사람들은 눈이 둥그래 피하면서 한 마디씩 뇌인다. 웬 개 한 마리는 짖으면서 박돌 어미 뒤를 쫓아간다.

"이놈아! 저놈이 내 박돌이를 끌고 어디를 가니? 응, 이놈아!"

뛰어가는 박돌 어미는 소리를 치면서 이를 간다. 도끼눈을 뜨는 두 눈에는 이상스런 빛이 허공을 쏘았다. 그 모양을 보는 사람은 누구나 소리를 치고 물러선다.

"이놈아 이놈아! 거기 놔라! 저놈이 내 박돌이를 불 속에 집어넣네…… 에구구…… 끔찍도 해라. 에구 박돌아."

"응 박돌아 그 돌(石)을 쥐어라! 꼭 붙들어라!"

박돌 어미는 이를 빡빡 갈면서 서너 집 지내 내려오다가 커단 대문 단 기와집으로 쑥 들이뛴다. 그 대문에는 김병원 진찰소金丙元診察所라는 팔푼八分으로 쓴 간판이 붙었다.

"저놈이…… 저 방으로 들어가지? 이놈! 네 죽어 봐라, 가문 어디로 가겠니?"

두 눈에 불이 휑한 박돌 어미는 툇마루 놓인 방 미닫이를 차고 뛰어

들어가서 그 집 주인 김 초시의 멱살을 잡았다.

멱살을 잡힌 김 초시는 눈이 둥그래서,

"이…… 이…… 이게…… 무슨 일이야?"

하며 황겁하여 웃방으로 들이뛰려고 한다.

"이놈아! 네가 시방 우리 박돌이를 끌어다가 불속에 넣었지? 박돌이
를 내놔라! 박돌아!"

날카롭고 처량한 그 소리에 주위의 공기는 싹싹 에어지는 듯하였다.

"아…… 아…… 박돌이를 내 가졌느냐? 웬일이냐?"

박돌이란 소리에 김초시 가슴은 뜨끔하였다. 김초시는 벌벌 떨면서
박돌 어미 손에서 몸을 빼려고 애를 쓴다. 두 몸은 이리 밀리며 저리 쓰
러져서 서투른 씨름꾼의 씨름 같다.

약장은 넘어지고 요강은 엎질러졌다. 우시시한 초약과 넌들넌들한
가래며 오줌이 한데 범벅이 되어서 돗자리에 흩어졌다.

"야 이년아! 이 더러운 년아! 남의 집에 왜 와서 이 야단이냐?"

얼굴에 독살이 잔뜩 나서 박돌 어미에게로 달려들던 주인 여편네는
피흔적이 임리한 박돌 어미의 입과 켕한 그 눈을 보더니,

"에구, 저 에미네 미쳤는가?"

하면서 뒤로 주춤한다.

김초시의 멱살을 잔뜩 부여잡은 박돌어미는 이를 야금야금하면서 주
인 여편네를 노려본다.

주인 여편네는 뛰어다니면서 구원을 청하였다.

김초시 집 마당에는 어린애 어른 할 것 없이 모여들었다. 그러나 모
두 박돌 어미의 꼴을 보고는 얼른 대들지 못한다.

"응 이놈아!"

박돌 어미는 김초시의 상투를 휘어잡으며 그의 낯에 입을 대었다.

"에구! 사람이 죽소!"

방바닥에 덜컥 자빠지면서 부르짖는 김초시의 소리는 처량히 울렸다.

사내 몇 사람은 방으로 뛰어들어간다.

"이놈아! 내 박돌이를 불에 넣었으니 네 고기를 내가 씹겠다."

박돌 어미는 김초시의 가슴을 타고 앉아서 그의 낯을 물어뜯는다. 코, 입, 귀…… 검붉은 피는 두 사람의 온몸에 발리었다.

"어찌 저럼메?"

"모르겠소."

밖에 선 사람들은 서로 의아해서 묻는다. 모든 사람은 일종 엷은 공포에 떨었다.

"그까짓 놈(김초시) 죽어도 싸지! 못할 짓도 하더니."

이렇게 혼잣말처럼 뇌이는 사람도 있다.

—1925년 3월 하순.

기아와 살육

1

경수는 묶은 나뭇짐을 질머졌다.

힘에야 부치거나 말거나 가다가 거꾸러지더라도 일기가 사납지 않으면 좀 더하려고 하였으나 속이 비고 등이 시려서 견딜 수 없었다.

키 넘는 나뭇짐을 가까스로 진 경수는 끙끙거리면서 험한 비탈길로 엉금엉금 걸었다. 짐바가 두 어깨를 꼭 조여서 가슴은 뻐그러지는 듯하고 다리는 부들부들 떨려서 까딱하면 뒤로 자빠지거나 앞으로 곤두박질할 것 같다. 짐에 괴로운 그는

"이놈 남의 나무를 왜 도적질해 가니?"

하고 산임자가 뒷덜미를 집는 것 같아서 마음까지 괴로왔다. 벗어 버리고 싶은 마음이 여러번 나다가도 식구의 덜덜 떠는 꼴을 생각할 때면 다시 이를 갈고 기운을 가다듬었다.

서북으로 쏠려오는 차디찬 바람은 그의 가슴을 창살같이 쏜다. 하늘은 담북 흐려서 사면은 어득충충하다.

오리가 가까운 집까지 왔을 때, 경수의 전신은 땀에 후질근하였다. 몸을 움직일 때마다 의복 속으로 퀴지근한 땀 냄새가 물신물신 난다.

그는 부엌방 문앞에 이르러서 나뭇짐을 진 채로 펑덩 주저앉았다.

"인제는 다 왔구나."

하고 생각할 때, 긴장되었던 그의 신경은 줄 끊어진 활등같이 흐뭇하여 져서 손가락 하나 꼼짝할 용기도 나지 않았다

"해해 아빠 왔다. 아빠! 해해."

뚫어진 문구멍으로 경수를 내다보면서 문을 탁탁 치는 것은 금년에 세살 나는 학실이었다. 꿈 같은 피곤에 쌓였던 경수는 문구멍으로 내다 보는 그 딸이 방긋 웃는 머루알 같은 눈을 보고 연한 소리를 들을 제 극히 정결 하고 순화하고 부드럽고 따뜻한— 무어라 형용키 어려운 감정이 그 가슴에 넘쳤다. 그는 문이라도 부수고 들어가서 학실이를 꼭 껴 안고 그 연한 입술을 쪽쪽 빨고 싶었다.

"으—응, 학실이냐?"

그는 빙그레 웃으면서 바와 낫을 뽑아들었다. 이때 부엌문이 덜컥 열 렸다.

"이제 오니? 너 오늘 추웠겠구나! 배두 고프겠는데 어찌겠는구?"

하면서 내다보는 늙은 부인은 억색해한다.

"어머니는 별 걱정을 다 함메! 일 없소."

여러 해 동안 겪은 풍상고초를 상징하는 그 어머니의 주름잡힌 낯을 볼 때마다 경수의 가슴은 전기를 받는 듯이 찌르르하였다.

2

경수는 부엌에 들어섰다. (복도는 부엌과 구들이, 사이에 벽없이 한데 이어 있다)

벽에는 서리가 드리돋고 구들에는 먼지가 풀석풀석 일어나는 이 어 둑한 실내를 볼 때, 그는 새삼스럽게 서양 소설에 나타나는 비밀 지하

실을 상상하였다 경수는,

"아빠, 아빠!"

하고 달룽달룽 쫓아와서 오금에 매어달리는 학실이를 안고 문 앞에 앉아서 부뚜막을 또 물끄러미 보았다. 산후풍産後風이 다시 일어서 벌써 열흘 넘어 신음하는 경수의 아내는 때가 지덕지덕한 포대기와 의복에 싸여서 부뚜막에 고요히 누워 있다. 힘없이 감은 두 눈은 쑥 들어가고 그리 풍부치 못하던 살은 쪽 빠져서 관골이 툭 나왔다.

"내 간 연에 더하지는 않았소?"

"더하지는 않았다마는 사람은 점점 그른다."

창문을 멍하니 보던 그 어머니는 머리를 돌려서 곁에 누운 며느리를 힘없이 본다.

문구멍으로 흘러드는 바람은 몹시 쌀쌀하다. 여러 날 불끈 후 구들은 얼음장같이 뼈가 제릿제릿하다.

누덕치마 하나도 못 얻어입고 입술이 파—래서 겨울을 지내는 학실이는 방긋방긋 웃으면서 경수의 무릎에 올라앉았다가는 내려서 등에가 업히고, 업혔다가는 무릎에 와 안기면서 알아 못 들을 어눌한 소리르 무어라고 지껄이기도 한다.

"안채에서는 아까두 또 나와서 야단을 치구……"

그 어머니는 차마 못 할 소리를 하듯이 혀끝을 흐리머리해 버린다.

"미친놈들 같으니라구, 누가 집세를 떼먹나! 또 좀 떼우면 어때?"

경호는 억결에 내쏘았다.

"야 듣겠다. 안 그렇겠늬? 받을 꺼 워쩌(어째) 안 받자구 하겠늬? 안주는 우리가 글치……"

하는 어머니의 소리는 처참한 처지를 다시금 저주하는 듯했다.

"글키는? 우리가 두고 안 준답듸까? 에그, 그 게트름하는 꼴들을 보지 말구 살았으면……"

경수는 홧김에 이렇게 쏘았으나 그 가슴에는 천사만고*가 우물거린다.

어머니의 시대에는 남부럽잖게 지내다가 어머니가 늙은 오늘날, 즉 자기가 주인이 된 이때에 와서 어머니와 처와 자식을 뼈저린 냉방에서 주리게 하는 것을 생각하는 때면 자기가 이십여 년간 밟아 온 모든 것이 한푼 가치가 없는 것 같고, 차마 내가 주인이라고 식구들 앞에 낯을 드러내놓기가 부끄러웠다.

"학교? 흥 그까짓 중학은 다녔대야 무얼 한 게 있누? 학비 때문에 오막살이까지 쏟아가면서 마쳤으나 무엇이 한 것이 있나? 공연히 식구만 못 살게 굴었지!"

그는 이렇게 하루도 몇 번씩 자기의 소행을 후회하고 저주하였다. 그러다가도,

"아니다. 아니다."

머리를 흔들면서,

"내가 그른가? 공부도 있는 놈만 해야 하나! 식구가 빌어먹게 집까지 팔면서 공부하게 한 죄가 뉘게 있늬? 내게 있을까? 과연 내게 있을까? 아아, 세상은 그렇게 알 터이지. 흥, 공부를 하고도 먹을 수 없어서 더 궁항에 들게 되니, 이것도 내 허물인가? 일을 하잖는다구? 일! 무슨 일? 농촌으로 돌아든대야 내게 밭이 있나, 도회로 나간대야 내게 자본이 있나? 교사 노릇이나 사무원 노릇을 한대야 좀 뽀루퉁한 말을 하면 단박 집어세이고**……. 그러면 나는 죽어야 옳은가? 왜 죽어? 시퍼렇게 산 놈이 왜 그저 죽어? 살 구멍을 뚫다가 죽어두 죽지! 왜 거저 죽어? 세상에 먹을 것이 없나, 입을 것이 없나! 입을 것 먹을 것이 수두룩하지! 몇 놈이 혼자 가졌으니 그렇지! 있는 놈은 너무 있어서 걱정하는데 한편에서는 없어서 죽으니 이놈의 세상을 거저 두나?"

---

* 千思萬考 : 여러 가지로 생각함.
** 말과 행동으로 닦달하고.

경수는 이렇게 도쳐* 생각할 때면 전신의 피가 막 끓어올라서 소리를 지르고 뛰어나가면서 지구 덩어리까지라도 부숴 놓고 싶었다. 그러나 미약한 자기의 힘을 돌야보고 자기 한몸이 없어진 뒤의 식구(자기에게 목숨을 의탁한)의 정상이 눈앞에 선히 보이는 듯할 때면 '더 참자!' 하는 의지가 끓는 감정을 눌렀다.

그는 어디서든지 처지가 절박한 사람을 보면 가슴이 찌르르하면서도, 그 무리를 짓밟는 흉악한 그림자가 눈앞에 뵈는 듯해서 퍽 불쾌하였다.

"아아, 내가 왜 주저를 하나? 모두 다 집어치워라. 어머니, 처, 자식—그 조그마한 데 끌릴 것 없다. 내 식구만 불쌍하냐? 세상에는 내 식구보다도 백배나 주리는 사람이 있다. 이것저것 다 돌볼 것 없이 모든 인류가 다같이 살아갈 운동에 몸을 바치자!"

그는 속으로 이렇게 결심도 하고 분개도 하였으나 아직 그렇게 나서기에는 용기가 부족하였다. 아니 용기가 부족이라는 것보담 식구에게 대한 애착이 너무 컸다.

지금도 어수선한 광경에 자극을 받은 경수는 무릎을 끌어안은 두 손 엄지가락을 맞이어 배배 돌리면서 소리 없는 아내의 골을 골똘히 보고 있다.

철없는 학실이는 그저 몸에 와서 지근지근한다. 아까는 귀엽던 학실이도 이제는 귀찮았다. 그는 학실이를 보고,

"내가 자겠다. 할머니 있는 데로 가거라."

하면서 부엌에서 불을 때는 어머니를 가리켰다. 그리고 그는 그냥 드러누웠다. 그는 이 생각 저 생각 끝에, 모두 죽어라! 하고 온 식구를 저주했다. 모두 다 죽어 주었으면 큰 짐이나 벗어놓은 듯이 시원할 것 같다.

---

* 돋구어.

"아니다. 그네도 사람이다! 산 사람이다. 내가, 내 삶을 아낀다 하면 그네도 그네의 삶을 아낄 것이다. 왜 죽으라고 해! 그네들을 이 땅에 묻어? 내가 데리고 이 북만주에 와서 그네들은 여기다 묻어 놓고 내 혼자 잘 살아가? 아아, 만일 그렇다 해 보자! 무덤을 등지고 나가는 내 자국 자국에 붉은 피가! 저주의 피가 콜작콜작 괴일 테니 낸들 무엇이 바로 되랴? 응! 내가 왜 죽으려고 했을까? 살자! 뼈가 부서져도 같이 살자! 죽으면 같이 죽고!"

그는 무서운 꿈이나 본 듯이 눈을 번쩍 떴다가 다시 감으면서 돌아누 웠다.

3

경수는 돌아누운 대로 꼼짝하지 안고 또 깊은 생각에 잠겼다.

"여보!"

잠잠하던 아내는 경수를 부른다 그 소리는 가까스로 입 밖에 흘러나 오는 듯이 미미하다.

"또 어째 그러오?"

경수는 낯을 찡그리고 획 일어나면서 역증나게 대답했다. 그러나 그 것은 아내의 부르는 것이 역증이 나거나 귀찮아서 그런 것이 아니었다. 가슴에 알지 못할 불쾌한 감정이 울근불근할 제 제 기분에 뭇 겨워서 그렇게 대답한 것이다. 그 아내는 벌떡 일어나는 경수를 보더니 아무 소리 없이 눈을 스르르 감는다. 감은 그 눈으로부터 굵은 눈물이 뚝뚝 흘러 해쓱한 뺨을 스치고 거적자리에 떨어진다. 그것을 볼 때 경수의 가슴은 몹시 쓰렸다. 일없이 퉁성스럽게 대답한 것이 후회스러웠다. 자 기를 따라 수천리 타국에 와서 주리고 헐벗다가 병나 드러누운 아내에 게 의약을 못써주는 자기가 말로라도 왜 다정히 못해 주었을까? 하는 생각이 치밀 때, 그는 죄송스럽고 애절하고 통탄스러웠다. 이때 그 아내가 일어나서 도끼로 경수의 목을 자른다 하더라도 그는 순종하였을 것이다. 그는 아내를 얼싸안고 자기의 잘못을 백번 사례하고 싶었다.

"여보! 어디 몹시 아프우!"

경수는 다정스럽게 물으면서 곁으로 갔다.

"야 이거 또 풍風이 이는 게다."

불을 때고 올라와서 학실이를 재우던 어머니는 며느리의 낯을 보더니 겁난 목소리로 부르짖는다.

이를 꼭 아문 병인의 이마에는 진땀이 좁쌀같이 빠직빠직 돋았다. 사들사들한 두 입술은 시우쇠*빛같이 파랗다. 콧등에도 땀방울이 뽀직뽀직 흐른다. 그의 호흡은 몹시 급하다. 여러날 경험에 병세를 짐작하는 경수의 모자는 포대기를 들고 병인의 팔과 다리를 보았다. 열 발가락, 열 손가락은 꼭꼭 곱아들었고 팔다리의 관절관절은 말끔 줄어붙어서 소디손** 나무통에다가 집어넣은 사람같이 되었다

어머니와 경수는 이전처럼 그 팔다리를 주물러 펴려고 애썼으나 점점 줄어붙어서 쇳덩어리같이 굳어만 지고 병인은 더욱 괴로워 한다.

"여보, 속은 어떠오?"

경수는 물 퍼붓듯하는 아내의 이마의 땀을 씻으면서 물었다. 아내는 무슨 말을 하려고 입술을 너분적거리나 혀가 굳어서 하지 못하고 눈만 번쩍떠서 경수를 보더니 다시 감는다. 그 두 눈에는 핏발이 새빨갛게 섰다. 경수는 가슴이 찌르르하고 머리가 멍할 뿐이었다.

"야, 학실 어멈아! 니 이게 오늘은 웬일이냐? 말두 못 하늬? 에구! 워쩐 땀을 저리두 흘리니?"

어머니는 부들부들 떨면서 병인의 팔다리를 주무른다. 병인은 호흡

---

* 무쇠를 불려서 만든 쇠붙이의 일종.
** 솔다. 넓이나 모양이 좁다.

이 점점 높아가고 전신에서 흐르는 땀은 의복 거죽까지 내배어서 포대기를 들썩거릴 때마다 김이 물씬물씬 오른다.

"에구 네가 죽는구나! 에구 어찌겠는구! 너를 따뜻한 죽 한술 못 멕이고 죽이는구나! 하—야 학실 아비야! 가봐라! 응? 또 가봐라, 가서 사정해라! 의원醫員두 목석이 아니면 이번에야 오겠지! 좀 가 봐라. 침이라두 맞혀 보고 죽어야 원통찮지!"

경수는 벌떡 일어섰다. 무슨 결심이나 한 듯이 그의 눈에는 엄연한 빛이 돈다.

4

네 번이나 사절하고 응하지 않던 최 의사는 어찌 생각하였는지 오늘은 경수를 따라왔다.

맥을 짚어 본 의사는 병을 고칠 테니 의채 오십 원을 주겠다는 계약을 쓰라한다.

경수 모자는 한참 묵묵하였다.

병인의 고통은 점점 심해간다.

경수는 몸이 부르르 떨렸다. 최 의사를 담박 때려서 죽여 버리고 싶었다. 그러나 일각이 시급한 아내를 살려야 하겠다 생각하면 그의 머리는 숙어지지 않을 수 없었다. 그러나 이를 어찌하랴? 그러랴 하면 오십원을 내놓아야 하겠으니 오십 원은 커녕 오 전이나 있나? 못 하겠소 하면 아내는 죽는다.

"아아, 그래 나의 아내는 죽는가?"

생각할 때 그의 오장은 칼에 푹푹 찢기는 듯하였다.

"시방 돈이 없더라도 일없소. 연기를 했다가 일후에 주어도 좋지. 계약서만 써 놓으면……."

의사는 벌써 눈치채었다는 수작이다.

경수는 벼루를 집어다가 계약서를 써 주었다. 그 계약서는 이렇게 썼다.

—의채 일금 오십 원을 한달 안으로 보급하되 만일 위약하는 때면 경수가 최의사 집에 가서 머슴 일년 동안 살—일—

의사는 경수 아내의 팔다리를 동침으로 쑥쑥 지르고 나서 약화제 한 장을 써 주면서,

"이것을 가지고 박주사 약국에 가 보오. 내 약국에는 인삼이 없어서 못 짓겠으니."

하고는 돌아보지 않고 가 버렸다.

병인은 사지는 점점 풀리면서 호흡이 순하여진다.

경수는 차마 발길이 떨어지지 않았다. 그 약국 문앞에 이르러서 퍽 주저거리다가 할 수 없이 방에 들어섰다.

약 냄새는 코를 툭 찌른다. 그는 주저거리다간 겨우 입을 열었다.

"약을 좀 지어 주시오."

약국 주인은 아무 말 없이 화제를 집어서 보다가 수판을 자각자각 놓더니,

"돈 가지고 왔소?"

하면서 경수를 본다. 경수의 낯은 화끈하였다.

"돈은 낼 드릴 테니 좀 지어 주시오."

경수의 목소리는 간수 앞에서 면회를 청하는 죄수의 소리 같다.

약국 주인은 아무 말도 없이 이마를 찡기면서 저편 방으로 들어간다. 경수는 모든 설움이 복받쳐서 눈물에 앞이 캄캄하였다. 일종의 분노도 없지 않았다. 세상은 너무도 자기를 학대하는 것 같았다. 그것이 새삼스

럽게 슬프고 쓰리고 원통하였다. 방안에 걸어 놓은 약봉지까지 자기를 비웃고 가라고 쫓는 것 같았다. 그는 소리 없는 눈물을 주먹으로 씻으면서 약국문을 나섰다. 약국을 나선 경수는 감옥에서나 벗어난 듯이 시원하지만 빈손으로 집에 들어갈 일을 생각하면 또 부끄럽고 구슬펐다.

5

경수는 집으로 돌아왔다.

집안은 황혼빛이 어둑하여 모두 희미하게 보인다. 그는 아내의 곁에 가 앉았다.

"좀 어떻소? 어머니는 어디루 갔소?"

"어마님은 그집(당신)에서 나간 담에 이내 나가서 시방 안 들어왔소. 약지어 왔소?"

아내의 소리는 퍽 부드러웠다. 경수는 무어라 대답하면 좋을지 몰랐다. 어서 괴로운 병을 벗어나서, 한 찰나라도 건신한 생을 얻으려는 그 아내에게―, 그가 먹어야만 될 약을 못 지어 왔소 하기는 남편되는 자기의 입으로는 차마 말할 수 없었다.

"지금 지어요. 나는 당신이 더하지 않는가 해서 왔소. 이제 또 가지러 가겠소."

경수는 아무쪼록 아내의 마음을 위로하려고 이렇게 말하였다. 그러나 그것이 경수에게는 더욱 고통이 되었다. 내가 왜 진실히 말 안 했누? 생각할 때, 그 순박한 아내를 속인 것이 무어라 할 수 없이 가슴이 아팠다. 아내는 그 약을 기다릴 것이다. 그 약에 의하여 괴로운 순간을 벗으려고 애써 기다릴 것이다. 이렇게 생각하면서도 그것이 거짓말이라고 고백할 수도 없었다.

"돈 없다구 약국쟁이가 무시기라구 안 합데?"

"흥!"

경수는 그 소리에 가슴이 꽉 막혔다. 그 무슨 의미로 흥! 했는지 자기도 몰랐다. 그는 아무 소리 없이 손가락만 비비고 앉았다 어머니가 얼른 오시잖는 것이 퍽 조마조마하였다. 그는 불만 멍하니 쳐다보았다. 빤한 기름불은 실룩실룩하여 무슨 괴화같이 보이더니 인제는 윤곽만 희미하여 무리를 하는 햇빛 같다. 모든 빛은 흐리멍덩하다. 자기 몸은 꺼먼 구름에 싸여서 밑없고 끝없는 나라로 흥덩거려* 들어가는 것 같다.

꺼지고 거무레한 그의 눈 가장자리가 실룩실룩하더니 누른 빛을 띤 흰자위에 꾹 박인 두 검은자위가 점점 한 곳으로 모여서 모들떴다.** 그의 낯빛은 검푸르러 가며 두 뺨과 입술은 경련적으로 떨린다.

그는 모들뜬 눈을 점점 똑바로 떠서 부뚜막을 노려보고 있다. 그의 눈에는 새로 보이는 괴물이 있다. 그 괴물들은 탐욕貪慾의 붉은 빛이 어리어리한 눈을 날카롭게 번쩍거리면서 철관鐵管으로 경수 아내의 심장을 꾹 질러놓고는 검붉은 피를 쭉쭉 빨아먹는다. 병인은 낯이 새까맣게 질려서 버둥거리며 신음한다. 그렇게 괴로워할 때마다 두 남녀는 피에 물든 새빨간 혀를 내두르면서 '하하하' 웃고 손뼉을 친다.

경수는 주먹을 부르쥐면서 소름을 쳤다. 그는 뼈가 짜릿짜릿하고 염통이 쏙쏙 찔렸다. 그는 자기 옆에도 무엇이 있는 것을 보았다. 눈깔이 벌건 자들이 검붉은 손으로 자기의 팔다리를 꼭 잡고 철관으로 자기의 염통 피를 빨면서 홍소哄笑를 친다. 수염이 많이 나고 낯이 시뻘건 자는 학실이를 집어서 바작바작 깨물어 먹는다. 경수는 악 소리를 치면서 벌떡 일어났다. 그것은 한 환상이었다. 그는 무서운 사실을 금방 겪은 듯이 눈을 부비면서 다시 방안을 돌아보았다. 불빛이 어스름한 방안은 여

---

*넘쳐 흘러.
**가운데로 몰아서 뜨다.

전하다.

그의 어머니는 그저 오지 않았다. 오늘날은 어머니가 어떻게 기다려지는지 마음이 퍽 조렸다. 너무도 괴로와서 뉘집 우물에 가서 빠져죽은 것 같기도 하고 어느 나뭇가지에 가서 목이라도 맨 것 같이도 생각되었다. 그럴 때면 기구한 어머니의 시체가 눈에 보이는 듯하였다. 그는 뒷간에도 가 보고 슬그머니 앞집 우물에도 가 보았다. 그 어머니는 없었다. 그럴 리가 없겠지? 하고 자기의 무서운 상상을 부인할 때마다 그러한 생각을 하는 자기가 고약스럽고 악착스러웠다.

이렇게 마음을 졸이는 경수는 잠든 아내의 곁에 앉았다.

학실이도 그저 깨지 않고 잘 잔다. 뼈저리게 차던 구들이 뜨뜻하니 수마睡魔가 모든 사람을 침범한 것이다. 경수도 몸이 노군하면서 졸음이 왔다.

"경수 있나?"

밖에서 부르는 소리에 경수는 깜짝 놀라 일어났다. 이때 그의 심정은 그에게 무슨 불길不吉을 가르치는 듯하였다.

경수는 문밖에 나섰다.

쌀쌀한 어둠 속에서 사람들이 수근거린다. 그는 공연히 가슴이 덜컥하고 두근두근하였다. 그는 앞뒤를 얼결에 돌아보았다. 누군가 히슥한 것을 등에 업고 경수의 앞에 나타났다.

"아이구 어머니!"

그 사람의 등에 업힌 것을 들여다보던 경수는 이렇게 소리를 지르면서 축 늘어져서 정신 없는 어머니에게 매어달렸다.

6

경수의 어머니는 방에 들여다 눕혔다. 다리와 팔에서는 검붉은 피가 그저 줄줄 흘러서 걸레 같은 치마저고리에 피 흔적이 임리하다.* 낮에 고기도 척척 떨어졌다.** 그는 정신 없이 축 늘어졌다. 사지는 냉랭하고 가슴만 팔딱팔딱한다.

경수는 갑갑하여 울음도 나지 않고 말도 나오지 않았다.

"이게 어쩐 일이요?"

주욱 모여 선 사람 가운데서 누가 묻는다. 입을 쩍쩍 다시고 앉았던 김참봉은 말을 내었다.

"하, 내가 지금 최도감하고 '물남'에 갔다오는데요, 물 건너 되놈(支那人)의 집 있는데루 가까이 오니 그늠으 집 개가 어떻게 짖는지! 워낙 그늠의 집 개가 사나운 개니까 미리 알아채리느라구 돌째기(돌멩이)를 찾느라고 엎대서 끙끙하는데 '사람 살리오!' 하는 소리가 개소리 가운데 모기 소리만큼 들린단 말이야! 그래 최 도감하구 둘이 달려가 보니까 웬 사람을 그늠으 개들이 물어뜯겠지! 그래 소리를 쳐서 주인을 부른다, 개를 쫓는다 하구 보니 아 이 늙은이겠지."

하며 김 참봉은 경수 어머니를 가리킨다.

"에구 그놈의 개가 상년에두 사람을 물어죽였지—."

누가 말한다.

"그래 남자는 가만히 있었나?"

또 누가 묻는다.

"그 되놈덜! 개를 클아배(할아버지)보담 더 모시는데! 사람을 문다구 누군지 그 개를 때렸다가 혼이 났는데두!"

"이놈(支那人)의 땅에 사는 우리가 불쌍하지!"

이 사람 저 사람의 소리에 말을 끊었던 김참봉은 또 입을 열었다.

"그래 몸을 잡아 일으키니 벌써 정신을 잃었겠지요. 그런데두 무시긴

---

* 홍건하다.
** 얼굴의 살점이 떨어지다.

지 저거는 옆구리에 꼭 껴안고 있어."

하면서 방바닥에 놓은 조그마한 보퉁이를 가리킨다.

"그게 무시기요?"

하면서 누가 그것을 풀었다. 거기서는 한 되도 못 되는 누런 좁쌀이 우시시 나타났다. 경수 어머니는 앓는 며느리를 먹이려고 자기 머리의 다리月子를 풀어 가지고 물남에 쌀 팔러 갔었던 것이다.

자던 학실이는 언제 깨었는지, 터벅터벅 기어와서 할머니를 쥐어흔든다.

"할머니, 일어나라, 이차! 이—차."

학실이는 항상 하는 것같이 잠든 할머니를 깨우는 모양으로 할머니의 머리를 들어 일으키려고 한다. 경수의 아내는 흑흑 운다. 너무도 무서운 광경에 놀랬는지 그는 또 풍증이 일어났다. 철없는 학실이는 할머니가 일어나지 않고 대답도 없으니 어미 있는 데 가서 젖을 달라고 가슴에 매어 달린다. 괴로와하는 그 어미의 호흡은 점점 커졌다.

모였던 사람은 하나 둘씩 흩어진다. 누가 따뜻한 물 한술 갖다주는 이가 없다.

경수는 머리가 띵하였다. 그는 사지가 경련되는 것을 느꼈다. 그의 가슴에서는 연덩어리*가 쑤심질하는 듯도 하고 캐—한 연기가 팽팽도는 듯도 하고 오장을 바늘로 쏙쏙 찌르는 듯도 해서 무어라 형언할 수 없었다. 갑자기 하늘은 시커멓게 흐리고 땅은 쿵쿵 꺼져 들어간다. 어둑한 구석구석으로서는 몸서리치도록 무서운 악마들이 뛰어나와서 세상을 깡그리 태워 버리려는 듯이 뻘건 불길을 활활 내뿜는다. 그 불은 집을 불사르고 어머니를, 아내를, 학실이를, 자기까지 태워 버리려고 확확 몰켜왔다.

---

* 납덩어리.

뻘건 불 속에서는 시퍼런 칼을 든 악마들이 불끈불끈 나타나서 온 식구들을 쿡쿡 찌른다. 피를 흘리면서 혀를 가로 물고 쓰러져 가는 식구들의 괴로운 신음소리는 차마 들을 수없이 뼈까지 저리다. 그 괴로와하는 삶生을 어서 면케 하고 싶었다. 이런 환상이 그의 눈앞에 활동사진 같이 나타날 때,

"아아, 부숴라! 모두 부숴라!"

소리를 지르면서 그는 벌떡 일어섰다. 그의 손에는 식칼이 쥐어졌다. 그는 으악— 소리를 치면서 칼을 들어서 내리찍었다. 아내, 학실이, 어머니, 할것 없이 내리찍었다. 칼에 찍힌 세 생령은 부르르 떨며, 방안에는 피비린내가 탁해졌다.

"모두 죽여라! 이놈의 세상을 부시자! 복마전伏魔殿 같은 이놈의 세상을 부시자! 모두 죽여라!"

밖으로 뛰어나오면서 외치는 그 소리는 침침한 어둠속에 쌀쌀한 바람과 같이 처량히 울렸다. 그는 쓸쓸한 거리에 나섰다. 좌우에 고요히 늘어 있는 몇 개의 상점은 빈지*를 반은 닫고 반은 열어놓았다.

경수의 눈앞에는 아무 거리낄 것, 아무 주저할 것이 없었다. 그는 허둥지둥 올라가면서 다 닥치는 대로 부신다. 상점이 보이면 상점을 짓모으고 사람이 보이면 사람을 찔렀다.

"훙으적(도적놈)이야!"

"저 미친 놈 봐라!"

고요하던 거리에는 사람들의 소리가 요란하다.

"내가 미쳐? 내가 도적놈이야? 이 악마 같은 놈들 다 죽인다!"

경수는 어느새 웃장거리 중국 경찰서 앞까지 이르렀다. 그는 경찰서 앞에서 파수보는 순사를 콱 찔러 누이고 안으로 뛰어들어갔다. 창문을

———
* 널빈지. 한 짝씩 끼었다 떼었다 하게 만들어진 문.

부순다. 보이는 사람대로 찌른다.

"꽝…… 꽝…… 꽝꽝."

경찰서 앞에서는 총소리가 연방 났다. 벽력같이 울리는 총소리는 쌀쌀한 바람과 함께 쓸쓸한 거리에 처량히 울렸다.

모—든 누리는 공포의 침묵에 잠겼다.

—1925년 5월 17일.

기아

1

"여보!"

서재에서 인의론仁義論을 쓰던 최순호는 그 아내 경희의 부르는 소리에 붓을 멈추었다.

"여보세요. 거기 계세요."

남편의 대답이 늦으니까 재차 부르는 소리가 들린다.

으스름한 초승 달빛이 소리 없이 흐르는 뜰을 지나 순호의 서잿방으로 울려 들어오는 그 소리는 몹시 거칠다. 그러자 뒤따라,

"으아 엄마―."

하는 어린애 울음소리가 처량히 들린다.

"왜 그러 우."

순호는 아내의 소리에 맞장구를 치면서 교의에서 일어섰다.

"이리 좀 나와요. 누가 애를 버리고 갔어요."

그 소리는 날카롭게 순호의 신경을 찌르르 울렸다. 그러나 순호는 아주 진중한 태도로 천천히 걸어서 밖으로 나간다.

"한멈."

경희는 악스럽게 할멈을 부르더니,

"이 뒷집 언니 좀 오시래! 큰일났네."

퍽 황급해한다.

순호는 마루 아래 내려섰다. 서늘한 초가을의 으스름 달빛은 퍽 처량히 뜰을 엿보고 있다. 뜰에는 어느새 여자의 그림자가 대여섯이나 어른거린다.

"애, 너 웬 애냐? 응. 울지 말고 이리 오너라."

순호는 천천히 대문간으로 걸어나간다.

어득시리한 대둔 그림자 속에 유령같이 어른거리는 조그마한 그림자는,

"어잉 엄마 — 잉잉 흑흑."

구슬피 부르짖으면서 밖으로 엉금엉금 나간다.

"아이 어서 붙잡아요. 어디로 가리다."

아까부터 마루에 선 채 뼈를 에는 듯이 톡톡 쏘는 경희의 소리는 무슨 분의 위급한 경우를 당한 듯이 퍽 황급해한다.

"애, 울지 마라! 너 웬 애냐? 응. 저리 가자."

순호는 어린것을 안 듯이 문간 바닥에서 넌짓넌짓 흰 포대기를 집어 들고 들어 온다.

어린것은 목을 놓아 악을 쓰고 운다. 붉은 몸뚱이에 찬물을 받은 사람 같이 흑흑 느껴 가면서 엄마를 부르는 그 소리는 차고도 혹독한 세상을 저주하는 듯이 마디마디 설움이 괴어서 오장이 스러지는 듯하다.

"그건 뭐라구 거기 놔요. 괜히 다치리다. 우리 집에 애가 없는 줄 알고 길러 줄까 해서 버린 게지."

어린것을 안아다가 마루에 놓으려는 순호를 보면서 그 아내 경희는 발악하듯이 소리를 지른다. 이때 경희의 머리에는 불쌍한 사람을 구호하라! 하고 오늘 아침 그 친구들께 권고하던 일이 언뜻 떠올라서 양심

인 좀 부끄러웠다.

"그러면 어떡하나?"

열렬한 인도주의자 순호는 어쩔 줄 모르고 주저거린다.

이때 웬 여자의 그림자가 문간에 급히 나타나더니,

"이게 웬일이야."

하면서 마룻간으로 간다. 그 여인은 유명한 전도 부인이다. 서재 유리 창으로 흘러오는 전등불 빛은 뜰 화단을 거쳐서 건너된 마루의 한 귀퉁 이를 붉게 비 추었다.

"아이 아니예요. 누가 문간에 애를 버리고 갔어요. 저를 어떠해요?"

경희는 큰 짐이나 진 듯이 걱정이 자심하다.

"아이 끔찍해라! 그래 누가 봤나?"

그 여자의 소리는 물에 빠진 사람 같다.

"지금 금방 한멈이 보고 일르기에 뛰어나오니 참말이겠지?"

"그린 한멈, 버리고 가는 사람을 못 보았나?"

휙 돌아서서 할멈인지 어둑한 처마 그늘 속에 서 있는 그림자를 보는 그 여자의 낮은 불빛을 받아서 불그레할 뿐 아무 흥분된 기색이 없다.

"아 지금 막 나가려는태 문밖에서 울음소리가 나갔지요. 그래 뛰어가 보니 웬 애가 포대기 속에 꾸무럭꾸무럭하면서…… 어찌 무서운지, 누 가 두고 갔는지 에구 끔찍두……."

할멈은 기가 막힌 듯이 서두없는 말을 늘어놓는다.

"엑 망할 연놈들 같으니라구, 제 자식을 버리다니."

그 여인은 혼잣소리 같이 뇌인다.

"그런데 이를 어찌나? 울기만 하니."

순호는 마루에 놓고 걱정한다.

"글쎄 저것을 마루에 놓면 어쩐단 말이오?"

경희는 발을 동동 구른다.

"울지 마라!"

언니란 여자는 애를 향해서 표독히 소리를 지른다. 어린것은 회피키 어려운 권력 아래서 행여나 구호자를 바라듯이 두리번두리번하면서 폭포같이 쏟쳐 나오던 울음을 흑흑 꺽꺽 그친다.

"얘, 네가 이름이 뭐냐, 응?"

최순호는 어린것을 보면서 물었다 그의 낯빛은 평시같이 천연하다. 어린애는 무섭다는 듯이 머리를 돌리면서 또 울음을 낸다.

"아앙 엄마— 흑흑."

"울지 마라, 귀 아프다."

어린것을 둘러싼 무리는 위협과 조소와 모욕과 멸시로 그의 울음을— 그가 기껏 울 수 있는 자유를 가진 울음까지 구속한다.

"한멈, 애를 업어다가 종로 경찰서로 가져가게, 응!"

할멈은 꼴을 찡기면서 어린것을 업고 나간다.

"엑 도척 같은 놈들! 자식을 버리다니?"

최순호는 혼잣말처럼 뇌이면서 업혀 나가는 어린것을 바라본다.

수수하던 마당 안은 잠깐 새에 무거운 침묵에 지배되었다. 달은 어느 새 서산에 걸려서 서쪽 집 그림자가 마당을 흐리었다. 마당에 고요히 서서 잠깐 새에 꼼짝하지 않은 사람의 그림자들은 송장을 받치어 세워 논 듯하다.

차고도 혹독한 세상을 마디마디 저주하듯이 할멈에게 업혀 가면서 지르는 그 쥐어짜내는 듯한 어린애 울음 소리는 점점 멀리 들리다가 스러졌다. 그러나 여러 사람의 눈과 귀에는 그 어린것의 참혹한 현상과 애처로운 소리가 그저 남아 있었다.

2

"엄마, 밥 주, 흐흥 흥!"

금년에 네 살 나는 학범이는 또 조르기 시작한다. 벌써 세 끼나 굶은 학범 어미는 배가 고프다 고프다 못해서 이제는 배만 허부러 저고 걸으려면 다리 가 부들부들한다.

"밥 흥, 밥이 웬 밥이냐?"

학범 어미도 처음에는 그 아들의 입술이 마르고 배가 등에 붙은 것을 보든지 그 남편이 빈 지게를 걸머지고 어두워서 추들추들히 들어오는 것을 보면 가긍스럽기도 하고 안타깝기도 하여 소리 없는 설움에 흐르는 줄 모르게 눈물이 때묻은 옷깃을 적시더니, 그것도 너무 여러 번이니 이제는 시들하다. 시들하다는 것보다 극도의 빈궁으로 일어나는 약이 머리끝까지 바싹 올라서 만사에 화만 무럭무럭 나고 아무것도 귀찮았다.

"으응흥! 엄마― 밥 주어 응, 엄마―."

그 소리는 억지로 짜내는 소리 같다.

"뻑은 못 견디게 군다. 네 아비더러 달라려므나! 나도 인제는 모르겠다."

마대 조각을 깔아 놓은 움 속에 드러누웠던 학범 어미는 귀찮은 듯이 소리를 지르면서 벌떡 일어앉았다. 속이 허영허영하고 머리가 어질어질하면서 눈앞이 갑자기 까매졌다.

그는 머리를 붙들고 그 자리에 쓰러졌다.

"앙― 아아 흥 밥을 주어, 흥흥 잉―."

학범이는 아무 응종 없이 쓰러져 있는 어미를 보더니 더욱 갑갑한지 쥐어짜내는 소리를 더 크게 지르면서 발버둥을 친다.

콧구멍만한 드나들 거적문 하나를 달아 놓은 움 속은 저물어 가는 황혼 빛 속 같다. 모두 빛을 잃어서 그 속에서 움직거리는 사람조차 유령 같은 느낌을 준다.

이슥하더니 학범 어미는 슬그머니 일어난다. 그는 얼빠진 사람처럼 판한 거적문을 내다본다.

학범은 엄마 곁으로 앉은걸음해 가면서,

"엄마 배고파 응, 엄마 밥 주어!"

"이 자식이 왜 이리 성화냐? 응."

그는 무릎에 올라앉는 어린것을 사정없이 획 밀쳤다. 어린것은 뒤로 나가 자빠져서 머리를 땅바닥에 팅 부딪쳤다.

"으아! 엄마―."

"뼈를 갈아 먹어라. 네 아비 죄지 내 죄냐."

그는 이렇게 혼자 푸닥거리를 놓았다. 그러나 땅바닥에 머리를 내치고 우는 학범이를 볼 때 알 수 없이 가슴이 짜르르 전기를 받는 듯하였다. 그는 잠깐 새에 자기의 배고픈 것까지 잊었다. 그 아들의 주린 울음이 뼈에 짜깃짜깃 사무쳐서 견딜 수 없었다. 피라도 쭉쭉 뽑아서 그 아들의 배를 채워 주고 싶었다. 그러나 그도 저도 할 수 없는 것을 생각할 때 저주와 분원만 가슴에 바싹바싹 치밀어서 이꼴 저꼴 다 안보도록 깡그리 없애버리고 싶은 지극히 흑독한 심사가 또 치밀었다.

아침에 나간 남편이 해가 저물도록 들어 안 올 적에야 수가 뜨이지 않아서 벌벌 매노라고 그런 줄을 번연히 알면서도 남편이 원망스럽고 밉살스러웠다.

3

김철호는 오늘도 새벽에 빈 지게를 등에 붙이고 문안에 들어왔다. 광화문 밖 움집으로 온 후로 이것이 그의 매일 하는 일과이다. 그는 뱃가

죽이 착 달라붙은 등에 지게를 앉고 정거장으로, 큼직한 객주집으로, 종로로 짐을 얻을까 해서 싸대었다. 자기는 애달아서 다니건만 한 사람도 알은 척 하진 않는다.

굶는 데는 단골이 박이다시피 된 철호였지마는 세 끼나 굶고 싸대일라니 땀만 부직부직 흐르고 등이 꾸부러서 걸음이 나지 않았다.

"이렇게도 신수가 궁할까! 호떡값이라두 얻어야 할 텐데!"

야글거리는 가을볕이 서쪽 산 위에 기울어지니 그윽 마음은 더욱 초조하였다. 젖도 못 먹는 어린것과 그 에미가 칼칼히 마르는 형상이 눈 앞에 선해서 애가 끊는 듯하다.

어느새 장안에는 전등이 눈을 떴다 종로에는 파란 불빛 아래 야시장꾼이 버글버글 끓는다. 철호는 하는 수 없이 아침에 나오던 그 꼴로 집으로 돌아갔다. 그는 버글버글 끓는 야시를 힘없이 헤어 간다. 모든 것이 꿈속 같다. 인력거에 실려서 지나가는 기생이나 단장을 휘두르면서 배를 내밀고 있는 신사나 요란히 외치는 '싸구려' 소리나 좌우 전방에 늘어놓은 화려한 물품이나 모두 어째서 그런지 알 수 없었다. 그의 눈 앞에 비치는 야시는 아무 의미의 빛 없이 보였다.

어디까지 왔는지 그는 힘없이 터벅터벅 내려오다가 보니 바른편 말간 불빛 아래 윤기가 번지르르한 밀국수가 그득 놓였다. 그는 갑자기 식욕이 치밀었다. 그에게는 아무것도 보이지 않고 전부가 밀국수만 보였다. 그는 수난 듯이 팔을 벌리고 허둥허둥 달려들어서 그 국수를 집었다.

"엑 미쳤나?"

누가 소리를 치면서 두 눈에서 불이 번쩍 나게 뺨을 치는 바람에 그는 정신을 차린다.

"이놈아, 그 더러운 손으로 이거 뭐야?"

눈을 똑바로 뜨고 달라붙는 그 자의 서슬에 정신차린 철호는 그만 어청어청 들고 뛰었다.

그는 광화문 밖 움집으로 왔다.

짚부스러기 양철 조각 떨어진 거적으로 예인 움집은 황혼빛 속에 오린 무덤 같다.

철호는 기침도 못 짓고 문밖에서 지게를 슬그머니 내려놓았다. 호떡 하나 못 들고 세네 끼나 굶은 식구 보기는 참말로 쓰린 일이다.

"날 잡아먹어라. 밥이 무슨 밥이냐?"

"흥? 으응……."

안에서 울려 나오는 소리에 철호는 귀를 기울였다.

"응 밥 주, 응 엄마—."

"이 자식아, 왜 이 성화냐? 응. 이 망할 자식 같으니라구."

여편네는 악을 빡 쓰면서 어린것을 툭탁 쥐어박는 소리가 들렸다.

"아야 아— 에고고……."

지르는 학범이 소리는 숨이 끊어지는 듯하다. 철호는 땅이 꺼지도록 한숨을 꿔었다.

"이 자식아, 귀 아프다. 울음을 안 그칠 테냐?"

"또 탁탁 치는 소리가 들린다."

"에고고……. 엄마! 으응아 아."

철호의 가슴에는 알 수 없는 분노가 떠올랐다. 아니 분노라는 거보다는 저주였다. 그는 거적문을 탁 지르고 안으로 뛰어들어갔다.

"이런! 오라를 질 년 같으니라구."

그는 두 눈에 불이 헹해서 어둑한 속에서 구물거리는 여편네의 머리채를 휘어잡았다.

"왜 남의 머리는 쥐어 응! 꼭 남을 못 살게 굴어!"

여편네의 소리는 날카로운 줄로 쇠를 끊는 듯이 어둔 공기에 파문을 일으켰다.

"이년아, 철없는 것을 달래지는 않고 웬 발악이냐 응, 발악이 웬 발악이냐?"

그는 한 손으로 머리채를 감아들고 한 손으로는 여편네의 등을 사정없이 쾅쾅 때린다.

"애고고 사람 살리우! 절로 못 죽어 하는 것을 어디 실컨 때려라. 야 이놈아, 그러지 말고 뼈를 갈아 먹어라. 응응 흑흑."

여편네는 발악을 하면서 목을 놓아 통곡을 친다.

"야 이년아, 이 소리를 못 그칠 테냐?"

이번에는 발길로 차고 주먹으로 모은다.

"응 끽!"

발길에 가슴을 채인 여편네는 외마디 소리를 치고는 그만 꺼꾸러져서 잠잠하다.

"망할 년 같으니라구."

철호는 숨이 차서 어깨를 들썩들썩하면서 쓰러진 여편네를 노려본다.

이제는 집안이 캄캄하여 잘 보이지도 않았다

"이 자식, 왜 이리 우니?"

어미 아비 싸움에 놀라서 더욱 소리를 지르고 우는 학범이는 그저 어둔구석에서 쿨쩍쿨쩍 응응한다.

"못 그칠 테냐, 이 자식, 저리 가라, 왜 뒈지지 못하니?"

철호는 울음 나는 구석을 향하여 발길을 내었다. 발길에 채인 학범이는 또,

"애고고……."

하면서 운다.

철호의 가금은 뭉클하였다. 굶주린 처자를 멋없이 때린 것이 후회스러웠다. 전신의 피가 다 말라서 백골이 갈리는 소리 같은 학범이 소리는 더욱 들을 수 없다. 차라리 그 소리를 피하여 이꼴저꼴 보지 말고 어

디라 없이 가거나 그렇지 않으면 여편네고 자식이고 어느 굶지 않을 데 보내고도 싶었다. 그러나 이것저것 다 할 수 없이 된 자기 신세를 생각하니 앞이 캄캄하였다. 그 자리에서 알 수 없는 커단 검은 그림자에 눌리는 듯하였다.

그는 머리를 숙이고, 한참 앉아서 무얼 생각하더니,

"학범아, 내가 업자. 호떡 사 주마."

하고 어둑한 구석을 엿보듯이 본다. 그 소리는 부르르 떨리는 절망자의 소리 같았다.

학범이는 울음을 뚝 끊더니 부사럭부시럭 일어나서 아비 등에 업힌다.

철호는 너저분한 포대기에 싸 업고 집을 나섰다. 그의 가슴은 무슨 큰 불상사를 예기하듯이 울렁거렸다

4

철호는 무덤같이 늘어진 움집 사이로 힘없이 걸어나갔다. 쓸쓸한 밤 공기 속을 흘러내리는 파란 초승달 빛은 깨저분한 냄새가 흐르는 땅에 소리없이 떨어졌다. 바람결에 문안으로 스쳐 오는 분주잡답한 소리는 꿈속같이 들렸다.

철호는 집을 돌아보고는 한참씩 서서 주저거렸다. 그의 가슴은 뿌지지 하면서 울렁거렸다. 천 길이나 되듯이 까맣게 높은 한강철교가 안개 속에 잠긴 듯이 그의 눈앞에 얼프름히 나타났다. 따라서 졸음이 올 듯이 그물그물 고요히 흐르는 강물도 보였다. 커단 집 대문간도 그의 머리에 언뜻 떠올랐다.

"아이구 학범아!"

더품을 꾸직꾸직 물고 발악을 쓰면서 날뛰는 아내의 그림자도 보이는 듯 하더니 뒤따라,

"엉엉 엄마 애애."

하면서 개굴창에서 헤매는 학범의 꼴도 뵈는 듯하였다. 철호는 몸을 부르르 떨었다. 그는 무의식 가운데 등에 업힌 학범이를 만지면서 넘어다보았다. 학범이는 등에 뺨을 붙이고 고요히 엎드렸다

"아아, 참말 못할 노릇이다."

그는 여러 번 발을 돌쳤다가는 걷고 걷다가는 돌쳐서서 주저거렸다. 망설이던 그는 다시 굳센 결심을 하고 종로에 나서서 빨리빨리 걸었다. 사람들이 버글거리는 사이를 휘저어 올라오다가 경운동 골목으로 들어서서 한참 올라간다. 한참 올라가다가 창덕궁 나가는 길로 돌아서서 다시 계동 골목으로 올라간다. 대여섯 집을 더 가더니 왼편으로 획 돌아져서 들어가다가 막다른 골목에 이르러서 떡 섰다. 그의 앞에는 커단 대문인 호기롭게 서 있다.

철호는 이리 기웃 저리 기웃거리다가 슬그머니 문간에 들어섰다. 들어서는 바람에 팔을 닿쳐서 문 소리가 삐걱할 때 그의 가슴은 덜컥하였다.

그는 무서운 동굴에 들어선 사람처럼 가만히 서서 엿들었다. 안으로 들어서는 청량한 여자들 웃음이 흘러나온다. 그는 한숨을 화아 쉬면서 학범이를 싸 업은 포대기 끈을 끌렀다. 그는 무엇을 해 가지고 뛰는 도적놈 모양으로 자는 학범이를 포대기째 문간에 내려놓고 문밖에 뛰어나왔다. 무엇이 두 발을 팍 잡는 것 같아저 자빠질 듯하였다. 문 위의 환한 전등은 노염이 그득한 눈을 부릅뜨고 꾸중을 내리는 듯하였다.

철호는 허둥지둥 계동 골목을 빠져나왔다.

"아바―."

피 터지게 부르는 학범의 소리가 귀에 들리고 낯이 파랗게 질린 학범의 꼴이 뵈는 듯해서 그는 앞이 캄캄하였다.

더구나,

"아이구 내 학범아! 학범아! 에구 하느님 맙시사! 내 학범이를 내놔라."
하고 미쳐 뛰는 아내의 그림자를 상상할 때 온몸의 피가 막 끓어오르고 오장이 빠직빠직 끓겨서 그 발을 차마 집을 향하고 걸어가지지 않았다.

처음 학범을 업고 집을 나설 때에는 학범을 한강에 집어 넣으려고 하였다. 기구한 자기 앞에 굶주리는 것보다 어서 없어져서 후생에나 잘 살게되면 하는 마음으로 그리었으나 어린 그 목숨을 끊기는 철호의 양심이 아직두 허락지 않았다.

"응 됐다. 어느 잘 살고 애 없는 집에다가 버렸으면 거둬 주겠지."
돌이켜 생각하고 그는 계동으로 온 것이다. 그 집은 열렬한 인도주의자로 유명한 최순호의 집이다. 철호는 이 집 짐을 여러번 져서 그 집에 애 없는 것을 잘 알았다.

그러나 네 살이 다 먹도록 기른 자식을 버리고 나오게 되니, 디디는 자국자국이 학범이 원한의 눈물이 괴는 듯해서 차마 발이 떨어지지 않았다.

"이놈, 짐승도 자식을 사랑하는데……. 이 도적 같은 놈아."
머리 위에서 무엇이 꾸짖으면서 벼락을 내리는 듯할 때, 그는 알 수 없이 부르르 떨면서 발을 돌렸다. 그러나 학범을 찾아가자니 또 발이 떨어지지 않는다. 호떡을 사 주마 하고 업고 온 학범을 다시 그 무덤 속 같은데 데리고 가서 굶길 일을 생각하니 진저리가 난다. 벌고 벌고 뼈가 빠지도록 고생하여도 열흘이면 절반을 더 굶는 자기 앞에서 굶겨 죽이는 것보다 나으리라고 믿었다. 점잖은 집이요 자식 없는 집이니 길러 줄 줄 믿었다. 철호는 재동 파출소 앞을 나오다가 파출소에 달아 놓은 발간 전등을 볼 때 가슴이 섬뜩하여서 발을 돌려 창덕궁을 향하고 걸었다.

아까까지 철호의 화려하고 부럽게 보이는 만호 장안이 갑자기 변하여 복마전伏魔殿같이 보였다. 철호는 눈을 들어 모든 것을 두리번두리번 보았다. 크고 작은 건물들은 녹슨 백골을 저장한 마굴 같다. 총총한 전등은 유령의 험한 눈초리 같다. 들리는 소리 보이는 빛이 모두 도깨비판 같다. 그는 우뚝 서서 눈을 딱 감고 모든 것을 보지 않으려고 하였다.

5

일주일 뒤였다.

출출 내리는 가을비는 황혼에도 멎지 않았다. 땅은 질척질척하다. 수정알을 이어 논 듯한 빗발 속에 꿈같이 보이는 전등불은 물 괸 땅에 어른히 비치었다. 종로에는 야시꾼이 없어서 고요한데 벌건 전차의 내왕하는 소리만 처량하다.

밤은 깊었다.

무겁게 나직이 드리운 잿빛 구름은 그저 비를 쏟고 있다.

전등은 의연히 편히 눈을 뜨고 있다.

이때 사람의 자취가 끊긴 어둑한 계동골로 들어가는 그림자가 있다. 출출 내리는 빗속을 우비도 없이 걸어가는 그림자는 쓰러질 듯 흥뗭흥뗭 하다가는 겨우 무거운 몸을 지탱해 가지고 비틀비틀 걸어간다.

"으응 엑."

그 그림자는 대여섯 집 올라가서 왼편으로 돌아가더니 막다른 골목으로 기울어져서 커다란 대문 앞에 우뚝 서서 흔들흔들하면서도 문 위에 달아놓은 전등불을 물끄러미 본다. 낯빛은 벌겋게 되고 두 눈에서는 술이 줄줄 흘러나오도록 취하였다. 불빛을 받은 전신은 비에 후줄근히 젖어서 물에 바진 쥐같이 되었다. 어깨며 궁둥이에는 꺼먼 흙이 철썩철썩 묻었다.

"어어 저놈이 나를 봐?"

그는 전등을 뚝 부릅뜨고 보면서 혀가 굽은 소리로 중얼거린다.

"이놈아, 보면 어쩔 테야? 엑 에헤웨헤."

그는 어깨를 으쓱하고 머리를 숙이면서 흥글벙글하다가 대문에 가서 탁쓰러 지면서 ,

"학범아, 어! 학범아."

고함을 친다. 그 소리는 송아지 부르는 암소 소리같이 흐리고 애처로왔다.

"어, 이놈의 문이 정 이 모양이야?"

그는 어정어정 문을 잡고 일어서서는 쿵쿵 때리면서,

"학범아! 내가 왔다. 너가 보구퍼 내가……. 으응."

말끝은 울음에 젖었다.

"이거 누가 이 야단이오?"

안으로 톡 쏘는 둔한 여자의 음성이 들려 나왔다.

"무…… 무…… 문 좀…… 좀 열어 주. 이잉 흑흑, 학범이 보러 왔소."

안에는 얼른 열지 못하고 방문 소리 발자국 소리 기침 소리가 분주히 나더니,

"누구요?" 노숙한 사내의 목소리가 나면서 문을 덜컥 열었다. 문에 기대어 있던 그자는 문 열리는 바람에 문턱에 다리를 걸고 안으로 쓰러졌다. 문간 전등불 아래 몸집이 뚱뚱하고 수염이 너슬너슬한 주인 최순호의 그림자가 언뜻하다가 그자의 쓰러지는 바람에 다시 주춤 문간에 들어선다.

"이거 누구요?"

"네― 어…… 나리마님…… 나…… 나리마님, 학범이 보러 왔어요. 후우 네 편네도 달아나구……."

그자는 엉금엉금 일어나더니 합장하고 허리가 부러지게 절을 한다.

"누구에요?"

안에서 찡찡한 여성의 말소리가 들렸다.

"웬 거진지 미치광인지 알 수 없소."

최순호는 대답하며 그를 물끄러미 보고 이마를 찡긴다.

"나리 마님…… 이제는 네편네까지…… 죽어두 안고 죽을 것을 제 제 제가 못된 놈이 돼서 자식을 버 버려 버리…… 고 그래서 네편네까지 도망치고, 아이구 으응응 흑흑 끽끽."

그자는 주먹으로 가슴을 치면서 엉엉 운다.

"허허허, 이거 왜 이래, 어서 가— 허허허."

최순호는 벙긋벙긋 웃으면서 가라고 호령을 친다.

"나나…… 나리 마님…… 제발 한 번만 보여 줍쇼. 에구 내 학범을 제발 한번만……."

그자는 또 합장을 하고 허리가 부러지게 절한다.

"보여 주긴 무얼 보여 주어! 어서 가."

"그건 무얼 그러고 있어요. 밀어내지 않구……."

안으로서 종알종알 지껄이는 여자는 화가 나는지 안대문을 달각 열고 방긋이 내다본다.

"밀어내요. 한멈, 이리 오게……."

최순호와 할멈은 그 주정꾼을 끌어내 질적한 대문 밖에 내놓고는 덜컥 문을 잠근다.

"에구, 내 학범아, 네 엄마는 갔다. 어구구, 휘 나리 마님 학범을 한번만 보게 해 주세요. 엉엉."

전신에 흙투성이가 된 그자는 또 벌컥 일어나더니 대문을 탁 밀친다.

"에그머니!" 잠그려는 대문이 탁 열리는 바람에 안에 섰던 여자는 주춤한다.

"하 학범아! 내가 왔다. 학범이 좀 보여 주어! 응 내 학범이!"

그자는 주인 내외와 한멈이 쥐어박고 내밀치는 것도 상관치 않고 안으로 뛰어들어간다.

"에그, 저를 어째?"

"웬 주정꾼이 저 야단이야!"

마당으로 뛰어들어가는 그자의 억센 팔에 밀치어서 뒤로 물러서는 주인 내외는 난리나 만난 듯이 몸을 부르르 떨었다.

비는 그저 출출 쏟아졌다. 사방은 고요하다.

큰물 진 뒤

1

닭은 두 해째 울었다. 모진 비바람 속에 울려 오는 그 소리는 별다른 세상의 소리 같았다.

비는 그저 몹시 퍼붓는다. 급하여 가는 빗소리와 같이 천장에서 새어 내리는 빗방울은 뚝뚝— 뚝뚝 먼지 구덩이 된 자리 위에 떨어진다. 그을음과 빈대피에 얼룩덜룩한 벽은 새어 내리는 비에 젖어서 어스름한 하늘에 피어오르는 구름발 같다. 우우하고 불어오는 바람에 몰리는 빗발은 간간이 쏴— 하고 서창을 들이쳤다.

"아이구 배야! 익힝 응 아구 나 죽겠소!"

윤호의 아내는 몸부림을 치면서 이를 빡빡 갈았다. 닭 울 때부터 신음하는 그의 고통은 점점 심하여졌다. 두 손으로 아랫배를 누르고 비비다가도 그만 엎드러져서 깔아놓은 짚과 삿자리를 박박 긁고 뜯는다. 그의 손가락 끝은 터져서 새빨간 피가 삿자리에 수를 놓았다.

"애고고! 내 엄마! 응읔, 하이구 여보!"

그는 몸을 발깍 일어서 윤호의 허리를 껴안았다. 윤호는 두 무릎으로 아내의 가슴을 받치고 두 팔에 힘을 주어서 아내의 겨드랑이를 추켜 안았다. 윤호에게는 이것이 첫 경험이었다. 어머니며 늙은 부인들께서 말로는 들은 법 하나 처음으로 당하는 윤호의 가슴은 알 수 없는 두려움이 두근두근하였다. 그에게는 과거도, 미래도 없었다. 침통과 우울과, 참담과, 공포가 악순환이었다. 미구에 새 생명을 얻으리라는 기쁨은 이 찰나에 싹도 볼 수 없었다.

"여보! 내가 가서 귀둥녀 할미를 데려오리다, 응."

"아니 여보! 아이구!"

아내는 윤호의 허리가 끊어지도록 안았다. 그의 낯은 새파랗게 질렸다. 아내의 괴로움만큼 윤호도 괴로왔다. 아내가 악을 쓸 때면 윤호도 따라 힘을 썼다. 아내가 몸부림을 하고 자기의 허리를 꽉 껴안을 때면 윤호도 꽉 껴 안았다.

윤호는 누을 때 지나서부터 몹시 괴로와하는 아내를 보고 옛적 산파로 경험이 많은 귀둥 할미를 불러오려고 하였다. 그러나 아내의 고통은 각일각 괴로와 가는데 보아 줄 사람은 하나도 없고, 게다가 비바람이 어떻게 뿌리는지 촌보를 나아갈 수 없어서 주저하였다. 윤호는 아내의 생명이 끊기고야 말 것같이 생각하였다. 어수선한 짚자리 위에 뻐둑뻐둑하다가 어린 목숨을 낳다 말고 두 어미 새끼가 뒈지는 환상이 보였다. 따라서 해산으로 죽은 여러 사람의 기억이 떠올랐다. 그는 몸을 부르르 떨면서 아내를 더욱 꽉 껴안았다. 마음대로 하는 수 있다면 아내의 고통을 나누고 싶었다. 괴로운 신음 소리와 같이 몸부림을 탕탕 하는 것은 자기의 뼈와 고기를 싹싹 에어내는 듯해서 차마 볼 수 없었다.

"끽! 응! 으응! 윽! 아이구! 억억."

아내는 더 소리를 못 지른다. 모들뜬 두 눈은 무엇을 노려보는 듯이 똥그랗게 되었다. 숨도 못 내쉬고 이를 꼭 깨물고 힘을 썼다.

"으아!"

쾨지근한 비린 냄새가 흐르는 누런 불빛 속에 울리는 새 생명의 소리! 어둔 밤 비바람 소리 속의 그 소리! 윤호는 뵈지 않는 큰 물결에 싸이는 듯하였다.

"무에요?"

신음 소리를 그치고 짚자리 위에 누웠던 아내는 머리를 갸우드름하여 사내를 치어다보았다. 새빨간 핏방울을 번질번질 쏟친 볏짚 위에 떨어진 어린 생명은 꼼지락꼼지락하면서 빽빽 소리를 질렀다. 윤호는 전에 들어두었던 기억대로 푸른 헝겊으로 탯줄을 싸서 물어 끊었다.

"응! 자지가 있네— 히히히."

윤호는 때오른 적삼에 어린것을 싸면서 웃었다.

"흥, 호호!"

아내는 웃으면서 허리를 구부정하여 어린것을 보았다. 이 찰나, 침통과 우울과 공포가 흐르는 이 방안에는 평화와 침묵이 흘렀다. 윤호는 무엇을 끓이려고 내려갔다.

우우 쏴— 빗발이 서창을 쳤다. 젖은 벽에서는 흙점이 철썩철썩 떨어진다. 어디서 급한 물소리와 같이 수수거리는 소리가 들렸다. 그 소리는 봄비 속에 개구리 소리같이 점점 높이 들렸다. 윤호는 눈을 둥그렇게 뜨면서 귀를 귀울였다.

"윤호! 윤호! 제방堤防이 터지니 어서 나오!"

그 소리는 윤호에게 청천의 벽력이었다. 그는 뛰어나갔다. 이 순간 그의 눈앞에는 퍼런 논판이 떠올랐다. 그밖에 아무것도 생각나지 않았다. 그는 마당 앞으로 몰려 지나가는 무리에 뛰어들었다. 어디가 하늘! 어디가 땅? 창살같이 들이는 비! 몰려오는 바람! 발을 잠그는 진창! 그속에서 고함을 치고 어물거리는 그림자는 으슥한 수천만의 도깨비가 횡행하는 것이다.

2

모든 사람들은 침침 어둔 빗속을 헤저어서 마을 뒤 방축으로 나아갔다. 더듬더듬 방축으로 기어올랐다. 물은 보이지 않았다. 손과 발로 물 형세를 짐작할 뿐이었다 꽐꽐 철썩 출렁, 꽐꽐하는 물소리는 태산을 삼키고 대지를 깨칠 듯하다.

"이거 큰일났구나!"

"암만해두 넘겠는데!"

이입 저입으로 흘러나왔다. 그 소리는 위대한 자연의 힘 앞에 인력의 박약을 탄식하는 듯하였다.

"자! 이러구만 있겠소? 그 버들을 찍어라! 찍어서 여기다가 눕히자!"

우렁찬 목소리가 들렸다.

"가만 있자! 한짝에는 섬(?)에다가 돌을 넣어다 여기다가 막습시다."

탁— 탁 나무 찍는 도끼 소리가 났다. 한편에서는 섬을 메어 올렸다. 윤호는 찍은 나무를 끌어다가 가장 위태로운 곳에 뉘었다.

빗소리, 물소리, 바람소리, 어둠 속에서 흥분된 모든 사람들은 죽기로써 힘을 썼다.

이 방축에 이 마을의 운명이 달렸다. 이 방축 안에 있는 논과 밭으로 이백이 넘는 이 마을 집이 견디어 간다. 그런 까닭에 해마다 가을 봄으로 이 마을 사람들은 이 방축에 품을 들여서 천만년 가도 허물어지지 않게 애를 써 왔다. 그뿐만 아니라 이리로 바로 쏠리는 물길을 방축 건너편 산 아래로 돌리기까지 하였다.

이렇게 쌓은 공이 하루아침에 무너졌다. 작년 봄에 이 마을 밖으로 철도가 났다. 철도는 이 마을 뒷 내를 건너게 되어서 그 내에 철교를 놓았다. 그 때문에 저편 산 아래로 돌려놓은 물은 철교를 지나서 이 마을 뒷 방축을 향하고 바로 흐르게 되었다. 이 때문에 촌민들은 군청, 도청,

철도국에 방축을 더 굳게 쌓아 주든지, 철교를 좀 비스듬히 놓아서 물길이 돌게 하여 달라고 진정서를 여러 번이나 들였으나 조금의 효과도 얻지 못하였다. 작년 여름 물에 이 방축이 좀 터졌으나 호소할 곳이 없었다. 그 뒤로 비만 내리면 촌민들은 잠을 못 자고 방축을 지켰다.

"이— 이 이게 어찐 일이냐? 응!"

"터지는구나! 이크 여기는 벌써 터졌네!"

"힘을 써라! 힘을 써라! 이게 터지면 우리는 죽는다. 못 산다!"

초초분분 불어 가는 물은 콸콸 소리를 치면서 방축을 넘었다. 바람이 우우 몰려왔다. 비는 여러 사람의 낯을 쳤다. 모두 흑흑 느끼면서 낯을 가리고 물을 뿜었다.

쏴— 콸콸콸.

"여기도 또 터졌구나!"

모두 그리로 몰렸다. 아래를 막으면 위가 터지고 위를 막으면 아래가 터진다. 터지는 것보다 넘치는 물이 더 무서웠다.

"이크 여기 발써 물이 길尺이나 섰구나."

거무칙칙하여 보이지 않는 논판에서 누가 부르짖었다.

이제는 누구나 물을 막으려는 사람은 없다. 어둠 속에 희슥한 그림자들을 창살 같은 빗발을 받고 가만히 서 있다. 모진 바람이 한바탕 지나갔다. 모든 사람들은 굳센 물결이 무릎을 잠그고 궁둥이를 잠글 때 부르르 떨었다.

윤호도 방축을 넘는 물속에 박은 듯이 서 있었다. 꺼먼 그의 눈앞에는 물속에 들어가는 논이 보였다. 떠내려가는 집들이 보였다. 아우성치는 사람이 보였다. —이 환상을 볼 때 그는 으응 부르짖으면서 방축에서 내려뛰었다. 방축 아래 내려서니 살같이 흐르는 물이 겨드랑이를 잠근다. 그는 돌인지 물인지 길인지 밭인지 빠지고 거꾸러지면서 집 마을을 향하고 뛰었다. 이 모퉁이에서 물을 헤저어 나가는 아우성 소리가 빗소리와 같이 요란하건만 그에게는 들리지 않았다. 그의 눈앞에는 물한 모금 못 먹고 짚자리 위에 쓰러진 두 생명의 환상 보일 뿐이다. 그는 환상을 보고 떨 뿐이다. 그 환상은 누런 진흙물 속에 쓰러진 집에 치어서 킥킥 버둥질치는 형상으로도 나타났다. 그는 주먹을 부르쥐고 이를 악물었다. 윤호는 자기 집 마당에 다다랐다.

불빛이 희미한 창 속에서 어린애 울음이 들렸다. 창에 비친 불빛에 누릿한 물은 흙마루를 지나 문턱을 넘었다.

윤호는 방으로 뛰어들어갔다. 방에는 물이 흔건히 들었다. 아내는 물속에서 애를 안고 어쩔 줄을 몰라 한다. 물은 방안에 점점 들어온다. 어디서 쏴― 소리가 들렸다. 돌아보니 뒷벽이 뚫어져서 물이 디미는 소리였다. 윤호는 아내를 둘러업고 애기를 안았다. 이때 초인간적 굳센 힘이 그를 지배하였다. 그는 문을 차고 밖으로 뛰어나왔다. 어느새 물은 허리에 잠겼다. 물살이 어떻게 쎈지 소 같은 장사들도 견디기 어려울 지경이었다. 그는 쓰러졌다가는 일어서고 일어섰다가는 쓰러지면서 물속을 헤저어 나갔다. 팔에 안은 것이 무엇이며 등에 업은 것이 누구라는 것까지 이 찰나에 의식치 못하였다. 의식적으로 업고 안은 것이 이제는 기계적으로 놓지 않게 되었다.

3

동이 텄다. 사방은 차츰 훤하여졌다. 거무칙칙하던 구름이 풀리면서 퍼붓는 듯하던 비가 실비로 변하더니 이제는 안개비가 되었다. 바람도 잔다. 마을 사람들은 거지반 마을 앞 조그마한 산에 몰렸다. 밝아 가는 새벽 빛 속에 최최해서 어물거리는 사람들은 갈 바를 몰라 한다. 누구를 부르는 소리, 울음 소리, 신음하는 소리에 수라장을 이루었다. 윤호는 후줄근한 풀 위에 아내를 뉘었다. 어린것도 내려놓았다. 참담한 속에서 고고성을 지른 붉은 생령은 참담한 속에서 소리 없이 목숨이 끊겼다. 찬 비와 억센 물에 쥐어짠 듯이 된 윤호 아내는 싸늘한 어린것을 안고 흑흑 느낀다. 윤호는 아무 소리 없이 붙안고 우는 어미 새끼를 물끄러미 보았다. 그의 가슴은 저리다 못해 무엇이 뭉킷 누르는 듯하고, 머리는 띵한 것이 눈물도 나지 않고 말도 나오지 않았다.

날은 다 밝았다. 눈앞에 뵈는 것은 우뚝우뚝한 산을 남겨 놓고는 망망한 물판이다. 어디가 논? 어디가 밭? 어디가 집? 어디가 내? 누런 물이 세력을 자랑하는 듯이 쫄— 쫄— 흐른다 널쪽, 궤짝, 짚가리, 나뭇단, 널따란 초가지붕— 온갖 것이 둥둥 물결을 따라 흘러내린다. 저편 버드나무 속으로 흘러나오는 집 위에는 계집 같기도 하고 사내 같기도 한 사람 서넛이 이편을 보고 고함을 치는지 손을 내두르고 발을 구른다. 갠지 돼지인지 자맥질쳐서 이리로 나온다. 사람 실은 지붕은 슬슬 내리다가 물속에 쑥 들어가더니 다시 떠오를 때에는 여러 조각이 났다. 그 위의 사람의 그림자는 다시 볼 수 없었다. 그 저편에서도 무엇이나 탄 지붕인지 짚가리인지 흘러갔다. 그러나 누구 하나 그것을 건지려는 사람은 없다. 윤호의 곁에 있는 한 오십 되어 뵈는 늙은 부인은,

"에구 끔찍해라! 에구 내 돌쇠야? 흑흑."

하면서 가슴을 치고 땅을 친다 어떤 젊은 부인은 어린것을 업고 흑흑 울기만 한다. 사내들도 통곡하는 사람이 있다. 밥 달라고 우는 어린것들도 있다. 어떤 사람은 멍하니 서서 질퍽한 들판을 얼 없이 보기도하고, 어떤 사람은 지르르한 풀판에 앉아서 담배만 풀썩풀썩 피기도 한다. 풀렸다가는 엉키고 엉켰다가는 풀리는 구름 사이로 푸른 하늘이 보이면서 둔탁한 굵은 볕발이 누른 무지개 모양으로 비치었다. 안개비도 개었다.

"써보? 울면 뭘 하우, 그까짓 죽은 것 생각할게 있소? 자— 울지 마오, 산 사람은 살아야 안 쓰겠소?"

이렇게 아내를 위로하나 그도 슬펐다. 물 한 모금 못 먹인 아내를 생각하든지 제 명에 못 죽은 아들? 현재도 현재려니와 이제 어디를 가랴? 일 년내 피와 땀을 짜 받아서 지은 밭이 하룻밤 물에 형적조차 남기지 않았으니 이 앞일을 어찌하랴? 그는 생각하면 생각할수록 슬펐다. 슬픔에 슬픔을 쌓은 그 슬픔은 겉으로 눈물을 보내지 않고 속으로 피를 짰다. 그는 어린 주검을 소나무 아래 갖다 놓고 솔잎으로 덮어 놓았다. 그 주검을 뒤에 두고 나오니 알 수 없이 발이 무거웠다.

이른 아침 때가 되어서부터 윤호의 아내는,

"아이구 배야! 배야!"

하고 구른다. 어물어물하는 사람은 없건만 모두 제 설움에 겨워서 남의 괴로움을 돌볼 새가 없다.

"허허, 이것 안 되었군! 산후에 찬 물을 건네구 사람이 살 수 있겠소! 별수 없으니 어서 업구서 넘엇 마을로 가 보."

웬 늙은이가 곁에 와서 구르는 아내를 붙잡아 주면서 걱정한다.

윤호는 아내를 업었다. 새벽에는 아내를 업고 애를 안고 그 모진 물속을 헤저어 나왔건만, 인제는 일 마장도 갈 것 같지 못하다. 더구나,

"아이구 배야!"

하면서 두 어깨를 꽉 끌어당기면서 몸을 비비틀면 허리가 휘전휘전하고 다리가 휘우뚱거려서 어쩔 수 없다. 그는 땀을 흘리면서 조그마한 고개를 넘어왔다. 거기는 십여 호나 되는 조그마한 동리가 있다. 벌써 물에 쫓긴 사람들은 집집이 몰려들었다. 윤호는 어느 집 방을 겨우 얻어 아내를 뉘어 놓았다. 누가 미음을 쑤어다 주는 것을 먹였으나 아내는 한 모금 못 먹고 그저 신음한다. 의원을 데려다가 침, 뜸, 약— 힘자라는 데까지 손을 써 보았으나 소용이 없었다. 낮부터 비는 또 쏴— 르륵 내렸다.

4

괴로운 사흘은 지나갔다.

집을 잃고 밭을 잃고 부모를 잃고 처자를 잃은 무리들은 거기서 삼십 리나 되는 읍으로 나갔다. 윤호도 그 중의 한 사람이었다. 그네들은 읍에 나가서 정거장의 노동자, 물지게꾼, 흙질꾼, 구들 고치는 사람— 이렇게 그날 그날을 보내었다. 어떤 자는 이집 저집으로 돌아다니면서 밥을 빌어먹었다. 윤호는 집짓는 데 돌아다니면서 흙을 져 날랐다. 그의 아내의 병은 나날이 심하였다. 바싹 말랐던 사람이 퉁퉁부어서 멀겋게 되었다. 그런 우중 눅눅한 풀막 속에서 변변히 먹지도 못하고 간병하는 손도 없으니 그 병의 회복을 어찌 속히 바라랴!

윤호가 하루는 아내의 병구완으로 한 잠도 못 자고 밤새껏 애쓰다가 아침을 굶고 일터로 나갔다. 하루 오십 전을 받는 일이언만 해뜨기 전에 나와서 어두워야 돌아간다. 그날 아침에는 흙을 파서 담는데 지겟다리가 부러져서 그 때문에 한 시간 동안이나 흙을 못 날랐다. 그새에 다른 사람은 세 짐이나 더 지었다.

"이놈은 눈깔이 판득판득해서 꾀만 부리는구나!"

양복 입은 감독은 늦게 온 윤호를 보고 눈을 굴렸다. 윤호는 아무 대답 없이 흙을 부어 놓고 돌아서 나왔다. 나오려고 하는데 감독이 쫓아오더니 앞을 딱 막아서면서,

"왜 늦게 댕겨!"

하고 꺼드럭꺼드럭하는 서울말로 툭 쏘았다.

"네, 지겟다리가 부러져서 그거 고치느라구 늦었습니다."

그는 괴로운 웃음을 지었다.

"뭘 어쩌구 어째? 남은 세 지게나 졌는데 어디가 낮잠을 잤어?……
그놈 핑계는 바루!"

"정말이외다. 다른 날 언제 늦게 옵네까? 늘 남 먼저 오잖었오……."

"이놈아, 대답은 웬 말대답이냐? 응 다른 날은 다른 날이고 오늘은 오늘이지! 돈이 흔해서 너 같은 놈을 주는 줄 아니?"

하더니 윤호의 여윈 뺨을 갈겼다 윤호는 뺨을 붙잡고 가만히 서 있었다.

"이놈아, 너 같은 놈은 일없다. 가거라!"

하더니 주먹으로 윤호의 미간을 박으면서 발을 들어 배를 찼다.

"아이구! 으응응 흑흑."

윤호는 울면서 지게진 채 땅에 거꾸러졌다. 그의 코에서는 시벌건 선지피가 콸콸 흘렀다. 일꾼들은 모두 이편을 보았다. 같은 지겟꾼들은 모두 이편을 보았다. 같은 지겟꾼들은 무슨 승수나 난 듯이 더 분주하게 져나른다.

"이놈아, 가! 가거라!"

감독은 독살이 잔뜩 엉긴 눈으로 윤호를 보더니 사방을 돌아보면서,

"뭘 봐? 어서 일들 해! 도오모 죠센징와 다메다! 쯔루꾸데 다메다!"

하는 바람에 일군들은 조심조심히 일에 손을 대었다.

눅눅한 검은 땅을 붉고 뜨거운 코피로 물들인 윤호는 일어섰다. 코에서는 걸디건 피가 그저 뚝뚝 흘렀다. 그의 흙투성이 된 옷섶은 피투성이가 되었다. 그는 머리를 숙이고 한참이나 서서 무엇을 생각하더니 빈 지게를 지고 어청어청 아내가 누웠는 풀막으로 돌아갔다.

윤호는 지게를 벗어서 팔매를 치고 막 안으로 들어갔다. 어둑한 막 안에서 신음하던 아내는 눈을 비죽이 떠서 윤호를 보더니 목구멍 겨우,

"여보, 어째 그러오? 그게 어쩐 피요?"

하고 묻는다. 윤호는 아무 대답 없이 아내의 곁에 드러누웠다. 모두 귀찮았다. 세상만사가 다 귀찮았다. 세상 밖에 나와서 비로소 가장 사랑하던 아내까지도 귀찮았다. 죽는다 해도 꿈만 같았다.

"네? 어쩌 그러오?"

그러나 재쳐 묻는 부드러운 아내의 소리에 대답 안 할 수가 없었다.

"응, 넘어져서 피가 터졌오!"

윤호의 소리가 그치자 아내는 훌쩍훌쩍 운다. 윤호의 가슴은 칼로다 빡빡 찢는 듯하였다. 그는 알 수 없는 커단 것에 눌리는 듯하였다. 무엇이 코와 입을 꽉 막는 듯이 호흡조차 가빴다. 그는 온몸에 급히 힘을 주면서 눈을 번쩍 떴다. 아무것도 없었다. 그저 으스름한 속에 넌들넌들 드리운 풀포기가 있을 뿐이다. 그는 눈을 다시 감았다. 모든 지나온 일이 눈앞과 머릿속에 방울이 져서 떠올라서는 툭 터져 버리곤 한다. 자기는 이때까지 남에게 애틋한 일, 포악한 일을 한 적이 없었다. 싸움이면 남에게 졌고 일이면 남보다 더 많이 하였다. 자기가 어려서 아버지 돌아갈 때 밭떼기나 있는 것을 삼촌더러 잘 관리하였다가 자기가 크거든 주라고 한 것을 삼촌은 그대로 빼앗고 말았다. 그러나 자기는 가만히 있었다. 동리 심부름이라는 심부름은 자기와 아내가 도맡아 하여 왔다. 그래도 잘못한 일이 있으면 자기와 아내가 홀로 책망과 욕을 들었다. 선한 일을 하면 복을 받는다, 부지런하면 부자가 된다, 남이 욕하든지 때리든지 가만히 있어라. ―이러한 것을 자기는 조금도 어기지 않고 지켜 왔다. 그러나 오늘날 이때까지 자기에게 남은 것은 풀막― 그것도 제 손으로 지은 것― 병, 굶주림, 모욕밖에 남은 것이 없다. 집을 바치고 힘을 바치고 귀중한 피까지 바치면서도 가만히 순종하였건만 누구 하나 이렇다 하는 이가 없었다. 오히려 이때까지 자기가 본 경험으로 말하면 욕심많고 우락부락하고 못된 짓 잘하는 무리들은 잘입고, 잘먹고, 잘 쓴다. 자기에게 남은 것은 실날같은 목숨뿐이다. 아내뿐이다. 그러나 그것도 이렇게 되고서는 몇 달을 보증하랴! 가닥하면 목숨가지 버릴 것이다. 목숨까지 바쳐? 이 목숨― 여기까지 생각하고 그는 몸을 부르르 떨면서 주먹을 쥐었다.

"응! 그는 못해!"

그는 혼잣소리같이 뇌이면서 머리를 흔들었다 사실이다. 목숨까지 바치기는 너무도 억울하다. 자기가 왜 고생을 했나? 목숨이다? 이 목숨을 아껴서 무슨 고생이든지 하였다. 목숨을 바치면 죽는 것이다. 죽고도 무엇을 구할까? 그러나 그저 이대로 있어서는 살 수 없다. 병으로 살 수 없고 배고파 살 수 없고— 결국 목숨을 바치게 된다. 이때 그의 머리에는 더오르는 것이 있었다. 눈앞에 보이는 환상이 있었다. 그의 해쓱한 낯에는 엄연한 빛이 어리고 다정스럽던 두 눈에는 독기가 돌았다. 그는 다시 입술을 깨물고 주먹을 쥐었다.

5

초승달이 재를 넘은지 벌써 오래 되었다. 훤히 갠 하늘에 별빛은 푸근히 보였다. 사면은 고요하다. 이슬에 눅눅한 대지 위에 우뚝이 솟은 건물들은 잠잠한 물 위에 뜬 듯이 고요하다. 멀리 뭉긋이 보이는 산들이 하늘아래 굵은 곡선을 그었다.

새상이 모두 잠자는 이때 집마을에서 좀 떠나 으슥한 수수밭 머리에 풀포기를 모아 얽어 놓은 조그만 막 속에서 나오는 그림자가 있다. 그 그림자는 막 앞에 나서서 한참 주저거리더니 수수밭 머리에 훤히 누워 있는 큰길을 건너서 조와 콩이 우거진 밭 속으로 몸을 감추었다.

사면은 쥐 하나 어른거리지 않았다. 스르륵스르륵 서로 부닥치는 좃대소리는 귀담아 듣는 이나 들을 것이다 먼 데서 울려오는 개 짖는 소리는 딴 세상의 소리 같다.

한참 만에 집마을 가까운 조밭 속으로 아까 숨은 그림자가 다시 나타났다. 그 그림자는 으슥한 집집 울타리 그림자 속으로 살근살근— 그러나 민활하게 이집 저집, 이 골목 저 골목으로 지나간다. 가다가는 한참이나 서서 주저거리다가는 또 간다. 기단 골목의 여러 집을 지나서 나오는 그림자는 현등이 드문드문 걸린 거리에 이르더니 썩 나서지 못하고 어떤 집 옆에 서서 앞뒤를 보고 아래 위를 본다. 거리는 고요하다. 집집이 문을 채웠다.

저 아래편에 아득히 보이는 파출소까지 잠잠하였다. 한참 주저거리던 그림자는 얼른얼른 뛰어건너서 맞은편 어둑한 골목으로 들어섰다. 그를 본 사람은 하나도 없었다. 그러나 거리의 말없는 현등만은 그가 누군 것을 알았다 그는 윤호였다.

윤호는 몇 걸음 걷다가는 헝겊에 똘똘 감아서 허리 밑에 지른 것을 만져 보았다. 만질 때마다 반짝 서릿발 같은 그 빛을 생각하고 몸을 떨면서 발을 멈추었다. 뒤따라 새빨간 피, 째각째각 칼 소리를 치고 모여드는 붉은 눈? 잔뜩 얽히는 자기 몸을 생각지 않을 수 없었다. 그보다도 칼 밑에 구슬피 부르짖고 쓰러지는 생명을 생각하면 가슴이 뭉킷하고 온 신경이 째릿째릿하였다.

"아, 못 할 일이다! 참말 못 할 일이다? 내가 살자고 남을 죽여!"

그는 입안으로 중얼거리면서 발끝을 돌렸다 그러다가도 자기의 절박한 처지라거나 자기가 목표삼고 나가는 대상들의 하는 것들을 생각한 때면 그 생각이 뒤집혔다.

"아니다. 남을 안 죽이면 내가 죽는다. 아내는 죽는다. 응, 소용 없다. 선한 일! 죽어서 천당보다 악한 짓이라도 해야 살아서 잘 먹지? 그놈들도 다 못된 짓하고 모은 것이다. 예까지 왔다가 가다니?"

이렇게 생각하면 풀렸던 사지가 다시 긴장되었다. 그는 다시 앞으로 걸었다. 집에서 떠나면서부터 이리하여 주저한 것이 오륙 차나 되었다.

윤호는 커다란 솟을대문 앞에 다다랐다. 그는 급한 숨을 죽여 가면서 대문을 뒤두고 저편 높다란 싸리 울타리 밑으로 갔다. 그의 가슴은 두근두근하고 사지는 떨렸다. 귀밑 맥이 툭탁툭탁하면서 이가 덜덜 솟긴다.

"에라 그만둬라. 사람으로서 차마!"

그는 가슴을 누르고 한참 앉았다. 한참 만에 그는 우뚝 일어섰다. 두 팔을 쭉 폈다. 몸을 부쩍 솟는 때에 싸리가 부서지는 소리, 우쩍하자 그 몸은 울타리 위에 올라갔다.

마루 아래서 으응— 하고 으릉대는 개가 울타리 안에 그림자가 어른 하는 것을 보더니 으르렁 엉웡웡 하면서 내닫는다.

"으흥! 이 개!"

방에서 우렁찬 사내 소리가 들렸다. 윤호는 얼른 고기를 꿰어 가지고 온 낚시를 집어던졌다. 개는 집어먹었다. 낚시에 걸린 개는 낚시줄을 잡아당기는 대로 꼼짝 소리를 못 지르고 느른히 쫓아다닌다. 낚시줄을 울타리 말뚝에 잡아 맨 윤호는 살금살금 마루로 갔다. 그리 몹시 두근 거리는 그의 가슴은 끓고 난 뒤의 물같이 잠잠하였다. 두 눈에서 흐르 는 이상한 빛은 어둠 속에서 번쩍하였다. 그는 마루 앞에 앉더니 허리 끈에 지른 것을 빼어서 슬근슬근 풀었다. 널찍한 헝겊이 다 풀리자 환 한 별빛 아래 번쩍하는 것이 그의 무릎에 놓였다. 그는 그 헝겊으로 눈 만 내놓고는 머리, 이마, 귀, 입, 코 할 것 없이 싸고 무릎에 놓인 것을 잡더니 마루 위에 살짝 올라섰다. 이때 방안에서,

"무어는 무어야? 개가 그러는 게지."

사내의 소리가 나더니 삭스르럭 성냥긋는 소리가 들렸다. 윤호는 주 춤하다가 빳빳이 다시 섰다.

6

낮이면 돈을 만지고 밤이면 계집을 어르는 것으로 한없는 쾌락을 삼 는 이주사는 어쩐지 오늘밤따라 마음이 뒤숭숭하여 졸음이 오지 않았 다. 끼고 누웠던 진주집을 깨워서 술을 데워 서너 잔이나 마시었으나 역시 잠들 수 없었다. 눈을 감으면 무엇이 와 덮치는 것 같기도 하고 눈

을 뜨면 마루에서 무슨 소리가 들리는 듯도 하였다. 머리맡에 켜놓은 촛불의 거물거물하는 시뻘건 눈알이 노려보는 듯해서 꺼버렸다.

"여보, 잡시다. 왜 잠 못 드우?"

"글쎄, 졸음이 안 오는구려."

이 주사는 진주집 말에 대답은 하였으나 자기 입으로 자기 넋으로 나오는 소리 같지 않았다. 그는 눈 감았다 뜰 때에 벽에 해쓱한 그림자가 서 있는 것을 보고 여러 번 가슴이 꿈틀꿈틀하였다. 그러다가도 그 그림자가 의복이라고 생각하면 좀 맘이 패었다. 그렇게 생각하고 그 그림자에 여러 번 속았다. 그는 여러 번 베개 너머로 손을 자리에 넣었다. 큼직한 것이 손에 만지우면 그는 큰 숨을 화— 쉬었다. 그는 이렇게 애쓰다가 삼경이 지나서 겨우 잠이 소르르 들자 마자 무슨 소리에 놀라 깨었다. 진주집도 이 주사가 와뜰 놀라는 바람에 깨었다. 그 소리는 마루 아래 개가 으르릉윙 짓는 소리였다. 이 주사는 가슴에서 넉장이 뚝 떨어졌다.

"으흥! 이 개!"

그는 겁결에 소리를 쳤으나 뛰노는 가슴을 진정할 수 없었다. 더욱 왈칵 내닫는 개가 깜짝 소리 없는 것이 의심스러웠다. 그러나 마루가 우찍하는 것이무에 단박 들이미는 것 같았다.

"마루에서 무엔구!"

진주집은 초에다가 불을 켰다.

"무에는 무에야 개가 그리는 게지."

이 주사의 소리는 떨렸다. 그는 얼른 자리맡에 넣었던 뭉치를 끄집어내어서 꼭 쥐었다.

"어디 내가 내다보구!"

진주집은 미닫이를 열더니 덧문을 덜컥 벗겨서 열었다.

문 열던 진주집! 뒤에서 내다보던 이 주사! 벌거벗은두 남녀는 "으악" 들이긋는 소리와 함께 그만 푹 주저앉았다. 열린 문으로는 낯을 가린 뻣뻣한 장정이 서리 같은 칼을 들고 나타났다. 장정은 미닫이를 천천히 닫더니,

"목숨을 아끼거든 꼼짝 마라!"

명령을 내렸다. 그 소리는 그리 높지 않으나 시멘트판에 쇳덩어리를 굴리는 듯하였다. 벌거벗은 남녀는 거들거리는 촛불 속에 수긋이 앉았다. 두 사람의 낯은 새파랗게 질렸으나 아름다운 살빛! 예쁜 곡선은 여윈 사람에게서는 도저히 볼 수 없는 것이었다.

"이근춘이, 네 들어라, 얼마든지 있는 대로 내놔야지 그렇잖으면 네 혼백은 이 칼끝에 달아날 것이다."

장정은 칼끝으로 이 주사를 견주며 노려보았다. 평화와 안락과 춘정이 무르녹았던 방엔 긴장한 공포의 침묵이 흘렀다.

"왜 말이 없니?"

"네, 모다 저금하고 집에는 한 푼도 어 없습니다. 일후에 오시면……."

이 주사는 꿇어앉아서 부들부들 떤다.

장정은 이 주사를 한참 노려보더니 허허허 웃으면서,

"이놈이 무에 어쩌구 어째? 일후에 오라구? 고사를 지내 봐라, 일후에 오나! 어서 내라…… 이놈이 칼맛을 보아야 하겠군!"

하더니 유들유들한 이 주사의 목을 잡아끌었다. 이 주사는 끌리면서도 꼭 모은 다리를 펴지 않았다.

"이놈아, 그래 못 줄 테냐?"

서리 같은 칼끝은 이 주사의 목에 닿았다.

"끽끽! 칙칙!"

여자는 낯을 가리고 부들부들 떨면서 속으로 운다.

"아…… 아 안 그래…… 제발 살려줍시요."

이 주사는 두 다리새에 끼었던 커단 뭉치를 끄집어내면서,

"모두 여기에 있습니다. 제발 살려줍쇼!"

하고 말도 바로 못 한다.

장정은 이 주사의 목을 놓고 그 뭉치를 받더니 싼 것을 벗기고 속을 보았다.

"인제는 갈 테니 네 손으로 대문 벗겨라!"

장정은 명령을 내렸다. 이 주사는 부들부들 떨며 대문을 벗겼다. 대문밖에 나선 장정은 홱 돌아서 아 주사를 보더니,

"흥, 낸들 이 노릇이 좋아서 하는 줄 아니? 나도 양심이 있다. 양심이 아픈 줄 알면서도 이 짓을 한다. 이래야 주니까 말이다. 잘 있거라!"

하고 장정은 어둠 속에 그림자를 감추었다. 대문턱에 벌거벗고 선 이 주사는 오지도 가지도 않고 멀거니 섰다가 몸을 부들부들 떨면서 눅눅한 땅에 거꾸러졌다.

사면은 고요하였다. 높고 넓은 하늘에 총총한 별만이 하계의 모든 것을 때룩때룩 엿보았다.

폭군

1

구들이 차다는 트집으로 아내를 실컷 때리고 나선 춘삼이는 낮전에 술이 흙같이 취하였다. 흥글멍글하고 남의 집 대문 앞에 서서 오줌을 쉬쉬 쏟다가 그 집 늙은 부인한테 욕을 톡톡히 먹었건만 그래도 빙글빙글 웃고 골목길을 걸었다. 길을 걷는지, 춤을 추는지, 뼈가 빠진 동물같이 이리흥글 저리멍글, 이리 비틀 저리 주춤 내려오다가 조그마한 쪽대문에 들어서서 정지(부엌방) 문을 펄적 열었다.

"아주망이! 술 한잔 주오?"

그는 신 신은 채 정지 아랫목에 쓰러졌다. 바당(부엌, 복도는 부엌과 안방 사이에 벽 없이 한데 통하였다. 바당이라는 것은 부엌이고 정지는 부엌에 있는 안방이다)에서 불을 때던 늙수구레한 부인은

"어디서 저리 처질렀누! 엑 개장시."

하고 입속으로 뇌이면서 혀를 툭 채었다.

" 아 하 그래 술을 안 준단 말이오!"

총 맞은 사람같이 아랫목에 쓰러져서 씨근덕씨근덕 춘삼이는 벌떡 일어나 앉았다. 두 팔로 앞을 버티고 앉은 그는 금시 쓰러질 듯이 흥떵

멍떵한다.

"아구 취했구나! 생원이 집에 가서 자구 오오! 그러믄 내 국을 끓여
두오리!"

억지로 웃음을 뵈는 노파의 이맛살은 퍼지지 못하였다.

"에— 무 무시기라오?"

그는 술이 줄줄 흐를 듯이 거블거블한 눈으로 노파를 치어다 보았다.

"그그 그래 수 술을 안 준단 말이오? 내게 돈이 없나? 내가 술값을 잘
가먹었나? 어쨌단 말이우? 자 여기 여 여 여기 돈! 돈이……."
하면서 그는 두루막 앞섶을 헤치고 조끼 호주머니에 손을 넣는다. 어이
없다는 눈으로 물끄럼 그 꼴을 보던 주인 노파는 허허 웃으면서 주정꾼
앞으로 오더니,

"생원이사 내 속을 뻔히 알지? 내 어디 그럽데? 돈이? 생월에게 돈이
어찌 없겠소? 돈이 없어두 줄 처진데, 돈이 있다는데 주기 싫어서 안주
겠소? 시방 취했으니 이따가 잡수!"
하고 노파는 풀어진 춘삼의 옷고름을 바로 매 주었다.

"내가 술값을 잘가먹을 것 같소? 에튀 ㅎㅎㅎ."

그는 어깨를 으쓱하고 머리를 흔들흔들하면서 코웃음을 쳤다.

"글쎄 뉘가 잘가먹는담메? 또 잘니면 어때서? 내 그만꺼 생월에게
잘렸다구 송사를 하겠슴메? 하하 어서 좀 가 자오!"

노파는 얼렁얼렁하면서 춘삼의 허리를 안아 일으켰다.

"이게 무슨 짓이오 이 이것 놋소! 뉘가 늙은 거 좋다구 하오? 흥."

춘삼이는 몸을 비틀면서 노파를 두 손으로 꽉 밀쳤다. 그는 머슴이
밀려서 있는 노파를 보면서

"하하하 그래 술 안 주겠소? 한잔만 딱 먹겠소?"
하면서 궁뎅이를 질질 끌고 붓도막에 들앉었다. 얼었던 신발이 뜻뜻한
방안에 들어오니 녹아서 흙물이 번지르르 자리에 그림을 그렸다.

"그래 꼭 한잔만 주게 먹구 가겠소?"

노파는 '네 참말로 한잔만 먹고 그만둘 테냐?' 하는 눈초리로 춘삼을 보았다. 춘삼이는 빙긋 웃으면서 혀 굽은 소리로—

"가구 말구 한 잔만 주우!"

주인 노파는 함숨을 휴 쉬고 웃간으로 가더니 공상(정지 웃목에 벽을 의지하여 삼층으로 시렁을 매는데, 맨 밑 층은 공상이라 하여 쌀독같이 크고 무거운 것을 놓고, 가운데 층은 조망이라 하여 사발, 공기같이 가벼운 것을 얹고, 마지막 층은 덕대라 하여 밥상을 얹는다)에 놓인 조그마한 단지(항아리)에서 술을 대접에 반만침 떠다가 푸접* 없이 쓱 내밀었다. 춘삼이는 받았다. 그는 흥글흥글하고 술대접을 한참 보더니

"흐흐 이 술을 주면서 속으로야 욕을 좀 하리?"

하고 목을 점점 쥐로 재키면서 소 물켜듯, 꿀꺽꿀꺽 마신다. 주인 노파는 점점 들리는 턱 아래 분주히 오르내리는 목뼈를 흘겨보면서 혀를 툭 채었다

"으윽 왝!"

춘삼은 입에서 술대접을 땐 듯 만 듯하여 어깨를 으쓱하고 아가리를 씰룩하면서 머리를 앞으로 숙였다. 코와 입으로 시티한 걸디건 물이 폭포 같이 쏟아졌다.

"엑 개장시야! 엑 추접아!"

주인 노파는 벌컥 일어서면서 춘삼이를 흘겨보았다.

"무시게 어쩌구 어째?"

춘삼이는 두루막 소매로 입을 씻으면서 노파를 노려보았다. 단박 서리같은 호령이나 내릴 것 같다. 노파는 몸을 벌벌 떨면서,

"그러문 개장시 아니고 무시기야?"

---

* 사람을 대할 때의 인정미나 붙임성.

악스럽게 한마디 쏘았다.

"무어 개장시라니? 이 쌍놈으 노친 같으니!"

춘삼이는 앞에 놓은 술대접을 머리 위에 번쩍 집어들었다. 노파는 웃간으로 피해 서면서,

"좋다? 그 새끼 미쳤는 게다! 술을 먹었지 똥물을 먹었는 갭네!"

하는 소리가 떨어진 둥 만 둥하여,

"으응! 이놈으 년 같으니."

하는 춘삼의 우렁찬 소리와 같이 그 손에 잡혔던 대접은 손살같이 조왕에 던져졌다. 자끈, 째그르륵— 대접이 떨어지는 곳에 보기 좋게 쌓여놓았던 그릇들은 산산이 부서지고 들들 굴러 떨어진다. 공상에 놓았던 독들도 떨어지는 그릇에 부딪쳐서 탁 깨졌다. 주인 노파는 몸을 부르르 떨고 이를 빡 갈았다.

"이놈아 기장은 왜 치지? 응 죽여라! 죽여라! 나까지 잡아 먹어라!"

주인 노파는 악을 쓰고 덤벼 들었다. 춘삼의 의복은 찢겼다. 그의 뺨은 노파의 손톱에 긁혀서 피가 흘렀다.

"이 미친놈아! 늙은 년이 푼푼이 모아서 일워놓은 그릇을 무슨 턱으로 부시단 말이냐? 내게 무슨죄냐? 내 술값을 내라! 생원님, 생원님 하니 침때나 놓는 체한다구! 이놈아 내술갑을 육십여 냥이나 지구두……. 그래도 나는 흔연히 같이 지냈다. 이 가슴이 터지는 것도 꾹꾹 참아 왔다."

노파는 죽을 둥 살 둥 모르고 덤빈다. 춘삼이는 노파의 머리채를 휘어 잡았다.

"애고고! 이놈이 사람을 죽이는구나!"

춘삼의 억센 발은 노파의 허리에 닿았다.

바당문은 열렸다. 정지문도 열렸다. 사람들은 모여 들었다.

"이게 어쩐 일이오?"

한 사람이 우우 달려들어서 춘삼의 손을 잡았다.

"이놈아 이것을 못 놀 테냐?"

오그그 모여든 속에서 한 사람이 소리를 치면서 내닫더니 춘삼의 귀벽을 철석 갈겼다. 춘삼이는 쓰러졌다.

"야 이놈의 호로새끼야! 네 에미 같은 사람의 머리를 끌어!"

노파는 앙드그륵 악물고 두 눈에 불이 휑해서 춘삼에게 달려 들었다.

"어마니 그만 참소!"

"아즈머니 그만 두시우! 엑 미친놈!"

앞뒤에서는 일변 노파를 말리고 일변 춘삼을 차고 욕한다.

"에구! 가슴이 터져라!"

노파는 목이 메어 울지 못하고 가슴을 쾅쾅 치더니 차츰 울음 소리가 커졌다.

"그 아니꼬운 꼴을 웃고 보면서 모아 놓은 것을…… 흑! 흑!……. 자식두 없는 것이 그것으로 낙을 삼든 것을! 어엉. 흑흑! 어어!"

노파는 울음을 뚝 그치고 머리를 틀어엎더니,

"응 이놈 보자! 네놈의 집을 가서 기동뿌리를 빼오겠다."

하고 문으로 내닫았다. 그 두 눈에는 굳센 광채가 서리었다. 낯빛은 검으락푸르락 하였다. 문 앞에 모여섰던 군중은 뒷걸음을 쳤다.

2

으스스한 겨울날은 어느새 저녁 때가 가까웠다. 새벽 나간 사내가 돌아오지 않는 것이 퍽 마음이 켕겼다. 보통 때에도 나갔다 들어오면 트집을 툭툭 부리는 사람이 오늘은 새벽 트집을 쓰고 아침도 먹지 않고 나갔으니 반드시 어디 가서 술을 먹거나, 그렇지 않으면 대문 어귀에서부터 부풀은 소리를 치고 들어 올 것이다. ─이렇게 생각하는 학범 어미의 가슴은 수술실手術室로 들어가는 병자의 가슴같이 두근두근하여

진정할 수 없다.

시집살이 이십여 년에 맑은 하늘이라곤 보지 못하였다. 근본이 양반이요, 사람이 똑똑하고 돈냥도 넉넉하다 하여 아버지가 춘삼에게 허락한 것이다. 그리하여 학범 어미는 열 다섯에 시집을 왔다. 어머니는,

"아직 나가 어린 것을 어디로 보내겠소!"

하고 애석해하는 것을 아버지가,

"나가 어리긴? 계집이 나가 열다섯이면 자식을 나었겠는데!"

이렇게 우겼다. 그때 아버지는 딸 혼수전으로 오백 냥을 받았다. 그가 시집 와서 사 년 만에 시어머니 돌아가고, 그해 가을에 친정아버지가 돌아가셨다. 그리고 시어머니 돌아가신지 오 년 만에 시아버지가 돌아가셨다. 그때 학범의 나이 네 살이었다.

춘삼이는 아버지가 돌아가신 날부터 전방 문을 닫아 채워 버렸다. 그 뒤로 그의 입은 술, 계집, 골패, 투전, 싸움이었다. 나중은 술게걸이라는 별명까지 받았다. 밭고랑이나 있던 것은 어느 틈에 다 날아가 버리고 집 문권까지 남의 손에 가 버렸다. 그리고는 학범 어머기가 닭도 치고, 도야지도 기르고, 삯바느질도 하여 푼푼이 모은 것까지 술값, 투전 채로 쪽쪽 훑었다. 그것도 부족하여 생트집을 툭툭 부리고 여편네를 때린다, 세간을 모은다, 야단을 쳤다. 나중은 처갓집까지 팔아 없어서 친정 어머니는 딸을 따라와서 같이 있으면서 사위의 갖은 학대와 괄시를 받다가 작년 겨울에 돌아가셨다. 그는 죽을 때에 학범이와 딸의 손목을 잡고 섧게섧게 울다가 눈 못 감고 죽었다.

"학범 엄마! 사람의 한뉘(一生)라는 게 쓰리니라. 학범 아버지가 후회할 날이 있겠으니 너는 일절 골을 내지 말고 공대를 하고 순종해라. 마음을 잘 쓰면 다 그값을 받느니라. 학범이 잘 자라도 그게 복받는 게 아니냐?

휴유! 어쨌든 네 아비가 못된 것이너니라. 에구 참 불쌍도 하지 우리

학범 어미는!"

하고 저점 틀려 가는 눈에서 소리 없는 눈물이 방울방울 흘렀다. 때는 학범의 나이 여덟이었다.

어머니 돌아가신 뒤로 학범 어미는 더욱 고적하였다. 그는 사내의 횡포가 심하면 심할수록 순종하였다. 의복은 이틀 건너 사흘 건너 빨았고, 밥상에는 반찬이 떨어지지 않도록 애썼다. 그는 한 줄의 희망을 학범에서 붙였다. 어떤 때는 슬그머니 죽어버리고도 싶었으나 이때까지 참아 오면서 모시던 사내에게 더러운 허물이나 가지 않을까, 나날이 커 가는 학범이가 의지가지 없이 길거리에 헤매일 것을 생각하는 때면, 삶의 줄이 죽음의 줄보다 더 굳세게 그를 끌었다. 그는 어떤 고생이든지 참아 가면서라도 학범이를 공부시키고 장가들인 뒤에 죽기를 은근히 빌었다.

이날 아침에도 사내가 나간 뒤에 그는 울렁거리는 가슴을 진정해 가면서 앞뒤 뜰을 말끔히 쓸어놓고 아침을 지어서 사내 상은 따로 차려 놓고, 어머니 영좌靈座에 상식하고, 학범이도 먹여서 학교에 보내었다. 그리고 다듬이, 바느질로 진종일 보내었다. 밖에서 발자취만 들려도 사내가 오는 듯해서 가슴이 두근두근하고 어디서 어린애 울음 소리만 들려도 학범이가 울지 않는가 하여 뛰어 나가 보았다.

저녁 준비를 하려고, 하던 일감을 주섬주섬 거두는데 와— 하는 소리와 함께 급한 자취 소리가 나더니 정지문이 펄쩍 열렸다. 학범 어미는 별안간 찬물을 등에 받은 사람같이 '흑! 엑' 놀라 일어섰다. 문으로 들이뛰는 것은 머리를 산산이 풀어헤친 늙은 노파였다. 이런 것을 한두 번 당하지 않은 학범 어미는 그 노파를 볼 때 학범 어미는 가슴이 뜨끔하였다. 온 혈관에 얼음이 부쩍 차는 듯하였다 두 뺨은 해쓱하고 뜨르르한 큰 눈이 힘이 빠졌다.

"어마? 에! 어째 이러오? 우리집(남편)에서 또 무슨 일을 저즐너는게로구마!"

학범 어미는 노파의 팔목을 잡았다. 노파는 다짜고짜 조왕 쪽으로 몸을 주면서,

"이놈 같으니! 응 네놈의 집은 내가 그저 둘 줄 아니? 내 이놈의 집 가맷도랭이를 빼고야 말 테다. 이거 놔라! 이거 놔!"

소리를 고래고래 지른다. 학범 어머니는 괴로운 웃음을 지으면서 노파의 허리를 안았다.

"어마니! 참으시우 내 말을 듣소! 네…… 우리집에서 술을 잡숫고 어마니 괄세를 한 게로구마!"

"야 이년아! 이거 놔라! 너—서방이 우리 집 가정 도립을 하였다. 내너— 집 가메속도랭이를 빼고야 말겠다."

가정도립! 세간을 모두 짓모았다는 말에 학범 어미 가슴은 쿵하였다. 하나는 앞으로 하나는 뒤로— 힘과 힘은 서로 얽히어서 학범 어미와 노파는 안고 굴렀다.

사람들은 모여들었다.

"이년 놔라!"

노파는 학범 어미의 머리채를 끌었다.

"어마 에! 내 나를 보구 그만두오! 내 모두 물어놋소리!"

학범 어미의 소리는 위대한 권력 아래 꿇앉은 약한 무리의 부르짖음 같이 힘없고 구슬펐다. 사람들은 남녀를 물론하고 모여들어서 싸움을 말렸다.

"에구 못된 놈이야! 스나(남편)를 못 만나서 부처님 같은 저 에미녀(여편네)까지 못살게 구는 구나!"

"에미네(여편네)는 참말 학범 어미 같은 게 없어! 그놈이 저런 처를 박대 하고서 무시게 잘 살겠소?"

여러 사람들이 말리는 바람에 노파는 주저 앉았다. 학범 어미는 땅을

땅땅 치고 통곡하는 노파의 앞에 앉아서,

"내 모두 갚아 놋소리! 돼지 하나 멕이는 게 있구 베짠 삼도 있으니 그거 팔아서 갚을께 어머니 내 낯을 보고 참소!"

노파는 갔다. 모였던 사람들도 갔다. 쭐쭐 울고 있던 학범이는 가마목(부뚜막)에 누워서 잔다. 집안은 휑뎅그러한 것이 초상난 집 같다. 학범 어미는 무릎을 쫑그리고 앉아서 창문을 퀭히 보았다. 모든 것이 한바탕 꿈속 같다. 그러나 그것은 꿈이 아니다. 서리를 맞아 고꾸라지는 꽃 같은 자기의 그림자가 눈앞에 떠올랐다. 그 신세가 한껏 외롭고 한껏 가엾이 생각났다. 설움이 복받쳐 올라왔다. 돌아가신 어머니 생각이 간절하였다.

그는 학범의 뺨에 뜨거운 눈물을 소리 없이 떨어뜨렸다. 남편이 너무도 야속스럽고 원망스러웠다. 어머니 제사에 쓰려고 추위와 더위를 무릅쓰고 길렀던 도야지까지 팔아 없앨 생각을 하니 가슴이 무너지는 것 같다. 그러다가 그는 눈물을 씻고 모든 것을 생각지 않으려고 하였다. 남편을 원망하고 눈물을 쭉쭉 흘리는 것이 무슨 불길한 징조 같아서 그만 참았다.

학범 어미는 저녁 상식 때에 또 울었다. 어머니 영좌 앞에 엎드리어 구비구비 맺힌 설움을 하소하듯 느껴 울었다. 줄줄이 흘러내리는 뜨거운 눈물은 자기 몸을 싸고 흐르는 검은 그림자를 속속이 씻어 주는 듯하였다. 어머니의 따뜻한 품이 안아 주고 어머니의 부드러운 말씀이 들리는 듯이 마음이 든든하고 가슴이 풀렸다.

"제마(어머니)! 어째 움매? 외큰아매(외할머니)보구 싶어 우오! 응."

밥 먹던 학범이는 어머니 곁에 와서 섰다. 그는 얼른 눈물을 거두었다. 어린 학범에게 우는 낯을 보이지 않으려고 함이다.

"응…… 외큰아매(외할머니) 보구 싶어서 운다. 너는 외큰아매 보구 싶지 않으냐? 흥 윽."

"나두 외큰아매 보구 싶네! 하—."

치어다 보고 내려다 보는 두 모자의 눈에는 따뜻한 웃음이 괴었다. 학범 어미는 자기로도 알 수 없는 충동에 학범이를 껴안았다. 뜨거운 모자의 뺨은 비비었다.

저물어 가는 황혼빛은 방안으로 기어든다. 사방은 고요한 침묵에 싸였다.

3

밤은 이경이 넘었다.

춘삼이는 그저 돌아오지 않았다. 학범 어미는 학범이를 데리고 갔을 만한 집에는 다 찾아보았으나 없었다. 술에 취하여 길에나 눕지 않았나 해서 험한 골목 조용한 골목은 다 찾아보았으나 역시 보이지 않았다.

하는 수 없이 돌아와서 학범이를 재워놓고 등불 앞에 앉아서 바느질을 시작하였다.

밤은 점점 깊어 간다. 사면은 고요하다. 싸— 하는 기름불은 이따금 불씨가 앉아서 뿌지직 뿌지직 소리를 치면서 거불거불한다. 그때마다 학범 어미는 바느질 손을 멈추고 쇠꼬챙이로 등피를 쳤다. 솔솔 사방으로 흘러드는 싸늘한 기운은 엷은 옷을 뚫고 살 속으로 스며든다. 곁에 누운 학범의 이불을 다시 눌러 놓으면서 한숨을 길게 쉬었다.

스르륵 빠드득 빠드득—.

하는 소리에 그는 창문을 언뜻 치어다 보면서 귀를 기울였다. 가슴이 쿵하고 후두두 떨렸다.

스르륵 빠드득 빠드득—.

그것은 뒷방에서 쥐들이 설치는 소리였다. 그는 비로소 안심한 듯이 일손에 눈을 주었다. 가슴은 그저 떨린다. 밖에서 바람 소리만 들려도 신 끄는 소리 같아서 가슴이 두근거리고 마음이 죄었다. 저녁편 난리판에 태아胎兒가 놀랏는지 배까지 슬슬 아파서 일이 손에 잡히지 않았다. 그는 배를 그러쥐고 등불을 보았다. 등불은 점점 둘 셋 넷 되어 보이더니 나중은 수없는 불방울이 사방으로 둥둥 흩어져서는 사라지고 사라지고는 흩어진다. 크고 작은 붉고 푸른 그 불방울은 남편의 취한 눈알 같다. 그는 보지 않으려고 눈을 꼭 감았다. 등뒤에는 커단 그림자가 서서 자기의 목을 슬그머니 잡는다. 그는 눈을 번쩍 뜨고 머리를 돌렸다. 아무것도 없었다. 그는 몸살을 오싹 치면서 사방을 돌아보았다. 어둑한 구석구석에서는 무엇이 말똥말똥한 눈길로 자기를 노려보는 것 같다. 그는 마음을 단단히 먹었다. 모든 것을 잊으려고 하였다. 다시 바느질을 시작하였다. 그러나 생각하지 않으려고 하면 할수록 구석구석에 숨은 눈깔은 더욱 자기를 노리고 등뒤에는 그 그림자가 섰는 듯해서 머리를 돌리지 않을 수 없었다. 그러나 머리를 바로 가지면 그것이 또 서 있는 듯해서 그저 있기도 어렵고 돌리기도 어려웠다. 그는 가운데 방 문을 열어 놓았다. 그 방에는 어머니 영좌가 있다. 그것을 열어 놓으면 어머니가 지켜 주는 듯해서 마음이 좀 훈훈하였다.

삐걱 삐걱— 사립문 소리가 들렸다. 뒤따라 오장이 미여지게 가래침 뱉는 소리, 어지러운 신 소리가 들렸다. 그는 가슴이 쿵하고 두근두근하였다. 얼른 일어서서 밖에 나섰다.

싸늘한 공기는 그의 몸을 쌌다. 그는 오싹 몸서리를 쳤다. 파—란 하늘에는 별이 총총하다. 이웃집 지붕이며 울타리 밑에 쌓인 눈은 어둠 속에 빨래더미 같다. 흥글멍글 정신 없이 뜰에 나타난 것은 분명한 춘삼의 그림자다. 계집은 아무 소리 없이 축대 아래 내려섰다. 비틀비틀 들온 사내는 떡 서서 흥땡흥땡 계집을 본다.

"으흐! 그래 스나(사내)녀석은 아츰도 안 멕이구 그래 에미네(여편네)년덜만 먹구! 흐흐 집안이어 흐 엑튀!"

계집은 쓰러질 듯한 사내의 팔을 붙잡았다.

"날내(어서) 들어가기오! 들어가서 좀 눕소!"

"뭐야! 그래 밥은 안 줄텐가? 에튀! 저덜만 뱃똥눈이 터지게 처먹구……. 으응…… 이렇게 늦게 들어와도 차자도 안 댕겨? 어 참!"

사내는 계집이 잡은 팔을 뿌리쳤다. 계집은 뒤로 쓰러질 듯이 비틀거리다가 겨우 바로 서서 사내를 마루로 끌어 올렸다.

"에구! 저거 보! 흐…… 아께 학범이하구 둘이서 암만 찾아 댕겨도 없던데!"

나직한 그 소리는 부드러웠다.

"무시기 어째? 그래 계집년이 사내를 찾아 댕게스문 좋겠다. 아무게네 계집은 사내를 찾아 댕긴다고 소문이 잘 나겠다! 흥!"

춘삼이는 정지 아랫목에 들 앉았다. 계집은 신을 끄르고 두루막을 벗겼다. 모자는 어디 두었는지 뿌연 민머리 바람이다. 춘삼의 몸은 맹자孟子 읽는 선비같이 흔들흔들한다.

"그래 밥으 안 주어?"

"지금 채려요!"

부뚜막에 놓았던 밥그릇, 화로에 놓았던 찌개, 이렇게 밥상을 차렸다.

춘삼이는 적가치로* 밥을 쑥쑥 쑤시더니,

"이게 이저는 조밥을 멕이는가?"

하면서 계집을 노려보았다. 황공스럽게 상머리에 앉았는 계집은

"에구! 아니오 우리 먹거라구 한쪽에 얹었던 좁쌀이 조금 섞였는 게오."

하는 말은 온순하였다. 그는 사내의 일동 일정을 주의하였다.

"그런데 이것 왜 반찬은 이 모양인가!"

"오늘 돈이 없어서 괴기를 못 샀소!"

"저 바깥에 걸어 놓았든 명태明太는 어쨌누?"

---

* 젓가락으로.

사내는 눈을 부릅떴다. 계집은 한참 있다가

"그거는 어머니 제사에 쓸 게오!."

하는 그 소리는 겨우 입 밖에 나왔다.

"무시기 어찌구 저째? 제산지 난쟁인지 그늠으 거는 다 뭐야?"

계집은 코를 들이마셨다. 흑흑 느꼈다. 치맛자락으로 눈을 가렸다.

"이 쌍년아, 울기는 왜 빽하면 우니? 무슨 방정이냐?"

소리와 같이 왈각— 밥상은 계집의 머리에 씌이었다. 계집은 번쩍 일어섰다.

"그 쌍놈의 상문(靈筵)인지 개다린지 바사 버려야지."

사내는 방으로 들이뛰더니 쾅쾅 영좌를 부순다. 아! 어머니는 돌아가셔도 평안치 못하신가! 생각하니 계집의 가슴은 짤짤 녹아내리는 듯하였다. 그는 더 두려울 것이 없었다. 방으로 들어가 버렸다. 학범이는 울면서 따라 들어갔다.

"죽이겠으면 나를 죽이오!"

계집은 사내 앞에 서서 손을 벌려 영좌를 막았다. 사내는 계집의 팔을 잡아채어서 방바닥에 뉘어놓고 밟다가 불 밝은 정지로 끌고 나왔다. 학범이는 엉엉 울면서 발을 동동 구른다. 이웃집 사람들이 우우 몰려 왔다.

"이 사람 또 술이 취했나!"

한 사람은 춘삼의 허리를 안았다. 또 한사람은 춘삼의 손에서 계집의 머리채를 뽑으면서

"이 사람 아서 노라니!"

큰 소리를 쳤다.

"가만 이년을 내가 쥑일 테야!"

춘삼의 억센 주먹은 말리는 사람들 사이로 계집의 가슴에 떨어졌다.

"에고고! 어엉 흑이!"

"이거 이 사람이 미쳤나?"

"에구 끔찍두 해라!"

이웃집 여편네들은 몸을 떨었다.

여러 사람이 붙잡고 말리는 바람에 학범 어미는 겨우 몸을 빼었다. 춘삼이는 주저 앉아서 씨근씨근한다. 말리던 사람들은 잠잠히 서서 서로 쳐다보고는 춘삼이와 학범 어미를 보았다. 학범이는 아버지 곁에 서서 그저 엉엉 운다.

"야 이놈아! 시끄럽다!"

홍두깨 같은 춘삼의 주먹에 쓰러지는 학범이는,

"애고곡 제—마!"

하고 숨이 끊어지게 부르 짖었다.

몸을 빼려고 뒷문 앞까지 갔던 학범 어미는 홱 돌아서서 사내를 보면서

"미쳤는 게다. 어린 것이 무슨 죄오!"

톡 쏘았다. 두 눈에는 핏줄이 발갛게 섰다.

"이년!"

춘삼이는 벽력같이 소리를 지르면서 벌떡 일어섰다. 두 손에는 그의 뒷구석에 놓였던 방치돌이 들렸다.

"빠져라 뒷문으로 빠지거라!"

"저 돌을 아삿삐(빼앗어)다!"

여러 사람의 소리가 끝나기 전에 응! 하는 소리와 같이 방치돌은 뒷문을 향하여 날았다.

"애고⋯⋯ 으응⋯⋯."

쾅—열리는 뒷문과 같이 학범 어미는 쓰러졌다. 모든 사람들은

"아악!"

"에구!"

"에구 에저!"

하는 소리가 집을 부실 듯이 일어났다. 모두 몸을 부르르 떨었다. 춘삼이는 누구에게 맞았는지 코피를 흘리고 쓰러졌다.

모두 뒤로 몰렸다. 소 길마에 뉘인 물먹은 죽엘같이 학범 어미는 허리는 문턱에 걸쳐 놓았다. 방치돌은 허리와 궁둥이를 짓눌렀다. 바짓가랑이에서는 붉그레한 피가 줄줄 흐른다. 쓰러지는 때에 낙산까지 된 것이다.

여러 사람은 학범 어미에 머리와 다리를 들었다. 허리가 부러져서 땅에 끌린다. 어떤 늙은 부인이 허리를 받들었다.

"학범아! 익 잉 에구 학범 아버지! 꺽…… 에!"

방에 뉘인 학범 어미는 간신히 입속말로 부르고 고요히 운명하였다.

"어엉 제마(엄마)! 에구 내 제마! 어엉!"

학범이는 어미의 목을 끌어 안고 섧게섧게 운다. 뼈를 에이고 가슴을 쪼개는 어린이의 울음에 모든 사람의 눈은 스르르 젖었다.

"아하…… 죽어서나 좋은 곳으로 가거라!"

어떤 부인인지 한숨 섞인 소리로 뇌었다.

4

"네…… 제발 한 번만 보게……."

술이 깨었는지 춘삼의 소리는 똑똑하다. 그의 옷 앞은 코피가 흘러서 벌겋다.

"이놈이 웬 잔소리야. 어서 걸어!"

포승을 잡은 순사는 눈을 딱 부릅떴다.

"그저 제가 죽을 때라 그랬으니……. 나리! 한 번만 학범 어미의 낯을 한번만 보게…… 으흐흑."

그는 목메인 소리를 하면서 모여선 사람을 밀치고 윗목으로 가려고

한다. 순사는 춘삼의 뺨을 불이 번쩍나게 갈기면서,

"이 자식이 그래두 법 무서운 줄 모르나? 어서 걸어, 잔말 말고."

하고 밖으로 내끌었다.

"어엉 어엉 흑…… 죽여주드라도…… 에구…… 학범 어미를 한 번……
한 번만 보…보……."

그는 꺽꺽 목메어 운다.

엷은 애수哀愁와 공포恐怖에 싸인 군중은 물을 뿌려논 듯이 고요하다.

"하하 잘 됐구나! 이몹쓸 춘삼아!"

하는 처량한 부르짖음과 같이 손뼉 소리가 뜰에서 나더니 바당문으로
툭 튀어오는 것은 술집 노파다.

"하하 네 이놈 춘삼아! 이 늙은 가슴에 못을 박고 성인 같은 네 계집을
잡아먹구도…… 네 무슨잘 되겠니?…… 벼락을 맞으라! 벼락을……."

노파의 두 눈에는 불이 환하다.

"쉬 순검이 왔소!"

누군지 노파에게 주위를 시켰다.

"네…… 나리…… 에구……."

춘삼이는 눈물을 방울방울 떨어뜨렸다.

"어서 걸어!"

"빠가야로"

"에쿠!"

곁에 섰던 일본 순사의 구둣발에 채어서 끌려나가던 춘삼이는 축대
아래 찬 땅에 거꾸러졌다.

"어엉…… 흑흑…… 제…제—마— 에이고 내 제마(엄마)! 으응!"

학범이는 그저 윗목에서 어미의 뺨에 낯 부비면서 구슬피 통곡을
친다.

알 수 없는 두려움에 싸인 군중은 눈물을 씻었다.

해돋이

1

끝없는 바다 낮에 지척을 모르게 흐르던 안개는 다섯 점이 넘어서 걷히기 시작하였다.

뿌연 찬 김이 꽉찬 방안같이 몽롱하던 하늘부터 멀쩡하게 개이더니 육지의 푸른 산봉우리가 안개 바다 위에 뜬 듯이 우뚝우뚝 나타났다. 이윽하여 하늘에 누릿한 빛이 비치는 듯 마는 듯할 때에는 바다 낮에 남았던 안개도 어디라 없이 스러져 버렸다.

한강환漢江丸은 여섯 시가 넘어서 알섬卵島을 왼편으로 끼고 유진愉津 끝을 지났다. 여느 때 같으면 벌써 항구에 들어왔을 것이나 오늘 아침은 밤 사이 안개에 배질하기가 곤란하였었으므로 정한 시간보다 세 시간 가량이나 늦었다.

안개가 훨씬 거두어진 만경창파는 한없는 새벽 하늘 아래서 검푸른 빛으로 굼실굼실 뛰논다. 누른 돛 흰 돛 들은 벌써 여기저기 떴다. 그 커다란 돛에 바람을 잔뜩 싣고 늠실늠실하는 물결을 좇아 둥실둥실 동쪽으로 나아가는 모양은 바야흐로 솟아오르는 적오赤鳥나 맞으려 가는 듯이 장쾌하였다. 여러 날 여로에 지친 손님들은 이 새벽 바다를 무심히 보지 않았다.

먼 동편 하늘과 바다가 어울은 곳에 한일자로 거뭇한 구름 장막이 아른아른한 자주빛으로 물들었다. 그것도 한 순간 다시 변하는 줄 모르게 연분홍빛으로 물들었다. 그 분홍 구름이 다시 사르르 걷히고 서너 조각 남은 거무레한 구름가가 장미빛으로 타들더니 양양한 벽과 위에 태양이 솟는다. 태연자약하여 늠실늠실 오르는 그 모양은 어지러운 세상의 괴로운 인간에게 깊은 암시를 주는 듯하였다.

아직 엷은 안개가 흐르는 마천령摩天嶺 푸른 봉우리에 불그레한 첫 빛이 타오를 때 검푸른 바다 전면에는 금빛이 반득반득하여 눈이 부실 지경이다. 침묵과 혼탁이 오래 흐르던 세계는 장엄한 활동이 시작되는 세계로 한 걸음 한 걸음 가까와졌다

배는 해평海坪 앞바다를 지나갔다. 추진기 소리는 한풀 죽었다. 쿵덩쿵덩하고 온 배를 울리던 소리가 퍽 가늘어져서 밤 사이 풍랑에 지친 피곤을 상징하는 듯하였다.

한풀 싱싱하여서는 남들이 수질하는 것을 코웃음치던 김소사金召史도 이번에는 욕을 단단히 보았다. 어제 석양 청진淸津서 떠날 때부터 사납던 풍랑은 밤이 깊어 갈수록 더 심하였다. 오전 세 시쯤 하여 명천무수끝明天舞水端을 지날 때는 뱃머리를 쿵쿵 치는 노한 물 소리가 세차게 오르내리는 추진기 소리 속에 더욱 처량하였다 닥쳐오는 물결에 배가 우쩍뚝하고 소리를 내면서 번쩍 들릴 때면 몸을 무엇으로 번쩍 치받아주는 듯 하였다가도 배가 앞으로 숙어지면서 쑥 가라앉을 때면 몸을 치받아 주던 그 무엇을 쑥 잡아 뽑고 깊고깊은 함정에 휘휘 둘러넣는 듯이 정신이 아찔하고 오장이 울컥 뒤집혔다. 메쓱메쓱한 뺑끼 냄새와 퀴지근한 인염人炎에 후끈한 선실에는 신음하는 소리와 도르는 소리와 어린애 울음 소리가 서로 어울어져서 수라장을 이루었다. 사람사람의 낯은 흐미한 전등빛에 창백하였다. 뽀이들은 손님들 출입을 주의시킨다 괴

로움과 두려움의 빛이 무르녹은 이 속에서도 술이 얼근하여 장타령하는 사람도 있다.

김소사는 그렇게 도르지는 않았으나 꼼짝할 수 없이 괴로왔다. 그렇게 괴로운 중에도 손녀의 보호에 조금도 태만치 않았다. 손녀 몽주가 괴로와서 킥킥 울 때마다 늙은 김소사의 가슴은 칼로 빡빡 찢는 듯하였다. 그것은 수질에 괴로와하는 것이 가엾다는 것보다,

"엄마― 저즈…… 엄마 저즈……."

하고 어디 가 있는지도 모르는 어미를 찾는 때면 얼마나 안타까운지 알 수 없었다

"쉬― 울지 말아라! 몽주야 울지 마라. 울면 에비 온다. 엄마는 죽었다. 자― 내 저즈 먹어라."

하고 시들시들한 자기 젖을 몽주의 입에 물려 주었다. 몽주는 그것을 우물우물 빨다가도 젖이 나지 않으면 또 운다. 젖 못 먹는 그 울음 소리는 애틋하였다. 이렇게 애를 쓰다가 먼동이 트기 시작하여서 물결이 자는지 배가 덜 뛰놀게 되니 몽주는 잠이 들었다. 고 바람에 김소사도 잠이 들었다.

죽어서 진토가 되어도 잊지 못할 원한을 품은 김소사에게는 잠도 위안을 못 주었다. 잠만 들면 뒤숭숭한 꿈자리가 그를 볶게었다. 무슨 꿈인지 깨면 기억도 잘 안나는 꿈이건만 머리는 귀신의 방망이에 맞은 것처럼 늘 횡하였다. 깨면 끝없는 걱정, 잠들면 흉한 꿈 이러한 것이 늙은 그를 더욱 쪼그라지게 하였다. 그는 늙은 자기를 생각할 때마다 의지 없는 손녀를 생각지 않을 수 없었다.

"뚜―."

맹렬하게 울리는 기적 소리에 김소사는 산란한 꿈을 깨었다. 그는 푹 꺼진 흐릿한 눈을 뜨는 대로 품에 안은 손녀를 보았다. 낯이 감실감실하게 탄 몽주는 싹싹 자고 있었다. 그 불그레한 입술을 스쳐 나드는 부

드러운 숨결을 들을 때에 김소사의 가슴에는 귀엽고 아쉬운 감정이 물밀 듯이 일렁일렁하였다. 그는 부지불식간에 손녀를 꼭 안으면서 따뜻한 뺨에 입맞추었다. 그는 거의 열광적이었다. 그의 눈에는 웃음이 그득하였다. 웃음이 흐르던 눈에는 다시 소리 없는 눈물이 괴었다. 그는 코를 훌쩍 들어 마시면서 머리를 들어 선실을 돌아보았다. 똥그란 선창으로 아침빛이 흘러들었다. 붉고 따뜻한 그 빛은 퍽 반가왔다. 어떤 사람은 꼼짝 않고 누워 있고 어떤 사람은 짐을 꾸리고 어떤 사람은 갑판으로 나가느라고 분주잡답하였다. 김소사는 손녀에게 베였던 팔을 슬그머니 빼고 대신 보꾸러미를 베여 주면서 일어섰다. 일어 앉은 그는 휑한 머리를 이윽히 잡았다.

"어ㅡㅁ마ㅡ어ㅁ마ㅡ 히 히 애……."

몽주는 몽툭한 주먹으로 눈, 코, 입 할 것 없이 비비고 몸을 틀면서 울었다.

"응 어째 우니? 야! 몽주야 할머니 여기 있다. 우지 마라. 일어나서 사탕 먹어라. 위ㅡ차."

김소사는 웃으면서 손녀를 가볍게 번쩍 일으켜 앉혔다.

"으응ㅡ애…… 애……."

몽주는 몸을 틀고 발버둥을 치면서 손가락을 입에 물고 비죽비죽 울었다. 따뜻한 품을 그려서 우는 그 꼴을 볼 때 김소사의 늙은 눈은 또 젖었다.

"야! 어째 이러늬? 쉬ㅡ 울지 마라. 울면 저 일본 영감상이 잡아간다."

김소사는 몽주를 안으면서 저 편에 앉아서 이 편을 보는 일본 사람들을 가리켰다. 몽주는 눈물이 글썽글썽한 눈으로 그 일본 사람을 돌아다보더니 울음을 뚝 그치고 흑흑 느꼈다. 일본 사람은 빙그레 웃으면서 과자를 집어서 주었다.

"영감상 고ㅡ맙소."

김소사는 과자를 받아서는 몽주를 주었다. 몽주는 받으면서 거의거의 울려 는 소리로,

　"한마니! 쉬 하겠다."

하면서 일어서려고 하였다.

　"응 오줌을 누겠늬? 어— 내 새끼 기특두 한지고."

　김소사는 몽주를 안아서 저편에 집어 내놓았다.

　......

　김소사는 몽주를 뒤집어 업고 커다란 보퉁이를 끌면서 번쩍 일어섰다. 일어서는 바람에 위층 천반에 정수리를 딱 부딪혔다. 두 눈에서 불이 번쩍하면서 정신이 아찔하여 그 자리에 거꾸러졌다. 철창을 머릿속에 꽉 결은 듯이 전후가 캄캄하여 거꾸러진 그 찰나! 그에게는 아무런 감각도 없었다. 등에서 괴롭게 버둥거리면서,

　"엄마…… 애……."

부르짖는 손녀의 울음 소리도 못 들었다.

2

　얼마 동안이나 되었는지 귓가에 어렴풋이 들리는 울음 소리와 누가 몸을 흔드는 바람에 김소사는 정신을 차렸다. 누군지 몸을 잡아 일으켜 주었다. 김소사는 독한 술에 질렸다 깬 듯이 어질어질하면서 보퉁이를 끌고 승강구昇降口 층층다리 곁으로 왔다. 홑몸으로도 어질어질한 터인데 손녀를 업고 보퉁이를 끌고 층층다리로 올라가기는 어려웠다. 여러 사람들이 쿵쿵 뛰어 올라가는 것을 볼 때마다 측 보퉁이를 들어 올려 줄까 하여 그네들을 애원하듯이 쳐다보았다. 그러나 모두 알은 척하지 않았다. 김소사는 소리 없는 한숨을 쉬었다. 그 여러 사람에게,

　"이것 좀 들어다 주시오!"

하기는 자기의 지위가 너무도 미천하였다.

이전에는 어디를 가면 그의 아들 만수萬洙가 따라다니면서 배에서든지 차에서든지 "어머니 어머니" 하면서 봉양이 지극하였다. 그가 수질을 몹시 하지 않아도 뒷간으로 간다든지 갑판으로 바람 쏘이려 나가면 만수가 업고 다녔다. 바람이 자고 물결이나 고요한 때면 만수는 어머니가 적적해 하신다고 이야기도 하고 소설도 읽어드렸다. 그러던 아들 만수는 지금 곁에 없다. 김소사는 이전 같으면 만수에게 의지하고도 휘우뚱거릴 층층다리를 그때보다 더 늙은 오늘날 아무 의지 없이 애까지 업고 보퉁이를 끼고 올라가려는 고독하고도 처량한 자기 신세를 생각하고 멀리 철창에서 고생하는 아들을 생각할 때 온 세상의 슬픈 운명은 혼자 맡은듯하며 알지 못할 룩이 목구멍까지 바싹 치밀었다.

"예! 내 신세가 이리 될 줄을 어찌 알았을구? 망한 놈의 세상두!"

그는 멀거니 서서 입밖에 흐르도록 중얼거렸다.

김소사는 간신히 끌고 나온 보퉁이를 갑판 한 귀퉁이에 놓았다.

"한마니 집에 가자! 응."

등에 업힌 몽주는 또 집으로 가자고 조른다. 간도間島서 떠난 지 벌써 닷새째 난다. 몽주는 차에서와 배에서와 여관에서 늘,

"엄마와 아부지 있는 집으로 가자?"

하고 할머니를 졸랐다. 어린 혼에도 옛집이 그리운지?

"오오 집으로 간다. 가만 있거라 울지 말고."

김소사는 뱃전을 잡고 섰다. 갑판에는 승객이 주굴주굴하여 연극장 앞 같았다. 몹쓸 풍랑에 지친 그네들은 맑은 아침 기운에 새 즐거움을 찾은 듯하였다. 서로 손을 들어 바다와 육지를 가리키면서 속삭이고 웃는다.

해는 아침 때가 되었다.

배는 항구에 닿았다 닻을 주었다

"성진도 꽤 좋아! 이게 성진城津이지?"

"암. 그래도 영북에 들어서 개항장開港場으로 맨 먼저 된 곳인데⋯⋯."

젊은 사람들이 아침 연기가 떠오르는 성진 시가를 들여다보면서 빙글빙글 웃었다.

'성진!'⋯⋯ 그 소리를 들을 때 김소사의 가슴은 새삼스럽게 뿌지지하였다. 가슴에 만감이 소용돌이를 치는 그는 장승처럼 멍하니 서서 휘― 돌아보았다. 육 년이라면 짧고도 긴 세월이다. 그 사이 밤이나 낮이나 일각이 삼추같이 그리던 고향을 지금 본다. 그는 참으로 고향이 그리웠다. 가을 봄이 바뀔 때마다 이마에 주름이 늘어갈수록 고향이 그리웠다. 더욱 천금같이 기르고 태산같이 믿던 아들이 감옥으로 들어가고 하나 있던 며느리조차 서방을 얻어 간 후로 개밥에 도토리처럼 남아서 철없는 몽주를 안고 이집 저집으로 돌아다니면서 밥술이나 얻어먹게 되면서부터는 고향이 더욱 그리웠다. 그는 그처럼 천애만리에서 생각을 달리던 고향으로 지금 왔다 눈에 비취는 것이 어느것이나 예 보던 것이 아니랴? '쌍포령'과 '솟방울' 사이에 기와집, 초가집, 양철집이 잇닿아서 오 리는 됨직하게 늘어진 성진 시가며 그새에 우뚝우뚝 솟은 아침볕이 어울어진 포플라 숲들이며 떨리 보이는 '어살동' 골짜구니, 파―란 마천령, 예나 조금도 틀림이 없다. 이따금 이따금 흰 연기를 토하면서 성진굽(城㟃) 밑으로 달아나는 기차만 이전에 못 보던 것이었다. 공동묘지 앞 바닷가 백사장이며 쌍포의 쌍암이며 남벌의 송림이며 의구한 강산은 의구의 정취를 머금었건마는 변하는 인생에 참예한 김소사는 예전의 김소사가 아니었다. 고향 떠날 때는 그래도 검던 머리가 지금은 파뿌리가 되었다. 그것은 그렇다 하더라도 고향서는 남부럽잖게 살던 세간을 탕진하고 떠나서 거러지가 되어서 돌아오게 되었다. 그도 그렇다 하더라도 그의 가슴을 몹시 찌르는 것은 아들을 못 데리고 오는 것이었다.

'아! 내가 무엇하려고 고향으로 왔누? 이 꼴로 오면 누가 반갑게 맞아 주리 라고 왔누?'

배가 부두에 점점 가까와 올수록 그의 가슴은 더욱 묵직하였다. 전후가 망망하였다. 될 수만 있으면 뱃머리를 돌려서 다시 오던 길로…… 아니 어디라 할 것 없이 가고 싶었다. 그렇게 그립던 고향을 목전에 대하니 내리고 싶지 않았다. 그렇다고 영영 내리고 싶지 않은 것은 아니었다. 고향은 그저 사랑스러웠다 산천을 보는 것도 얼마간 위로가 된다. 그러나 첫째 사랑하던 자식이 저벅저벅 밟던 땅을 혼자 밟기는 너무도 아쉬웠다. 더구나 몸차림까지 이 모양을 하여 가지고 면목이 많은 고향 거리를 지나기는 너무도 용기가 부족되었다. 만일 그가 자식을 데리고 금의환향이더면 어서 바삐 내리려고 애썼을 것이다.

"그래도 영 소득이 없는 것은 아니다. 갈 때에 없던 몽주가 있으니 또 내 아들이 도적질이나 강간을 하다가 그렇게 안 된 담에야."

그는 이렇게 억지의 위로에 만족하려고 하면서 머리를 돌려서 등에서 쌕쌕 자는 몽주를 보았다. 다부룩한 몽주의 머리에 뜨거운 볕이 내리쏟다. 그는 몽주를 돌려다가 앞으로 안았다. 어린것은 눈을 비주그레 떴다가 감았다. 그 가무레하고 여윈 몽주의 낮을 볼 때 김소사의 가슴은 또 쓰렸다.

"뚜―."

기적은 울렸다. 바로 정면에 보이는 망양정望洋亭은 으르릉 반향을 주었다. 뒤미처 우루룩 씩씩 울컥울컥 닻 주는 소리가 요란스러웠다. 아침볕이 몹시 밝게 비춰는 부두에는 사람의 내왕이 빈번하다.

조그마한 경용 발동기선이 폴닥폴닥하고 먼저 들어왔다. 정복 순사 셋이 앞서고 '하오리' 입고 게다 신은 일본 사람 하나와 두루막 입은 사람 하나가 뒤따라 올랐다. 배에 올라온 그네들은 승강제昇降梯 어구에서 '쌈판'으로 내려가는 손님들 행동거지와 외모를 조금도 놓지 않고 주의하여 본다. 순사를 본 김소사의 가슴은 또 울렁거렸다. 그는 순사를 보는 때마다 작년 겨울 일을 회상하는 까닭이었다.

출찰구에 차표 사러 들어가듯이 열을 지어서 한 사람씩 층층다리를 내려가는 사이에 흰 양복을 입고 트렁크를 든 청년 하나가 끼었다.

"어디 있어?"

순사와 같이 섰던 두루막 입은 사람은 지금 내리려는 그 청년에게 물었다.

"간도……."

그 청년은 우뚝 섰다. 안경을 스쳐 보이는 그 청년의 눈은 어글어글하고도 엄숙하였다.

"성명은?"

윗수염을 배배 틀어 휘인 두루막 입은 자는 그 청년을 노려보았다.

"김군현이……."

엄숙한 청년의 눈에는 노한 빛이 보였다. 길게 기른 머리가 귀밑까지 덮은 그 청년을 보니 김소사는 아들 생각이 났다. 김소사의 아들 만수도 그 청년처럼 머리를 터부룩히 길렀었다. 김소사의 가슴은 공연히 두군두군하였다. 순사와 형사가 황천 사자같이 무서우면서도 한편으로는 밉살스러웠다. 또 그 청년이 가엾기도 하였다. 그러나 뻣뻣한 양을 하는 것이 민망스럽기도 하였다. 왜 저러누? 그저 네 네 할 일이지! 괜히 뻣뻣한 양을 하다가 붙잡혀서 고생할 게 있나……. 지금 애들은 건방지더라…… 이렇게 생각하면 그 청년이 밉기도 하였다. 그러다가도 아들 생각을 하면 그 청년을 어서 보내 주었으면 하는 생각에 애가 탔다. 김소사는 속으로 '왜저리도 심한구?' 하고 순사를 원망하며 '저 사람도 부모가 있으면 여북 기다리랴' 하고 청년의 신세도 생각하였다.

"당신은 천천히 내려요."

형사는 저리 가 서라 하는 듯이 저편을 가리키면서 그 청년을 보았다. 그 소리는 그리 높지 않으나 뱃속으로 울려나오듯이 힘있었다. 청년은 아무 대답도 없이 군중을 돌아보고 조소 비슷하게 빙그레 하면서 가리키는 데로 가 섰다.

　김소사는 두군두군하는 가슴을 진정하면서 보퉁이를 끌고 승강제 어구에 이르렀다. 그는 무슨 큰 죄라 지은 듯이 애써 순사의 시선을 피하려고 하였다.

　"아 만수 어머니 아니오?"

하는 소리에 김소사는 가슴이 덜컥하고 전신에 소름이 쭉 끼치었다. 김소사는 무의식중에 쳐다보았다. 그것은 돌쇠였다. 돌쇠는 지금 어떤 청년을 힐난하는 사람이었다. 그는 몇 해 전 만수에게서 일본말을 배우던 사람이었다.

　"오! 이게 뉘긴가? 흐흐."

　김소사는 비로소 안심한 듯이 웃었다. 그 웃음은 안심한 웃음이라는 것보다 넋이 없는 웃음이었다. 침침한 어두운 밤에 마굴을 슬그머니 지나던 사람이 무슨 소리에 등에 찬 땀이 끼치도록 놀라고 나서 그것이 자기의 발자취나 바람 소리에 나뭇가지 꺾이는 소리였던 것을 비로소 깨달을 때 두군거리는 가슴을 만지면서 "흐흐 흐흐" 하는― 그러한 웃음이었다. 저편에 섰던 일본 사람은 만수 어머니를 보더니 그 돌쇠더러 무어라고 하였다. 돌쇠는 무어라고 대답하였다. 일본 사람들은 모두 "아― 소―까" 하면서 김소사를 한 번씩 보았다. 김소사는 더 말하지 않고 내렸다.

　선객을 잔뜩 실은 '쌈판'은 아침 물결이 고요한 부두에 닿았다.

3

　김소사가 아들 만수를 따라서 고향을 떠난 것은 경신년 늦은 봄이었다.

삼일 운동이 일어나던 해였다 만수도 그 운동에 한 사람으로 활동한 까닭에 함흥 감옥에서 일개 년 동안이나 지냈다. 감옥 생활은 그에게 큰 고초를 주었다. 일개 년이 지나서 신유년 봄에 출옥이 되어 집으로 돌아 온 만수는 눈이 푹 꺼지고 뼈만 남은 얼굴에 수심이 그득한 것이 무서운 아귀 같았다. 그를 본 고향 사람들은 누구나 할 것 없이 놀라지 않을 수 없었다. 그의 어머니와 누이는 말은 못 하고 눈물만 쫙쫙 흘렸다.

만수가 돌아와서 며칠은 출옥 인사 오는 사람이 문 밖에 끊이지 않았다. 젊은 패들은 밤이 이슥하도록 만수의 옥중 생활을 재미있게 들었다. 그러나 형사가 매일 문간에 드나들어서 자유로운 입을 못 벌렸단. 누가 무심하게 저촉될 만한 말을 하게 되면 서로 옆구리를 찔러 가면서 경계하였다.

처음에는 막연하게 나라나라 하였으나 점점 개성이 눈뜨고 또 감옥 생활에서 문명한 법의 내막을 철저히 체험하고 불합리한 사회 역경에 든 사람들의 고통을 뼈가 저리도록 목격함으로부터는 그의 온 피는 의분에 끓었다. 그 의식이 깊어질수록 무형한 그물에 걸린 고통은 나날이 심하였다. 그 고통이 심할수록 그는 자유로운 친지를 동경하였다. 뜨거운 정열을 자유로 펼 수 있을 친지를 동경하는 마음은 감옥에서 나온 후로 더 깊었다. 그는 그때 강개한 선비들과 의기로운 사람들이 동지를 규합하고 단체를 조직하여 천하를 가르보고 시기를 기다리는 무대라고 명성이 뜨르렁하던 상해, 서백리아와 북만주를 동경하였다. 남으로 양자강 연안과 북으로 서백리아 눈보라 속에서 많은 쾌한들과 손을 엇걸어가지고 천하의 풍운을 지정하려 하였다.

"건져라. 뼈가 부숴져도 이 백성을 건져라. 그것이 나의 양심의 요구요 동시에 나의 의무다."

그는 이렇게 부르짖으면서 주먹을 쥔 때가 한두 번이 아니었다. 이때

빈곤의 물결은 그에게 점점 굳세게 닥쳐왔다. 이전같이 교사 노릇이나 할까 했으나 전과자前科者라는 패가 붙어서 그것을 허락지 않았다. 그의 어머니도 늙어서 잘 벌지 못하였다. "바쁘면 똥통이라두 메지." 그는 어느때 한 소리지만 고향 거리에서 똥짐을 지고 나서기는 용기가 좀 부족하였다.

만수는 드디어 북간도로 가려고 하였다. 만수가 간도로 가겠다는 말을 들은 김소사는 친지가 아득하였다. 김소사는 일찍 과부가 되고 운경이와 만수의 오누이를 곱게 기르다가 운경이 시집간 후 태산같이 믿던 만수가 만세를 부르고 감옥에 들어가서 일 년이나 있는 사이에 김소사는 울지 않은 날이 없었다. 그러다가 일 년 만에 낯을 보게 되어 겨우 안심이 될락말락하여서 '홍우적馬賊'이 우글우글한다는 되땅(胡地)으로 돌아올 기약도 없이 가겠다는 만수의 놀래를 들은 김소사의 마음이 어찌 순평하랴. 김소사는 천사만탁으로 만류하였으나 만수는 듣지 않았다. 만수는 어머니의 정경을 잘 이해하였다. 자기 하나를 위하여 남에게 된소리 안 된소리 듣고 진일 마른일을 가리지 않고 고생할 어머니를 버리고 친애 타국으로 갈일을 생각할 때면 그 가슴이 쓰렸다.

"부모의 은혜를 배반하는 자여! 벌을 받으라."
하는 듯한 소리가 귓가에 쟁쟁 울리는 듯하였다

"성인의 말씀에 충신은 효자의 문에서 구하라!"
고 하였다. 부모에게 불효가 되는 것이 어찌 나라에 충신이 되랴? 아니다! 아니다. 온 인류가 태평해야 부모도 있고 나도 있다. 부모도 있고 나도 있어야 효도도 이루어지는 것이다. 아! 만수여! '나'여! 주저치 말아라. 떠나거라. 어머니께 효자가 되려거든 인류를 위하라…… 이때 그의 일기에는 이러한 구절이 많았다. 그는 이렇게 자기의 뜻을 실행하는 데 어머니께 대한 은혜도 갚을 수 있다고 생각하였다. 만수는 어머니의 큰 은혜를 생각하는 일면 어머니 때문에 자기의 꽃다운 청춘을 그르친 것도 생각지 않을 수 없었다. 김소사는 만수가 소학교를 마친 후 서울로 보내지 않고 글방에 보내서 통감을 읽혔다. 김소사는 학교 공부보다 글방 공부가 나은 줄로 믿었다. 그것은 김소사가 신시대를 반대하는 늙은이들의 말을 믿었음이다. 그뿐 아니라 만수를 외로이 서울로 보내기는 아까왔다.

어린것이 객지에서 배를 주리거나 추워서 떨 것을 걱정하는 것보다도 태산같이 믿고 금옥같이 사랑하는 만수와 잠깐 사이라도 이별하기는 죽기보다 더할 것 같았다. 앞일을 모르는 김소사는 천년이고 만년이고 귀여운 아들을 곁에 두고 보고 잘 먹이고 잘 입히고 글방에 보내고 장가들이면 부모의 직책은 다한 줄만 믿었다. 그러므로 만수는 유학을 못 갔다. 어린 만수의 가슴에는 이것이 적원이 되였다. 신은 잡지를 통하여 나날이 보도되는 새 소식을 듣고 소학에서 같이 공부하던 친구들이 서울 가서 공부하는 것을 보거나 들을 때에 동경의 정열에 울렁거리는 만수의 마음은 남의 발 아래로 점점 떨어지는 듯한 기운 없고 구슬픈 자기 그림자를 그려보고 부끄럽고 슬픔을 느꼈다. 밖에 대한 동경과 번뇌가 큰 그는 안으로 연애에도 번민하였다. 개성이 눈뜨고 신사상에 침염될수록 어려서 장가든 처와 정분이 없어졌다. 공부 못 한 것이라든지 사랑 없는 장가든 것이 모두 어머니의 허물(그는 어떤 때면 이렇게 생각하였다)이거니 생각하면 어머니가 밉고 어머니를 영영 버리고 싶었다. 그러나,

"아니다. 그것은 어머니의 그름이 아니다. 재래의 인습과 제도가 우리 어머니를 그렇게 가르쳤다. 그 인습에 너무 젖은 우리 어머니는 나를 사랑하여서 잘 되라고 그렇게 하신 것이다."

그는 이렇게 돌쳐 생각할 때면 어머니께 대한 실쭉한 마음은 불현듯 스르르 풀리고 눈물이 옷깃을 적셨다. 이렇게 눈물에 가슴이 끓을 때면 어머니를 저항하고 싶지 않았다. 그래도 어머니의 명령 아래서 수굿이

일생을 보내고 싶었다. 그러나 그것은 한 순간의 생각이었다. 자기의 힘을 생각하고 세상을 바라보는 그로서는 어머니의 은혜에 자기의 전 인격을 희생할 수 는 없었다. 은혜는 은혜이다. 은혜로 말미암아 나의 전인격을 희생할 수는 없다 하는 생각이 서로 싸울 때면 그의 고민은 격심하였다 그는 어쩌면 좋을지 몰랐다. 그러던 끝에 그는,

"나는 모든 불합리한 인습에 반항하려고 한다. 그러니까 하는 수 없이 어머니 사상에 반항한다. 그러나 어머니를 반항하는 것은 아니다."

그는 이렇게 부르짖었다.

만수는 열여덟 살 되는 해에 이혼을 하였다. 인습의 공기에 취한 주위에서는 조소와 모욕과 비방으로 만수의 모자를 접대하였다. 만수의 어머니는 며느리 보내기가 부끄럽고 원통하였다. 그러나 아들의 말을 아니 들을 수 없었다. 그것은 전후 지난 날이 그릇되다는 것을 깨달은 것이 아니라 천금 같은 자식이 그때에 심한 심려로 낯빛이 해쓱하여 가는 것을 볼 때마다 자기의 고기를 찢더라도 자식의 마음을 거슬리지 않으리라 하였다. 김소사는 이렇게 생각하면서도 일일이 실행은 못 하였다. 이혼한 처를 친정으로 보낼 때 만수의 가슴도 쓸쓸하였다. 죄없는 꽃다운 청춘을 소박주어 보내거니 생각할 때 그의 불안은 컸다. 그러나 불안은 인류가 인류에 대한 사랑에서 노출하는 불안이었다. 이성에 대한 연애에서 우러나오는 것은 아니었다. 그러므로 그렇게 동정하면서도 다시 끌어다가 품에 안기는 몸서리를 칠 지경 싫었다.

이혼만으로서는 만수의 고민을 고칠 수 없었다. 만수는 어찌하든지 고민을 이기고 사람답게 살려고 애썼다. 이때 그의 머리에는 희미하나마 자기의 전인격을 인류를 위하여 바치려는 정신이 일종의 호기심과 아울러 떠올랐다. 공부에 뒤진 고민과 연애에 대한 번민은 인류를 건지려는 열심으로 점점 경향을 옮겼다. 그 사상은 마침내 무르녹아 그로 하여금 감옥생활을 하게 하고 만주로 향하게 하였다 김소사는 만수를

따라가려고 하였다.

"나도 갈 테다. 어든지 갈 테다. 나는 이제 너를 보내고는 못 살겠다. 어데를 가든지 나는 나로 벌어 먹을 테니 네 낯만 보여 다오……. 네 낯만 보면 굶어도 살 것 같다."

김소사의 말에 만수는 묵묵하였다. 아! 어머니는 또 내 일에 방해를 놓으시나? 하고 생각할 때 칼이라도 있으면 그 앞에서 어머니를 찌르고 자기까지 죽고싶었다. 만수의 가슴에는 연기가 팽팽 도는 듯하였다. 그러나

"네 낯만 보면 굶어도 살 것 같다."

한 어머니의 말을 생각할 때 가슴이 찌르르하였다.

"아아 자식이 오작 그립고 사랑스러우면 그렇게 말씀을 하시랴? 아! 뱀의 새끼 같은 나는, 소위 자식은 그런 부모를 버리고 가려고 해…… 아니 칼로…… 응 윽."

그는 몸을 부르르 떨었다. 이때 '어서 올려라' 하고 무서운 악마들이 자기를 교수대로 끌어올리는 듯하였다. 자기를 위하려 목숨이라도 아끼지 않으려는 그 어머니를 버리고 가면 그 앙화에 될 일도 안 될 듯싶었다.

만수는 드디어 어머니를 모시고 가기를 결심하였다.

4

'선두청' 시계가 아홉 점을 친 지가 오래였다.

북국 오월의 바닷밤은 좀 찼다. 꺼먼 바다를 스쳐오는 바릿한 바람은 의복에 푸근히 스며든다. 비가 오려나? 하늘은 별 하나 보이지 않고 물결은 그리 사납지 않으나 은은한 바다 소리는 기운차게 들린다.

간간이 '망양정' 끝이 번득한 때면 벌건 불빛이 금포錦布처럼 일자로

바다를 건너서 '유진' 머리까지 비추인다.

여덟 시 반에 입항한다는 '금평환'은 아직 불빛도 보이지 않았다. 부두 머리 파란 가스불 아래 모여 든 배 탈 손님들의 낯에는 초조한 빛이 돈다.

선부들도 벌써 나오고 노동자들도 짐사리 배에 모여 앉아서 지껄인다.

만수도 어머니와 같이 이삿짐을 지어 가지고 부두로 나왔다. 김소사의 친구, 만수의 친구 하여 전송객이 이십여 인이나 되었다. 술병, 과자갑, 담배 상자가 여기저기서 들어온 것이 한 짐 잔뜩 되었다. 김소사를 위하여 나온 편은 거개 늙은이들이었다. 저편 창고 앞에서 담배를 피우면서,

"참 섭섭하오."

"간도가 좋으면 편지 하오."

"우리도 명년에는 간도로 가겠소."

"우리 큰집에서 간도로 갔는데 만나거든 안부를 전해 주오."

"간도는 곡식이 흔타는데?"

하는 서두와 조리 없는 말을 서로 주고 받으면서 간간이 쓸쓸한 웃음을 웃는다.

만수의 편은 싱싱하였다. 거개 이십 전후의 청년들이었다. 선물로 가져온 술병을 벌써 터쳐서 나발을 불고 눈에 술기운이 몽롱하여 천지는 자기의 천지라는 듯이 떠드는 판이 말이 이별하니 섭섭이지 마치 기꺼운 잔치 끝 같았다. 만수도 맘이 못 하는 솜씨에 한잔 얼근하여 기쁜 듯이 빙글빙글 하였다.

"만수야 잘 해라. 어— 나만 오나라. 나만 와 으후……."

제일 잘 떠드는 운철이가 비츨거리면서 기염을 토한다.

"아— 김군이 취했다. 하하."

만수는 쾌활하게 웃었다.

"자식이 술이라면 수족을 못 쓰는 '게꿀등'이 세 병이나 나발 불었으니 흥 저 꼴 봐라."

만수 곁에 선 눈이 어글어글한 순석이는 비틀거리는 운철이를 조롱하였다.

"이놈아 내가 세 병을 먹고⋯⋯, 흥⋯⋯ 세 병 뜻닷뜻닷(나발 부는 뜻)하고 그럴 내가 아니야⋯⋯ 흥⋯⋯ 그렇지? 만수! 그져 나만 와!"

술이 흐르는 듯한 벌건 눈으로 만수를 본다. 저편 창고 머리에 빙글빙글하고 섰던 기춘이는 급하게 오더니 운철의 옆구리를 찌르면서,

"이사람 정신 차려! 무어 나오나라 말아라 하나? 저기 칼치(巡査)가 있네!"

"그까짓 갈빗대 찬 것들이 있으면 어때?"

운철이는 바로 잘난 듯이 그러나 나직하게 중얼거리면서 무서운지 저편으로 비츨비츨 간다.

"그렇게 도망가는 장력 왜 떠드나? 흐흐흐."

"그래도 무서운 데는 술이 깨나 보이? 정신 모르는 체하더니 잘만 달아난다. 하하하."

몇 사람이 웃는 바람에 모두 한 번씩 웃는다. 이때 순사가 그네들 앞을 지나갔다. 모두 웃음을 뚝 그쳤다. 엄숙한 침묵이 그 찰나에 흘렀다.

"김군! 편지하게. 자네는 놓은 데로 가네!"

돌아섰던 청년들은 거반 한마디씩 뇌었다. 이 순간 모두들 눈에는 딴 세계를 동경하는 빛이 확실히 흘렀다.

"무얼 좋아?"

만수는 이렇게 대답은 하면서도 속으로는 기뻤다. 세상이 다 동경하면서도 밟지 못한 곳을 자기 먼저 밟는 듯하였다. 저편 머리에 매인 '쌈판' 위에 고요히 섰던 얼굴이 뚜렷하고 노숙하게 보이는 황창룡이는 이 편을 보면서,

"만순 배가 들오나 보이…… 짐을 단단히 살피게……."

주의시키는 그 얼굴에 애수가 흐르는 것을 만수는 보았다. 황창룡, 김경식, 만수 세 사람은 피차에 지기지우로 허한다. 경석이는 서울 유학중에 만세를 부르고 감옥에 들어간 것이 지금 소식이 묘연하다.

"위 위—."

돌에 치인 고양이 소리 같은 금평환의 입항 소리는 몽롱한 밤 안개 속에 잠긴 산천을 처량하게 울렸다.

"응 왔구나?"

"자! 짐을 모두 한곳에 모아 놓지!"

여러 사람들은 기적 소리 라는 데를 한 번씩 보았다. 꺼먼 바다 위에 떠 들어오는 총총한 불이 보였다. 뱃몸은 잘 보이지 않으나 번쩍거리는 불 그 속에 어렴풋이 보이는 뭉클뭉클한 연기. 마치 저승과 이승의 길을 이어주는 그 무엇같이 김소사에게 보였다. 고동 소리를 들을 때 만수의 가슴도 두군두군하였다. 어찌하여 두군덕거리는지는 막연하였다.

만수와 창룡이는 뜨거운 청춘의 피가 뛰는 손과 손을 자 잡았다. 그 순간 피차의 혈관을 전하여 감각되는 맥박은 피차의 가슴에 말로써 표할 수 없는 암시를 주었다.

"경석형은 언제나 출옥이 될는지?"

만수의 낯에는 새삼스럽게 활기가 스러졌다.

"글쎄…… 아무쪼록 조심해라."

창룡의 소리는 그리 쓸쓸하지 않았다.

"내 염려는 말아라! 경석형이 출옥하시거든 그것을 단단히 말해라. 거기 있다고…… 언제나 또 볼는지 기약이 없구나!"

그 소리 는 무슨 탄원 같았다.

"글쎄 언제나 모두 만나겠는지?"

이 두 청춘의 눈앞에는 황연한 미래와 철창에서 신음하는 쪽 빠진 경석의 모양을 그려 보았다.

떠나는 이의 잘 있으오! 소리, 보내는 이의 잘 가오! 소리, 부두 머리
는 잠깐 침울한 기분에 싸였다.

김소사는 고향을 떠나는 것이 슬픈 중에도 아들을 앞세우고 가는 것
이 마음에 얼마나 튼튼하고 기꺼운지 알 수 없었다. 만수도 애오라지
슬픈 가운데도 알지 못할 그 무엇에 대한 만족에 신경이 들먹거렸다.

5

만수의 모자는 일주일이 넘어서 북간도 왕청 '다캉재'라는 곳에 이
르렀다.

회령서 두만강을 건너서 '오랑캐령'을 넘어 용정에 다다를 때까지
그네는 다른 나라의 정조를 별로 느끼지 못하였다. 용정 거리에 들어선
때는 조선 어떤 도회에 들어선 듯하였다 푸른 벽돌로 지은 중국집이며
중국 관리의 너저분한 복색이며 짐마차의 많은 것이 다소간 어둑한 호
지의 분위기를 보였다. 그러나 십 분의 아홉 분이나 조선 사람에게 점
령된 용정은 서양 사람이 보더라도 조선의 도회라는 감상을 볼 것이다.
간도라 하면 마적이 휘달리는 쓸쓸한 곳인 줄만 믿던 김소사는 용정의
번화한 물색에 놀랐다. 그러나 용정을 지나서 왕청으로 들어갈 때 황막
한 들과 험악한 산골을 보고는 무서운 생각에 신경이 제릿제릿하였다.
만수는 이미 짐작한 바이나 실지 목격할 때 "아아 황막한 벌이로구나!"
하고 무심중 부르짖었다. 으슥한 산속에서 중국 사람을 만날 때마다 무
서운 생각에 가슴이 두근거렸다. 군데군데서 조선 사람의 동리를 만나
면 공연히 기뻤다. 조선 사람들은 어느 골짜기나 없는 데가 없었다 십
여 호, 삼사 호가 있는 데도 있고, 외따로 있는 집도 흔하다. 거개 쓰러
져 가는 초가집에서 중국 사람의 소작인으로 일평생을 지낸다. 간혹 전

지를 가진 사람이 있으나 그것은 쌀에 뉘만도 못하였다. 그네들 가운데는 자기의 딸과 중국 사람의 전지와를 바꾸는 이가 있다. 그네들은 일본과 중국과의 이중 법률二重法律의 지배를 받는다. 아무런 힘없는 그네들은 두 나라 틈에서 참혹한 유린을 받고 있다. 그래도 어디 가서 호소할 곳이 없다.

만수가 이른 왕청 다캉재에는 조선 사람의 집이 일곱 호가 있다. 그리고 고개를 넘어가나 동구를 나서 일 리나 이 리에 십여 호, 오륙 호의 촌락이 있다. 산과 산이 첩첩하여 꽂구멍같이 뚫어진 골마다 몇 집씩 밭을 내고 들어 산다. 해 뜨면 땅과 싸우고 날이 들면 쿨쿨 자는 그네는 그렇게 죽도록 벌건마는 겨우 기한을 면할 뿐이다. 역시 알자는 중국 사람의 손으로 들어가 버린다. 그네에게는 교육 기관도 없었다. 그래도 그네들은 내지(朝鮮) 있을 때보다 낫다고 한다. 골과 산에는 수목이 울울하여 몇 백 년간이나 사람의 자취가 그쳤던 곳 같다. 낮에도 산짐승이 밭에 내려와서 곡식을 먹는다.

만수는 이십 원 주고 외통집 한 채를 샀다. 다음 중국 사람의 밭을 도조로 얻었다. 농사를 못 지어 본 만수로는 도조맡은 밭은 다룰 수 없었다. 일 년에 삼십 원씩 주기로 작정하고 머슴을 두었다. 김소사는 비록 늙기는 하였으나 젊은 때 바람이 얼마 남았고 어려서 농사집에서 자란 까닭에 농사 이면은 잘 알았다. 보리가 한창 푸른 여름이었다. 만수는 집을 떠났다.

이때 만주 서백리아 상해 등지에는 ×××이 벌떼같이 일어나서 그 경계선을 앞뒤에 벌렸다.

내지로서 은밀히 강을 건너와서 ×××에 몸을 던지는 청년들이 많았다. 산골짜기에서 나무를 베던 초부며 밭을 갈던 농군도 호미와 낫을 버리고 ×××에 뛰어드는 이가 많았다. 남의 빛에 졸려서 ×××에 뛰어든 이도 있었다. 자식을 ×××에 보내고 밤낮 가슴을 치면서 시상을 원망하는 늙은이들도 있었다.

×××의 세력은 컸다. 이역의 눈비에 신음하고 살아오던 농민들은 한푼두푼 모은 돈을 ×××에 바치고 곡식과 의복까지, 형과 아우와 아들까지 바쳤다. 백성의 소리는 컸다. 그 무슨 소리였던 것은 여기 쓸 수 없다.

만수가 ×××에 들어서 서백리아와 서간도 골짜기로 돌아다닐 때 김소사의 가슴은 몹시 쓰렸다.

"해삼위에는 신당이 몰리고 구당과 일본병이 소황령까지 세력을 가졌다."

"토벌대가 방금 '얼두구' '배채구'에 들어차서 소란하다."

"벌써 큰 전쟁이 일어났다. 여기도 미구에 토벌대가 오리란다."

이러한 소문에 민심은 나날이 흉흉하였다. 어떤 사람은 집을 버리고 깊은 산골로 피난을 갔다. 이런 소리 저런 꼴을 보고 들으며 만수의 소식을 못 듣는 김소사의 가슴은 항상 두군두군하였다. 그의 눈앞에는 총과 칼에 빡빡 찢겨서 선혈이 임리한 만수의 시체가 어떤 구렁에 가로놓인 듯한 허깨비가 보였다. 김소사는 밤마다 정화수를 떠놓고 북두칠성에 빌었다. 그는 세상을 원망하였다. 공연히 ×××를 욕도 하였다. 세상이 다 망한다 하더라도 만수 하나만 무사히 돌아온다면 춤을 추리라고도 생각하였다.

그렇게 생각하면서도 ○○를 ○하는 것이 ○○일이라 하는 생각도 막연히 가슴에 떠올랐다 그는 어떤 때에는 만수가 다니는 곳을 따라다니면서 밥이라도 지어 주었으면 하였다. 어떠한 고초를 겪든지 만수의 낯만 보았으면 천추의 한이 없을 것 같았다.

살 같은 광음은 만수가 집 떠난 지 벌써 두 해나 되었다. 그는 집 떠나던 해 여름과 초가을은 ××에서 ○○매수에 진력하다가 그 해 겨울에는 다시 간도로 나와서 A란 곳에서 △△병과 크게 싸웠다. 총을 끌고

적군을 향하여 기어 나갈 때나 쾅하는 소리를 처음 들을 때 그의 가슴은 두군두군하고 몸은 부들부들 떨렸다. 그는 그때마다,

"응! 내가 왜 이리두 ○○한구……. ○○가라. ○○를 위하여 ○으라!"

이렇게 스스로 ○○하면서 자기의 ○○한 생각을 누가 알지나 않나? 해서 곁에 ○○들을 슬그머니 보았다. 긴장한 얼굴에 ○○가 ○○한 다른 사람의 낯을 보면 자기가 ○하여 보이는 것이 부끄럽고 동시에 '나도' 하는 용기가 났다. ○○과 점점 가까와지고 주위는 긴장한 공기에 죄일 때 말없는 군중에 엄숙한 기운이 돌고 눈동자는 지휘하는 ?빛을 따라 예민하고 ○○○○게 움직였다. 이때 만수의 가슴은 천사만념이 폭류같이 얼클어졌다.

"어머니는 나를 얼마나 기다리시나? 자칫하면 어느때 어디서 이 몸이 죽는 줄도 모르게 죽겠으니…… 내가 죽어라! 어머니는 손을 꼽고 기다리시다가 한 해 두 해…… 세 해……. 이리하여 소식이 없으면 그냥 통곡하시다가 피를 토하고 눈을 못 감으시고 돌아가실 것이다. 아— 어머니! 더구나 타국에서 죽으면 의지 없는 이 고혼이 어데 가서 붙을까? 노심초사하고 집을 뛰어나온 것은 고국에 들어가서 형제를 반갑게 맞으려고 했더니 강도 못 건너고 죽으면 어쩌누? 아— 어찌하여 이 몸이 이때에 났누? 아— 어머니!"

그는 이렇게 번민하였다. 그러나 그는 그 때문에 ○○하거나 뛰려고 하지 않았다.

"모두 공상이다. 그것은 방안에 가만히 앉아서 생각할 꿈이요 공상이다. 나는 지금 ○○에 나섰다. 천애 타국에서 이름없이 ○는다 하여도 역시 ○○다. 인류와 어머니를 위한 ○○이다. 이름이란 하상 무엇이냐……!"

하고 홀로 ○○을 쥐고 부르짖을 때면 온 ○○의 ○가 ○○올라서 ○○을 지고…… 에라도 뛰어들 듯씨 ○○이 났다. 이러다가 ○○과 어울려

서 양방에서 ○는 ○○소리 ?소리가 산악을 울리고 뿌—연 ○○냄새속
에 빗발같이 내리는 ○○이 눈 속에 마른 나뭇잎을 휘두들거 떨어뜨릴
때면 모두 정신이 탕양하고 어릿어릿하며 죽는지 사는지 내 몸이 있는
지 없는지도 의식치 못하고 오직 ○만 쾅쾅 쏜다. 그러다가도 으아하는
소리와 같이 뛰게 되면 산인지 물인지 구렁인지 나무등걸인지 가리지
못하고 허둥지둥 달린다. 이렇게 몇 십 리라 뛰었는지도 모르게 쫓겨
다니다가 조용한 데서 흩어졌던 ○○이 보이게 되면 비로소 서로 살아
온 것을 치하하고 보이지 않는 사람은 죽은 줄로만 알았다. 이렇게 ○
마저 ○는 사람도 있거니와 뛰다가 길을 잃고 눈구렁에 빠져서 얼어 죽
고 굶어 죽는 사람도 불소하였다. 그네들 시체는 못 찾았다. 누가 애써
서 찾으려고도 하지 않았다. A촌 싸움 후로 ×××의 세력은 점점 꺾였
다. ×××은 하는 수 없이 뒷기약을 두고 각각 흩어져서 서백리아 등
지로도 가고 산골에서 사냥도 하고 어린애들 천자도 가르쳤다.

만수도 하는 수 없이 '나재거우'서 겨울을 났다. 그 이듬해 봄에 집
으로 돌아왔다.

집으로 돌아온 만수는 곧 장가들었다. 처음에는 장가를 들지 않으려
고 하였으나 어머니의 애원에 장가를 들었다. 만수는 장가드는 것이 불
만하였으나 어머니를 홀로 두고 다니는 것보다는 나으려니 생각하였으
며 동지들도 그렇게 권하였다. 그는 은근히 한숨을 쉬면서 사랑 없는
아내를 이번에는 의식적으로 맞았다. 자기의 전인격을 이미 바칠 곳을
정한 그는 연애를 그리 대단히 보려고 하지 않았다. 그러나 청춘인 그
가슴에 연애의 불꽃이 꺼진 것은 아니었다.

김소사는 만수가 자기의 말에 순종하여 장가드는 것이 기뻤다. 이제
는 만수가 낫살도 먹고 고생도 하였으니 장가를 들어서 내외간 정을 알
게 되면 어디든지 가지 않으리라는 것이 김소사의 추측이었다.

장가든 후에는 꼭 집에 있으려니 하고 믿었던 만수가 그 해 가을에

또 집을 떠났다. 그때 그의 아내는 배가 점점 불렀다. 김소사는 절망하였다. 장가들어 꼭 몇 달이 되어도 내외간에 희색이 없고 쓸쓸히 지내는 것을 보고 걱정하던 차에 또 집을 떠나니 예기하던 일 같기도 하고 지나간 일이 생각나서 후회도 하였으며 그러다가 만수가 영영 돌아오지 않으면 어쩌나 하며 가슴이 덜컥 내려앉았다.

만수는 ×××에 가서 있다가 곧 돌아왔다. 때는 만수가 떠난 겨울에 나온 몽주가 세 살 난 늦은 가을이었다. 만수는 어디든지 갔다가도 어머니를 생각하고 돌아온다.

집에 들어온 만수는 이웃에 새로 설립한 사립 소학교의 교사로 천거되어서 벌써 교편을 잡은 지 일 삭이나 되었다. 그러나 이때에 만수는 '군삼'이라는 이름으로 변하였다. 이때는 △△가 남북 만주에 세력을 펴서 ×××를 잡는 때문이었다.

6

만수는 오늘 야학교에 가지 않고 이불을 뒤집어 쓰고 방에 드러누웠다. 이삼 일 전부터 코가 찡찡하더니 어젯밤부터는 신열 두통에 코가 메고 재채기가 뜨끔뜨끔 나서 오늘은 교수를 억지로 하였다.

학교에서 돌아오는 데도 등골에 찬물을 끼얹는 듯이 오싹오싹하더니 저녁 후부터는 신열이 더하였다.

아침부터 퍼붓던 눈은 황혼에 개었으나 검은 연기가 엉긴 듯이 무거운 구름은 하늘에 그득차서 땅에 금방 흐를 것 같다. 산을 덮고 들에 깔린 눈빛에 밤천지는 수묵을 풀어 놓은 듯이 그윽하다. 앞뒤 골에 인적이 고요한데 바람 한점 없는 푸근한 초저녁 뒷산으로 흘어 내려오는 부엉새 소리는 낮고 느린 가운데 흐르는 가벼운 여운이 솜처럼 부들한 비애를 준다. 이불을 뒤집어쓰고 뜨거운 구들에 등을 붙인 만수는 괴로운 가운데도 알지 못할 회포가 가슴에 치밀고 마음이 뒤숭숭하였다. 그는 이불을 활짝 밀어 놓고 벌떡 일어나 앉았다.

"몹시 아프오?"

곁에서 어린것을 젖먹이던 그 아내는 만수를 쳐다보았다. 빤—한 기름불을 멀거니 쳐다보는 만수는 아무 대답도 없었다. 대답을 기다리던 그 아내의 낯빛은 붉었다. 만수의 대답하는 것이 자기를 귀찮게 여기는 듯도 하고 보기 싫으니 가거라 하는 듯이 생각났다. 그렇게 생각나면 만수가 원망스럽고 자기 팔자가 원통스러웠다. 그러나 만수는 그런 것 저런 것 생각하지 않았다. 멀거니 앉은 그는 딴세계를 눈앞에 그렸다. 그 아내는 자곡지심에 몽주를 안고 돌아누우면서 소리 없는 한숨을 쉬었다.

"몹시 아프냐? 무얼 좀 먹어야지. 미음을 쑤랴?"

부엌방에서 담배 피던 김소사는 방사이 문을 열었다 정주로 들어오는 산뜻한 찬바람이 만수의 정신에 사르르 와 닿는다.

"아뇨, 무얼 먹고푸잖어요."

만수는 대답하면서 드러누웠다.

불을 껐다— 다 잠들었다— 밤이 깊었다.

멀리서 우우하던 천뢰 소리가 차츰 가깝게 들린다. 고요하던 천지에 바람이 건너기 시작한다. 우우 천둥같이 소리치는 바람이 뒷산을 넘어 골을 스쳐 갈 때면 집은 떠나갈 듯이 으르릉으르릉 울린다. 어둑한 창대에 쏴— 쏴— 뿌리는 눈 소리는 바닷가의 폭풍우 밤을 연상케 한다, 천지는 정적에 든 듯이 소리와 소리가 끊는 듯하다가는 또 우우하고 바람이 소리치면 세상은 다시 몇 만 년 전 혼돈으로 돌아가는 듯이 지축까지 흔들흔들 움직이는 듯하다. 대지의 눈속에 게딱지같이 묻힌 오막살이들은 숙연한 풍설 속에 말없는 공포의 침묵을 지키고 있다.

비몽사몽간에 들었던 만수는 귓가에 얼핏 지나는 이상한 소리에 소스라쳐 깨었다. 바람은 그저 처량히 소리를 친다. 방안에 흐르는 검은 공기는 무섭게 침울하다. 눈을 번쩍 뜬 만수는 바람 소리 속에 들리는 괴상한 소리에 가슴이 꿈틀하였다. 그는 머리를 번쩍 들고 창문을 바라보았다. 마루에서 자던 개가 목이 터지도록 짖으며 뛰어나간다 우— 하는 바람 소리 속에 처량히 울리는 개소리를 듣는 찰나! 전광같이 언뜻 만수의 뇌를 지나가는 힘센 푸른 빛은 만수의 온몸에 피동하는 공포의 전율과 같이 만수의 몸을 광적狂的으로 벌떡 끄집어 일으켰다. 일어선 만수는 무의식적으로 문고리에 손을 대었다.

컴컴하던 창문에 불빛이 번쩍하면서 "꽝" 하는 총 소리와 같이 몹시 짖던 개는 "으응" 슬픈 소리를 남기고 잠잠하다. 문고리에 손을 대었던 만수는 저편으로 급히 서너 자국 떼어놓더니 다시 돌아서서 문고리에 손을 댄다. 창문을 뚫어지게 보는 그의 두 눈에 흐르는 푸른 빛은 어둠 속에 무섭게 빛났다.

"문 벗겨라."

김소사가 자는 정주문을 잡아 챈다. 모진 바람 소리 속에 들리는 그 소리는 병인에게 내리는 사자使者의 마음魔音같이 주위의 공기를 무겁게 눌렀다. 만수는 그네가 누구인 것을 직각적으로 깨달았다. '왔니?' 속으로 뇌일 때 긴장하였던 그의 사지는 극도로 뛰는 맥박에 힘이 풀렸다.

"인제는 잡히나! 응 내가 왜 집으로 왔누?"

그는 다시 이를 악물었다. 그는 부지불식간에 옆구리에 손을 넣으려고 하였다. 옆구리에 닿은 손이 거치는 데 없이 쑥 미끄러져 내려갈 때 그는 절망하였다. 마치 노한 물 위에서 지남침을 잃은 사공의 발하는 그러한 절망이었다.

"아! 할 수 없나?"

이 순간 그의 머리에는 몇 해 전 옆구리에 차고 다니던 ○○과 …… 을 언뜻 그려 보았다. 그는 문을 박차고 뛰리라 하였다. 그는 다리에 힘을 단단히 주었다. 발을 번쩍 들었다. "못 한다." 무엇이 뒤에서 명령하면서 냅다 차려는 다리를 홱 끌어안는 듯하였다. 그는 들었던 다리를 스르르 놓았다. 그가 마주 선 방문 앞에도 사람의 두런거리는 소리가 확실히 들린다. 그는 전신을 부르르 떨었다.

"문을 열어라."

"문이 열리게 해라."

이번에는 일본 사람 조선 사람의 소리가 어울려 들리면서 정주문 방문을 들입다 찬다. 만수는 거의 경련적으로 어두운 구석으로 뛰어들더니 엎드려서 무엇을 찾는다. 어둑한 구석에서 빨래 방망이를 집고 우뚝 일어서는 그의 두 눈은 번쩍하였다.

"잡혀도 정신을 차리자. 내가 왜 이리 비겁하냐?"

속으로 뇌이면서 ○을 꼭 ○○었다.

"한 놈은 ○는다 나의 ○○(○○)는 지킨다. 아— 그러나 어머니 처자…… 내가 공손히 잡히면 그네를 살린다. 선불을 잘못 걸면 우리는 모두 이 자리에서 가엾은 혼이 된다……. 만일 내가 잡히면 저 식구들은 누구를 믿고 사누? 나도 철장 고형에 신음하다가 나중에 괴로운 죽음을 지을 터이니…… 에! 이래도 죽고 저래도 죽는 바에야……."

그는 전신에 강철같이 힘을 주면서 이를 빡 갈았다. 그는 훨훨 붙는 화염 속에서 헤매는 듯한 자기의 그림자를 눈앞에 보았다. 그는 또 이를 빡 갈았다. 자던 몽주는 소리쳐 운다. 김소사는 방으로 뛰어들어오면서,

"에구 에구 만수야."

한마디 지르고는 문턱에 걸쳐서 어둠 속에 쓰러졌다. 목이 꽉 메어서 간신히 소리를 치고 쓰러지는 어머니를 볼 때 만수의 오장은 또 끊어지는 듯하였다.

"아! 공손히 잡히리라. 어머니와 처자를 살리리라. 그렇지 않으련들

이 방맹이로 무얼 하랴?"

그는 방망이를 힘없이 떨어뜨리고 문을 덜렁 벗겼다. 흥분의 열정에 거의 광적 상태가 되었던 만수는 찰나찰나 옮기는 새에 차츰 자기라는 것을 의식하게 되었다. 그의 가슴은 좀 고요하였다.

"내가 왜 문을 벗겼을까!"

문을 벗기고 두어 걸음 물러선 그는 후회하였다. 그러나 다시 문걸 용기는 나지 않았다.

"만수 어서 나서거라. 이제야 독안에 든 쥐지…… 허허……."

밖에서 지르는 소리는 확실히 낮익은 소리다. 만수는 뜻밖이라는 듯이 눈을 굴렸다. 그 소리에는 조롱의 여운이 너무도 흐른다.

문을 벗긴 후에도 한참이나 주저거리더니 웬 자가 방문을 벗겨 잡아 제친다. "꽝" 번뜩하는 불빛과 같이 총 소리가 방안을 터칠 듯이 울린다. 구릿한 화약 냄새가 무거운 밤 공기에 빛없이 퍼진다.

"꿈적하면 이렇게 쏠 테다."

헛총으로 간담을 놀랜 자는 이렇게 소리치면서 들어선다. 이때에 파―란 회중 전등불이 도깨비불같이 방안을 들어 쏜다. 한 자가 기름 등잔에 불을 켤 때에는 십여 명이나 방에 죽 들어섰다. 권총을 고여 들고 둘러선 모든 자들 눈에는 검붉은 핏줄이 올올이 섰다. 이 속에 고요히 선 만수의 가슴은 생사지역生死之域을 초월한 듯이 아주 냉랭하였다. 여태까지 끓던 열정은 어디로 갔는지?…… 몽주는 부들부들 떠는 어미의 가슴에서 낮빛이 까매 운다. 얼굴이 거무레한 자가 "빠가" 하면서 어린것의 가슴에 권총을 고여 든다. 만수 아내는 몽주를 안은 채 그냥 앞으로 엎드린다. 그것을 보는 만수의 두 눈에서는 불이 번쩍 일어났다.

"이놈아 나를 쏘아라."

만수는 부르르 떨면서 그 앞으로 뛰어가려고 한다. 둘러 섰던 자들은 일시에 앞을 막아 서면서 만수의 가슴에 권총을 괴여 든다.

"흥 한때 푸르던 세력이 어디를 갔나?"

한 자는 콧등을 쫑긋하면서 만수의 두 팔에 포승을 천천히 지인다. 그 목소리는 아까 밖에서 비웃던 소리다. 만수는 그 자를 쳐다보았다.

"악!"

거무레한 그 자의 얼굴을 본 순간 만수는 외마더 소리를 질렀다.

"흥."

그 자는 모소侮笑가 그득한 눈으로 창백한 만수를 본다.

그 자는 삼 년 전에 만수와 같이 ×××에 다니던 김필현이다. 욱기가 과인한 필현이는 ×××속에서도 완력편이었다. 그는 ××단 제 일 중대 제 일소대 부교로 다니다가 소대장과 권리 다툼 끝에 뛰어나간 후로 이때까지 소식이 없었다. 그는 만수와 한 군중에도 다녔다.

만수는 이를 빡 갈면서 핏발선 눈으로 필현이를 보았다.

이때 정주에서 들어오다가 거꾸러진 김소사는 일어나면서,

"나리님 그저 살려 주시요! 어구! 어구!"

하고 끽끽 운다. 애원의 빛이 흐르는 김소사의 낯은 원숭이의 낯같이 비열하였다. 그것을 본 만수는 쓰라린 중에도 민망하였다.

"어머니 그놈들에게 무얼 빌어요! 원수에게 무얼 빌어요……."

그 소리는 천 근 쇳덩어리를 굴리듯이 무겁고 세찼다.

"이놈아 어서 걸어. 건방지게."

한 자가 만수의 뺨을 후려 부친다. 차디찬 바람이 스치는 만수의 뺨은 뜨거운 눈물에 젖었다. 이때에 어떤 자가 굴뚝 머리에 쌓아 놓은 나무가리 뒤로 가더니 성냥을 번듯 긋고 나온다.

뒷산을 넘어 앞산에 부딪치고 골로 내리 쏠리는 바람 소리의 우— 하는 것은 구슬픈 통곡을 치는 듯하다. 산에 쌓였던 눈은 골에 불려 내리고 골의 눈은 '버덕'으로 불려 나가서 뿌연 것이 눈코를 뜰 수 없다.

만수를 잡아가는 여러 사람들의 그림자는 동남 골짜기 어둑한 눈안

개 속에 사라졌다. 김소사는,

"만수야! 만수야!"

통곡하면서 허둥지둥 따라가다가 눈 속에 거꾸러졌다. 만수의 아내는 이웃에 달려가서 소리를 질렀다.

전쟁 뒤같이 횅한 만수의 집 굴뚝 머리 나무가리에서 반짝반짝하던 불은 점점 크게 번졌다. 바람이 우— 할 때면 불길이 푹 주저앉았다가 가는 바람이 지난 뒤면 다시 활활 일어선다. 염염한 불길은 집을 이은 처마 끝에 옮았다. 우뢰 소리 같은 바람 소리! 바다 소리 같은 불 소리! 뿌연 눈보라! 뻘건 불빛! 뭉뭉한 연기는 하늘을 덮고 눈에 덮인 골은 벌겋게 탈 듯하다. 바람이 차면 울타리 두주간 원채 각각 활활 타다가도 광풍이 쏴—내리 쏠릴 때면 그 불들은 한 곳에 어울어져서 커다란 불덩이 풍세를 따라 우르르 소리친다. 삽시간에 콧구멍만한 집은 쿵하고 내려앉았다. 쌀두주간도 깡그리 탔다. 무서워서 벌벌 떨던 이웃 사람들도 그제야 하나 둘씩 나왔다.

주인을 잃고 집까지 잃은 생령은 어디로 향하랴?

7

만수는 조선으로 압송되어 청진 지방 법원에서 징역 칠 개년 판결 언도를 불복하고 복심 법원에 공소하였으나 역시 징역 칠개 년 언도를 받고 서대문 감옥으로 들어갔다.

엄동설한에 자식을 잃고 집까지 잃은 김소사는 며느리와 손녀를 데리고 어느 집 사랑방을 얻어 설을 지냈다. 이렇게 된 후로 그립던 고향은 더욱 그리웠다. 고향으로 정 가고 싶은 날은 가슴이 짤짤하여 미칠 것 같다. 그러다가도 아들을 수천 리 밖 옥중에 집어 넣고 거러지꼴로 고향 밟을 일을 생각하면 불길같이 치밀던 망향심은 패배敗北의 한탄에 눌렸다. 더구나 나날이 "아버지"를 부르는 몽주 모녀를 볼 때면 가긍스런 감정이 오장을 슬슬 녹였다. 그는 마음을 어디다가 의지한 줄을 몰랐다. 의복도 없거니와 양식이 떨어져서 며느리와 시어미는 남의 집 방아를 찧어 주며 불도 떼어 주고 기한을 면하였다. 원래 그리 순순치 않던 며느리는 공연히 생트집 잡는 것과 종알종알하는 것이 나날이 심하였다. 김소사에게는 이것이 설상가상이었다. 하루는 만수 아내가 부엌에서 불을 때다가 무엇이 골이 났는지,

"이 망한 갓난년아! 네 아비 따위가 남의 애를 말리더니 너도 또 못견디게 구누나."

하는 독살스런 소리와 같이 몽주의 울음 소리가 들린다. 어린것은 송곳에 뽁 찔린 듯이 목청이 찢어지게 소리를 지른다. 마당에서 눈 속에 묻힌 짚부스러기를 들추어 모으던 김소사는 넋없이 부엌으로 뛰어갔다. 치마도 못 얻어 입고 아랫도리가 뻘건 몽주는 부엌 앞에 주저앉은 대로 얼굴이 까맣게 질려서 주먹을 부르르 떨면서 입을 딱 벌렸다.

"에구 몽주야 어째 우니?……."

김소사는 벌벌 떨면서 몽주를 안았다.

"이 사람아 어린것에게 무슨 죄 있는가?"

김소사는 며느리의 눈치를 흘끔 보았다.

"애를 말리는 거야 죽어도 좋지……. 무슨……."

하고 며느리는 꽥 소리를 치더니,

"이런 망한년의 팔자가 어디 있누? 시집을 와서 빌어먹으니 에구 실루 기막혀서……."

하면서 부짓갱이가 부러지라 하고 나무를 끌어서 아궁이에 쓸어 넣는다. "시집을 와서 빌어먹어" 하는 소리에 가슴이 묵직하고 죄송스런 듯도 하며 부끄러운 듯도 하여 며느리의 낯을 다시 쳐다 못 보았다.

이해 이월 그믐 어느 추운 날 새벽이었다.

"엄마아! 엄마야!"

몽주의 어미 부르는 소리에 눈을 뜬 김소사는 부—연 눈을 비비면서 아랫목을 보았다. 먼동이 텄는지 방안이 훤한데 몽주는 홀로 누워서 엄마—를 부르며 운다. 김소사는,

"우지 마라, 엄마가 뒷간에 간 게다."

하면서 몽주를 끌어 잡아댕렸다. 몽주는 그저 발버둥을 치면서 운다. 눈을 감았던 김소사는 다시 눈을 떴다. 방안을 다시 돌아본 김소사의 마음은 어수선하였다. 그는 또 눈을 비비면서 방안을 다시 돌아보았다. 선잠에 흐리하던 그의 눈에는 의심의 빛이 농후하게 얼렁거린다. 그는 벌떡 일어나서 아랫목을 또 보았다. 며느리가 뒷간으로 갔으면 덮고 자던 포대기가 있을 터인데 포대기가 없다. 김소사는 치마도 입지 않고 마당에 나섰다. 쌀쌀한 눈바람은 으스스한 그의 몸에 스며든다. 그는 사면을 두루두루 보면서 뒷간으로 갔다. 며느리는 뒷간에 없다. 여러 집은 아직 고요하다. 추운 줄도 모르고 이 구석 저 구석 돌아다니면서 기웃기웃하던 김소사는 몽주의 울음 소리에 비로소 정신을 차린 듯이 집안으로 뛰어들어 갔다.

……만수의 처는 갔다. 만수 처가 어떤 사내를 따라 아령으로 가더란 소리는 한 달 후에 있었다.

김소사는 현실을 저주하는 광인 같았다. 몽주가 "엄마! 저즈!"할 때마다 그의 머리카락은 더 세었다. 그는 며느리의 소위를 조금도 글타고 생각지 않았다. 몽주의 정상을 생각하는 순간에 며느리를 야속히 생각하다가도 자기 곁에서 덜덜 떨고 꼴꼴 주리던 것을 생각하고는 어디를 가든지 뜨뜻이 먹고 지내라고 빌었다. 며느리가 "나는 가오"외치면서 가는 것을 보더라도 김소사는 억지로 붙잡지는 않았을 것이다.

김소사는 매일 손녀를 업고 이 집 저 집으로 돌아다니면서 입에 풀칠을 하였다. 하루 이틀 지나서 달이 넘으니 동리에서도 그를 별로 동정

치 않았다.

어지러운 물결 위에 선 김소사는 그래도 살려고 하였다. 죽으려고 하지 않았다. 세상을 원망하고 자기의 운명을 저주하면서도 살려고 하였다. 그는 죽음(死)을 생각할 때 이를 갈았고 천지 신명에게 십 년 만 더 살아지이다고 빌었다. 그는 죽음을 두려워서 그러는 것이 아니라 아들의 출옥을 보려 함이며 어린 손녀를 기르려 함이다. 아들의 출옥을 못 보거나 어린 손녀를 두고 죽기는 너무나 미련이 많다. 그러나 그는 금년이 환갑인 자기를 생각할 때 발하는 줄 모르게 탄식을 발하였다.

김소사는 이 집 저 집으로 돌아다니면서 노자를 얻어 가지고 고향으로 떠났다. 고향에 있는 딸에게 편지하면 노자는 보내었을 것이나 딸도 넉넉지 못하게 사는 줄을 잘 아는 김소사는 차마 노자를 보내라는 말이 나오지 않았다.

팔월 열 이튿날이었다. 김소사는 몽주를 뒤집어 업고 왕청을 떠나서 고향으로 향하였다. 떠난 지 사흘만에 용정에 이르러서 차를 타고 도문 강안圖們江岸에 내려서 강을 건넜다. 상삼봉上三峰에서 하룻밤을 자고 이튿날 아침 차로 어제 석양에 청진 내려서 곧 남향선을 탔다. 배에서 하룻밤을 지내는 새에 그러한 갖은 신고를 하다가 지금 고향 부두에 상륙하였다. 청진서 전보를 하였더니 운경이가 부두까지 나왔다. 출옥되어 고향에 돌아와 있는 김경석이와 생명 보험 회사에 있는 황창룡이도 부두까지 나왔다.

김소사의 모녀는 붙잡고 울었다. 김소사는 목이 매어서 킥킥하거니와 운경이는 어린애처럼 목을 놓아 운다. 눈물에 앞이 흐린 두 모녀의 눈에는 똑같이 육년 전 오월 김소사가 고향을 떠나던 날 밤이 떠올랐다. 아— 그때에 그 많던 전송객은 어디로 다 갔는가? 오늘에 김소사를 맞아 주는 것은 그 딸 운경이와 만수의 친구인 경석이와 창룡이와 세 사람뿐이다.

"육 년 전에 그 광경! 육년 후 오늘에는 그것이 한 꿈이었다. 아―
꿈! 내가― 고향에 와 선 것도 꿈이 아닌가?"

김소사는 이렇게 생각하였다.

"만수가 있었다면 자네들을 보고 얼마나 반가와 하겠나?"

김소사는 말을 못 마치고 두 청년을 보면서 울었다. 경석이와 창룡이
는 고요히 머리를 숙였다. 뜨거운 볕은 그네들 머리 뒤에 빛났다. 바다
에서 스쳐 오는 바람과 물소리 는 서늘하였다.

"몽주야 내가 업자― 할머니 허리 아파서……."

운경이는 김소사에게 업힌 몽주를 끄집어 내리려고 하였다.

"응 그러자 몽주야, 저 엄마께 업혀라. 내가 어지러워서."

김소사는 몽주를 싸업고 포대기 끈을 풀려고 하였다 몽주는 몸을 틀
고 할머니의 두 어깨를 꼭 잡으면서 킹킹 운다.

"야― 또 울음을 내면 큰일이다. 어서 보퉁이나 들어라."

김소사는 운경이를 돌아다보았다. 운경이는 그저,

"몽주가 곱지. 울지 마라, 내가 업지."

하면서 몽주의 머리를 쓰다듬었다.

"야 울지 마라, 그 엄마 안 업는다."

김소사는 몽주를 얼싸 추켜업더니 다시,

"어서 걸어라. 낯이 설어서 그런다."

하면서 운경이를 본다.

"에마나두(계집애) 아무 푸접두 업고나!"

운경이는 몽주를 흘끔 가로보면서 보퉁이를 머리에 이었다. 몽주는
운경이가 소리를 빽 지르면서 흘끔 가로 보는 것을 보더니 또 비죽비죽
섧게섧게 운다.

"엑 이년아 아이를 어째 욕하니? 그 엄마 밉다. 몽주야 울지 마라."

김소사는 운경이를 치는 척하면서 손을 돌리다가 몽주의 궁뎅이를

툭툭 가볍게 쳤다. 몽주는 흑흑 느끼면서 울음을 그쳤다.

"흐흐흐 고것두 설은 줄을 단 아는가."

운경이는 몽주를 귀여운 듯이 돌아다보고는 앞서서 걸었다. 두 청년도 뒤 미쳐 걸었다.

아침 때가 훨씬 겨운 햇빛은 뜨겁게 그네의 등을 지지었다. 물가에 밀려들었다가 물러가는 잔물결 소리는 고요하였다.

걸치기 고개 쪽에서는 우루루 우루루하는 기차 소리가 연방 들린다.

본정 좌우에 벌려 있는 일본 상점은 난리 뒤와 같이 쓸쓸하였다 짐을 산같이 실은 우차가 느럭느럭 부두를 향하고 간다. 자전거가 두서너 채나 한가롭게 지나가고 지나온다. 점점 올라오면서 사람의 왕래가 빈번하였다.

8

성진굽(城岊) 아래에는 정거장을 짓노라고 일꾼이 우물우물하여 분주하다.

일행은 본정을 지나서 한천교漢川橋에 다다랐다. 예서부터는 조선 사람 사는 곳이다. 일행은 작대기를 끊듯이 꼿꼿한 큰거리 가운데로 걸었다. 좌우에 벌려 있는 조선 사람의 가겟방들은 고요하다. 점방 주인들은 이마에 땀이 번즈르하여 한가롭게 부채질을 하면서 거리에 지나가고 지나오는 사람을 물끄러미 본다. 육 년 전에 보던 점방이며 사람들이 그저 많이 있다. 김소사의 눈에는 이 모든 사람이 유복하게 보였다. 크나 작으나 점방이라고 벌여 놓고 얼굴에 기름이 번즈르하여 앉은 것이 자기에게 비기면 얼마나 행복스러울까? 자기도 고향에서 그네가 부럽잖게 살았다. 그러나 지금은 그네들보다 몇 십 층 떨어져 선 것 같다. 만수와 함께 다니던 듯한 젊은 사람들이 늠름하여 가고 오는 것이 역시 심파心波를 어지럽게 한다. 자취자취 추억의 슬픔이요 소리소리 모욕 같았다.

"어머니 성진이 퍽 변하였어요."

운경이는 김소사를 돌아보면서 멋없이 웃는다.

"모르겠다."

하고 대답하는 김소사는 차마 낯을 들고 걸을 수가 없었다. 낯익은 사람의 낯이 언뜻 보일 때마다 머리를 숙이거나 돌렸다. 의지 없는 거러지꼴을 그네들 눈에 보이기는 너무도 무엇하였다. 자기는 이 세상에서 아무 권리도 없는 비열하고 고독한 사람같이 생각된다.

"내가 왜 고향으로 왔누? 죽든지 그렇지 않으면 빌어먹더라도 멀찌기서 지내지! 무얼 하려고 이 꼴로 고향을 왔누!"

그는 이렇게 속으로 여러 번 부르짖었다. 그럴 때마다 얼굴이 후끈후끈 하고 전신이 길바닥으로 자지러져드는 듯하다.

"흥 별소리를 다 한다. 아무개네는 나보다도 더 못 되어서 돌아와서도 또 이전처럼 살더라."

이렇게 자문자답으로 망하였다가 흥한 사람을 생각할 때면 자기도 그전 세상이 올 듯이도 생각되며 인생이란 그런 것이거니 하는 한 숙명적인 자기심自棄心 같기도 하고 자위심自慰心 같기도 한 감정에 가슴이 퍽 평평하였다.

"이게 누구요."

"아 만수 어머니오!"

"참 오래간 만이오!"

지나가는 사람이며 점방에 앉았던 사람들이 뛰어나와서는 인사를 한다.

아무리 아니 보려고 외면을 하였으나 김소사의 얼굴은 오래 인상을 준 그네의 눈을 속이지 못하였다.

"네 그새이 평안하시오?"

만나는 이들은 거의 묻는다. 그네들은 만수의 형편을 몰라서 묻는 것이나 김소사에게는 그것이 알고도 비웃는 소리 같았다. 또 그네에게 만수의 사정을 알리고도 싶지 않았다 김소사는 이러한 말을 들을 때마다 어찌 대답하면 좋을지 몰라서 주저주저하다가는,

"네 뒤에 오음메!"

하고는 빨리빨리 걸었다. 북선 사진관 앞에 온 그네들은 왼편 골목으로 기울어져서 십여 보나 가다가 다시 바른편으로 통한 뒷거리로 올라가서 이전 수비대 앞 운경의 집으로 갔다.

"에구 멀기두 하다."

운경이는 다루에 보퉁이를 놓고 잠궜던 문을 훨훨 열어 놓았다.

"월자 아비는 어디로 갔니?"

정주방으로 들어간 김소사는 몽주를 내려놓으면서 운경이더러 물었다.

월자 아비는 운경의 남편이었다.

"애 아비는 밤낮 낚시질이라오. 오늘도 새벽 갔소."

운경이는 대답하면서 국수 사러 밖으로 나갔다. 마루에 앉았던 두 청년도 또 온다 하고 갔다.

"한마니 이게 뭐냐? 응 한마니……."

몽주는 어느새 저편에 놓은 재봉침 바퀴를 잡고 서서 벙긋벙긋 웃는다.

"에구 아서라. 바늘을 상할라? 이리 오너라, 에비 있다."

김소사는 걱정하면서 몽주를 오라고 손을 내밀었다.

"응 에비 있니?"

몽주는 집으려는 패물을 빼앗긴 듯이 서먹하여 섰더니 "에비 에비" 하면서 진척지척 걸어온다. 김소사는 모퉁이 속에 손을 넣고 한참 움질

움질하더니 벌건 사과를 집어내어서 몽주를 주었다. 몽주는 커다란 붉은 사과를 옴팍옴팍한 두 손으로 움킨 채 야들한 붉은 입술에 꼭 대고 조그만 입을 아기죽하더니 사과를 입술에서 떼었다. 벌건 사과에는 입술 대었던 데가 네모진 조그마한 입자국이 났다. 몽주는 사과를 아기죽 아기죽 먹었다.

"할머니 저즈……."

하면서 목을 갸웃뚬하고 김소사를 쳐다보면서 어려운 것을 애원하듯이 해죽해죽 웃는다.

"에구 나지 않는 젖을 무슨 먹자구 하니?"

김소사는 한숨을 쉬면서 무릎에 오르는 몽주에게 쭈굴쭈굴한 젖을 물렸다.

이날 밤부터 이전에 친히 지내던 이들이 김소사도 찾아다니면서 만나보았다. 몇몇 늙은 사람 외에는 그를 그리 반갑게 여기지 않았다. 고향은 그를 조롱으로 접대하였다. 만나서는 거개 허허 하였으나 김소사의 생각하는 바와 같이 그 웃음 속에는 철창에 들어간 만수의 행위와 김소사의 거지꼴을 조소하는 어두운 빛이 흘렀다. 만수의 친구 몇은 그것을 잘 알았다. 그네들은 진정으로 김소사를 접대하였다. 창룡이와 경석이는 만수를 생각할 때마다 김소사가 가긍하고 가긍할수록 더욱 공경하고 싶었다. 운경이는 더 말할 것도 없거니와 사위도 그를 극진히 공경하였다. 그러나 김소사는 항상 사위의 얼굴이 어렵게 쳐다보였다. 더욱 사돈을 대할 때면 조마조마한 마음을 어디다 비할 수 없었다. 철없는 몽주는 매일 "과자를 다구" "외를 다구" 하고 졸랐다. 운경이는 돈 푼이 생기면 월자는 못사주어도 몽주는 과자를 사다 준다. 김소사에게 이것이 또한 걱정이었다.

흐르는 세월은 김소사를 위하여 조금도 쉬지 않았다. 마천령을 넘어 '이산동' 골을 스쳐 내리는 바람에 성진굽의 푸른 잎이 누른 물들고 바다 하늘에 찼던 안개가 훤하게 개이더니 하룻밤 기러기 소리에 찬서리가 내렸다. 아침 저녁 서늘한 바람과 정오에 밝은 볕은 더위에 흐뭇한 신경을 올올이 씻어 주는 듯하더니 가을도 어느새 지나갔다. 펄펄 내리는 눈은 산과 들을 허옇게 덮었다. 사철 없이 굼실굼실하는 바다만이 검푸른 그 자태로 백옥천지 속에서 으르레고 있다. 갑자년 십일 월 십오일이 되었다. 육십 년 전 이날 새벽에 김소사는 이 세상에 처음 나왔다. 그의 고고성은 의미가 심장하였을 것이다.

운경이는 며칠 전부터 어머니의 '환갑'을 생각하였다. 그날그날을 겨우 살아가는 운경이로는 도리가 없었다. 사위도 말은 없으나 속으로 애썼다.

김소사는 자기 환갑 걱정을 하지나 않나 하여 딸과 사위의 눈치만 보았다. 그는 환갑 쇠기를 원치 않았다. 구차한 딸에게 입 신세지는 것도 조마조마한데 환갑 걱정까지 시키기는 자기가 너무도 미안스러웠다.

이날 아침에 운경이는 흰밥을 짓고 소고기국을 끓였다. 이것도 운경의 집에서는 별식이었다.

상을 받은 김소사는 딸 몰래 한숨을 쉬었다. 참을래야 참을 수 없는 눈물이 눈속에 솔솔 흐르고 목이 꽉꽉 메어서 밥이 넘어가지 않았다. 가까스로 넘긴 밥도 심사가 울렁울렁하여 목구멍으로 도로 치밀려 올라오는듯하였다. 김소사는 따뜻한 구들에 앉고 맛있는 음식을 입에 넣으면 운경의 내외가 애쓰는 것이 미안하여 억지로 먹는 척하면서 몽주 입에도 떠 넣었다. 김소사의 사색을 살핀 운경이는,

"어머니 많이 잡수, 몽주야, 너는 나와 먹자."

하면서 몽주를 끌어 안았다.

"놓아 두어라, 내가 이것을 다 먹겠니?"

그는 말 마치기 전에 눈물이 앞을 핑 가리어서 콧물을 쿨적 들어마시었다. 운경의 내외는 말없이 서로 얼굴을 쳐다보았다. 운경의 머리에는

자기가 어려서 어머니 생일에 떡치고 돼지 잡던 기억이 어렴풋이 떠올랐다. 김소사는 얼마 먹지 않고 술을 놓았다.

"어머니 왜 잡숫잖습니까? 또 만수를 생각하는 겝니다, 하하."

사위는 억지로 웃었다.

"아니 많이 먹었네."

김소사는 담뱃대에 담배를 담았다

이날 낮에 창룡의 내외는 떡국을 쑤어 왔다. 김소사는 슬픈 중에도 기뻤다. 자기 환갑날을 위하여 누가 떡국을 쑤어 오리라고는 생각지 않았다. 김소사는 창룡의 아내가 갖다놓는 떡국상을 일어서서 황송스럽게 두손으로 받았다. 젊은 사람 앞에서 '네! 네!' 하고 공경을 부리는 김소사의 모양이 창룡이와 경석의 눈에는 비열하고 측은하게 보였다. 아— 만수군이 있어서 저 모양을 보았다면 피를 토하리……. 경석이는 이렇게 생각하면서 한숨을 쉬었다.

"어머니 그냥 앉아 계십시오, 모두 자식의 친구가 아닙니까!"

창룡의 말.

김소사는 창룡의 젊은 내외가 서로 웃고 새새거리면서 정답게 지내는 것을 볼 때마다 가슴속이 답답하였다.

"오오 내가 왜 만수를 장가보냈던구? 저렇게 저희끼리 만나서 정답게 살게 못 했던구? 싫어하는 장가를 내가 왜 보냈던구? 이 늙은 것이 왜 아들의 말을 듣지 않았나? 고저 늙으면 죽어야 해! 우리 만수도 어디 재들만 못한가? 일찍 뉘를 본댔더니 뉘커녕 도로 앙화를 받네? 글쎄 이 늙은 것이 어쩌자고 그런 짓을 했누? 밥이 되든지 죽이 되든지 저 하는 대로 내버려 두지!"

김소사는 이러한 생각에 한참이나 멀거니 앉았었다. 경석이는 원래 능하고도 존존한 정다운 말로 김소사를 위로하였다.

경석이는 처자도 없고 부모도 없고 집이 없고 직업도 없는 청년이다.

그는 일가집에서 몸을 그날그날을 지내간다. 그의 학식과 인격은 비범하다. 그가 만세를 부르고 감옥에 들어가고 감옥에서 나온 후로 ××주의자가 되어 여러 방면으로 활동하게 되면서부터 당국의 검은 손이 등 뒤를 떠나지 않고 쫓아다녔다. 그것이 드디어 그로 하여금 직업장에서 구축을 받게 하였다. 그는 굶거나 벗는 것을 염두에 두지 않았다. "감옥에 가면 공부하고 나오면 또 주의 선전한다"는 것이 그의 항다반하는 소리였다. 그의 기개를 안다는 사람들은 그 말을 믿는다.

김소사의 앞에 앉은 경석의 신경은 또 비애와 의분에 들먹거렸다. 자기의 처지를 생각하든지 김소사와 만수의 처지를 생각하면 슬펐다. 그 슬픔은 그 몇몇 사람의 처지에만 대한 슬픔이 아니었다. 그 몇몇 사람을 표본으로 온 세계를 미루어 생각할 때 그는 주림과 벗음에 헐떡이는 수많은 생명 속에 앉은 듯하였다. 피기름이 엉긴 비린내 속으로 처량히 흘러나오는 굶은 이의 노래가 귓가에 들리는 듯하며 벌거벗고 얼음궁에 헤매며 짜릿짜릿한 신음 소리를 지르는 생령이 눈앞에 보이는 듯하였다. 눈을 번쩍 떴던 경석이는 입술을 꼭 깨물면서 눈을 감았다.

"아! 뛰어나가자! 저 소리를 어찌 앉아서 들으랴? 이 꼴을 어찌 보랴? 아! 가련한 생령아? 나도 너희와 같은 자리에 섰다. 만수도, 어머니도, 몽주도…… 상진도 아니 전 조선이 그렇구나. 아! 이 역경을 부수지 않으면 우리 목에 …… 않으면 우리는 영영 이 속을 못 뛰어나리라, 뛰어나서자!"

이렇게 경석이는 가슴속으로 부르짖었다. 피는 질서 없이 뛰었다. 그는 눈을 뜨고 벌떡 일어나서 밖으로 나왔다. 쌀쌀한 겨울 바람은 붉은 그의 여윈 낯을 스쳤다.

"흥 세상은 만수를 조롱한다. 만수 어머니를 업수히 본다. 만수 어머니시여! 웃는 세상더러 기껏 웃어라 하옵소서. 어머니를 웃는 그네들게 어머니보다 나은 것이 무엇이 있습니까? 아! 불쌍도 하지, 피묻은 구렁으로 들어가는 그네들은 나오려는 사람을 웃는구나!

　오오 만수야! 내 아우야! 너는 선도자다."

　눈을 밟으면서 내려오는 경석이는 이러한 생각에 골똘하여 몇 해 전 자기가 고생하던 감옥을 눈앞에 그려 보았다. 그는 천사만념에 발이 어디까지 온 것을 의식치 못하였다. 그는 머리를 번쩍 들었다. 어시장으로 지나 온 그는 한천철교漢川鐵橋 아래까지 이르렀다. 퍼―런 얼음장 아래로 흐르는 물소리는 쿨렁쿨렁하는 것이 몹시 노한 듯하였다. 해는 벌써 서산에 뉘엿뉘엿 넘어간다.

　"아아 조선의 해돋이(日出)여!"

　석양빛을 보는 경석의 눈에서 흐르는 눈물은 은 얼음 세계를 녹일 듯이 뜨거웠다.

(어머니 회갑 1924년 11월 15일 양주 봉선사에서).

그믐밤

시대 : 20여 년 전
장소 : 함북 어떤 농촌

1

삼돌의 정신은 점점 현실과 멀어졌다. 흐릿한 기분에 싸여서 한 걸음 한 걸음 으슥하기도 하고 그저 훤한 것 같기도 한 데로 끌려 갔다. 수수깡 울타리가 그의 눈앞을 지나고 껌잇한* 살창이 꿈속같이 뵈는 것은 자기집 같기도 하나, 커단 나무가 군데군데 어른거리고 퍼런 보리밭이 뵈는 것은 이웃 최돌네 집 사랑뜰 같기도 하고, 전번에 갔던 뫼 같기도 하였다. 그러나 그는 그것이 어딘 것을 알려고도 하지 않았고 또 그 때문에 기분이 불쾌하지도 않았다. 그는 자기가 앉았는지 섰는지도 의식치 못하였으며 밤인지 낮인지도 몰랐다. 그의 눈은 그저 김 오른 거울 같이 모든 것을 멀겋게 비칠 뿐이었다.

이때 그의 정신을 흔드는 것이 있었다. 그것은 조금 전부터 저편에서 슬금슬금 기어 오는 커단 머리(頭)였다. 첨에는 저편에 수수깡 울타리 같기도 하고 짚더미 같기도 한 어둑한 구석에서 뭉긋이 내밀더니 점점 가까워질수록 흰 바탕에 누런 점이 어른거리는 목 배떼기며 검푸른 비

---

* 꺼뭇한.

늘이 번쩍거리는 머리며, 똑 빼진 동그란 눈이며, 끝이 두가달* 된 바늘 같은 혀를 훌쩍훌쩍 하는 것이 그리 빠르지도 않게 슬금슬금 배밀이해 오는 꼴은 차마 볼 수 없었다. 그의 가슴은 두근거렸다. 등에는 그도 모르게 찬 땀이 흘렀다. 그는 뛰려고 하였다. 다리는 누가 꽉 잡는 듯이 펼 수 없고 팔도 움직일 수 없었다.

그 무서운** 기다란 짐승은 조금도 거리낌없이 슬금슬금 기어 왔다. 이제 위급이 한 찰나 새이다. 그의 몸과 그의 짐승의 입 사이는 겨우 한*** 자나 남았다.

그는 소름이 쪽 끼치었다. 그는 악을 썼다. 사지는 여전히 마비된 듯하여 꼼짝할 수 없었다. 소리를 질렀다. 입만 짝짝 벌어질 뿐이지 목구멍이 칵 맥혀서 숨도 크게 쉴 수 없었다.

그의 숨결은 울렁거리는 가슴과 같이 급하고 잦았다

온몸의 피를 끓여 가면서 쓰는 애도 이제 모두 허사가 되었다. 그의 왼편 발뒤꿈치가 뜨끔하였다.

"으악……"

그는 온몸의 악을 다 내어 소리를 치면서 내뛰었다. 물인지 불인지 모르고 내뛰었다. 징그럽게도 긴 그 짐승은 발뒤꿈치를 꽉 문 채 질질 끌었다.

"에구…… 이잉…… 아이구."

그는 소리쳐 울었다. 뛰던 그는 귀를 찌르는 벽력 같은 소리에 우뚝 섰다. 머리를 돌렸다. 하늘을 쳐다보고 땅을 굽어보고 사면을 돌아보았다.

"저게 미치지 않았는가?"

"히히히."

---

* 두 가닥.
** 원문에는 '무거운'으로 되어 있으나 문맥상 고침.
*** 원문에는 '자'로 되어 있으나 문맥상 고침.

"야 이놈아! 아프다고 핑계를 대고 자빠졌다가 지랄이 무슨 지랄이야? 으응— 칵 퉤……."

마루 위에서 벽력같이 지르는 주인 김좌수의 호령 소리가 두 번 날 때, 삼돌이는 정신이 번쩍 들었다. 그의 눈앞에는 고래등 같은 기와집이 엄연하게 보이고 마루 위에 거만스럽게 앉은 김좌수의 불그레한 낯이 보였다. 소나기 뒤 쨍쨍한 볕은 추근한 땅에 흘러서 눈이 부시고 서늘히 스쳐가는 바람 결에 논 매는 노래가 들렸다. 그는 별 세상에 선 듯하였다.

"야 이 머저리(바보) 같은 늠아, 글쎄, 무슨 머저리 행세(바보짓)냐? 무시기 어쩌구 어째, 뱀아페(한테) 물긴 게 아프구 어쩌구? 뛰기만 잘 뛰더구나!"

김좌수는 물었던 장죽을 한 손에 뽑아 들고 노염이 충일해서 호령을 하였다. 뜰에 나다니는 여편네들은 입을 막고 돌아가면서 웃었다. 삼돌이는 죽은 듯이 서 있었다.

"글쎄 이놈아 입이 붙었니? 어째 대답이 없니? 어째 그랬니?"

김좌수는 또 소리를 질렀다.

"뱀이 와서 발뒤축을 물어서……."

삼돌이는 쥐구멍으로 들어갈 듯이 겨우 대답하였다.

"뱀이? 저놈으새끼 실루 미쳤구나! 뱀 아페 물긴 게 아프다구 허덕깐*에 한나절이나 자빠져 잤는데 무슨 뱀이 또 거기 있더란 말이냐? 저놈이 필시 꿈을 꾼 게로구나? 하하."

김좌수는 마지막 말에 자기로도 우스운지 웃음을 못 참았다.

'참말 그래 내가 꿈을 꾸었나.'

이렇게 속으로 생각한 삼돌이도 픽 웃었다. 삼돌의 웃는 것을 본 김

─────────

* 헛간.

좌수는 다시 노염이 등등해서 호령을 내린다.

"제야 잘한 체 웃음이 무슨 웃음이—? 어서 또 가 봐라! 비 오구 난 뒤 끝이니 나왔을 께다……."

"이— 구 실루, 머저리(바보)네!"

병아리 다리를 노끈으로 붙잡아 매어가지고 마루 아래서 놀던 김좌수 아들 만득이가 삼돌이를 보면서 입을 삐쭉하였다. 삼돌에게는 만득의 소리가 더욱 듣기 괴로왔다. 자기보다도 퍽 차가 있는 어린것에게까지 비웃음을 받는 것이 알 수 없이 불쾌하고 낯이 붉어지면서 온몸이 땅속으로 잦아드는 것 같았다. 만득이는 연주창蓮珠瘡으로 목을 바로 못 가지고 늘 머리를 왼편으로 깨웃하였다. 뺏뺏이 말라서 허수아비에 옷을 입힌 듯한 만득의 해쓱한 낯을 볼 때, 삼돌의 가슴에는 가긍스런 생각도 치밀고 미운 생각도 치밀었다. 그것 때문에 밤낮 '배암' 잡아들이라는 호령받는 것을 생각하면 어서 죽여 버리고도 싶었다. 그리고 전번에 왔던 의사醫師도 미웠다. 그놈이 아니었더면 뱀 잡으러 왜 다녀? 이렇게도 생각하였다.

"산 배암에게 물리면 연주창에 큰 효과가 있다."

하고 의사가 가르친 뒤로부터 삼돌이는 배암 잡으러 다녔다. 그리다가 이틀 전에 배암에게 다리를 물리고 그것이 너무 아파서 오늘은 드러누웠더니 그런 꿈을 꾸고 또 이 봉변을 당하고 있다.

"낼까지 그러고 있겠니? 빨리 가 잡아라!"

김좌수의 호령에 멍하니 섰던 삼돌이는 왼편 다리를 절룩절룩 절면서 사랑 머슴방으로 나갔다. 쨍쨍한 볕은 그저 땅에 흘렀다.

2

삼돌이는 배암 잡는 무기를 들고 집을 나섰다. 그것은 낚싯대(釣竿) 끝에 말총 올가미를 붙잡아 맨 것이다. 배암의 목을 올가미질하려는 것이다. 이것은 삼돌의 지혜로 나온 무기였다.

땀과 먼지가 엉키어서 찔떡찔떡한 적삼 등골로 스며드는 삼복 볕은 유난스럽게 뜨거웠다. 무릎까지 오는 베 고의에 코가 떨어진 짚신을 끌고 절룩절룩 걸을 때마다 몸에서 오르는 땀 냄새는 시큿하고 구리였다.

집앞 채마밭을 지나서 눈이 모자라게 벌어진 논 갓길에 나섰다. 찌지는 볕 아래 빛나는 흔건한 논물은 자 남짓이 큰 벼포기 그늘을 잠궜다. 그루를 박아 세운 듯이 한결 같은 키로 질편히 이어선 벼는 윤기나는 푸른 비단을 살짝 깔아놓은것 같았다. 이따금 스치는 서늘한 바람에 가는 볏잎이 살금살금 물결 치는 것은 빛나는 봄 하늘 아래서 망망한 큰 바다를 보는 것 같았다. 삼돌이는 멍하니 서서 그것을 보았다. 시각이 옮겨갈수록 현실에 괴로운 그의 의식은 점점 신선하고 빛나는 자연과 어울려서 그는 자기라는 존재까지 잊었다. 그에게는 빛나는 태양과 푸른 벌판과 서늘한 바람이 있을 뿐이었다. 베 고의 적삼에 삿갓을 쓰고 논 기음에 등을 찌지든 농군들은 저편 방축 버드나무 그늘 아래서 담배도 피우고 장기도 두고 있다. 삼돌이는 그것을 볼 때 잠잠하던 마음이 다시 물결쳤다. 자기도 밭이나 논에서 기음맬 때는 길가는 개까지 부럽더니 오늘은 그것이 도리어 부러웠다. 그는 아픈 다리를 질질 끌면서 방축 아래 좁은 길로 앞산을 향하였다.

"삼돌이, 자네 또 뱀 잡으러 가는가?"

방축 위 서늘한 그늘 속에 누워서 담배 피는 늙은 농군이 소리를 쳤다. 삼돌이는 대답 없이 그리를 쳐다보면서 빙그레 웃었다.

"웃기는, 개꽃 싸라간 놈처럼! 히히."

그 옆에서 꼬니를 두던 쇠돌이라는 젊은 농군이 웃었다.

"에이구! 꼭꼭 뱀이를 그렇게두 잡니? 새나 다람쥐를 말총 올개미루 잡지 뱀을 올개미로 잡는 걸 어디서 봤니, 하하하."

"그러문 어떻게 잡니?"

힘없이 말하는 삼돌은 서먹한 웃음을 억지로 웃었다.

"몽치로 때려 붙들어야지 이눔아. 뱀이 죽었다구 올개미에 들겠니?"

"응, 때리문 죽어두……. 산 뱀이라야 쓴단다."

누군지 기다리고 있는 듯이 받아쳤다.

"응, 산 뱀은?"

"김좌수 아들이 옌쥐챙 있는데 손가락을 물기문 낫는다네."

이런 말을 듣다가 삼돌이는 다시 걸음을 걸었다. 머리 뒤에서 수근거리고 웃는 것은 모두 자기를 비웃고 멸시하는 듯이 불쾌하였다. 걸음까지 터벅거렸다.

모래땅은 물 기운이 벌써 빠져서 삭삭 마르고 굳고 오목한 데는 그저 빗물이 괴어서 반짝거렸다.

구불구불하고 축축한 산길을 휘돌아 오른 삼돌이는 쓰러진 나무 등걸에 걸터앉았다. 등에는 땀이 흠씬 내배고 전신에서 후끈후끈 오르는 땀냄새는 김같이 뜨겁고 시틋하였다. 그는 이마의 땀을 씻으면서 가슴을 풀어 헤쳤다. 가슴은 마구 뛰었다.

크고 작은 소나무가 빽빽이 들어서서 으슥한 속에 가지 사이로 흘러드는 쨍쨍한 볕은 우거진 풀잎에 아롱아롱 홀렸다. 이따금 우울한 소나무 끝을 스치는 바람 소리는 시원히 들리나 숲속은 고요하였다.

나무와 나무사이를 스쳐서 어른어른 푸른 벌이 내다보이고 그 한쪽으로 볕에 눈이 부실 듯한 마을집이 보였다. 이렇게 사면을 돌아보면서 한참 앉았으니 몸이 점점 식고 마음이 갈앉아서 한숨 자고 싶었다. 그러나 주인 영감의 시뻘건 눈깔이 눈앞에 언뜩할 제 그는 정신이 반짝 들고 자기도 모르게 벌떡 일어났다. 그는 다시 터덕터덕 산마루턱 감자밭 가에 이르렀다. 우중충한 숲속을 벗어 나오니 환한 것이 졸지에 딴 세상이나 밟는 것 같았다. 그는 감자밭과 숲 사이에 난 좁은 길로 돌아다니면서 끼웃끼웃 하였다. 돌을 모아 놓은 각 담에도 뒤져 보고 쓰러진 나무등걸 위도 보았다. 소나기 지난 뒤요 따라서 볕이 쨍쨍하니 배암이가 나오리라는 자신도 없지 않았다. 그는 어둔 벼랑 길을 더듬는 소경처럼 조심스럽게 걷다가는 서고 서서는 이리 기웃 저리 기웃하였다. 이름도 모를 풀이 우거진 숲을 들여다보고 풀잎이 다리에 스르럭스르럭 스칠 때면 그는 공연히 몸이 오싹오싹하고 옮기던 발이 저절로 멈추어졌다. 어디서 바람 소리 새 소리만 들려도 그의 가슴은 두근두근하였다. 이렇게 어청어청하다가 감자밭 맨끝 커단 나무가 쓰러진 곳에 이르러서 그는 우뚝 서면서 입을 벌렸다. 그는 금방 뒤로 자빠질 듯이 궁둥이를 뒤로 내밀고 서서 어쩔 줄을 몰랐다. 그의 눈은 유리알을 박은 듯이 꼼짝 않고 쓰러진 나무 위만 쏘고 있다.

크고 작은 풀이 우거진 새에 흉악한 짐승같이 쓰러진 것인지 껍질은 썩어 벗어지고 살빛이 꺼뭇하게 되었다. 군데군데 쪽쪽 트기도 하고 감탕물속에 거머리 지나간 자취 모양으로 아룽아룽 좀먹은 자리도 있다. 그리고 어떤데는 뜨거운 볕에 송진이 끓어서 번지르하고 찐득찐득하게 뵈었다. 그 나무 한복판에 길이가 발이 남고 굵기가 어린애 팔뚝만한 것이 고요히 붙어 있다. 퍼런 등골은 햇볕에 윤기가 번득거리고 희슥한* 뱃살에 누른 점이 얼룩얼룩하였다. 그리고 둥그스름하고 넓죽한 머리에 불끈 째진 눈은 때룩때룩하였다. 그 생김생김이 자기를 물던 놈 같기도 하였다. 그놈에게 물려서 이틀밤이나 신고를 하고 아직도 낫지 않은 것을 생각하면 그놈을 꼭 깨물어 잘근잘근 씹어 삼키고 싶으나 때룩때룩한 눈깔이나 얼룩얼룩 징그럽게 늘어진 꼴은 금방 몸에 와서 말리고 서리는 듯해서 점점 뒷걸음만 났다. 그러다가도 주인 영감에게 서리 같은 호령을 들을 것을 생각하니 그저 물러갈 수도 없었다.

---

* 색깔이 약간 하얀.

우우 하는 소리와 같이 수수 흔들리는 소리가 들렸다. 배암만 보고 무시무시하게 서 있는 삼돌이는 깜짝 놀라 뒤를 보고 발을 굽어보았다. 그것은 바람 지나는 소리였다. 그는 긴 한숨을 쉬면서 가만가만 나무등걸 곁으로 갔다. 손에 잡은 낚싯대가 자랄 만한 곳에 가서 엉거주춤 섰다.

"휙—휙."

그는 휘파람을 불었다. 고요한 볕 아래 누웠던 배암은 그 소리를 들었는지 머리를 들어 ㄱㅅ자로 구부리고 눈을 때룩때룩하였다. 그때 그놈을 칵 때렸으면 단박 잡을 듯하나 그래서 죽으면 힘은 힘대로 들이고 아무 소용없는 짓이다. 그러나 그놈을 설다루어서는 뺑소니를 칠 것이다. 삼돌이는 이렇게 생각은 하면서도 어쩔 줄을 몰랐다. 그는 낚싯대를 뻗쳐서 올가미를 배암 머리편에 주었다. 배암은 머리를 기웃기웃하더니 늘씬한 몸을 늘였다 졸이면서 그 나무등걸 밑으로 머리를 수그렸다. 푸른 바탕에 누른 점 흰 점이 볕에 얼른얼른 빛났다. 그것이 징글징글 기어 풀 속으로 내리는 것은 정신이 아찔하도록 무서웠다. 그것이 풀포기 밑으로 스르르 나와서 바짓가랑이 속으로 금방 들 듯이 신경이 찌긋찌긋하였다. 그는 등골에 찬 땀을 흘리면서 소름을 쳤다. 그러면서도 그것을 놓치는 것이 안되어서 자기도 모르게 낚싯대로 등걸에 겨우 남은 꼬리를 쳤다. 꼬리는 꾸불하더니 쏜살같이 풀 속에 숨어 버렸다 그때 그는 바른편 넓적다리가 뜨끔하였다. 그것은 배암의 꼬리를 칠 때 낚싯대가 잘못 넓적다리에 찔린 것이었다. 신경이 예민해서 그는 그것이 배암의 이빨이 박히는 줄 믿었다.

"으악⋯⋯."

삼돌이는 낚싯대를 버리고 뜨끔한 넓적다리를 붙잡으면서 뛰었다. 감자 포기, 풀포기, 나무등걸, 가시밭— 그 모든 것을 헤아릴 수 없이 마구 뛰었다. 발에 걸쳤던 짚세기는 어디로 갔는가? 발끝과 아랫 다리는 나무 그루와 가시에 찢겨서 새빨간 피가 스치는 풀잎을 물들였다. 그 모든 것을 느끼지 못하고 삼돌은 그저 허둥지둥 뛰었다.

한참 뛰던 삼돌이는 짜근— 소리와 같이 두눈에서 불이 번쩍 일면서 정신이 아찔하여 그 자리에 쓰러졌다. 아무도 없는 고요한 숲속 바위 밑에 쓰러진 삼돌의 이마에서는 걸디건 피가 느른히 흘렀다.

바람은 때때로 숲 끝을 우수수 지났다. 서천에 좀 기운 볕은 여전히 가지 사이로 흘러 들었다. 멀리 논벌에서 은은히 울려 오는 논김 노래가 새소리 벌레 소리와 같이 숲속으로 흘렀다.

3

삼돌이는 등골이 선뜩선뜩함을 느끼면서 흐릿한 눈을 비비었다 우중충한 가지와 가지가 머리를 덮은 사이로 흰 하늘이 엿보였다. 그는 일어 앉아서 앞뒤를 보았다. 자기 몸은 뜻하지도 않은 풀 속에 있다. 지금이 아침인가? 저녁인가? 또는 밤인가? 이렇게 생각하다가 그는 피묻은 자기 손이 언뜻 눈에 띄자 두 눈이 뚱그래졌다.

손을 펴서 들고 뒤쳐 보고 잿겨 보다가 적삼 앞과 속옷에 검붉은 피가 발린 것을 보고 그의 눈은 더 뚱그래졌다. 그는 비로소 앵한 이마가 째릿째릿함을 느꼈다. 그는 이마에 손을 대었다. 손이 닿을 때 이마가 쓰리고 손에 칙은한 것이 발렸다. 그는 손을 떼어 보았다. 언제 흐른 피런가. 엉기어 걸어져서 흐르지는 않고 그 빛은 검붉다. 이마는 점점 쓰리고 아팠다. 그는 쭈그리고 우두커니 앉아서 두 손을 엇결은 채 피 씻을 생각도 하지 않고 무엇을 생각하였다. 그의 눈은 옛 기억을 좇는 듯이 흐릿한 속에 의심이 들어찼다.

피가 웬 필까? 어찌하여 예까지 왔나? 집에서 떠나서 배암 잡다가 뛰던……. 이렇게 아까 일이 오랜 일같이 슬금슬금 떠왔다. 그러나 어찌

다가 이마가 터진 기억이 얼른 나지 않았다. 누구에게 맞았나? 아니 맞았으면 모를리 없다. 배암에게 물렸나? 배암이 이렇게 물리는 없고…… 이렇게 생각 생각 끝에 허둥허둥 뛰다가 이마가 찌근 부딪치던 일까지 생각났다. 그러나 그 뒷일은 종시 떠오르지 않았다

'오오, 그래 부딪친 게로구나!'

그는 무슨 수수께끼나 푼 듯이 이렇게 혼자 부르짖었다. 동시에 그는 넓적다리를 급히 만져 보았다. 아까 뜨끔하던 기억이 오른 까닭이었다. 그러나 아무렇지도 않은 것을 볼 때 그는 혼자 픽 웃으면서 한숨을 지었다.

삼돌이는 모든 기억이 또렷이 나설수록 이마가 몹시 저렸다. 그는 풀잎을 따서 피를 씻었다. 풀잎에 닿을 때면 바늘로 따끔 찌르는 듯도 하고 딱지 뗀 헌 데를 만지는 것 같기도 해서 온몸이 송구려들었다. 피를 씻은 뒤 허리끈을 풀어서 이마를 동였다. 그리고 바지춤을 움켜잡고 숲속을 어슬렁어슬렁 나왔다.

감자밭에 나선 그는 조심스럽게 아까 배암 나왔던 등걸 앞으로 갔다. 풀대가 바람에 얼른하여도 배암 같아서 가슴이 뜨끔하였다. 그는 저편 풀 위에 던져져서 풀이 바람에 움직일 때마다 흔들리는 낚싯대를 집어 들고 마을로 향하였다.

숲속에 흐르는 볕은 자취를 감추고 눅눅한 그늘이 숲을 덮었다. 바람이 스치는 때마다 잎들은 우줄우줄 춤을 췄다. 어디선지 새 소리가 울렸다. 나무 사이를 스쳐서 멀리 파란 벌판 끝에 저녁볕이 뻘겋게 타들었다. 그는 더듬더듬 내려오다가 길 옆에 서리저리 늘어진 칡줄기를 잘라서 허리를 잡아매었다.

우중충한 숲을 벗어나서 산 아래로 내려온 그는 볕에 나섰다. 아까 지났던 방축 아랫길로 발을 옮겼다. 방축에 모여 앉았던 일꾼들은 깡그리 논으로 내려가고 머리에 석양을 받은 수양버들만이 실바람에 흐느

적거렸다.

　앞으로 끝없이 끝없이 잇닿은 푸른 논판에 붉은 저녁볕이 비껴 흐르고 또 바람이 흐르는 것은 더욱 아름다왔다. 온 세상의 모든 행복은 기름이 흐르듯이 윤기 돌아 먹음직하게 연연히 자란 푸른 포기가 벼바람에 물결쳐 넘는 듯 하였다. 온몸을 벼포기 속에 숨기고 오직 삿갓 꼭대기와 땀 배인 등만 드러내고 기어 가면서 김 매는 농군들은 신선같이 보였다. 그는 그것을 보고 맞추어 부르는 격양가 소리에 귀를 기울이고 멍하니 서 있었다. 자기도 배암 잡이만 아니었다면 아니 그눔의 만득의 연주창만 아니었다면 지금 저 속에서 저들과 같이 노래를 부를 것이다. 이슬에 베잠방이를 적시고 불볕에 등골을 지지면서 김매는 것이 더 말할 수도 없는 설움이요 괴로움인 줄 알았더니 이제 와서는 세상에 그처럼 즐거운 일은 없을 것 같다. 지금 신선같이 느껴지는 저 푸른 벼바다 속에서 김매고 노래 부르는 그네가 모두 자기와 같은 사람이요, 또 자기 친구요, 또 같은 사람이요, 또 친척이요, 또 같은 일꾼으로 네냐 내냐 지내 왔는데 지금은 그네가 별로 높아진 듯이 느껴졌다. 그렇게 느껴질수록 그는 두 어깨가 축 늘어지는 것 같고 온몸이 땅에 자지러지는 듯하였다. 스쳐가는 바람, 흔들리는 풀조차 자기를 비웃는 듯이 자취마다 설움이었다.

　어려서 부모를 잃고 남의 집구석으로 다니면서 꼴이나 베고 소나 먹이며 김매면서 나이 삼십 되도록 장가도 못 들고— 그것도 부족하여 팔자에 없는 배암잡이로 다리 병신 되고 이마까지 피 터진 것을 생각하니 새삼스럽게 가슴이 메어지고 눈에 눈물이 핑 돌았다. 그는 그 자리에 주저앉아 울었다. 목이 메어 소리는 나오지 않고 눈물만 쫙쫙 흐르고 가슴이 꽉꽉 막혀서 주먹으로 가슴만 쾅쾅 쳤다.

　논판에 흐르는 석양은 점점 자리를 옮겨서 멀리멀리 붉어 가고 서늘한 실바람은 끊임없이 수양버들 가지를 흔들었다.

한참 애끊게 울던 삼돌이는 주먹으로 눈물을 씻고 일어섰다. 방축 아래 볏잎에 진주 같은 별이 흐르는 논가 좁은 길을 지나 집 가까이 왔다. 타박타박한 그의 걸음은 더 느리어졌다. 그의 발은 마음과 같이 무거웠다. 만일 그의 손에 꿈틀거리는 산 배암만 잡혔다면 그는 이마가 저리고 다리 아픈 것까지 잊어버리고 집으로 달려갔을 것이다. 주인 영감의 독살 오른 눈과 고무볼같이 불어서 불룩불룩 두 눈이 눈앞을 언뜻 지날 때 그는 어깨를 오싹하면서 머리를 힘없이 가슴에 떨어뜨렸다. 그는 발을 돌렸다. 그만 어디라 없이 끝없이 끝없이 가 버리고 싶었다. 이꼴 저꼴 다 안 봤으면 살이 찔 것 같았다.

'애키 가자! 그만 달아나자?'

이렇게 생각은 하였으나 가면 어디로 가며, 간들 무슨 수가 있으랴— 하는 생각이 또 머리를 울렸다. 뒤따라 너덜너덜한 누더기를 몸에 걸치고 이집 저집 들어가도 밥 한술 주지 않고 일까지 시켜 주지 않아서 주린 배를 움켜쥐고 이슬을 마시면서 밤을 지내는 옛날의 자기 그림자가 눈앞에 떠오를 때 그는 그것을 보지 않으려는 듯이 머리를 흔들면서 획 돌아서 집으로 빨리빨리 걸었다.

삼돌이는 집에 가까이 왔을 때 집앞 채마밭에 나선 주인 영감의 그림자를 보고 가슴이 두근두근하며 눈앞이 흐리고 다리가 떨렸다. 마치 침침 칠야에 무서운 짐승 있는 굴로 들어가는 듯하였다.

"응, 오늘은 잡았지?"

삼돌이를 본 김좌수는 '네까짓 놈이 그렇지 무얼 잡겠니' 하는 눈초리로 물었다. 삼돌에게는 그 소리가 벽력 같았다. 그는 머리를 수그리고 가만히 서 있었다.

"어째서 대답이 없니?"

김좌수의 소리는 점점 커졌다.

"못 잡았오……."

무서운 힘 앞에 마주 선 잔약한 생명의 소리같이 삼돌의 가는 소리는 떨렸다

"응, 무시기 어쩌구 어째? 아까운 쌀을 뱃등이 터지두룩 먹구 그거 하나두 못 잡는단 말이냐? 응, 글쎄?"

주인 영감은 삼돌이를 쥐어나 박을 듯이 벌벌 떨면서 눈이 빨개서 삼돌이를 노려보았다.

"이매(額)는 왜 그 꼴이냐?"

"뱀한테 쫓겨서 넘어져서 그랬음메!"

그는 겨우 울 듯 울 듯이 대답하였다.

주인 영감은 주먹을 불끈 쥐고 이를 악물고는 가죽 신발로 삼돌의 가슴을 찼다.

"힝."

삼돌이는 기운 없이 자빠졌다.

"이눔아!"

주인 영감은 또 쥐어박을 듯이 주먹을 부르쥐고 앞으로 몸을 쏠리면서,

"이 못생긴 놈아! 응? 뱀 잡기 싫으니 일부러 이마를 터쳐 가지고 와서…… 즌 개소리를 친단 말이냐? 그깟 눔의 핑계 대문 뉘귀 곧이나 듣니? 응 이눔아(거꾸러져 소리 없는 삼돌의 등을 막 밟으면서) 가가라, 저런 쌍눔으 새끼를 밥을 멕이다니……."

분이 나서 소리를 고래고래 지르면서 펄펄 뛰었다.

"애고! 이게 영감이사…… 이게 워쩐 일이오. 그만두오!"

곁에 섰던 주인 마누라가 주인의 팔을 끌어당겼다

"노덕(마누라)이는 아무것두 모르구서 가만 있소! 저눔아를 죽이든지 내쫓든지 해야지!"

주인은 또 발을 들었다. 주인 마누라는 주인의 발을 잽싸게 안으면서,

"영감! 이거 그만두오……."

울 듯이 달렸다. 어른 아이 할 것 없이 채마밭 머리에 쭉 모였다.

삼돌이는 땅에 거꾸러진 채 아무 소리도 없었다.

무심한 저녁 연기는 점점 퍼져서 마을을 싸고 먼 산허리까지 밀렸다. 괴괴거리고 밭머리를 헤매는 달들도 홰에 오르기 시작하였다.

4

밤부터 내리는 실비는 아침에도 츨츨 내렸다. 김좌수는 아침 뒤에 삿갓을 쓰고 비를 맞으면서 배추밭에 오줌똥을 주었다. 거뭇하고 부들부들한 흙에 비가 괴어서 디딜 때마다 발이 쑥쑥 들어갔다. 삿갓에 떨어진 비는 삿갓 네 귀로 낙수물처럼 흘러내렸다. 후즐근한 고의적삼 소매 끝과 가랑이 끝에도 물이 뚝뚝 흘렀다. 그는 팔을 불끈 걷어붙이고 바가지로 똥을 풀어논 것을 퍼서는 한쪽 손으로 배추 포기를 비스듬히 밀면서 밑동에 부었다. 큰 항아리 통같이 비대한 몸이 끙끙하면서 등깃등깃 수그렸다 일어났다 하다가는 한숨을 쉬고 턱에 흘러내린 빗물을 씻으면서 빳빳이 서서 이리저리 돌아보았다.

바람 없는 가는 빗발이 푸른 잎에 소리를 내는 것은 먼 바람 소리 같기도 하고 은은한 물 소리 같기도 하였다. 넓은 들과 먼 산은 뿌연 빗속에 고요히 잠자는 것 같다.

어디서 개구리 소리가 들렸다. 병아리 데린 암탉은 저편 울타리 밑에서 꼬룩꼬룩하면서 목을 늘여 끼웃끼웃한다.

"에키 망한 눔으 새끼, 자빠져서 늙은 게 이 고생이로구나."

김좌수는 혼자 분개한 소리로 뇌이면서 등깃등깃 오줌을 나른다. 삼돌이가 이마와 다리가 저려서 며칠 드러누워 있게 된 뒤로 집터 밭은 김좌수가 돌아보게 되었다. 그는 비 오는 때를 타서 거름을 한다고 식전에도 삼돌이를 죽으라고 호령하고 아침 뒤에 배추밭으로 나왔다.

김좌수는 삼대 좌수이다. 그 까닭에 여기에는 지금도 읍으로 들어가나 시골집으로 나오나 세력이 등등하였다. 누구나 그 앞에서 기지 않으면 호령이요 볼기였다 그것은 무조건이다. 그러나 그의 집은 퍽 소조하다. 그의 마누라, 아들, 며느리, 머슴, 그, 그리고 먼 일가 되는 늙은 여편네가 와서 밥짓고 빨래나 거들어 주고 얻어먹는다. 그의 아들 만득은 금년 열여섯이 된다. 열두 살 때에 장가 보내서 며느리를 삼았는데 만득이가 어려서부터 목에 돋힌 연주창이 장가든 뒤로는 더 심해서 약이란 약과 의원이란 의원은 다 들여 보았으나 조금도 효과가 없었다. 작년에 죽은 큰마누라에게 자식이 없어서 처녀장가 들어서 맞은 첩에게서 늦게야 얻은 것이 만득이였다. 그러한 자식의 병이니 간호가 여간 크지 않았다. 일전에는 타도 의원을 모셔 다가 보였는데 그 의원은 이러한 말을 하였다.

"배암 산 것을 잡아서 병자의 손꾸락을 물리시오. 그놈이 연주창 있는 사람은 잘 물지 않으니 그리 알아서 단단히 아쥐어야 합니다. 그래서 효과가 없거든 사람의 모가지 고기를 병자가 모르게 얻어먹이시오. 그밖에는 약이 없습니다."

이 뒤부터 김좌수는 여러 군데 산 배암 잡아들이라는 영을 놓고 머슴 삼돌이까지 배암잡이에 내놓았다.

"아 좌수 영감은 이 비 오는데 어쩐 일이오니까?"
하고 등뒤에서 외치는 소리에 김좌수는 머리를 돌렸다.

"응, 자네 오는가? 이 비 오는데 어디 갔다 오는가?"

김좌수는 일어섰다. 그 사람은 김좌수 동리에서 이십 리나 떨어져 사는 사람인데 최유사라고 부른다.

"여꺼지 온 길이외다."

바지를 무릎 위까지 걷고 부대를 등에 걸친 최유사도 삿갓을 썼다. 가늘고 할끔한 다리에 구실구실한 검은 털이 나고 푸른 힘줄이 아른아른한 것은 농토에 어울리지 않는 살빛이었다.

"무슨 일로 여꺼지 왔는가?"

그저 한결같이 내리는 비는 두 사람의 삿갓을 치고 연두빛 윤기 흐르는 배추잎을 살랑살랑 건드렸다.

"좌숫님 무슨 뱀이를 쓰신다구 해서……."

최유사는 황송스럽게 말하면서 김좌수를 보고 웃었다. 그 웃음은 무슨 큰 자랑거리나 감춘 듯하였다.

"응! 그래……."

빳빳이 섰는 김좌수는 무슨 수나 난 듯이 들었던 바가지를 던지고 최유사 곁에 다가섰다.

"응, 그래 어찌 됐는가? 전번 휘구 편에 자네게두 부탁을 했지? 그래 구했는가?"

"여기 잡았는데……."

하면서 최유사는 왼손에 들었던 척 늘어진 베주머니를 내들었다.

"응, 그건가?"

김좌수는 물에 빠진 사람처럼 덤비면서 손을 내밀어 받으려다가 비에 젖은 주머니가 꿈틀꿈틀 물결치는 것을 보더니 그만 손을 움츠렸다. 움츠려들인 손이 스스로도 안되었는지,

"하여간 들어가세? 이 비 오는데 큰 고생을 했네?"

하고 앞장을 섰다.

"별 말씀을 다 하심메!"

최유사는 희색이 만면해서 뒤따랐다.

"저 댁이집 최 유사有司 뱀이를 잡아 왔구마?"

헤벌헤벌 마당에 들어선 김좌수는 소리를 질렀다. 방문이 열리면서 주인 마누라가 나왔다. 온 집안은 끓었다. 닭을 잡네, 찰밥을 짓네 하여 최유사 점심 준비에 여편네들은 수수거렸다.

"여보 노댁이(마누라)! 저 건넷집 선동 아비를 오라구 하오……. 그놈 삼돌인지 셋돌인지 앓아 자빠 누웠으니……."

김좌수는 분주히 들락날락하면서 떠들었다. 김좌수가 부른 선동 아비가 왔다. 그는 김좌수의 아우다. 이웃집 늙은이 두어 분도 왔다. 어수선 들썩하던 집안이 점심상이 방에 들게 된 뒤로 조용하였다. 한참 만에 우루루 흩어진 머리에 감투를 눌러 쓴 선동 아비가 이웃집으로 가더니 한자 남진한 왕대(王竹)를 가져왔다. 방안에 모여 앉은 여러 사람은 우우 나왔다. 툇마루에 나선 김좌수는,

"삼돌아!"

높이 불렀다.

"삼돌아? 저눔이 죽었니?"

더 높이 불렀다.

"네……."

하고 젊고 쪽쭈그운 듯한 대답이 들리더니 이윽하여 사랑으로 어청어청 들어오는 삼돌의 머리는 누구에게 쮀뜯긴 것처럼 더부룩하게 되었다. 검은 낯에 두 뺨은 좀 빠졌고 이마는 꺼먼 수건으로 동였으며 이맛살은 조금 찌푸렸다.

"네 이눔아, 남은 이 비오는데 뱀이를 잡아 가지고 왔는데 너는 꾹들어 백혀서 대가리도 안 내민단 말이냐?"

주인 영감의 소리는 나직하나 위엄이 등등하였다. 삼돌이는 아무 대답없이 마루에 수긋이 서 있었다. 여러 사람들은 다 한 번씩 삼돌을 보았으나 그런 인생이 있는가 없는가 하는 태도였다.

"어서 저기 참대통에 넣라."

김좌수의 소리가 끝나자 선동 아비는 배암 든 베 주머니를 집어서 삼돌에게 주었다. 삼돌이는 서먹서먹해서 주저거리다가 겨우 받았다.

"야 이눔아, 얼른 쮀내라!"

김좌수는 눈을 부릅뜨고 입을 비죽거렸다

"줴내다니, 산 뱀을 어떻게 쥐오?"

선동 아비는 왕대를 손 새에 넣고 쓱쓱 훑으면서 혼잣말처럼 뇌었다. 삼돌이는 베 주머니 아가리를 열었다. 그는 조심스럽게 열고 들여다보더니 어깨를 으쓱하면서 머리를 돌렸다.

"그대루는 안 되리라. 꼬리를 맸으니 그 노끈을 내게!"

문턱 앞에 앉았던 최 유사가 가르치더니 그만 자기가 들어서 그 끈을 집어 냈다. 배가 희고 등이 거뭇한 것이 노끈을 좇아 꿈틀하면서 달려 나왔다. 길이가 자가 되나마나 하고 통은 엄지손가락만한 독사였다. 노끈에 꼬리가 달려서 대중대중 드리운 배암은 꾸핏꾸핏 몸을 틀다가도 머리를 빳빳이 하고 허리를 휘여서 사람의 손을 향하고 처올렸다. 겨우 겨우 꼬리끝 가까이 오다가는 그만 힘이 모자라는지 축 늘어져 버린다.

그렇게 사오 차나 하더니 그 담에는 죽은듯이 축 늘어졌다. 마치 짐승의 밸을 늘인 듯하나 이따금 꿈틀꿈틀할 때면 삼돌이는 등골이 근질근질하였다. 선동 아비는 왕대 구멍을 요리조리 뺑소니치는 배암 머리에 대더니 한참 만에 댓속에 배암을 집어 넣었다. 댓속에 스르르 돈 배암의 머리가 손잡은 쪽대 구멍으로 거진거진 나오게 된 때에 처음 머리 넣은 구멍 밖에 뼘이나 남은 꼬리를 쓱 휘어다가 대에 꼭 잡아매었다.

이때 방으로 들떠간 김좌수는 엉엉 우는 만득이를 붙잡고 나왔다.

"흥— 흥 싫소— 으응."

만득이는 문턱에 발을 버티고 뒤로 몸을 젖히면서 고함을 쳤다. 뚱뚱한 김좌수는 만득의 겨드랑이를 들어 내밀었다.

"이눔으 새끼야, 죽기보담은 안 날라더냐?"

그러나 만득이는 좀처럼 나오지 않았다 왕대를 쥐고 섰던 선동 아비까지 대는 삼돌에게 주고 만득이를 끄집어내기에 힘썼다.

"만득아, 아프지 않다. 눈을 질끈 감고 견데라."

선동 아비는 순탄스럽게 말하였다.

"이런 개새끼 같은 눔으 새끼— 야이 쌍눔 새끼야."

김좌수는 솥뚜껑 같은 소리로 만득의 머리를 쳤다.

"에구— 제마—이잉 에구 내 죽슴메—."

마루로 끌려나오는 만득이는 집이 떠나가게 통곡한다.

"에구! 그거 무슨 때림매? 철없는 거 얼리지 때릴 게 무에요."

영감 곁에 섰던 주인 마누라는 가슴이 아프다는 듯이 영감을 흘끗 보았다.

마루에 모였던 사람들은 모두 모여들어서 만득이를 붙잡았다. 만득이는 그저 섧게섧게 통곡했다. 삼돌이는 왕대통을 가로 들었다. 여러 사람들은 만득의 바른편 장손가락을 배암의 머리가 있는 대구멍에 넣었다.

"에구— 제마—."

삼돌이는 몸을 부르르 떨면서 오장인 뒤집히는 듯이 소리를 질렀다. 사람들은 삼돌의 손가락을 뽑아 보았다. 그러나 배암은 물지 않았다. 이번에는 만득의 손가락을 배암의 입에다 꾹 대고 바늘로 배암의 꼬리를 쑥쑥 찔렀다. 엉엉 울던 만득이는 갑자기 몸을 송그리고 울면서 낯이 파래서 큰소리를 질렀다. 여럿이 뽑는 만득의 손가락에서는 검붉은 피가 뽀지지 돋았다.

"됐다! 우지 마라, 이저는 그만둬라."

김좌수는 큰 성공이나 한 듯이 희색이 만면해서 만득이를 달래었다.

"응, 이거 먹어라. 우지 마라."

주인 마누라는 꺼먼 엿 뭉치를 만득의 가슴에 안겼다.

"으응 흥…… 에구……."

만득이는 모두 귀찮다는 듯이 발버둥을 치면서 그저 울었다.

"어— 이저는 낫겠군—. 그러나 그 뱀을 불에 태우오. 그놈이 살아나

문은 아무 효험두 없는걸!"

어떤 늙은이가 점잖게 말했다.

5

그럭저럭 하는 새에 중복이 지나고 말복이 끝났다. 배암이 문 덕이든
지 만득이의 병은 좀 차도가 있었다. 목으로 돌아가면서 두퉈름두퉈름
돋아서는 물이 번지르하게 터지던 연주창이 더 돋지 않았었다. 지르르
하던 물도 차츰 거두었다. 일심 정력을 다 들여서 구호하는 사람들은
모두 웃음이 흘렀다.

그러던 연주창이 말복이 지나서부터 다시 멍울멍울한 알이 지면서
뿌옇고 씬득한 군물이 돌았다. 그리고 이번에는 두 어깨에까지 며틀며
틀한 것이 눌러 보면 아렸다.

김좌수 내외는 낯빛이 좋지 못하였다. 금년 스물셋 되는 며느리(만득
이의 아내)도 말은 안 하나 매일 상을 찡그리고 지내었다. 만득이는 글
방에도 가지 않았다. 낯이 해쓱한 것이 목을 한쪽으로 끼웃하고 늘 늙
은 어미 궁둥이에서 떨어지지 않고 엿과 떡으로 날을 보내었다. 밤이면
아버지 곁에서 자고 젊은 아내는 뒷방을 홀로 지켰다. 만득이는 장가가
서 삼 년동안 아내와 잤으나 병이 심하면서부터는 아버지 김좌수가 별
거를 시켰다.

그러나 만득이는 어떤 때면 남 자는 밤에 슬그머니 아내 방에 갔다가
는 바지춤을 움켜쥐고 와서 몰래 아버지 곁에 누웠다. 그가 열 두살 나
서 장가들 제 지금 스물 셋 되는 아내가 열 아홉 살이었다. 그것도 김좌
수가 권력으로 뺏아오다시피 삼은 며느리였다. 만득이는 장가든 첫날
밤에 오줌을 싸고 울었다.

"과년한 처녀색시가 못 견디게 군 게지?"

만득이가 울었단 말 듣고 이웃에 말 좋아하는 사람들은 서로 수군거렸다. 그 말이 색시 귀에 들어갔는지 색시는 한참 동안 밖에 못 나왔다. 그러다가 어느 때에는 뒤 우물가 대추나무에 목까지 맨 일이 있었다.

"어린게(만득) 무스거 알겠소! 색시는 이것저것 다 알 텐데 아매 잘○○○ 못 하니 죽고자 한 게지?"

색시가 목매었다는 소문이 나자 이웃 사람들은 또 수군거렸다.

그러다가 작년 봄— 만득이가 열 다섯 나서부터 각 자리를 하게 되었다. 각 자리를 한 뒤 일곱 달 만에 색시는 몸을 풀었는데 딸이었다. 그 딸은 난 지 첫 이레가 겨우 지나서 죽어 버렸다. 어떤 때 뒷방에서 소리 없이 우는 만득의 아내의 꼴이 시어머니와 주인 영감 눈에 피었다.

'사내가 그리운가? 사내 병이 걱정되는가?'

시어미 시아비는 며느리의 울음에 의심을 품었다. 그러나 나날이 심하여 가는 만득의 병에 모든 정신이 쏠려서 그밖의 것을 돌아볼 여지가 없었다.

오늘도 아침부터 만득의 병을 생각하고 뜰에서 거닐던 김좌수는 아무데도 나가지 않고 저녁 뒤에는 방에 드러누웠다. 그는 담배를 피우면서 파란 기름불을 보았다.

"여보 노댁이 거기 있소?"

드러누웠던 김좌수는 벌떡 일어나 앉아 재떨이에 대를 엎어 꾹 누르면서 불렀다.

"네에."

방 사잇문이 열리면서 낯이 불그레한, 아직 사십이 될락말락한 주인 마누라가 들어왔다.

"만득이는 어디메 있소?"

좌수는 마누라를 힐끗 보았다.

"저 정제(부엌방) 있음메!"

마누라는 입으로 부엌방 쪽을 가리켰다. 머리가 희끗희끗한 영감과 아직 입술이 붉은 마누라가 마주 앉은 사이는 따뜻한 기운이 없이 쓸쓸 하였다.

"자아, 병을 어떻게 하문 좋겠소!"

"글쎄 낸들 암메. (혀를 차면서) 죽어두 어서 죽고 살아두 살구!"

마누라는 너무도 지질하다는 어조였다. 김좌수는 물었던 대를 뽑고 이마를 찡그렸다.

"또 방정 떤다. 죽다니?"

"에구! 해해 낸들 죽기를 소원하겠소? 너무도 시진하니 나온 소리지 비."

마누라 소리는 좀 화순하였다.

"그러지 말고 어떻게든지 곤체야 안 쓰겠소?"

영감의 소리도 의논 좋게 나왔다.

"글쎄, 뱀이게 물예두 그러니! 인저는 사람의 고……."

마누라는 말을 뚝 끊더니 누구를 꺼리는 듯이 좌우를 돌아보았다. 불빛이 흐릿한 방에는 연기가 휘돌아 열어 놓은 문으로 흘러 나간다.

"쉬, 조심하오? 조심해…… 아이 듣소?"

영감도 주의를 시키더니 마누라 곁에 다가앉으면서,

"사람의 고기나 멕여 볼까?"

하고 입속말로 소곤거렸다.

"글쎄 그랬으믄 오즉 좋겠소마는 어디서 얻겠소?"

마누라 역시 나직한 소리였다. 영감은 머리를 숙이고 한참 주저거리더니 마누라 귀에다 입을 대고 소곤소곤하였다. 눈이 둥그랬지만 마누라는 영감의 말이 끝나자,

"그눔이 들을까?"

하고 어색하게 물었다.

"잘 얼리면 안 듣구 말겠소? 제게두 좋지비."

영감은 자신 있게 말했다.

"좋기야 그렇게만 하면…… 만 하면이 아니라 꼭 해 주지 무슨……."

마누라도 뱃심을 튀겼다.

"암, 해 주구 말구!"

영감은 다시 담배를 빨았다.

그 이튿날 저녁이었다. 김좌수는 터밭에서 밭을 파고 있는 삼돌이를 불러들였다. 삼돌이는 삽을 땅에 박아놓고 아랫 다리를 불신 걷은 채 마루 아래에 와 섰다. 어느새 선동 아비도 왔다.

"응, 네 왔늬? 저 뒤 구름물(井)에 가서 손발을 씻구 오라구!"

대를 물고 문턱에 비스듬히 기대앉은 김좌수는 어린 아들이나 대한다는 듯이 다정스럽게 말하였다. 삼돌이는 무슨 일인지 어리등절해서 섰다가 시키는 대로 우물에 손발을 씻고 왔다.

"응, 시쳤니? 들어오나라."

주인 영감의 말대로 방으로 들어갔다. 모든 사람은 부드러운 표정을 지었고 주인 영감은 화순하게 말하는 것을 보니 삼돌이는 기꺼우면서도 공연히 가슴이 두근두근하였다. 그는 한 무릎을 깔고 한 무릎을 세우고 공손히 앉았다.

"얼매나 팠소?"

선동 아비는 빙그레 웃으면서 삼돌이를 보았다.

"얼마 못 팠음메—. 낼 아츰꺼지나 파야 다 파겠소."

머리를 감히 못 드는 삼돌이는 조심스럽게 대답하였다.

"낼 아츰꺼지 파구 말구 그게 그래 쇄두 네짐(4백 평)이라. 그렇게 갈걸."

트릿한 하늘을 쳐다보던 김좌수는 동정을 하였다. 삼돌이는 기꺼웠다. 이 집에 들온 뒤로 일이면 일마다 잘 했다 소리를 못 들었더니 오늘은 자기 일을 옳다고 한다. 어째 주인 영감의 태도가 그리 쉽게 변하는가 생각하니 안개 속을 들여다보는 듯이 의심스럽고 어리둥절하였다.

"그런데 삼돌이두 이저는 서방(장가)가야 하지. 흥!"

주인 영감은 삼돌이를 흘끗 보면서 싱긋 웃었다. 삼돌이도 벙긋 웃었다. 언젠가 일만 잘하면 장가도 보낸다던 주인의 말도 희미하게 그의 머릿속에 떠올랐다.

"어쩌오? 서방갈 생각이 없소?"

옆에 앉았던 선동 아비도 한몫 끼었다.

"모르겠소. 흥!"

삼돌이는 선동 아비의 시선을 피하여 낯을 돌리면서 또 웃었다. 그의 입은 아까부터 벙긋벙긋 웃음이 흐를 듯 흐를 듯하면서도 차마 내놓고 못 웃는 것이 완연히 보였다. 나이 삼십이 되도록 여편네 곁에도 못 앉아 보았건마는 장가라고 하니 어째 마음이 들먹들먹 움직였다.

"모르기는 어째 몰라? 그 자식이! 너두 장가를 어서 가서 아들딸 낳고 소나 멕이고 하문 조챙이켔니?"

김좌수는 빙그레 웃었다. 옆에 앉은 주인 영감 마누라와 선동 아비는 하하 웃었다. 그 웃음은 놀리는 것처럼 가볍게 흘렀다.

"어째 대답이 없는가? 서방 안 가겠는가?"

주인 마누라는 웃음을 그치고 물었다.

"제 팔재 무슨 장가를 다 가겠음메."

삼돌이는 그저 벙긋거리면서도 모든 것은 단념이라는 듯도 하고 또는 한 줄기 희망이나마 붙이는 듯이 말하였다.

"그눔아 별소리를 다 한다. 어디 장개가지 말래는 팔재를 걸머지고 나온 눔이 있다더냐? 내 말만 잘 들으려므나. 그러문야 장개만 가? 쇠(牛)두 있구 밭두 있구 무시긴들 없으리!"

주인 영감은 담배를 피면서 삼돌이를 마주 앉았다.

"어떠냐, 네 생각에? 너두 생각해 봐라. 이저는 고만하면 아들은 둘째로 손자 볼 텐데 하하하. 내 하는 말을 듣겠니? 그러문 장개두 보내구 또 쇠, 밭꺼지 줄께 흥."

주인 영감은 농 비슷하면서도 정색을 하고 물었다.

"무슨 말씀이오?"

"응, 무슨 말이든지 할께 꼭 듣지?"

주인 영감은 다짐을 두라는 듯이 말했다. 삼돌이는 대답이 없었다.

"응, 너더러 거저 들으라는 말은 아니다. 이봐라, 내 말을 들으문 장개가구 집 한 채, 쇠 한 필이, 밭 다섯 갈이를 당장에 주마! 그만하면 네 한뉘는 염려 없을 게구! 또 너두 늘 이리구 있어야 쓰겠늬!"

지금은 웃음에 장난으로 믿지 알았으나 점점 무르녹아가는 주인의 타령에 삼돌이의 마음은 솔깃하였다. 간간이 그의 머리를 치는 조그마한 집, 세간— 그것이 금방 눈앞에서 실현이라 될 것같이 기쁘기도 하였다. 이런 생각과 같이 낯모를 여자의 낯, 아담하고 깨끗한 작은 집, 듬직한 황소— 이런 그림자가 눈앞에 어른거리면서 그는 스스로도 억제치 못할 웃음을 빙긋하였다.

"무스게요?"

"글쎄 꼭 듣지?"

"네!"

"오— 그러믄 내 말하마!"

"그래 이 말은 꼭 들어야 한다. 그리구 아무게 하구두 말을 말아야 한다."

주인 영감은 다지고 다지었다. 삼돌이는 그저 간단하게,

"네!"

하였다. 그의 낯에는 숨기려야 숨길 수 없는 기쁨이 흐르는 속에 두 눈은 의심의 빛이 돌았다.

"내게 무슨 심(힘)이 있겠음메마는 거저 제 심만 자란다문사……."

말끝을 맺지 못하는 삼돌의 소리는 떨렸다. 그것이 서두가 없고 조리가 없으나 그 말하는 그의 낯에는 어떠한 괴롬이든지 만득의 병을 위한다면 받겠습니다 하는 표정이 불그레 올랐다. 그 태도, 그 소리에 방안의 공기까지 스르르 알 수 없는 기분에 움직거리는 듯 김좌수 내외, 선동 아비까지 부드럽고 따스한 애수에 잠기는 듯이 한참 말이 없었다.

희미하게 핀 서천 구름 사이로 굵은 햇발이 먼 들에 흘린다. 훈훈하고 축축한 바람이 풀향을 싣고 방으로 불어 들었다.

"으음! 그런데 이거 봐라, 네가 조금 아픈데 견디면 만득의 병두 낫고 또 너두 장가 보내고 쇠 한 필이와 밭을 줄테니……."

한참 만에 입을 연 좌수는 말 뒤를 끌었다.

"무슨 일이오?"

삼돌이는 그저 머리를 숙이고 물었다.

"응? 이거 봐라."

김좌수는 역시 말하기 어려운 듯이 주저하다가 다시 목에 가래를 떼고 삼돌의 앞에 다가앉아 수긋하고 삼돌이를 보면서,

"이거 봐라. 너도 들었는지, 재(만득)의 병에 뱀이 약이라구 해서 너두 숱한 고생을 했구나? 한데 그눔으게 어의 낫더냐? 그런데 이번에는…… 이거는 꼭 다르(낫는)단다…… 저…… 사…… 사람으 괴기를 먹이면 낫는다니 어디서 얻겠니…… 너루 말해두 이저는…… 벌써."

하더니 손가락을 폈다 꼽았다 하다가,

"삼 년이나 우리 집에 있으니 그저 참 우리 식구나 다름이 없는 처지요. 또 우리도 아들겸 멕이는 판이니 아픈 대로 네 목 괴기를 조금만 떼자…… 응."

김좌수는 말이 끝나자 숨이 찬 듯이 한숨을 휴 쉬었다.

"이 사람, 자네 동생을 살리는 셈 대고 한 번 들어주게, 제발……

응⋯⋯. 자네게 우리 아이 목숨이 달렸네."

주인 마누라가 애원스럽게 뒤를 이었다. 삼돌이는 대답이 없었다. 그는 목 꾀기 할 때 가슴이 꿈틀하고 울렁출렁하였다.

"네 어떠오, 뭐 크게 뗄 것도 없고 요만하게(자기 목을 엄지와 검지로 쥐어 잡아당기면서) 거저 골패짝만하게 떼겠으니⋯⋯."

선동 아비도 말하였다. 세 사람의 시선은 다 같이 무엇을 바라는 듯이 흐릿하게 삼돌의 수그린 머리에 떨어졌다.

"아파서 어떻게⋯⋯."

삼돌이는 쥐구멍에나 들어갈 듯이 울듯 울듯 한마디 응했다.

"하하, 야 이 사람아, 그냥 선득할 뿐이지 그게 무슨 그리 아프단 말인가? 조곰 도려내고 이내(금방) 약을 척 붙이면 그까짓 거 뭐 담박 낫을 걸."

김좌수는 호그럽게 말하였다.

"그래두 아파서."

삼돌이는 금방 잘리는 듯이 상을 찡그리고 목을 어루만졌다.

"이거 봐라, 그러기만 하면 네가 우리 집에 진 돈두 그만 탕감해 버리구 그리구 너를 서방두 보내구 또 밭과 쇠두 준단 말이다. 내 이제 이렇게 늙은 게 네게 거짓말을 하겠느니?"

'우리 집에 진 돈'이라는 것은 전달 장마 때 삼돌이가 소를 갯가에 매었는데 그만 소가 물에 빠져 죽었다. 주인 영감은 삼돌이가 잘 못 매서 죽었다 하고 그 소값을 일백 오십 냥이라 하여 삼돌이에게서 표를 받았다. 삼돌의 한 해 삯은 오십 냥이었다.

"어째 대답이 없니? 만일 정 싫으면 그만두란 말이다마는 쇠값을 내놓고 낼이라도 나가거라."

영감은 배를 튀겼다.

"아따 영감두, 삼돌이가 어련히 들을라구!"

마누라는 고삐를 늦추었다. 삼돌이는 그저 대답이 없었다. 그에게는
장가, 소, 밭, 집, 그것보다도 쇠값— 이것을 없애버린다는 것에 마음이
씌었다. 이때까지 자나깨나 그 돈 일백 오십 냥이 가슴에 체증처럼 걸
렸더니 깜박 잊은 이 순간에 또 그것이 신경을 흔들었다. 그만 얼른 모
가지 고기를 디밀고라도 그것을 벗고 싶었다. 그 돈을 벗어 장가들어
소 한 필이, 밭, 집 한채…… 뒤따라 이러한 생각과 환영이 그의 눈앞에
어른어른하였다. 그는 기뻤다. 바로 그런 데나 지금 들앉고 있는 듯하
였다.

그러나 다시 모가지 고기를 생각하면 마음이 꺼림하여졌다. 대답이
쉽게 나오지 않았다. 그러나 빚, 장가, 밭, 소, 집이란 이상한 큰 힘에
끌리지 않을 수 없었다.

"그러문 어떻게……."

그는 겨우 말번지는 어린애처럼 머리 숙인 채 말했다.

"흥, 그래……. 그저 삼돌이야?"

주인은 능쳤다.

"그러믄 저 방으로 들어가지."

선동 아비는 일어서서 웃방 문을 열었다.

"노댁이는 여기서 뉘기 들어 못 오게 하오? 어서 저 방으로 들어가자."

김좌수는 벼룻집 서랍에서 헝겊으로 똘똘감은 것을 집어내더니 삼돌
이를 재촉하였다. 주인 영감의 손에 기름한 것(헝겊에 감은 것)을 볼 때
삼돌이는 정신이 아찔하였다. 그것은 상투밑 치는 것이었다. 삼돌이도
그것으로 머리 밑을 쳤다. 그의 가슴은 울렁울렁 걷잡을 수 없고 몸이
우르르 떨렸다. 이가 덜덜 쪼겼다. 차마 일어서지지 않았다.

"야, 빨리 하자! 맞을 때는 얼른 맞아야 시원하니라!"

주인 영감은 순탄하게 재촉하였다. 삼돌이는 일어섰다. 머리까지 울
렁거리고 다리는 마비된 듯이 뻣뻣하였다. 그는 뿌리칠까, 들어갈까 하

면서 끌렸다.

　세 사람은 앉았다. 삼돌이는 누웠다. 주인 영감은 선동 아비를 보고 눈짓을 하였다. 선동 아비는 삼돌의 머리를 잡았다. 굵고 억센 주인 영감의 엄지와 검지에 삼돌의 목 고기는 잡혀서 죽 늘어났다. 삼돌이는 온 신경이 송그러들었다. 그는 무의식적으로 소리를 쳤다.

　"에구 에구에구!"

　그에게는 아무것도 없었다. 빚, 장가, 집— 다 그의 기억에서 사라졌다. 다만 고기, 피, 죽음, 이것만이 그의 모든 정신을 지배하였다.

　"쉬— 이게 무슨 소리냐? 소리를 내지 말아?"

　주인 영감은 손을 멈추면서 삼돌에게 주의시켰다. 삼돌이는 소리를 그쳤다. 칼이 닿았다. 목이 산뜻하였다.

　"에구…… 싫소!"

　삼돌이는 장에 갇힌 개처럼 마구 울면서 몸을 일으키려고 하였다. 주인 영감은 손을 펴고 번쩍 일어나 삼돌의 가슴을 깔았다.

　"머리를 꼭 붙들어라!"

　주인 영감은 선동 아비에게 주의를 시켰다.

　"에구! 으윽."

　목을 눌려서 끽끽하는 삼돌이는 몸을 모로 뒤치면서 머리를 들었다. 주인 영감은 급한 김에 두 손으로 목을 눌렀다. 오르는 힘, 내리는 힘! 두 힘 속에 칵 박혔다. 피는 여전히 흘렀다. 삼돌이가 배를 불구고 숨을 들이쉴 때면 흐르던 피가 그르르 끌어들다가도 응윽— 하고 숨을 내쉬게 되면 뜨거운 선지피가 김좌수의 손가락 사이와 손바닥 밑으로 쭈루룩 쏴— 솟았다. 세 사람은 피투성이가 되었다 누릿한 삿자리에 줄줄이 흐르는 피는 구름발 같이 피기도 하고 샘같이 흐르기도 하였다.

　"야, 장鹽— 가제오나라, 장!"

　어쩔 줄 모르고 섰던 선동 아비는 아랫방으로 뛰어갔다. 으슥하여 선

동 아비와 주인 마누라가 들어왔다. 주인 마누라는,

"어마!"

하더니 그냥 푹 주저앉아서 부들부들 떨었다. 선동 아비는 장을 삼돌의 목에 철썩 붙였다.

때는 흐른다. 초초분분이 숨을 배앗긴 목숨은 흐르는 때와 같이 시들었다. 장을 붙였을 때는 삼돌의 억세인 사지에 기운이 빠지고 두 눈은 무엇을 노리는 듯이 뜨고 못 감을 때였다. 끓어들었다 솟아나오던 그 뜨거운 피도 이제는 김 없이 줄줄흘러 엉키었다. 피투성이 된 김좌수 형제와 주저앉은 마누라는 그저 멍하니 식어 가는 삼돌의 몸에 눈을 던졌다. 방안은 점점 충충하였다.

우중충한 하늘이 저녁 뒤부터 비를 부렸다. 몹시 뿌렸다.

쏴— 우— 바람 소리 빗소리가 어우러져서 먼 바닷 소리 같았다. 기왓골로 흘러 주루룩 주루룩 내리는 낙수물 소리는 샘 여울소리처럼 급하였다. 삼경이 넘어섰다. 김좌수집 웃방에서 장정 둘이 밖으로 나왔다. 베 고의적삼에 수건으로 머리를 동이고 앞서서 마루에 나서는 것은 뚱뚱한 김좌수다. 뒤따라 역시 단출하게 차리고 발 벗고 등에 기름하고 큼직한 것을 검은 보에 싸 지고 나서는 것은 선동 아비였다. 두 사람은 방으로 흘러나오는 불빛까지 거리낀다는 듯이 비쓱 문을 피하여 어둠 속에 섰다.

"에구 어드메루 감메!"

나중에 어청 나온 마누라는 어둠 속을 향하여 수근거렸다.

"쉬, 아무 데루 가든지 어서 문을 닫소!"

역시 입속말로 하면서 뚱뚱한 그림자부터 마루 아래로 내려섰다.

"아즈마니, 들어가오, 저 앞갠(川)으로 감메!"

큼직한 것을 짊어진 그림자가 뒤따라 내려가면서 수근거렸다.

두 그림자는 마루 아래서 어른거리더니 침침한 어둠 속 시끄러운 빗속에 자취와 몸을 감추었다. 쏴— 내리는 비는 그저 이따금 바람에 우— 불려서 마루에까지 뿌렸다.

두 사람이 빠져나간 뒤 창문만 불빛에 훤한 커단 검불이 비바람 속에 잠겨서 가만히 놓인 것은 무슨 큰 비밀을 감춘 듯도 하고 무슨 큰 설움을 말하는 듯도 하였다.

6

삼돌의 그림자가 김좌수 집에서 사라지던 날부터 김좌수집에 드나드는 것이 있었다. 이것을 보는 사람은 김좌수뿐이었다. 그 마누라와 선동 아비도 희미하게 느끼나 김좌수처럼은 느끼고 보지 못하였다. 그것은 어둔 밤, 고요한 밤, 깊은 밤, 비오는 밤이면 어둑한 구석에서 슬그니 나타났다. 낮에도 언득언득 김좌수 눈에 피었다.

조그마한 일에도 현령을 서릿발같이 내리는 김좌수의 위엄으로도 그것은 쫓아낼 수 없었다. 쫓아내기는 고사하고 그것이 뭉깃이 보이면 그는 간담이 써늘하여지고 머리끝이 쭈뼛하였다. 날이 점점 지날수록 그것의 출입은 더 잦았다. 어떤 때는 밖으로부터 들어오기도 하고 어떤 때는 웃방으로부터 나타났다. 그것이 드나들게 된 뒤로부터 김좌수는 날만 저물면 뒷간이나 헛간으로 나가기를 싫어하였다. 웃방으로는 더욱 드나들기를 꺼렸다.

김좌수의 마누라도 말치는 않으나 낮에도 우중충 흐리고 비나 출출 내리면 헛간이나 웃방으로 드나들기를 꺼리는 눈치였다. 따라서 만득이와 그 며느리까지도 공연히 무시무시한 기분에 싸인 듯싶었다. 아직 초가을이건만 김좌수 집에는 늦은 가을처럼 쓸쓸한 기운이 스스로 돌았다.

그래서 김좌수는 농군을 어서 두려고 구하였으나 아직 얻지 못하였다. 그리고 사랑방에 바둑 장기를 갖다 놓고 밤이면 이웃집 젊은이 늙은이들을 청하였다.

"어쩐지 그 집으루 가기 싫네!"

"글쎄 무슨 귀신이 있는 것처럼 늘 무시무시해서."

"나는 삼돌이 달아난 뒤에는 못 가 봤소."

이웃집에서 이렇게 수군수군하였다. 그런 소리가 여편네들 입으로 김좌수에게도 전하였다. 이런 말을 들을 적마다 김좌수는,

"별놈들 별소리를 다 한다. 어느 놈이 그래, 응 어느 놈이 귀신? 무슨 귀신 있단 말인구?"

하고 혼자 푸닥거리를 놓았다. 그러나 그 말대꾸하는 사람은 없었다. 김좌수의 마누라가 일전에 몸살로 드러누웠을 때 어떤 무당이 와서 점을 치고 원귀冤鬼가 있다고 한 뒤로는 김좌수의 마음도 더욱 무거워졌거니와 이웃에서 또,

"오오, 그래서 만득이가 앓는 게로군. 그래서야 뱀이 아니라 불로촌들 소용 있겠소?"

하고 수군거렸다. 그럴수록 사람의 자취는 더욱 끊어질 뿐이었다.

이렇게 될수록 김좌수의 이맛살은 나날이 심하였다. 불그레하던 낯빛은 한 달이 못 되어 푸르고 희며 축 처지다시피 살졌던 두 뺨은 빠졌다. 늘 무엇을 멍하니 보고 있는 그의 가느름한 눈에는 겁과 두려운 빛이 흘렀다.

그는 매일 술로 벗을 삼았다. 그것도 처음에는 벗이 되었으나 지금은 소용 없었다.

오늘도 술을 그리 기울였건만 점점 정신만 났다. 그 거무스름한 그림자만 눈에 어른하면 그리 취하였던 술도 번쩍 깨여졌다. 퇴침을 베고 누웠던 그는 슬그머니 일어나 앉아서 담배를 대에 담았다. 그는 벽에 걸어 놓은 환한 등불에 껌벅껌벅 담배를 붙이더니 문을 탁 열고 가래를

칵 뱉었다.

서늘한 바람은 방으로 수우 흘러들었다. 별이 총총한 하늘은 퍼렇게 높게 개었다. 뜰이며 울타리며 먼 산들이 맑은 밤빛 속에 윤곽이 보였다. 김좌수의 마음은 점점 무거워졌다. 따라 뒤숭숭한 것이 또 안절부절을 못하게 되었다. 어둑한 뜰 저편 헛간 침침한 어둠 속으로 목을 쭉 늘이고 뭉깃한 것이 어청어청 나왔다. 그는 눈을 돌렸다. 불빛이 그늘그늘 비추인 웃방 문이 번쩍 열리면서 시뻘건 피뭉치가 나왔다. 그는 애써 모든 것을 보지 않으려고 눈을 감았다. 뜨면서 시선을 마루로 옮겼다. 시커먼 그림자가 그의 앞에 섰다. 그는 가슴에서 돌덩어리가 쿡 내렸다. 그것은 피묻은 그림자였다 모두 착각이었다.

그는 이를 악물고 주먹을 부르쥐었다. 용기를 가다듬었다. 담배를 퍽퍽 빨면서 뜰에 내려서서 어둑한 곳마다 자세자세 들여다보았다. 아무것도 없었다. 없으리라 믿기로 하였다. 그러면서도 무에 있는 듯하고 알 수 없는 커단 것이 뒤로 슬금슬금 와서 모가지를 잡는 듯이 뒤를 돌아보지 않을 수 없었다. 돌렸던 머리를 다시 돌이킬 때가 더 괴롭고 무서웠다. 그는 무엇이 쫓는 듯이 얼른 방으로 들어왔다.

"노댁이, 자쟌이캤소?"

그는 부엌방을 향하여 떨리는 소리를 진정해 소리쳤다.

"네, 자지비."

하는 소리가 나서 한참 만에 사잇문이 열리면서 마누라가 씩씩 자는 만득이를 깰깰 안고 들어 왔다.

"영감이 야를 안고 여기서 자오. 나는 며느리 혼자 자기 무섭다니 같이 자겠소?"

하고 마누라는 부엌방으로 나가 버렸다. 마누라가 나간 뒤에 김좌수는 손수 자리를 펴고 만득이를 뉘었다. 다음 그는 벽에 걸어 놓은 기단 환도를 끄집어 내려서 머리맡에 놓았다. 이것은 대대로 전해 오는 환도였다. 몸이 몹시 아프거나 꿈자리가 뒤숭숭한 때면 이것을 머리맡에나 베개 밑에 넣고 잔다. 그러면 원귀가 들지 못하여 꿈자리도 뒤숭숭치 않고 몸살 같은 것도 물러간다고 믿는 까닭이었다. 요새 그놈의 이상 야릇한 그림자가 꿈에 까지 김좌수를 못 견디게 굴어서 이 환도를 머리맡에 놓게 되었다. 그리고 그의 눈앞에 그 그림자가 보이면 환도로 그것을 치기도 하였다. 그러나 늘 그림자는 맞지 않고 방바닥이나 문턱이 맞았다.

모든 준비가 끝나자 김좌수는 불을 끄고 만득의 곁에 누웠다.

무거운 어둠이 흐르는 방에 창문만이 밝은 밤빛에 희스름하였다. 사면은 괴괴한데 이따금 바람이 지나는 소린가? 마당에서 부시럭 소리가 들렸다. 김좌수에게는 그것도 저벅저벅하는 자취 소리 같았다. 그는 눈을 애써 감으나 자꾸 웃방 문을 향하여 뜨여졌다. 그는 또 눈을 감았다. 자리라 하였다 몸살이 나고 미열이 났다. 그는 두 발을 이불 밖으로 내밀면서 눈을 떴다. 커단 흰 그림자가 그의 눈앞에 섰다. 그는 가슴이 뜨끔하였다. 번쩍 일어나 앉았다. 그림자는 점점 확실히 보였다. 그것은 횟대에 걸친 두루마기였다. 그는 가슴에 손을 대면서 다시 누웠다.

돌아누웠다가는 번듯이 눕고 번듯이 누웠다가는 돌아눕고 눈을 감았다가는 뜨고 떴다가는 감고 이불을 차 밀었다가는 도로 덮고 덮었다가는 활짝 차 밀고 하여 신고하던 끝에 김좌수는 느른하여 비몽사몽간에 들었다. 고요히 누웠던 그는 귓가에 들리는 소리에 머리를 번쩍 들었다.

방 안은 훤하였다. 웃방 문고리가 쩔렁 빠지면서 문이 쩡 열렸다. 침침한 웃방으로부터 아랫방으로 넘어서는 그림자가 보였다. 김좌수는 자기도 모르게 번쩍 일어나 앉았다.

그림자는 꺼먼 베 고의적삼을 입었다. 다리는 불신 걷었다. 푸른 힘줄이 툭툭 뻬진 다리! 솥뚜껑 같은 손! 터부룩한 머리는 산산이 흩어졌다. 꺼멓고 쪽 빠진 낮은 피칠 되었다. 목으로는 검붉은 선지피가 흥건히 흘러서 꺼먼 고의적삼을 물들였다. 전신이 피였다. 사람이었다. 두 눈은 독살이 잔뜩 오르고 이는 꼭 악물었다. 그것은 김좌수 앞에 다가섰다. 악문 이빨과 목으로 푸우 뿜는 피는 김좌수에게 튀어왔다. 모든 것은 너무도 선명하게 김좌수에게 보였다.

"앗! 삼돌이 눔."

김좌수는 한마디 소리를 쳤다. 그는 알 수 없는 굳센 힘에 지배되어 머리맡 환도를 집어들었다.

"이놈!"

번쩍이는 빛은 벽력 같은 소리와 같이 그 피사람을 향하여 내리쳤다. 일어나 앉은 채 전신의 힘을 다하여 칼을 내리운 김좌수는 그저 그대로 앉았다.

"영감— 영감이 소리를 침메?"

저편 방에서 자던 마누라 소리가 울려 왔다. 그러나 김좌수에게는 그것이 들리지 않았다. 사잇문이 열리면서 환한 기름등이 마누라 손에 들려서 들어 왔다.

마누라는 등을 한 손에 들고 선잠 깬 눈을 비비면서 영감을 보았다. 영감은 입술을 깨물고 부릅뜬 눈으로 주먹을 내려다보고 있다. 힘있게 버틴 팔 아래 억세이게 부르쥔 주먹에는 환도 자루가 팍 잡혔다. 환도가 내려친 곳에는 그가 사랑하던 아들(만득)의 몸이 모가지로부터 가슴으로 어슥하게 두 조각이 났다. 흐르는 피는 요바닥을 흠씬 적셨다. 흐릿한 방 안에는 비린내가 흘렀다.

"에엑!"

하자 환한 불빛에 노렸다가 풀리던 영감의 눈은 다시 둥그래지더니 피를 칵 토하면서 앞으로 쓰러졌다. 그것을 이리저리 들여다보던 마누라도,

"으윽!"

하고 쓰러졌다. 그 바람에 기름등은 방바닥에 떨어져서 꺼졌다.

　좀 있다가 별이 총총한 푸른 하늘 아래 어둠 속에 고래등같이 뜬 김 좌수의 집으로 여자의 처량한 곡 소리가 흘러나왔다. 초가을 깊은 밤, 고요하고 휑한 집으로 울려 나오는 곡소리는 어둠 속에 높이 떠서 온 동리에 흘렀다.

8개월

1

내게는 심한 병이 있다. 그것은 위병인데 벌써 그럭저럭 십여 년이 된다. 철 모를 제는 그것을 그리 대수롭게 여기지 않았고 또 앓아 누으면 과자며 과일 사다주는 재미에 앓고도 싶은 적이 있었으나 한 번 고단한 신세가 되고, 또 모든 것을 내 손으로 하지 않으면 안 되게 된 이때에 와서는 병이란 과연 무서운 것이라는 느낌이 더욱 커진다.

한번 병에 붙잡히면 만사가 그만이다. 음식을 먹을 수 없고 일을 할 수 없고 위가 찢어지게 아픈 때면 너무도 괴롭다.

'병의 쓰림을 모르면 건강의 행복도 모른다'고 어떤 벗이 나하고 한 이야기가 생각난다. 그것도 일리는 있는 말이다. 그러나 나는 병 없기만 소원이다. 더구나 내 처지로서는 병이 없어야 할 것이다. 할 일은 많은데 병은 나고, 병은 났대도 고칠 수는 없으니 말이다.

나는 늘 위산을 먹는다. 이것도 먹기 시작한 지가 삼 년째다. 그전에는 그것도 못 먹었다. 친구들은 내가 위산을 먹는 것은 버릇된다고 나무란다. 의사에게 뵈이고 상당한 약을 쓰라고 권한다. 그러나 나는 들은 체 만체하고 위산을 여전히 먹는다. 권하던 친구들은 혀를 차면서 인제 버릇됐다고 나무란다. 나는 구태여 거기 변명을 하지 않는다.

내 병에 '태전위산'이나 '호시위산'이 꼭 상당한 약이 아닌 것은 나는 잘 안다. 의사에게 진찰을 받고 약을 쓰면 내 위장에 잘 맞을 것을 나는 안다. 또 '태전위산'이나 '호시위산'이 때로는 내게 해로울 줄도 나는 안다. 그러나 나는 할 수 없이 먹는 것이다. 병은 심하고 괴롭기는 하고, 그래도 살고는 싶고, 어쩔 수 없이 먹는다. 병원에 가자면 적어도 이삼 원은 가져야 이삼 일 먹을 약을 가져올 것이고 위산은 이삼십 전이면 삼사일 분을 살 수 있으니 나는 그것을 먹는다.

"위산 세 번이나 네 번 먹을 것으로 병원에 가보는 것이 더 나을 터이다."

하고 어떤 친구는 말한다. 내게도 그만한 예산이 없는 것은 아니다. 하나 그것도 한두 번이지 오래 계속할 수 없는 일이다. 또 이삼십 전은 쉽게 생겨도 이삼 원은 어렵다. 또 이삼 원이 생기면 집이 생각나고 쌀과 나무가 먼저 생각난다. 우리같이 궁한 데 떨어지고 생활에 얽매이고 보면 그럭저럭하여 완전한 치료법을 못하고 만다. 어떤 때는 눈에 핏대가 서고 이가 뽁뽁 갈리도록 괴로우면서도 그저 위산으로 다졌지 병실로 못 갔다.

어려서 가세가 밥이나 굶지 않고 또 어머니가 계셔서 모든 것을 살피실 제는 머리만 뜨뜻해도 의사를 부르고 약을 짓고 죽 쑨다, 미음을 달인다, 과자를 사온다 하였다. 더구나 내가 어머니의 외아들이요 일찍 아버지를 여의어서 금지옥엽같이 길리었다. 그렇게 호강스럽던 팔자가 하루아침 서리 바람에 궁줄로 들게 되어 어머니와까지 천 리나 멀리 갈리게 된 뒤로는 넓으나 넓은 천지에 한 몸도 용납하기 어렵게 되었다.

그런데 병까지 심하다. 어려운 사람에게는 병이나 없어야 할 터인데 병은 돈과 다툰다. 돈주머니가 무거우면 병주머니가 가벼워지고 병주머니가 무거우면 돈주머니가 가벼운 때다. 병은 가난과 삼생연분을 맺었는지 떨어지기를 싫어한다. 이리하여 나중은 툭툭하는 이 심장의 고동—그것도 영양 부족으로 미미한 것—을 끊어서 북망산의 한 줌 흙을 만든다.

그러면 세상에는 돈주머니 큰 이만 남느냐 하면 그렇치도 않다. 그이들도 때로는 병에 거꾸러진다.

2

잡담은 그만두자. 하던 이야기나 어서 하자.

그래 위산을 먹는데 그것도 처음에는 듣는 듯하더니 요새에 와서는 귀가 떠졌다. 가슴이 빽적지근하고 배가 빽빽하며 명뼈 끝이(위부) 찢어지게 아픈 때에 태전위산을 두 숟가락이나 세 숟가락만 먹으면 배에서 우루루 꿀, 쫄쫄하면서 고통이 없어지던 것인데 요새는 세 숟가락은 커녕 열 스물 숟가락을 먹어야 그 모양이다. 참말 인이 백였나? 버릇이 됐나? 그렇다면 여간 큰일이 아니다.

"왜 당신이 요새는 진지 안 잡수? 응…… 몹시 아푸?……"

한 끼에 세 공기 네 공기 먹던 내가 한 공기도 못 먹고 배를 만지는 때마다 아내는 걱정을 한다. 밥 못 먹지 고통이 심하지 살아갈 걱정이 있지……. 요새 내 꼴은 피골이 상접이 되고 얼굴이 푸르고 핼끔한 것이 한심하게 되었다. 밤에도 곤히 자던 아내가 두세 번 일어나서 내 배를 만지고 등을 누른다. 그뿐만 아니라 사지가 저리고 없던 기침이 나며 정신까지 아득아득하여졌다. 실없는 친구들은 날더러 아내와 너무 좋아해서 여윈다고 하나 나는 그런 소리 들을 때마다 코웃음을 친다.

"여보, 왜 당신이 내 말은 안 듣소? 병원에 가 보시우……. 글쎄 병원에 가 봐요……."

내가 몹시 괴로워서 궁글 때마다. 철없는 아내는 갑갑한 듯이 말한

다. 나는 그럴 때마다 별대답을 하지 않다가도 정 못 견디게 조르면,

"여보 글쎄 낼 아침 거리가 없어서 쩔쩔 하면서 병원에 어찌 가오!"

하고 코웃음을 친다.

"굶어도 병 없어야 안 하겠소!"

하고 아내는 눈물이 글썽글썽해진다. 병에 괴로운 나는 그것에 또한 괴로웁다. 하루는 아침에 일찍 아내가 어디 갔다 들어와서 밤새껏 병으로 신고하다가 흐뭇이 누운 나를 보면서,

"여보 오늘은 꼭 병원에 가 보시우, 응."

하고 돈 오 원을 집어 내놓는다.

"이 돈 엇서 났소?" 나는 눈이 둥글해서 물었다.

"글쎄 가지고 가 보세요! 뉘게서 돌렸어요."

하는 아내는 그 돈 나온 곳을 묻지 말아 달라는 빛이 흘렀다. 나는 문득 깨달았다.

"당신 그 반지는 어떡했소?"

나는 아내의 왼손을 보면서 물었다.

"……"

대답 없는 아내는 머리를 숙였다. 그 반지는 작년 가을 우리가 결혼할 때 부산 있는 어떤 친구가 기념으로 지워 준 결혼 반지다. 아내는 그것을 퍽 사랑하여서 일후에 늙어 죽어도 끼고 간다고까지 말한 것이다. 그는 자기가 출입할 때 신는 구두와, 입는 의복과, 드는 파라솔까지 전당포에 넣어 놓고 문밖으로 못 나가면서도 그 반지만은 만지고 만지면서 그저 끼고 있었다. 그러던 반지까지 잡혀서 내 병을 고치려고 하는 아내를 생각할 때 나는 너무도 감격하여 말이 나오지 않았다. 그러나 노릿한 살에 하얀 반지 자리가 뺑 돌려 난 아내의 왼손 무명지를 볼 때 내 가슴은 찢겼다. 오장은 끊겼다. 눈물이란 정도가 있는 것이다. 이렇게 되면 입술만 타는 것이다.

"여보, 당신은 왜 시키잖는 짓을 하오? 응 누가 반지를 잡히랍디까? 어서 가서 찾아 와요! 어서……."

감사를 드려야 마땅할 나는 도리어 아내를 나무랐다. 실낱 같은 내 목숨을 걱정하는 그에게 노염을 보이고 강박을 했다 소리 없이 앉았던 아내는 눈물 방울을 치마에 똑 떨어치면서 일어나 나갔다. 내 가슴은 찢겼다. 나는 후회했다. 나는 벌떡 일어나서 마루로 나갔다. 이때 아내가 내 앞에 있었더면 나는 그를 얼싸안고 울었으리라. 아! 내가 왜 그를 나무랬나?

그러나 그 때는 벌써 아내가 문밖으로 나가고 없었다. 나는 마루에 쓰러져 혼자 울었다. 소리 없이 가슴를 치면서 울었다.

3

일 주일 뒤였다.

우리는 운수가 텄다. 기다리고 기다리던 어떤 잡지사에서 원고료 삼십원이 나왔다. 삼십 원! 목 굵고 배부른 분들이 들었으면 하루 동안 소풍하는 자동차비도 못될 것이라고 코웃음 할 것이다. 그러나 내게 있어서는 일개월간 생활보장이 되는 것이다. 고르지 못한 세상을 다시금 느끼게 된다. 아내는 돈을 보자마자,

"여보? 이번에는 당신이 꼭 병원으로 가시우."

하고 여러 날 신음으로 쑥 들어간 내 눈을 보면서 웃었다. 쌀전과 반찬 가게에서도 인제는 외상을 주지 않아서 이틀이나 좁쌀죽을 먹었고 그것도 없어서 아침을 굶었던 판이라 병원보다 급한 것은 쌀과 나무이다. 그러나 싸전과 반찬가게에 빚을 갚고 쌀과 나무를 좀 사더라도 담배값이 오히려 부족한데 어떻게 병원에 갈 수 있으랴?

"기왕 빚을 다 못 갚는 판인데 얼마쯤 갚을 셈 대고 꼭 병원에 가 보

세요……. 응…… 여보, 제일 몸이 튼튼해야지……."

하고 아내가 하도 권하는 바람에 나는 총독부 병원으로 갔다. 안국동서 총독부 병원까지 가려면 꽤 멀건마는 왕환* 전차비를 생각하고 나는 술 내골로 걸어갔다. 십 전이면 두부 한 모, 솔가지 한 묶음 값이다. 한끼 는 넉넉하다. 나는 이렇게 생각하고 걸어가다가 너무도 어이없는 생활 을 웃어 버렸다. 총독부 병원 문 앞에 이르렀을 제 내 발은 무거워졌다. 바른손은 호주머니에 들어 있는 오 원 지폐를 만적만적했다. 오 원이면 두 입이 열흘은 살 수 있다. 약을 먹어서는 일주일도 못 먹을 것이다. 일주일에 효가** 난다면 모르지만 그렇지 않으면 이것도 저것도 못 되 는 것이다. 그 대신 일 원짜리 위산을 사면 보름은 먹을 것이고 남는 사 원은 나무…… 쌀…… 이렇게 생각하고 나는 그만 우뚝 섰다. 도로 돌 아나왔다. 나오다가 또 들어갔다. 또 나왔다. 이렇게 몇 차례를 하다가 무료과로 들어갔다. 길가에 있는 나무와 돌까지도 나를 비웃는 것 같 아서 얼른 뛰어들어갔다. 안에는 그보다 더한 것이 있었다. 내가 아는 의학생들이 저편에서 왔다갔다한다. 그네들 눈에 띄면 나의 자존이 꺽일 듯이 나는 불쾌하였다. 또 돈으로 인정을 사는 이 사회 속에서 무료로 병 보아 준다는 것이 어쩐지 미덥지 않게 생각난다. 나는 그만 나왔다.

　나올 때에는 들어갈 때보다 더 바삐 뛰었다. 병원 문밖에 나서서 술 내골에 들어서는 때까지도 조롱과 모욕을 담은 눈깔이 뒤를 따르는 것 같아서 머리를 못돌렸다.

　"뭐래요? 약 가져 오셨소?"

　집에 이르니 아내는 반갑게 묻는다.

　"네……."

---

* 往還 : 왕복.
** 효과가.

나는 흐리머리 대답하였다. 아내는 곁에 와서 내 호주머니를 만지면서,

"응 어디…… 약 봅시다…… 뭐라고 해요?"

나는 대답이 구구하였다. 더구나 약까지 검사를 하려는 판에야 어떻게 자백을 하지 않으랴?

"허허."

나는 크게 웃었다. 어째 그렇게 웃었는지 나로도 모른다. 무슨 일이 틀어지고 되지 않을 때면 나는 그렇게 웃는다. 웃자고 해서 웃는 것이 아니라 그런 웃음이 한숨과 같이 제절로 나온다.

약을 집어낸다고 내 호주머니에 넣었던 아내의 손에는 오 환 지폐가 집혀 나왔다. 그것을 물끄러미 들여다보던 아내의 낯빛은 변하였다.

그는 지폐를 방바닥에 던지면서 쓰러졌다. 낯을 가리고 쓰러진 그의 등은 고요히 자주 오르내렸다. 그는 우는가? 내 목숨 중한 줄 내 어찌 모를까? 아내의 걱정이 없어도 걱정 되거든 하물며 아내의 걱정이 있음에랴? 좀 웬만하면 나 편하고 그가 기쁜 일을 왜 못 하랴? 나도 눈에 눈물이 돌았다. 세상이 원망스러웠다. 모두 부숴 버리고 싶었다.

"아직도 시간이 있으니 가 보시오. 글쎄! 나는 아프다면 당신 두루막을 잡혀서도 병원에 보내면서 당신 몸은 왜 생각지 않으시오……."

울던 아내는 문 앞에 시름없이 던져지었던 지폐를 집어준다. 이번에는 가까운 ××병원으로 갔다.

낮이 가까와 오는 여름 볕은 뜨거웁다. 고루거각*이 늘어선 장안에는 여전히 사람의 떼가 오락가락한다. 무슨 일들이 있는가? 무엇이 그리 바쁜가? 내 눈에는 그 모든 것이 산(生)것같이 보이지 않았다.

---

* 高樓巨閣 : 높고 큰 누각.

병원이란 참말 한번 가 볼 곳이다. 사람의 목숨을 판단하는 곳이니까. 만일 누구든지 자기의 목숨의 줄이 얼마나 길고 짧은 것을 궁금히 여기거든 점이나 사주를 보지말고 병원에 가는 것이 상책일 것이다.

"병 난 지 오래세요?"

"예 한 이십 년 가깝습니다."

"왜 고치잖고 그냥 버려 두셨어요? 대단 중한데요!"

"무슨 병인지요? 고칠 가망은 있습니까?"

"뭐 위뿐 아닙니다. 폐도 좋잖고 신장도 나쁜데 공기가 깨끗하고 고요한데서 자양분 있는 것을 잡수시면서 한 일 년 치료하면 효를 볼 것 같습니다마는 그냥 이 모양으로 버려두면 팔 개월 넘기기 어려울 것 같습니다."

이것이 병원에서 의사와 문답한 말이다. 나는 너무도 어이없어서 픽 웃었다. 고쳐 보아서 못 고치는 것은 허는 수 없지만 고쳐질 병을 버려 두게 되는 때 그 맘이 슬픈 것이 아니라, 어떤 데 대한 악으로 변한다. 촌촌히 먹어 들어서 실낱같이 남은 나의 목숨의 줄이 뵈이는 것도 같고 또 일변으로는 의례 그러하려니 미리 기다리던 소리를 들은 듯이 우습기도 하였다.

나는 약병을 들고 병원 문을 나서면서 의사의 말을 다시 생각하였다. 내가 만일 건강하였더면 그는 "밥을 잡수시면 살 수 있으나 굶으면 죽을 것이요"하였을는지도 모르겠다. 공기가 좋은 곳에서 자양분을 먹으면서 적당한 운동을 하고 치료를 하면 회복하리라는 것은 의사가 아닌 나도 모르는 것이 아니다. 두부 한 모와 솔가지 한 묶음을 생각하고 전차를 못 타는 형세에 요양지를 찾아 멀리는 고사하고 '파고다' 공원에 가서 앉었재도 첫째 배가 고파서 못 할 것이다. 그는(의사) 의례 할 일이요, 의례 할 소리로 알고 사람의 목숨의 신축伸縮이 제 손에 있는 듯이 거침없게 말하지만 내게는 사형 선고로 들렸다. 그러나 더 도리가 없는 나는 웃음밖에 나오지 않았다.

종각 모퉁이로 나오니 헛 갓에 대를 문 늙은이가 당화주역唐畵周易을 앞에 펴놓고 꼬박꼬박 존다. 저짓 말고 침통이나 들고 어디 가서 목숨의 신축이 한 손 안에 자재自在한 의사 노릇이라 하지……. 나는 이렇게 생각하고 혼자 픽 웃었다. 그리로서 종로 네거리 전차선로를 건너는데 전차가 땅땅 종을 울리면서 바로 곁으로 달려온다. 나는 눈이 둥글해서 뛰어나가다가,

"팔 개월 전에 죽을 녀석이 무에 그리 무서운고?"

혼자 중얼거리고 또 픽 하고 하늘을 보면서 웃었다. 그러나 마음 속에는 어득한 무엇이 흘렀다. 의사의 사형 선고가 우습고, 믿어지지 않고, 또 우리 처지에는 가당한 말이 아니라 하고 또 사람의 목숨이 그렇게 쉽게……. 픽픽 웃기는 하면서도 내 맘속에는 빼랴 뺄 수 없고 속이랴 속일 수 없는 슬픔과 원망과 걱정과 어떤 희망이 흘렀다. 종로, 집, 사람, 하늘, 땅— 이 모든 것을 팔 개월밖에 못 볼까? 일 개년 치료비가 없어서 죽나? 생각할 때 내 주먹은 쥐어졌다. 내게도 눈이 있고 코가 있고 입이 있고 팔다리가 있다. 나도 영감靈感을 가진 사람이다. 그런데 어째 나는 남과 같이 피지 못하고 마르는가? 같은 사람이건마는 같은 사람에게 쪼들리고 쪼들려서 피가 마르고 고기가 마르고 뼈가 말라서 화석化石 같은 내 그림자가 눈앞에 보일 때 부르쥔 내 주먹은 더 단단히 쥐어졌다. 사람이 자기 운명의 길고 짧은 것과 좋고 언짢은 것을 모르니 말이지 안다면 확실히 안다면 그 속에서 무슨 변이 일어날는지 누가 보증을 하랴?

이렇게 혼자 분개하면서 집으로 가다가 나는 미친놈처럼 허허 웃었다. 모든것이 우스웠다. 세상이 우스웠다. 그것은 어린애 장난 같았

다. 내가 쓰는 시詩도 의사가 가진 청진기도—모두 장난감 같다. 그것
은 미구에 아침빛이 오르면 스러질 지새는 안개같이 생각나서 나는
또 웃었다.

　대문 안에 들어설 때 나는,

　'이 마낭도 팔 개월 밖에 못 밟는가?'

　생각하고 커다랗게 웃으면서 마루에 가서 앉았다.

　"왜 웃소? 응 또 무슨 일 났소? 응."

　아내가 약병을 받으면서 묻는다. 그때 내 머리에는,

　'그래두 살겠다구 약을 가지고 와.'

하는 생각이 떠올라서 또 웃었다. ―

　"하 하 하!"

—1926년 7월 2일 오전 4시.

저류

집앞 강으로 불어오는 서늘한 바람은 이따금 뜰가 수수밭을 우수수 스쳐 간다. 마당 가운데서 구름발같이 무럭무럭 오르는 모깃불 연기는 우수수 바람이 지날 때마다 이리저리 흩어져서 초열흘 푸른 달빛과 조화되는 것 같다.

벌써 여러 늙은이들은 모깃불가에 민상투 바람으로 모여 앉아 담배를 피우면서 끝없는 이야기를 시작하였다. 주인 김서방은 모깃불 곁에 신틀을 놓고 신을 삼는다. 김서방의 아들 윤길이는 모깃불에 감자를 굽는다.

어른이나 어린이나 가물과 장마를 걱정하고 이른 새벽 풀끝 이슬에 베잠방이를 적시면서 밭에 나갔다가 어두워서 돌아와 조밥과 된장찌개에 배를 불리고 황혼달 모깃불가에 앉아서 이야기하는 것이 그네에게는 한 쾌락이다.

"날이 낼두 비 안 오겠는데."

수염이 터부룩하고 이마가 훨렁 벗어진 늙은이가 하늘을 치어다보면서 걱정하였다.

"글쎄, 지냑편*에는 금시 비올 것 같더니 또 벳기는데……."

---

* 저녁때. 함경 방언.

서너 살 되었을 어린애를 안고 앉아서 김서방의 신 삼는 것을 보던 등이 굽은 늙은이는 맞장구를 치면서 하늘을 보았다.

퍼렇게 갠 하늘에는 조각달이 걸리었고 군데군데 별이 가물거렸다.

"보리 마당질한 생각하면 비 안 오는 것두 좋지마는 조와 콩 다 말라 죽으니……. 참 한심해서."

하는 이마 벗어진 늙은이의 소리는 타 들어가는 곡식이 안타까운지 풀기 없었다.

"오늘 쇠치네(작은 물고기) 잡으러 가니까 저 웃소(沼)에 물이 싹 말라서 괴기들이 통 죽었읍데……."

거멓게 탄 감자를 집어내 놓고 손과 입에 거멍이 칠을 하면서 발라먹는 윤길이는 어른들 말에 한몫 끼었다.

"하여간 이게 싱구럽지(상서롭지) 못한 일이야……. 김도감두 아지마는(어린애 안은 늙은이를 보면서) 웃소 물이 좀 많은 물이오?……."

머리 벗어진 영감은 큰 변이 났다는 듯이 가래를 턱 뱉고 담배를 빡빡 빤다.

"하여튼 큰일 났군? 우리 아버지 때에두 그 물이 마르더니 흉년이 들어서 모두 자식을 다 잡아먹었다더니……."

하면서 무릎에서 꼬물거리는 어린애를 다시 치켜 안는다.

"그 물 때문에……."

신 삼던 김서방은 첫머리를 내다가 뚝 그쳤다 그는 신날을 틀에 걸고 힘을 끙끙 쓰면서 죄었다. 여러 늙은이들은 그것을 보면서 김서방이 말하기를 초조히 기다렸다.

"그 물 때문에 나래는(뒤에는) 원 세상(世上)이 다 죽더라두 시장 저 박관청(朴官廳) 너 논은 다 말랐는데두……. 흥!"

그는 너무도 어이없다는 듯이 저편에 말없이 앉아서 하늘만 보는 키 작은 늙은이를 보았다.

"아, 실루 올에 논을 푸렀다너 어찌 됐소?"

말 좋아하는 이마 벗어진 최도감은 박관청을 보았다. 기막힌 듯이 먹먹히 앉았다가,

"올에 이밥(쌀밥)만 먹다나문 볼일 다 보겠소!"

"하하하."

박관청이 빈정거리는 바람에 모두 웃는다.

"관청은 저래 쓸구는(빈정대는) 바람에 걱정이야…… 흐흐……."

김서방은 혼잣말처럼 외면서 신바닥을 신틀 귀에 놓고 방망이로 땅땅 두드렸다.

잠깐 침묵…….

강물 소리가 철철 들린다. 어디서 두견새 소리가 은은히 흘러 왔다. 이슬이 내려서 축축한 밭에 달빛이 푸른 안개처럼 흘렀다.

우수수…… 소리가 나더니 바람이 몰아와서 무럭무럭 오르는 연기를 동쪽으로 몰아갔다.

"엑 에헤 에헴."

바람에 날리는 연기가 코에 들어간 박관청은 기침을 콕록 하면서 서편쪽으로 옮겨 앉았다. 입때껏 그리 말없이 앉았다가 기침을 콕록 하면서 홀짝 뛰어가 앉는 것은 원숭이 같았다.

동리 어린애들은 박관청을 잔내비(원숭이) 영감이라고 부른다.

"일은 거저 일이 아니야…… 이래서 달달 볶아 죽이자는 게지?"

김서방은 침묵을 깼다.

"세상이 이렇구서야 바루 되겠소? 두만강에 멱이 돋구 당목이 똥숫개(뒷지) 되문 세상이 망한다더니. 그 말이 맛재임매!"

그 이마 벗어진 늙은이는 눈을 끔벅하면서 큰일이나 난 듯이 말하였다.

"망해두 어서 망하구 흥해도 어서 흥해야지, 이거 이러구서야 어디

견디겠소……. 글쎄, 술두 맘대루 못 해먹구 담배두 맘대루 못 져먹는
세상에 살아서는 뭘 하겠소…… 참 우리야 쉬 죽겠으니 또 모르겠소마
는 이것들이 불쌍해서……."

김도감이란 영감은 악 절반 한탄 절반으로 뇌이면서 무릎에 안은 손
자를 내려다본다. 꼼지락거리던 어린것은 푸른 달빛을 받고 고요히 잠
들었다.

"허 유사너처리 저 간도루 멀찍하니 ○○가는 게 해롭지 않지……(한
참 끊었다가) 어서 빨리 ○○이 뒤집히구 ××이 나야 하지……."

김서방은 신틀과 삼던 신을 밀어 놓고 담뱃대를 털면서 모깃불 앞에
다가앉았다.

"괜히 시방 젊은 아이들은 철을 모르고 덤비지만 세상이 바루 돼두
때가 있는 게지 어디 그렇게 됨메?"

박 관청은 혀를 툭 채었다

"아, 더 이를 말이오. 시방 우리 늠아두 공부를 함매 하구 성화를 대
구 서울 가서 댕기더니 젠년(前年)에 만센지 떡센지 부르고 시방 징역을
하지만 어디 그렇게 되겠소? 다 운이 있는 건데……. 아 홍길동이며 소
대성이 같은 장쉬(將帥)두 때를 기다렸는데……."

이마 벗어긴 영감은 제 뜻은 이러한데 세상이 모른다는 듯이 푸닥거
리를 놓았다.

이때 김서방은 집안으로 머리를 돌리고,

"야 체예(處女)……. 거기 보리 감지(甘酒)를 좀 내오너라."

한다. 여러 늙은이들은 그 소리에 말을 잠깐 끊었다가 못 들은 체하고
그대로 이야기를 하였다.

"시방두 충청도 계룡산에는 피난가는 사람이 많다는데……. 정도령
이가 언제 나오나?"

김도감은 한 손으로 어린애를 안고 한 손으로 모깃불에 담뱃불을 붙

인다.

그네들은 그네의 힘으로 저항치 못하는 자연의 위력으로 생각하는 때마다 알 수 없는 공포를 느끼고, 그 공포를 느낄 때마다 분요하고 괴로운 세상을 한탄한다.

그 한탄 끝에는 무슨 힘— 자기네를 안아 줄 무슨 힘을 무의식적으로 바란다. 이것이 그네의 신앙이다. 이 신앙이 은연중 그네에게 용기를 준다.

"갑산서두 날개 돈은 장쉬 났다는데?"

이마 벗어진 영감은 신기한 것이나 말하는 듯이 눈을 크게 떴다.

이때 저편에서 득득 하더니 쿵쿵하는 소리가 들렸다. 여러 사람은 그리로 눈을 주었다. 처마 그늘로 달빛이 반이나 밑둥에만 비친 외양간으로 나오는 소리다. 그것은 말이 여물을 달라고 마판을 구르는 소리다.

"야 윤길아, 네 가서 쇠(牛)를 깔을 줘라."

김서방은 감자를 구워 먹다가 맨땅에 팔을 베고 누운 윤길이를 보았다.

윤길이는 웃방 앞 뒤춧간 옆에 세워놓았던 꼴단을 집어들고 어둑한 외양간으로 들어갔다.

윤길이가 들어간 부엌문(복도는 외양이 부엌과 서로 이어 있다. 소여물을 주려면 부엌으로 들어가야 된다)으로 머리 터부룩한 큰 처녀가 조그마한 감주(甘酒) 항아리를 들고 맨발로 나왔다. 김서방은 항아리 속에 띄워놓은 바가지로 감주를 떠 여러 늙은이에게 권하였다. 늙은이들은 꿀꺽꿀꺽 마시고 수염을 씻으면서,

"엑 시원하구나."

한다. 맨 나중 김서방이 감주 바가지를 입에 대는데 어디서,

"에구."

하는 소리가 났다. 모두 그리로 눈을 주었다. 외양간에 들어갔던 윤길

이는 달아나오면서,

"에구 아배(아버지)! 쇠 눈깔에 퍼런 불이 있소!"

하고 무서운지 뒤를 슬금슬금 돌아본다.

"엑 시레손이(바보) 같은 늠아야, 나는 또 큰일이나 있다구! 짐승의 눈
이 밤에 보문 그렇지 어쩨, 하하."

이마 벗어진 늙은이는 책망을 하다가 웃었다. 부른 배를 만지면서 달
을 쳐다보던 박관청도 빙그레 하였다.

"글쎄, 장쉬 나문 어찌겠소?"

중간이 끊어졌던 말은 김서방의 입으로 다시 이어졌다.

"어쩨?……."

"아 그 ○○놈들이 장쉬 나는 곳마다 쇠말뚝을 박아서 못 나오게 하
는데…… 저 설봉산에서두 땅속에서 장쉬 나거라구 밤마다 쿵쿵 소리
나더라오. 그런거 ○○놈들이 말뚝을 박았다 빼니 피 묻었더라는
데……."

말하는 김서방은 모기가 등에 붙었는지 잔등을 툭툭 친다.

"흥, 그런게 무슨 일이 되겠소."

김서방의 말이 끝나자 모든 늙은이들은 탄식하면서 달을 치어다보았
다. 난데없는 흰구름 조각이 서천에 기운 달을 가리었다. 환하던 강산
은 어슥하여졌다. 빛나던 밭들은 수묵을 풀어 친 것 같다.

흐린 달을 치어다보는 여러 늙은이의 눈에는 근심이 그득한 것이 장
차 올 세상을 보는 것도 같고, 하늘에서 무엇이 내려와 안아 주기를 기
다리는 것 같기도 하였다.

"시방두 어디 제갈량 같은 성인이 있기는 있으련마는 소식이 없
어……."

원숭이 같은 김도감은 담배를 빨다가 말했다. 그 목소리는 어디든지
무엇이 있으리라고 믿는 어조였다.

"있다뿐이오. 제갈량이며 장비며 이순신 같은 이가 다 있지만, 그렇게 쉽사리 나서겠소?"

이마 벗어진 영감은 대를 옆에 놓고 무릎을 안았다.

"있구 말구…… 우리두 목도한 일인데……."

하고 김서방은 벌겋게 타드는 모깃불을 편히 들여다보다가 다시 말을 이어서,

"우리 '선돌' 있을 때에 우리 이웃에 무산 간도서 나온 한 사십 되는 영감 노친(노파)이 있었는데, 그 영감의 성이 김가가 돼서 늘 김영감 하는데, 자식이 없었단 말이오! 그래 늘 절에두 댕기구 뒤엔(뒤우란)에 칠성단을 묻고 밤이믄 정화수井華水를 떠놓고 삼년인지 사년인지 자식을 빌었소, 에구……."

하고 김서방은 애쓰던 것이 눈앞에 뵈는 듯이 이마를 찡기며 툭 혀를 차고 다시,

"그때 그 영감 노친이 자식 때문에 애도 쓰더니……. 그 덕인지 저 덕인지 노친(노파)이 잉태가 있겠지요! 그런데 페릅은(이상한) 것은 열 넉 달이 돼두 아이를 안 낳겠지……."

"그게 실후 장쉰 게지."

이마 벗어진 영감은 알아맞혔다는 듯이 소리쳤다. 김서방은 잠깐 끊었던 말을 다시 이어서,

"글쎄, 들어 보오. 그런데 며츨 어간이나 영감 노친이 꼭 배겨 있다가 나오는데 보니까 노친은 뚱뚱하던 배가 쑥 꺼졌겠지!"

하고 김서방은 불 꺼진 담배에 다시 불을 붙여서 뻑뻑 빨았다.

"아아니, 아이를 낳는 소리두 없이 배가 그렇게 꺼졌단 말이오?"

박관청은 이상하다는 듯이 물었다.

"아 낳는 소리 있을 께믄 페릅(이상)다구 하겠소……."

김서방은 말을 이어서,

"그래 우리가 모두 암만 물어 봐야 그저 웃기만 하구 대답을 해야지?
그래 여편네들은 그 노친을 다 벗기고까지 보니 젖이 다 뿔꾸 뱃가죽이
다 텄더랍메!"
하고 눈을 번득하였다.
"그래서는 아이는 아니로구만!"
어린애 안았던 김도감이 말하는 바람에 김서방은 말을 끊었다가 다
시 이었다—.
"그런데 그 노친은 동생이 있는데 그 앙깐(여편네)의 말을 들으니……."
"그 앙깐은 어떻게 알더란 말이오?"
이마 벗어진 영감은 신기한 듯이 물었다.
"낸재(에이구)! 영감두 가만 있소……. 어디 들어 보게…….
김서방의 말이 토막토막 끊이는 것이 안타까운지 박관청은 이마 벗
어진 영감을 핀잔 주었다. 그 바람에 모두 조용하였다.
김서방은 담배를 뻑뻑 빨다가,
"그 동생되는 앙깐(여편네)은 그날 밤에 거기서(그 영감 노친의 집) 자다
가 봤단 말이지……. 밤중이 되니까 노친(노파) 자던 방에 푸른 안개가
자욱이 돌고 지붕에 흰 무지개가 서더라오. 그러더니 한쪽 볼(뺨)에 별
이 돋고 한쪽 볼에 달 돋은 선녀 둘이 소리 없이 방에 들어와서 서는데,
상香내가 코를 소르르 지르더라오."
김서방은 바로 향내가 코에나 들어가는 듯이 어깨를 으쓱하고 코를
쫑긋하였다.
"그게 참 장쉬 나는 게로군!"
이마 벗어진 영감은 핀잔받은 것을 그새 잊었는지 또 감탄하였다. 김
서방의 말이 이에 미치니 모두 취한 듯이 김서방만 치어다본다. 땅에
자빠졌던 윤길이까지 일어 앉어저 정신 없이 듣고 있었다. 모든 사람의
눈은 무엇을 보는 듯하였다. 김서방은 담배를 빨면서 무엇을 생각하는

듯하더니 비밀한 말이나 하는 듯이 어성을 나직나직이 하여,

"그러더니만 선녀가 하나는 노친의 왼팔을 들고 하나는 왼팔 아래 자댕(겨드랑이)에 손을 대니까 왼자댕이가 툭 터지면서 애기가 스르르 나오더라지! (이때 모든 사람은 빙그레 재밌게 웃었다) 애기가 금방 나자 노친의 자댕이는 그만 터졌던 둥 말았던 둥 하게 아물고 애기는 이내(곧) 향탕에 목욕을 시키더라오. 애기는 말이 애기지 키가 얄아므 살 먹은 아이만치 크고 눈은 찍 째진것이 왕방울 같고 귀는 이렇게 크고(손을 펴서 자기 귀에 대고 눈을 크게 떠서 그 흉내를 내면서) 팔다리 손 할 것 없이 참 철골로 생겼는데, 말을 다 하더라는데……."

참말 신기한 일이라는 듯이 눈을 끔벅하는 김서방의 목소리는 더욱 힘 있었다. 그는 담뱃대를 땅에 놓고 기침을 하더니 말을 이었다.

"내려 왔던 선녀는……."

하는데 곁에 앉았던 윤길이가 뛰어나가면서,

"개똥(반딧불)! 저 개똥불!"

한다. 모두 그쪽을 보았다. 김서방도 말을 끊고 그리를 보았다. 뒤줏간 뒤 콩밭 위를 파란 반딧불이 가물가물 지나간다.

　×

　개똥! 개똥!

　저 개똥불!

　우리 애기

　초롱(등롱) 삼자!

　개똥! 개똥!

　×

윤길이는 부르면서 콩밭으로 뛰어간다. 그것을 보던 김서방은 어성

을 높여서,

"그래……"

하는 바람에 늙은이들은 모두 머리를 돌렸다.

"그 내려왔던 두 선녀는 애기가 젖먹는 것을 보고 애기에게 비단옷을 입히구 이내(곧) 무지개를 타고 하늘로 올라가더라오. 그리구 새벽이 되니까 애기가 벌떡 일어나서,

"'아버지 어머니, 저는 떠납니다' 하더라오."

"어디루 갈까."

여러 늙은이는 약속이나 한 듯이 물었다. 그네들은 함께 김서방의 이 야기를 기뻐하였다 걱정하였다. 김서방은 그 대답은 하지 않고 제 말만 하였다.

"그리구 부모에게 절하더라오. 그러니 그 어머니가 울면서, '에구 내 만득자야 네 어디루 가니 나두 가자' 하고 일어나려니까 그 애기는 말 하기를,

'나는 이제 선생을 따라 ○○산으로 갑니다. 이제 오래지 않아 세상 에 ○○가 나서 백성이 ○○에 들겠으니, 저는 ○○산에 가서 공부를 해가지고 그때에 나와서 ○○을 평정케 하겠습니다. 그러나 몇 달 동안 은 집으로 젖 먹으러 새벽마다 오겠으니 어머니 우시지 마시오' 하고 두 팔을 쭉 펴니 커단 날개가 쭉 벌어지더라오"

여기까지 말한 김서방은 숨이 차는지 휘 쉬었다. 여러 늙은이들은 김 서방의 한숨까지 재미있다는 듯이 모두 얼굴에 웃음을 띠고 소리없이 김서방의 입을 쳐다보았다.

밤은 깊었다. 마당에는 이슬이 추근히 내렸다. 밤이 깊을수록 달은 밝고 물소리는 컸다. 강으로 오르는 바람은 뜰앞 밭을 스치어서 어둑한 집을 지나 뒷산으로 우수수 올리 닫는다. 모깃불 놓은 겨는 다 타서 검 은 재가 남고 실 같은 연기가 솔솔 오른다.

“우리 클아배(할아버지) 때에두.”

하고 이마 벗어진 영감이 말을 끄집어내리려고 하니까 김서방은 말하려고 쫑긋거리던 입을 닫치고 박관청은 혀를 찍 갈기면서,

“가만 있소. 날래(어서) 김서방이 이야기를 끝내오.”

툭 쏘았다. 그러나 이마 벗어진 영감은

“가만 가만 있소. 내가 먼저 얼른 할께…….”

하고 말을 내리려고 하였다.

“에구 영감두 주새두 없는 게(주착없다는 뜻)! 그래 얼른 짖(吠)소! 흐흐.”

“에 짖다니? 양반을 모르고, 하하하.”

하고 이마 벗어진 영감이 웃는 바람에,

“하하하.”

모두 웃었다. 웃음이 끝나자 이마 벗어진 영감은 입을 열었다.

“우리 클아배 때두 날개 있는 장쉬가 나서 그 아버지가 윤디(인두)루다 지져놔서 그만 죽었다오! 그래 어서 하오. 내 말은 이뿐이오.”

하고 김서방을 보았다.

“에구 영감두 싱겁다. 그 소금을 가지고 댕기오.”

하고 박관청은 이마 벗어진 늙은이를 보고 다시 김서방을 보면서,

“그래 그 뒤에두 오더라오?”

하고 물었다.

“그래…….”

김서방은 말을 시작하였다.

“그래 날개를 펴고 마당에 나서더니 온데 간데 없더라오! 그리구 그 이튿날부터 새벽마다 닭 울 때면 젖먹으러 오더라오.”

“얼마나 젖먹으러 오래 댕기더랍데?”

김도감은 물었다. 김서방은 머리를 좌우로 흔들면서,

"아니……. 그런데 그런 장쉬가 났다는 말을 하지 말라고 골백 번이나 당비*한 것두 듣지 않구서리 그 장쉬를 나흘째 본 앙깐(예편네)이 이야기를 해 놔서 그 고을 원님이 그 말을 들었겠지……."

"저런 망할 년……."

말질한 여편네가 곁에 있으면 담박 때려죽일 듯이 박관청은 이를 악물었다.

"그래 휴."

김서방은 한숨을 태산같이 쉬고 나서,

"원님은 나라에 역적이 생긴다구 장쉬를 잡아 쥑이라구 했단 말이오. 그래 사령에게 윤디(인두)를 주면서, 장쉬 젖먹을 때에 그 날개를 지지라구 했단 말이야……."

예까지 말한 김서방은 입을 다물었다. 그 낯에는 처연한 빛이 돌았다.

"그래서 인재ㅅㅕ라는 인재는 다 죽이고……. 이놈의 나라이 안 망하구 어찌겠슴메 글쎄!"

박관청은 화나는지 가래침을 뱉었다. 말없이 하회를 기다리는 김도감과 이마 벗어진 영감의 낯에는 긴장한 빛이 푸른 달빛에 어른거렸다.

"빨리 빨리 하오!"

박관청도 궁금한지 김서방을 재촉하였다.

"그래 그 사령이 윤디를 벌겋게 달궈 가지고 그 집 부숫개(부엌 아궁이) 앞에서 기다리는데 새벽이 돼서 마당에서 쾅쾅 하고 발구르는 소리가 나더니,

"어머니!"

하고 부르는 소리가 난단 말이야! 그래 그 어머니는

"오오! 우리 장군님이 왔소?"

---

* 당부.

하고 문을 열어 보니까 그 장쉬는 마당에 섰는데, 큰 칼을 짚고 투구 갑옷을 입었더라오.

"빨리 들어와서 젖을 먹어라."

하니까 장쉬는

"어머니, 저는 이제는 집으로 못 오겠습니다. 우리 집에는 저를 잡으려고 사령놈이 윤디를 가지고 있어서 나는 집으로 못 오겠습니다."

하더라오. 그 소리에 사령놈은 똥물을 싸구 자빠졌더라오.

"사령 온 줄을 어떻게 알까?"

"흥, 그리게 장쉬라지!"

박관청과 이마 벗어진 영감은 한마디씩 뇌었다.

"그리구서 대문 밖으로 나가다가 돌아서서

"어머니, 저는 이제 ○○산에 들어가 있다가 십 년 후에 나오겠으니 그때에 와서 어머니 아버지를 뵙겠습니다."

하고는 그만 온데간데 없더라오. 그런데 그 원님이란 작자는 가만히 있었으면 일 없겠는 걸 그 이튿날 그 장쉬 아버지와 어머니를 붙들어다가 때리구 옥에 가두었단 말이오. 그랬더니 그날 밤에 관가 마당에서 큰 소리가 나면서 원님은 피를 물고 죽고 옥문은 깨지고 그 장쉬 어미 아비는 간 곳이 없었는데 그 뒤에는 지금까지 소식이 없단 말이오."

이야기를 끝낸 김서방은 담뱃대에 담배를 담았다. 달을 치어다보고 빙그레 하던 김도감은,

"그늠 그 원님늠 잘 되었군! 그치 벌(앙화)을 받은 게지! 그 영감 노친은 아들(장수)이 데려간 게지?"

한다.

"그런 장쉬들이 다 어디 가서 있을까? 그런 사람 낳은 사람은 전생에 좋은 일을 많이 한 게야."

박관청은 말했다.

"여부 있소! 다 덕을 닦아야 그런 아들을 낳는 게지……. 그리구 그런 장쉬 더러 백두산이나 계룡산 같은 데야 있겠지만 때가 안 되구사 나오겠소!"

김서방은 모든 것을 자기 혼자나 아는 듯이 말했다.

"나오기는 어느 때든지 나올 걸? 에구 어서 나와서……."

이마 벗어진 영감은 말끝을 뚝 끊어 버린다.

"나오구 말구! 하지마는 다 때가 있는 건데……. 시방 시속 사람들은 괜히 위야하고 우리네 ××이나 가져가면 소용이 있어야지……. 다 때가 돼서 장쉬가 나야지!"

김도감은 무릎에서 자는 어린것을 내려다보고 달을 치어다보면서 시속을 한탄하고 새 ○○을 기다린다는 듯이 말하였다.

"이제 보오마는 때는 꼭 있을 게요!"

미래를 보는 듯이 힘있게 말하고 달을 쳐다보는 김서방의 눈은 빛났다. 다른 늙은이들도 신비로운 꿈에 싸인 듯이 멀거니 앉아서 달을 쳐다보았다. 그 눈은— 달빛 받은 그 늙은 눈은 다같이 달 속에서와 하늘 위에서 무엇을 찾고 그윽히 믿는 듯이 빛나고 위엄있게 보였다.

푸르고 높고 넓은 하늘은 의연히 대지를 덮었다. 그 서쪽에 걸린 달도 의연히 신비롭게 비치었다. 뒷산과 앞펄에 살근히 흐르는 안개는 철철철 소리치는 강 위로 몰렸다. 높은 하늘 푸른 달 아래 엉긴 안개 속에는 무슨 큰 거령巨靈이 그윽히 숨은 듯이 보였다.

뜰 앞 밭을 우수수 스쳐오는 바람결에 산새 소리가 두어 마디 들렸다. 늙은이들은 여전히 돌아갈 것을 잊고 말없이 앉아서 강 안개와 푸른 달을 본다. 그 모양은 달과 하늘에 말없는 기도를 드리는 것같이 침묵한 속에 그윽한 위엄이 흘렀다.

—1926년 6월 23일.

이역원혼

1

원수의 밤은 또 닥쳐왔다. 땅거미 들기 시작하면서 별들은 눈을 떴다.

남편이 있을 때에도 그놈의 유가가 밭머리나 개울가에서 조용히 만나면 수상스런 태도를 보였다. 그러나 태산 같은 남편이 곁에 있으니 무섭고 걱정은 되면서도 마음 한편이 든든하였지만 지금은 든든한 마음은 다 슬어지고 걱정과 근심과 두려움이 온 마음을 차지하였다.

그는 남편이 세상을 떠난 뒤로 밤마다 혼자 자지 못하였다. 크고 외따른 집에서 쥐만 바싹해도 머리끝이 쭈뼛하는데 지주되는 중국 사람 유가의 행동이 수상스러워서 체증이 내리지 않았다. 그 때문에 밤마다 개울 건너 있는 봉길의 할아버지가 방에서 잤다. 봉길의 할아버지는 그와 한 고향에서 들어왔고 또 그의 죽은 남편 형선의 아버지와 막역한 친구였다. 그처럼 친한 영감이 방에서 자건마는 그의 가슴은 남편이 곁에 누웠을 때처럼 누굴하지 않았다. 자라 보고 놀란 가슴이 솥뚜껑 보고 놀란다는 셈으로 봉길의 할아버지까지 의심이 법석 들어서 가만가만히 기어가서 문틈으로 고요히 자는 영감의 동정을 살피고는 한숨을 화—쉰 적이 한두 번이 아니었다.

그런 대로 매일 일찍이나 왔으면 좋으련만 처음보다는 떠졌다. 처음에는 해만 떨어지면 늙은 영감(봉길이 할아버지)이 기단 대를 물고 민상투 바람으로 방에 와서 드러눕더니 이제는 늦어서 오는 때가 많았다. 때가 농가의 바쁜 가을이니 그렇기도 하겠지만 기다리는 그에게는 야속스럽게 생각되었다.

"에구 어째서 지금도 안 오는가?"

그는 남편의 영좌에 올릴 상식을 들고 방으로 들어가면서 혼자 뇌었다. 아직은 그리 늦지 않았건만 저녁편 일이 머릿속에 번개처럼 언뜻하자 다른 때보다 더욱 우악스럽게 조르는 험상스런 유가의 낯이 눈앞에 언뜻 떠올라서 섧고 원통한 가운데도 무시무시한 생각이 치미는 까닭이었다.

상식상을 들고 컴컴한 방에 들어선 그는 영좌 앞에 상을 놓고 창문을 열었다. 밖에도 황혼빛이 내려서 으스름하나 하늘이 맑아서 방안은 아까보다 훤하여졌다. 벌써 달이 오르는가? 개울 건너 높은 산봉우리 끝에 달빛이 흐르기 시작하였다. 반딧불이 어스름한 마당에 일자를 그으면서 지나갔다. 여울 소리, 벌레 소리, 마당가 조밭을 스쳐오는 바람소리가 처량히 들렸다.

그는 상에서 밥그릇, 국그릇, 반찬 접시, 수저를 영좌에 올려놓았다. 우시시한 조밥에 숟가락을 박아 논 그는 영좌 앞에 시름 없이 주저앉아서 두 손으로 낯을 가렸다. 그의 두 어깨는 고요히 물결을 치더니 목 메인 느낌이 입속으로 흘러나왔다. 그는 우는가?

점점 솟는 달빛은 건너편 봉우리를 절반이나 물들였건마는 집뒤에 산이 있어서 이편은 아직도 그늘이다. 방안은 한층 으슥하였다. 그으름에 까맣게 된 거미줄이 넌들넌들한 천정과 먼지와 빈대피가 얼룩얼룩하던 벽은 수묵을 끼얹은 듯이 으슥한 한 빛에 조화가 되었다. 비닭*의

---

* 비둘기.

집같이 벽에 달아 놓은 영좌와 그 아래 주저 앉은 그의 희슥한 그림자만은 윤곽이 희미하다.

벌레 소리, 바람소리, 여울 소리는 의연히 요란하였다.

고요히 천천히 물결치던 그의 어깨는 점점 몹시 오르내리고 흑흑 하던 느낌은 목메인 울음으로 변하였다. 그는 모든 것을 잊었다. 상식을 물릴 생각, 봉길 할아버지를 기다리던 생각, 지금이 밤인지 낮인지 몰랐다. 그저 설움이 복받쳤다. 자기의 몸과 마음은 끝없는 끝없는 푸른 설움 속에 싸여서 아득한 속으로 들어가는 듯하였다. 그는 영좌 앞에서 우는 때마다 이러하였다. 가슴 열릴 때가 없었고 눈물 마른 때가 없었다. 설으나 괴로우나 그는 남편의 영좌 앞에 다리를 뻗고 앉아서 울었다. 그밖에 위로 거리가 없었다.

그는 가물에 곡식을 일구고 홍수에 밭을 이룬 뒤로 겨죽과 토스래(삼으로 짠 것) 옷으로 겨우 목숨을 이어 가다가 너무도 기한을 못 이겨서 그 남편 형선이와 같이 재작년 봄에 이 간도로 왔다. 간도에 와서도 이날 이때까지 중국 사람의 소작인으로 별별 구박을 다 받으면서 겨우 목숨을 이어왔다. 다른 구박보담도 지주되는 중국 사람 유가는 홀아비인데 그 녀석이 늘 고요한 데서 만나면 두 눈이 스르르 흐리고 누런 이빨을 드러내어서 벙긋 웃으면서 수상히 달라붙는 꼴은 볼 수 없었다. 그러나 그는 유가에게 불쾌한 소리 한마디 못 하고 억지로 좋은 낯을 보이면서 슬슬 피하였다. 그럴 수밖에 없는 일이다. 그 유가에게서 밭을 얻어 부치고 양식을 꾸어 먹는 판이니 쫓겨나는 때면 굶을 것이다. 넓으나 넓은 천지에 두 청춘을 용납시키기 그처럼 어려웠다. 그가 그렇게 유가를 슬슬 피하게 된 뒤로 유가의 태도는 한껏 횡포하였다. 김을 잘 못 맨다는 둥 빚을 어서 갚으라는 둥 하여 일없는 생트집을 잡았다. 그 트집은 그에게만 미칠 뿐 아니라 남편 형성이에까지 앙화가 미치었다. 그는 그때부터 은근히 가슴이 찢겼다. 자기 때문에 애꿎은 남편까지 그놈에게 쪼들리는 것을 생각하면 자기 한 몸이 없어져 버리고도 싶었다. 그런 눈치를 남편이 알면 더욱 심사가 상할까 보아서 입 밖에 내지도 않았거니와 얼굴빛도 변해 보인적 없었다. 그놈에게 남편이 몹시 쪼들릴 때면 슬그머니 몸을 허하여 남편의 몸이나 편케 할까 하는 생각도 없지 않았으나 굳세인 그의 정조 철학은 그것을 허락지 않았다. 더구나 남편의 눈을 속이는 것은 자기의 고기가 찢겨도 할 수 없었다. 모진 목숨이 끊기는 어렵고 남편에게 말하기도 안됐구, 유가를 대항하면 할수록 무도한 압박은 나날이 심하구……. 그는 민민한 정회를 풀 길이 없었다. 그러던 중에 태산 같이 믿던 남편이 병으로 세상을 떠났다.

남편이 죽은 뒤로는 유가의 태도가 한껏 자유로와서 낮에도 동무없이 밭으로 못나갔다. 어서 바삐 떠나든지 그렇지 않으면 물 건너 촌에 가서 집을 얻어 가지고 살아 볼까 하고 애를 썼으나 유가는 허락지 않았다. 가을에 추수를 하여 꾸어 먹은 양식을 갚고 자기 땅에서 떠나라는 것이 유가의 조건이었다. 유가의 집은 그의 집에서 삼 마장쯤 떨어져서 저 아래 산모퉁이에 있었다.

그런 생각 저런 생각을 하면 의지가지 없는 자기 신세가 개밥에 도토리 같기도 하고 많은 앞길이 캄캄하였다. 실낱 같은 목숨이 어디서 어떻게 되는지 몰랐다. 고국이 그리웠다. 굶으나 먹으나 낯익은 고향에서 살고 싶었으나 그조차 뜻대로 되지 않았다. 아무것도 모르는 그는 고국이 어디 붙었는지 길이 어떻게 났는지 드러내 놓아도 못 찾아갈 것이다. 백두산 앞에는 자기를 낳아서 길러 준 조선이 있거니 생각할 뿐이다. 그것도,

"저게 백두산이오. 저 앞은 죄선(朝鮮)이오."
하고 죽은 남편이 집 뒤 산 밭에서 김맬 때 가르쳐 준 기억이 남아 있는 까닭이었다. 그러나 고국으로 간다 한들 무슨 재미있으랴? 천애만리에 남편을 묻고 차마 발길이 돌아질까? 그는 오늘 저녁 때 뒷산 밭에서 김

을 매다가 남편의 말을 생각하고 백두산 머리에 넘는 구름을 보면서 섧게 울었다. 그런데 유가가 뒤에 와서 허리를 안았다. 그는 등골에 배암이 오르는 듯이 몸서리를 치면서 몸을 뿌리쳤다. 유가는 좀처럼 놓지 않았다. 그때 마침 저편에서 인적이 있어서 유가는 슬쩍 가버렸다. 아까까지도 그놈의 그림자가 그의 눈앞에 어른거렸다.

이제 영좌 앞에 앉으니 그 모든 설움이 한꺼번에 치밀었다. 그는 목을 놓아 울었다. 영좌 앞에서 몸부림을 하면서 울었다. 연기가 팽팽 돌고 무딘 칼로 찍찍 찢는 듯하던 가슴과 목구멍이 시원이 풀리는 듯하며 뜨거운 눈물이 빠지는 족족 뜨거운 마음을 녹이는 것 같았다. 그리고 어둑한 영좌에서 부드러운 사내의 손이 나와서 슬그머니 안아 주는 것 같다. 모든 것은 한 공상. 남편은 적적한 숲속 흙에 묻히었거니 하는 생각이 가슴을 뜨끔거리게 하여 그저그저 울었다.

동산 위에 솟는 보름달은 건너편 마을에 흐르고 이편 마당까지 범하였다. 추근히 내리는 이슬에 후줄근한 풀과 곡식대들은 물 같은 달빛 아래 싸늘히 빛났다.

철철철 순스럽게 나오는 울음 같기도 하고 꺽 꿀렁 쫠쫠, 목메인 곡소리 같은 여울 소리와 애끊는 단소와 호적을 어울타는 듯한 벌레 소리는 의연히 우지짖는다.

달빛이 지붕에 흐르고 마당에 비추임을 따라서 방안은 다시 훤하여졌다.

2

몸부림을 치면서 통곡하던 그는 등위에서 나는 소리에 깜짝 놀라 머리를 돌렸다. 허연 그림자가 문을 우뚝히 막아섰다. 그는 가슴이 쿵 내려 앉았다. 그것이 그의 눈에는 광대뼈만 불쑥한 유가로 보였음이었다.

그는 어쩔 줄 몰랐다.

"윗전(왜) 울음을 그리두 우는가?"

봉길의 할아버지는 문을 대하여 마당에 선 대로 하늘을 보았다. 그것이 봉길의 할아버지라는 생각이 들자 그의 긴장되었던 신경은 후루루 풀렸으나 가슴은 여전히 두근거리고 사지는 절맥된 것처럼 기운이 쭉 빠졌다.

"에구 클아배(할아버지)오. 흥."

그는 넋없는 웃음을 웃었다. 사람은 몹시 놀란 끝에 의미 없는 듯도 하고 또는 자기의 약한 것을 비웃는 듯도 하게 혼 빠진 웃음을 잘 웃는다.

"허허 그리두 심례를 해서 돼겠네!"

봉길의 할아버지는 위로를 하면서 지붕에 흐르는 달을 치어본다. 주름이 잡힌 늙은 낯에 흐르는 달빛은 너무도 싸늘히 보였다.

"에구 클아배(할아버지)! 휴…… 나는 어찌 살겠소?"

영좌에서 밥그릇을 상에 내려놓던 그는 찬 서리 아래의 외로운 갈대 같은 자기 신세를 한탄 하였다.

"어찌 살아? 그래그래 사는 게지? 어서 설어 말게. 그래두 산 사람은 살아야 하지…… 휴…….."

영감은 허리가 아픈가? 마루에 올라서면서 허리를 툭툭 친다.

"에구 하누님도 무정두 한게! 내나 잡아가지 남의 삼대 독자를 흑……."

그는 말끝을 흐리머리하면서 코를 들이마셨다. 또 설움이 복받쳤다. 남편 형선이는 삼대독자였다. 그는 그의 남편이 병들어 누웠을 때 늘 기도를 올렸다.

"그저 산신님과 하누님은 굽어살피사 자식두 없는 우리 주인을— 삼대 독자신 우리 남편을 저를 대신 잡아가시더라도 우리 주인은 돕아(도와) 주시사 대쉬(代數)를 끊게 말아 줍시사……."

하고 그는 새벽마다 진지를 지어가지고 뒷산에 가서 빌었다. 그러나 결국 자기는 — 죽기를 원하던 자기는 살고 바라고 바라던 남편의 목숨은 끊쳤다. 남편을 구하려고 자기 목숨을 바쳐 가면서 원한 것은 그의 진정이었다.

"어쩌겠는가? 할 쉬 없지비…… 자네두 봤지만 내가 살겠네? …… 내가 어떤 아들을 이 몹쓸 땅에 목구녕이 보듸청*으로 그래두 살자구 이 몹쓸 땅(地)에 왔다가 그 흥으적(마적)늠의 칼에 죽었으니……. 그러구두 이래 살아 있으니……."

집안에 드어앉아서 담배를 빨던 영감은 한숨을 휘 쉬면서 밖을 내다본다. 그의 눈에는 그때의 참혹한 광경이 떠오르는지 으스름 속에 으슥히 보이는 이맛살을 찌푸리면서 모든 것이 보이지 말아라 하는 듯이 눈을 감았다 떴다. 참말이지 재작년에 봉길의 아버지(녕감의 아들)가 아편농사를 짓다가 마적에게 칼맞아 죽은 뒤로 그 녕감의 머리는 더 세었다.

"에구 클아배 나는 그저 죽었으믄 시프오! ……이런 팔재八字를 타고 어째 났던지 살고 싶은 맘은 조곰도 없소……."

그는 설거지를 다 하고 문앞에 앉아서 힘없이 말하면서 아랫배를 슬그니 만졌다. 뱃속은 비지 않았다. 그것이 그의 목숨을 이어 왔다. 남편이 병중에 있을 때 기운 없이 슬적 지내간 것이 드디어 그의 뱃속에 새 생명을 박았다. 그가 이날 이때까지 목숨을 질질 끌고 온 것은 그 때문이었다. 죽은 남편의 한 점 혈육을 고이고이 길러서 남편의 대수를 끊지 말자는 것이 그의 일단 정성이었다. 그리고 유가에게 쪼들리면서도 멀리 도망질 못하는 것은 남편의 무덤 때문이었다. 죽으면 여기서 죽어서 남편의 옆에 묻혀야지 남편의 무덤을 외로이 버려 두고 갈 수 없었다.

---

* 포도청.

"그게 그리 쉬운가? 죽는 게 쉽잖은걸!"

영감의 소리는 달관한 철인의 훈계같이 울렸다.

한참은 고요하였다.

마당 앞 밭을 우수수 스쳐오는 바람은 집안을 수 불어 들었다.

"클아배 이저는 자기오!"

고요히 않았던 그는 방에 앉은 영감을 보면서 열어 놓은 문들을 닫아 걸었다.

"응 자지……. 으흠…… 응 ……."

영감도 문을 닫고 드러 누었다.

"클아배 문으 단단히 거오."

그는 방사이에 있는 문을 닫고 입은 채로 구들에 드러누우면서 단속하였다.

"허허 우리네 집에 무슨 도둑놈이 오겠네!"

속도 모르는 영감은 허허 웃어 버렸다.

사방은 고요하였다. 달은 어느새 하늘 복판에 올랐는지? 물같이 맑은 빛이 창문 아래 가를 범하기 시작하였다. 방안은 밝아 가는 새벽같이 환하였다. 앞뒤에서 또르룩 찔찔 쌕쌕하는 이름 모를 벌레 소리와 앞개울의 여울 소리는 한껏 높이 들린다.

그는 진종일 괴로운 일과 시진한 울음 끝에 기운이 풀려서 드러누우면 잠이 올 것 같이 사지가 노곤하였는데 정작 눕고 보니 오라는 잠은 오지 않고 이 생각 저 생각에 두 눈은 말똥말똥 하여졌다. 그는 눈을 감았다. 남편의 앓던 모양이 떠오르고 임종할 때 모양이 보였다.

"여보!"

베게를 의지하고 괴롭게 누웠던 남편은 목에 끓어오르는 담을 겨우 억제하면서 그를 부르더니 다시 흑흑 우는 그의 손을 잡으면서,

"여보 어째 우오? 우지 마오……. 응……."

하고 억지로 괴롭게 웃어 보였다. 숨이 거진 끊기면서도 남편은 그에게,

"내가 죽거든 부디 본국으로 돌아가오! 내가 조곰도 원망을 안 할 것이니 다른 남편을 얻어서 부디부디 아들 딸 낳고 잘 사오…. 네? 응 흐…… 응…… 나는 실루 당신께 못 할 짓을 너무도 했소! 이 호지땅에 데리구와서까지 고생을 시키구……. 휴…… 이담에 다시 환생하거든 만나서나……."

하고 꺽 숨이 끊쳤다. 이 모든 것이 눈앞에 떠오를 때 그는 팔을 내밀어서 남편을 꽉 안으면서 눈을 떴다. 그러나 두 팔에 안긴 것은 자기의 가슴이오, 눈에 보이는 것은 창문이었다. 과연 남편은 죽었는가? 마치 멀리 다니러 간 것도 같았다. 그러나 임종의 광경이 또 떠오르고 차디찬 흙속에 묻던 기억은 남편이 살았다는 것을 긍정치 않았다. 그는 돌아누우면서 모든 것을 안 보고 생각지 않으려고 눈을 꼭 감았다. 이제는 베개가 배기고 온몸에 번열*이 탁 나면서 눈까풀이 천근처럼 무거워서 견딜 수 없었다. 그는 또 눈을 번쩍 떴다.

어느새 창문에는 달이 절반 넘어 비치었다. 레스 끝 같은 처마 그림자에 구렁이처럼 달린 것은 새끼가 드리운 것인가? 바람 소리 나는 때마다 흔들 거렸다. 바람이 스르르 스치어서 조와 기장 밭에서 곡식 이삭이 흔들린다. 그 이삭과 이삭이 머리를 치는 소리에는 아쉰 생각이 더 떠올랐다. 곡식은 익는다. 자연은 언제나 자연이다. 사람은 죽거나 설어하거나 자연은 조금도 주저치 않고 제 걸음을 걷는다. 남편과 같이 갈고 뿌린 씨가 어느새 자라서 익었다. 오오 남편은 어데로 갔는가? 저 익은 곡식은 나혼자 먹는가? 생각하니 가슴이 뿌지지 하면서 눈물이 핑그르 돌았다. 그는 방울방울 흘러내려 베개를 뜨겁게 적시는 눈물을 씻으려고도 하지 않고 창문을 물끄러미 보았다. 눈물 어린 눈에 비친

---

* 煩熱 : 번열증. 가슴이 답답하고 화끈거리는 병.

달창(月窓)은 우수 달 아래 호수 물같이 창망하여 가도 없고 끝도 없는 신비의 세계 같았다. 자기의 몸과 정신도 거기 싸여서 춥지도 덥지도 밝지도 어둡지도 않은 어떤 세계로 끝없이 끝없이 싸여드는 것 같았다. 거기는 아무것도 없었다. 슬픔도 기쁨도 괴로움도— 모든 감각은 스러졌다. 꿈속 같았다. 두눈에서 샘같이 쏟아지던 눈물이 그쳤다. 두 눈은 점점 말랐다. 그러나 그의 시각은 모든 것을 깨닫지 못하였다. 아까는 눈물에 어리어서도 희미하게 나마 보이던 창문의 달빛이 지금은 보이지 않았다. 다만 무엇이— 방망이만한 검은 것이 꿈틀꿈틀하게 보일 뿐이었다. 그의 두 눈은 그 그림자를 점점 노렸다. 노리던 두 눈동자가 코(鼻)를 중심으로 모아 들어서 모듭 떠진 때에는 그 그림자가 수없이 많아지고 커지더니 그놈이 죽 퍼졌다가는 모아 들고 모아 들었다가는 퍼졌다. 그것이 꿈틀거리면서 위로 아래로 앞으로 뒤로 양 옆으로 퍼질 때면 징글징글하고 무시무시한 구렁이 같고 그것이 확 모여든 때면 험상한 얼굴이 돼 보였다. 이렇게 되자 한참 자기의 존재까지 잊었던 그의 의식은 점점 무엇을 의식케 되었다. 그의 눈은 한껏 커지고 입술은 경련적으로 씰룩하면서 낯빛이 푸르렀다.

불쑥한 광대뼈, 벌건 눈, 누—런 이빨…… 생각이 이에 미치자 그는,

"으응."

부르르 떨면서 벌떡 일어섰다. 벌떤 일어선 그는 두 눈에 불이 번쩍하자 갑자기 천지가 아뜩하여 그 자리에 쓰러졌다.

"으흠…… 응……"

그가 쓰러지는 소리를 잠결에 들었는지 방에서 자던 봉길의 할아버지는 골던 코를 뚝 그치고 기침을 하더니 다시 코를 드믄드믄 골았다.

한참 만에 정신을 차린 그는 쓰러진 채 사면을 돌아보았다. 창문에는 여전히 달빛이 흐르고 방안은 여전히 훤하였다. 모든 것은 착각이었다. 그의 눈에 엇보인 것은 창문에 비췬 처마끝 새끼 그림자였다. 그는 그

런줄 몰랐다. 그는 그저 무서운 꿈을 깬 것 같았다. 새삼스럽게 무서운 생각이 들었다 방안의 모든 그림자는 흉악한 눈 같고 입같이 느껴졌다.

그는 다시 잠을 들려고 눈을 감았다.

3

애쓰고 애써서 겨우 잠이 들락말락하였던 그는 무슨 소리에 소스라쳐 깨었다. 아무것도 보이지 않거니와 아무 소리도 들리지 않았다. 그는 공연히 울렁거리는 가슴을 억지로 진정하면서 누운 채 조심스럽게 또 한번 방안을 돌아보았다.

창에는 달빛이 아까보담 더 밝게 넘치었다. 이제는 처마 그림자도 스러졌다. 뚫어진 창구멍으로 굵게 흘러드는 달빛이 그가 누운 웃목 자리 앞에까지 떨어진 것을 보아서는 밤도 새벽이 가까웠다. 집안은 훤하여 바늘귀라도 꿸 것 같다. 그밖에는 아무것도 보이지 않았다. 소리래야 여전한 벌레 소리와 여울 소리뿐이다. 자주 불던 바람 소리도 지금은 들리지 않았다.

그는 그만 눈을 감았다가 그래도 하는 생각과 무시무시한 마음에 본능적으로 또 눈을 떠서 방안을 돌아보았다. 무서운 증세가 점점 고조되어서 숨도 크게 쉬고 싶지 않았다. 방에서 자는 봉길의 할아버지의 코고는 소리는 지금은 들리지 않았다. 초저녁에는 귀찮았던 코고는 소리가 지금 와서는 그리웠다. 그 소리나마 났으면 그래도 사람의 소리인지라 의지가 될 것 같은데 그것조차 없으니 곁이 몹시 허성 허성하고 또 그 영감이 죽지나 않았나 하는 얼토당토않은 마음까지 치밀었다. 그런 생각이 치미니 눈앞에 이마가 넓적하고 눈이 쑥 들어간 봉길 할아버지의 죽음이 보이는 것 같아서 더욱 무서웠다. 그의 신경은 극도로 긴장되었다. 어둑한 이 구석 저 구석에서 무서운 손과 눈이 움직이고 노리는 것도 같고 죽은 사람의 이야기, 도적놈의 이야기, 귀신의 이야기, 도깨비 이야기 하여 기억 속에 남았던 모든 흉하고 무서운 이야기는 다 줄달음으로 떠 올라서 참을 수 없었다. 알지 못한 큰 변이 닥치는 때에 사람의 영감은 미리 무서워지는 것이다.

"클아……."

하고 그는 윗방에서 자는 클아배(할아버지)를 부르다가 그만 뚝 끊쳤다. 곤히 자는 늙은이를 깨우기 미안한 까닭이었다. 이런 때 남편이 곁에 있었으면 얼마나 든든하며 또 천번 만번을 깨우들 무어라 하리? 남편이 살았을 때에는 뒷간까지 데려다 주던 일이 또렷하게 떠올랐다. 과부의 설움은 또 치밀었다.

"……."

무슨 이상한 소리에 그는 다시 귀를 기울였다. 암만 해도 어디 무에 있는 것 같다. 부시럭하는 소리는 자취 소리 같기도 하고 바람 소리 같기도 한데 알 수 없다. 그러면 그것이 들린둥만둥하고 사라져 버렸는가? 그는 귀를 기울인 채 달빛이 너무도 시려서 찢어질 듯한 창문을 주의하여 보았다. 툭툭하고 귀밑 동맥 치는 소리가 들리도록 고요하였다. 이윽해서였다.

"부시럭."

하는 자취 소리와 같이 창에 꺼먼—사람의 머리— 그림자가 얼른 붙었다 떨어졌다.

"옳다……."

가슴이 꿍 구르면서 사지의 피가 쭈루룩 끊어서 떡 엉키어 붙는 듯한 그의 머리에는 그것이 무엇이라는 느낌이 직감적으로 번쩍하였다.

"클아배! 봉길너 클아배(봉길네 할아버지)!"

부르는 그의 소리는 부르르 떨렸다. 힘이 없었다. 혼나간 소리였다.

"에구 클아배!"

그는 땅에 스며들 듯이 쪼그리고 앉은 채 부들부들 떨었다.

"응으…… 응…… 으흠…… 어째 그리네?"

선잠 깬 영감의 소리는 느릿 하였다.

"무시기 밖에 왔는 게오!"

"오기는 무시기 와? 어서 자세. 내 있는데 무시기 와? 으흠."

역시 영감은 느릿느릿 대답하고 나서 건가래를 뱃심 좋게 떼었다.

"아니오. 정말 무시기 왔소……."

그의 소리는 울듯 울듯 하였다.

"무시기 왔다구……. 엑…… 어서 자세."

영감은 귀찮은 듯이 응얼거렸다. 그 소리에 그는 더 무어라 하지 못했다. 혼자 조바심을 하였다. 공중에 얼른한 솔개를 본 병아리인들 이에서 더하면 사자 앞에 놓인 강아지인들 이에서 더하랴? 사람이 방에서 잔데야 그도 쓸 데 없구나! 한참이나 혼자 애를 스는데 창문이 어둑해 지면서 이번에는 사람의 전신 그림자가 턱 가리었다. 그는 문고리를 번쩍 잡아대린다.

"흥 에구…… 클아배! 에구 저거."

울음 절반으로 고함을 치는 그의 눈 —그림자가 어른거리는 창문을 보는 그의 눈은 벌써 반이나 뒤집히었다.

"무시기 어쨌다구 그러는가?"

하고 영감은 귀찮은 듯이 방 사이에 있는 문을 열었다. 이때 문 밖에서 어르대던 그림자는 문을 잡아채고 들어섰다. 그 바람에 문 걸쇠가 쩔렁 빠져서 내려졌다.

그것은 유가 — 지주 중국인이었다. 그의 직감은 맞았다.

"이게 웬 놈……."

하고 일어 서던 영감(봉길의 할아버지)의 머리는 번쩍하는 유가의 도끼에 두 조각이 났다.

"끅…… 으윽……."

슬픈 소리를 지르면서 문척에 쓰러지는 영감의 머리에서는 뜨거운 피가 콸콸 흘렀다. 그것을 본 그는 자기도 알 수 없는 힘에 지배되어 마당으로 뛰어 나갔다. 그러나 마루 아래 내려서기 전에 유가의 굳세인 손에 잡혔다. 유가는 부르르 떨면서 그의 허리를 끌어 안았다.

"이놈아 이 오랑캐야!"

그는 두려운 마음이 변하여 악이 되었다. 목구멍까지 악이 바싹 치밀어서 유가를 씹어먹고 싶었다. 그러나 유가는 그의 허리를 안아서 방으로 들이끌었다.

"이놈아 죽여라! 오랑캐야!"

그는 들어가지 않으려고 땅에 펄썩 주저앉아서 흙마루를 발로 버티면서 악을 썼다. 유가는 그가 땅에 쓰러져서 몸부림하는 것을 보더니 벙긋하면서 그의 위에 몸을 실었다. 그에게 몸을 싣고 신고*하던 유가는,

"아야…… 아……."

하고 뼈가 저리도록 고함을 치면서 뛰어나갔다.

"응…… 이놈 오랑캐야…… 코 떨어진 게 그리 아푸냐? 아직도 멀었다! 너늠의 원수를 갚자면!"

그는 물어뗀 유가의 코를 질근질근 씹었다. 코를 떼인 유가는 두손으로 코를 움켜쥐고 고민하더니 휙 돌아서서 집안으로 들어갔다. 다시 나오는 그의 손에는 영감의 머리를 쪼개던 도끼가 들렸다. 유가의 손을 따라 내려지는 도끼는 그의 허리를 백였다.

"응윽…… 죽여라! 죽여라…… 오랑캐야! 내 죽는 것은 원통찮마는 우리 남편의 혈육이 없어지는게 원통하구나! 에구 우리 주인(남편)을! 응 윽 끅……."

---

* 辛苦 : 괴롭고 고생스럽게 애를 씀.

두 동간난 그는 마지막 부르짖고 숨이 끊겼다. 유가의 그림자는 사라졌다. 찬 땅에 흐르는 뜨거운 피는 사늘한 달빛 속에 희 김을 뿜으면서 엉키어 버렸다.

사면은 고요하였다. 아직도 새벽이 못 되었다. 서천에 기우는 달은 목메인 여울 소리 우지짖는 벌레 소리와 같이 외롭고 의지 없는 원통한 혼들을 조상하는 듯하였다. 그처럼 모든 소리와 빛은 처량하였다.

—1926년 10월 30일 오전 2시.

전아사

형님,

일부러 먼먼 길에 찾아오셨던 것도 황송하온데 또 이처럼 정다운 글까지 주시니 어떻게 감격하온지 무어라 여쭐 수 없습니다. 형님은 그저 내가 형님의 말씀을 귀 밖으로 듣는 듯이 섭섭하게 여기시지만 나는 참말이지 귀밖으로 듣지는 않았습니다. 지금도 내 눈앞에는 초연히 앉으셔서 수연한 빛을 띠시던 형님의 모양이 아른아른 보이고, 순순히 타이르고 민민히 책망하시던 것이 그저 귓속에 쟁쟁거립니다.

"형님, 왜 올라오셨어요?"

지난 여름, 형님께서 서울 오셨을 제 나는 형님을 모시고 성균관 앞 잔솔밭에 나가서 이렇게 여쭈었습니다.

"그건 왜 새삼스럽게 묻니? 너 데리러 왔다. 너 데리러……."

형님의 말씀은 떨리었습니다.

"저를 데려다가는 뭘 하셔요?"

나는 이렇게 대답하면서 흐리어 가는 형님의 낯을 뵈옵던 기억이 지금도 새롭습니다.

"뭘 하다니? 애 네가 실신을 했나 보다? 그래 내가 온 것이 글렀단 말이냐?"

형님은 너무도 안타까운 듯이 가슴을 치셨습니다.

"형님, 왜 그렇게 상심하셔요? 버려 두셔요. 제 하는 일을 버려 두셔요."

무어라 여쭈면 좋을는지 서두를 못 차린 나는 이렇게 대답하였습니다.

"글쎄 그게 무슨 일이냐? 응…… 내가 네 하는 일을 간섭할 권리가 무어냐마는 내가 이런 일을 하는데 내가 어떻게 눈을 뜨고 보겠니? 집 떠난 일을 생각해야지. 집 떠난 일을…… 왜 내 말은 안 듣니? 네 친형이 아니라구 그러니?"

"아이구 형님두."

나는 형님의 말씀이 그치기 전에 형님 앞에 쓰러져 울었습니다.

"네 친형이 아니라구……."

이 말을 들을 때에 나는 어떻게 형님이 야속스러운지 알 수 없는 설움을 이기지 못하여 엉엉 울었습니다.

"그러지 말고 가자! 가서 죽식간에 먹으면서 좋은 때를 기다려서 다시 올라오려 무나!"

"내가 말랐거든 네가 풍성풍성하거나 네가 없거든 내가 있거나…… 나는 무식한 놈이니 아무런들 상관 있니 마는……."

"나두 그놈의 여편네와 애들만 아니면 너를 쫓아 댕기면서 어깨가(목도꾼이라는 뜻) 부서지더라도 네 학비는 댈 터인데."

형님은 서울에 닷새 동안이나 계시는 때에 이러한 탄식을 하시면서 나를 달래고 꾸짖고 권하시다가 끝내 나를 못 데리고 내려가셨습니다.

"어서 내려가거라, 더 할 말 없구나."

형님은 떠나실 제 차에 전송을 올라간 나에게 이렇게 말씀하시고 한숨을 쉬셨습니다. 아무 말 없이 있다가

"형님, 안녕히……."

하고 눈물이 핑그르르 돌아서 내려왔습니다. 그 뒤로 이날 이때까지 형

님을 잊은 때가 없었습니다. 그런데 또 이렇게 글월을 주시고 노비까지 부치었으니 무어라 여쭐 바를 알 수 없습니다.

"아우야, 날세가 추워지니 네 생각이 더욱 간절쿠나! 삼각산 찬바람에 네 낯이 얼마나 텄니? 네 형수는 네 이야기요 어린 용손(형님의 아들)이는 아저씨가 언제 오느냐고 매일 묻는다."

"이 글을 내가 부르고 용손이가 쓴다. 그놈이 금년에 사학년인데 국문은 곧잘 쓴다. 어서 오너라. 노비 이십 원을 부치니 곧 오너라. 밥값 진 것이 있으면 내려와서 부치도록 하여라. 한꺼번에 부쳤으면 얼마나 좋겠니마는 그날 그날 빌어 먹는 형세라 어디 그렇게 돼야지! 이것도 용손의 저금을 찾았다. 그놈이 저금을 찾는다며 엉엉 울던 것이 네게 보낸다고 하니 제가 달려가서 찾아 가지고 오는구나! 용손이 정을 생각하여 너는 오너라. 아재씨— 서울 아재씨를 기다리는 용손이는 잠을 못 잔다. 매일 부두로 마중간다고 야단이다."

형님, 나는 울었습니다.

"구두 곤칩시요."

"구두 약칠 합시요."

하고 이 골목 저 골목으로 온종일 돌아다니다가 들어온 나는 형님의 글월과 우환 이십 원을 받고 울었습니다. 더구나 순진한 가슴으로 우러나오는 용손의 따뜻한 인간성에 어찌 눈물이 없겠습니까?

그러나 고집 불통한 나는 그 따뜻한 정을 못 받습니다.

형님께서 노여워하실 것보다도 아주머님께서 섭섭해 하실 것보다도 용손의 낙망을 생각하면 가슴이 쓰린 것이 아니라 뿍뿍 찢깁니다. 하지만 나는 내 길을 걸어야 할 나는 또 형님의 뜻을 거역합니다.

나는 이때까지 이러한 길을 밟게 된 동기를 형님께 말씀치 않했사오나 이번에는 말씀하겠습니다. 서울 오셨을 때에 여쭈려고 하다가 여쭙는대도 별수가 없겠기에 그만 아무 말도 없이 있었고, 이번에도 여러 번 주저거리다가 드디어 이런 생활을 하게 된 동기를 여쭙기로 작정하였습니다.

2

형님,

내가 서울 온 지도 벌써 오 년이나 됩니다 형님도 늘 말씀하시지만 집떠나던 때의 기억은 지금도 머릿속에 있습니다. 진절머리가 나던 면소서기를 집어치우고 나설 때에 내 맘은 여간 괴롭지 않았습니다. 그때에도 형님께서는 지금 모양으로 벌이를 좇아서 일로절로 다니시느라고 직접 보시지 못하였으니 모르지만 늙은 어머니를 버리고 떠난다는 것이 내게는 여간 고통이 아니었습니다.

어머니께서 나를 어떻게 기르셨습니까? 내 아버지가 돌아가신 뒤에 나 때문에 개가를 못 하시고 젊으나 젊으신 청춘을 속절없이 늙으면서 당신의 모든 정력과 성의를 내 한몸에 부으셨습니다 내가 훈채를 못 갚아서 글방에서 쫓기어났을 때 어머니께서는 당신 머리의 다리를 팔아 주시었고 명절은 되고 옷감이 없어서 껄껄 헤매시다가는 당신 젊어서 지어 두셨던 비단옷을 뜯어서 내 몸을 가리어 주던 기억이 지금도 떠오릅니다. 그때에는 형님께서도 고향서 농사를 지으실 때라 그런 것 저건 것 다 보실 뿐만 아니라 겨울이 되면 목도리와 장갑을 사다 주시고 여름이 되면 아주머니 낳으신 베를 갖다가 내 옷을 지어 주던 것까지 생각납니다.

"우리 어머니의 아들이 저것뿐인데."

하고 형님은 어머니를 곡 어머니라고 부르셨습니다. 우리 어머니는 형님의 아버지의 누님이니 형님께는 고모가 되시는데 형님은 "고모"라 하지 않고 꼭 "어머니"라고 부르셨습니다.

"저 인갑(형님 함자)이는 내 오라비의 아들이나 내 아들같이 길렀다. 너는 꼭 친형같이 모셔라. 오라비(형님 아버지)와 올어머니(형님 어머니)가 죽은 뒤에 우리 오라비의 댓수를 이을 것은 저 인갑이 하나뿐이요, 네 아버지의 향화를 끊지 않을 것은 네 하나뿐이니 너희 둘이 친형제같이 지내어서 내가 죽은 뒤라도 의를 상치 말아라."

어머니께서도 늘 형님과 저를 불러 놓으시고 이런 훈계를 하셨습니다. 그렇듯한 어머니의 감화 속에서 자라난 나는 형님을 잊지 못할 뿐만 아니라 친형이니 친형이 아니니 하는 생각도 못 하여 보았습니다 그리고 형님의 감화도 컸습니다. 아마 우리 어머니 다음으로 나를 사랑하신 이는 우리 형님 일 것입니다. 그러다가 내가 일 일곱 살에, 족 면소 서기로 들어가던 해에 형님은 얼마 되지 않는 밭을 수재에 잃어버리고 아주머니와 용손이와 세 식구가 고향을 떠나셨습니다. 한번 생활의 안정을 잃은 형님은 정거장과 항구 바닥과 치도판을 쫓아다니시게 되고 나는 어머니를 모시고 고향에서 십여 원 남짓한 월급과 어머니의 바느질 삯으로 근근히 지내었습니다. 이렇게 지내는 사이에 내 고통과 번민은 커졌습니다. 그리고 차츰 셈이 들면서부터 앞길이 자꾸 내다 보였습니다.

늙어 가시는 어머니의 흐리어 가시는 눈과 떨리는 손은 드디어 바느질 삯전을 못 얻게 하였습니다. 어머니께서 아무 수입도 못 하게 된 뒤로 우리 생활은 십팔 원이 되는 내 월급에 달리게 되었습니다. 이때부터 우리는 배고픈 설움을 받게 되었습니다

"너를 장가두 못 보내구 내가 죽겠구나!"

이것이 이때 어머니의 큰 걱정이었으나 나는 그와 반대로 늙은 어머니에게 조밥이나마 배불리 대접치 못하는 것과 남들과 같이 서울로 공부 못가는 것이 큰 고통이었습니다. 나는 그때부터 문예를 즐기어서 그 변에 뜻을 두고 공부하였습니다. 이것은 나에게 옛적 이야기를 많이 들

리어주신 어머니의 감화라고 믿습니다.

함께 소학교와 글방에 다니던 친구들은 어느새 서울 어느 학교를 졸업하였다는 둥 동경 어느 대학에 입학하였다는 둥 하는 소리를 들을 때마다 내 혈관의 피는 진정되지 않았습니다. 그것보다도 괴로운 것은 한때는 같은 글방에서 네냐 내냐 하던 친구들이 고향의 학교와 군청에 혹은 교사로 혹은 군 주사나리로 부임하여 면소에 출장을 나오면 옛정은 잊어버리고 배 내미는 꼴을 차마 참을 수가 없었습니다. 그래도 목구멍이 포도청으로 그놈의 것을 꿀꺽꿀꺽 참고 나면 십 년 감수는 되는 것 같았습니다. 밖으로는 이러한 자극을 받고 안으로는 생활에 쪼드릴 제 어찌 젊으나 젊은 내 가슴에 감정이 없겠습니까? 내게 신경쇠약이라는 소위 문명병이 있다 하면 그 원인은 이때로부터 생기었을 것입니다

내가 기미 운동 때에 만세를 부르지 않았다고 지금도 친구들께 미움을 받는 바요, 형님께서도,

"왜 그런 때에 가만히 있었느냐?"

고 어느 때 말씀하셨지마는 나는 그때에도 어머니를 생각하여서 그리한 것입니다. 그때 어린 내 가슴에는 나라보다도 어머니가 컸습니다. 지금 생각하면 그때에 나도 서울에나 뛰어올라왔더면 지금보다는 나았을는지? 그저 어머니를 생각하는 애틋한 정과 또 어머니가 말리는 정만 생각하고 그날이 그날로 별수 없는 생활을 한 것이었습니다. 그러나 사람의 맘은 고정적이 아닙데다. 유동적으로 환경을 따라서 늘 변합데다. 어머니의 명령 아래서 어머니만 생각하던 나의 맘은 점점 드티기 시작하였습니다. 그것이 번쩍 드틴 것은 기미 운동이 일어난 뒤 삼 년 만이니 내 나이가 스물 한 살 되었을 때였습니다. 그해는 육갑으로 신유년인데, 신유년 유월 스무 이튿날은 어머니의 환갑이라 이것은 형님께서도 아시는 바입니다.

그 스무 이튿날은 지금도 잊히지 않습니다. 아마 그날은 어머니가 돌

아가신 날과 내가 집 떠나던 날과 같이 내 눈 구석에 흙이 들기 전에는 잊히지 않을 것입니다. 죽어 가서 내 혼령이 있다 하면 그 혼령에까지 그 기억력은 따를 것입니다.

환갑날이 가까와 올수록 내 맘은 뿌듯하여 어깨에 무거운 짐을 지는 것 같았습니다. 눈치를 알아채리신 어머니께서는—

"얘, 내 환갑 걱정은 말아라. 금년에 못 쇠면 명년에 지내지…… 그까짓게 걱정될 것 있니? 앞이 급한데."

나를 타이르시나 내게는 그 말씀이 젊은 옛날의 영화를 돌아보시고 늘그막 신세를 탄식하시는 통곡같이 들리었습니다.

"어머니 회갑이 눈앞에 이르니 네 걱정이 클 것이다. 허나 없으면 없는 대로 지내고 정 못하게 되더라도 상실치 말아라. 고량진미를 못 드릴까망정 어머니 슬하에 모여 앉아서 따뜻한 진지나 지어드리려고 하였더니 노비도 없거니와 일전에 다리를 상하여 가지 못한다."

형님께서도 그때에 이러한 편지와 같이 돈 삼 원을 부치셨지만 나도 없으면 좋은 말씀으로 위로를 하리라 하면서도 음식을 많이 장만하고 어머니의 친구를 많이 청하여 어머니와 함께 유쾌하게 하루 동안을 지내시도록 하고 싶은 생각이 불같이 붙었습니다.

"아무개네 늙은이는 회갑도 못 쇤데! 그 아들은 뭘 하는 게야?"

이렇게 남들은 비웃는다는 말까지 들은 뒤로 나의 어깨는 더 처지었습니다. 나는 이 친구 저 친구 찾아가서 다만 얼마라도 귀할까 하다가 뜻을 이루지 못하고 다시 내키지 않는 발길을 김 초시댁으로 옮기었습니다. 김초시는 혈혈단신으로 의지 없는 것을 우리 아버지가 보아주셔서 부자가 된, 얼마쯤은 돌리어 줄 터이지 하는 생각으로 간 것이었습니다.

"허, 그것 안됐네마는 나도 요새 어떻게 군졸한지 한푼 드릴 수 없네! 그것 참 안됐는데! 우리 집에 닭이 있는데 그게나 한 마리 갖다가 고와

대접하게."

이것이 김초시의 대답이었습니다. 큰 모욕을 받는 듯이 흥분되었습니다. 나는 뻣뻣이 앉아서 게트림을 하면서 부른 배를 슬슬 만지는 김초시를 발길로 차놓고 싶었으나 억지로 그 충동을 참고 밖에 나서니 천지가 누런 것이 정신을 차릴 수 없었습니다. 어머니가 아시면 걱정을 하실까 봐서 나는 태연한 빛으로 집에 돌아와서 그 밤을 새우고 이튿날, 즉 스무 이튿날 아침에 형님께서 보내신 삼 원으로 고기와 쌀을 사서 밥을 짓고 국을 끓이고 이웃집 늙은 부인 오륙 명을 청하였습니다. 며느리 없는 어머니는 당신 손으로 짓고 끓인 밥과 국을 늙은 친구들과 같이 대하실 때에 눈물을 씻었습니다. 어머니 상머리에 앉은 나는 어머니의 눈물을 볼 때 그만 낮을 가리었습니다. 숙종대왕 시절에 어떤 효자는 아내의 머리를 깎아 팔아서 어머니의 회갑상을 차리어 놓고 어머니가 슬피 우는 것을 위로하기 위하여 그 아내를 시키어 춤을 추이고 자기는 노래를 부르는데 숙종대왕이 미행을 하시다가 그 연유를 물으시고 인하여, '喪歌僧舞老人哭(상주는 노래하고 중은 춤추고 늙은이는 통곡한다는 뜻)이다는 과제를 내어서 그 효자를 등용하셨다는 말이 지금도 전하지만 나는 그 효자만한 정성이 없어서 그런지 나오는 설움을 참을 수 없었습니다. 아무쪼록 어머니의 맘을 편케 하리라, 슬픈 빛을 띠지 말리라 하였으나 쏟아져 나오는 눈물과 우러나오는 울음 소리는 참을 수 없었습니다. 어머니께서도 억지로 설움을 참으려고 하시면서,

"울지 마라. 울긴 왜?"

하고는 눈물을 씻었습니다.

이 뒤로부터 나는 나의 존재와 사회적 관계를 더욱 생각하였습니다. 적자생존適者生存과 자연도태설自然淘汰說을 그제야 절실히 느끼었습니다 그것을 어떤 잡지에서 읽고 어떤 친구에게서 처음 들을 때는 이론상으로 그렇거니 하였다가, 공부한 친구들은 점점 올라가고 나는 점점 들어

가는 그때에 절실히 느끼었습니다. 그리고 또 한 가지 생각이 일어나는 것은 불공평한 사회라는 것이었습니다.

"나도 남과 같이 적자適者가 되자. 자연도태를 받지 말자. 시대적 인물이 되자."

하다가는 그렇게 될 조건이 없다는 것— 적자가 될 만한 공부할 여유가 없어서 하면 될 만한 소질을 가지고도 할 수 없는 내 처지를 돌아볼 때 나는 이 불공평한 제도를 그저 볼 수 없었습니다.

형님,

나에게 사회주의적 사상이 만일 있다고 하면 이것은 벌써 그때부터 희미하게 움이 돋혔던 것입니다. 그러나 그때에는 그것이 사회주의 사상인지 무언지 모르고 다만 내 환경이 내게 가르친 생각이었습니다. 이렇게 일어나는 여러 가지 생각은 어떠한 계통을 찾아서 과학적으로 되지는 못하고 다만 이러한 결론을 나에게 주었습니다.

'소용 없다. 이깐놈의 면 서기로는 점점 타락이다. 점점 공부하여 나은 놈들이 생길 터이니 나중은 면 하인 자리도 없을 것이다. 그렇게 되면 내 생활은 지금보다 더할 것이다. 뛰어가? 옛 서울 뛰어가서 고학이라도 하지? 그러나 어머니는 어쩌나? 형님이나 고향에 계셨으면…… 그렇다고 어머니를 붙들고 있으면 더할 일이요…… 엑 떠나지? 삼사 년이면 나도 무슨 수가 있을 것이오, 그새에 어머니가 돌아가시지는 않을 터이니 늘그막에 고이 모시도록 지금 자리를 닦아야 할 것이다. 그새에 굶어 돌아가시면? 그래도 하는 수 없다. 그것은 내 정성이 부족한 것이 아니라 사회가 나에게 그처럼 강박한 것이다.'

이러한 생각을 하다가는 모순이 되면 풀고 풀었다가는 다시 생각하여서 될 수 있는 대로는 집을 떠나는 데 유리하도록 생각하던 끝에 드디어 떠나기로 결심하였습니다. 그렇게 결심하고도 어머니가 거리끼어서 얼른 거사를 못하였습니다.

'어머니는 나의 큰 은인인 동시에 큰 적이다.'

어떤 때는 이러한 생각까지 하였습니다.

이러다가 신유년 가을 어떤 달밤이었습니다. 나는 집을 떠났습니다. 밤 열 두시 연락선으로 떠날 결심을 한 나는 맘이 뒤숭숭해서 저녁도 바로 먹지 못했습니다.

"왜 밥을 그렇게 먹니?"

아무 영문도 모르는 어머니는 내가 밥 적게 먹는 것을 걱정하셨습니다. 나는 밥 먹은 뒤에 황혼빛이 컴컴하게 흐르던 방에 들어가서 쓸 만한 책을 모아 쌌습니다. 이렇게 책을 거둬 싸니 맘은 더욱 뒤숭숭하였습니다. 마치 다시 돌아오지 못할 전장길에 오르는 군인의 맘같이 모든 것이 볼수록 아쉽고 그리워졌습니다. 나는 공연히 책상 서랍도 열어 보고 쓸때없는 휴지도 덕스럭거리어 보니 나중은 뒤 울안까지 가 보았습니다. 이렇게 하는 때에 조금도 쉬일 사이 없이 눈앞에 언뜻언뜻 나타나는 것은 어머니였습니다. 평시에도 어머니를 생각하면 어머니의 친안이 보이지 않고 처참한 환상으로 보이던 터인데, 이날에는 더욱 그래서 차마 무어라 말씀할 수 없이 가련하고도 기구한 환상으로 나타났습니다. 나중은 어느 때 형님과 이야기를 하던 그 거지 노파의 꼴로도 되어 보입니다.

"여보, 밥 한술만 주셔요. 나는 달아난 아들을 찾아가는 길이오."

다 헤어진 누더기 치마저고리를 걸친 늙으나 늙은 노파가 이집저집으로 다니면서 걸식하는 것을 볼 때 나는 그 늙은 어머니를 버리고 간 자식 괘씸히 여겼습니다.

'아아, 나도 그 자식의 본을 따누나?'

그때 나는 나도 모르게 부르짖었습니다 뒤따라 어머니의 그림자가 노파의 그림자와 같이 떠오를 때 나는 그만 눈을 감고 몸을 부르르 떨면서,

'아아, 어머니!'

하면서 어머니 계신 부엌방으로 갔습니다. 나는 인륜의 큰길을 어긴 듯이 두렵고도 가슴이 찌르르하여 심장이 찢기는 것 같았습니다. 그러나 부엌문 밖에 이르렀을 때에 나는 그만 발길을 멈추었습니다. 어쩐지 끓어오르던 정은 식으면서 누가 다시 뒤를 끄는 것 같았습니다. 나는 내 방에 들어가서 책보를 들고 나오면서,

"오늘 밤에는 좀 늦어서 들어올 것 같습니다."

하고 어머니를 보면서 마당에 내려섰습니다. 아까보다도 가슴이 더욱 울렁거리고 앞에는 별별 환상이 다 떠올라서 나는 어둑한 마당을 돌아볼 때 은근히 한숨을 쉬었습니다.

이것이 내가 내 집을 마지막 하직이던 줄이야 언제 꿈인들 꾸었겠습니까? 나는 바로 부두로 향하지 않고 공동 묘지를 지나서 바닷가 세모래판으로 나갔습니다. 어느새 초열흘 달은 높이 솟았으나 퍼런 안개가 자욱이 하늘을 덮어서 봄의 우수 달밤같이 설움에 겨운 가슴을 더욱 간질였습니다. 나는 세모래판에 앉았다 일어섰다 하면서 우죽그러한* 달빛 아래서 고요히 소리치는 물결을 바라보았습니다.

찬바람을 맞고 달빛에 싸여서 그 물결을 볼 때 모든 감각은 스러져 버리고 나의 온몸이 바닷속에 몰리어드는 것 같았습니다. 이러구러 밤이 깊어서 바닷가로 부두를 향하고 내려갔습니다. 때는 열 한시, 나는 십 원짜리를 내어 주고 표를 살 때 등뒤에서,

'이놈.'

하는 듯하였습니다. 마치 도둑질한 돈을 남 몰래 쓰는 것 같았습니다. 그 돈은 면소에서 월급 받은 돈인데 모두 십 팔 원이었습니다. 있는 놈의 하룻밤 술값도 못 될 것이지만 그때 우리 집에는 큰 돈이라 어머니

---

* 우중충한.

는 월급날을 손꼽아 기다리셨습니다. 그러는 어머니를 속이고 내가 노자로 쓰는 것을 생각하는 때에 어찌 맘이 편하였겠습니까?

"아이구 애야! 네가 왜 그러니? 응, 흑…… 나를 버리구 가면 나는 어쩌라니? 차라리 나를 이 바다에 차넣고 가거라!"

나는 배에 오르는 때에 어머니가 이렇게 통곡을 하시면서 쫓아오는 것 같았습니다. 이렇게 괴로운 중에도 서울을 인제 구경하나 보다 하니 뛸듯이 기뻤습니다. 이까짓 서울이 봐 그리도 그립던지? 어째서 서울로 오고 싶던지? 오늘날 생각하면 그것도 소위 도회 중심의 문명 사상에 유인된 것이나 아니었던가 싶습니다. 내남 할것없이 이리하여 도회에 모여드나 봅니다. 왜 나는 농촌에서 나서 아무것도 배우지 말고 농사만 배우지 못하였던고 하는 생각도 없지 않으나 형님을 생각하면 그것도 철없는 생각으로 믿어집니다.

형님,

형님은 농사를 질 줄 몰라서 도회로 돌아다니게 되었습니까? 또는 도회가 그리워서 도회처를 찾아다니십니까? 형님같이 농촌을 사랑하고 형님같이 농사를 잘하시는 이는 드물 것입니다마는 땅이 없으니 노동을 따르는 것이요 노동은 도회에 있는 것이니 하는 수 없이 도회에 모이어 들게 되는 것입니다. 그런 대로 도회가 잘 받아 주었으면 좋으련만 직업난과 생활난은 그네들을 도로 쫓아내게 됩니다.

그러나 더 갈 데 없는 그네들은 어찌하오리까. 여기서 차마 인간성으로는 하지 못할 가지각색의 현상이 폭발되는 것입니다. 그러나 이 폭발은 인간의 참다운 생활을 찾으려는 현상인 것은 부인할 수 없는 것입니다.

형님,

떠나던 날 밤에 배 속에서 어머니에게 글월을 드리고 그 이튿날 원산에 내려서 기차로 서울 왔습니다. 배 속과 기차 속에서 새로운 산천을 볼 때 기쁜 듯도 하고 슬픈 듯도 하여 뒤숭숭한 맘을 금할 수 없었습니다.

더구나 언뜻언뜻 어머니의 울음 소리가 귓가에 도는 것 같아서 남모르게 가슴을 쓸었습니다. 그러다가 남대문역에 내려서 전차에 오르니 모든 것이 어리둥절하였습니다. 같이 오는 친구는,

"저것이 남대문, 저것이 남산, 저리로 가면 본정— 진고개, 예가 조선 은행."

하고 가르쳐 주는 때에 나는 호기심이 나서 슬금슬금 보면서도 곁의 사람의 눈치를 보지 않을 수 없었습니다.

'아 여보, 여태껏 서울을 못 보았소?'

하고 핀잔을 주는 듯해서 일종의 모욕을 느끼었습니다. 그러나 애써 가르쳐 주는 친구를 나무란다는 것은 천부당만부당한 일이라 그저 꿀꺽 참고 있었습니다.

서울 들어서던 날 나는 하숙을 계동 막바지 어떤 학생 하숙에 정하였습니다. 구린내 나는 그 하숙 장맛은 지금도 혀끝에 남아 있습니다.

하루가 지나고 이틀이 지나서 차츰 서울의 내막을 보는 때에 나는 비로소 내 상상과는 아주 딴판인 것을 발견하였습니다. 제일 눈에 서투른 것은 '할멈'과 '거지'였습니다.

형님,

우리 함경도에야 어디 '거지'가 있습니까? 또 '할멈'도 없는 것입니다. 그런데 서울에는 골목골목이 거지여서 나같이 헐벗은 사람은 괜찮

지만 양복조각이나 입은 신사는 그 거지 성화에 길을 갈 수 없습니다. 그리고 '할멈'이라는 것은 게집하인인데 늙은 것은 '할멈'이요, 젊은 것은 '어멈'이라고 하여 꼭 하대를 합니다. 소위 자유와 평등을 주장한다는 이들도 이렇게 하인을 두고 애 재 하대를 합니다. 나는 그것을 볼 때면 어머니 생각이 불현듯 났습니다. 우리 어머니도 할 수 없으면 그 모양이 될 것입니다. 그런 것 저런 것 생각하는 때에 어머니가 어떻게 생각나고, 또 그 할멈이 어떻게 가긍한지 나는 할멈이 내 방에 불 때러 오는 때마다 내가 대신 때어 주고 또 할멈에게 절대 반말을 쓰지 않았습니다. 이렇게 며칠을 하였더니 하숙 주인이 나를 가리키면서,

"저게 함경도 상놈의 자식이야! 하는 수 없이, 제 버릇 개를 주겠나?"
하고 은근히 욕을 하더라고 같이 있는 학생이 이야기를 하였습니다. 그리고 할멈도,

"서방님, 저 부엌 불도 좀 때 주구려."
하고 반말하는 것이 어떻게 골나던지 그날로 주인과 할멈을 불러 놓고 한바탕 굴어 놓았습니다. 나는 지금 와서는 그것을 후회합니다. 그때 진정으로 그네를 불쌍히 여기는 생각이 내 가슴에 있었다면 나는 가만히 그 모든 모욕을 받아야 옳을 것입니다. 이렇게 해놓았더니 주인은 내게 빌리어 주었던 담요를 뺏아갈 뿐 아니라 밥값 독촉이 어떻게 심하여지는지 나중엔 내 편에서 화를 내고 야단을 친 일까지 있었습니다.

그때에 형님께도 편지로 여쭈었지만 올라오던 해 겨울은 한 절반 죽어서 지내었습니다. 가을에 입고 온 겹옷으로 이불 없이 지내는데 밤이면 자지 못하고 마당에 나가서 뛰어다닌 일까지 있었습니다. 몹시 추워서 몸이 졸아들다가도 한바탕 뛰고 나면 후끈후끈 하여졌습니다. 그것을 그때 하숙에 같이 있는 속 모르는 친구들은 위생을 한다고 비웃었습니다.

형님,

이렇게 괴로운 가운데서도,

'이미 집을 떠났으니 몸 성히 잘 있거라.'

하는 어머니의 편지와,

'어머니는 내가 모시고 있으니 너는 걱정 말고 맘대로 하여라.'

하는 형님의 글을 받으면 모든 괴로움이 스러지고 용기가 한층 났습니다. 그러나 밥값 얻을 구멍은 없고 배는 고프고 등은 시리고— 이렇게 되니 어느 겨를에 공부를 하겠습니까? 이때 내 가슴에는 집에 있을 때보다 더 큰 고민이 일어났습니다. 고민에 고민을 쌓다가도 밖에 나서면 하늘과 땅은 진흙물을 풀어놓은 듯이 누렇게 보이었습니다.

옛적에 어떤 분이 반딧불에 공부를 하고 어떤 분은 공부에 취하며 배고픈 것을 잊었다 하지만, 나는 춥고 배고픈 때면 책을 들 수 없었습니다. 그런 때마다.

'이것은 내 정성의 부족이다.'

하는 생각으로 다시 책을 들고 붓을 잡았으나 창틈으로 들어오는 바람은 뼛속에 사무치고 오장은 빼인 듯이 가슴과 뱃속이 횅하여 기분이 나지 않았습니다.

이렇게 그 겨울을 보내고 이듬해 봄에 이르러서 어떤 잡지사에 들어가서 원고도 모으고 교정도 보게 된 뒤로 생활이 좀 편하였으나, 그때는 또 일에 몰리어서 공부할 여지가 없었습니다. 집에서 떠날 때에는 아무쪼록 학교에 입학하여 체계 있게 공부를 하려고 하였으나, 그것은 유한 계급에 처한 이로서 할 일이요, 우리 같은 사람으로는 할 일이 아니라는 느낌을 받았습니다. 이렇게 생각한 뒤로부터 나는 있는 대로 책이 손에 닥치는 대로 가리지 않고 읽었습니다마는 그것조차도 자유롭지는 못하였습니다.

이리하는 새에 문인들과 사귀게 되고 소설을 써서 잡지에 실리게 되었습니다. 처음 문인을 사귀게 되고 다음 소설을 쓰게 되고, 다음 그 쓴 것이 잡지에 실리게 된 때는 참으로 기뻤습니다. 지금은 그것이 우습고 그러한 생활에 애착을 잃었지만, 그 당시에는 어떻게 기쁜지 바로 대가나 되는 것 같았습니다. 그 뿐만 아니라 차츰 글을 많이 쓰게 되고 문단에 출입이 잦게 되면서 여러 문인들과 같이 어떤 신문사 어떤 잡지사의 초대를 받아서 영도사나 명월관이나 식도원 같은 데 가서 평생 못 먹던 음식상도 대하여 보고 차마 치어다도 못 보던 기생의 웃음도 받게 되니 그만 어깨가 와짝 올라가는 것 같았습니다. 그러나 좋은 음식을 대하는 때마다 어머니 생각에 목이 메었습니다.

형님,

사람은 이리하여 허영에 뜨는 것이라고 믿습니다.

이렇게 되면서부터 나는 은근히 몸치장을 시작하였습니다. 머리도 자주 깎고 싶고 손길도 주물러 보고 옷도 깨끗하게 입으려고 하였습니다. 그러나 그 모든 요구를 채울 만한 요소인 돈이 어디서 나겠습니까. 이것도 한 번민거리가 되었으나 간간이 눈앞에 떠오르는 어머니의 낯은 그 모든 유혹을 물리치게 하였습니다.

'응, 내가 허영에 빠지나. 나는 안일을 구할 때가 아니다. 오직 목적을 향하고 모든 것을 돌보지 말아라.'

이렇게 생각하면 모든 공상이 스르르 사라지는 것 같으면서도 길에 나서면 먼저 옷에 맘이 가고 누구를 대하면 나는 글쓰는 사람이다 하는 맘이 일어났습니다. 모든 유혹은 좀처럼 물러가지 않았습니다 이리하여 유혹을 배척하는 맘과 그 맘을 먹으려는 유혹은 서로 가슴속에서 괴롭게 싸웠습니다. 여쭙기 황송한 말씀이오나 이때에 나는 비로소 연애의 맛도 보았습니다. 그것은 나와 친한 김군의 고향에서 온 여자인데, 그때 열 아홉이었습니다. 그리 미인은 아니나 동그스름한 얼굴 윤곽과 어글어글한 눈길은 맘에 들었습니다.

"이 이는 소설 쓰시는 변기운 씨(내 이름)."

"이 이는 ××유치원에 계신 정인숙 씨."

하는 김군의 소개로 인숙이를 본 뒤로 나는 맘에 끌리었습니다. 그 뒤에 나는 김군을 만나서,

"여보게, 그 인숙 씨가 그저 서울 있나?"

하였더니,

"왜 자네 생각 있나? 둘이 단란한 가정을 이루도록 내가 중매함세."

하고 김군은 웃었습니다. 행이든지 이것이 참말이 되어 인숙이와 나 사이에는 소위 연애가 성립되었습니다. 연애란 참 신비스러운 것이라고 믿습니다. 아무리 생각해 보아야 어떻게 해서 만났는지 그 만나던 장면은 아주 꿈 같아서 무어라 말할 수 없었습니다 형님께서는 잘 모르겠지마는 지금 청춘남녀로서는 아마 거지반 연애의 맛을 보았을 것입니다. 그런데 물어 보면 다 신비한 꿈 같아서 무어라 말할 수 없다고 합니다. 그리고 지금 생각하면 쓰디쓴 그 연애가 그때에는 어찌도 달던지, 나는 그 단맛에 취하여 어쩔 줄을 몰랐습니다. 연애에 익숙치 못한 나는 그때 거기 빠져서 헤엄칠 줄 모르는 까닭에 욕을 단단히 보았습니다.

'늙은 어머니를 버리고 나선 내게 연애가 무슨 상관이냐? 내게는 할 일이 많은데……'

이렇게 하루도 몇십 번씩 생각하고 끊으려 하면서도 인숙의 웃음에 끌리었습니다. 이렇게 되면서부터 나는 모양을 더 내고 싶었습니다. 땟국이 흐르는 두루마기를 입고 어떤 '세비로' 신사와 가지런히 섰다가 인숙의 눈에 뜨이게 되면 내 눈은 신사의 '세비로'와 네 의복에 가서 두 어깨가 축 처지고, 온몸이 땅이 잦아드는 것 같은 동시에,

"아 당신 같은 이쁜이가 이런 거지와 사랑을……"

하고 신사가 모욕이나 주는 것 같아서 더욱 불쾌하였습니다. 이러한 생각이 드는 때마다 인숙이 보기가 어떻게 열없고 부끄러운지 알 수 없었습니다. 그래서 어떤 때에는 인숙에게 그런 하정을 하였습니다.

"그까짓 돈이 다 뭐요. 정으로 살지."

내가 하정을 아뢰는 때마다 인숙이는 이렇게 말하였습니다 이렇게 대답을 듣는 때마다 나는 행복을 느끼었고 동시에 더욱 죄송하였습니다. 그러나 인숙이가 피아노를 사들이고 비단으로 몸을 휘휘 감아서 극도의 사치를 하는 것이 내 맘에는 들지 않았습니다. 나와는 영영 타협이 될 것 같지 않았습니다. 그때는 잡지사가 쓰러져서 나의 형색은 더욱 초조한 때이라 그런 생각이 더욱 났습니다. 참으로 내 상상은 틀리지 않았습니다.

내가 잡지사에서 나와서 두 달 되던 때— 즉 계해년 봄이었습니다. 하루는 인숙이를 찾아가니,

"그저께 주인을 옮기었는데 알 수 없어요."

하고 주인이 말하기에 의심을 품고 돌아와서 뒤숭숭한 맘을 금치 못하였습니다. 그때는 한창 밥값에 쪼들리어서 원고를 팔려고 애쓴 때이라 그 때문에 어물어물 사흘이나 보내고 나흘 되던 날 어떤 친구에게서 들으니 인숙이는 나를 소개한 김군과 어쩌구저쩌구 해서 벌써 임신한 지 삼사 개월이나 되었다고 하였습니다. 나는 자리에서 그 연놈을 찾아 칼로 찔러놓고 싶었으나,

'일없는 생각이다. 그와 나는 영원히 타협도 되지 않으려니와 버리는 자를 쫓아가면 뭘 하며 죽일 권리가 어디 있나?

하며 나의 가난한 처지를 나무라고 단념하는 동시에 비로소 여자의 심리도 보았습니다. 그리고 소위 친하던 사람의 뱃속도 알게 되었습니다.

'내게는 큰 목적이 있다. 연애에 상심할 때가 아니다.'

그래도 애틋한 생각이 있는 나는 이렇게 스스로 억지의 위로를 하였습니다. 조금도 속임 없이 말씀한다면 그때에 내가 그만하고 만 것은 배가 너무도 고픈 때문이었겠습니다. 밥값 변통에 눈코를 못 뜨게 된 나는 연애 지상주의자에게는 미안한 말씀이오나 거기만 모든 힘을 바

치게 못 되었습니다. 그 다음부터는 원고 쓰기에 눈코를 못 떴습니다. 얼마 되지 않는 원고료나마 그때 내 생활에는 없지 못한 것이요 또 잘잘못간에 배운 재주가 그것뿐이니 그것밖에 무엇을 하겠습니까.

나는 원고를 썼습니다. 써서는 잡지사와 신문사에 보내었습니다. 보낸 뒤에 창피한 꼴이야 어찌 일일이 말씀드리오리까? 처음 써 달라는 때에는 별별 아첨을 다하여 가져가고는 배를 툭툭 튀기면서 똥값만도 못한 원고료나마 질질 끌다가 그것도 바로 주지 않습니다. 그것을 가지고 싸울 수도 없어서 혼자 애를 태우고 혼자 분개합니다. 다소간 잘 주는 데가 없지는 않았으나 그런 데에는 번번이 보내기도 미안한 일이었습니다. 그것도 내 혼자면 모르지만 거개가 그 원고료를 바라는 친구들이라 잡지사에선 어찌 일일이 수응하겠습니까? 그때도 이때와 같이 잡지 경영 곤란은 막심한 때였습니다. 이렇게 순전히 어떠한 예술적 충동은 돌볼 사이가 없이 영리 본위로 쓰게 되리 돈을 생각하는 때마다 원고를 생각하였습니다.

그래서 나오지도 않는 정을 억지로 빡빡 긁어서 질질 썼습니다. 이 고통은 여간 크지 않았습니다. 내 눈에는 번연히 못 쓰겠다고 보이는 것을 질질 쓰다가도 차마 양심에 그럴 수가 없어서,

'엑 그만둬라.'

하면서 붓을 던지고 원고를 찢어 버린 적도 한두 번이 아닙니다. 그러다가도 '내달 밥값'을 생각하는 때면 울면서 겨자 먹기로 붓을 잡게 되었습니다. 쓰기는 써야 하겠오 나오지는 않고 화는 나고 하여 어떤 때는 공연히 내 머리를 잡아뜯는 때도 많았습니다.

또 그때는 글의 잘되고 못된 것으로 고료를 정치 않고 페이지 수로 따지는 때이라 산만하여 줄이고 싶은 것도 그놈의 고료가 줄까 보아서 그대로 보내었습니다. 이리하여 점점 타락하였고 또 아무 공부도 없이 쓰니 무슨 신통한 소리가 나오겠습니까. 그러나 그렇게 지내니 공부할

맘은 태산 같으면서도 못 하였습니다. 나중에 소위 절개까지 변하게 되었습니다. 나와 주의주장이 틀린 어떤 단체나 개인의 기관지에 절대 쓰지 않는다던 맹세도 변하여,

'쓴다. 어디든지 쓴다. 돈만 주면 쓴다.'

하게 되었습니다. 이렇게 되니 친구들께서 욕먹게 되는 것도 물론이어니와 그제도 남아 있는 양심의 고통은 나날이 컸습니다. 어떤 잡지나 어떤 신문의 태도가 미워도 원고 팔기 위하여 꿀꺽 참았습니다. 그 참는 고통은 참으로 큰 것이었습니다. 나는 이때에 맘에 없는 글을 쓴 것은 물론이요, 맘에 없는 웃음도 웃어 보았습니다. 나의 작품이 상품으로 변하는 것은 벌써부터 느낀 바이지만, 차츰 나의 태도를 반성할 대 '신마찌'(新町)의 매춘부를 생각 아니치 못하였습니다. 누가 매춘부 되기를 소원하겠습니까마는 생활의 위협은 그녀로 하여금 그러한 구렁으로 들어가게 만듭니다. 그와 같이 나도— 나의 예술도 매춘부가 된다는 생각을 하게 되었습니다. 생각이 이에까지만 이르고 말았으면 문제가 없겠는데, 그렇지 않고 한걸음 더 나아가서,

'그러나 그녀— 매춘부들은 이런 것 저런 것 의식치 못하고 그렇게 되니 용서할 점이 있지만 너(나)는 그런 것 저런 것 다 의식하면서 차마 그 일을 하느냐?' 하는 생각이 머리를 스쳐서 더욱 괴로왔습니다. 이렇게 곰곰이 생각하던 끝에 나는 ××주의의 행동에 크게 공명이 되었습니다. 내게 ××주의적 사상이 완연히 머리를 든 것은 이때요 내 발길이 ××주의 단체에 드나들게 된 것도 이때입니다. 나는 처음에 이삼일 안으로 이상적 사회라 건설할 듯이 만장 기염을 토하고 다니었으나, 그것도 하루나 이틀에 될 일이 아니라는 것을 생각하는 때에 내 기염은 차차 머리를 숙였습니다. 머리 숙였다는 것은 절망이라는 것이 아니라 먼저 모든 방법을 세워야 할 것이요, 방법을 세우는 동안의 밥은 먹어야 하리라는 생각이 머리를 친 까닭이었습니다.

형님,

이리하여 나는 다시 그전부터 구하던 직업을 또 하나 구하였습니다. 여기가 비위를 쓰고 저기 가서 비위를 부리면서 소개도 얻고 직접말도 하여 어느 신문 기자나 한자리 하여 볼까 했습니다. 그러나 어디 졸업이라는 간판과 튼튼한 배경이 없는 나는 실패에 돌아가지 않을 수 없었습니다. 그때에도 지금과 같이 신문기자 후보자가 여간 많지 않아서 어떤이는 어떤 신문사와 잡지사 사장과 편집국장에게 뇌물을 산더미같이 드리는 것을 본 일이 있었습니다.

그러한 판인데 뇌물 없는 내가 어떻게 발을 붙이겠습니까? 더구나 그때나 이때나 뇌물드릴 만한 여력이 있으면 내가 먹고 있겠습니다. 나는 이러한 꼴— 소위 민중의 공기요 대변자라는 한 신문사의 내막에 잠긴 추태를 볼 때 이 세상이 싫어지고 미워지고 부숴 버리고 싶었습니다. 나중은 혼자 화에 신문사 잡지사의 추태를 욕하다가도,

"모두 내 잘못이다. 내게 과연 뛰어난 학식이 있다 하면 내가 애쓰기 전에 그네가 찾을 것이다 나부터 닦자."

하고 모든 것을 나의 학식 없는 탓으로 돌리었고, 따라서 학식을 닦으려고 하였습니다. 그러나 또 문제는 학식 닦는 것입니다. 무슨 여유로 학식을 닦습니까? 이렇게 민민히 지내던 끝에 나는 모든 것을 버리고 농촌으로 돌아가려고 하였습니다. 그러나 농촌에 간대야 땅 한 평도 없고 농사질 줄도 모르는 내 힘을 생각하면 그것도 공상이었습니다.

'엑 아무 데서나 똥통이라도 메지!'

이렇게까지 생각하면서도 그저 맘 한 귀퉁이에 남은 허영과 체면은 얼른 그것을 허락지 않고 행여나 하는 희망으로 다시 어느 신문사 기자로 운동하리라 하였습니다. 이렇게 어물어물하고 일 년이나 지내던 판에 어머니의 흉음을 받았습니다.

4

형님,

지금도 그때가 잊혀지지 않습니다 그것이 작년 이월 초사흗날 아침이었습니다. 그때에도 직업 운동을 나가던 판인데,

모주 작고.

라는 형님의 전보를 받았습니다. 날이 가고 가서 이렇게 되면서는 설움이 점점 커지는데, 그때에는 슬픈지 원통한지 그저 어리벙벙해서 어쩔 줄을 몰랐습니다. 멀거니 꿈꾸듯 섰다가 무심한 태도로 하숙을 나섰습니다. 지금 생각하면 그때 너무도 놀라서 온 신경이 마비가 되었던 것이라고 생각합니다. 나는 그렇게 하숙을 나서서 종로로 나가다가 차츰 정신이 들고 설움이 북받치어 하숙에 돌아가 울었습니다. 전보 받은 이튿날 형님의 친필을 받고서는 어쩔 줄을 몰랐습니다.

전보를 받고 얼마나 우니?
어머니는 가셨다. 어머니는 영영 가셨다. 어머니는 가시는 때에 너를 수십 번 부르셨다. 어머니가 그렇게 쉽게 가실 줄 몰랐다. 사흘 동안이나 머리가 아프시고 가슴이 울렁거리신다고 하시면서 음식도 잡숫지 않고 누워 계시다가 나흘 되던 날 아침에 갑자기 피를 토하시고 가슴을 치시면서 너를 자꾸 부르시다가 돌아가셨다.
이렇게 급히 가시게 되어서 네게 편지도 못 하였다. 그럴줄 알았더면 네게 미리 통지나 하여 임종에 뵙게 할 것을 미련한 형은 천고의 스러지지 못할 한을 어머니와 네 가슴에 박았구나.

나는 이러한 형님의 편지를 읽고 나서 천지가 아찔하였습니다. 온몸의 피가 모두 심장에 엉키어 들어서 심장이 터지고 목구멍이 메는 듯하고 어떻게 죄송한지 어머니의 무덤에라도 달려가서,

"어머니 어머니 이 불효 자식을 죽여 줍시요."

하고 싶었으나 그것도 못하였습니다.

어머니께서는 나 때문에 돌아가셨습니다. 이 불효 자식이 여북 보고 싶었으면 임종까지 부르셨겠습니까? 나는 차마 입이 떨어지지 않아서 이런 말씀 저런 설움을 여쭐 수 없습니다. 형님이 깊이 통촉하실 줄 믿습니다. 그뒤로부터 세상에 대한 나의 원망은 더 커졌습니다. 내게 어찌 원망이 없겠습니까? 죽고 사는 것은 자연이라 누가 막으리요마는 그래도 이러한 변태적 사회에 나지 않았다면 왜 어머니가 그렇게 돌아가셨으며 내가 이렇게 못 할 짓을 하였겠습니까?

나는 차마 하늘이 보기 무서워서 몇 번이나 죽으려고 한강까지 갔다오고 칼을 배어 들었다가도 이 세상이 어찌되는 것을 보려고 단념했습니다. 내가 죽으면 소용 있습니까? 내가 죽어도 이 세상은 세상대로 있을 것이요 나의 지내온 사실은 사실대로 남아 있을 것입니다. 또 내 한 몸이 없어 졌다고 누가 코나 찡그리겠습니까.

'세상에는 나밖에 믿을 놈이 없다.'

이때부터 나는 이러한 느낌을 절실히 받았습니다. 모두 그러한 꼴인데 언제 나의 일을 생각하겠습니까. 세상은 비웃을 줄을 알아도 건져주고 도와줄 줄은 모릅니다. 어제는 영화를 누리다가 오늘날 똥통을 맨다고 비웃기는 하지만 도울 줄은 모릅니다. 또한 똥통을 멘다고 그 인격에 손상이 생길 리도 없는 것입니다. 모두 탈을 못 벗은 까닭에 이리저리 끌리는 것입니다.

나는 이에 비로소 꽉 결심하고 이 구둣짐을 졌습니다. 갖바치 노릇을 하였습니다. 그렇게 결심하였건마는 처음 구둣짐을 지고 거리에 나서

니 길가의 흙까지 비웃는 듯하였습니다. 친구들의 낯이 먼 데 보이던 슬그머니 피하여졌습니다. 참 습관이란 그처럼 벗기가 어려운 것이었습니다.

'흥, 그네가 나를 비웃으면 나를 먹이어 줄테냐? 또 내가 이것(구둣짐)을 졌다고 내 인격에 흠이 생기나?'

이렇게 스스로 가다듬으면서 오늘날까지 내려왔습니다. 예전날 생활과 오늘날 생활을 비교하는 때마다 나는 벌써 왜 이런 일을 못 하였던고 하는 후회가 납니다. 참 편합니다.

신사니, 양복이니, 구두니, 안경이니, 명예니 하는 것이 참으로 사람을 죽인다는 것을 절실히 느낍니다.

형님,

그러나 나의 노래를,

'구두 곤칩시요! 구두 약칠합시요.'

하는 갖바치의 노래를 참으로 편한 신세를 읊조리는 소리로는 듣지 마시기를 바랍니다. 동시에 내가 이러한 생활을 한다고 타락이라고도 생각지 마소서.

"언제나 너도 남과 같이 군수나 교사나……."

하시던 형님의 맘에는 퍽 못마땅하게 생각되시겠지만, 나는 그런 허위의 생활과 취한 생활은 하고 싶지 않습니다. 세상은 그것을 편하다 하지만 내게는 그것이 편한 것이 아니요, 그네들도 그것을 최대 이상으로 여기지만 그것은 아직도 배고픈 설움을 몰라서 하는 수작이라고 믿습니다.

또 나는 안일을 구할 만한 권리도 없습니다. 어머니는 그렇게 돌아가셨는데 내가 어찌 안일을 구하겠습니까. 하루라도 살아서 하늘 보는 것까지 황송합니다마는 나는 하루라도 살기는 더 살려고 합니다.

내가 갖바치 된 것도 그 때문이니 하루라도 이 목숨을 더 늘이려고 하는 까닭입니다. 이 목숨이 하루라도 더 붙어 있으면 그만큼 이 두 눈은 이 세상이 되어 가는 꼴을 똑똑히 볼 것이요, 이 팔과 다리는 하루라도 더 싸워 줄 것입니다.

형님,

이제 어머니의 원혼을 위로하고 내 원한을 풀 길은 이밖에 없습니다. 이러므로 형님의 따뜻한 맘과 아주머니의 두터운 정과 용손의 순진한 뜻을 못 받는 것입니다. 그것을 못 받는 내 가슴은 더욱 찢깁니다. 형님은 진정으로 나를 위하시는 형님이요, 내게는 오직 형님 한 분이시라 어찌 형님의 말씀을 귀밖으로 듣겠습니까. 형님께서는— 이제 이 옛날의 생활을 전멸하고 새 생활을 맞는 나의 전아사餞迓辭를 보시고 모든 의심을 푸실 줄 믿습니다.

—1926년 11월 25일.

홍염

1

겨울은 이 가난한— 백두산 서북편 서간도 한귀퉁이에 있는 이 가난한 촌락 빼허(白河)에도 찾아들었다. 겨울이 찾아들면 조그마한 강을 앞에 끼고 큰 산을 등진 빼허는 쓸쓸히 눈 속에 묻히어서 차디찬 좁은 하늘을 치어다 보게된다.

눈보라는 북국의 특색이다. 빼허의 겨울에도 그러한 특색이 있다. 이것이 빼허의 생령들을 괴롭게 하는 것이다.

오늘도 눈보라가 친다.

북극의 얼음세계나 거처 오는 듯한 차디찬 바람이 우하고 몰려오는 때면 산봉우리와 엉성한 가지 끝에 쌓였던 눈들이 한꺼번에 휘날려서 이 좁은 산골은 뿌연 눈안개속에 들게된다. 어떤때는 강골 바람으로 빙판에 덮였던 눈이 산봉우리로 불리게 된다. 이렇게 교대적으로 산봉우리의 눈이 들로 내리고 빙판의 눈이 산봉우리로 올리달려서 서로 엇바뀌는 때면 그런대로 관계치 않으나, 하늬(天風)와 강바람이 한꺼번에 불어서 강으로부터 오르닫는 눈과 봉우리로부터 내리닫는 눈이 서로 부딪치고 어울어지게 되면 눈보라와 바람 소리에 빼허의 좁은 골짜기는 터질 듯한 동요를 받는다.

등진 산과 앞으로 낀 강 사이에 게딱지처럼 끼어 있는 것이 이 빼허의 촌락이다. 통틀어서 다섯 호밖에 되지 않는 집이나마 밭을 따라서 이리저리 흩어져 있다. 모두 커단 나무를 찍어다가 우물정# 자로 틀을 짜 지은 집인데 여기 사람들은 이것을 '귀틀집'이라 한다. 지붕은 대개 좃짚이요, 혹은 나무 껍질로도 이었다. 그 꼴은 마치 우리 내지(간도서는 조선을 내지라 한다)의 거름집(堆肥舍)과 같다. 심하게 말하는 이는 도야지굴과 같다고 한다.

이것이 남부여대로 서간도 산골을 찾아들어서 사는 조선 사람의 집들이다 빼허의 집들은 그러한 좋은 표본이다.

험악한 강산 세찬 바람과 뿌연 눈보라 속에 게딱지처럼 붙어서 위태스럽게 침묵을 지키고 있는 모든 집에도 언제든지 ―공도가 위대한 공도公道가 어그러지지 않으면, 언제든지 꼭 한때는 따뜻한 봄볕이 지내리라. 그러나 이렇게 눈발이 날리고 바람이 우짖으면 그 어설궂은 집 속에 의지 없이 들어백인 사람들은[*] 자기네로도 알 수 없는 공포에 몸을 부르르 떨게 된다.

이렇게 몹시 춥고 두려운 날 아침에 문서방은 집을 나섰다. 산산이 흐트러진 머리카락을 뿌연 상투에 휘휘 거둬감고 수건으로 이마를 질끈 동인 위에 까맣게 그른 대패밥 모자를 끈 달아 썼다. 부대처럼 툭툭한 토수래(베실을 삶아서 짠 것이다.) 바지저고리는 언제 입은 것인지 뚫어지고 흙투성이 되었는데 바람에 무겁게 흩날린다.

"문 서뱅이 발써 갔소?"

문서방은 짚신에 들막을 단단히하고 마당에 내려서려다가 부르는 소리에 머리를 돌렸다. 펄쩍 문을 열면서 때가 찌덕찌덕한 늙은 얼굴을

---

* 원문에는 '넉시들은'으로 되어 있다.

내미는 것은 한관청(韓官廳—관청은 직함)이었다.

"왜 그러 시우?"

경기 말씨가 그저 남아 있는 문서방은 한발로 마당을 밟고 한발로 흙마루를 밟은 채 한관청을 보았다.

"엑, 바름두…… 저, 엑 흑……."

한관청은 몰아치는 바람이 아츠러운지 연방 흑흑 느끼면서,

"저, 일절 욕을 마오! 그게…… 엑, 워쩐 바름이 이런구. 그게 되놈인데, 부모두 모르는 되놈(胡人)인데……."

하는 양은 경험 있는 늙은 사람의 말을 깊이 들으라는 어조이다.

"나는 또 무슨 말씀이라구! 아 그늠이 이번두 그러면 그저 둔단 말이요?"

문서방의 소리는 좀 분개하였다.

눈을 몰아치는 바람은 또 몹시 마당으로 몰아들었다. 그판에 문서방은 바람을 등지고 돌아서고 한관청의 머리는 창문 안으로 자라목처럼 움츠렸다.

"글쎄 이 늙은 거 말을 들소! 그늠이 제 가새비(장인)를 잘 알겠소? 흥……."

한관청은 함경도 사투리로 뇌이면서 다시 머리를 내밀었다.

"염려 마슈! 좋게 하죠."

문서방은 더 들을 말 없다는 듯이 바람을 안고 휙 돌아섰다.

"그새 무슨 일이나 없을까?"

밭 가운데로 눈을 헤갈면서 나가던 문서방은 주춤하고 돌아다보면서 혼자 뇌였다.

눈보라 때문에 눈도 뜰 수 없거니와 지척을 분간할 수 없이 되어서 집은커녕 산도 보이지 않았다.

"그새 무슨 일이 날라구!"

그는 또 이렇게 혼자 뇌이고 저고리섶을 단단히 여미면서 강가로 내려가다가 발을 돌려서 언덕길로 올라섰다 강얼음을 타고 가는 것이 빠르지만 바람이 심하면 빙판에서 걷기가 거북하여 언덕길을 취하였다. 하도 다니던 길이니 짐작으로 걷지 눈에 묻히어서 길이 보이지 않았다.

　　언덕길에 올라서니 바람은 더 심하였다. 우와 하고 가슴을 쳐서 뒤로 휘뜩 자빠질 것은 고사하고 눈밭에 아츠럽게* 낯을 치어선 눈도 뜰 수 없고 숨도 바로 쉴 수 없었다. 뻣뻣하여 가는 사지에 억지로 힘을 주어 가면서 이를 악물고 두 마루턱이나 넘어서 '달리소' 강가에 이르니 가슴에서는 잔나비가 뛰노는 것 같고 등골에는 땀이 흘렀다. 그는 서리가 뿌연 수염을 씻으면서 빙판을 건너갔다. 빙판에는 개가죽모자 개가죽바지에 커단 울레(신)를 신은 중국 파리(썰매)꾼들이 기다란 채쭉을 휘휘 두르면서,

　　"뚜―어, 뚜―어, 딱딱."

하고 말을 몰아간다.

　　"꺼울리 날취(저 조선 거지 어디 가나)?"

　　중국 파리꾼들은 문서방을 보면서 욕을 하였으나 문서방은 허둥허둥 빙판을 건너서 높다란 바위 모퉁이를 지나 언덕에 올라섰다.

　　여기가 문서방이 목적하고 온 '달리소'라는 땅이다. 이 땅 주인은 인(殷)가라는 중국 사람인데 그 '인'가는 문서방의 사위이다. 저편 밭 가운데 굵은 나무로 울타리를 한 것이 '인'가의 집이다. 그 밖으로 오륙호나 되는 게딱지 같은 귀틀집은 지팡살이(小作人)하는 조선 사람들의 집이다. 문서방은 바위 모퉁이를 돌아 언덕에 오르니 산이 서북을 가리어서 바람이 좀 잠즉하여 좀 푸근한 느낌을 받았으나, 점점 인가― 사위의 집 용마루가 보이고 울타리가 보이고 그 좌우의 같은 조선 사람의 집이

---

* 어지럽게.

보이니 스스로 자리가 움츠러지면서 걸음이 떠지었다.

"엑 더러운 놈! 되놈(胡人)에게 딸 팔아먹는 놈!"

그것은 자기 스스로 한 일은 아니지만 어디선지 이런 소리가 귀청을 징징 치는 것 같은 동시에 개기름이 번지르하여 핏발이 올올한 눈을 흉악하게 굴리는 인가 — 사위의 꼴이 언뜩 눈앞에 떠올라서 그는 발끝을 돌릴까 말까 하고 주저하였다. 그러다가도,

"여보 용녜(딸의 이름)가 왔소? 용녜 좀 데려다 주구려."

하고 죽어가는 아내의 애원하던 소리가 귓가에 울려서 다시 앞을 향하였다.

"이게 문 서뱅이! 또 딸집을 찾아 가옵느마?"

머리를 수굿하고 걷던 문서방은 불의의 모욕이나 받는 듯이 어깨를 툭 떨어뜨리면서 머리를 들었다. 그것은 길 옆에서 도야지 우리를 손질하던 지팡살이꾼의 한 사람이었다.

"네! 아아니……."

문서방은 대답도 아니요 변명도 아닌 이러한 말을 하고는 얼른얼른 인가의 집으로 향하였다. 온 동리가 모두 나서서 자기의 뒤를 비웃는 듯해서 곁눈질도 못 하였다.

여기는 서북이 가리어서 빼허처럼 바람이 심하지 않았다. 흐릿하나마 별도 엷게 흘렀다.

2

"여보! 저 인가가 또 오는구려!"

가을볕이 쨍쨍한 마당에서 '깨'를 떨던 아내는 남편 문서방을 보면서 근심스럽게 말하였다.

"오면 어쩌누? 와도 하는 수 없지?"

뒷줏간 앞에서 옥수수 껍질을 바르던 문서방은 기탄없이 말하였다.

"엑 그 단련을 또 어찌 받겠소?"

아내의 찌푸린 낯은 스스로 흐리었다.

"참 되놈이란 오랑캐……."

"여보 여기 왔소."

문서방의 높은 소리를 주의시키던 아내는 뒷줏간 저편을 보면서,

"아, 오셨소?"

하고 어색한 웃음을 웃었다.

"예 왔소! 장구재(주인) 있소?"

지주 인가는 어설픈 웃음을 지으면서 마당에 들어서다가 뒷줏간 앞에 앉은 문서방을 보더니,

"응, 저기 있소!"

하고 손가락질을 하면서 그 앞에가 수캐처럼 쭈그리고 앉았다.

서천에 기운 태양은 인가의 이마에 번지르르 흘렀다.

"어디 갔다 오슈?"

문서방은 의연히 옥수수를 바르면서 하기 싫은 말처럼 힘없이 끄집어 내었다.

"문서방! 그래 오레두 비들(빚을) 못 가프겠소?"

인가는 문서방 말과는 딴전을 치면서 담뱃대를 쌈지에 넣는다.

"허허 어제두 말했지만 글쎄 곡식이 안된 거 어떡하오?"

"안 돼! 안 돼! 곡시기 자르되고 모 되군 내가 아르오? 오늘은 받아가지구야 가갔소!"

인가는 담배를 피우면서 버티려는 수작인지 땅에 펑덩 드러앉았다.

"내년에는 꼭 갚아드릴께 올만 참아 주오! 장구재(주인)도 알지만 흉년이 되어서 되지두 않은 이것(곡식)을 모두 드리면 우리는 어떻게 겨울을 나라구 응?…… 자 내년에는 꼭…… 하하."

인가를 보면서 넋없는 웃음을 치는 문서방의 눈에는 애원하는 빛이 흘렀다.

"안 되우! 안 돼! 통퉁(모두)더 주? 모두 많이 부족이오."

"부족이 돼두 하는 수 없지. 글쎄 뻔히 보시면서 어떡하란 말이요! 휴."

"어째 어부소? 응 니디 어째 어부소! 마리해! 울리 쌀리디, 울리 소금이디, 울리 강냉이디…… 니디 입이(그는 입을 가리키면서) 다 안 먹어? 어째 어부소? 응."

인가는 낯빛이 거무락푸르락해서 소리를 고래고래 질렀다. 문서방은 더 말이 나오지 않았다.

언제나 이놈의 소작인 노릇을 면하여 볼까? 경기도에서도 소작인 십 년에 겨죽만 먹다가 그것도 자유롭지 못하여 남부여대로 딸하나 앞세우고 이 서간도로 찾아들었더니 여기서도 그네를 맞아 주는 것은 지팡살이(小作人)였다. 이름만 달랐지 역시 소작인이다. 들어오던 해는 풍년이었으나 늦게 들어와서 얼마 심지 못하였고 그 이듬해에는 흉년으로 말미암아 일 년내 꾸어먹은 것도 있거니와 소작료도 못 갚아서 인가에게 매까지 맞고 금년으로 미뤘더니 금년에도 흉년이 졌다. 다른 사람들도 빚을 지지 않은 바가 아니로되 유독이 문서방을 조르는 것은 음흉한 인서방의 가슴속에 문서방의 딸 용례(금년 열일곱)가 걸린 까닭이었다. 문서방은 벌써 그 눈치를 알아채었으나 차마 양심이 허락지 않았다. 인가의 욕심만 채우면 밭맥(1맥은 10일경=1일경은 약 천 평)이나 단단히 생겨 한평생 기탄없을 것을 모르지는 않지만 무남독녀로 고이 기른 딸을 되놈에게 주기는 머리에 벼락이 내릴 것 같아서 죽으면 그저 굶어죽었지 차마 할 수 없었다. 그는 그런 것 저런 것 생각할 때마다 도리어 내지(조선)가 그리웠다. 쪼들려도 나서 자란 자기 고향에서 쪼들리던 옛날이— 삼 년 전의 그 옛날이 그리웠다. 그러나 그것도 한 꿈이었다. 그 꿈이 실현되기에는 그네의 경제적인 기초가 너무도 어주리* 없었다. 빈 마음만 흐르는 구름에 부쳐서 내지로 보낼 뿐이었다.

"어째서 대답이 어부소 응? 그래 올리 비디디 안 가파? 창우니— 빠피야(이놈 껍질 벗긴다)."

인가는 담뱃대를 꽁무니에 찌르면서 일어나 앉더니 팔을 걷는다. 그것을 본 문서방 아내는 낯빛이 파랗게 질려서 부들부들 떨면서 이 편만 본다. 문서방도 낯빛이 까맣게 죽었다.

"자, 그러면 금년 농사는 온통 드리지요."

문서방의 목소리는 힘없이 떨렸다. 마치 종아리채를 든 초학 훈장의 앞에 엎드린 어린애의 소리처럼……

"부요우(일없다)…… 퉁퉁디…… 모모 모두 우리 가져가두 보미(옥수수) 쓰단(四石), 쌔옌(소금) 얼씨진(20斤), 쏘미(좁쌀) 디 빠단(八石) 디 유아(있다)…… 니디 자리 알라 있소! 그거 안 줘?"

검붉은 인가의 뺨은 성난 두꺼비 배처럼 불떡불떡 하였다.

"나머지는 내년에 갚지요."

문서방은 머리를 뚝 떨어뜨렸다.

"슴마(무엇)? 창우니 빠피야!"

인가의 억센 손이 문서방을 잡았다. 문서방은 가만히 받았다. 정신이 아찔하였다

"에구, 장구재…… 흑흑…… 장구재…… 제발 살려 줍쇼! 제발 살려 주시면 뼈를 팔아서라두 갚겠습니다. 장구재 제발!"

문서방의 아내는 부들부들 떨면서 인가의 팔에 매달렸다. 그의 애걸하는 소리는 벌써 울음에 떨렸다.

"내 보미 워디 소금이 낼라! 아니 줬소? 어 어째서 아니 줬소?"

---

* 형편이.

인가의 주먹은 문서방의 귓벽을 울렸다.

"아이구!"

문서방은 땅에 쓰러졌다.

"엑 에구…… 응응응…… 에구 장구재! 제발 제제…… 흑 제발 살려 줍소…… 응응."

쓰러지는 문서방을 붙잡던 아내는 인가를 보면서 땅에 엎드려서 손을 비빈다.

"이 상느므셋지(상놈의 자식)…… 니디 로포(아내) 워디(내가) 가져가!"

하고 인가는 문서방을 차더니 엎디어서 손이야 발이야 비는 문서방의 아내의 손목을 잡아 끌었다.

"니디 울리 집이 가! 오늘리부터 니디 울리 에미네(아내)!"

"장구재…… 제발…… 아이구 응응."

"에구 엄마."

집 안에서 바느질 하던 용례가 내달았다. 인가는 문서방의 아내를 사정없이 끌고 자기 집으로 향한다.

"나를 잡아가라! 나를…….'"

쓰러졌던 문서방은 인가의 팔을 잡았다.

"타마나!"

하는 소리와 같이 인가의 발길은 문서방의 불걸음*으로 들어갔다. 문서방은 거꾸러졌다.

"아이구 어머니! 왜 울 어머니를 잡아가요? 응응…… 흑."

용례는 어머니의 팔목을 잡은 중국인의 손을 물어 뜯었다. 용례를 본 인가는 문서방의 아내는 놓고 문서방의 딸 용례를 잡았다.

"이 개새끼아! 이것 놔라…… 응응 흑…… 아이구 아버지…… 엄마!"

---

* 불두덩.

억센 장정 인가에게 티끌같이 연연한 처녀는 몸부림을 하면서 발악을 하였다.

"용례야! 아이구 우리 용례야!"

"에이구 응…… 너를 이땅에 데리구 와서 개 같은 놈에게……."

문 선방의 내외는 허둥지둥 달려갔다.

낯빛이 파랗게 질린 흰옷 입은 사람들은 쭉 나와서 섰건마는 모두 시체같이 서 있을 뿐이었다. 여편네 몇몇은 치맛자락으로 눈물을 씻었다.

의연히 제걸음을 재촉하는 볕은 서산위에 뉘엿뉘엿하였다. 앞강으로 올라오는 찬바람은 스르르 스쳐가는데 석양에 돌아가는 까마귀 울음은 의지 없는 사람의 넋을 호소하는 듯 처량하였다.

"에구 용례야! 부모를 못 만나서 네 몸을 망치는구나! 에구 이놈의 돈이 우리를 죽이는구나!"

문서방 내외는 그 밤을 인가의 집 울타리 밖에서 새었다. 누구 하나 들여다보지도 않는데 인가의 집에서 내놓은 개들은 두 내외를 잡아먹을 듯이 짖으며 덤벼 들었다.

이리하여 용례는 영영 인가의 손에 들어갔다. 며칠 후에 인가는 지금 문서방이 있는 빼허에 땅날갈*이라 있는 것을 문서방에게 주어서 그리로 이사시켰다. 문서방은 별별 욕과 애원을 하였으나 나중에 인가는 자기 집 일꾼들을 불러서 억지로 몰아내었다. 이리하여 문서방은 차마 생목숨을 끊기 어려워서 원수가 주는 땅을 파 먹게 되었다. 그것이 작년 가을이었다. 그 뒤로 인가는 절대로 용례를 밖으로 내보내지 않을 뿐만 아니라 그 어버이 되는 문서방 내외에게도 보이지 않았다.

'용례는 매일 밥도 안 먹고 어머니 아버지만 부르고 운다.'

하는 희미한 소식을 인가의 집에 가까이 드나드는 중국인들에게서 들

---

* 한나절 갈 수 있을 정도의 밭 넓이.

을 때마다 문서방은 가슴을 치고 그 아내는 피를 토하였다.

이리하여 문서방의 아내는 늦은 여름부터 아주 병석에 드러누웠다. 그는 병석에서 매일 용례만 부르고 용례만 보여달라고 졸랐다. 그래서 문서방은 벌써 세 번이나 인가를 찾아가서 말했으나 효과가 없었다.

이번까지 가면 네번째다. 이번은 어떻게 성사가 되는지?

(간도에 있는 중국인들은 조선 여자를 빼앗아가든지 좋게 사가더라도 밖에 내 보내지를 않고 그 부모에게까지 흔히 면회를 거절한다. 중국인은 의심이 많아서 그런다고 들었다.)

3

문서방은 울긋불긋한 채필로 '관운장'과 '장비'를 무섭게 그려 붙인 인가의 집 대문 앞에 섰다. 문밖에서 뼈다귀를 핥던 얼룩개 한 마리가 웡웡 짖으면서 달려들더니 이 구석 저 구석에서 개무리가 우 마 하고 덤벼들었다. 어떤 놈은 으르렁 으르고, 어떤 놈은 꼬리를 뒷다리 사이 에 바싹 끼면서 금방 물 듯이 송곳 같은 이빨을 악물었고, 어떤 놈은 대 들었다가는 뒷걸음을 치고 뒷걸음을 쳤다가는 대어들면서 산천이 무너 지게 짖고, 어떤 놈은 소리도 없이 코만 실룩실룩하면서 달려들었다. 그 여러 놈들이 문서방을 가운데 넣고 죽 돌아서서 각각 제멋대로 날뛴 다 그렇지 않아도 지금 개 때문에 대문 밖에서 기웃거리던 문서방은 이 사면초가를 어떻게 막으면 좋을지 몰랐다. 이러는 판에 한 마리가 획 들어와서 문서방의 바짓가랭이를 물었다.

"으악…… 꺼우디 (개를)!"

문서방은 소리를 치면서 돌멩이를 찾노라고 엎드리는 것을 보더니 개들은 일시에 뒤로 물러났으나 다시 덤벼들었다.

"챵우니 타마나가비(상소리다)."

안에서 개가죽모자를 쓰고 뛰어나오는 일꾼은 기단 호밋자루를 두루면서 개를 쫓았다. 개들은 물러가면서도 몹시 짖었다.

문서방은 수수깡이 지저분하게 널려 있는 마당을 지나서 왼편 일꾼들 있는 방문으로 들어갔다. 누릿하고 퀴지한 더운 기운이 후끈 낯을 스칠 때 얼었던 두 눈은 뿌연 더운 안개에 스르르 흐리어서 어디가 어디인지 잘 분간할 수 없었다.

"윈따야 랠라마(문영감 오셨소)?"

캉(구들)에서 지껄이는 중국인 중에서 누군지 첫인사를 붙였다.

"에헤 랠라 장구재(주인) 유(있소)?"

문서방은 어색한 웃음을 지었다. 얼었던 몸은 차차 녹고 흐리었던 눈앞도 점점 밝아졌다.

"쨩캉바(구들로 올라오시오)?"

구둘 위에서 나는 틱틱한 소리는 인가였다. 그는 일꾼들과 무슨 의논을 하던 판인가? 지껄이는 일꾼들은 고요히 앉아서 담배를 피우면서 호기심에 번득이는 눈을 인가와 문서방에게 보내었다.

어느 천년에 지은 집인지, 거미줄이 얽히설키 서린 천정과 벽은 아궁이 속같이 까만데 벽에 붙여놓은 삼국풍진도三國風塵圖며 춘야도리원도春夜桃李園圖는 이리저리 찢기고 그을었다. 그을음과 담배 연기에 싸여서 눈만 반짝반짝하는 무리들은 아귀도餓鬼道를 생각케 한다. 문서방은 무시무시한 기분에 몸을 부르르 떨었다.

"추옌바(담배 잡수시오)!"

인가는 웬일인지 서투른 대로 곧잘 하던 조선말은 하지 않고 알아도 못 듣는 중국말을 쓰면서 담뱃대를 문서방 앞에 내밀었다.

"여보 장구재! 우리 로포(아내)가 딸을 못 봐서 죽겠으니 좀 보여 주응……"

문서방은 담뱃대를 받으면서 또 전처럼 애걸하였다. 인가는 이마를 찡그리면서 볼을 불렀다.

"저게(아내) 마지막 죽어가는데 철천지한이나 풀어야 하잖겠소, 응? 한 번만 보여 주! 어서 그러우! 내가 용례를 만나면 꼬일까봐?…… 그럴리 있소! 이렇게 된 바에야…… 한 번만…… 낯이나…… 저 죽어가는 제 에미 낯이나 한 번 보게 해 주! 네 제발!……."

"안 되우! 보내지 모하겠소. 우리지비 문바께 로포(아내—용례를 가리키는 말) 나갔소. 재미어부소."

배짱을 부리는 인가의 모양은 마치 전당포 주인과 같은 점이 있었다. 문서방의 가슴은 죄였다. 아쉽고 안타깝고 슬픔이 어울어지더니 분한 생각이 났다. 부뚜막에 놓은 낫을 들어서 인가의 배를 왁 긁어놓고 싶었으나 아직도 행여나 하는 바람과 삶에 대한 애착심이 그 분을 제어하였다.

"그러지 말고 제발 보여 주오! 그러면 내 아내를 데리구 올까? 아니 바람을 쏘여서는…… 엑 죽어두 원이나 끄고 죽게 내가 데리고 올께 낯만 슬쩍 보여 주오, 네? 흑 엑…… 제발……."

이십 년 가까이 손끝에서 자기 힘으로 기른 자기 딸을 억지로 빼앗긴 것도 원통하거든 그나마 자유로 볼 수 없이 되는 것을 생각하니……. 더구나 그 우악한 인가에게 가슴과 배를 사정없이 눌리이는 연연한 딸의 버둥거리는 그림자가 눈앞에 언듯하여 가슴이 꽉 막히고 사지가 부르르 떨리면서 주먹이 쥐어졌다. 그러나 뒤따라 병석의 아내가 떠오를 때 그의 주먹은 풀리고 머리는 숙었다.

"넬리 또 왔소 이얘기하오! 오늘리디 울리디 일이디 푸푸디! 많이 있소!"

인가는 문서방을 어서 가라는 듯이 자기 먼저 캉(구들)에서 내려섰다.

"제발 이리지 말구! 으흑 흑…… 제제 제발 단 한 번만이라두 낯만…… 으흑흑응!"

문서방은 인가를 따라 밖으로 나오면서 울었다. 등뒤에서는 웃음소리가 들렸다. 그러나 그 웃음 소리는 이때의 문서방에게는 아무러한 자극도 주지 못하였다.

"자— 이거 적지만……."

마당에 한참이나 서서 무엇을 생각하던 인가는 백조百吊짜리 관체(官帖—돈) 석 장을 문서방의 손에 쥐였다. 문서방은 받지 않으려고 했다. 더러운 놈의 더러운 돈을 받지 않으려 하였다. 그러나 지금 붙어먹는 밭도 인가의 밭이다. 잠깐 사이 분과 설움에 어리어서 튀기던 돈은—돈 힘은 굶고 헐벗은 문서방을 누르지 않을 수 없었다. 그는 못 이기는 것처럼 삼백 조를 받아넣고 힘 없이 나오다가,

'저 속에는 용례가 있으려니!'

생각하면서 바른편에 놓인 조그마한 집을 바라볼 때 자기도 모르게 발길이 도로 돌아섰다. 마치 거기서는 용례가 울면서 자기를 부르는 것 같았다. 그러나 인가는 문서방을 문밖에 내보내고 문을 닫아 잠겄다.

문밖에 나서니 천지가 아득하였다. 발길이 돌아가지 않았다. 사생을 다투는 아내를 생각하면 아니 가든 못 할 일이고 이 울타리 속에는 용례가 있거니 생각하면 눈길이 다시금 울타리로 갔다.

그가 바위 모롱이 빙판에 올 때까지 개들은 쫓아나와 짖었다. 그는 제 분김에 한마리 때려잡는다고 얼른 돌멩이를 집어들었다가, 작년 가을에 어떤 조선 사람이 어떤 중국사람의 개를 때려죽이고 그 사람이 주인에게 총맞아 죽은 일이 생각나서 들었던 돌멩이를 헛뿌렸다.

돌아떨어지는 겨울해는 어느새 강 건너 봉우리 엉성한 가지끝에 걸렸다. 바람은 좀 자고 날씨는 맑으나 의연히 추워서 수염에는 우물가처럼 어름 보쿠지*가 졌다.

---

* 눈이나 물이 얼었던 곳에 다시 얼음이 더께로 어는 것.

4

눈옷 입은 산봉우리 나뭇가지 끝에 남았던 붉은 석양볕이 스르르 자취를 감추고 먼 동쪽 하늘가에 차디찬 연자주빛이 싸르르 돌더니 그마저 스러지고 쌀쌀한 하늘에 찬별들이 내려다보게 되면서 부터 어둑한 황혼빛이 '빼허'의 좁은 골에 흘러들어서 게딱지 같은 집 속까지 흐리기 시작하였다.

꺼먼 서까래가 드러난 수수깡 천정에는 그을은 거미줄이 흐늘흐늘 수없이 드리우고, 빈대 죽인 자리는 수목으로 댓잎(竹葉)을 그린 듯이 흙벽에 빈틈이 없는데 먼지가 수북한 구들에는 구름깔개(참나무를 엷게 밀어서 결은* 자리)를 깔아 놓았다. 가마 저편 바당(부엌)에는 장작개비가 흩어져 있고 아궁이에서는 벌건 불이 훨훨 붙는다.

뜨끈뜨끈한 부뚜막에는 문서방의 아내가 누덕이불에 싸여 누웠고 문앞과 웃목에는 이웃집 사람들이 모여 앉았는테 지금 막 '달리소' 인가의 집에서 돌아온 문서방은 신음하는 아내의 가슴에 손을 얹고 앉았다.

등꽂이에 켜놓은 등(삼대에 겨를 올려서 불켜는 것)불은 환하게 이 실내의 이 모든 사람을 비췄다.

"용녜야! 용녜야! 용녜야!"

고요히 누웠던 문서방의 아내는 마지막 소리를 좀 크게 질렀다. 문서방은 아내의 가슴을 지그시 눌렀다.

"에구, 우리 용녜! 우리 용녜를 데려다 주구려!"

그는 눈을 번쩍 뜨면서 몸을 흔들었다.

"여보 왜 이러우. 용녜가 지금 와요. 금방 올걸!"

어린애를 달래듯 하면서 땀내가 꽤 저분한 아내의 얼굴을 내려다보

---

* 풀어지거나 자빠지지 않도록 서로 얽은 모양.

는 문서방의 눈은 흐렸다.

"에구, 몹쓸 놈(인가)두!

저런 거 모르는 체하는가? 음!"

윗목에 앉은 늙은 부인은 함경도 사투리로 구슬피 뇌었다.

"허 그러게 되놈(胡人)이라지! 그놈덜께 인륜人倫이 있소?"

문앞에 앓았던 한관청은 받아쳤다.

"용녜야! 용녜야! 흥 저기 저기 용녜가 오네!"

문서방의 아내는 쑥 꺼진 두 눈을 모듭떠서 천정을 뚫어지게 보면서 보기에 아츠러운 웃음을 웃었다.

"어디? 아직은 안 오. 여보, 왜 이러우? 정신을 채리우 응!"

문서방의 목소리는 떨렸다.

"저기 엑…… 용…… 용녜…….."

그는 눈을 더 크게 뜨고 두 뺨의 근육을 경련적으로 움직이면서 번쩍 일어났다. 문서방은 아내의 허리를 안았다. 그는 또 정신에 착각을 일으켰는지, 창문을 바라보고 뛰어나가려고 하면서—

"용녜야! 용녜 용녜……저 저기 저기 용녜가 있네! 용녜야! 어디 가니 용녜야! 네 어디 가느냐? 으응."

고함을 치고 눈물 없는 울음을 우는 그의 눈에서는 파란 불빛이 번쩍하 였다. 좌중은 모진 짐승의 앞에나 앉은 듯이 모두 숨을 죽이고 손을 들 었다. 문서방은 전신의 힘을 내어서 아내의 허리를 안았다.

"하하하 (그는 이상한 소리를 내어 웃다가 다시 성을 잔뜩 내면서)…… 용 녜! 용녜가 저리로 가는구나! 으응…… 저놈이 저놈이 웬 놈이냐?"

하면서 한참 이를 악물고 창문을 노려보더니

"저 저…… 이놈아! 우리 용녜를 놓아라! 저 되놈이, 저 되놈이 용녜 를 잡아가네! 이놈 놔라! 이놈 모가지를 빼놓을 이 이…….."

그의 눈앞에는 용례를 인가에게 빼앗기던 그때가 떠올랐는지, 이를 빡 갈면서 몸을 번쩍 일으켜 창문을 향하고 내달았다.

"여보 정신을 차리오! 여보 왜 이러우! 아이구 응!······."

쫓아나가면서 아내의 허리를 안아서 뒤로 끌어들이는 문서방의 소리
는 눈물에 젖었다.

"이놈아! 이게 웬 놈이 남을 붙잡니? 응 으윽."

그는 두 손으로 남편의 가슴을 밀다가도 달려들어서 남편의 어깨를
물어 뜯으면서,

"이것 놔라! 에구 용녜야, 저게 웬 놈이······ 에구구······ 저놈이 용녜
를 깔고 안네!"
하고 몸부림를 탕탕 하는 그의 눈에는 핏발이 서고 낯빛은 파랗게 질
렸다.

이때 한관청 곁에 앉았던 젊은 사람은 얼른 일어나서 문서방을 조력
하였다. 끌어들이려거니 뛰어나가려거니 하여 밀치고 당기는 판에 등
꽂이가 넘어져서 등불이 펄렁 죽어 버렸다. 방안은 갑자기 깜깜하여지
자 창문만 희슥하였다.

"조심들 하라니! 엑 불두!"

한관청은 등을 화로에 대이고 푸푸 불면서 툭덕툭덕하는 사람들께
주의를 시켰다. 불은 번쩍하고 켜졌다.

"우우 쏴 — 스르륵."

문을 치는 바람 소리가 요란하였다.

"엑 또 바람이 나는 게로군 ! 날쎄두 폐릅(괴상하)다."

한관청은 이렇게 뇌이면서 등꽂이에 등을 꽂고 몸부림하는 문서방
내외와 젊은 사람을 피하여 앉았다.

"이것 놓아 주오! 아이구, 우리 용녜가 죽소! 저 흉한 되놈에게 깔려
서······ 엑 저저······ 저것 봐라! 이놈, 네 이놈아! 에이구 용녜야! 용녜
야! 사람 살려 주오! (소리를 더욱 높여서)우리 용녜를 살려 주! 응으윽 에

엑끅……."

그는 마지막으로 오장육부가 쏟아지게 소리를 지르다가 검붉은 핏덩이를 왈칵 토하면서 앞으로 거꾸러졌다.

"으윽!"

"응 끔직두 한게!"

하면서 여러 사람들은 거꾸러진 문서방의 아내 앞에 모여들었다.

"여보! 여보! 아이구 정신 좀……."

떨려 나오는 문서방의 소리는 절반이나 울음으로 변하였다.

거불거불하는 등불 속에 검붉은 피를 한 말이나 토하고 쓰러진 그는 낯이 파랗게 되어서 숨결이 없었다.

"허! 잡싱(雜神)이 붙었는가?"

"으흠 응! 으흠 응? 각확제방 심미기, 두우열로 구슬벽……."

여러 사람들과 같이 문서방의 아내를 부뚜막에 고요히 뉘어 놓은 한관청은 귀신을 쫓는 경문이라고 발음도 바로 못 하는 이십팔수를 줄줄 읽었다.

"으응응…… 흑흑…… 여여보!"

문서방의 목메인 울음을 받는 그 아내는 한관청의 서투른 경문 소리를 듣는지 마는지, 손발은 점점 식어가고 낯은 파랗게 질렸는데, 무엇을 보려고 애쓰던 눈만은 멀거니 뜨고 그저 무엇인지 노리고 있다. 경문을 읽던 한관청은,

"엑 인제는 늙어가는 사람이 울기는? 우지 마오! 이내(곧) 살아날 꺼!"

하고 문서방을 나무라면서 문서방의 아내 앞에 다가앉더니 주머니에서 은동침(어느 때에 얻어둔 것인지?)을 꺼내 문서방 아내의 인중(人中)을 꾹 찔렀다. 그러나 점점 식어가는 그는 이마도 찡기지 않았다. 다시 콧구멍에 손을 대어 보았으나 숨결은 없었다.

바람은 우우 쏴— 하고 문에 눈을 들이켰다. 여러 사람은 약속이나

한 듯이 두려운 빛을 띤 눈으로 창을 바라보았다.

"으응 에이구! 여보! 끝끝내 용녜를 못 보고 죽었구려…… 잉잉…… 흑."

문서방은 울기 시작하였다. 그 울음소리는 고요한 방안 불빛 속에 바람 소리와 함께 처량하게 흘렀다.

"에구 못된 놈(인가)도 있는게!"

"에구 참 불쌍하게두!"

"흥 우리도 다 그 신세지!"

무시무시한 기분에 싸여서 낯빛이 푸르러 가는 여러 사람들은 각각 한마디씩 뇌었다. 그 소리는 모두 갈 데 없는 신세를 호소하는 듯하게 구슬프고 힘없었다.

5

문서방의 아내가 죽은 그 이튿날 밤이었다. 그날밤에도 바람이 몹시 불었다. 그 바람은 강바람이어서 서북에 둘리인 산 때문에 좀한* 바람은 움쩍도 못 하던 달리소(문서방의 사위 인가의 땅)까지 범하였다. 서북으로 산을 등지고 앞으로 강건너 높은 절벽을 대하여 강골밖에 터진 데 없는 달리소는 강바람이 들어차면 빠질 데는 없고 바람과 바람이 부딪쳐서 흔히 회오리바람이 일게 된다. 이날밤에도 그 모양으로 달리소에는 회오리바람이 일어서 낫가리가 날리고 지붕이 날리고 산천이 울려서 혼돈이 배판**할 때 빙세계나 트는 듯한 판이라 사람은 커녕 개와 도야지도 굴 속에서 꿈쩍 못하였다.

밤이 퍽 깊어서였다.

차디찬 별들이 총총한 하늘 아래, 우렁찬 바람에 휘날리는 눈발을 무

---

* 어지간한.
** 배판하다. 별러서 차리다.

릅쓰고 달리소 앞강 빙판을 건너서 달리소 언덕으로 올라가는 그림자가 있다. 모진 바람이 스치는 때마다 혹은 엎드리고 혹은 우뚝 서기도 하면서 바삐바삐 가던 그림자는 게딱지 같은 지팡살이집 근처에서부터 무엇을 꺼리는지 좌우를 슬몃슬몃 보면서 자취를 숨기고 걸음을 느리게 하여 저편으로 돌아가 인가의 집 높은 울타리 뒤로 돌아갔다.

"으르릉 웡웡."

하자 어느 구석에서인지 개가 한 마리, 두 마리, 세 마리, 네 마리 나와서 짖으면서 그 그림자를 쫓아간다. 그 개소리는 처량한 바람 소리 속에 싸여 흘러서 건너편 산을 즈르릉 즈르렁 울렸다

"꽝! 꽝꽝."

인가의 집에서는 개짖음에 홍우재(마적)나 몰아오는가 믿었던지 헛총질을 너댓 방이나 하였다. 그 소리도 산천을 울렸다. 그 바람에 슬근슬근 가던 그림자는 획 돌아서서 손에 들었던 보자기를 개 앞에 던졌다. 보자기는 터지면서 둥글둥글한 것이 우루루 쏟아졌다. 짖으면서 달려오던 개들은 짖기를 그치고 거기 모여들어서 서로 물고 뜯고 빼앗아 먹는다. 그러는 사이에 그림자는 인가의 울타리 뒤에 산같이 쌓아놓은 보릿짚 더미에 가서 성냥을 쭉 긋더니 뒷산으로 올리닫는다.

처음에는 바람 속에서 판득판득하던 불이 삽시간에 그 산 같은 보릿짚 더미에 붙었다.

"훠쓰(불이야)!"

하는 고함과 같이 사람의 소리는 요란하였다. 모진 바람에 하늘하늘 일어서는 불길은 어느새 보릿짚 더미를 살라 버리고 울타리를 살라 버리고 울타리 안에 있는 집에 옮았다.

"푸우 우루루루 쏴아……."

동풍이 몹시 이는 때면 불기둥은 서편으로, 서풍이 몹시 부는 때면 불기둥은 동으로 쓸려서 모진 소리를 치고 검은 연기를 뿜다가도 동서

풍이 어울치면 축늉(火神)의 붉은 혓발은 하늘하늘 염염이 타올라서 차디찬 별—억만 년 변함이 없을 듯하던 별까지 녹아내릴 것같이 검은 연기는 하늘을 덮고 붉은 빛은 깜깜하던 골짜기에 차 흘러서 어둠을 기회로 모아들었던 온갖 요귀妖鬼를 몰아내는 것 같다. 불을 질러놓고 뒷숲속에 앉아서 내려다보는 그 그림자— 딸과 아내를 잃은 문서방은,

"하하하……."

시원스럽게 웃고 가슴을 만지면서 한 손으로 꽁무니에 찼던 도끼를 만져 보았다.

일 동리 사람들과 인가의 집 일꾼들은 불붙는 데 모여들었으나 모두 어쩔 줄을 모르고 떠들고 덤비면서 달려가고 달려올 뿐이었다.

그러는 사이에 울타리는 물론 울타리 속에 엉큼히 서 있던 큰 집 두 채도 반이나 타서 쓰러졌다.

이런 불 속으로부터 여러 사람이 오고 가는 밭 가운데로 튀어나가는 두 그림자가 있었다. 하나는 커단 장정이요, 하나는 작은 여자이다. 뒷산 숲에서 이것을 본 문서방은 그 두 그림자를 향하여 내리뛰었다. 그는 천방지방 내리뛰었다. 독살이 잔뜩 올라서 불빛에 번쩍이는 그의 눈에는 이 두 그림자 밖에는 아무것도 보이지 않았다.

"으윽 끅."

문서방이 여러 사람을 헤치고 두 그림자 앞에 가 섰을 때 앞에 섰던 장정의 그림자는 땅에 거꾸러졌다. 그때는 벌써 문서방의 손에 쥐었던 도끼가 장정 인가의 머리에 박혔다. 도끼를 놓은 문서방의 품에는 어린 여자의 그림자가 안겼다. 용례가…….

그 바람에 모여섰던 사람들은 혹은 허둥지둥 뛰어버리고 혹은 뒤로 자빠져서 부르르 떨었다. 용례도 거꾸러지는 것을 안았다.

"용례야! 놀라지 마라! 나다! 아버지다! 용례야!"

문서방은 딸을 품에 안으니 이때까지 악만 찼던 가슴이 스르르 풀리

면서 독살이 올랐던 눈에서 뜨거운 눈물이 떨어졌다. 이렇게 슬픈 중에
도 그의 마음은 기쁘고 시원하였다. 하늘과 땅을 주어도 그 기쁨을 바
꿀 것 같지 않았다.

그 기쁨! 그 기쁨은 딸을 안은 기쁨만이 아니었다. 적다고 믿었던 자
기의 힘이 철통같은 성벽을 무너뜨리고 자기의 요구를 채울 때 사람은
무한한 기쁨과 충동을 받는다.

불길은— 그 붉은 불길은 의연히 모든 것을 태워 버릴 것처럼 하늘
하늘 올랐다.

—1926년 12월 4일 오전 6시.

서막

서천에 기우는 쌀쌀한 초가을 볕은 ×잡지사 이층 편집실 유리창으로 불그레 흘러 들었다.

"오늘은 끝을 내야지……. 오늘도 끝을 안 내주면 어떡한단 말이오?"

몸집이 호리호리하고 얼굴이 길죽한 김은 불도 피우지 않은 난로 앞에 서서 가는 눈을 심술궂게 굴렸다.

"글쎄 어째 대답이 업소?"

저편 남창 앞에 놓인 의자에 비스듬히 걸터 앉아서 담배를 피우는 최는 김의 말을 부축하는 듯이 퉁명스럽게 말하면서 동창 아래 책상에 기대여 앉은 주간을 건너다보았다. 뚱뚱한 몸집에 어울리지 않는 작은 키를 가진 주간은 아무 말도 없이 담배를 피우면서 거리를 내려다보고 있다.

"여보 주간 영감?"

퉁명스러운 굵은 소리로 부르는 것은 입술이 두터운 강이란 사람이었다. 그 소리에 주간은 슬그머니 머리를 돌려서 강을 건너다 보았다. 김이 서 있는 난로 앞 의자에 앉아서 신문을 보고 있던 강은 신문축을 저편 책상 위에 휙 집어던지면서,

"그래 우리 소리는 개소리오? 왜 대답이 없소?"

하고 주간을 뚫어지게 건너다보았다.

"입이 붙었어요?"

가는 눈으로 강과 같이 주간을 건너다보는 김의 소리는 빈정대는 듯하였다.

"하하하."

주간은 기가 막힌다는 듯이 입을 커다랗게 벌려서 웃었다.

"입은 안 붙었군! 웃는 걸 보니 힝."

하고 김이 빈정대는 바람에 최와 강도 벙긋하였다. 그러나 주간의 두 눈은 실룩하여졌다.

"그렇게 웃으면 만사가 편한 줄 아시오? 당신은 배가 부르니 웃음이 나지만……."

최의 말이 끝나기도 전에 강은 주간의 앞으로 의자를 끌면서,

"그래 어떻게 작전인지 어서 요정을 내야지* 인제는 우리도 더 참을 수가 없는데요?"

하는 소리는 좀 순탄하였다.

"글쎄 나만 조르면 어떡하오."

주간은 저편 북편 벽 석고 옆에 놓인 책상 앞 의자에 말없이 머리를 떨어뜨리고 앉아 있는 회계를 흘끔 건너다보면서 뇌였다.

"그러면 누구 보고 말하랍니까? 아하 우리는 주간의 지휘를 받았으니 주간에게 말해야지 그럼 회계보고요."

김의 말,

"글쎄 여러분 생각해 보시구려—. 내가 돈을 가졌으면야 여러분의 월급을 안 드릴 리 있습니까?"

주간의 소리는 한고삐 늦추는 수작이었다.

---

* 끝을 내다.

"회계 선생은 왜 저러구만 계시우?"

주간의 말이 떨어지자마자 최는 회계를 건너다보았다. 회계는 머리를 겨우 들어서 이편을 보면서 어색히 웃을 따름이었다. 회계는 사장의 심복지인으로 있는 사람이었다.

"그런데 아마도 무슨 일이 단단히 있는 게야? 왜 주간은 회계나 사장을 보고 말 한마디 못 하오?"

최가 부르짖는 바람에 김은 머리를 끄덕거리면서 회계와 주간을 번갈아 건너다 보았다. 이때 회계와 주간은 시선을 언뜻 마주치더니 피차 외면을 하는 낯에는 무슨 고민의 빛이 흘렀다.

"주간과 영업부장(회계)이 배가 맞아가지고 저희끼리는 월급을 먹은 게지?"

김은 속을 다 안다는 듯이 주간을 보았다.

"아 그건 참 애매한 소리오! 여보 나도 쌀이 없어서 쩔쩔매는 판인데……. 하하 참 기막힌 소린데……."

주간은 변명변명을 하면서 기가 막혀 웃는다.

"뭘 쌀이 없어? 쌀 없는 사람이 술만 잘 먹더라! 그럼 당신네가 배 맞은 줄 우리가 모르는 줄 아오."

강은 신이 나서 소리를 높였다.

"어떻게 배가 맞았단 말이오? 배가 맞다는 것이 어떤 것이오?"

주간의 언성도 높았다.

"그럼 배 안 맞은 게 무언구? 둘이 밤낮 기생집 술집으로 돌아다니면서……. 남은 밥을 굶기고 제 혼자들만 술을 처먹으니 배 안 맞은 게 무에요?"

강은 펄쩍 뛰는 듯이 의자에서 일어섰다.

"누가 기생집 술집이오? 어디서 보았소?"

주간은 눈에 핏발이 서도록 악을 썼다.

"으응 알았다. 인제 알았다. 네놈들 속을 인제 알았다. 어젯밤에 ××란 사람하고 ××신문사에 있는 ××하고 명월관에 가서 한턱 한 것은 누군데?"

강은 호령이나 하는 듯이 끝소리를 길게 뽑으면서 주간을 노려보았다.

"응 그런가? 자네는 주간을 졸르게. 나는 회계와 말함세! 두 달 월급이나 지불치 않고 저희는 술을 먹어? 좋다. 여보 회계 우리도 한턱 주구려!"

최는 한 걸음 회계편으로 다가섰다. 회계는 말없이 돌아앉아서 장부를 뒤지고 있다.

"하하 그건? ××가 낸 턱이지 어디 내가 낸 턱이오."

주간은 순스럽게 대답하면서 강을 쳐다보았다. 그때 이편에서는 최가 회계를 졸랐다.

"여보 영업부장! 이렇게 우리도 좋은 낯으로 말할 때 해결을 지어야지 그렇지 않아서는 재미가 적을걸……."

이렇게 최가 회계를 졸르는데 강은 주간을 보면서,

"뭐 오늘 아침에 ××를 만났는데……."

"자 예서 이래서는 소용이 없으니 우리 사장을 찾아가세……. 가서 모가지를 분질러 버려야지……."

가운데 잠잠히 섰던 김의 소리에 최와 강은 약속이나 한 듯이,

"그래!"

하면서 층계가 있는 편을 향하고 나가려 하였다.

"글쎄 사장한테 가면 무엇하오?"

주간은 딱한 듯이 물었다.

"하긴 뭘 해? 월급 달라지!"

"그러지 말고 며칠 더 참아 봅시다."

주간은 아무쪼록 가지 말아 달라는 표정이었다.

"글쎄 그 양반도 지금 돈이 융통이 되지 못해서 하시는 판인데……. 좀 참으시면……."

회계는 의자에서 일어나 여러 사람들 앞으로 오면서 어색한 웃음을 지었다.

"응 돈이 없어서 안 주면 달란 말도 안 해?"

최는 퉁명스럽게 말하면서 뒤에 섰다가 앞으로 나아갔다.

"그런 소리 저런 소리 할 것 있나? 가 보고 안 주면 가마라도 뽑아 오지?"

가운데 섰던 김은 어느새 층계 어구에 갔다.

"그래 안 주면 가마는? 모가지를 도려 놓지!"

세 사람은 다 같이 층계로 내려가려고 하였다.

"글쎄 내 말씀 잠깐 들으오!"

주간은 달려 나오면서 여러 사람의 앞을 가로막아 섰다.

"며칠만 좀 참아요! 가도 그렇게 가면 무슨 수가 있오? 사장도 돈이 있어야지 또 지금 가도 못 만날 터인데……."

주간은 딱하다는 듯이 말하면서 여러 사람의 낯을 번갈아 쳐다보았다.

"자 그럽시요? 제가 오늘 사장댁에 가겠어요!"

따라나온 회계도 애걸하듯이 말하였다.

"이건 가는 사람을 못 가게 할 텐가?"

"가는 자유까지 막나?"

"물러나! 나는 가서 결정을 지어야지! 그 전에는 안 돼……."

세 사람은 서로 볼부은 소리를 하면서 주간을 밀치고 내려가려고 하였다.

"아따 이 사람들 장하다!"

밀치어 나서는 주간은 빈정대는 소리로 뇌였다.

"뭣?"

층계를 내려디디는 강은 주간을 쳐다보았다.

"무어 어찌구 어째?"

"이게 주간인가 편집국장인가?"

최와 김도 강과 같이 주간을 뚫어지게 건너다보았다.

"그런데 반말은 왠 반말이야?"

주간의 소리는 열이 잔뜩 올랐다.

"반말? 그래 반말하면 어때."

강의 말.

"받을 돈 받으면 그만이지 이렇게 어수선은 웬 어수선이야?"

주간은 버티는 수작이었다.

"이게 왜 이리서요? 그만두서요."

곁에 서 있던 회계는 낯빛이 질려서 싸움을 말린다.

3

"그럼 받을 돈 받으면 그만이지……. 그래 어서 줄 돈 주어야지?"

최가 달려들었다.

"하 이 사람이 미쳤나!"

"아따 요놈 별소리 다하네!"

최는 주간의 멱살을 잡았다.

"이놈이 미쳤나? 뉘 멱살을 잡니?"

주간은 발악을 하면서 최의 멱살을 잡았다. 이때 곁에 서 있던 회계

는 최와 주간의 손을 잡으면서,

"글쎄 왜들 이리서요? 좀 참으셔요. 최 선생! 저를 보시구 제발 이리
지 마셔요……."

하고 애걸복걸을 한다. 그 바람에 최는 손을 놓고 성난 소처럼 씩씩하
면서 주간을 건너다본다.

"자 가세!"

여러 사람들은 다시 층계를 내려왔다.

"망할 놈들 가면 갔지."

층계를 한 절반이나 내려왔을 때 위에서 꿍얼거리는 소리가 세 사람
의 귀에 들렸다.

"저놈의 자식 아직도 혼이 덜 난 게로군!"

가운데 섰던 강이 성난 소리로 꿍얼거리면서 올리닫는 바람에 두 사
람도 도로 올라왔다.

"여보 주간! 무에 어째?"

입술이 두툼한 강은 눈을 부릅뜨고 주간의 앞에 달려들어,

"이놈이 아직도 뜨끔한 맛을 못 봤구나! 월급을 달라는데 무에 어찌
구 어째? 그래 우리가 그렇게 만만하더냐? 네놈의 배만 채우면 가만
있을 줄 알았니?"

하고 멱살을 잡아서 끌었다. 싸움이 터졌다. 주간과 강은 서로 밀치고
밀리면서 멱살을 잡고 차고 때린다.

"이놈아 가자? 이놈! 네놈을 앞에 세워 놓고 받아내야 하겠다. 이놈
이 무슨 작죄가 있는 게지 사장이 네 애비냐 네 하래비냐?"

강은 주간의 다리를 드립다 찼다. 꽝 하고 널판 위에 쓰러지는 주간은

"엑 아이구 이놈이 사람 죽이오!"

하고 슬프게 부르짖었다.

"아이구 이것 그만두셔요."

회계는 울 듯이 달려들어서 강의 팔목을 잡았다.

"가만히 있어. 이놈들 두 놈을 한매에 때려서……."

강은 벌떡 일어서더니 의자를 둘러메었다.

"아이쿠."

회계는 낯빛이 질려서 저편으로 뛰어가고 몸집이 뚱뚱한 주간은 얼른 일어나지 못하고 팔과 다리로 저항이나 하는 듯이 들었다.

"여보게 이리 말게."

곁에 서서 빙그레하던 최와 김은 달려들어서 일변 강이 잡은 의자를 빼앗았다. 강은 그래도 못 참겠다는 듯이,

"이놈을 그저 둬? 오늘은 요정을 내야 한다. 자네들 가서 사장놈을 좀 잡아오게? 세 놈을 한데 모아놓고 어디 모가지를 도리세."

하면서 주간을 그저 뚫어지게 본다. 주간은 무색한 듯이 엉금엉금 일어나더니 모자를 집어썼다.

"가긴 어디로?"

강은 툭 쏘면서 주간의 앞으로 대어들었다. 그러나 주간은 아무 대답도 없이 그저 나가려고 하는지라 강은 주간의 팔을 잡아서 홱 뒤로 끌어 제치면서,

"야가 아직도 이리 뻣뻣하냐? 요정을 내야지!"

하는 바람에 주간은 아무 말도 없이 의자에 털썩 주저앉았다.

"여보 회계! 장부 좀 봅시다."

김은 회계의 곁으로 가면서 크게 소리를 쳤다.

"네……."

회계는 놀라운 듯이 김을 쳐다보았다.

"네라니 그렇게 큰 소리를 못 들었소? 우리와는 상관없는 일이지만 장부를 좀 보여 주셔요!"

하면서 김은 저편에 놓인 회계의 책상 앞아 가서 장부에 손을 대었다.

"장부는 보시면 뭘 하셔요?"

회계는 어느새 김의 앞에 와서 섰다.

"이건 왜 이래 좀 보면 어떻소?"

하고 커다란 장부를 뽑아서 뒤적거리다가 곁에 세워놓은 초일기도 빼어서 뒤진다.

"자— 이게 웬 돈이야? 자 이래도 아니라고 앙탈을 할까?"

4

장부를 뒤지던 김이 무슨 수나 난 듯이 떠들어 놓는 바람에 최와 강은 그리로 갔다.

"어디 무어야? 응 박영선(朴榮善—주간) 꺼로 팔십 원! 무어야 시월 수당?"

이렇게 강이 또 떠들었다. 회계는 머리를 숙이고 주간은 또 벌떡 일어섰다.

"애! 주간…… 잠깐 섰게…… 주간인지 개다린지 오늘은 그저 둘 수 없는데…… 나는 그래도 오늘까지 저를 믿었지!"

이때까지 별로 떠들지 않던 김은 나가려는 주간을 잡았다. 이쪽에서는 이렇게 손객이를 하는데 저쪽에서는 강이 회계를 깔고 앉아서,

"이놈아 바로 말해라! 어떻게 된 셈이냐?"

하고 조른다. 소 같은 강에게 깔려서 겔겔하는 회계는 최를 쳐다보면서

"아이구 최 선생 이것 좀 보시요."

하였다. 이러는 판에 어디로 심부름 갔던 하인이 층계를 탕탕 구르고 올라와서 이 광경을 보더니 눈을 둥글해서,

"이게 웬 일입니까?"

하고 주간의 멱살을 틀어잡은 강의 손을 잡았다.

"너는 어디 가서 그리 오래 있니? 이런 놈 좀 때려 죽이지! 너도 월급을 못 받았지? 이놈을 죽여라."

하고 최는 주간의 귀빼기를 보기좋게 올렸다.

"아이구! 이놈!"

주간은 소리를 지르더니 그 자리에 거꾸러졌다.

"아이구? 선생님 이것 그만둡시요."

하인은 눈이 둥그래서 말린다.

"이놈 같으니 이 천참만육을 할 놈들 같으니. 응 일은 우리가 죽게 하고 배는 너희가 채우고? 그리고도 큰소리를 한담! 이 때려 죽일 놈 같으니라구!"

최는 쓰러진 주간을 꿍꿍 밟고 차더니 독살이 잔뜩 오른 눈으로 하인을 보면서,

"거 사장집에 가서 사장놈 오라구 해라! 어서 얼른!"

하였다.

"아 왜 이리서요? 강 선생님 그만두셔요."

하인은 황송한 듯이 허리를 굽실하면서 벙긋하였다.

"왜 이러다니 이 민숭어놈 같으니 너는 월급이 싫으냐?"

최는 뚫어지게 하인을 보면서 어성을 높였다. 그 바람에 하인은 어쩔 줄을 모르고 엉거주춤하였다.

"왜 이러구 섰어? 갔다오면 갔다오는 것이지? 그래야 너도 돈이 생긴다."

"어서 갔다와!"

저편에 서 있는 김까지 최와 같이 하인을 책망하는 바람에 하인은 허리를 굽실하면서 나가려고 하였다.

"여보게 여보게 날 좀 보게."

회계를 깔고 앉았던 강은 하인을 부르더니,

"사장집에 가서 사장을 보고 우리가 오라더란 말은 말고 회계 선생님과 주간 선생님이 곧 좀 오시라고 하십디다고 말하고 여기 일은 말 말게. 여기 눈치를 보여서는 그 구렁이 같은 놈이 오겠나?"

하였다. 하인은 나갔다.

*

짧은 겨울 해가 차츰 장안 행길에서 빛을 거둘 때에 사장은 하인과 같이 층계를 구르고 편집실로 올라왔다. 키가 커닿고 얼굴이 얽은 사장은 층계로 올라와서 방안을 보더니 의아한 낯빛으로 이 사람 저 사람을 본다.

이때는 분주하던 실내가 고요하여지고 여러 사람은 각각의 의자에 앉아서 이마를 찡그리고 담배를 피웠다.

"오십니까?"

회계가 먼저 일어서서 어색한 소리로 사장을 보면서 허리를 굽실하는데 주간도 따라 일어나서면서,

"어서오서요."

하였다. 그러나 김, 최, 강은 뻣뻣이 거만스럽게 앉아서 사장을 바라보고 회계와 주간을 보면서 입을 비쭉하였다.

"무슨 일에 불렀소?"

사장은 사장석에 앉으면서 주간을 건너다보았다.

"네! 사장을 오시라고 한 것은 저희들이올시다."

주간의 대답이 나오기 전에 강은 트집잡는 어조로 내쏘면서 사장을 보았다. 사장은 너무도 의외의 일에 강을 의아한 눈초리로 바라보았다.

5

"오시라구 한 것은 다름이 아니라 월급을 지불해 줍시사고 한 일입

니다."

강은 가장 공손한 듯이 말하였다.

"어떻게 변통을 해 주셔야 하겠습니다."

최도 공손하게 말하였다.

"그래 부르셨소!"

사장은 불쾌한 안색으로 강을 대하였다

"네!"

김, 최, 강의 세 사람은 약속이나 한 듯이 대답하였다.

"그만 일은 여기 주간이 계시니 주간하고 말씀하시지 나까지 부를께 무엇있소?"

사장의 어조는 아니꼽게 나왔다.

"그렇게 오라 하신 게 허물될 게야 무엇이 있습니까?"

하고 최가 먼저 비꼬는데 강은 주간을 보면서 사장에게,

"어디 주간이 안다구 합니까? 주간은 모른다구만 하니 어찌합니까?"

하였다.

"주간 왜 모른다구 했소?"

하고 사장은 노염 있는 눈으로 주간을 건너다보는데 그 노염은 거짓 노염 같아서 위엄없이 보였다

"허허 제가 언제 모른다구……."

주간은 외면을 하면서 코웃음을 쳤다.

"이놈들을 그저 두어서는 늘 그 꼴이 되겠으니 주먹맛을 좀 보여 주어야 하겠군!"

하고 강은 사장의 앞으로 가더니,

"그래 월급을 못 주겠어? 응 어떤 놈은 주고 어떤 놈은 따돌리나?"

하면서 멱살이라 잡을 듯이 달려들었다.

"이게 무슨 해거요? 내가 돈을 두고 안 주우?"

사장은 강을 노려보았다.

"그래 네가 돈이 없어서 못 주니? 이놈아!"

어느 겨를에 사장의 멱살은 강에게 잡히었다.

"이놈 이 후레아들놈 같으니 점잖치 못하게!"

사장은 멱살을 잡혀서 발악을 하였다.

"무어 어쩌구 어째? 우리는 체면도 없다. 그래 돈을 못 줄 테냐?"

"돈? 돈이 없다. 없어……."

주간과 회계가 달려들어서 말리는 것을 김과 최가 달려들어서 막는다.

"이놈 내가 모르는 줄 아니? 이놈 회계와 주간의 월급은 선불을 하고 우리는 그래 못 주겠니?"

강은 사장을 깔고 앉아서 죽으라고 때렸다.

"아이구? 나는 돈 없다. 이놈 주간놈인지 회곈지 한 놈들이 너의 월급만 주면 관계치 않다 했지?"

사장은 소리를 슬프게 질렀다. 그 바람에 김은 회계를 최는 주간을 붙잡고,

"옳지 너만 먹으면 관계치 않으냐?"

조르는데 사장을 깔고 앉았던 강이 벌떡 일어나더니 하인을 보면서

"애! 이 방에 있는 의자며 책상 할 것 없이 말끔 집어내라! 팔아 먹고 볼 일이다."

하더니 자기부터 벽에 걸린 시계를 떼고 책상을 둘러메려고 한다.

"이놈아 왜 가만히 있니?"

강은 하인을 보고 소리를 지르더니 그 다음에는 전화를 뗀다.

"이것저것 팔아도 우리 월급이 못 된다!"

맘대로 하라는 듯이 뻣뻣이 서 있던 사장도 전화를 떼는 데는 가만 있지 않고 달아오면서,

"돈을 주면 그만이지 남의 전화는 왜 떼?"

하고 소리를 질렀다.

"그럼 내라. 지금 내라."

강은 그저 전화통을 잡고 서서 소리를 질렀다.

"여보 회계!"

사장은 황급하게 회계를 불렀다. 그 바람에 방안은 잠잠하였다.

"네!"

회계는 대답하면서 사장을 보았다.

"모두 얼만지 회계를 밝히오? 엑! 흉한 놈들."

사장은 끝말을 흐려 버렸다.

"모두 두 달치니 삼칠 이십일, 세 분의 것이 두 달치니 사백이십 원하고 저 하인의 것이 사십 원하니 사백육십 원이야요!"

"응 소절수 떼게."

사장은 말하면서 도장을 건넸다. 사백육십 원의 소절수는 사장의 손을 거쳐서 강의 손으로 들어갔다.

"어따 갖다 잘 먹어라!"

사장은 톡 쏘면서 소절수를 던졌다.

"응 받는다. 확실히 받았다. 잘 먹고 말구! 너 이놈의 근성이 이렇다. 왜 줄 돈을 벌써 주었으면 피차 생색이지 발악발악을 하다가 준단 말이냐? 응! 이건 서막이나 이제 더한 불덩어리가 너의 머리에 떨어져야."

하는 강과 같이 여러 사람은 모자를 집어 썼다. 방안은 어수선하였다.

갈등
—모 지식계급의 수기

봄날같이 따스하고 털자리같이 푸근한 기분을 주던 이른 겨울 어떤 날 오후였다. 일주일 전에 우리 집에서 떠나간 어멈의 엽서를 받았다.

이날 오후에 사에서 나오니 문간에 배달부가 금방 뿌리고 간 듯한 편지 석 장이 놓였는데 두 장은 봉서였고 한 장은 엽서였다. 봉서 중 한장은 동경에 있는 어떤 친구의 글씨였고 한 장은 내 손을 거쳐서 어떤 친구에게 전하라는 가서家書였다. 나머지 엽서 한 장은 내 눈에 대단히 서투른 글씨었다. 수신인란에 '경성 화동 백 번지 박춘식 씨京城花洞百番地 朴春植氏'이라고 내 이름과 주소 쓴 것을 보아서는 내게 온 것이 분명한데 끝이 무딘 모필에 잘 갈지도 않은 수묵을 찍어서 겨우 성자成字한 글씨는 보도록새 서툴었다. 나는 이 순간 묵은 기억을 밟다가 문득 머리를 지나는 어떤 생각에 나로도 알 수 없는 냉소와 같이 엷은 불쾌한 감정을 느끼면서 발신인 란을 다시 자세히 보았다. 그것은 벌써 일 년이나 끌어 오면서 한 달에 한두 장씩 받는 어떤 빚장이의 독촉 엽서 글씨가 지금 이 엽서 글씨와 같이 서투른 솜씨인 까닭이었다.

'함북 ××읍내 김씨 방 홍성녀咸北 ××邑內 金氏方 洪姓女'

이것이 발신인의 주소와 성명이었다. 이것을 본 나는 즉각적으로 그 누구에게서 온 편지인 것을 느끼는 동시에 이 편지와는 사촌 격도 안

되는 편지를 생각하고 불쾌를 느끼면서 혼자 말초신경 쓰던 것을 내 스스로 입술을 살근히 물면서 찬웃음을 치지 않을 수 없었다.

"여보, 시골 간 어멈이 편지했구려!"

나는 좀 반가운 음성으로 곁에 선 아내를 보면서 뇌이고 다시 엽서에 눈을 주었다. 내 손에 쥐인 엽서는 어느새 뒤집혔다.

"응, 어멈이 편지했소!"

아내의 목소리는 의외의 사람에게서 의외의 반가운 소식이나 받은 듯이 기쁘게 가늘게 떨렸다. 나는 그 말 대답은 하지 않고 편지 사연을 읽었다. 아내도 부드러운 시선을 고요히 편지에 던졌다. 이래서 두 사람의 네 눈은 소리 없이 편지를 읽었다. 사연은 극히 간단하였다.

서방님, 기체 안녕하십니까. 아씨도 안녕하신지요. 어린 애기는 소녀가 떠날 때에 몹시 앓더니 지금은 다 나았는지 알고자 합니다. 소녀는 서방님이 지도하신 덕택으로 무사히 와서 잘 있습니다. 이곳 댁도 다 안녕하십니다. 소녀의 손으로 쓰지 못하는 글이되와 이렇게 문안이 늦었사오니 용서하옵시고 내내 서방님 내외분 기체 안강하옵소서. 끝으로 대단 황송하오나 어린 애기의 병이 어떤지 알게 하여 주옵소서.

이것이 그 사연의 전부이었다. 역시 무딘 붓에 수묵을 찍어 쓴 서투른 글씨였다. 그것도 잘게 쓰느라고 어떤 자는 획과 획이 어울어져서 '사' 자 인지 '자' 자인지 알기 어려운 자도 있었다. 토는 물론 틀린 것이 많았다. 이것을 읽은 내 가슴에는 엷은 애수의 안개 같은 구름이 가볍게 돌았다. 거칠은 겨울이언만 이날은 아침부터 봄같이 따스해서 설면자雪綿子 같은 기분이 사람의 혈관을 찌르는 탓도 없지 않아 있겠지만, 그 엽서 한 장이 내게 던지는 기분은 부드럽고 가볍고 불쾌가 없는 엷은 동정의 애수였다.

그는 나와 무슨 인연이 있었던가? 그는 '어멈' 나는 '상전'으로 이생에서 다만 며칠이나마 부리고 부리지 않으면 안 될 무슨 업원이 전생 얽히었던가? 사람들은 모든 것을 자기 손으로 지어 놓고 그에 대한 찬사랄까 그에 대한 허물이랄까를 업원이니 인연이니 하여 전생 후생으로 돌리려고 하는 것이다. 나는 그를 보낸 뒤에 나뿐만 아니라 우리 식구들은 전부가 어멈의 이야기를 두어 번 하였으나, 그것은 한 지나치는 심심풀이에 지나지 않았었다. 그에게서 편지가 오리라고는 물론 꿈도 꾸지 않았던 바이었다. 그렇던 '어멈'에게서 편지가 왔다. 그와 나와 아주 관계를 끊어 버린 오늘까지도 그는 역시 내게 보내는 글을 '상전'에게 올리는 글이나 마찬가지로 황송스럽게 공손히 썼다. 더구나 어린 것의 병을 끝까지 물은 것을 읽을 때 또 읽고 나서 생각하는 때 내 가슴에 피어오르던 엷은 안개는 맑은 물에 떨어진 쌀뜨물같이 점점 무게를 더하여 피부에 스며들었다. 나는 새삼스럽게 어멈에게 대해서 일종의 동정적 측은한 정을 느꼈다. 호랑이도 제 새끼를 귀엽다면 물지 않는다는 말과 같이 나도 내 아들을 귀여워하고 내 몸을 상전같이 받들어 주는 까닭에 미웁던 어멈이 불시로 고와지고 측은히 여겨지었는가? 그런 것은 아니다. 물론 이때의 내 심리를— 중산계급에서 방황하는 내 심리를 예리한 해부도로써 쪼갠다면 그 속에는 자기 찬사에 대한 기쁨 또는 그 기쁨으로 말미암아 나오는 찬사 드린 이에게 보내어지는 동정이 다소 있을 것은 사실일 것이다. 그러나 그것보다도 지금의 내 맘을 지배하는바 그 동정, 그 측은은 그의 질소한 성격, 순박한 마음에 대한 그 것이요 그 마음, 그 성격이 그 마음 그 성격과는 아주 반대 되는 환경의 거칠은 물결에 씻기고 씻겨서 아름답고 부드러운 그 성격의 올올은 나날이 거칠어 가건만 그것을 의식치 못하고 오히려 모든 것을 믿고 받드는 어린 양 같은 철없는 어멈에 대해서 사람으로서 누구나 가지게 되는 동정이요 측은지심일 것이다. 만일 그와 처지를 같이한 이가 이 모든 것을 보았다면 그에게는 동정과 측은외에 계급적 의분까지 끓었을것이다.

"서방님, 안녕히 계십시오!"

그에게 자리를 잡아 주고 차에서 뛰어내리는 내 등뒤에서 마지막 지르는 그의 떨리던 가는 목소리가 다시금 들리는 것 같다. 그 서투른 글씨조차 순박한 그가 조심조심 쓴 것같이 느껴져서 깨끗한 시골 처녀의 글씨에서 받은 듯한 따분하고 부드럽고 경건한 감촉이 내 손가락 끝을 통해서 내 온몸에 미약한 전력같이 퍼지었다.

나는 저녁 연기가 마루에 어리는 것도 깨닫지 못하고 황혼 빛이 내리덮이는 마루에 걸터앉은 채 머릿속에 떠오르는 지나간 날의 기억을 한가지 두 가지 고요한 속에서 뒤졌다.

*

그 어멈이 우리 집에서 떠나간 것은 바로 전 주일 금요일이었다.

우리 집에서 '어멈'을 부리기 시작한 것은 금년 늦은 가을부터였다. 처음 혼인하고 두 양주만 살 때에는 '어멈'이라는 것은 꿈에도 생각지 않았었다. 생각한대야 그때는 지금보다 수입이 적은 때이라 소용도 없는 일이지만, 예산이 넉넉하다 하더라도 '어멈'이란 듣도 보도 못하던 곳에서 잔뼈가 굵은 나로서는 '어멈' 부리기가 거북스러웠다. 내게 아무러한 의식이 없더라도 이십여 년이나 무젖은 인습과 관념을 벗으려면 힘이 들 터인데, 나는 행이든지 불행이든지 자연주의의 개인 사상에 감염이 되어서 내 팔과 내 다리의 힘이 미칠 수 있는 것은 남의 힘을 빌지 않으려고 노력한 것도 어느새 나의 한 철학이 되어서 내 생활을 지배하게 되었다. 드러내놓고 말이지 나는 오늘까지도 제가 씻은 세숫물까지 남의 손을 빌어서 하수구 구멍에 버리려는 귀족적 자제들에게 호감을 가지지 못하였다. 그렇다고 내 자신은 절대 그렇지 않으냐 하면 그런 것도 아니다. 나는 하루에도 몇 번씩 내 자신의 행동과 언어에서 그러한 귀족적 냄새를 맡는다. 그것은 내가 맡는다는 것보다도 맡아진다. 이 냄새가 내 코에 맡아지는 그 순간 나는 내 자신까지 얄미웁게 생각된다. 이렇게 나는 모든 것을 객관적으로는 여지없이 보면서도 주관적으로는 나로도 모르게 삼십 년 가까이 무젖어 오는 내 계급의 인습과 관념에 끌린다. 내가 처음 '어멈'을 부리지 않은 것은 이러한 내 생활의 모순과 갈등도 그 한 원인이 되었을 것이다. 그것이 철저치는 못하나마……

또 어떤 때에는 어멈을 부려 볼까 하는 생각이 나다가도 주인집의 궂은 소리 좋은 소리를 함부로 밖에 내는 그네의 입이 내외 생활의 저해물같이 느껴져서 그만 주춤해 버리고 만 적도 많다. 제 허물을 모르는 세상 사람들은 내외간 살림에 무슨 비밀이 있으랴 생각하겠지만, 밥은 굶어도 양복은 입어야 하고 의복을 전당에 넣어서라도 극장의 위층을 잡고 앉아야 궁둥이가 편한 듯이(실상은 편한 것도 아니지만) 거드름피우는 빤질빤질한 우리네 생활속에 어찌 추태가 없기를 보증하랴. 이런 일 저런 일에 거리껴서 어멈을 부리지 않고 지내는 동안에 우리 내외는 때로는 어멈 아범이 되어서 아범이 불을 땔 때면 어멈이 밥을 안치었고 때로는 상전이 되어 유난히 빛나는 전깃불 아래 밥상을 가운데 놓고 마주앉아 젓가락질을 하였다. 이렇게 일 년 동안이나 끌어오는 때 도리어 그 속에서 일종의 쾌락을 느꼈다.

"여보, 인제 겨울도 되고 김장도 해야 찬 텐데 우리도 '어멈' 하나 부려볼까?"

이것은 작년 늦은 가을 어떤 날 내가 아내를 보고 한 말이었다. 그때부터 나는 여름보다 바빠서 조금도 거들어 주지 못하고 빨래, 밥, 바느질, 다듬이, 심지어 쌀 팔아들이는 것까지 아내가 도맡아 하게 되니 약한 몸에 병이나 나지 않을까 하는 걱정으로 아내의 동의만 있으면 어멈 하나 둘 생각도 없지 않아 있었고, 설령 못 두게 된 대도 아씨에게 대한

서방님의 위로로 그저 있을 수 없어서 한 말이었다.

"별말씀 다 하시우, 그럭저럭 지내지! 그런 돈 있으면 나 주시오, 따로 쓰게! 지금 바쁘지도 않은데……."

아내의 대답은 아주 그럴 듯하였다. 나는 정색으로 하는 이 대답을 믿었다. 어느 때나 변치 않으리라고……

그러나 모든 결심과 믿음은 머리를 숙이고야 말았다. 믿기도 어렵고 안믿기도 어려운 것이 사람의 마음이다. 몽글린다면 강철 덩어리보다 더 굳세게 몽글리지만, 한 번 풀리기 시작하면 계집애의 정조와 같은 것이다. 계집애의 정조란 처음 헐리기 어려운 것이지 한번 헐리면 뒤가 물러지는 것이다. 더구나 모든 생활 조건이 결국은 사람의 마음을 정복하고야 마는데야 어쩌랴. 처음은 '어멈'이라면 누대 업원을 등에 짊어진 요마*나 같이 싫어하던 우리의 마음은 어떤 아른한, 확실히 무어라고 집어서 말 못할 기분과 또 바쁜 주위에 정복되고 말았다. 작년 겨울부터 금년 봄까지 우리 집에는 식구가 셋이나 더 불었다. 한 분은 팔을 못쓰는 늙은이요, 하나는 중학교 다니는 계집애요, 또 하나는 남산같이 불어올랐던 아내의 배가 김빠진 풋볼같이 스러지는 때에 빽빽 울고 나타난 '발가숭이'였다. 이렇게 되는 식소사번**으로 손이 그립게 되었다. 그런 대로 찌긋찌긋 참다가 금년 가을부터 어멈을 두자는 어머니의 동의와 아내의 재청에 나도 이의가 없었다.

*

결의가 끝난 이튿날부터 아내는 그물을 늘이고 '어멈'을 골랐다.

"너무 젊으면 까불고 얄밉고 너무 늙으면 몸을 아끼고 부리기가 곤란하니 젊지도 늙지도 않은 중늙은이가 좋을 것이다."

이것이 이웃집 여편네들 이야기인 동시에 아내의 어멈 고르는 표준

---

*妖魔 : 요망하고 간사한 아귀.
**食少事煩 : 먹을 것은 적고 할 일은 많음.

이었다.

　"우리 일갓집에 사람 하나 있는데 음식질도 얌전하고 사람도 무던하
죠. 한 번 불러다 보시죠."
하는 이웃집 아씨 혹은 침모 혹은 어멈의 구두 공천이 있는 때마다 보
기를 원하면 그날 저녁 때나 그 이튿날 아침 때쯤 해서 '어멈' 당선에
응모자들은 소개인에게 끌려서 그 초췌한 모양을 우리 집 문간에 나타
낸다. 모두 뿌연 머리에 땟국이 흐르는 치마저고리였다. 거개 법정에
선 죄수나 시험장에 들은 어린 학생과 같이 장차 내릴 심판을 아심아심
죄여 기다리는 듯이 불안한…… 그리고 죄송스러우면서도 자기를 '써
줍시사' 하는 듯한 으슥한 구름이 그 낯에 흐르는 것을 숨길 수 없었다.
그 중에서도 가시같은 상전의 눈앞에서 닳을 대로 닳은 것은 문간에 발
을 들여놓으면서부터 부엌, 안방을 슬금슬금 디밀어보며 콧잔등에 파
리나 기어오르는 듯이 듣기에도 간지러울 만큼 주인 아씨 칭찬, 애기
칭찬에다가 자화자찬까지 늘어놓으면서 천덕스러운 웃음을 아첨 비슷
이 벙긋벙긋한다. 좀 수줍은 편은 명령 내리기만 기다리고 부끄러운지
몸을 가누지 못해 애쓰는 것이 역력히 보인다. 또 어떤 이는 주인 아씨
나 서방님이 뜰로 내려가면 마루 아래 섰다가도 가장 영리한 체 신발을
돌려놓기도 하고 가까이 끄집어 오기도 한다. 나는 이 모든 것을 보는
때마다 이마를 찌푸리지 아니치 못하였다. 어느 것 하나 내마음을 흔들
지 않는 것이 없었다. 나는 저리다고 할까 아프다고 할까 무어라 꼭 집
어 형용할 수 없는 스라림이 폐부에 스며드는 것을 느끼지 않을 수 없
었다. 그 몰인격적이요, 굴종적이요, 아유적인 그네의 행동, 언어, 표
정, 웃음은 그네 외의 다른 사람으로서는 누가 보든지 상스럽고 얄밉게
보일 것이다. 하나 그네의 자신은 그것을 느끼지 못할 뿐만 아니라 그
것이 도리어 그네의 실낱 같은 목숨의 줄을 이어가는 유일한 무기가 될
런지도 모른다. 우리가 그네의 무기를 상스럽게 보는 것은 우리의 웃계

급의 사람들이 우리의 무기를 비열히 보는 것이나 마찬가질 것이다. 나는 때때로 이 구구한 목숨을 보전하려고 도야지 목덜미같이 피등피등한 목덜미 앞에 쪼그리고 앉아서 마음에 없는 웃음을 웃고 마음에 없는 붓을 휘두르는 우리들의 그림자를 늘 본다. 그 속에는 내 자신의 그림자도 보이거니와 나는 그런 것을 느끼는 때마다 스스로 부끄럼과 분노에 끓어오르는 피를 억제치 못한다. 그러면서도 그 분노와 치욕을 씻지 못하는 우리들의 '삶' 까지 얄밉고 더럽다. 또 그러면서도 찌긋찌긋 의연히 그러한 무기를 부려 마지 않듯이 그네들도 그 행동, 언어, 표정이 그네의 '삶' 을 옹호하는 무기일 것이다. 그 무기는 그네가 의식적으로 금시에 배운 것이 아니라 그 계급의 환경이 자연 그네를 그렇게 지배하였을 것이다. 그밖에 다른 도리는 그네의 환경이 허락지 않았으니까……

우리가 우리의 웃계급의 눈 밖에 나듯이 그네는 우리의 눈 밖에 났다. 그것은 우리나 그네나 다 같이 비열한 놈들이라는 조건하에서 …….

생각하면 같은 처지건만 어찌하여 그네와 우리 사이에는 금이 그어졌는가. 우리는 어찌하여 그네를 괄시하는가. 오히려 우리네는 지식 계급이라는 간판 아래서 갖은 화장과 장식으로써 세상을 속이지만 그네들은 표리를 꼭같이 가지고 있지 않은가. 그것이 우리보담도 귀할는지 모른다. 나는 이러한 미적지근한 검은 구름에 머리를 쓰고 가슴을 만지면서도 모아들고 나는 그꼴을 그대로 보았다. 보지 않으면 금시로 어찌하랴? 이 금시로 어찌 하랴 하는 것도 우리네의 일종 변명이거니 느끼면서도 나는 어쩔 수 없었다. 그렇게 된 지 사흘 뒤였다.

"오늘도 셋이나 왔겠지!"

요 이삼 일 간은 저녁상을 받는 때나 잠자리에 든 때에나 으례 어멈응모의 경과 보고가 아내의 입을 거쳐서 내 귀에 들어온다. 이 날도 사에서 늦게 나와 저녁상을 받았는데 아내가 입을 열었다.

"여보, 그 어디 귀찮아 견디겠습디까?"

나는 밥을 씹으면서 괴로운 웃음을 지었다.

"그리게 낼부터는 오지 말라구 했어요. 오면 그저나 가오? 밥까지 얻어먹고 가려고 드니……."

아내는 쫑알거렸다.

"그게사 배 고프면 체면이 있니? 자식도 팔아먹는데…… 그런데 어멈 그릇을 하자는 게 어쩐 게 그리도 많으냐?"

경험 없는 며느리의 철 모르는 말을 나무람 비슷이 사투리섞인 말로 뇌던 어머니의 말은 끝에 가서 모여드는 사람의 수효가 뜻밖이라는 탄식으로 마치었다.

'어멈'이란 어떤 것인지 들도 보도 못하고 사람을 부리자면 구하고 구해야 며칠에 겨우 하나 구하나마나 하고 부리면 적어도 한 달에 입 먹이고 옷 입히고 돈 십 원 주어야 하는, 시골서 육십 평생을 보낸 어머니가 입이나 겨우 풀칠을 시키고 한 달에 삼 원이나 사 원 준다는데 하루에도 이삼명은 들락날락하는 것을 보고 놀라는 것도 실직이란 게을러서 되는 줄로만 아는 그에게(어머니)있어서는 당연한 일일 것이다.

"어머니는 그런 변을 처음 보시니 그러세요……."

"흥!"

아내의 말에 나도 코웃음을 쳤다.

"야 불쌍하더라. 행여나 해서 왔다가도 이담에 쓰게 되면 알릴 테니가 있으라구 하면 서글퍼하구 나가는 것이 세연한 데(꼭 그렇다는 형용사)……."

어머니는 물었던 장죽을 입술에 대고 낮의 광경이 보인다는 듯이 말하였다. 내 눈앞에는 그 스러지지 않는 그림자들이 또 떠올랐다. 이제나 저제나 죄이고 죄이는 가슴을 남몰래 마음의 손으로 다 쓸면서 아내의 입술을 바라보다가도, "가서 있수! 쓰게 되면 일후에 알릴께" 하는 아내의 소리를 어떻게 들었을까 물론 아내는 부드럽게 말하였으리라. 그러나 그 말이 떨어지자 흙빛이 되어 머리를 떨어뜨리고 들온 대문을 다시 향하는 그 그림자에게는 떨어지는 그 말의 구구절절이 철근 철퇴 같이 들렸을 것이다. 어느 때나 한때는, 꼭 한때는 그 철퇴에 대항할 힘이 그네의 혈관에 흐르련만 지금의 그네들은 어찌 하는 수 없다. 나는 그런 말을 감히 한 아내가 미웠다. 아내의 그 입술을— 내가 사랑하여 키스를 주던 그 입술을 이 순간의 나의 감정은 찢고 싶었다. 그 입술은 내 눈앞에 험상한 탄환을 뿜는 총 아가리처럼 떠오른 까닭이었다. 나는 나로도 모를 기분에 싸여 급한 호흡에 온몸을 떨면서 그 환상을 노렸다.

"여보 무엇을 그렇게 보우 응?"

아내의 목소리에 나는 환상의 꿈을 번쩍 깨었다.

"응! 아무것도 아니야, 흐흥."

나는 끝을 웃음으로 막으면서 다시 젓가락질을 하였다. 얼없는 내 상상이 나로도 우스웠다.

"왜 그러시우 응?"

아내의 목소리는 응석이랄까 원망이랄까 그 비슷하게 떨렸다. 그의 낯에는 무슨 불안을 예감한 사람에게서 볼 수 있는 표정이 흘렀다.

"왜 누가 뭐랬소? 허허."

나는 역시 밥을 먹으면서 웃었다. 어린애같이 철없는 아내의 입술을 그렇게 상상한 것이 아내에게 대해서 미안하였다.

"왜 눈을 크게 뜨고 숨을 그렇게 쉬시우? 오늘은 약주도 안 잡수셨는데 왜 그러시우 응?"

아내는 지난 봄일을 연상하였나 보다. 나는 지난 봄 어떤 연회에 갔다가 술을 양에 넘도록 마시고 집에 돌아온 일이 있었다. 그때 머리가 헝하고 가슴이 울렁거려서 인력거꾼에게 부축이 되어 방에 들어와 앓은 채 두 눈을 성난 놈처럼 치떠서 아내를 뚫어지게 보면서 씨근덕씨근

덕 숨을 괴롭게 쉬었더니, 어린 아내는 놀라고 겁나서

"여보, 왜 이러시우 응? 여보! 글쎄 왜 이러시우?"

하고 울 듯이 날뛰었다. 지금 아내는 그 생각을 하였는가? 나도 그 일이 생각나서 복받치는 웃음을 금치 못하였다.

"왜 또 봄 모양을 할까 봐 겁나우? 하하하."

나는 밥상을 물리고 나 앉아 담배를 붙여 연기를 뿜으면서 커다랗게 웃었다.

"호호 호—."

아내도 웃었다.

잠깐 사이 웃음이 지나간 방안은 고요하였다.

깊어 가는 겨울 밤 북악산을 스쳐 내리는 찬바람은 북창을 처량히 치고 지나갔다.

*

사흘 뒤였다.

나는 집에서 아침을 먹고 사에 갔다가 돌아오는 길에 어떤 친구들에게 붙잡혀서 어떤 요리집으로 갔다. 휘황한 전등불 아래 분내 나는 기생의 웃음 속에서 술이 얼근한 나는 요리집 문을 나서면서 새벽 세시 치는 소리를 들었다. 쌀쌀한 하늘 서편에 기울어진 그믐달은 차고 푸른 빛을 새벽 꿈에 묻힌 쓸쓸한 만호장 안에 던지었다. 나는 호화로운 꿈 뒤에 밀려드는 엷은 환멸을 느끼면서 안동 네거리를 향하여 취한 다리를 옮겨 놓았다. 술김에도 으리으리하여 무심히 보이지 않는 식산은행 사택 골목을 헤저어 화동골에 들어섰다. 집에 이른 나는 대문을 두드리면서 아내를 불렀더니 아내의 대답과 같이 미닫이 소리가 들리면서 신소리가 난다. 나는 예와 같이 대답하고 나오는 아내가 대문을 열면 술이 몹시 취한 척할 양으로 나오는 웃음을 참고 대문에 기대어 서 있었다. 나오던 아내는 문간에 와서 걸음을 멈추는 자취가 들리자 어쩐 일인지 오늘은 아무 소리도 없이 빗장을 덜컥 뽑으면서 대문을 삐걱 열었다. 나는 열리는 대문을 따라 어지러운 걸음으로 일부러 쓰러질 듯이 어둑한 문간에 쏠려들면서,

"엑 퉤……휴…… 엑치, 취해……으우…… 우우리 마누라가 오늘은 얌전한데 잔소리도 없이……엑 퉤…… 취취……."

나는 이렇게 몸을 가누지 못하고 눈을 거불거리면서 강주정을 펴다가 눈결에 히슥한 그림자가 이상스러워서 다시 힐끗 쳐다보았다. 대문 빗장을 잡고 선 사람은 여자는 여자나 옷모양이라거나 체격이 아내는 아니었다. 나는 어둠에 흐린 그 낯을 보려다가, 아침에 아내에게서 들은 '어멈' 하는 생각에 깜짝 놀라서 주정은 쑥 들어가고 두 발은 어느새 문간을 지나 마당에 나섰다. 나서자 마자,

"지금 오시오?"

하고 앞에 다가서는 것은 아내였다. 이건 확실히 아내였다.

"응."

나는 모르는 사람을 아는 친구로 믿고 쫓아가다가 그의 낯을 보는 때처럼 무안스럽고 어이없어 더 주정부릴 용기조차 없이 내 방으로 뛰어들어 갔다. 뛰어들어간 나는 어린것의 고요히 든 잠을 깨일까 보아 배를 틀어잡고 허리가 끊어지게 들이 웃었다. 따라 들어온 아내는 눈이 동그래서 영문을 물었다.

"저…… 하학…… 흐흐 저…… 저게 허허허……."

나는 입만 벌리면 웃음이 홍수처럼 터져나올 판이라 입을 벌리다가는 말고 벌리다가는 말고 하다가 겨우 웃음을 진정하고 문간에 선 것이 누구냐고 물어 보았다.

"어멈이야요!"

"어멈! 하하하."

나는 어멈이하는 소리에 눈을 크게 뜨다가 다시 웃었다. 아내는 내가

웃는 것도 불계하고* 장사동 어떤 친구가 소개해서 데려왔는데 나이도 알맞고 퍽 지긋해 보인다고 설명을 하고 나서 왜 웃느냐고 또 졸랐다. 나는 자초지종 이야기를 하였다. 이야기가 끝나기 전부터 킥킥 하던 아내와 나는 이야기를 채 마치지 못하고 어린애야 깨거나 울거나 홍수같이 터져 나오는 웃음을 좁은 방안에 흩어 놓았다.

이튿날 아침이었다.

나는 좀 늦게 일어나서 마루로 나갔다.

"할멈, 세수 놓우!"

부엌 앞에 섰던 아내가 부엌으로 머리를 돌리면서 소리를 질렀다. 나는 새벽일이 생각나서 벙긋했더니 그것을 본 아내는 엊저녁 같이 깔깔대었다. 세숫물을 떠들고 나온 '어멈'은 이젠 '할멈' 소리를 들을 나이였다. 말없이 웃는 우리 내외를 어색하고도 아첨하는 듯한 웃음을 벙긋하면서 쳐다보는 낯에 굵게 잡힌 주름이라거나 머리가 히뜩히뜩한 것은 누구든지 사십 넘게 볼 것이다. 쑥내민 광대뼈, 하늘을 쳐다보게 된 콧구멍, 경련적으로 움직이는 두툼한 입술, 크고 거칠은 손은 어디로 보든지 호강스럽게 늙은 이는 아니었다. 더구나 몸에 잘 어울리지 않는 의복은 퍽 서툴러 보이는데 배까지 부른 것은 가관이었다. 그 몸집, 그 배, 그 동글동글한 머리가 호강스러운 환경에서 그 항아리를 지고 소타는 것 같은 목소리로 간간이 호령깨나 뽑으면서 늙었더면 거틀이 있고 위엄이 있어 보였을는지도 모르지만, 그것이 '할멈'이 되고 보니 도리어 비둔하고 둔팍해서 상스럽게 보였다. 그러나저러나 사십 넘은 사람이 아들딸 같은 젊은이들에게 갖은 괄시를 받으면서도 그 입을 속일 수 없어서 머리 숙이는 것을 보니 가긍스럽기도 하고 부리기도 미안하였다. 나는 우리 어머니도 의지가지 없으면 저 모양이 되려니 하는 생각

---

* 불계不計하다. 시비나 이해, 사정 따위를 가리어 따지지 않다.

에 잠깐 사이 가슴이 스르르하였다.

"야, 그 어멈이 음식질을 얌전히 하더라. 모양과는 다르던데…… 저 육회두 칼질하는 것부터 제법이더라."

아침밥 먹던 때에 어머니는 '어멈' 칭찬을 하였다.

"모양과는 딴판으로 퍽 깨끗이 합디다."

아내도 거기 맞장구를 쳤다. 두 고부의 낯에는 만족한 미소가 사르르 스치었다.

이날부터 아내의 손이 들게 되어 어린애의 울음 소리도 덜 나게 되고 그 덕에 나도 신문장이나 편하게 보았다. 나는 이때 사람을 부림으로 말미암아 얻게 된 편한 쾌락을 다소간 느꼈다. 내가 이럴 제는 아내야 더 일러 무엇하랴? 어린것 때문에 밤잠을 바로 못 자고 새벽에 일어나서 찬물에 손 넣던 고역이 없어졌으니 그의 편한 쾌감은 나의 갑절이 넘었을 것이다. 그러나 그것이 점점 버릇이 되고 그 버릇이 게으름이 되는 것을 뒤에 느끼지 않은 것도 아니나 그때에는 그런 것을 생각할 여지가 없었다.

할멈이 들온 사흘 뒤였다. 사에서 편집에 분주히 지내는데,

"할멈이 나가니 돈 오십 전만 보내 줘요."

하는 아내의 전화가 왔다. 나는 무슨 변이나 났나 해서 그 이유를 물었더니,

"할멈의 고모가 병나서 어떤 온천으로 가는데 집을 보아 달란다나요. 이틀이나 와 있었으니 한 오십 전 줘야지요."

하는 것이 아내의 이유 설명이었다. 나는 사의 급사에게 돈 오십 전을 주어 보내었다.

"참 겨우 하나 얻었더니 그 모양이구려. 돈 오십 전 줬더니 백배사례를 하겠지……."

아내는 많은 돈이나 준 듯이 다소 자랑 비슷이 말하였다. 이 순간 나

도 일종의 쾌감을 받았다. 거지에게 한푼이나 두푼 주고 느끼는 것 같은 쾌감을…… 하다가 사흘에 오십 전 하고 다시 생각하는 때 내 가슴은 공연히 무거웠다.

*

“사람 없을 때에는 모르겠더니 있다 나가니 못 견디겠는데…… 아앗 추워 …… 호호.”

추운 날 아침 솥에 불을 지피고 방에 뛰어 들어온 아내는 내 자리 속에 젖은 손을 넣으면서 말하였다.

“‘뻬종’ 먹다 ‘마꼬’ 먹기 괴롭다는 셈이로구려! 흥.”

나는 일전 사에서 “사람의 입이란 버릇하게 가는 게야!”하고 어떤 친구가 하던 이야기를 생각하였다. 아내는,

“호호— 어서 하나 또 얻어 와야 할 텐데…….”

하고 혼잣말처럼 뇌었다.

그 이튿날 식전이었다. 나는 동창에 비친 아침 햇발을 보면서 그저 자리에 누었는데 ,

“날래(어서) 들오!”

사투리 쓰는 어머니의 목소리가 마당에서 들렸다.

“오늘부터 오겠소?”

그것도 어머니의 목소리.

“오죠. 어디 댕겨 와야겠으니 이따 저녁 때에 오죠.”

서울 여편네의 바라진 목소리.

“칩은데 방으로 들오! 들어와 담배나 자시오.”

어머니의 목소리.

“괜찮어요. 이제 여기 앉죠.”

하고 그는 마루에 앉는 듯하더니,

“댁에는 식구가 적으니깐두루 오죠. 한 달에 사원 오원 준다는 데도

있긴 있지만요…… 적게 받고 몸 편한 데가 제일이지요.”

하는 말에 나는 그것이 '어멈' 후보자인 줄 알았다. 말소리는 상스럽지 않으나 사원 오원 하고 자기는 이렇게 값 있다는 듯이 은연중 드러내는 자랑이 얄밉게 생각났다. 눈을 감고 듣던 나는 혼자 흥 하고 코웃음을 치면서 햇빛에 붉은 동창을 보았다.

“들오! 들어왔다가 아침을 자시구 가우.”

어머니의 말이 끝나자 마루를 밟는 자취 소리와 같이 안방 미닫이가 열렸다 닫혔다.

그날부터 그는 우리 집 부엌에서 드나들게 되었다. 삼십이 훨씬 넘었으나 아직 삼십 전후로밖에 뵈지 않고 갸름한 몸에 태 있게 입은 옷은 비록 검기는 할망정 서투르지는 않았다. 그 이죽얘죽하는 말 솜씨라든지 빤질빤질한 이마는 어찌 보면 계집 하인이나 부리던 사람 같고 어찌 보면 '밀가룻집'에서 닮은 사람 같기도 한데, 이웃집 어멈이 오면 꼭 하게!를 하면서 자기는 우리 집 주인 비슷한 태도와 표정을 짓는 것이 처음부터 얄궂었다.

“여보, 어멈인지 무엔지 공연히 빼기만 하고 트집만 써서 큰일인데 …….”

그 후 일주일이 되나 마나 해서 아내는 뇌이면서 전등을 쳐다보았다.

“왜?”

“몰라, 왜 그러는지, 가게에 가서 뭘 가져오라니까 창피스러워서 누가 들고 댕기느냐고 하겠지! 위하니까 제야 제로라고…… 흥.”

아내는 분개했다. 하긴 우리 집에서는 어멈을 어멈같이 취급치 않고 한집 식구같이 음식도 같이 먹고 잠도 어머니와 같이 자고 반말도 하지 않았지만 그렇다고 그렇게야 뺄 수야 있을라구? 하다가 어멈을 추어 주니 도리어 상놈의 자식으로 믿고 반말을 하던 실례가 생각나서 혼자 머리를 끄덕거렸다.

"그런 대루 더 두어 봅시다. 그런데 어멈이 양반인가? 흥······."
하고 나는 조롱 비슷한 미소를 띠었다.

"양반이라오! 양반인데 저 꼴이라나? 어젯밤에도 옛날 잘 살 때에는 집만 해도 백 평이 넘었죠, 옷도 벌벌이 해 두고 자개 장롱 화류 장롱 ······, 언제 그런 세상이 또 올런지 하면서, 참 희고 싱거워서······.'

아내는 어멈의 말을 옮길 때 어멈 비슷한 표정에 목소리까지 그렇게 지었다. 나는 코웃음을 흥 쳤다. 알 수 없는 증오의 념이 스르르 떠 올랐다.

그 뒤로 '어멈'의 평판은 사방에서 들렸다. 더구나 이웃집 어멈들께 어떻게 교만을 부렸는지 '누가 아나, 시골 상놈으로 서울와서 머리 깎고 있으니 서방님이지 그 따위가 무슨 서방님이야? 아씨두 그렇지' 하고 우리를 욕하더라는 말까지 이웃집 어멈의 입을 거쳐서 들어왔다. 그런 말이 들리는 때마다,

"여보, 그걸 내쫓읍시다. 그걸 그저 둬요?"
하고 뛰었다. 옳다, 그를 들이는 것도 우리의 자유인 것만큼 그를 내쫓는 것도 우리의 자유이다. 하나 나는 그를 얼른 쫓고는 싶지 않았다. 물론 나를 욕하는 것이 싫기는 하지만······ 이렇게 내 가슴에는 막연한 생각이 솟았다. 들앉아서 사내의 손만 바라는 행세하는 집 여자들께서 사내라는 생활 보장의 큰 조건을 없애 보라! 그가 취할 길은 매음녀? 뚜장이? 공장직공? 어멈?······ 그녀들께 어찌 잘 살던 때의 회상이 없으랴? 하지만 자기가 되는 꼴은 생각지 않고 같은 처지에 있는 이웃집 어멈을 천대하고 혼자 내로라 하니 그런 심보가 잘 산다면 누가 그 앞에서 얼씬이나 하랴? 이렇게 생각하면 가긍하던 어멈이 몰락하는 중산 계급의 최후까지 부리는 얄미운 근성의 표본같이 느껴졌다. 나는 이런 느낌을 받으면 그 계급의 몰락이 그리 불쾌하지 않았다. 체험으로라도 한 번 그렇게 시키고 싶었다.

"그래서 쓰나? 더 두어 보지."

나는 속으로 미우면서도 가장 점잖은 체 아내를 타일렀다. 그러다가 내 눈에도 아니꼬운 어멈의 행동과 말대답이 여러 번 뜨인 뒤로는 내보낸다는 아내의 말에 찬성까지는 하지 않아도 '생각대로 하구려'의 묵인은 하였다. 했더니 한 달이 못 돼서 아내는 시계를 잡혀 월급 삼 원을 주어서 어멈을 내보냈다. 나는 이 말을 듣고 시계를 잡혀서 월급을 주면서도 어멈을 부리려는 내 생활에 코웃음을 던지지 않을 수 없었다.

그가 나간 이튿날 아침 우리 집에서는 아내와 어머니가 실색을 하였다. 그것은 어제까지 있던 어머니의 '가락지'와 아내의 '귀이개'가 없어진 까닭이었다.

"어멈이 가져간 게지? 내가 그년을 찾아가 볼 테야!"

아내의 목소리는 분노와 절망에 떨었다.

"이게 무슨 소리야? 보지도 못하고 남을 의심해서 쓰나?"

나는 아내를 꾸짖었다. 내 마음에도 그 어멈이 의심스럽긴 했지만 나는 애써 그 의심을 풀려고 하였다. 그를 따라갔다가 나오지 않으면 우리만 고얀 놈이 될 것이요, 또 그것이 나온다 하더라도 그때의 그 어멈의 낯빛이 어찌 될까? 또 그것에 우리의 생명이 달린 것도 아닌데 그렇게까지 할 것은 없었다. 그러는 것이 내 마음에도 좀 유쾌하였다.

"써보, 인젠 그놈의 어멈 그만둡시다."

나는 명령이나 하는 듯이 아내에게 달하면서 '그도(어멈) 환경이 만들어낸 병신이로구나' 하고 생각하다가,

'무릇 사람의 의사는 생활 조건의 지배를 받는다.'

하던 어떤 학자의 말을 나도 모르게 뇌었다.

*

그후로는 일주일이 넘도록 어멈을 두지 않았다 그럭저럭 가을도 지나고 초겨울도 지났다. 아침 저녁 쌀쌀한 바람에 창을 치던 이웃집 포

플라 나뭇잎은 다 떨어지고 빈 가지만 하늘을 향하고 있게 되었다.

금년 겨울은 일기가 퍽 더워서 어디서는 배꽃이 피었고 어디서는 개나리가 피었다고 신문의 보도까지 있도록 더우면서도 추운 날은 추웠다. 가을에 밀린 빨래도 이때 해 둬야 할 것이요 김장도 흉내는 내야 할 판이다. 어멈 문제는 또 일어났다.

어떤 날 나는 내가 임원으로 있는 '프롤레타리아문화협회'의 월례회에 갔다가 좀 늦어서 돌아오니,

"여보, 어멈 하나 말했는데 낼부텀 오기로 했소!"

하고 아내는 내 눈치만 본다는 듯이 말했다. 나는 늘 느끼는 바이어니와 밖에 나와 사회적으로 어떠니 어떠니 하는 때면 바로 이십 세기의 사람이나 집으로 돌아가면 십 칠팔 세기 사람의 기분과 감정의 지배를 받는다.

"그것도? 또 그 모양이면 어떡하오?"

"아녜요, 이번 것은 삼청동 있는 숙경이 어머니의 주선으로 된 것인데 나이가 좀 젊어서 그렇지 퍽 수줍어 보이던데……."

아내는 아무쪼록 나의 동의를 얻으려는 수작이었다.

"나이 젊으면 왜 안 됐어? 누가 뭘 하나?"

나는 의미 있는 듯이 물으면서 벙긋 웃었다.

"응, 실없는 소리!"

아내는 눈을 흘기고 그러나 웃으면서 나를 보았다. 나는 앞집의 젊은 어멈이 밤중마다 출입이 잦다는 것을 생각하고 웃었더니 아내는 딴 생각을 하였는가?

"실없긴! 여보, 그래 이쁩디까? 당신보담 어때? 허허."

나는 아내를 놀리면서 웃다가 누가 찾는 바람에 문간으로 나가 버렸다.

이튿날부터 그 어멈은 왔다.

그것이 지금 편지 보낸 홍성녀였다. 이름은 무언지 성은 홍가인데 금

년에 스물셋이었다. 그는 처음부터 어멈 계급은 아니었었다. 구차한 집 안에 나서 열넷인가 열셋에 역시 넉넉지 못한 가정으로 시집을 갔다가 열아홉에 과부가 되고 스물한 살에 홀로 계시던 시어머니마저 죽은 뒤로 남의 집살이를 하게 되었다.

여자 키로는 중키가 되나 마나 한 키에 좀 뚱뚱한 몸집은 어울렸다. 살결이 부드럽게 보이고 흰 것이라거나 앉음앉음 걸음걸이의 고요한 것은 간구한 가정에서 기르기는 하였으나 교훈 있게 길린 사람으로 보였다. 어떤 때는 응석 비슷한 목소리하며 아직도 솜털이 남은 이마하며 귀 밑에는 어린애다운 수줍음이 흘렀다. 퍽 숫스럽게 귀여운 맛이 났다. 그리 크지 않은 좀 둥근 눈과 조금 앞이 들려서 웃을 때면 윗잇몸이 보이는 입술 가장자리며 병적으로 흰 콧잔등과 빰새에는 고적한 침묵이 사르르 흐르는 것만은 보는 사람에게 고적한 느낌을 주었다.

"이번 어멈은 어때?"

나는 아내에게 물었다.

"좋아요, 무슨 일이든지 시키지 않아두 저절로 할 줄 알고……. 그리고 사람도 퍽 재밌어요. 말도 잘 듣고."

아내는 입에 침없이 칭찬이다. 사람이란 남보담도 내게 잘하면 좋다고 하니까……. 그 어멈은 아내의 말동무도 되었다. 아내는 저녁이면 그와 같이 다듬이 바느질을 하면서 재미있게 속삭이고는 웃었다. 어머니는 어디 나갔던 딸이나 돌아온 듯이 그것을 기쁘게 보았다.

그 어멈이 들은 지도 보름이 넘어서 어떤 추운 날 밤이었다. 나는 신문을 보는데 곁에서 어린애를 재우던 아내는,

"여보, 어멈이 앨 뱄대! 흐흐."

하고 무슨 허물된 일이나 본 듯이 나직이 웃었다.

"응, 앨 뱄다니?"

나도 미상불 호기심이 났다. 열 아홉에 과부가 돼서 홀로 있다는 어

멈이 애 뱄다는 말을 듣는 내 머리에는 이상한 그림자가 언뜻하였다.

"지금 다섯 달 머리를 잡는다나? 그래서 낯빛이 그렇던 게야! 밥도 잘 먹지 않고⋯⋯."

아내는 모든 의심을 인제야 풀었다는 어조였다. 아내의 말을 들으면 그가 금년 봄 어성정御成町 어떤 여관집 어멈으로 있을 때 그 여관에서 심부름하던 사십 가까운 사내가 있었다. 그(사내)는 그 어멈이 들어가던 날부터 퍽 고맙게 하였다. 그(어멈)는 옛날에 돌아간 아버지 생각까지 났었다. 그러다가 한 달 뒤에 주인 마님이 들여다보게도 못하던 자기 방으로 부르더니, 김서방(사십 가까운 심부름군)하고 같이 지내라고 하기에 어멈은 대답도 못하고 낯이 발개서 군성대는 가슴으로 나와 버렸다. 그 뒤부터 김서방은 마나님과 같이 못 견디게 졸랐다.

그것도 처음에는 부끄럽더니 나중은 그리 부끄러운줄도 모르겠고 또 김서방이 고맙게 구는 것을 생각한다거나 주인 마나님이 '네가 그렇게만 되면 너는 편하다. 김서방은 저금한 돈도 몇 백 원 있는 사람이니 어서 내말을 들어라' 하는 바람에 쏠리다가도 옛날 서방님 생각을 하면 그만 슬프기만 해서 주저거렸다. 며칠 뒤 어떤 날 밤 어멈은 바윗돌에나 눌리는 듯한 감각에 곤한 잠을 깨어 보니 그것은 김서방이었다. 그 뒤로는 한방에서 잠자게 되었다. 이렇게 된 뒤로는 김서방의 태도는 일변하였다. 이전은 어멈이 부엌에서 무거운 일을 하면 김서방이 쫓아와서 도와주었는데 부부가 된 뒤부터 저(김서방)는 상전이나 된 듯이 제 할 일까지 여편네(어멈)를 시켰다. 여편네가 뭐라고 하면 때리기 일쑤였고, 여편네가 한 달에 삼 원 받는 월급까지 빼앗아 술을 먹고 곤드레만드레 하더니 늦은 여름 어떤 날 그 여관 손님의 돈 사십 원인가를 훔쳐 가지고 도망질했다. 그리하여 애꿎은 여편네까지 주인 마나님에게 공모자로 걸려들어 경찰서까지 구경하고 여관에서 쫓겨나서 다른 집에 있다가 우리집으로 왔는데 김서방과 같이 있는 동안에 그의 핏덩어리

가 뱃속에서 자리를 잡게 되었다. 예까지 설명한 아내는,

"그런 이야기를 하면서 '옛날 서방님이 살아 계셨더면' 하면서 울겠지! 참 가엾어서……."

하고 한숨짓는 아내의 낯은 흐리었다. 듣고 보니 어멈의 신상은 내 일 같이 가엾었다. 이 순간 나는 여관 마나님과 김서방이 미웠다. 내 가슴에서는 일종의 의분이 끓었다. 노력을 빼앗다가 피까지 빨려는 계급, 정조까지 유린을 하고도 부족이 되어서 매까지 대는 그러한 계급에 대한 반항적 의분에 내 가슴은 찌르르 전기를 받는 듯하였다.

"그래두 김서방을 생각하던데……. 그 못된 놈을……."

아내는 혼잣말처럼 뇌었다.

"뭐라구? 보고 싶다구?"

떨려 나오는 내 말 속에서 '그깟놈이 뭘 보구퍼!' 하는 뜻이 품어 있었다.

"아니, 보구는 안 싶대! 생각하면 분해 죽겠대요……. 그러면서도 그가 어디가 붙잡혀서 악형이나 받지 않나 하는 생각이 저두 모르게 가끔 나서 가슴이 뜨끔뜨끔하대요. 인정이란……."

아내의 목소리는 잠기었다.

돈은 그 아름다운 인정까지 빼앗는다. 돈? 돈! 돈! 천하를 움직일 만한 돈으로도 못 살, 사서는 안 될 인정이언만 오늘날은 돈에 빼앗기고야 만다. 이렇게 생각하니 어멈이 더욱 가긍스러웠다. 나는 어멈이라는 경계선을 뛰어서 내 아내나 내 누이처럼 나와 가장 가까운 사람처럼 느껴지었다. 이렇게 되면 남의 일이 아니라 내 일이다. 나는 내 앞에 어멈이 있으면 그를 껴안아 대고 위로해 줄 만큼 흥분이 되었었다.

끓어올랐던 흥분이 고요히 갈앉은 뒤 비판에 눈뜨는 내 이성은 지식계급인 체하고 가만히 앉아서 그 모든 것을 정관하는 내 태도가 얄미운 동시에 그렇게 생각하면서도 그런 사람(어멈)을 부리는 것이 죄송스러

왔다. 나는 어찌하여 이런 것 저런 것 다 집어치우고 그런 무리에 뛰어들어가서 그네들과 함께 울고 웃지 못하는가? 나는 이 갈등에 마음이 괴로왔다.

아내의 말을 들은 뒤로부터 매일 눈앞에 얼씬거리는 '어멈'이 무심하게 보이지 않았다. 핼쑥한 그 낯에 그윽히 어리인 고독한 침묵은 속절없이 보낸 청춘을 물끄러미 돌아다보는 듯도 하고 아직도 먼 앞길을 두려워하는 듯도 하였다.

알고 보니 뚱뚱해서 그런 듯이 느껴지는 그 뱃속에서 나날이 팔딱거리는 생명! 그 새로운 생명은 장차 어떠한 운명을 짊어지고 파란 많은 이 세상으로 뛰어 나오려나?

*

며칠 뒤였다.

도서관으로 돌아나온 나는 식구들과 함께 저녁상을 대하였다

"장조림은 고양이(猫)가 먹은 줄 알았더니 어멈이 집어서 먹었어 아내는 장조림을 집어 입에 넣으면서 말하였다.

"입버릇은 덜 좋더라."

어머니도 어멈의 무슨 허물을 보았던가?

"왜? 입버릇이 어때?"

나는 아내를 보았다.

"맛있는 것은 제가 먼저 맛을 보니까 말이지요! 허는 수 없어……, 오늘 아침에 조리던 장조림 한 개가 없기에 물어 보았더니 머뭇거리겠지……. 그래 '자네 그게 무슨 짓인가? 나으리도 아직 잡숫지 않은 것을' 하고 말했더니 낯이 발개서……."

아내의 말이 끝나기도 전에 어머니는,

"그뿐 아니라 맛난 것은 그리 먹지두 않으면서 다 맛보더라, 못된 버르장머리지!"

하면서 불쾌한 듯이 낯빛을 흐리었다.

"허물 없는 사람이 있나? 다 한 가지 허물은 가지고 있지."

나는 그런 것은 문제가 안 된다는 어조로 말하였다. 어쩐지 그 어멈에게 허물 있다는 것이 듣기에 그리 좋지 않았다.

"그야 그렇지만 음식에 그러니까 그러지!"

아내의 어조는 아무리 해도 수긍할 수 없다는 듯이 울렸다.

"먹구프니까 그렇지, 여보! 당신 생각을 해 보구려! 지금 애 배서 다섯 달 머리니까 먹구픈 것이 퍽 많을 거요. 게다가 철까지 없으니 당신 같으면 지금 살구가 먹구 싶네 뭐 귤이 먹구 싶네 하구 야단일 텐테…… 하하하."

"먹구 싶구 말구……. 지금 한창 그런 때다."

어머니도 내 말에 공명이었다.

"누가 그렇치 않다나? 도적질해 먹으니 그렇지!"

아내는 그저 흰 깃발을 들 수 없다는 어조였다.

나는 이 순간 이말하는 아내가 얄미웠다.

"그래두 저만 옳다지! 흥 사람이란 제 생각을 하고 남의 생각을 해야 하는 거야!"

"그래 그것(도적하는 짓)이 옳단 말이요?"

아내의 말은 좀 격하였다.

"물론 몰래 먹은 것은 잘못이지만 그렇다고 그것 하나를 가지고 못된 것이니 고약한 것이니 해서 쓰나?"

내 말은 가장적家長的인 훈계같이 나왔다.

"그래 누가 뭘 했소? 내가 어멈을 욕했소? 흥, 욕했드면 큰일날 뻔했네! 별꼴 다 보겠다."

아내의 말에 나는 아내를 다시 쳐다보았다. 아내의 붉은 뺨은 흥분에 더욱 붉었다.

"뭐 어쩌고 어째? 별꼴? 왜 사람이 점점 버르쟁이가 저 모양이야? 그 꼴 보기 싫으면 갈 일이지……."

"가라면 가지, 흥 시……."

아내의 가는 눈에 스르르 돌던 이슬이 드디어 눈물이 되어 한 방울 두 방울, 그 무릎에서 엄마의 젖을 만지던 어린것도 입을 벌룩벌룩 나는 밥먹던 숟가락을 휙 던지고 마루로 뛰어나왔다. 황혼빛이 흐르는 마루로 뛰어나온 나는 마루 기둥에 기대어 서서 별들이 하나 둘 눈뜨는 차디찬 하늘을 쳐다보았다. 일없는 일에 감정을 일으켜서 이러니저러니 한 것을 생각하면 나로도 우스웠고, 여자해방론자女子海方論者로는 남에게 빠지지 않을 만큼 떠드는 나로서 때로는 가장적家長的 관념에 지배되어 아내에게 몰인격적 언사 쓰는 것을 생각하면 일종 환멸 비슷한 공허와 같이 치미는 부끄러움을 억제치 못하였다. 언제나 이 갈등에서 완전히 풀리나?

이렇게 내외간을 가리었던 검은 구름은 그 밤이 깊기 전에 어린것의 웃음에 밀려 버리고 내외는 다시 웃는 낯으로 대하였다.

"여보, 참말 '어멈' 보고 잘못하는 일이 있더라도 타이르고 몹시 말마우 응."

강화 조약이 체결되자 마자 그 자리에서 나는 인정 있이 말했다.

"그럼요! 우리끼리 이야기지 어멈 보고야 뭘 하오!" 아내도 좋게 대답하였다.

"사람의 마음이란 이상해요. 누가 말리면 더 하구 싶은 것인데……. 어멈만 하더라도 그게 배고파서 장조림을 먹었겠소? 그게 우리가 먹으니까 별것같이 보여서 더 먹구 싶었을 거요. 맛없는 것이라도 먹지 말아라 먹지 말아라 하고 주지 않으면 먹는 사람은 늘 먹으니 평범하지만 못 먹는 사람은 더구나 그것이 신비롭고 맛있게 보이는 걸 어떡하오…… 허허."

나는 설교나 하는 듯이 늘어놓았다.

"그러나저러나 큰일이다. 저울(겨울)은 되고 몸은 점점 무거울 텐데 몹시 부릴 수도 없고······."

어머니는 곁에서 우리의 이야기를 듣다가 혼자 걱정처럼 말하였다.

"글쎄요. 그것도 걱정인데······. 저게 집에서 애까지 낳게 되면 큰일이 아니요?"

아내도 따라 걱정이다.

"내 생각 같아서는 또 내보내는 게 상책이겠다."

어머니의 의견이다. 의견은 옳은 의견이다. 약한 몸에 배만 불러도 걱정이겠는데 게다가 날은 점점 추워 오지 일은 심하지, 그러다가 병이나 나면 우리가 부리기는커녕 도리어 우리가 부리게 될 것이요, 그렇다고 우리가 뜨뜻한 구들에 앉아서 추운 겨울에 그것을 내쫓을 수도 없는 일이라 나는 이 순간 산전 산후의 아내의 그림자가 언뜻 생각났었다.

"그렇지만 내보내면 어디로 가나? 이 추운 겨울에 뉘 집에서 그런 몸을 받을 리가 있나?"

이렇게 말한 나는 '내 아내도 내가 없고 보면 저 지경이 되지 않을까?' 하는 생각에 가슴이 뻐근해서 아내를 다시 쳐다보았다.

"글쎄요. 딱한데······ 그런 줄(애 밴 줄) 알면서는 나가랄 수도 없고······."

아내도 난처한 모양이었다.

"암, 몸 비지 않은 것을 어떻게 쫓나? 어디 그대로 둬 봅시다. 차츰 어떡 하든지!"

천연스럽게 하는 내 말은 귀치않게 더 생각지 말자는 말이었다. 아주 두자는 동의는 아니었다. 사실 문제가 안 되는 것은 아니었다.

*

그 뒤로 내 가슴에는 어멈 처치의 문제가 간간이 떠올랐으나 그 때문에 어멈에게 대한 호감은 스러지지 않았다. 어느 점으로 보아 몸 용납할 곳이 없는 그가 더욱 측은하였다. 제 몸 위에 어떤 구름이 흐르는지도 모르고 의연히 부엌에서 들락날락하는 그의 운명이 때론 한심하게 느껴지었다.

이리구러 지내는데 십이월 중순이 되었다. 고향 있는 이모(어머니의 아우)에게서 어머니에게 편지가 왔는데 사연인 즉,

"가을부터 여관을 하는데 부릴 만한 사람이 마땅찮아서 걱정이 되는 중 들은즉 서울은 남의 집 사는 사람이 많다 하니 착실한 여자 하나를 얻어보내라."

하는 것이었다.

"낮에 편지 읽는 것을 어멈이 듣더니 제가 가겠다구 하는구나!"

어머니는 내 동의를 얻으려는 듯이 나를 보았다

"그 몸을 가지고 거기 가서 어떻게 할라구?"

내가 이렇게 말하니까 곁에 있던 아내가,

"응, 제가 벌써 그 말까지 하던데…… 거기(시골)는 물가두 싸구 집세두 싸다니 애를 낳게 되면 제게 있는 돈으로 집을 얻어 가지고 낳겠노라구……. 여보, 보냅시다."

하고 말하였다.

"어멈이 웬 돈 있나?"

"모아 둔 것이 한 십여 원 된다나! 남 꾸어준 것까지 받으면 십오 환은 넘는대요. 흥…… 그거면 시골서 한 달은 더 살 텐데……."

나는 푼푼이 얻은 돈을 그렇게 모은 어멈이 착실하게도 생각되고, 우리네에게는 한때 술값도 못 되는 것을 그렇게 하늘같이 믿는 그네가 불쌍도 하고 방종한 우리네 생활이 죄송스럽기도 하였다.

"여보, 보냅시다. 거기 가면 먹기도 잘하고 다달이 돈 십 원씩은 받을 텐데 ……."

"그래 볼까?"

나는 아내의 말에 칠분은 승낙하였다. 이러는 것이 일거양득이다. 어멈으로 보아서도 여기 있는 것보다 나을 것이고 나도 순후한 이모댁으로 보내는 것이 짐을 벗는 듯도 하였다. 그러나 모두 북관이라면 알지도 못하고 험악한 산골인가 해서 아범들도 질겁을 텅텅하는 곳으로 대담히 가겠다는 어멈의 심경이 가긍하기도 하였다.

"그러나 거기(시골)선들 애 밴 줄 알면 걱정하기 쉽지?"

나는 남에게까지 짐 지이기가 미안하였다.

"글쎄! 그러면 편지나 해 볼까?"

일주일이 못 돼서 시골 이모에게서 편지가 왔는데 애를 배도 상관 없으니 오겠다고만 하면 곧 노자를 보낸다는 뜻이었다. 이 편지를 본 어머니는,

"그년(시골 이모—어머니의 아우) 제가 늘그막에 자식이 없어서 하나 얻어 키웠으면 키웠으면 하더니 어멈 애가 욕심나는 게지!"

하고 웃었다. 상반의 관념이 별로 없는 우리 시골서는 그것이 허물될 것은 없었다.

"그래 가실 테요?"

나는 어멈에게 억지로 존경어를 쓰는 것이 아니라 누구를 해라 하고 부려 보지 못하고 자라나서 자연 그렇게 말이 나갔다. 내 아내는 앞(南道)사람인 것만큼 때로는 어멈에게 반말을 하는데 그것도 악의가 아니요 머슴 부리던 습관으로서였다.

"보내 주시면 가겠어요."

어멈은 어려웁게 공손히 대답하면서 고요히 웃었다.

"그러면 가세요. 노자 보내라구 편지할 테니…… 거기 가시면 예보다는 낫죠."

나는 곧 노자 보내라는 편지를 썼다. 웬만하면 내가 노자를 줘 보내

야 이모에게도 대접이요 어멈에게도 생각이겠는데 하는 미안한 걱정을
하면서…….

*

어멈 떠날 날은 다다랐다. 그것은 뜨뜻하던 전 주일 어떤 날이었다.

나는 그날 어멈의 짐을 동여 주기 위해서 사에서 좀 일찌기 나왔다.
꾸어 주었다는 돈 받으러 돌아다니던 어멈은 겨우 이십 전인가를 받아
가지고 늦게야 돌아와서

"사 원 돈이나 못 받게 돼요, 없다고 안 주니 어쩝니까"
하고 울 듯이 어머니에게 하소하였다. 그 돈도 떼는 사람이 있나? 모두
그 꼴이다 하면서 나는 혼자 웃었다. 아내는 과자와 과일을 사다가 어
멈의 짐에 넣어 주었다.

"아이구……."

어멈은 너무도 반갑고 죄송스럽다는 표정으로 한 마디 가늘게 뇌더니
힘없는 두 눈에 눈물이 핑그르르 돌았다. 그 눈물은 무엇을 말하는가?

"자, 인제 갑시다."

밤 아홉시가 지나서 큰 짐은 어멈이 이고 작은 짐은 내가 들고 우리
집을 나섰다.

"마님, 안녕히 계세요!"

어멈의 목소리는 떨렸다.

"응, 잘 가거라. 가서 몸 성히 잘 있거라."

"아씨, 안녕히 계세요. 애기 병 낫거든 곧 편지해 주세요."

어두워 보이지는 않으나 어멈의 뺨에 눈물이 스치는가? 그 목소리는
확실히 눈물에 젖었었다.

컴컴한 화동 골목을 헤저어 전등이 환한 안동 네거리에 나서자 마자
내 두 어깨는 나로도 모르게 처지는 것 같았다. 지금 막 와서 추로리*를

---

* 트롤리, 전차 꼭대기의 쇠바퀴.

돌려 논 전차 운전대에 올라서는 때 내 눈은 내가 든 헌 보따리를 꺼렵게* 보았다. 옥양목 치마저고리의 어멈! 허출한 두루막에 고무신 신은 나! 겐둥이 센둥이** 껄렁껄렁하게 꾸린 보따리를 이고 끼고 한 이 두 사람은 남의집 살이를 하다가 쫓겨가는 내외간 같다. 나는 제삼자로서 이런 그림자를 보는 때는 그것이 불쌍하더니 내가 그 모양으로 남의 눈에 띄고 보니 모든 사람의 시선이 아니꼽고 내 자신이 창피나 보는 듯이 불쾌하였다.

'뭐 별소리 다 하지, 그렇게 보이면 어떤가? 내가 못할 일인가?'

나는 혼자 속으로 이렇게 버티면서도 저편에서 나를 흘끔흘끔 쳐다보는 사람들의 시선을 바로 볼 수 없었다.

어멈과 나는 종로 일정목에서 용산행을 갈아 타게 되었다. 전등은 한층 더 빛나고, 사람의 눈이 많은 데 나오니 어멈과 나 사이에 가리인 장벽은 내 의식 위에 더욱 뚜렷이 나타났다. 나는 애써 이 감정을 제어하려 하였으나 뱃속에서부터 쓰고 나온 관념의 힘은 참으로 컸다.

신용산행 전차는 찬 거리에 처량한 음향을 일으키면서 스윽 와 닿았다. 전등이 휘황한 찻속에는 솔로 트레머리를 가린 여성들이 칠팔 인이나 탔다. 사이사이 끼인 깔끔한 신사들도 이 밤 내 눈에는 무심히 보이지 않았다. 나는 전 같으면 의주통을 탈 것도 용산행의 그 차를 탔을 것이다. 얼음 위에서도 봄날같이 보이는 것은 젊은 계집의 떼다. 전차 속에도 그네가 많으면 전차까지 부들부들이 보여서 폭신한 털자리 위에 봄날이 비치는 듯 무조건하고 좋은 것이다. 내 이성理性은 이것을 비웃지만 내 감정은 이것을 승인한다. 내 가슴은 군성군성*** 하다가 '어멈' 하는 생각이 떠오를 때 내 발은 떨어지지 않았다. 비 오고 난 뒤이라 벗

* 껄끄럽게.
** 뒤죽박죽.
*** 병정이나 군마가 내는 소란스러운 소리.

어놓았던 검은 두루막에 고무신을 신고 어멈과 같이 오르면 누구든지 나를 어멈의 서방같이 보지나 않을까? 양복에 구두를 신었더면 하는 후회도 이 순간 없지 않았다.

전차는 어느새 걸음을 내었다. 달아나는 전차 뒤를 물끄러미 보던 나는 스스로 나오는 찬 웃음을 금치 못하였다.

다음 와 닿은 것은 의주통행이다. 이번은 꼭 탄다던 결심도 또 흔들렸다. 찻속은 또 색시판이다 이날 밤은 색시가 별로 눈에 띄었다. 전차까지 빈정거리는 것 같아서 견딜 수 없었다.

이 바람에 또 전차를 놓쳤다.

"안 타세요?"

전차가 걸음을 내는 때 어멈은 지리한 듯이 물었다. 모든 환멸이 지나가는 때 고막을 울리는 어멈의 소리는 무슨 항의같이 들렸다.

"담 차를 탑시다. 누구를 기다리는데……."

이렇게 거짓말을 한 때 나는 콧잔등이 간질거렸다. 종로 경찰서 시계대의 시침은 급하여 오는 찻시간을 가리켰다. 나는 이러다가 기차를 놓치면 어쩌나 하는 걱정까지 않을 수 없었다.

용산행은 와 닿았다. 다행히 여자의 그림자가 보이지 않았다. 사내들만 탔으니 전 같으면 쌀쌀한 수라장같이 보였을 전차건만 이때 내게는 은신처같이 좋았다.

"탑시다."

나는 뛰어올랐다. 옆에 낀 보따리를 운전대에 놓고 다시 어멈의 짐을 받아 놓은 후 어멈 앞서서 차실로 들어갔다.

칠분이나 개였던 내 기분은 다시 흐리었다.

"어 어디 가나?"

하고 내 손을 잡는 것은 어떤 신문사에 있는 김군이었다. 바로 그 옆에는 모던 걸 두 분이 앉았다.

"응, 자네 오래간 만일세! 집에 있던 어멈이 떠나는 데 전송일세……"

어멈에게 힐끗 준 눈을 다시 모던 걸에게 흘끗 스치면서 나는 끝소리를 여럿이 들으라는 듯이 높였다.

"어멈 배행일세그려!"

김군은 웃었다.

"그렇다네! 흥."

뇌고 보니 내 소리는 처음부터 나로도 모르게 일종의 변명이었다. 또 자랑이었다. 빈정대는 듯이 크게 지른 내 소리 속에 '나는 이렇게 관후하노라' '나는 상전이요 저는 어멈이니 오해를 말라' 하는 변명의 냄새가 물씬 하는 것을 나는 느꼈다. 나는 어째 그렇게 대답하였을까. 어멈이 어멈이 아니요, 탁 자른 머리에 모자를 눌러 쓰고 오똑한 구두에 양장을 지르르한 미인이었더면 내 태도는 어떠하였을까? 오오, 나는 또 망령을 부렸구나! 어멈과 같이 탄 것이 무슨 치명상이 되는가? 방약무인의 태도로 버티고 앓은 저 양장 미인이며 모든 사람의 눈을 어려운 듯이 피하여 한 귀퉁이에 황송스럽게 선 저 어멈과 사람으로서야 다 마찬가지가 아닌가? 그가 교육을 받았다면 그런 교육은 무엇에 쓰는 것인가? 활동사진과 소설에서 배운 가지각색의 웃음과 몸짓으로 정조를 팔아 한 세상의 영화를 누리려는 부르조아 지식 계급의 여성보다 제 힘을 끝까지 정기삼는 어멈이 오히려 사람의 사람이 아닌가? 또 내 자신은 그보다 나은 것이 무엇인가? 뜨뜻한 방에서 배불리 먹으면서 어멈 제도 철폐를 부르면서도 어멈을 부리지 않는가? 허위이다. 가면이다. 내가 그를 동정하고 그를 측은히 보고 그의 짐을 들고 그를 전송한다는 것은 모두 허위이요 탈이 아니었던가? 만일 그것이 허위가 아니요 탈이 아니라 하더라도 그 동정 그 측은 내가 그와 같은 처지에서 제 일같이 받은 것이 아니요 인력거 위에서 요리에 부른 배를 만지면서 전차에 치인 거지를 보는 때 일으키는 것 같은 동정이요 측은이 아니었던가?

꼭 그렇지는 아니었던가? 꼭 그렇지는 않았다 하더라도 그에게 대한 동정이니 측은이니 한 것은 미적지근하였던 것일시 분명하지 않은가?

'그러면 너는 저런 어멈이라도 아내 삼기를 사양치 않을 테냐?'

나는 다시 속으로 나에게 물었다. 나는 또 대답에 궁하였다. 궁하였다는 것보다 얄밉게도 그 질문을 벗을 만한 변명을 생각하였다.

나는 전차가 정거장 정류장에 닿을 때까지 내 가슴속에 새로 움이 트는 새 사상과 아직도 봉건적 관념의 지배를 받는 감정과의 갈등을 풀려면서도 못 풀었다.

정거장으로 들어갔다.

삼등 대합실 벤치 한 머리에 어멈을 앉혀 놓고 나는 차표도 사고 짐을 부친 후 이리저리 거닐면서 군성대는 군중을 보았다. 온 세계의 축도를 보는 것 같다. 잘 입은 이, 못 입은 이, 우는 이, 웃는 이, 흰 사람, 붉은 사람, 각인각양의 모양은 한입으로 다 말할 수 없으리만큼 복잡하였다.

한 귀퉁이 벤치에 거취 없이 앉은 '어멈'은 어깨를 툭 떨어뜨리고, 힘없는 눈으로 이 모든 인생극을 고요히 보고 있다. 찬란한 전깃불 아래 햌쑥한 그 낯에는 슬픈 빛도 보이지 않고 기쁜 빛도 어리지 않았다. 무어라 형용할 순 없는 빛— 마치 자기의 운명을 이미 달관한 후에 공허를 느끼는 사람의 낯에서 볼 수 있는 것 같은 구름이 엷게 건너갔다. 축 처진 어깨, 힘없는 두 눈, 두 무릎에 던진 손, 소곳한 머리는 어디로 보든지 활기가 없었다.

그의 머릿속에는 어떠한 생각의 거미줄이 얽히었는가? 알지도 못하는 사람의 편지 한 장에 몸을 맡기려는 한낱 젊은 여자! 그의 눈앞에는 그가 밟을 산 설고 물 설은 곳이 어떤 그림자로 떠올랐는가? 그가 평생 잊지 못할 남편, 열 네 살부터 열 아홉까지 하늘인가 땅인가 믿고 그 품에 안겨서 온갖 괴롬을 하소하던 그 남편, 고생이 닥치면 닥칠수록 생각나는 남편의 무덤을 뒤에 두고 가는 가슴이 어찌 고요한 물결 같으랴? 끓고 끓어서 이제는 모든 감정이 마비되었는가? 남의 눈이 어려워서 몸부림을 못 하는가? 서리 아래 꽃같은 그의 앞길을 생각하니 컴컴한 청루 홍등의 푸른 입술이 떠오르고 장마 때 본 한강의 시체도 떠오른다. 이 순간 그를 보내는 것이 꺼림하였다. 나는 내 이익만을 위해서 그를 보내는 것이 꺼림하였다. 그렇다고 그를 둘 수도 없는 사정이다. 오오, 세상은 어찌 이러한가? 남을 살리려면 내가 희생해야 하고 내가 살려면 남을 희생해야 하는 것이 사람이 밟을 바른 길인가? 시간이 되자 나는 입장권을 사 가지고 개찰구를 벗어나서 어멈을 차에 태웠다

"서방님, 안녕히 계십시오."

내가 차에서 뛰어내릴 때 어멈은 차창으로 내다보면서 떨리는 소리로 공손히 말하였다.

"네, 원산에 내려서 아침 먹구 배를 타시우."

나는 다시금 당부를 하면서 그를 보다가 그가 치맛자락으로 눈 가리는 것을 보니 가슴이 스르르 풀려서 더 돌아다보지 않고 나와 버렸다.

그 뒤로 일주일이 지났다.

며칠 뒤에 또 다른 어멈을 얻어 왔다. 다른 어멈을 얻기 전에는 떠나간 어멈의 이야기가 종종 있었다. 아내가 손수 부엌일을 하는 때에는 반드시 떠나간 어멈의 이야기가 나왔다. 그러다가 다른 어멈이 들어온 뒤로는 떠나간 그 어멈의 이야기가 없다시피 되었다. 지금 생각하니 그것도 은연중 우리의 이익으로서 생각한 것이었다 아내가 손수 부엌일을 할 때에만 떠나간 어멈을 생각하였으니 말이다.

그런 판에 이 엽서를 받았다.

소리 없이 스며드는 황혼빛은 모든 것을 흐리는데, 나는 전등 스위치를 생각도 하지 않고 지나간 모든 생각의 층계를 한 층계 두 층계 밟아 올랐다. 밟으면 밟을수록 그 어멈의 신상이 가긍하였고 내 태도가 너무

나 몰인정한 것같이 느껴졌다. 더구나 오늘날까지도 그에게 상전의 대접을 받는다는 것이 퍽 불안하였다. 나로서는 분에 넘치는 일 같았다.

그렇게 모든 기억을 밟아오르다가 막다른 페이지— 그 어멈을 차에 앉히고 내가 뛰어내리던 막다른 기억에 이르러서는 내 감정은 더욱 흔들렸다.

"차가 떠나가는 때 어멈은 울던데……."

나는 혼잣말처럼 뇌었다. 이때 옥양목 치맛자락으로 눈을 가리던 그 그림자 — 혈혈단신 여자의 몸으로 머나먼 길을 값없이 밟는 어멈의 그림자가 내 눈앞에 떠올랐다.

"예서도 울던데……."

곁에서 내 낯을 보던 아내는 말하였다.

"예서도 울었나?"

"그럼요, '아씨, 안녕히 계세요' 하고 내 손을 꼭 잡는 때 목이 메어서 다시 말을 못 하던데……."

아내도 그때의 기억이 떠오르나 보다. 그의 목소리는 떠오르는 꿈을 꾸면서 뇌이는 잠꼬대같이 고요히 가라앉았다.

나는 아내를 다시 쳐다보았다. 아내의 운명! 내 운명! 아니 모든 우리의 운명도 그 어멈의 운명과 같은 길을 밟을 것같이 느껴졌다. 그와 같은 운명의 길을 밟는 때 지금의 나와 같은 중간 계급 이상 계급의 발길에 짓밟히는 나를 그려 본다는 것보다는 그려 보여졌다. 나는 은연중 주먹이 쥐어졌다.

"오오, 그네(어멈)의 세상이 되어야 일 만 사람의 고통이 한 사람의 영화와 바뀌일 것이다."

하고 나는 혼자 분개했다. 동시에 나는 그런 것을 느끼면서도 그 이상을 실행하도록 힘을 쓰는 척하면서도 머릿속에 주판을 가지고 있는 우리의 계급의 말로가 — 그 자개장롱 화류장롱의 살림을 하다가 어멈이 되었다던 그 어멈의 말로같이 느껴져서 얄밉고 또 어서 그렇게 되어서 오늘의 '어멈 계급'으로 바뀌게 되어 갖은 설움을 맛보게 될 것이 유쾌하게도 생각되었다.

"진지 잡수셔요!"

어멈의 소리에 나는 일어서면서,

"진지 잡수셔요."

하는 어멈을 다시 보았다.

'오오, 그대들이여! 그대들은 세상을 낙관하라! 삶을 사랑하라! 겨울은 지나간다. 봄빛이 이제 찾으리니 한강의 얼음과 북한산의 눈이 녹는 것을 반드시 볼 것이다.'

어멈을 보는 내 가슴에는 이러한 생각이 들었다. 동시에 나는 나로도 모를 굳센 힘을 느꼈다.

무명초

세상에 나왔다가 겨우 세 살을 먹고 쓰러져 버린 《반도공론》이란 잡지 본사가 종로 네거리 종각 옆에 버티고 서서 이천만 민중의 큰 기대를 받고 있을 때였다.

《반도공론》의 수명은 길지 못하였으나 창간하여서 일 년 동안은 전 조선의 인기를 혼자 차지한 듯이 활기를 띠었다. 《반도공론》이 그렇게 활기를 띠게 된 것은 여러 가지 이유가 있으나 무엇보다도 가장 큰 이유는 그 때 잡지의 사장에 주필까지 겸한 이필현씨가 사상가요 문학자로 당대에 명망이 높았던 것이요 또 하나는 《반도공론》은 여느 잡지와 색채가 달라서 조선 민중의 기대에 등지지 않았다는 것이다.

그러나 돈의 앞에는 아름다운 이상도 물거품이 되고 마는 것이다. 자본주들의 알력으로 한번 경영 곤란에 빠진 뒤로는 삼기 넘은 폐병 환자처럼 실낱같은 목숨을 겨우겨우 이어 가다가 창간한지 삼 년 만에 쓰러지고 말았다. 《반도공론》의 운명은 그 잡지 사원 전체의 운명이었다. 그들도 처음에는 어깨가 으쓱 하였으나 나중에는 잡지의 비운과 같이 올라 갔던 어깨가 한 치 두 치 떨어져서 얼굴에까지 노랑꽃이 돋게 되었다.

그러한 사원 중에 박춘수라는 서른한 살 된 사나이가 있었다. 그는 학예부 기자로 상당한 수완을 가진 사람이었다. 본래 경상도 김천 사람으로 키는 중키에서 벗어지는 키나, 몸집이 뚱뚱해서 그저 중키로 보이는 골격이 건장한 사람이다. 얼굴 윤곽이 왼편으로 좀 삐뚤어진데 뺨이 빠지고 얽어서 얼른 보면 험상궂게 생겼으나 커다란 눈을 오그리고 두툼한 입술을 벙긋하면서 하하 하고 웃으면 보는 사람에게 쾌활하고도 관후한 인상을 주는 사람이다. 그는 부지런한 사람으로 잡지사가 한창 경영 곤란에 빠져서 월급 지불까지 못 하게 된 때에도 불평은 불평대로 쏟아 놓으면서 할 일은 꼭꼭 하였다.

이날도 그는 여느 때와 같이 아침 여덟 시 반에 집을 나섰다. 콧구멍만 한 방 한 간에 육 칠 식구가 들어박히니 너무도 비좁아서 이웃 친구집 대청 마루에서 여러 날 잠잔 탓이지 아침에 일어나면 사지가 찌뿌퉁하고 뱃속이 트릿 하였다 오늘 아침에는 뱃속이 여느 때보다 더욱 트릿해서 아침밥을 먹는 둥 마는 둥 하고 집을 나섰다. 파리 소리와 어린애 울음에 교향악을 이룬 콧구멍 같은 방에서 뛰어나오니 기분이 좀 가벼워지는 듯 하나 대문간에 따라 나와서 남이 들을세라 은근히,

"여보! 저녁 거리가 없으니 어떡하오! 오늘은 일찍 나오시오."

하고 쳐다보던 아내의 흐린 낯이 눈앞에 떠올라서 머릿속이 다시 무거워졌다. 게다가 오랜 가뭄 뒤의 불 같은 볕발까지 내리쪼이니 가슴속에 뜨거운 김이 서리는 것 같다.

"엑 더워……. 소나기 한번 안 지나가나."

그는 혼자 뇌이면서 하늘을 쳐다 보았다. 벌겋게 달은 볕발에 물든 하늘은 좀처럼 비를 줄 것 같지 않다. 그는 소나기 지난 뒤의 어린애 눈동자같이 하득하득 빛나는 나뭇잎을 머릿속에 그리면서 먼지가 풀풀 이는 창신동 좁은 골목을 헤저어 동대문 턱으로 나왔다. 뼛속까지 녹아내리는 듯한 땀에 벌써 의복은 후줄근하였다. 가슴이 구르고 호흡은 불 같은데 두 다리의 기운은 풀려서 중병을 앓고 난 사람 같다. 그는 삼복

폭약에 백여 리의 길을 걷고도 땀도 별로 흘리지 않고 기운이 싱싱하던 옛날을 생각하는 때마다 지금의 건강이 너무도 상한 것을 새삼스럽게 느끼게 된다. 중병은 앓은 일도 없이 다른 무슨 이렇다 할 만한 까닭도 없이 나날이 상하여 가는 건강을 생각하면 무어라 꼭 잡아 말할수 없는 크고 흉악한 그림자가 자기의 몸을 자기로도 모르게 한 치 두 치 먹어 드듯 듯해서 견딜 수가 없었다.

"소리도 못 치고 죽는 죽음이다. 흥."

그는 어이없는 코웃음을 치고 종로를 스쳐 오는 바람을 동대문 파출소 그늘에 서서 쏘이면서 동대문 문루를 쳐다 보았다.

온몸에 먼지를 뿌옇게 입은 문루는 내리쪼이는 볕에 육중한 몸을 주체치 못해서 소리 없는 한숨 쉬는 것 같다. 그것을 보고 섰으려니까 춘수 자신까지 그 기분에 눌려서 숨이 막히는 것 같다. 그는 몸을 돌려서 전찻길을 건너 섰다. 그의 아내는 아직도 시간의 여유가 있는 저녁꺼리를 걱정하였으나 그는 눈앞에 닥친 전차비 오 전이 호주머니에 없는 것을 혼자분개하면서 동편 쪽 그늘로 종로 네거리를 향하여 걸었다.

*

사에 찾아 드니 아래층 영업부에는 사람의 그림자가 어른거리나 위층 편집실에는 아무도 오지 않았다.

"망했어! 망해. 열시가 다 되도록 아무도 안 왔으니 일 잘 되겠다……."

그는 혼자 분개하면서 저고리를 벗어 걸고 넥타이를 끌렀다. 먼지가 뿌연 책상을 원고지로 슥슥 문대고 의자에 앉으려니까 저편 방으로 급사가 눈을 비비면서 나왔다.

"너 지금 일어났니?"

그는 담배를 피우면서 급사를 보았다. 급사는 아무 말도 없이 머리를 숙였다 들면서 벙긋 웃고 아래층으로 내려가더니 물과 빗자루를 가지고 와서 그때에야 소제를 시작하였다. 급사가 방바닥에 물을 뿌리고 쓸려는데 김과 최가 들어왔다.

"이게…… 이런……."

말썽 많기로 이름있는 방안을 돌아보더니 가느다란 눈을 똑바로 떠서 급사를 보며서,

"이게 뭐냐?" 글쎄 해가 낮이 되도록 뭘 했니? 뭐 했어?"
하고 야단을 치기 시작하였다.

"우두머리 놈들이 그 꼴이니 되니 무언들 바루 되겠나!"
최가 비꼬아 말하였다.

"엑 속상해서……. 글쎄 어쩌자고 우리가 이 노릇을 한담! 엑."
김은 혼자 골이 나서 한참 푸닥거리를 놓았다.

그들은 일할 생각은 하지 않고 한군데 모여 앉아서 이야기를 주거니 받거니 하였다.

열어 놓은 유리창으로 흘러드는 바람은 여러 사람의 상기된 얼굴을 시원스럽게 스쳤다.

"그래 이달에도 월급 안 주게 작정인가?"

김은 그저 성이 가신 듯이 가느다란 눈을 깜빡하면서 볼멘소리를 쳤다.

"이달도 삯이 글렀나 보이……. 네기 월급은 고사하고 단돈 몇 푼이라도 주었으면……. 참말 생각하면 우리가 더러워……."

의자를 가로타고 앉은 최는 창밖을 내다보면서 남의 말처럼 뇌였다.

"이거 사람이 살 수 있나! 그래 그놈들은 어쩌게 작정이야……. 이사理事인지 깻묵덩인지 그 자식들은 매일 호기만 빼면서 책을 맨들라고 독촉은 하면서도 돈은 안 주고……. 먹어야 일도 하지! 엑……."

춘수는 얽은 얼굴에 근육을 씰룩거리면서 커다란 목소리로 물 퍼붓듯 주어대다가 벌떡 일어나서 유리창 앞으로 간다. 그저 의자에 앉은 두 사람은 입맛만 쩍쩍 다시고 앉아서 춘수의 뒷그림자를 물끄러미 보

고 있다.

실내에는 갑자기 무거운 침묵이 흘렀다.

이때에 따르륵따르륵 하고 탁상 전화종이 요란스럽게 울렸다. 세 사람은 그저 앉았고 선 대로 전화 종소리는 못 들은 것처럼 가만히 있다.

"네— 여보셔요."

소제를 마치고 책상을 닦던 급사가 전화를 받더니,

"저 인쇄소에서 전화가 왔는뎁시오. 교정을 어서 보아 줍시사고 합니다."

그는 어느 사람에게란 지목이 없이 수화기를 손에 든채 이편을 보면서 말하였다. 그러나 아무도 그 말 대답을 하려고 하지 않았다.

"어떡하랍시오?"

급사는 열적은 듯이 혼자 머리를 굽실하면서 또다시 물었다.

"간다고 그래라, 이제 곧 간다고."

창앞에 섰던 춘수는 급사를 돌아보았다.

"가긴 어디루 가…… 그깐 놈의 잡지는 만들어서 뭘 해, 그대로 쓰레기통에 집어 넣으라고 해라."

김은 분개한 목소리로 뇌면서 급사를 돌아다 보았다. 급사는 전화통에 입을 대다 말고 어쩔 줄을 몰라서 혼자 망설인다.

"엑 실없는 사람! 더운데 누가 거까지 가겠냐? 이리로 좀 보내라고 해라."

옆에 앉았던 최가 웃으면서 김을 건너다보고 다시 급사를 보았다. 급사는 최의 말대로 대답하였다.

"글쎄 이 노릇을 어째야 좋담! 저녁 거리가 없지…… 어린애는 월사금을 못 내서 학교에서 쫓겼지…… 이거 사람이 제 명에 못 죽고 이렇게 말라서 죽겠으니……."

김은 호소할 곳 없는 가슴을 혼자 탄식하듯이 거의 절망에 가까운 소리로 뇌이었다.

김의 탄식에 춘수의 가슴도 울리었다. 그의 귀에는 아내의 말이 다시금 들리는 것 같다. 이제나저제나 하고 자기가 들어가기만 기다리는 식구들의 모양이 눈앞에 떠올랐다. 오늘 아침에도 네 살 된 딸년은 곁집아이가 먹는 참외를 보고 사달라고 트집을 쓰다가 제 어미한테 얻어 맞고 울던 것이 그저 머릿속에서 때룩거렸다. 그는 연기가 핑핑 서리는 가슴을 드는 칼로 빡 긁고 싶었다. 어른들의 고생은 둘째로 아무 철없는 어린것들까지 나날이 닥쳐오는 생활난에 어깨가 벌어지지 못하고 활기 없이 크는 것을 보면 붉은 피가 머리 끝까지 끓어오른다.

"돈! 돈!"

그의 머릿속에는 또 공상의 푸른 구름이 오락가락하였다.

"백 원만 있었으면!"

"에라 백 원을 가지고 뭘 한담!"

이렇게 차차 불어가는 돈 액수는 천 원 만 원을 지나 엄청난 숫자에까지 이른다. 그렇게 머릿속에 돈 그림자가 어른거리면 그는 그 돈이 바로 눈앞에 있는 듯이 집을 짓고 사업을 하고 …별별 꿈을 다 꾸게 된다. 지금도 그의 눈은 쨍쨍한 볕발에 삶는 듯한 종로로 주었으나 보는 것은 그의 머릿속에 그리는 딴세상이었다.

"이 사람아 무엇을 생각하나? 준*이나 보세."

하는 최의 소리에 춘수는 비로소 제 정신이 들어서 머리를 돌렸다. 어느새 준장이 책상 위에 놓였다. 그는 얼없는 공상을 한 것이 남에게 들킨 듯이 무슨 죄나 지은 듯한 열적은 생각에 혼자 웃다가,

"에익."

하고 한마디 뇌이면서 일어서서 그의 책상 앞으로 갔다.

---

* 교정.

"여보게들 그래 모다 이럴 작정이야?"

담배를 피우던 김은 그저 신기가 펴이지 않았다

"그럼 어떡하나? 하늘에 올라가 금시 별따는 수가 나나! 붙어 있는 우리만 곯지,"

최는 그저 뱃심좋게 뇌이면서 커다란 봉투에 들어 있는 준장*을 끄집어 내었다.

"이놈아 이건 걷어치이고……."

김은 최가 잡은 준장을 빼앗아 방바닥에 버리면서,

"어떻게든지 결말을 내세, 오늘은……."

하고 정색으로 말하였다.

"이놈이 미쳤나. 어른을 모르고……. 허허…… 그래 어떻게 할 작정인가?"

최는 다시 준장을 집으려고 하지 않고 김을 건너다본다.

"오늘 이 편집장인지 주간인지가 들어오면 대진정을 하고 다소라도 변통하여 달라고 해 보세……. 그래 안 되면 그만두지 이리나저리나 곯기는 마찬가지가 아닌가?"

김은 무슨 결심이나 한 듯이 긴장된 빛으로 말하였다.

"글쎄 말은 해 보세마는 돈 안준다고 우리가 가보세……. 드러내 놓고 말이지 자네나 나나 어디로 갈 데가 있나? 누가 좋아서 이 노릇을 하겠나!"

최는 자탄 비슷하게 나중 말을 맺었다.

"그래 딱한 일이야! 주간이나 사장인들 어쩌겠나? 돈 낸다는 작자가 말만 낸다낸다 하고 주지는 않지……, 그런데 조선서 잡지 사업이란 생돈쓸어 넣는 사업인 것은 뻔한 노릇이지……. 생각하면 우리가 이것을 하고 앉았는 것이 바보야 바보!"

---

* 準張 : 교정지.
** 글씨를 빨리 씀.

춘수는 몇 마디 뇌이고는 준장을 집어들고 주필질*을 시작하였다.

*

춘수의 기분은 점점 흐리었다. 사지가 몹시 찌뿌퉁하고 뱃속이 버글버글 끓는 것이 선잠을 깬 것 같기도 하고 못 먹을 것을 먹은 듯도 하였다. 그런 대로 몸을 비비 틀면서 주필질을 하였다.

정오가 지나고 오후 한시가 되면서부터는 등골에 찬물을 끼얹는 듯이 전신이 오싹오싹 죄어들면서 아슬아슬 추운 것이 앉아서 견딜 수가 없었다. 그런 대로 이를 악물고 견디려고 하였으나 나중은 얼음 구멍에서 뽑아 놓은 사람처럼 이가 덜덜 쫏기고* 머리 끝까지 오싹오싹 죄어들어서 안절부절을 못하게 되었다. 그는 참다 못해 숙직실로 뛰어들어갔다.

숙질실로 뛰어 들어간 그는 급사의 이불을 뒤집어쓰고 드러누워서 덜덜 떨었다. 온몸의 근육이 냉기에 죄어들고 이가 쫏기는 것을 억지로 참아 가면서 한 시간 동안이나 애를 썼더니 그 떨리는 증세가 없어지듯 하며 다시 온몸에 열이 오르기 시작하는데 고기가 익는 것 같았다. 머리가 쩔쩔 끓고 눈이 부연 것이 금방 무슨 변이 생길 것만 같았다.

"웬일이어? 응 어디가 아픈가?"

춘수는 최의 목소리에 겨우 눈을 떴다.

"응 저게 웬일인가? 눈에 피가 몹시 졌네!"

최는 방문을 열고 들이밀어 보면서 눈을 크게 떴다.

"몰라, 덜덜 떨리더니 인제는 열이 나네!"

춘수는 한마디 겨우 뇌이고 눈을 다시 감았다.

"학질인가 보이. 큰일났네. 나도 일전에 며칠을 죽다 살아났네! 약 먹어야지."

---

* 아래 윗니가 딱딱 마주 찧다.

최는 혼자 중얼거리다가 문을 도로 닫고 나가 버렸다.

"학질!"

춘수는 혼자 뇌였다. 학질이 그리 무서울 것은 없으나 몸이 이렇게 괴로워서는 촌보를 옮길 수 없는 일이다. 몸이 돌지 못하면 큰일이다. 사의 일은 둘째로 이제는 해가 벌써 낮이 기울었는데 이때까지 아무런 변통도 못 하였으니 집에서는 그래도 기달릴 터인데…… 이렇게 생각하니 의지가지없는 외로운 자기 신세가 새삼스럽게 슬펐다. 그 자리에서 그대로 쓰러져 죽는대도 누가 들여다볼 것 같지 않은 신세가 어쩐지 슬프고 원통하였다.

"그래도 죽는 날까지는……"

그는 몸을 겨우 일어나 앉았다. 뱃속은 그저 버글버글 끓고 머리가 횡한 것이 중병을 앓고 난 사람 같다. 그는 겨우 몸을 일어서 편집실로 나오려니까 다리가 허전허전한 것이 몇 걸음 못 걸어서 쓰러질 것 같다. 그런대로 악을 쓰고 편집실로 나오니 목덜미에 살이 피둥피둥한 편집부장이 의자에 앉아서 남산 같은 배를 내밀고 부채질을 하다가,

"박군은 벌써 낮잠이오?"

하고 벙긋하면서 빈정거린다.

'남의 속을 저렇게도 모른담……'

춘수는 가슴에서 복받쳐 오르는 분에 한마디 내쏘려다가 꾹 참고 어색한 웃음을 지으면서,

"낮잠이나 자지 할 일 있어요?"

하고 빈정거리는 음조로 맞장구를 쳤다.

"어때? 좀 괜찮은가?"

편집부장과 무슨 이야기를 하던 최는 춘수를 보면서 말을 건네었다.

"그저 그래……"

춘수는 자기 자리에 힘없이 앉으면서 이마를 찌푸렸다.

"왜 어디가 편찮소?"

편집부장은 그저 부채질을 설레설래 하면서 춘수를 건너다 보았다.

"글쎄 학질같은데……."

"학질? 요새 낮잠자면 학질들리지…. 학질이거든 뛰어다니시오. 내가 연전에 학질이 들려서 고생하다가 한강에 나가서 헤엄질쳤더니 달아나버리더군……. 허허."

하고 싱거운 말에 웃음으로 맛이나 도치려는* 듯이 웃었다.

춘수는 아무 말도 없이 흥하고 웃었다. 그 당장에 뛰어가서 멱살을 틀어 잡고,

"이 소도적놈 같은 소리 마라."

하고 훌근대고** 싶으나 차마 그럴 수 없는 일이고 하여 꾹 참았다. 참으려니까 가슴에 서리는 분은 목구멍까지 치밀어서 혼자 가슴을 쥐어뜯고 싶었다.

"오늘은 어떻게 다소간 변통이 있어야겠습니다. 글쎄 이 노릇을 어떡합니까. 여편네란 며칠 전부터 드러누워 매일 앓고……."

최는 구걸이나 하는 듯안 울듯울듯한 음성으로 편집부장을 졸랐다.

"모다 어떻게든지 해 주셔야지 참말 이제는 못 견디겠습니다."

김도 주필을 꺼적거리다 말고 편집부장을 바라보고 다시 춘수를 본다.

"오늘도 글런는걸! 지금 회계에 말해 보았는데 지금 책 발송할 우표가 없어서 쩔쩔매는 판에……."

편집 부장은 남의 사정은 조금도 모른다는 어조로 말하였다.

"그러면 어떡 하랍니까?"

최는 발을 동동 구르다시피 말하였다.

"글쎄……."

---

* 돋우려는.
** 눈을 번쩍 뜨게 하다.

부장은 그저 글쎄만 부른다.

"저도 좀 주셔야겠습니다. 제일 약값 몇 푼이라도 얻어가지고 나가야지 이렇게 아파서야 견디겠습니까?

춘수도 안 떨어지는 입을 겨우 떼었다.

"무얼 박군은 한강에 나가서 헤엄을 치시오. 흐흐…… 그러면 그까짓 학질은 단방문이지……. 내가 보증 하리다."

편집부장은 악의 없이 웃음의 말로 하는 것이나 춘수에게 기막히는 말이다.

"흥 죽을 일이로군."

그는 혼자 뇌이고 준장을 집어 김을 주면서,

"나는 나가 드러누워야겠네……. 자네 좀 보게……."

하고 모자를 떼어 들고 나와 버렸다. 분김에 뛰어나오기는 나왔으나 갈데가 없었다. 빈손으로 집으로 나갈 수도 없는 일이요, 그렇다고 어디가 드러누울 데도 없었다.

한낮이 기운 뜨거운 별은 사정없이 내리쪼여서 다니기도 어려운 노릇이다. 그는 한참 서서 망설이다가 기운 없는 다리를 겨우 끌고 ××신문사로 찾아갔다. ×× 신문사 학예부에 있는 김을 찾아서 원고를 써주기로 하고 돈 교섭을 할 작정이다. 그것도 조르기는 괴로운 일이나 어떻게 하는 도리가 없으니 염치를 등 뒤에 물리치고라도 교섭하는 수밖에 없었다.

"글쎄 미리는 지출지 않아……. 얼마간 써서 실은 뒤가 아니면 어려운데……. 이삼 일 안으로 좀 써보지……."

김도 춘수의 형편이 딱한 듯이 말하였다. 춘수는 하는 수 없이 이삼일 안으로 무엇이나 쓰기로 하고 거리로 나왔다. 그는 이 생각 저 생각하면서 거리로 내려 오다가 다시 청진동 골목에 들어서서 중학동 어떤친구를 찾아갔다. 몸에 열은 그저 내리지 않아서 걸을수록 더욱 괴로웠다.

그는 한참 만에 중학동 천변에 있는 어떤 집 앞에 이르렀다. 정작 대문 앞까지 이르니 발이 무거워서 들어갈 수가 없었다. 괴로워하는 남을 조르기도 어려운 일이요, 갖은 궁한 소리를 다 하면서 구걸하기도 자기의 존재가 아주 짓밟히는 것 같았다. 그는 한참 서서 망설였다. 그러나 목전의 현실은 그의 발을 문안으로 끌어들였다. 그 친구는 있으나 다른 사람이 있어서 그는 할말을 못 하고 한편에 앉아서 신문을 보면서 그 사람이 가기만 기다렸다. 그러나 그 사람은 얼른 가지 않고 신문도 눈에 들어오지 않았다. 나중에는 그 사람이 미운 생각까지 났다.

*

춘수는 두 시간 뒤에 그집을 나섰다.

등뒤에서 손가락질하고 알지 못할 그림자가 두 어깨를 꽉 누르는 것 같아서 발이 땅에 닿지 않다시피 뛰어나왔다.

"또 만납시다."

하는 주인의 소리는,

'다시는 오지 말아주오. 제발.'

하는 소리 같아서 마음이 근질근질하였다.

대문 밖에 뛰어나와서 호주머니에 든 일 원 지폐를 다시 만져 보니 큰 성공이나 한 듯이 시원하였으나 몇 걸음 못 나가서 다시 이마를 찌푸리지 않을 수 없었다.

"어린 것이 몹시 앓는데 자네 돈 원 변통해주게……. 곧 갚으리."

하고 죄없는 어랜애를 빙자하여 말한 것도 마음에 괴롭거니와 그 사람과 같은 제배*건만 죄송스러운 목소리로 종이 상전의 앞에나 선 듯이 구걸하던 자기의 그림자가 눈앞에 떠오를 때 그는 자기의 얼굴에 가래

---

* 儕輩 : 나이나 신분이 엇비슷함.

침을 뱉고 싶었다. 이러고 살아서 무얼 하나? 그것도 한두 번이지 누가 항상 줄 리도 없거니와 준다 한들 오죽하고 주랴. 그는 그 자리에서 소리를 지르고 발버둥을 쳤으면 갑갑한 가슴이 풀릴 것도 같았다. 그러나 그것도 결국은 아무 소용도 없는 일이다.

그는 청진동 골목으로 내려오면서 학질약을 사가지고 갈까 말까 하다가 한푼이 새로운데 약까지 사게 되면 또 몇 식구의 한 끼 값은 없어지는 판이다. 그대로 걸어서 창신동 막바지로 들어갔다.

집이라고 찾아 들었으나 편히 앉았을 자리도 없다. 수구문 안에서 쫓겨난 뒤로 이 집으로 온 지 두 달이나 되는데 한 집안에 세 살림이 살고 있다. 행랑에 한 살림, 안방에 한 살림, 건너방에 한 살림, 이렇게 세 살림인데 춘수는 건너방을 차지하였다. 일곱 식구가 콧구멍같은 방안에서 들끓게 되니 어떻게 협책한지 그의 어머니는 마루에서 자고 그는 이웃 친구집 마루에서 자게 되었다. 마침 여름이니 그렇지 겨울이나 된다면 더욱 큰 고난을 받았을 것이다.

집에 들어서니 어린 딸년은,

"아버지 아버지! 나도 빠나나…… 빠나나 사줘 응?"

하면서 뛰어 나온다.

"저년 또……."

아내는 어린애를 흘겨다보다 말고 사내를 쳐다보면서,

"아까 저 안방집 어린애가 빠나나 먹는 것을 보고 엽때까지 트집이라오."

하고 나직이 말하였다. 그는 이꼴저꼴 안 보았으면 좋겠다고 생각하면서 아내에게 돈 일 원을 내어 주었다. 흐리었던 아내의 얼굴은 빛났다. 그의 어머니도 돈을 보더니 무슨 태산 같은 짐을 벗은 듯이 한숨을 은근히 쉬면서도 활기가 띠는 것을 느꼈다. 일 원 돈에 활기가 띠는 가족들을 보니 그의 가슴은 더욱 저렸다. 그는 마루 끝에 앉아서 견디다 못

해 파리떼가 끓고 어린것의 기저귀며 의복이 불규칙하게 놓인 방 한구석에 드러누웠다. 걸어 다닐때에는 그래도 촌보나마 옮길 기운이 나는 듯하더니 정말 몸져 드러누우니 다시 열이 온몸을 엄습하여서 그도 모르게 신음 소리를 쳤다.

"어디가 아프냐?"

마루에 앉아서 담배를 피우던 그의 어머니는 춘수를 들여다보면서 걱정스럽게 물었다.

"아뇨…… 학질인가 봐요!"

그는 겨우 대답을 하고 찌긋찌긋 저린 팔다리를 이리저리 늘였다.

"응 학질이면……. 금게랍*이라두 사다 먹어야지……."

하고 방으로 들어와서 머리를 짚어 보더니,

"몹시 덥구나!"

하고 수건을 찬물에 축여서 머리 위에 얹어 준다. 펄펄 끓던 머리에 찬 수건이 닿으니 좀 정신이 도는 듯하였다.

"애! 그 돈에서 금게랍을 좀 사오렴."

어머니는 쌀팔러 가는 며느리에게 부탁하였다.

"아니 그만 두셔요. 그 돈은 모두 쌀과 나무를 사야지요. 약은 달리……."

그가 말을 마치두 마두 해서 그 아내가 방을 들여다보면서,

"언제부터 아프시우? 그저 병날 줄 알았지! 이 더위에 그렇게 애를 쓰시구……."

아내는 뒷말을 흐리머리해 버리고 나갔다.

"야, 이년아 어린애들과 장난만 치지 말고 오빠 대리나 주물러 주렴!"

그의 어머니는 수건을 머리에 갈아 대면서 마당에서 장난하는 그의 누이동생을 꾸짖었다. 육십이 넘은 어머니가 기운 없이 허둥지둥하면

---

* 해열제.

서 걱정하시는 것을 생각하니 바늘 방석에 누운 듯이 괴로웠다. 온 식구들을 고생시키는 것이 자기의 죄는 아니건만 그들의 고생을 생각하는 때마다 자기 죄 같아서 견딜 수가 없었다.

밤 여덟 시 이후부터 열이 내렸다. 그는 겨우 몸을 수습해 가지고 일어나 앉았으려니까 찌는 듯한 더위에 숨이 막히었다. 한 칸방을 혼자 차지하고 앉아도 더울 터인데, 온 집안 식구가 기름짜게 되니 참말로 견디기 괴로웠다. 마당에 거적자리를 깔고 앉아서 땀을 들이었다. 버글버글 끓던 배는 그저 몹시 끊이면서 설사가 나기 시작하였다. 한 시간도 못되는 사이에 설사를 세 번이나 하고 나니 더욱 몸을 걷잡을 수 없었다.

"애 무얼 좀 먹어야지……. 무얼 죽을 쑤든지 해야지."

하고 그의 어머니는 어린애들께 지친 피곤한 몸을 뉠 생각도 하지 않고 밤이 들도록 걱정을 하고 그의 아내까지 졸리는 눈을 억지로 비비면서 마루에 나앉아 무엇을 꿰매고 있다.

"또 뒷간을 가니? 큰일났다. 무얼 막을 약을……. 참 답답한 노릇이다. 돈이 어디서 다 썩는지…… 하느님도 무심하지……."

춘수가 뒷간으로 가는 때마다 그의 어머니는 걱정하였다. 그것이 춘수에게는 도리어 괴로왔다.

"괜찮아요! 이제 곧 나을 터이지요."

춘수는 식구들의 걱정이 딱하여서 방 한구석에 도로 들어가 누워서 눈을 감았다.

그의 어머니와 아내는 행랑방 시계가 새로 한시를 쳐서도 이슥한 뒤에 자리에 들었다.

춘수는 방에 들어와서도 두 번이나 뒷간으로 나갔다. 먹은 것 없이 나가만 앉으면 설사가 대야에 담았던 물을 쏟는 듯이 났다. 금방 무슨 변이나 박두할 것 같은 공포까지 일어났다.

그럭저럭 오전 세 시가 되도록 잠을 자지 못하였다. 그믐 달빛은 쓰러져가는 이 초막에도 찾아들었다. 모기장을 바른 창으로 흘러드는 푸른 달빛을 가슴에 받고 누웠으니 공연히 처량하고 지나간 그림자가 활동사진처럼 머릿속에 떠올랐다. 나이 삼십이 되는 오늘날까지 그는 볕발을 못 보고 그늘에서 살아왔다. 일찌기 아버지를 여의고 홀어머니 아래서 자라노라고 어머니의 두호*를 한껏 받기는 하였으나, 남에 없는 고생을 하면서 자랐다.

그의 어머니는 사십이 가까워서 그를 나았다. 그는 그의 외아들인 춘수를 위해서 별별 고생을 다 하였다. 머리가 반백이 넘고 눈에 안개가 들게 된 늙은이가 남의 삯바느질과 떡장사와 심지어 삯방아까지 찧어주면서 춘수를 길렀다. 춘수도 가세가 그런 까닭에 온전한 교육은 받지 못하고 소학교에 다니다가 서당에도 다니고 남의 삯김도 매었다. 그러다가 서울에 뛰어와서 어떤 강습소에 다니다가 차츰 잡지사로 발을 들여놓게 된 것이 이제 와서는 상당한 수완 있는 기자라는 평을 받게 되었다. 서울서 그렇게 지내는 동안에 결혼까지 하여서 어린것을 셋이나 낳고 고향에 있던 그의 어머니까지 올라오게 되었다. 가정을 이룬 처음에는 그다지 군졸치** 않았으나, 그가 다니는 반도공론사가 경영 곤란에 빠져서 일 년 가까이 월급 지불을 못 하게 되면서부터 그의 생활은 조불려석***으로 지내게 되었다. 그렇게 한번 궁경에 빠진 생활은 좀처럼 추어서지**** 못하였다.

튼튼하던 그의 건강도 거기서 상하였다. 매일 애를 쓰고 돌아다니고 그렇게 다니나 일은 되지 않고 생활난은 어깨를 눌러서 그는 피지 못하고 나날이 시들어지게 되었다. 억지로 약을 쓰고 기운을 내나 좀처럼

---

* 斗護 : 두둔하고 보호함.
** 어렵고 구차함.
*** 당장을 걱정할 뿐, 앞 일을 돌아볼 겨를이 없음.
**** 회복되지.

기운이 나지를 않았다.

그가 이삼 승*의 술을 마시게 된 것도 생활난이 만든 것이었다. 한 잔만 먹어도 얼굴이 주홍빛 같아서 헐레벌떡거리는 그가 지금은 밑구멍 빠진 항아리다. 독한 술을 눈에서까지 흐르도록 마시고 뛰고 나든지 잠이 들어 버리면 모든 괴로움이 잊어졌다. 그는 어떤 때 술좌석에서 친구들에게,

"우리네 술은 향락으로 먹는 술이 아니야! 꼭 우리 생활의 필요로 못이겨 먹는 것이지 결코 여유가 있어서 소일로 먹는 것은 아니야! 그렇게 먹는 술이란 몇 친구 앉아서 한담이나 해 가면서 얼근하게 마시고 일찍 집에 돌아가서 편안히 자리에 들든지……. 그렇지 않으면 가정의 무슨 취미를 돋을 것을 하든지 해야지……. 우리야 가정에 가면 골치가 아프지 사회에 나온대야 그 모양이지……. 그러니 이렇게 만나고 술이 생기면 술이 망하나 내가 망하나 하는 격으로 해가 지는지 날이 새는지 생각지 않고 즉살하도록 먹을 수밖에……."

하고 취담으로 한 말이 참말인지도 모른다. 그러나 모든 고통을 잊는다는것도 취하였을 그때뿐이지 깨고 나면 현실은 의연히 그를 못견디게 굴었다. 그는 그러는 때마다 마음을 도사려 먹고 방종에 흐르는 자기 생활을 꾸짖고 후회하였다. 무엇보다도 식구들께 미안한 일이었다. 암만 모든 고통을 잊으려고 해도 그것은 되지 않을 일이다. 현실은 의연히 현실이다. 지금도 가만히 드러누워서 이 생각 저생각 하다가 결론은 발버둥을 처도 이 현실을 당장에 면할수 없다는 데 돌아갈 수밖에 없었다. 여기서 행복— 뜻과 같은 현실을 바라는 것은 공상이다. 어찌 했든지 모든 것은 이 현실과 싸울 수밖에……. 그는 이렇게 생각하면서도 기분은 어쩐지 나날이 줄어들어 감을 느끼었다.

* 두어 되.

그는 이튿날 사에 출근을 못 하였다. 점심 저녁을 굶고 밤새도록 설사를 하고 나니 들어간 두 눈이 더욱 꺼지고 두 뺨이 무섭게 빠져서 보기에도 흉하거니와 그 자신도 손가락 하나 까딱하기 어려웠다.

하룻 동안을 집에 드러누워 있으려니까 병에 괴로운것도 괴롭거니와 이것 저것 눈에 걸리고 귀에 걸리는 것이 심사를 상하게 하여서 견딜 수 없었다. 아침에 누이동생이 월사금을 못 내어서 학교에 가 얼굴을 들 수 없다고 한바탕 비극을 일으키더니 어린것들이 엿 사달라느니 참외를 먹겠다는 둥 조그마한 집안이 수라장을 이루었다. 남의 애들이 먹으니 철없는 어린 것이 먹고 싶어할 것도 정해 놓은 일이요 그런 줄 알면서도 사주지 못하니 가슴이 아픈 노릇이다. 그는 누워서 견디다 못해 책 권이나 남은 것을 이웃집에 있는 친구에게 보내서 육십 전을 얻어다가 어린것들에게 참외를 사주도록 하고 원고지를 끄집어내어 가지고 방바닥에 엎드려서 무엇을 써 보려고 하였다. 무엇이나 끄적거려 가지고 어제 약속한 김에게 보내서 돈푼이나 만들어 볼까하고 생각하였으나 머리가 뒤숭숭하고 팔에 기운이 빠져서 붓을 잡기는 고사하고 보기만 하여도 진저리가 날 지경이다.

'이놈의 노릇을 하고……'

그는 여러 번 붓을 던지고 드러누웠다가는 다시 일어나서 붓을 잡았으나 아무것도 생각나지 않았다. 애꿎은 원고지만 없애버릴 뿐이었다. 겨우 열 장을 써 놓고 드러누웠는데,

"일오나라!"

하고 호기 있게 찾는 소리가 난다.

"어제도 왔더니 또 왔네……."

하고 아내는 그를 들여다보면서,

"집세 받으러 왔나 봐요!"

하고 나직이 말한다.

춘수는 까닭없는 짜증이 나는 것을 꿀꺽 참으면서,

"들오라구 하구려!"

하고 말하였다.

"이리로 들오셔요."

그의 아내의 말과 같이 맥고모자에 회색 아루빠 저고리를 입은 사람이 낮에 땀을 씻으면서 문앞에 와 섰다.

"안녕하시오!"

춘수는 안 나오는 목소리를 겨우 가다듬어서 인사를 하면서 몸을 반쯤 일었다.

"네……. 어디가 편찮으시오……."

그는 순탄한 목소리로 대꾸는 하나 잔뜩 벼르고 온 것처럼 대단 신기 불편하게 춘수의 눈에 보였다.

"글쎄 학질로……. 그런데 집세 때문에 또 미안합니다마는 얼마만 더 참아 주시오."

춘수는 어색한 웃음을 지으면서 그 사람을 쳐다보았다.

"그건 어려운데요……. 벌써 두 달이나 밀렸으니까 이달에는 한 달 치라도 주셔야 하겠습니다."

하면서 좀처럼 해서는 사정을 볼 수 없다는 듯이 거드름을 뽑는다.

"노형도 자주 다니시기에 괴롭겠지만 우리도 두고야 드리잖을 리가 있어요. 이달 그믐에는 다만 얼마라도 변통해 드릴 터인지 한 번 참아 주시오. 물론 주인에게 가서서 노형도 말씀하시기 어려우시겠지만 어떻게 사정을 보아주셔야겠습니다."

춘수는 곡진하게 말하였다.

"그렇게는 못 하겠습니다. 오늘은 어떻게든지 해 주셔야겠습니다."

그는 마루에 걸터 앉으면서 말하였다. 춘수는 더 말치 않았다. 어찌 생각하면 그도 남에게 돈 때문에 부리는 사람으로 같이 어려운 사람의 사정을 보아 주지 않는 것이 야속스럽기도 하나 어찌 생각하면 그럴 수밖에 없는 일이다. 그렇게라도 하여서 성적이 좋아야 집주인의 눈에 들게 되는 것이요, 집주인의 눈에 들어야 밥알이나 입에 들어갈 것이다. 그에게도 자기와 같이 여러 식구가 달려서 그의 어깨에 매달려 지내게 될 것이다. 그렇게 생각하니 볕에 그을어서 거무접접한 이마에 구술 같은 땀을 흘리고 앉아 있는 그의 운명과 자기의 운명이 별로 다를 것이 없었다.

"어떡하랍니까?"

하늘을 쳐다보던 그 사람은 이마에 땀을 씻으면서 춘수를 돌아다보고 졸랐다.

"글쎄 어떡해요?"

춘수도 이제는 할 대로 하라는 듯이 배를 내밀었다.

"점잖은 처지에 그렇게 셈이 빠르지 못하여서야 쓰겠읍니까!?"

그는 점잔을 붙여 가면서 틀었다. 춘수는 속으로 흥 코웃음을 치면서,

"여보 돈에도 점잖고 점잖지 않은 법이 있소? 점잖아도 없으면 못 갚는것이고 못생겨도 돈만 있으면 신용이 있는 세상에…… 허허…… 여보 그럴 것 없으니……. 이렇게 조르신대야 피차 눈만 붉히게 되었지 별수가 없으니 그믐에 들러 주시오."

하고 한 번 더 인정을 부리면서도 그 비열한 자기의 그림자가 눈앞에 떠올라서 스스로 부끄러움을 느꼈다.

"그렇게는 못 하겠어요……."

"나는 더 도리가 없소."

춘수는 좀 성난 목소리로 말하였다.

"그러면 집주인한테로 갑시다. 가서 당신이 직접으로 말하시오. 집세전을 낼 수 없다고……."

하고 일어서서 춘수를 들여다본다.

"나는 갈 수 없으니 주인보고 볼일 있으면 오라구 하시오."

춘수는 귀찮다는 듯이 언성을 높여서 말하였다.

"어째 못 간단 말이오. 우리는 법적 수속을 할 테오."

"여보 그것 참 좋은 말이오. 가서 고소를 하시오. 당신과 나와는 백날 있어야 이 모양이 되겠으니 가서 고소를 하오. 나도 그랬으면 편하겠소."

하고 춘수는 미닫이를 닫았다.

그 사람은 밖에 서서 별별 소리를 다 하더니,

"댁 에서는 집세를 해 났어?"

하고 안방 부인을 보고 말을 건넸다.

"저는 모릅니다. 바깥주인이 아시지……."

"늘 바깥주인, 바깥주인 하지만 바깥주인을 만날 수 있어야지……. 오늘은 해놔야 해……."

하고 또 반말로 으른다.

'저놈이 내게 대한 분풀이를 애꿎은 남의 부인께 하나.'

하고 생각하는 때 이것저것 모르고 빚진 죄인으로 죄없이 벌벌 떨고 섰을 안방 부인의 그림자가 눈앞에 떠올랐다. 그는 참다 못해 미닫이를 열었다.

"여보! 주인 없이 부인들이 어떻게 안단 말이오."

하고 나무라듯이 말하였다. 그 자는 춘수를 홱 돌아보면서,

"댁이 무슨 참관이오…… 어서 댁 낼 것이나 내시오……."

한다.

"뭐 어째……. 돈을 받으면 돈을 달라지 남의 집 부인을 보고 반말은 무슨 반말이야? 응 아니꼽게……. 그 버릇 고칠 수 없어……."

춘수의 기운없던 얼굴 근육은 흥분에 긴장이 되었다.

"내가 언제 반말 했소……. 그래 댁이 내가 반말하는 것을 보았소?"

그자도 '나도 주먹이 있다'는 듯이 웅얼거리면서 이편으로 돌아섰다.

"그래 아까 한 말은 반말이 아니고 무어야……. 어서 나가! 이 마당에 섰지 말고……."

춘수는 마루로 나와 문턱에 걸터앉았다. 그의 얽은 얼굴에는 홍조가 오르고 두터운 입술이 경련을 일으켜서 험상궂게 보였다.

"얘 몸이 아프다면서 가만 드러누워 있지 왜 이러느냐?"

얼굴에 수심이 그득해서 마루에 앉았던 그의 어머니는 그를 보면서 걱정하였다.

"이게 댁 집이요. 가거라 말어라 하고……."

그자는 또 큰 소리로 말하였다.

"그럼 아직까지는 우리 집이야! 나가라면 어서 나가지 잔소리가 웬 잔소리야."

이렇게 서로 주거니 받거니 하다가 그자는,

"어디 봅시다."

한마디 뇌이고 나가 버렸다. 집안은 폭풍우가 지나간 뒤같이 쓸쓸한 침묵에 지배되었다.

춘수는 그저 문턱에 앉아서 먼 하늘을 바라보고 있었다. 생각하면 쓸데없는 일에 흥분된 것이 우습기도 하고 소리를 지르고 나가서 눈에 보이는 대로 부쉈으면 속이 시원할 것 같다.

그는 다시 방안으로 들어가서 붓을 잡았으나 귀찮기만 하고 아무것도 생각나지 않았다. 억지를 써 가면서 두어 줄 쓰다 말고 누웠으려니까 또 저녁 거리가 걱정이 되었다. 인제는 어떻게 하는수 없었다. 이 지경에 나가 돌아다닐 수도 없거니와 나간대도 어디로 갈 데가 없었다.

*

동편 벽을 담뿍 물들이었던 볕발은 밑으로부터 점점 걷히기 시작하였다. 볕발이 들에서 걷힌 뒤에도 찌는 듯한 더위는 물러나지 않았다. 낮부터 아프기 시작하는 배를 끌어 잡고 등골과 가슴에서 흘러내리는 땀을 씻으면서 누워서 저녁을 생각하니까 시간 가는 것이 원수 같다. 기나긴 해에 점심들도 변변히 먹지 못한 식구들이 배가 고픈 내색은 내지 않으나 입술이 말라서 껄떡거리는 것이 눈에 걸려서 견딜 수가 없다. 모두 자기 손으로 요정*을 지어 놓고 자기라는 존재까지 쓰러져 버렸으면 하는 악까지 올랐다.

하여튼 불쌍한 존재들이다. 자기의 주먹을 바라는 그 여러 식구를 생각하면 그늘에 핀 꽃과 같다. 자기 존재만 쓰러지면 그들은 어디로 가나? 어찌되나? 그는 일전 광교 다리 아래 뼈만 남은 열 서너 살 된 어린애와 아래만 누더기로 겨우 가린 젊은 부인이 갓난 아이를 안고 마주 앉아서 참외 껍질을 먹던 기억이 머릿속에 떠올라서 그 그림자를 보지 않으려고 머리를 저었다. 그런 사람에게 비기면 자기의 생활은 호화롭기 짝이 없다. 그러나 그들과 무엇이 다르랴. 차라리 그렇게 지내는 것이 배를 주릴 바에는 더 순스로울는지도 모른다. 누가 좋다는 것도 아니요, 누가 오라는 것도 아닌데 헐레벌떡거리고 쫓아다니면서 갖은 궁상과 마음에 없는 웃음을 쳐 가면서 푼푼이 얻어다가 겨우 연명이라고 하니 그것이 무슨 소용이며 거기서 무슨 수가 나랴. 망치는 것은 자기의 존재일 뿐이다.

그러나 그래서라도— 자기의 존재는 망친다 하더라도 그 때문에 식구들의 존재가 튼튼한 자리를 잡게 된다면 조금도 원통할 것이 없겠다. 그러나 그것은 되지도 않을 일이요, 그래서 겨우 목숨이나 이어간다 하더라고 그 존재는 나날이 마르고 비틀어져서 나중에는 보잘것 없는 존재로 쓰러져 버리고 말 것이다. 또 자기의 존재도 보증할 수 없는 일이

---

* 了定 : 끝을 냄.

다. 이렇게 시시각각으로 부대껴서는 몇 날 못가고 어디서 어떻게 거꾸러질는지도 모를 일이다. 그렇게 된다면 그의 식구들의 밟을 길은 광교 다리 밑에서 신음하던 그 그림자와 같지 않으리라고 누가 보증을 하랴? 그의 가슴은 또 찢기는 것 같았다.

"죄악이야! 죄악. 없는 놈이 자식 낳는 것은 죄악이야."

그는 혼자 뇌였다. 어린것들을 바로 기르지 못하여서 그들이 길거리에서 뭇사람의 발 아래 짓밟힐 것을 생각하는 때 어쩐지 마음이 괴로웠다.

무슨 죄가 있는지 그렇지 않으면 병신이 되어서 이 꼴이라면 모르지만 남과 같은 사람으로 남 이상의 힘을 쓰고도 이 고생— 고생이야 사람으로서 없으랴마는 배를 곯고 헤매다가 쓰러질 것을 생각하면 적어도 불평이 없을 수 없다. 그는 일전에도 어떤 집을 지나다가 쌀에 좀이 난다고 걱정하는 것을 들었다.

"여보!"

그의 아내가 부르는 소리에 그는 비로소 정신이 들어서 내다보았다. 그의 아내는 문앞에 서서 어색한 웃음을 벙긋하더니 주저거리다가 어려운 말이나 하는 듯이,

"이 앞집에서 변돈을 놓는다는데 이삼 원 얻어다가 쌀을 팔라오?"
하고 그를 다시 쳐다본다. 그 표정은 무슨 죄지은 사람이 판결이나 바라는 것 같았다.

"얻을 수만 있거든 얻구려마는 우리를 줄 것 같지 않구려."

그는 선선히 대답하였다.

"가서 말하면 될 눈치던데……. 그러면 가 보지요."

아내는 기쁜 듯이 돌아서 나갔다. 그의 뒷모양을 보는 춘수의 가슴은 또 찢기었다. 혼자 살려고 하는 일도 아니건만 그 돈을 쓰고 갚을 때에 남편의 막막해하는 양이 보기가 딱해서 무슨 죄나 지은 사람처럼 돈 말하기 어려워하는 아내가 다시금 눈을 떠올라서 견딜 수가 없었다.

'언제나 좋은 세상이 오나……'

하고 또 쓸데없는 공상을 머릿속에 그려 보았다. 한참이나 얼없는 공상에서 헤매던 그는 얼없는 자기를 비웃으면서 다시 붓을 끄적거렸다. 억지로 몇 줄 쓰다가는 붓을 멈추었다가는 다시 끄적거렸다. 겨우 몇 장을 써 놓고 읽어 보니 차마 글이라고 드러내기가 부끄럽게 되었다. 여러 번 찢어 버린다고 원고를 집어들었다가는 그렇게 하여서라도 몇회 써야 돈이라고 쥐어 보겠기에 그대로 썼다. 그러나 먼저 읽어 본 서투른 글이 머릿속에서 팽이 굴리듯 팽팽 돌아서 더욱 붓끝이 나가지 않았다.

'이런 글을 써서 뭘 하나! 차라리 지게를 지고 있지 이것을……'

그는 여러 번 분개하면서도 차마 그것을 찢어 버릴 만한 용기가 나지 않았다. 그는 스스로 자기의 무력한 것을 탄식하면서 또 몇 줄 썼으나 기운이 빠지고 머리가 무거워서 참말인지 더 쓸 수 없었다. 모든 것은 될 대로 되어라는 듯이 붓을 집어 던지고 마루에 뛰어 나와 부채질을 하였다.

설사는 날듯날듯 하면서 뒷간에 나가 앉으면 나오지 않고 배만 몹시 아팠다. 배가 뒤틀리는 때면 자기의 기운이 깡그리 빠지고 온몸에 땀이 부쩍부쩍 솟는다. 그러지 않아도 더위에 땀이 그칠 수 없는 몸은 끈끈한 더운 물에서 건져놓은 것 같았다. 저녁이라고 두어술 먹고 나니 뱃속은 더욱 괴로웠다. 후중기*가 여러 번 나더니 이질이 되는 것 같기에 마늘을 즙을 내어서 먹었더니 가슴이 어찌 아린지 그 고통도 적은 고통은 아니었다. 방에 드러누워서 모기, 빈대, 벼룩, 파리와 싸우면서 신음하다가 겨우 잠이 들었다 깨니 어느 사이에 날이 새기 시작하였다. 눈을 뜨니 잊었던 걱정은 또다시 그의 가슴을 눌렀다. 그 중에서도 어서 원고를 끝을 마쳐야겠다는 걱정이 큰 짐이 되었다. 그는 껐던 램프에

---

* 後重氣 : 뒤가 묵직한 느낌.

불을 켜놓고 또 붓을 잡았다. 그가 한창 원고를 쓰고 있는데 마루에서 손녀를 데리고 자는 어머니가 일어나서 기침을 깃더니* 방안을 들여다보면서,

"어떠냐? 좀 괜찮으냐?"

하고 아들의 병을 걱정하더니,

"얘는 웬일인지 밤에 여러 번 설사를 하더니 몸이 어찌 뜨거운지 펄펄 끓는다."

하면서 마루에 누웠는 손녀를 돌아다본다. 춘수의 가슴은 더욱 무거웠다. 그는 일어나 마루로 나가니 어린것은 기운 없이 솜을 늘여놓은 듯이 누워서 눈을 감고 있다.

"옥선아! 옥선아! 아파?"

그는 딸년의 머리를 짚었다. 어린애는 눈을 힘없이 떴다 감더니 귀찮다는 듯이 이마를 찡기고 모로 눕는다. 어린애의 머리는 불이 날 듯이 뜨거웠다.

'피차 편하게 어서 죽어라.'

그는 너무도 복받치는 악에 속으로 뇌이면서도 그런 악독한 소리를 하는 자기 자신이 밉고 어린것의 괴로워하는 것이 가슴에 걸리지 않을 수 없다. 그러나 어떻게 하는 수 없다. 친면 있는 의사라고는 수표정에 있으나 거기에도 약값이 칠팔십 원이다. 이제 또 가서 보아 달라면 보아 주겠지만 차마 낯을 들고 또 빈손으로 가기가 뭣한 일이다.

아침 때에도 춘수의 어머니는 숟가락 들 생각은 하지 않고 어린애 병 걱정만 하였다.

"옥선아 아파? 응…… 맘마 먹어?…… 얘는 밥 좀 끓여 주렴……."

하면서 어린애를 안았다 뉘었다 하면서 걱정을 하였다. 춘수는 아침밥

---

* 목구멍의 침을 힘있게 내뱉다.

뒤에 억지를 쓰고 집을 나섰다. 어제 저녁에 마늘을 먹었던 덕인지 배가 아프던 것은 멎었으나 오장은 뽑힌 것 같고 다리가 헌전거려서 동대문 턱까지 나오니 벌써 숨이 찬다. 몇 걸음 멈추고 후후 더위를 내뿜으면서 먼저 ×× 신문사에 갔다. 되지도 않은 원고를 집어내놓고 돈 말하기는 그 친구에게도 미안한 일이나 어쩌는 수가 없는 일이다. 그는 주춤거리는 발길을 끌고 ××신문사에 들어섰다. 공교롭게 그가 찾아간 김은 그날 들어오지 않았다. 그는 원고를 김에게 맡겨 달라고 급사에게 부탁하고 나와 버렸다. 무슨 짐을 벗은 듯 하면서도 김을 못 만난 것은 바라던 일이 모조리 틀린 것 같았다. 안되는 놈의 일은 엎드려져도 코가 터진다더니 자기를 두고 한 말이라고 혼자 분개를 하면서 ×× 신문사를 나선 그는 수표정 ××병원으로 향하였다.

'다시는 죽으면 죽었지.'

빈손으로 가서 진찰을 받고 나오는 때마다 의사의 찌푸퉁한 얼굴이 가슴에 걸려서 다시는 그 꼴을 안 본다고 맹세맹세하다가도 바쁘면 하는수 없이 발길을 돌리게 된다.

'그도 무리는 아니다. 돈 주고 사오는 약을 그저 줄 리가 있나?'

하고 사리를 캐어서 생각하면서도 때로는 의사에게 대해서 악감이 일었다. 그러면서도 그 앞에만 서면 자기는 기운이 줄어드는 것을 생각하면 무어라 형용할 수 없는 모욕적 감정이 가슴에 끓어 올라서 견딜 수 없었다. 이 생각 저 생각 하면서도 기계적으로 걷다가 머리를 들어 보니 수표정으로 간다는 것이 배오개 네거리까지 내려왔다.

"내가 쉬 죽겠는 게다."

그는 혼자 뇌이고 픽 웃으면서 발을 돌려서 올라오면서 지나가던 사람들이 얼빠진 자기의 행동을 비웃는 것 같아서 무류한 생각을 금할 수 없었다.

병원 문앞에 다다르니 문 위에 달아 놓은 빛나는 주석 간판부터 자기를 비웃는 것 같아서 차마 발이 떨어지지 않는다. 그보다도 어색한 웃음을 지으면서 마지못해 응대를 하는 것 같은 의사의 얼굴이 눈앞에 알찐거려서 그는 그도 모르게 엑 하고 모욕의 전율을 금치 못하였다. 그러나 어린것의 괴로와하는 것을 생각하면 모욕을 받고 죽는 한이 있더라도 들어가지 않을 수 없는 일이다.

"오셨어요?"

현관에 들어서니 마주 보이는 약국 안에 서 있던 약제사가 인사를 한다.

"네! 아이 몹시 덥습니다. 이 더위에 어떠세요?"

그는 벌써부터 근질근질하는 얼굴을 겨우 들고 들어가면서 가장 태연한 듯이 말하였다.

"네 괜찮습니다."

"선생 계셔요?"

그는 진찰실을 바라보고 물었다.

"네 계셔요."

약제사는 약봉에 무엇을 쓰면서 대답하였다.

그는 진찰실로 들어갔다 문이 열리니 어떤 환자의 가슴을 두드려 보던 의사는 문 앞에 들어서는 춘수를 보고 웃으면서 머리만 끄덕하였다.

"웬일이오? 여름에 댁은 무사하오?"

진찰을 마친 의사는 의자에 앉은 춘수를 보면서 말을 붙였다. 그의 태도는 조금치도 춘수를 귀찮게 생각하는 것이 않으나 춘수의 마음에는 모든 것이 외식같이 보였다.

"편하면 또 왔겠소……. 허허."

춘수가 말을 다하기도 전에,

"또 누가 앓소? 누가."

의사는 벌써 알고 있다는 듯이 말하였다.

"어린애가 열이나고 설사를 어떻게 몹시 하는지⋯⋯. 또 졸르라 왔소⋯⋯."

춘수는 기분이 좀 폈다.

"응 그거 안됐는데⋯⋯ 가만⋯⋯."

하더니 그는 의자를 돌려 책상에 마주 앉아 처방지를 펴놓더니 다시 춘수를 보면서

"언제부터?"

하고 묻는다.

"밤부터."

하는 춘수의 말이 떨어지두 마두 해서 의사는 처방을 써서 간호부에게 주면서 얼른 지어오라고 부탁하였다.

"저 약을 써 보셔요⋯⋯, 그런데 박은 왜 그리 빠졌소? 어디 편찮소?"

의사는 다시 의자를 가로타고 앉아서 담배를 피우며 물었다.

"설사가 나더니 이질이 되는 듯해서 마늘즙을 좀 먹었더니 좀 괜찮은 듯하나 아직도 덜 좋은데⋯⋯."

춘수는 말하고 나서,

"병이나 없어야 살지! 허허."

하고 웃었다.

"병 없으면 나부터 못 견딜걸⋯⋯. 하하하."

의사의 말에 춘수는

"나 같은 병자야 있으나 마나."

하고 마주 웃었다.

그때 간호부가 약을 들고 들어왔다. 의사는 다시 간호부에게 무어라고 하더니 간호부는 약국에 나가서 갑에 넣은 알약을 가지고 왔다.

"이 물약과 가루약은 어린애한테 먹이고 이건 박이 잡수."

의사는 약을 춘수에게 주면서 말하였다.

춘수는 병원을 나섰다. 그날은 의사의 기분이 좋아서 그의 기분도 경쾌하였다.

하여튼 고마운 일이다. 가는 데마다 거절 없이 하여 주는 것은 눈만 감으면 코를 베어 먹을 세상에서 고마운 일이다. 그 까닭이 있는 일이지만 춘수로서는 미상불 감사히 생각할 일이다. 그러나 남의 기분에 오르락내리락하는 자기의 기분을 생각하니 그늘에 피는 꽃과 같아서 세상에서 비열한 것은 자기 하나뿐 같다.

"이러구 살아서 뭘 하오."

그는 거리로 걸어가면서 이렇게 뇌이면서도 어린것에게 먹일 약이 손에 쥐어진 것을 퍽 기뻐하였다.

차중에 나타난 마지막 그림자

1

내가 회령會寧 신우조新又組라는 노동조에 있을 때 였다. 나는 어떤 몹시 더운 여름날 간도間島 용전촌龍井村으로 가게 되었다. 그때 어떤 고향 친구가 용청촌에서 척각원拓間園이라는 농장을 경영하고 있는데 나더러 노동판에서 굴지 말고 농장 경영을 함께 하고자 여러 번 권고하므로 회령을 떠나게 된 것이었다. 그때 나와 동행한 것은 나의 이모형 되는 사람이었다.

도문 철도를 타고 상삼봉上三峰에 이른 나는 이모형과 같이 나룻배를 타려고 두만강가로 나갔다.

그날의 더위는 지금도 잊혀지지 않는다. 불빛 같은 쨍쨍한 햇발은 사정없이 내려쪼여서 밟고 나가는 모래판까지 이글이글 달았었다.

흘러가는 물에 얼굴을 식히고 버드나무 그늘 밑에 앉아서 나룻배를 기다리노라니 한 사람 두 사람씩 강가에 모여든다. 모두 강을 건널 사람들이었다. 이렇게 모여드는 사람들 가운데 언제 어디서 왔는지 유별히 눈에 뜨이는 여자들이 끼였다. 나의 눈은 커지지 않을 수 없었다. 하나는 머리를 틀었고 하나는 땄는데 둘이 다 말쑥한 모시 치마저고리에 연옥색 파라솔을 들었다. 쨍쨍한 볕발 아래 연옥색 파라솔을 비스듬히 가리고 말쑥한 단장으로 강가에 서 있는 그 두 여성의 그림자는 너무도 황홀하였다. 천사天使란 저런 것인가 할 만큼 딴 세상에서 떨어진 것 같 았다.

"얘 괜찮다."

곁에 앉았던 이모형은 가느다란 눈에 웃음을 띠면서 감탄하였다.

"괜찮기만……. 나는 가슴이 뻐근하오, 흐흐흐."

"그래서야 되겠느냐? 허허허."

두 사람은 크게 웃었다. 그러나 나는 속없는 듯이 터져나오는 나의 웃음 속에 나로서도 형용할 수 없는 무엇이 서리인 것을 느끼지 않을 수 없었다.

우리는 나룻배에 몸을 담았다. 나는 나룻배에 오를 때 두 여성에게 딸린 사나이가 있는 것을 발견하였다. 이십육칠 세 되어 보이는 키가 호리호리하고 얼굴이 갸름한 청년인데 회색 세비로에 나파륜 모자를 썼다. 그를 발견하게 되면서부터 나의 감정은 이상스러웠다.

나는 그 두 여성의 얼굴을 보려고 은근히 시선을 돌리다가도 여러 사람이 주의해 보는 것 같아서 혼자 가슴만 졸였다.

강안江岸에 내리니 차시간이 아직도 한 시간 반은 남았으므로 우리는 정거장 가까이 있는 냉면집으로 들어갔다. 우리의 뒤를 따라서 그 일행도 들어선다. 그때 나는 두 여성의 얼굴을 똑똑히 보았다. 일반적으로 본다면 얼굴의 윤곽이 분명한 것이라든지 살빛이 부드럽고도 흰 것이라든지 몸가짐이라든지 트레머리 편이 훨씬 나았다. 그러나 내 눈에는 머리 땋은 편이 훨씬 구수하게 보였다. 몸집에 어울리는 호리호리한 키하며 볕에 그을러서 거뭇하면서도 부드럽게 보이는 좀 빠진 듯한 뺨하며 두툼한 입술 위에 봉긋한 코하며 남의 눈을 꺼리는 듯이 머리를 수굿하는 그 자태는 퍽 수줍고 부드럽게 보였다. 그보다도 나에게 가장 큰 쇼크를 주는 것은 멀구알* 같은 눈이었다. 그리 크지 않아서 얼굴에 조화 되어 보이는 그 눈은 흐린 듯 하고도 흐리지 않아서 번쩍 들어오는 사람을 보는 때면 흑진주알같이 빛이 나면서도 무한한 신비를 감추는 듯이 그윽하게 보였다. 나는 냉면 한그릇을 집어세이고 강안역으로 나오면서 그 여자의 그림자를 눈앞에 그려 보았다.

"네 무얼 생각하고 웃늬?"

이모형은 혼자 빙그레 웃는 나를 보면서 따라 빙그레 웃었다.

"그 계집애가 눈앞에서 아물거리는데……."

나는 그네들이 나오는가 해서 뒤를 돌아보면서 말하였다.

"허허 너는 아직도 멀었다. 허허 그거 큰일 났구나!"

그는 모든 물욕에서 초월하였다는 듯이 허허 웃다가,

"큰 색시 이쁘지?"

하고 은근히 묻는다.

"아뇨 나는 트래머리는 싫어……. 어린 것이 나아……."

나는 또 어린 여자의 그 은은한 눈을 그려 보았다.

"네 눈은 아니다. 그건 아직도 어린애드라."

그는 또 나를 마무라면서 트래머리의 미점美點을 들어서 눈은 어떻고, 코는 어떻고 증명하였으나 나는 끝까지 항의를 제출하였다.

2

강안역江岸驛 대합실에 나와 앉은 나의 머리는 그 여자의 생각으로 잔뜩 찼다. 머릿속에서 코하면 봉긋한 코가 눈앞에 떠오르고, 머릿속에서 입하면 두툼한 입술이 눈앞에 떠오르고, 머릿속에서 눈하면 눈앞에서

---

* 멀구슬나무 열매. 천련자라고도 함.

멀구알 같은 그윽한 눈이 때룩거려서 공연히 가슴에서 물결을 쳤다. 이렇게 부분부분이 떠올라서 전체를 이르고 그 전체는 다시 스러졌다가 또 나타났다.

"허허 내가 미쳤나."

나는 머리를 흔들었다. 그 그림자는 잠깐 스러졌다가도 또 나타나서 활동사진 영사막을 대하는 것 같았다.

차시간이 되었다. 우리는 그 일행의 뒤를 따라 들어갔다. 공교로이 그 일행과 우리는 마주앉게 되었다. 그것은 계획하지 않은 계획이었다. 철도 열차실 구조는 전차처럼 쿠션을 좌우로 마주앉도록 장치한 까닭에 앉노라 앉은 것이 그네는 동쪽으로 우리는 서쪽으로 앉았다. 서창으로 흘러 들어 우리의 등을 지지는 여름볕은 그네의 하반신을 비치어서 눈이 부시게 보였다.

서로 마주 앉게 되니 나는 더욱 수줍어졌다. 처음에는 마주 앉게 된 것이 유쾌하기 그지 없더니 마주 앉고 보니 무슨 눈부시는 발광체發光體나 대한 듯이 얼굴을 바로 들 수 없었다. 그 두 여자만이면 또 모르겠는데 거기 따르는 사나이를 보는 때마다 나의 용기는 굴러가는 차바퀴에 부숴지는 것 같았다. 그때 나의 꼴은 말쑥이 뽑은 청년에게 비길 것이 아니었다. 노동판에서 걸치고 다니던 퇴색한 아루빠 쯔메에리에 궁둥이를 기운 린네루 바지를 입고 땀 배인 캡을 썼다. 동행하는 이모형은 상당하게 차렸으나 그것도 그 청년에게 견주면 눈에 뜨일 것이 없었다.

나는 연방 머리를 돌려서 창밖을 내다도 보고 신문을 들여다도 보았으나 그 여성과 그 사나이의 멸시의 시선이 머리 위에서 도는 듯해서 견딜수 없었다. 그러나 그 자리는 떠나고 싶지 않았다. 외면을 하고 눈을 다른 데 주노라고 애를 쓰면서도 나의 시선은 그 여자의 얼굴을 언뜻언뜻 스치지 않을 수 없었다. 그것은 나로도 모를 기적 같은 힘이었다.

때때로 그 그윽한 눈으로 흘러내리는 시선과 나의 시선이 언뜻 마주치면 그는 눈을 깜짝하고 몸을 뒤틀면서 외면을 하였다. 나도 외면을 하지 않을 수 없었다. 나는 금단의 과실이나 따려다가 들킨 듯이 코끝이 간질거리면서도 그가 던져 주는 시선을 받은 것이 기뻤다. 그 세 사람은 서로 이야기를 주고 받는다. 그 이야기는 굴러가는 차바퀴 소리에 부서져서 자세히 들리지는 않았다. 그러나 나는 귀로 흘러들어오는 한마디 두마디를 종합해 가지고 그 남녀 세 사람의 관계를 대강 짐작하게 되었다.

사나이는 어떤 소학교 교사같이 보였다. 사투리 쓰는 것을 보면 그는 함경도 사람인데 간도에 집이 있나 보고, 두여자는 서울 유학생인데 트래머리한 큰 여자의 집은 용정촌에 있는 모양이다. 그리고 머리 땋은 어린 여자는 악센트가 어찌 들으면 충청도 말 같은데 하기 방학에 동무를 따라 간도 구경을 오는 것으로 보였다.

우리는 처음에는 그 사나이와 큰 색시는 부부간이고 어린 색시는 사나이의 누이동생으로 알았다가 그네들은 중로 차중에서 만났을 뿐이요 아무관계도 없다는 것을 알게 되었다. 그렇게 알고 보니 나는 무슨 구속에서 자유를 얻은 듯도 하였고 나로도 알 수 없는 엷은 시기도 느끼었다.

그러나 그 자유 그 시기는 아무 소용도 없는 것이었다. 내가 그 여자를 보는 것은 절벽에 핀 꽃을 쳐다보는 것이나 마찬가지였다. 그때 나로서는…… 한 번 보고 좋다 두 번 보고 좋다 세 번…… 백 번 보고 좋다 할 뿐이었지 그것을 만진다는 것은 언감생심으로 나의 힘으로서는 할 수 없다는 것을 나는 무의식 중에서 의식하였다. 그러면서도 나는 그를 자주 보지 않을 수 없었다.

그날 오후 해가 서산에 가까와서 우리는 용정촌에 이르렀다. 나는 정거장에서 그네들의 그림자를 잃어 버렸다.

3

그네들 일행이 내리는 것을 보고 나는 분주히 그 뒤를 따라 내리다가 트렁크를 잊어버린 것이 생각나서 '네가 참말로 정신을 잃었구나. 허' 하는 이모형의 조롱을 귀에 들으면서 다시 트렁크를 찾아 들고 나왔다. 허 그네들은 어느새 출구 밖에 나가서 승합마차를 탔다. 내가 많은 사람의 틈을 헤저어 출구 밖에 나선 때는 그네를 실은 마차가 벌써 칠팔 간이나 달아 난 때였다. 나는 손에 쥐었던 보물이나 놓친 듯이 어떻게 쓸쓸한지 견딜수 없었다. 나는 그 자리에 우두커니 서서 석양볕을 안고 경쾌하게 굴러가는 그 마차를 정신없이 바라 보았다.

"이 사람아 무얼 그리 보고 섰나?"

우리를 마중 나왔던 양군이 내가 들고 있는 트렁크를 빼앗아가면서 말하니까,

"그 사람 큰일났네 저 마차 속에 가는 색시를 노리다가 저 모양일세." 하고 이모형은 맞장구를 쳤다.

"자식! 이놈아 네 팔자에 연애가 무슨 연애냐. 흥."

"허허허."

세 사람은 함께 웃었다.

"이 놈아 글쎄 이 꼴에 어떤 색시가 붙어 주겠니? 흐흐."

양군은 턱으로 나의 의복을 가리키면서 웃었다.

"딴은 그렇기도 해!"

나는 벙긋 하면서 장난의 말같이 던졌으나 실상인즉 가슴속이 퍽 헛헛하였다. 그것을 몰라 주고 장난으로만 돌리려는 두 사람이 야속스럽게도 생각되었다.

나는 이때부터 그의 그림자를 잊을 수 없었다. 물론 그의 눈에는 나의 존재가 비치었을리 없었을 것이나 나의 눈에는 그의 존재가 뚜렷하

였다. 한번 뚜렷한 실재實在로 나의 머리에 박아 준 그 인상은 좀처럼 떠나주지 않았다. 나는 그날 밤 자리에 드러누워서도 그 여자의 생각으로 잠을 이루지 못하였다. 그 여자를 눈앞에 그려놓고 훌륭한 러브 신까지 벌여 보다가 나중에 눈을 떠 보고 혼자 넋 없는 웃음과 한숨을 뽑았다.

나는 그러한 심리를 나로서도 판단할 수 없었다. 나는 그때까지 이십이 넘도록 어떤 여자에게 그처럼 마음이 쏠려 본 일이 없었다. 십오륙세까지는 철을 몰랐고 그 뒤에는 방랑에서 방랑으로 유유전전하느라고 사랑의 싹을 틔일 사이가 없었다. 나는 회령서도 정거장 노동자로 일만 하면서 매일 정거장에 드나드는 많은 여자를 보았으나 두 어깨를 누르는 무거운 짐에 나의 감정은 여유를 못 가졌다. 거칠은 생활에서도 어쩌다 조용한 틈을 얻으면 그립고 애틋한 설움에 젊은 나의 가슴은 흔들렸다. 그것은 어떠한 대상을 지목하고 흔들리는 가슴이 아니었다. 무조건하고 무엇인지 그리워서 견딜 수가 없었다. 나는 그렇게 가슴이 흔들릴 때마다 눈앞에 나로도 모를 어디서 본 일도 없는 한 이성의 그림자를 윤곽이나마 그려 보았다. 내가슴은 불붙었다. 그러나 그것은 아무 소용도 없는 불이었다. 소용 없는 줄은 알면서도 그 불길은 일어났다. 그것은 썼다. 괴로왔다. 그러나 아른한 단꿈 같은 맛도 있었다. 정체모를 그림자를 그림자로 보고 조건 없는 그 사랑을 사랑으로 맛보려던 그 옅은 꿈은 거칠은 나에게 애틋한 위안을 주었다. 그러나 나의 생활은 그 위안을 주었다. 그러나 나의 생활은 그 위안이나마 오래 계속할 수 없었다.

지금 생각하면 그 쌓이고 쌓였던 불길은 그날 그 순간에 터졌던 것이었다. 나는 오래 그리던 그 무엇을 발견한 것 같았다.

'그의 존재는 절벽에 핀 꽃이요, 나의 존재는 구멍 속의 배암이다.'

나는 이렇게 단념하면서도 단념하지 못하였다. 나의 눈에 언뜻 스친 그 그림자는 전생에 나와 무슨 업원이 있었던가?

나는 그 이튿날부터 남 모르는 초조한 생각에 은근히 가슴을 졸였다. '길가에 지나가는 그의 그림자만이라도 보았으면!'

나는 길에 나섰다가도 멀리 지나가는 여자의 그림자만 보이면 공연히 가슴이 군성거렸다. 그가 그이가 아닌가 해서 빨간 댕기만 보여도 남의 눈을 꺼려가면서 은근히 쫓아가 보았다.

4

나는 그 뒤로 보름 가까이 강가와 거리로 돌아다니면서도 그의 그림자를 보지 못하였다. 눈을 감으면 보이는 그가 눈만 뜨면 보이지 않는 것이 나에게는 큰 번민이었다.

보름 후에 우리는 동성용東盛涌으로 갔다. 거기는 척간원 농장이 있는 곳이었다. 하루라도 용정촌에 더 있으면 한번이라도 그 여자를 볼 것 같아서 나는 떨어지지 않는 무거운 발을 겨우 옮겨 놓았다.

'있기는 용정촌 안에 있을 것이다. 그것은 어떤 집인가.'

나는 보지도 못한 어떤 집의 향기로운 방안을 상상하였다. 어쩐지 그가 있는 방안에는 향긋하고 부드러운 공기가 평화스럽게 흐를 것만 같이 생각되었다.

"오늘 그 색시를 보았다."

어느 날 어디 갔다가 척간원 사무실로 들어온 이모형은 나를 보면서 의미나 있는 듯이 말하였다.

"어데서?"

나는 나로도 모르게 부르짖으면서 그를 쳐다보았다.

"이 자식이 미쳤나. 원 물에 빠진 소리를 지르니……. 흐흐흐…… 그 계집애 소리에 수족을 못 쓰는 구나! 흐흐흐."

나는 양군의 조롱에 좀 무색하였다.

"어데서?"

하고 지른 나의 소리는 내가 생각하여도 우스웠다. 나는 애써 모든 것을 장난으로 돌리려고 장난의 말을 몇 마디 더 보태었으나 그럴수록 도리어 어색한 느낌이 들어서 귀밑이 더워졌다.

"작자들이 말쑥이 차리고 공원에 나왔는데…… 암만해도 큰 것이 낫더라! 하하하—."

이모형은 나의 비위나 돋으려는 듯이 말하고 웃는다. 내 눈앞에는 그 두 여자의 그림자가 떠올랐다. 빨간댕기, 호리호리한 키, 흐린 듯하면서도 빛나는 눈—. 그 그림자가 더 분명히 보였다. 나는 먼 빛으로라도 그를 보게 된 이모형이 부러웠다. 그는 행복한 사람같이 느껴졌다.

그 이튿날 나는 혼자 상무국 옆에 있는 공원으로 갔다. 해란강으로 스쳐드는 바람에 땅 위에 그림자를 던진 푸른 잎들이 시원스럽게 우줄거렸을 것이로되 내 눈에는 보이지 않았다. 오직 나의 눈은 한 존재만 찾았으나 두 시간 세 시간이 되도록 그를 찾지 못하였다.

'그는 저 나무도 만져보고 저 돌에도 앉았을 것이다. 내가 밟는 이 땅은 그가 밟던 땅이다.'

나는 별별 공상을 다하면서 하염없이 돌다가 해란강가로 나갔다. 나의 눈에는 보이는 것이 없었다. 나는 어디를 간다는 방향도 없이 걸어갔다.

철교 다리를 지나 동리 밖 애버들숲 사이로 통한 길에 들어선 때였다. 나의 눈에 분명히 된 어느 그림자가 있었다. 나는 장승처럼 우뚝 섰다. 온몸의 피가 한꺼번에 끓어오르고 두 눈이 확하고 흐려졌다.

그네들은 셋이 가지런히 서서 저편 버들숲 사이로 돌아 나간다. 바른편 첫머리의 것이 그 여자이었다. 다른 두 여자는 모를 사람이었다. 그와 같이 오던 머리튼 여자는 보이지 않았다. 그네들 셋은 약속이나 한 듯이 나를 잠깐 돌아보는 둥 마는 둥 하더니 여전히 저편으로 걸어간다.

쨍쨍한 여름볕 아래 빛나는 푸른 잎 사이를 살랑살랑 지나가는 그네들의 말쑥한 모양은 지금까지도 나의 기억에 선명하다.

나는 그 뒤를 따랐다. 몇 걸음 나가던 나는 다시 주춤하고 섰다. 궁둥이를 기운 린네루 바지 퇴색된 아루빠 쓰메에리, 땀배인 도리우찌— 보잘것 없는 나의 그림자가 내 눈앞에 떠오른 까닭이었다. 나는 그 여자의 말쑥한 단장과 또는 깨끗한 그 처녀미와 보잘것 없는 더러운 나의 꼴이 비교가 되어서 끓어오르던 피가 식어드는 듯하였다. 그와 나 사이에는 은연중 무슨 절벽이 가리어진 것 같았다. 그러면서도 못 잊어서 나의 발길은 그녀를 뒤를 거느직이 따라 용정촌으로 들어갔다. 나는 그의 주소를 알고 싶었던 것이었다.

호사다마라는 격으로 어떤 골목으로 돌아가다가 아는 사람을 만났다. 나는 인사만 얼른 하고 지나치려는데 속없는 친구는 이야기를 끄집어내었다 그 때문에 그의 그림자를 잃어 버렸다. 나는 그 친구가 공연히 원망스러웠다. 그러나 혼자 냉가슴을 앓을 뿐이었다.

5

동성용에 이른 나는 여러 사람과 같이 한가지 틈이 없었다. 갈아놓은 땅의 흙덩어리를 '곰베'로 부수기도 하고 뽕나무 씨를 뿌리기도 하느라고 아침 햇발이 동쪽 산에 치밀고 먼 산밑에 안개가 스러지는 때 밭으로 나오면 컴컴한 황혼까지 편히 앉아서 담배 한 대 피울 사이가 없었다. 어떻게 괴로왔던지 우리는 양군에게 항의까지 제출하였었다. 서로 주인이요 서로 일꾼이었으나 일에 능숙한 것이 양군이기 때문에 그 지도인인 동시에 감독인이 되어 있었다. 그는 부지런한 사람이었다. 늘 우리 먼저 나가서 우리보다 늦게 들어간다. 그러므로 우리는 쉬고 싶어

도 그가 어려워서 못쉬고 괴로운 것을 참아 가다가,

"이놈아 열 시란 이상의 노동이 어디 있느냐?"

하고 항의를 제출하고 싸우다가 웃고 만 일까지 있었다. 지금 생각하면 우습고도 재미있는 일이었으나 하여튼 나는 그때 그처럼 분주하여 감정의 여유를 못 가졌다. 이때 나는 용정촌에 있을 때처럼 그 여자를 생각할 여유가 없었다. 그러나 잊은 것은 아니었다. 흑진주 같은 그 눈은 때때로 나의 머리를 흔들었다. 며칠은 그 때문에 씨를 헛뿌려서 친구들의 조롱까지 받은 일이 있었다.

세월은 흘렀다.

아침저녁으로 불어오는 산들산들한 바람은 흐뭇하던 신경을 산뜻이 씻어주는 것 같았다.

'그는 벌써 서울로 갔을 것이다.'

그가 학생이라고 믿은 나는 새 학기를 생각지 않을 수 없었다. 그래도 행여나 하던 나의 희망의 줄은 여지없이 스러졌다. 그 뒤에 용정촌으로 몇 번 갔으나 길에서 그를 만나리라고는 믿지 않았다. 그러면서도 그가 보였으면 하는 애뜻한 생각은 떠나지 않았다. 그것은 죽어간 사람이 살아 왔으면 하는 심리나 마찬가지였다. 그와 영영 못볼 세상에 갈린 줄 알면서도 한때의 꿈은 잊을 수 없었던 것이다.

먼 산봉우리가 누렇게 서리물들 때였다. 나는 용정촌을— 간도를 떠나지 아니치 못하게 되었다. 미래의 성공을 꿈꾸던 사업은 실패되고 수천원 되는 빚을 등에 걸머지고 강안역에 내려서 두만강을 건너게 되니 감구지회가 가슴을 스르르 흐리었었다. 그 회포 속에는 이 글의 주인공을 생각하는 회포도 없지 않았다.

그 해 일 년은— 간도서 나온 이후로 나의 생활은 일정치 못하였다. 다시 회령에 나왔다가 나남, 경성, 성진을 거쳐 고향에 들러서 서울로 왔었고, 서울 와서도 며칠 있다가 어떤 사찰에 들어가서 몸을 의탁하고 염불로 세월을 보냈었다.

　누구나 객지에 오래 유유전전하는 이는 다 느끼는 바이지만 항상 고독을 느끼게 되는 것이다. 나는 알 수 없는 공상으로써 그 고독을 위로하였다. 그것은 그 고독을 위로하려고 일부러 공상하는 것이 아니요, 고독하니까 자연히 흘러드는 향락적 반동적인 공상이었다.

　인적이 드문 산중에 달이 밝고 스쳐가는 바람에 가지 끝 풍경소리가 당그랑 거리는 깊은 밤이면 그 공상은 나의 몸을 불사를 듯이 일어났다. 그 속에 가장 뚜렷이 나타나는 것은 정체모를 여자의 그림자였다. 그때 나는 신성한 설법을 받는 사람의 머리에 그런 것을 용납하는 것이 큰 죄가 되는 것 같아서 혼자 머리를 흔들고 얼음물에 세수도 하였으나 그럴 때 뿐이었지 아무 효과도 없었다.

*

　불 붙는 공상 속에 떠오르는 정체 모를 여성의 그림자는 하나나 둘뿐이 아니었으나 결과는 그이로 변하였다. 나와는 죽은 사람이나 마찬가지 관계를 가진 그이의 그림자가 일만 여성의 표준이 되었다. 사람을 사랑하던 헛헛한 그때 사랑은 이름도 모르는 그 여자의 그림자와 어떤 으슥한 곳에서 만나도 보고 서로 손목을 잡고 멀리로 달아나도 보고 열정의 가슴을 비벼대고 혼자 즐거워도 하였다. 사랑에 주린 이의 정체 모를 사랑은 청춘의 에네르기를 몹시도 상하게 하였었다.

6

　나는 이듬해 봄에 다시 서울로 와서 방군이 경영하는 조선문단사에 있게 되었다. 그것이 바로 큰 홍수가 나서 이촌동 일대가 모래판이 되던 해였다.

　나는 그해 여름에 잡지사의 일로 영남과 호남 방면에 돌아다니다가 가을 바람이 산들거리는 구월 하순에 서울로 돌아왔다. 서울 오던 이튿날 세브란스 병원에 입원한 유군을 찾아 갔었다.

　유군의 병실에 들어서던 나는 놀라지 않을 수 없었다. 다시는 그림자도 못 보리라고 믿었던 그 여자를 거기서 만나게 된 것은 기적같았다. 햇수로는 이태요 달수로는 만 일년 만이었다. 그는 그때까지 머리를 땋아 늘였다. 얼굴이 좀 빠지고 활기가 좀 거칠었으나 그 은은하고 영채 흐르는 눈은 조금도 변치 않았다. 그는 의자에 앉았다가 방안에 들어서는 나를 보다 말고 다시 앞에 놓은 침대에 고요히 드러누어 있는 병자의 핼쓱한 얼굴을 들여다 보고 있었다.

　"자네 시골 갔다더니 언제 왔나?"

　"어제 아침에……."

　나는 유군과 수작을 하면서도 뜻은 딴 데 있었다. 유군에게 그 여자를 물어보았으나,

　"글쎄 나도 잘모르겠어! 그저께 들어왔는데 앓는 사람의 누이동생인지? 괜찮던데 하하."

하고 크게 웃어 버렸다. 나는 쑥스러운 생각이 들어서 유군에게 더 묻지 못하고 혼자 여러 상상을 하였다. 병자에게 소근거리는 그 여자의 말소리를 들어 보려고 하였으나 잘들리지 않았다.

　나는 유군의 침대 머리에 앉아서 유군의 눈을 피해 가면서 은근히 그 여자를 건너다보았다. 그와 나와 두어 번이나 시선이 맞부딪치는 때 나의 가슴은 뭉클거리지 않을 수 없었다.

　"이 사람이 왜 오늘은 이리 점잖은가? 허허."

　유군은 말없이 앉은 나를 쳐다보면서 담배를 권하였다.

　"흥."

　나는 나로도 모를 코웃음을 치면서 담배를 받아 피웠다.

　그때 감상은 그때에도 몰랐거니와 지금도 기억에 떠오르지 않는다.

나는 어리둥절하였다. 기쁜지 슬픈지 알 수 없었다. 그 여자의 눈에 연방 쏠리는 나의 시선까지 나의 힘같이 않았다. 붉은 석양빛이 남산머리에 남았을 때 나는 병원에서 나왔다. 나의 머리는 몹시 울린 뒤의 종처럼 멍 한 것이 무엇이 무엇인지를 분간할 수 없었다. 나는 공연히 일이 손에 잡히지 않아서 전등이 켜질 때까지 쏘다녔다.

밤에 주인집에 혼자 앉았으니 지나간 기억이 머릿속에서 줄달음박질을 쳤다. 두만강가가 떠오르고 용정촌 애버들 숲이 떠올랐다. 말쑥한 모시 치마저고리에 연옥색 파라솔을 비스듬히 받친 여자의 그림자가 눈앞에 떠올랐다. 그것은 그날 본 그 여자는 아니었다. 그날 병원에서 본 그 여자는 옥양복 저고리 검은 치마에 슬픔이 그득한 얼굴이었으나, 나의 머리에 떠오르는 그림자는 그것이 아니었다. 쨍쨍한 볕 아래에 빛나는 애버들 숲을 지나가면서 저희끼리 속살거리던 그 소리까지 들리는 것 같았다.

*

나는 그 이튿날부터 매일 세브란스 병원으로 갔다.

'유군의 문병.'

구실은 좋았으나 실상인즉 뜻은 염불이 아니라 젯밥에 있었던 것이다. 속 모르는 유군은,

"자네 왔나."

하고 나의 찾아 주는 것을 항상 기뻐하였다. 그것이 나의 양심에 못이 되었으나 나는 하루도 두세 번씩 들렸다.

"요세 웬일인가? 자네가!"

그때 나의 몸치장은 친구의 눈에까지 뜨이게 되었다. 면도도 매일 아침 하였다.

"선생님 웬일이우. 매일 면도만 하시구. 반하신 데 있나봐! 호호."

주인 부인의 '히야까시' 까지 받았다. 나는 양복 바지에 줄을 내고 전

당에 넣었던 스프링을 찾아 입고 구두까지 얼른거리도록 닦아 신었다. 머리 깎을때가 아니면 면도칼이라고도 쥐어 보지도 않고 바지는 수세미를 만들어 입던 내가 그처럼 몸을 꾸미게 된 것은 나로도 모를 큰 변화였다. 어쩐지 그 여자에게 잘 보이고 싶었다. 지금 생각하면 코끝이 간지러운 일이지만 어떤 때에는 거울에 비친 나의 얼굴이 잘못 생긴 것을 더없는 유감으로 생각하였다. 그러면서도,

'옷 잘입으나 얼굴이 빤빤하다고 되는 그 따위 연애는 난 돈주고 하래도 싫여……'

하고 태연하게 뻗대었다.

7

나는 병원으로 가나 거리로 나오나 집으로 돌아가나 그와 나와의 러브신을 머릿속에 그려보았다. 그것은 애틋하고도 유쾌하였다. 공상에 공상을 쌓았다가도 내 정신이 도는 때면 나는 알 수 없는 환락에서 퉁겨난 듯이 일종의 옅은 환멸을 느끼었다. 나는— 하나님을 믿어 본 적이 없는 나는 '그와 나에게 좋은 기회를 주소서' 하고 하나님께 빌어도 보았다. 나는 그의 주소와 이름을 알려고 애썼으나 그것은 알아 볼 길이 없었다. 이렇게 혼자 가슴을 졸이면서도 나는 나를 비웃었다. 떡 사줄 사람은 마음도 안 먹었는데 김칫국부터 마시려는 내가 어쩐지 철없고 측은스럽고 불순하고 자손심이 깍이는 것 같았다.

'내가 미쳤나? 엑.'

나는 어떤 때 병원 문으로 들어가다 말고 돌아나왔다. 그러나 그 발은 몇 걸음 못 나와서 다시 돌아지지 않을 수 없었다. 이렇게 들어갔다가도 그의 그림자가 병실에 없으면 섭섭하기 그지 없었다. 언제든지 그는 병 간호에 지친 듯이 활기가 없어 보였다. 나는 편지를 썼다 이름도

모르는 그 여자에게 보낼 러브레터를 썼다. 직접 전하리라는 결심을 가지고 이삼차나 정성을 들여 썼다가도 찢어 버렸다. 러브레터를 호주머니에 넣고 병실에 들어서면 가슴이 더욱 군성거리었다. 정작 써서 전하려고 하니 쓰기 전에 혈관에서 소용돌이를 치던 용기는 하나 남지 않고 뺑소니를 치고는 말았다.

'머리 속에 주판이 들고는 연애도 틀렸다.'

나는 그때 이 말을 실지로 체험하였다. 체면을 생각하고는, 이해를 생각하고는, 연애에 필요한 용기가 꺾어지고 마는 것이다. 체면도 체면이려니와 그 체면을 통과한다 하더라도 뒤에는 크나큰 난관이 있는 것이 나의 눈에는 보이는 것 같았다. 나는 그와 나와의 러브신의 공사을 하다가도 두 그림자— 그의 그림자와 나의 그림자를 대조하는 때면 일종의 환멸을 느끼지 않을수 없었다. 그를 눈앞에 그리는 때마다 따라서 떠오르는 것은 화원에 잠긴 양옥집으로부터 호화롭게 단장하고 호가자매의 팔에 의지하여 나오는 여자의 그림자였다. 그 여자는 누군가? 나는 그를 그로 보지 않으려 하면서도 그는 그로 보였다. 이렇게 생각하면 공연히 그 여자가 미웠다. 그리고 그를 처음 만날 때의 나의 그림자가 떠올라서 나는 혼자 푸닥거리를 놓으면서도 돈에 팔리는— 그렇게 된 세상에 대한 일종의 불만도 느끼지 않을 수 없었다.

일주일 후에 유군은 퇴원하게 되었다.

나는 친구의 병이 나은 것을 축복하면서도 섭섭히 생각하였다. 그가 나오면 그 병실에는 다시 갈 수 없는 까닭이다. 그 여자의 그림자를 보기 어려운 까닭이었다.

'그(유군)의 병이 왜 그리 속히 나었노?'

나는 혼자 생각하다가도 그처럼 마음이 변하여가는 나를 미워하지 않을 수 없었다. 유군이 퇴원하던 이튿날이었다. 나는 한 가지 결심을 하고 러브레터를 또 다시 썼다.

'나는 당신을 모릅니다. 당신이 누군지를 모릅니다. 그러나…….'

러브레터의 서두는 이러하였다. 열성과 열성을 다하여 썼던 그 글발은 병원문 앞에 이르러서 찢기고 말았다. 그 글은 그가 혼자 보아 줄 것 같지 않았다 그가 아는 어떤 사나이 앞에 펼쳐놓을 것만 같이 생각되었다. 나는 조롱이 그득한 눈으로 나의 글을 멸시하는 어떤 사나이의 그림자를 상상할 때 크나큰 모욕이나 받는 것 같아서 혼자 부끄러운 전율을 마지않았다.

'한 이성이 한 이성에게 정성으로 써 보내는 러브레터! 어째서 세상은 비웃는가?'

나는 그 글을 찢어 버리고 다시 돌아오다가 또다시 돌쳐서지 않을 수 없었다.

병실에는 그 여자와 그 여자가 간호하는 병자밖에 없었다 나는 유군이 누었던 침대를 바라보고 다시 그 여자의 편을 향하여,

"저기 있는 이가 나가셨읍니까?"

하고 물었다. 나의 목소리는 떨렸다.

"그이는 어저께 나갔어요."

의자에 앉았던 그는 방긋 웃으면서 일어섰다. 나는 더 서 있을 수가 없었다. 침대에 누었던 병자의 눈까지 나의 얼굴을 유심히 보는 듯 해서 나는 그만 나와 버렸다.

그 부드럽고 분명한 목소리는 귓속에서 스러지지 않았다. 병원 문을 나서는 나는 그 목소리를 여러 번 연상으로써 들어 보았다. 나는 혼자 유쾌해 하면서도 분개도 하였다.

'못 생긴 녀석! 좀 더 이야기를 해도 좋았을걸…….'

하고 수줍은 나를 원망도 하여 보았다. 그리고 눈앞에 그 여자를 그려 놓고 자문자답으로써 그와 이야기를 하여 보았다—

"어저께 나갔어요? 다— 나아서 나갔습니까?"

내가 이렇게 물으면 그 여자는 그 분명하고 부드러운 목소리로,

"글쎄요. 아마 나으셨기에 나가셨겠지요."

하고 대답할 것이다.

나는 이런 공상을 하다가 지나가는 전차 종소리에 정신을 차려 가지고 혼자 웃었다. 나는 그 뒤 얼마 동안은 번민에 번민으로 지내었다. 머리는 항상 무겁고 두 눈은 정력 없이 굴렀다. 밥 맛도 잃고 편히 잘 수 없었다.

"최! 요새 웬일이요? 어디가 아프오……."

방군은 여위고 기름기가 걷힌데 오래 면도까지 하지 않아서 험하게 된 나의 얼굴을 쳐다 보면서 여러 번 물었으나,

"아뇨……."

간단한 부인으로 막아 버리고 말았다.

"일은 밀리는데 저를 어쩌오? 아프면 약이라도 잡수셔야지……. 일이 밀려서……."

게을러진 나는 친구의 걱정을 듣지 않을 수 없었다. 공상과 번민으로 일이 손에 잡히지 않았다. 하루도 몇 번씩 세브란스 병원으로 가고 싶었으나 구실이 없는 까닭으로 속만 졸였다.

나는 원기가 저상되는 나를 늘 채질하고 꾸짖었는데 혼자 애가 닳아서 뜬 눈으로 밤을 새우는 나를 몇 번이나 꾸짖었는지 나는 모른다. 그러면서도 어떤 때에는 그가 창밖에 섰지나 않은가 하는 얼없는 생각에 창문을 열어 본 적도 있었다. 지금 앉아서 생각하면 참말로 분반할* 일

* 웃음을 참을 수 없는.

이다.

그때로부터 삼 년 후 즉 작년 가을이었다. 나는 호남선 차중에서 그 여자를 만나 보았다. 그가 어디서 탔는지 모르나 그를 발견한 것은 대전을 지나서였다. 나는 곤한 눈을 비비면서 변소를 가다가 그를 발견하였다. 나는 눈을 크게 뜨지 않을 수 없었다. 그러나 세브란스 병원에서 그를 처음 볼 때와는 달랐다. 나의 감정은 그때처럼 흔들리지 않았다.

세월은 변하였다. 그는 그때보다 늙었다. 땋았던 머리는 틀어 얹었는데 분에 젖은 얼굴은 희미한 전등불에 피곤하게 보였다. 그는 난지 오륙 삭 되어 보이는 어린것에게 젖을 물리고 앉았다가 지나가는 나를 보더니 다시 힐끗 쳐다보고는 어린애를 내려다보았다. 쳐다보는 눈만은 옛날의 그 눈같이 보이면서도 그 눈 같이 않았다.

나는 쿠션에 올아와 앉아서 그 여자의 밟아 온 과거를 상상하여 보았다. 옴팍옴팍하던 손의 손가락 마디가 난 것이라든지 두 뺨이 쪽 빠져서 광대뼈가 들어난 것이라든지 몸 차림 차림이 보통에서 지나지 않는 것이라든지 얼굴에서— 그 눈에서 영채가 거두어진 것을 생각하는 때 나의 눈앞에는 거칠은 들에서 무거운 짐에 부대끼는 젊은 여자의 그림자가 보였다. 나는 가슴이 찌릿하여서 머리를 흔들었다.

흐르는 세월과 생활고生活苦는 그에게도 선물을 주었다. 그 선물은 피지도 않은 인간의 꽃봉오리에서 아름다운 모든 것을 다 빼앗아가는 것이다. 나는 그의 그림자가 나의 그림자 같고 나의 그림자가 그의 그림자 같아서 애뜻한 가슴을 진정할 수 없었다.

그는 군산으로 가는지 전주로 가는지 이리에서 내렸다. 안았던 어린것을 둘러업고 조그마한 낡은 바스켓을 들고 내려가는 그의 풀기 없는 뒷그림자는 나의 가슴을 더욱 몹시 찔렀다. 한때는 그를 그리고 정에 불타던 나의 가슴은 세월과 생활고의 선물에 부대껴서 나와 비슷이 되는 그의 그림자에 몹시 저렸다.

차 속에서 그의 그림자가 스러진 뒤에도 나의 머리에는 그의 그림자가 남아 있었다. 세브란스 병원, 두만강가 애버들 숲─, 말쑥한 단장에 연옥색 파라솔을 받았던 그 자태, 봉긋한 코, 흐린 듯 흐리지 않은 흑진주알 같은 눈이 머릿속에서 떠올라서 나는 옛날의 꿈으로 발걸음을 옮기었다. 그러나 그 꿈은 옛날의 그때 같지 않았다. 그때 가슴에 끓던 그런 정열은 나의 가슴에서 찾을 수 없었다. 나는 지나간 그 꿈이 도리어 얼없이 생각나서 코웃음을 치다가도 마지막의 그의 그림자─ 혼자 어린 것을 안고 풀기 없이 차에서 내리던 그의 그림자가 떠오르면 어쩐지 가슴이 뿌직뿌직 조여 들어서 견딜 수 없었다. 그는 지금 어디 있는지?

*

이것이 한때의 나의 젊은 꿈이었다. 지금 앉아 생각하면 한 백 년 전의 꿈처럼 희미하여서도 어쩐지 흘러내리는 웃음을 금할 수 없다. 무엇보다도 그의 이름도 모르고 혼자 애달어 푸닥거리를 놓던 것을 생각하면 허리가 꺾어지도록 우습다.

누이동생을 따라

1

사 년 전 여름이었다.

나는 김군과 해운대에 갔다가 이 얘기의 주인공을 만났다. 그것도 그 때에 비가 오지 않아서 예정과 같이 떠났다면 나는 이 얘기의 주인공과 만날 기회가 없었을 것이다.

해운대에서 이틀밤만 자고 떠나 동래 온천으로 가려던 우리는 비 때 문에 하루를 연기 하였다.

김군과 나는 여관 이층 방에서 비에 잠긴 바다를 바라보면서 오전 중 은 바둑으로 보내었다.

오정이 지나서 우중충하던 천기가 훤해지며 빗발이 걷히었다. 구름 사이로 굵은 빗발이 군데군데 흘렀다. 조각조각이 서로 겹쳐 흐르던 구 름은 석양에 이르러서는 한 조각도 남기지 않고 맑게 걷히었다.

나는 김군과 같이 온천에 갔다가 붉은 빗발이 푸른 벌판에서 자취를 한 걸음 두 걸음 감추일 때 온천을 나섰다.

오랜 가뭄이 남겨 주었던 텁텁한 기운은 비에 씻겨 버렸다. 석양은 눈이 부시게 맑았다. 먼지를 뒤집어 쓰고 시들시들히 늘어졌던 아카시

아 잎들은 어린애 눈동자처럼 반짝거렸다.

푸른잔디와 흰 모래 깔린 저편에 굼실거리는 바다를 스쳐 오는 바람은 어느때보다 더욱 경쾌한 맛이 있었다.

나는 석양을 안고 여관으로 향하였다. '유까다' 에 수건을 걸친 김군도 나의 뒤를 따라 섰다.

아까부터 들리는 단소 소리는 점점 가까이 들렸다. 길고 짧고 높고 낮게 흘러 오는 그 소리는 발을 감추는 석양볕을 따라 머나먼 바다 저편 하늘가로 흘러갔다.

우리는 단소 소리가 나는 저편 나무 그늘로 갔다. 단소 부는 사람 앞에 오륙 인이 반달같이 벌려 서서 고요히 듣고 있다.

가슴에 석양을 받고 앉은 단소 부는 사람은 사람이 가고 오는 데는 아무 상관 없다는 태도였다. 깍은 지 오랜 머리는 두 귀를 덮었다. 가락을 뜯는 쇠갈고리 같은 손가락하며 땀과 먼지가 엉긴 시커먼 낯빛하며 둥긋한 이마 아래 조래 듯이 감은 눈은 푹 꺼져들어서 험상궂게 생겼다. 한 다리는 거두고 한 다리는 뻗고 앉아서 정신없이 단소만 불던 그는 단소를 입술에서 스르르 떼었다. 그는 눈을 떠서 돌아선 사람을 바라보았다. 눈뜨는 것을 보고 비로소 그가 애꾸눈인 것을 알았다. 그는 한숨을 휴 쉬더니 곁에 벗어 놓았던 군데군데 뚫어진 검은 사아지 양복저고리를 집어들고 일어섰다. 흙투성이 된 누런 양복 바지는 무릎이 뚫어졌다. 그는 서산에 뉘엿뉘엿 넘어가는 볕을 바라보더니 저편을 향하고 발을 떼었다. 그는 애꾸눈만이 아니었다. 왼편 다리까지 절었다.

나는 어디서 본 사람같이 느껴지면서도 얼른 생각이 나지 않았다. 나로도 알 수 없는 째릿한 감정으로 절름절름 걸어가는 그의 뒷그림자를 바라보았다.

"여보게, 우리두 가세 인젠……."

나는 김군이 부르는 소리에 발을 떼어 놓았다.

나는 여관에 돌아와 이층으로 올라가다가 머릿속을 언뜻 지나가는 기억에 '옳지!' 하고 큰 발견이나 한 듯이 앞에 올라가는 김군에게

"인제 생각나네!" 말하였다.

"지난 봄 종로 야시에서 지금 단소 불던 작자를 보았군!"

하고 나는 돌아다보는 김군에게 말하였다.

"그 단소 잘부는데!"

김군은 내 말에는 별로 흥미 없다는 듯이 말하였다.

"야시에서 들을 때엔 모르겠드니 예서 들으니 그럴 듯한데."

나는 난간에 서서 석양에 잠긴 아른한 먼 바다를 바라보면서 말하였다.

2

저녁 뒤에 김군은 달빛을 본다고 전등을 껐다. 이층 난간에 나 앉으면 바다와 산과 달 바라보는 맛은 옛날 한시漢詩를 읽는 맛이났다.

서산에 넘어가는 해를 기다리고 있는 듯이 바다 저편 동쪽 산 위에 높이 솟은 달은 물 같은 빛발을 바다와 육지에 던졌다. 저녁 연기에 흐리었던 바다는 달빛에 잠겨서 전면에 은빛이 굼실거렸다. 그 위로 미끄러져 나가는 두어 개의 돛도 달지 않은 어선은 수묵을 찍은 것 같다. 두어 개의 어화가 해운대 아래 희미했다.

바닷가에 어른거리는 것은 사람의 그림자인가? 간간이 웃음과 노래가 흘렀다. 달이 높이 걸림을 따라 사면은 바닷 소리와 바람 소리와 달빛에 고요히 잠기었다.

"낮에 불던 그 사람인가 보이!"

김군은 드러누워서 모기를 날리다가 벌떡 일어났다. 단소 소리가 달빛을 타고 들려 온다.

"그걸세……. 그 사람이야."

달빛이 흐르는 바다를 고요히 바라보고 앉았던 나의 가슴은 흘러 오는 단소 소리에 아른아른 흔들렸다. 그 소리는 낮에 듣던 것보다 한껏 처량하였다. 이어지는 듯 끊어지는 듯 굵고 가늘게 흘러 오는 그 소리는 밝은 달빛과 조화되어 달빛이 단소 소린지 단소 소리가 달빛소린지 바다와 산을 스쳐 먼 하늘가를 흐르는 그 소리는 때로 여울 소리같이 격하고 때로 먼 하늘의 기러기 소리같이 처량하였다. 나는 세상을 떠나 달빛을 타고 하늘로 오르는 듯이 표연한 맛을 느끼면서도 인간의 애틋한 심정을 벗을 수 없었다.

우상같이 앉아 바다를 바라보는 나의 머리에는 어제 들은 그 얘기가 떠올랐다.

'자살! 젊은 여자의 자살.'

젊은 여자로 몸을 던졌다는 것 또 그것이 보통 여자가 아니었다는 것은 역시 젊은 나의 가슴에 애틋한 그림자를 긋는다.

그가 죽었다는 곳은 지금 바로 내다보이는 저 아래편 해운대 앞바다였다.

"바로 열흘 전입니다."

우리가 있는 웃방에 한 달 전부터 와 있는 마산 친구가 어제 우리와 같이 바닷가에서 거닐다가 말하였다.

"그날 나는 저편에서 미역감다가 사람 죽었다는 소리에 여러 사람과 같이 이리로 왔더니 에익 끔찍도 합디다."

하고 그는 그때의 광경이 눈앞에 떠오르는 듯이 이마를 찌푸렸다.

"팅팅 불은 계집이겠지요! 머리는 흐트러지고 치마는 찢겼습디다 그려……. 그런 것을 낚시질하던 웬 늙은이가 '네기 꿈자리가 사납더니' 어쩌고 투덜거리면서 옷을 벗고 들어가드니 저 바위 사이에서 물결을 따라 오르락내리락 하는 송장을 끄집어 내왔는데……."

그는 바닷가를 가리키면서,

"바로 저기로군……. 저기다 내다 놓은 것을 보고는 나는 어떤 친구가 동래서 올 시간이 되었기에 여관으로 돌아갔지요. 그래 뒤에 들으니……."

하고 그는 그 죽은 여자의 내력을 들은 대로 이야기 하였다.

그 여자는 부산 어떤 유곽의 창기였었다. 그는 몹시 더운 어떤 날 해운대에 나타났다. 포주의 학대에 못 이겨 도망한 거라고도 하고 어떤놈과 배가 맞았다고도 하나 이리로는 혼자 왔었다. 그는 여관에 들어 하룻밤 자고 이튿날 새벽에 나가서 해가 낮이 되도록 돌아오지 않았다. 여관에서는 온천으로 찾아가 보았으나 없었다.

"그래 여관에서는 퍽 궁금히 여기다가 그 소문을 듣고 나와보니 그 여자드라는데, 부산서 포주가 와서 어딘지 묻었답니다."

하고 마산 친구는 창망한 바다를 바라보았다.

지금 나의 눈앞에 보지도 못한 그 여자의 그림자가 창백한 얼굴로 떠오른다. 흘러 오는 단소 소리는 그 그림자의 원한을 하소하는 듯이도 들리었다.

3

아홉 시가 친 뒤 이슥해서 나는 김군과 같이 바닷가로 나갔다.

그때는 단소 소리가 그친 뒤였다. 바람 소리와 물소리가 어우러져서 들을 지나 산으로 올라가는 맛은 한여름의 괴로움을 씻고도 남음이 있었다.

온몸에 달빛을 받고 시원한 맑은 바람을 쏘이면서 달 아래 이슬에 빛나는 잔디를 밟고 바닷가에 나서니 흰 모래판은 은가루를 뿌린 것 같았다.

하늘과 땅에 찬 것은 달빛과 바닷 소리와 바람 소리였다. 그 속에 흘러오는 사람의 소리는 먼 세상에 떨어져 있는 사람의 소리같이 들렸다.

나는 아무 말도 없이 물결이 들어왔다가는 밀리고 밀렸다가는 들어오는 바닷가로 올라갔다. 고기후리를 늘이는 어선 두 척이 구물거리는 물 위를 소리없이 미끄러져 나간다.

"여보게."

하고 부르는 김군의 소리에 나는 발을 멈추고 머리를 돌렸다. 김군은 저편에 빈 배를 의지하여 쳐 놓은 모기장 앞에서 누구와 이야기를 하고 있었다.

"응, 게서 뭘 하나?……."

나는 술놀음이 벌어졌구나 생각하면서 말하였다.

"이리로 오게 여기 마산 리선생이 계시네."

김군은 말을 마치며 무슨 뜻인지 허허 웃었다.

"이리로 오셔요. 같이 좀 놀 수 없을까요? 허허."

마산 친구는 일부러 빈정대는 어조였다. 나는 별 이의 없이 그리로 갔다.

모기장 속에는 삼 사 인이 모여 앉았다. 동래에서 놀러 온 친구들인데, 바닷가에서 밤을 새기 작정하고 모기장을 가지고 왔다. 나도 그 때에 비로서 알았지만 해운대의 모기는 유명하였다.

"들어갑시다. 모두 좋은 친구들이오. 술항아리들이랍니다."

하고 마산 친구가 김군과 나를 끌었다.

"어서 들어오시지요. 여기는 조금도 허물 없습니다."

술병을 가운데 놓고 둘러앉았던 그들은 자리를 비키면서 우리를 청하였다. 나와 김군은 인사를 마친 뒤에 술잔을 받았다. 모기장으로 흘러들어 잔에 던져진 달빛은 그럴 듯하였다. 몇 순배가 지나 몸에 술이 피면서부터 김군과 나도 여러 사람과 같이 떠들었다. 제가 제라고 떠들

던 우리는,

"가만 있어! 저 소리 듣게."

험상궂게 얽은 친구의 굵은 목소리와 손짓에 이야기를 그쳤다.

단소 소리가 흘러 온다. 천뢰같이 울리는 물소리 속을 실개천 흐르듯 흘러든다.

"저게 그 병신이지?"

손짓하던 얽은 친구 곁에 수긋하고 앉았던 얼굴 기름한 친구가 누구에게라고 지목 없이 물으면서 이 사람 저 사람의 얼굴을 번갈아 본다.

"좋은데……."

마산 친구가 술을 따르면서 대답하였다.

"저 녀석 잡아다가 예서 좀 불라지?"

술잔을 드는 얽은 친구의 말이었다.

"그건 잡아 오면 거져 불어 주나!"

벌써부터 술기운에 몸을 가누지 못하고 한편 구석에서 씨근씨근하던 키 작은 친구가 아무 흥미도 없다는 듯이 말하였다.

"술잔 먹이면 안 될라구! 또 돈 달라면 주지……. 허허허."

얽은 친구는 혼자 커다랗게 웃더니,

"내가 붙잡아 옴세."

하고 일어서 모기장 밖으로 나갔다. 우리는 그가 가는 곳을 바라보았다. 우리는 그가 가는 곳을 바라보았다.

저편 모래 위에 뒤집어 놓은 뱃등에 바다를 향하여 앉은 그림자가 단소 부는 주인공이었다. 달빛이 넘치는 뱃등에 앉은 외로운 그 그림자는 그 소리와 같이 그럴 듯하게 보였다.

"자, 술은 아무도 안 먹나?"

얼굴 기름한 친구가 단소 소리에 끌리는 여러 사람의 마음을 잡아돌리려는 듯이 말하였다.

"안 먹긴, 내가 먹지."

마산 친구가 잔을 들었다.

그때 단소 소리는 뚝 그쳤다. 사면에 바닷 소리만이 흘렀다.

4

"참 잘 부시오. 언제 그렇게 공부하셨소!"

술이 한 순배 지난 뒤에 김군은 그를 바라보면서 농 비슷하게 말하였다.

"천만에, 그저 불지요."

그 사람의 목소리는 퍽 가라앉았다.

술이 몇 차례 지난 뒤에,

"인제 좀 불어 보시오."

하자 그는 옆에 놓았던 단소를 집어들었다.

"변변치 못합니다."

그는 좌중을 돌아보며 어색한 웃음을 벙긋하였다. 그는 수염이 쑥밭 같은 턱을 손가락과 맞추어 흔들면서 몇 번 곡조를 골랐다. 소리는 바른길을 찾았는가? 활개를 펴기 시작하였다. 물을 뿌린 듯이 좌중은 고요하였다. 낮에는 그처럼 험상궂게 보이던 그 사람의 모양이 달빛 아래서는 아주 딴판으로 보였다. 푸른 달빛에 비치인 먼지와 땀에 절은 그 모양은 동으로 서로 정처 없이 흐르는 그의 운명을 말하는 듯이 애틋한 감정에 내 가슴은 젖었다.

한 곡조 두 곡조 흐르는 곡조는 곡조를 따라 한 걸음 두 걸음 하늘 아래 퍼지었다. 한문식 문자로 표현한다면 바다에 잠긴 어룡들도 그 소리에 큰 숨을 죽이는 듯하였다.

"변변치 못합니다."

그는 감았던 눈을 번쩍 떠서 중천에 가까운 달을 쳐다보고 우리를 돌아보았다.

"수고하셨습니다. 술 한잔 잡수시지요."

나는 애연한 꿈을 깬 것 같았다.

"참 잘부십니다."

마산 친구가 입을 열었다.

"참 명창인데, 명창이야……."

저편에 드러누웠던 키 작은 친구는 그저 술이 취한 목소리였다.

"이 자식 명창이라니? 하하하…… 명창"

하고 얽은 친구가 웃는 바람에 모두 한바탕 웃었다.

밤은 깊었다. 달은 바다를 지나 육지에 높이 솟았다. 물같이 맑은 빛은 아까보다 좀 차졌다.

"에야차 에야."

후리 다리는 소리가 저편 아래서 들렸다. 바다 저편에 수묵을 찍은 듯 하던 어선은 점점 후리 소리 나는 편으로 가까워진다.

"단소는 언제 배웠소?"

얽은 친구는 달빛이 넘실거리는 술잔을 들면서 그 사람을 치어다보았다.

"어려서 장난으로 불었지요! 별로 배우지 않았습니다."

묻는 사람은 신기하게 물었으나 대답하는 사람은 극히 평범하였다.

"여보! 언젠가 내가 서울 야시에서 뵌 듯한데……."

나는 그를 건너다보았다.

"네…… 서울 있었습니다. 이리 온지는 며칠 안 됩니다. 이런 놈의 신세가 어디를 가면 값이 있겠어요? 허허"

술에 젖은 그의 목소리는 아까보다 기운있게 흘렀다.

"천만에 그 팔자가 도리어 편할런지도 모르지요!"

김군은 무엇을 생각하는 어조였다.

"편해요······ 허허······."

그는 어이없다는 듯이 웃었다.

"고향은 어디에요?"

누가 묻는 말에 그는,

"고향이라고 할것두 없지요. 이 팔자에······. 나기는 평안도 녕변서 났습니다."

하고 한숨을 쉬었다. 그는 지나간 기억을 밟는 듯이 왼쪽 눈을 먼 하늘에 주었다.

"부모 처자가 다 있어요?"

마산친구의 묻는 말이었다.

"아무도 없습니다. 부모 처자가 있으면 이 꼴이겠읍니까. 벌써 송장된지 오랜 사람이지만······. 허허."

그는 무슨 말을 하려다 말고 코를 벌룩하면서 웃음으로 말끝을 막았다.

여러 사람은 약속이나 한 듯이 그 사람의 얼굴만 치어다보았다.

잠깐 침묵이 흘렀다. 달빛은 더욱 밝았다. 후리 다리는 소리가 들려왔다.

5

술이 한 순배 지나갔다.

우리는 어찌어찌하다가 단소 불던 사람의 내력을 그에게서 들었다. 그는 술 한잔을 마시고 안주를 집으면서,

"말씀한대야 변변치도 못한 것입니다."

하고 눈가에 그윽한 웃음을 띠었다.

여러 사람은 두툼하고 검푸른 그의 입술만 쳐다보았다.

"사람의 일생이란 생각할수록 맹랑하지요……. 나도 병신되기 전에는 지금에다 대었겠습니까마는 이 꼴이 된 부터는……. 허허……그래도 죽지않고 살아 있으니…… 어찌 생각하면 더럽지요……."

그는 탄식 비슷이 뇌었다. 그 탄식은 무슨 철리나 머금은 듯이 구수하게 들렸다.

"그런거지요! 죽으면 파리 목숨만도 못하지만 끌면 쇠심 같은 것이 목숨이지요."

김군 맞은편에 앉았던 얽은 친구가 맞장구를 쳤다.

"참말 그래요…… (하고 그는 말을 잠깐 끊었다가) 내 고향은 아까도 말씀 드렸지만 평안도 영변이에요. 나는 사남매지만 어머니에게는 남매뿐이외다. 우리 어머니에게는 나와 내 아래로 난 누이동생이 있고……. 그리고 내위로 남매가 있다던데, 그들은 다 그들 어머니에게 외딸 외아들로 지금 어디 가 있는지 살았는지도 모르지요……."

"그러면 어머니가 셋이게? 하……."

김군은 의아한 눈으로 그 사람을 바라보았다. 그 사람은 김군의 말이 끝나자 곧,

"말하자면 그렇지요……. 허허…… 우리 아버지가 천하 난봉이든가 봐요……. 어머니의 말씀을 들으면 평양 관찰사 누구와도 친하고 또 무슨 벼슬도 지낸 잘난 어른이라고 합디다만, 그랬는지 저랬는지 나는 모릅니다. 내 기억에 남은 것은 아버지와 어머니가 밤낮 싸우는 것밖에는 없습니다."

하고 그는 잠깐 말을 그쳤다. 그의 어조는 내가 상상하던 바와는 딴판으로 퍽 점잖고 기품이 있었다.

"내가 열한 살때에 어머니가 돌아가셨습니다. 그때에 내 누이동생은 여섯 살이었지요. 본디 우리 아버지는 전라도 사람으로 녕변 갔다가 우

리 어머니와 만나서 우리 오뉘를 낳았는데 전실에서 낳은 아들이 전라
도 어딘가 있다고 들었습니다. 그리고 전라도서 떠나 송도 가 계시던
때에 또 어떤 기생에게서 딸 하나를 낳았답니다. 그러다가 녕변까지 불
려가서 우리 어머니와 만난 것이 그럭저럭 세상이 이렇게 되고 더 뛸
길은 없고 하니 그대로 주저앉아서 장사를 하였습니다 그려."
하고 그는 혼잣말하는 것이 싱거운 듯이 말을 끊었다가,

　"자, 술이나 잡수시면서."
하는 마산 친구의 말을 따라 술을 마시고 말을 이었다.

　"어머니가 돌아가시니 기가 막힙디다. 어린 마음에도…… 그때 어머
니는 마흔셋이고 아버지는 예순둘이었었는데, 아버지는 그때에도 첩
을 얻어 가지고(말하자면 우리 어머지도 첩이지만) 딴 살림을 하면서 며칠
에 한 번씩 집에 오셔서는

　'이건 왜 이 모양이냐? 저건 왜 저 모양이냐? 집에는 밥귀신들만 모
였느냐?'
하시고 기를 못 펴게 야단을 치었습니다. 그러면 우리 오누이는 호랑이
나 만난 듯이 큰 숨도 못쉬고 어머니는,

　'괜히 집에 들면 야단이야……. 그년이 그러라고 시킵디까?'
하고 싸움을 시작하였습니다. 그렇게 아버지가 돌아나가시면 집안은
폭풍우가 지나간 뒤같이 어수선하였습니다. 그러나 아버지가 돌아가
신 뒤면,

　'이리 오너라, 괜찮다……. 빌어먹을 년놈, 어린것들까지 기를 못 펴
게…….'
하시면서 나와 골짝골짝 우는 누이동생 용녀를 달래었습니다. 지금도
그러시든 어머니의 얼굴이 보이는 것 같습니다. 그러므로 우리 아버지
의 애정이라구는 요만치도 (그는 손가락 끝을 보이면서) 없습니다. 어머니
생각은 지금도 가슴에 그득하지만……, 휴……."

그는 한숨을 쉬었다.

잠깐 흐르는 침묵 속을 물소리와 사람의 소리가 지나갔다.

"암, 내가 지내보니 아버지가 야단만 치시구 성가시게 구니까 미웁기만 해."

마산 친구가 동감이라는 듯이 말하였다.

"그래 우리 형님이 망발이로군……. 그것 버릇 좀 가르쳐야…… 허허허."

얼굴 기름한 사람이 마산 친구 보고 농을 치다가 웃는 바람에 모두 따라 웃었다.

"이놈 버릇없는 놈 같으니라구…… <u>흐흐.</u>"

하고 마산 친구가 웃음을 내이는데

"그 입들 좀 닫쳐라……. 엑 인두루다 지져야겠다……."

하고 얽은 친구가 제지하면서 벙긋하였다. 주거니 받거니 하는 여러 사람의 말에 입을 닫았던 그는 다시 입을 열었다.

"그러던 집안에서 우리 오뉘가 하늘인가 땅인가 믿던 어머니가 돌아가셨으니 우리 꼴이야 더 말할 것도 없지요. 어머니가 그렇게 병환으로 근 달이나 누워 계셔도 아버지는 잘 들어오시지 않았습니다. 간혹 오시더라도 화만 내시고 나가 버렸습니다. 그때 김덕대라고 금점에 돌아다니던 늙은이가 우리 아버지와 친하였는데, 그이가 아버지를 못 견디게 졸라서 의사도 부르고 약도 썼습니다. 그리고 이웃에 사는 이모가 항상 와서 밥을 지어 주었습니다. 지금도 잊혀지지 않습니다마는 어느 날 어머니가 냉면이 잡숫고 싶다고 하시기에 돈은 없고 어쩝니까? 김덕대를 찾아갔더니 그 영감도 없겠지요…….

'엑 죽어 봐, 죽으랴.'

어린 가슴에 결심하고 아버지 점방으로 찾아갔습니다. 그때까지도 가계라고 벌이기는 하였으나 속이 빈 때였더랍니다. 점방으로 찾아가

니 아버지는 안 계시고 서모가 저편 방에서 나오시면서,

'왜 왔니?'

하기에 나는 머뭇머뭇하다가 그냥 돌처서려다*가 저리로 올라오시는 아버지를 만났습니다.

'어째 왔니? 응.'

아버지는 벌써 눈살이 꼿꼿하셔서 나를 보십니다. 나는 기가 질려서 머뭇머뭇하다가 겨우 말을 끄집어냈습니다.

'냉면? 앓아 뒈질 지경에 냉면?'

하시면서,

'가라 보기 싫다.'

하시기에 그만 돌쳐섰습니다. 어떻게 분한지 울며 돌아서서 눈물을 씻고 집으로 돌아갔습니다. 해골만 남은 어머니가 나를 보시더니,

'네가 왜 울었니?'

하고 끓어 올라오는 가래를 억제하십디다. 나는 어머니를 보니 더욱 서러워서 아무 대답도 하지 않고 흑흑 느껴가면서 울었습니다."

6

"어머니는 괴롭게 지내시다가도 정신만 좀 차리시면,

'내가 죽으면 너희들은 누가……'

하시고는 목이 메어서 더 말씀을 못 하셨습니다. 돌아가시는 때에도

'용녀야— 순남아.'

모기 소리만큼 뇌이셨습니다."

그의 목소리는 아까보다 격하였다. 그는 목이 메이는지 침을 삼키고

---

* 돌아서려다.

한숨을 쉬면서 달을 쳐다보았다. 달빛이 이상히 빛나는 그의 왼쪽 눈은 눈물에 스르르 저졌었다.

그는 다시 말을 이었다.

"그렇던 어머니가 돌아가신 뒤에 우리 오누이는 아버지에게 끌려서 거리에 있는 서모의 집으로 갔습니다. 우리가 살던 집은 그 뒤 일본 사람이 들어 있었습니다. 서모의 집으로 간 날부터 우리 오누이는 설움이었습니다. 생아자도 부모요, 양아자도 부모라고 나로서 서모의 말씀을 하는 것은 불효막심한 일이지만 그때 그 서모는 참말 지독하였지요……

그는 강계 기생이었는데 그때 나이 서른셋인가 되었었으나 퍽 젊게 보였습니다. 그의 독살이 오른 눈과 안으로 옥은 이빨은 지금도 눈앞에 보이는 것 같습니다. 우리 오누이는 편히 앉아도 못보고 배불리 못 먹었습니다.

'오늘 ××장에 갔다 오너라. 사내 자식이 밥만 처지르지 말고 일도 해야지……. 나이 열한 살에 저 꼴이냐!'

아버지가 하루는 들어오시더니 부엌에서 솔개비를 때기 좋게 자귀로 찍고 있는 나에게 편지를 주십디다.

'××장에 가서 황 주사를 찾아 전하고 주는 것이 있을 터이니 가지고 오너라.'

하시기에 나는 서모가 주시는 찬밥을 먹고 떠났습니다. 그때가 지금으로 치면 아홉 시는 되었겠습니다. ××장은 삼십리였습니다. 두루마기도 없이 땟국이 흐르는 엷은 옷을 입고 나섰더니 눈 위에 스쳐 오는 바람은 살을 에이는 것 같았습니다.

'어머니가 계셨으면…'

나는 겨울이면 바지저고리에 솜을 퉁퉁 놓고도 두리마기까지 지어 주시던 어머니 생각을 하고 눈물을 흘렸습니다. 나는 눈길에 찬바람을 쐬이면서 울었습니다.

오정이 지나서 ××장에 이르러 그 사람에게 찾어 그 편지를 주었습니다.

'응, 알았다.,

'춘데 욕봤다. 배가 고프겠구나.'

그는 나를 방으로 불러들이더니 국수 장국을 사다 줍디다. 나는 어떻게 고마운지 세상에는 친아버지보다도 나은 사람이 있고나 생각하니 눈물이 납디다. 그리고 국수를 먹으려니까 늘 배를 주리는 누이동생의 그림자가 눈앞에 선해서 목에 넘어가지 않았습니다. 나는 그 황주사가 어디로 나갔으면 하고 은근히 기다렸습니다. 그가 만일 없었으면 그 국수를 좀 건져서 감추었다가 용녀에게로 갖다 주고 싶었습니다. 그러나 그는 어디로 나가지 않았습니다. 내가 국수를 다 먹고 나니 그는

'네가 저것을 지고 어떻게 가겠니!'

그는 웃방에서 커다란 자루를 내다 줍디다. 그것은 녹말 가루였습니다. 촌말 한 말은 되는 것 같았습니다. 그가 새끼로 짊어주기에 등에 지니 허리가 휘청거리었습니다. 길에 나서 몇 걸음 걸으니 그 추운 날에도 땀이 흐릅디다. 땀을 흘리면서 찬바람을 맞으니 더욱 견딜 수 없었습니다. 나는 그 날 해진 뒤 컴컴한 때 집으로 돌아갔습니다.

'요 배라먹을 자식……. 어디 가서 낮잠 자다가 지금 오니? 응 집에선 애가 타도록 기다렸는데…….'

서모가 나오더니 짐 지고 마루에 올라서는 나를 사정없이 밀치겠지요. 그러지 않아도 기운 없이 허덕거리던 나는 그만 모로 쓰러져 마루아래 떨어졌습니다. 마루 아래 떨어지자 눈에서 불이 번쩍 나더니 이 눈(먼 눈을 가리키면서)이 드리 제리는데 온몸이 송그러들고 이가 빠갈렸습니다. 그래 눈을 붙잡고 몸을 일으키려니까 짐이 등을 꽉 잡아댕겨서 그대로 몸을 틀면서,

'아이구 악 아이구.'

하고 이를 갈았습니다. 언제 어디서 왔는지 용녀의 울음소리가 귓가에 들렸습니다.

'또 엄살이지, 어서 못 일어나겠니?'

서모의 악쓰는 소리가 여러번 들렸습니다.

'에그, 이게 웬 피여? 응 눈 다쳤구나.'

가게 심부름 다니는 김서방이 나를 일으키다가 깜짝 놀라 치는 소리에 서모도 겁이 났던지,

'피가 무슨 피……. 저런 못 생긴 자식.'

하는 목소리는 아까보다 누그러졌습디다."

그는 말을 마치고 기침을 두어 번이나 기쳤다. 나는 머리끝이 옴싹하고 가슴이 찌르르하여 전기를 받은 것 같았다.

"엑 , 끔찍하군!"

마산 친구가 말하였다.

당시의 기억을 끌어내는 듯이 바다를 한참 내다보던 그는 천천히 입을 열어,

"이 눈은……."

하고 멀은 눈을 손으로 가리키면서,

"으흠…… 이 눈은 그때에 잃은 눈입니다. 이것도 내 팔자가 애꾸눈 될 팔자니까 그리 되었겠지만 생각하면 생각할수록 분하고 원통합니다. 하긴 그보다도 더 큰 설움이 있지만……."

"팔자가 무슨 팔자요……. 그렇게 지독한 계집두있담……."

얽은 친구는 그 사람의 말을 가로막으며 흥분한 어조로 말하였다.

그는 아무 대답도 없이,

"흥."

하고 자기 신세를 비웃는 듯한 코웃음을 쳤다. 나는 그를 다시금 쳐다

보았다. 그 사람과 나 사이에 가로 놓였던 장벽은 점점 물러가고 점점 친하여지는 듯하였다.

달은 한 공중에 높이 솟았다. 어디선지 물새의 울음이 파도 소리 속에 들렸다. 후리 다리는 소리와 멀리 울려오는 발전기 소리가 그저 은은히 들리었다.

7

밤은 점점 깊었다. 그는 말을 이었다.

"그것은…… 내가 이 눈을 다치던 것은 열세 살 때였습니다. 나는 그 뒤로 이 눈을 넉 달이나 앓다가 그 이듬해 봄에야 겨우 나았어요. 그 해 여름에 아버지가 술 잡수고 며칠 앓으시다가 돌아가셨습니다. 아버지는 돌아가시는 때에 무슨 생각이 나셨든지 보시기만 해도 이맛살을 찌푸리시던 우리 오뉘를,

'순남아! 용녀야!'

하시며 불러들이시더니 두 눈에 눈물이 핑그르 돕디다.

'나는 아마 죽나 부다! 너의 모와 너희 오뉘한테 내가 못할 짓을 했다.'

하시고는 목이 메어서 다시 말씀을 못 하시는데, 두 눈에서 눈물이 흘러내리는 것은 지금도 잊혀지지 않습니다. 나는 그때 어떻게 서러운지 목놓아 울었습니다. 아홉 살 된 용녀도 엉엉 울었습니다. 나는 아버지의 따뜻한 사랑을 그때에 느꼈습니다.

아버지가 돌아가시던 해 초겨울에 서모는 집을 팔아 가지고 자기 고향인 강계로 가셨습니다. 나는 하는 수 없이 이모의 집으로 가고 용녀는 읍에서 오십 리 되는 촌에 민며느리로 보냈습니다. 기구한 우리 오뉘는 이렇게 갈렸습니다. 이모의 남편 되는 사람은 그때 사십이 넘었는데 사람이 퍽 점잖고 동리에서도 인심을 괴이고 지냈으나 집은 넉넉

치 못했습니다.

나는 그때 다시 학교를 다녔습니다. 옛날 어머니 계신 때에 학교에를 다니다가 중도에서 서모를 모시게 되면서 못다니던 학교에를 사 년만에 애꾸눈이 돼 가지고 가니 반가와 하는 사람은 없고 놀려주는 사람만이 있었습니다. 그때 학교란 우스웠지요. 이십 넘은 이는 고사하고 사십 되는 사람이 소학교에 다녔습니다. 그때 황해도 살다가 이사온 사람이 하나 있었는데 그는 나보다 일곱 살인가 여섯 살 위로 나를 퍽 귀애하였습니다. 그런데 그 사람이 단소를 잘 불었습니다. 나는 그때 장난으로 불어 본 단소를 인제는 한평생 불다 죽을 것 같습니다.

내가 고향을 떠난 것은 열 일곱 살 되는 해 여름이었으니 학교를 졸업하던 이듬해였습니다. 평양 나가서 공부한다는 것이 처음 목적이었습니다.

'어디 가든지 편지 자주 해라! 그리고 가 보아서 고생되거든 오너라. 죽식간에 집에서 지내게.'

이모부는 십 리나 바래다주면서 신신 부탁을 하였습니다. 나는 그날 용녀를 찾아보고 이튿날 떠났습니다. 그때 열두 살 된 용녀는 서모 밑에 있을 때보다 별로 나은 것 같지 않았습니다. 그는 나를 만나 갈리는 때까지 울기만 하였고 내가 떠나는 때 어디서 얻었는지 엽전 여덟 닢을 내다 줍디다. 나오는 눈물을 억제하던 나도 울지 않을 수 없었습니다.

'용녀야, 아무쪼록 괴로움을 참고 잘 있거라, 응, 내가 가서 공부해가지고 올게 응?'

하고 우리는 갈렸습니다. 그것이 영영 갈리는 것이라고는 용녀도 몰랐을 것입니다.

평양으로 나갔으나 이런 놈의 신세에 무엇이 변변히 되겠습니까? 더구나 애꾸눈이 되고 보니 병신이라고 누가 돌아도 보지 않았습니다. 하는 수 없이 어떤 국수집 심부름꾼으로 들어갔습니다. 그것도 객주집에서 친한 친구가 소개하여서 들어가게 되었지요. 그럭저럭 그 해도 지나가고 그 이듬해도 지나갔습니다.

삼 년 되던 해에 나는 평양을 떠났습니다. 다시 영변을 들러서 이모댁과 용녀를 찾아본다는 것이 길이 바빠서 그렇게 못 되었습니다. 어떤 친구가 진남포에 벌이가 좋다고 끄는 바람에 솔깃하여서 진남포로 나갔습니다. 그러나 진남포에 가서 나는 재미를 못 보았습니다. 다만 국수집 한 모퉁이를 차지하였을 때보다 좀 넓은 세상, 분주한 세상을 하나 더 보았습니다. 진남포서 겨울을 지나 이듬해 여름에 목포로 내려갔습니다.

목포 가서 일 년 동안은 비교적 편히 지냈습니다. 어떤 운송부에서 짐을 취급하였는데, 그때 주인되는 일본 사람이 처음에는 '가다메상 가다메상' 하기에 어떻게 골이 나는지 두어 번 화를 냈더니 그는 허허 웃고 맙니다. 그런데 이상한 것은 그는 내가 화낸 것도 개의치 않는다는 듯이 얼마 뒤부터는 나를 퍽 신임하였습니다. 무슨 무거운 일이 있어도,

'박 서방 박 서방!'

하고 어디 긴요한 심부름이 있어도

'박 서방 박 서방.'

하고 나를 찾았습니다. 나도 그 사람이 시키는 일은 성심껏 하였습니다.

나는 목포에서 일 년을 지내고 이듬해에 그 운송점의 지점 일을 맡아가지고 원산으로 갔다가 다시 곤경에 들었습니다. 그것은 그때 그 운송점 본점 주인이 갈린 탓도 되었습니다만 내가 어떤 색시한테 반해서 마음이 들뜨게 된 탓이었습니다. 나는 운송점을 나온 뒤에 한산 인부로 투족하였습니다. 낮이면 괴롭게 일하다가도 저녁에 돌아와서 젊은 아내를 대하는 기쁨은……. 참…… 허허허."

하고 그는 말하기 뭣하다는 듯이 웃었다.

"암 그 맛 꿀보다 더 좋지…… 하하하."

마산 친구가 웃는 바람에 모두 흥흥 하고 웃었다.

8

"그러나 그 색시와도 오래 못 살았습니다. 그는 술장수하던 계집이었
는데 꽤 이뻤지요……."

하고 그는 벙긋하더니

"한산 인부로 지낼 때의 생활은 운송점에 있을 때보다도 형편없었습
니다. 그 계집이 나를 배반한 것은 그 까닭도 되겠지만, 또 생각하면 누
가 이 (그는 멀은 눈을 가리키며) 꼴에 좋다겠습니까? 하하하."

하고 그는 좌중을 돌아보며 웃었다. 우리들도 웃었다.

한 공중에 떴던 달은 서쪽으로 기울었다. 나는 아까보다 좀 찬기운을
느끼었다.

"나는 그때부터 술을 먹었습니다. 그전에도 좀 먹기는 하였으나 그때
처럼은 많이 먹지 않았습니다. 돈푼 있으면 술 먹고 없으면 단소나
……. 그때에도 단소는 차고 다녔지요. 사람이란 이상한 것이 처음에는
고향 생각과 누이동생 생각이 간절하더니 차츰 세월이 가고 멀어지니
애즐자즐하던 생각은 좀 엷어집디다. 그때까지도 편지 왕래가 있었으
나 그 뒤로는 그것조차 없었습니다. 몇 번 편지하였으나 회답이 없기에
나도 그만두었지요. 그러나 때때로 조용한 때면 용녀 생각에 가슴이 찢
겼습니다. 내가 회령가 있을 때에 어떤 고향 사람에게서 소식을 들으니
용녀는 성례까지 하고 잘 지낸다고 하였습니다.

나는 그 뒤로 어디 가 오래 있지 않았습니다. 회령 있다가 부산 내려
갔다가 대구도 가 보았습니다. 그렇게 다니는 사이에 일도 별일을 다
해 보았습니다. 치도판으로 항구판으로 탄광으로 돌아 다니는 사이에

술과 계집과도 자연 가까워졌습니다. 그렇게 이리저리 흘러다니면서도 고향에는 못 가보았습니다. 이렇게 말씀하고 내가 용녀를 못 잊는다면 거짓말 같지만 실상은 빈 주먹만 들고 고향이라고 찾아가기가 뭣해서 못 간 것입니다. 그렇게 굴러다니다가 무산까지 가게 되었지요……. 그것은 내가 스물여섯 된 때였습니다. 아니 스물일곱…….”

그는 말을 끊고 손가락을 꼽더니,

“옳군, 스물여섯이 맞습니다. 그 해 여름에 청진서 벌이가 없으니 항구판에서 같이 일하던 친구들과 나와 셋이 주인집에 밥값도 못 갚고 떠나서 무산으로 갔었지요. 그 해 여름은 어떻게 더웠는지 참말 몹시도 더웠습니다. 처음 그리로 가기는 여림창 뗏목일이 좋다고 해서 갔으나 그 해 따라 어떻게 가물었던지 물이 불어야 떼도 몰지요. 그런데 떼에는 모두 경험이 없는 작자들이니까 떼청에서 잘 받아주지 않습디다. 그래 하는 수 없이 감자밭 조밭 김도 매고 꼴도 베어다 주면서 밥을 얻어먹고 그 해 여름은 그럭저럭 지냈습니다. 그리고 눈발이 보이는 때 떼일을 하게 되었습니다. 도끼와 톱을 들고 산에 가서는 몇 아름씩 되는 나무를 찍어 넘어뜨렸습니다. 그 크나큰 나무가 우지직하고 쾅 쓰러지는 때면 좁은 골이 떠나는 것 같습니다. 도끼질과 톱질에 괴롭던 마음도 큰 나무가 벽력같이 소리를 내이고 쓰러지는 것을 보면 유쾌하기 그지없었습니다.

그렇게 쓰러진 나무를 다시 도끼와 톱으로 머리를 자르고 가지를 쳐서 산 아래로 내리칩니다. 나무와 나무가 빼곡한 사이 눈길에 ‘두장’을 대어서 머리를 돌려놓으면 그 큰 나무통이 내리쓸리는 것은 무어라 할 수 없지요. 그렇게 나무를 넘어뜨릴 때나 골에 내리칠 때에 아차 잘못하면 몸이 가루가 되지요…….”

하고 그는 뻗치고 앉은 다리를 내려다보면서

“이 다리도 그렇게 상한 것입니다.”

말하였다. 좌중의 눈은 그 사람의 얼굴에서 다리로 옮겼다. 나는 알 수 없이 온몸에 소름이 끼쳤다. 넘어가는 나무와 내리질리는 나무통이 눈앞에 보이는 것 같아였다.

"하루는……."

그는 천천히 입을 열었다.

"도끼를 들고 산으로 올라갔습니다. 어쩐 일인지 그날 아침에는 몸이 찌긋찌긋하고 어젯밤 뒤숭숭하던 꿈자리가 생각나서 하루 쉴까말까 하고 망설이다가 그날이 삯전 주는 '간조' 날이니까 말하자면 돈 욕심이 나서 일터로 나갔습니다. 그렇지 않아도 돈은 주지만 간조하는 날 안 나가면 감독 녀석의 잔소리가 더욱 심하니까 나갔든 것입니다…….

둘째번 나무를 베어서 다듬어 놓고 둔장을 대다가 쓸리는 나무통에 치어 넘어졌습니다.

'엑.'

'큰일났다!'

하는 사람의 고함 소리가 귓가에 들리자마자 나는 그만 정신을 잃었습니다. 나무가 이만저만할세 내려가는 것을 잡지, 그렇게 큰 나무는 내리쓸리게 되면 항우 같은 장사라도 걷잡지 못할 것입니다. 나는 얼마 뒤에 정신을 차리니까 후끈후끈한 방에 누웠는데,

'정신차리게.'

'어떤가?'

하고 같이 일하던 친구가 모여 앉았다가 묻습디다. 나는 처음에는 어리둥절한 것이 어떤 줄을 몰랐었으나 차츰 이 다리가 저리고 무겁고 가슴 팔 할 것 없이 아프지 않은 데가 없었습니다. 들으니 이 무릎이 이것 보시오, 지금도 이렇게 (그는 옆으로 툭 비어진 무릎을 걷어올리고) 부러졌습니다만, 그때에는 심하였습니다. 이렇게 무릎을 삐고 넓적다리가 부러진 것을 모두 다리고 맞추어 놓고 나무를 대어 처맸습니다. 그때 서서

방이란 강원도 친구는 그 즉석에서 머리가 부서지고 갈빗대가 부러져 죽었습니다.

'그만하기 하늘이 도왔지…….'

친구들은 나의 목숨 붙은 것만 다행이라고 이렇게 말하였습니다. 그러나 병신되고 살아갈 것을 생각하니 기가 막힙디다.

그러나 하는 수 없었습니다. 나는 여러 달을 자리에서 일어나지 못하였습니다. 그 사이에 참말 친구들의 신세가 컸습니다. 나를 낳은 아버지까지 돌보지 않는 세상에서 그와 같은 친구의 도움을 받는 때 나는 무어라 할 수 없었습니다. 나는* 그 뒤로 친구의 고마움을 느꼈고 한 번 사귄 친구는 소홀히 여겨지지 않았습니다. 이듬해 봄부터는 막대를 짚고 걸어다니게 되었으나 이 다리를 가지고 무슨 일을 하겠읍니까? 평생에 배운 재주라고는 막벌이밖에 없는데, 그것을 못 하게 되니 굶는 수밖에 무슨 수가 있겠읍니까? 나는 얼마 동안 더 조심을 하다가 친구들이 한푼 두푼 모아 주는 돈을 받아 가지고,

'고향에나 가지.'

하고 떠났습니다.

말은 좋게 고향으로 간다고 하였으나 돈 한푼 없이 더구나 병신까지 되어 가지고 무슨 면목에 고향으로 갑니까? 청진으로 배타러 나가다가 중도에서 길을 변경하였지요. 별로 정처도 없이 떠나 촌촌이 들러 밤을 지내었습니다. 늦은 봄이라 길에 나서면 몸이 노그라지는 듯 하고 어떤 촌집을 찾아 들면 저녁을 먹고 봉당에 나 앉아 황혼빛에 잠긴 산과 들을 바라보면 무어라 할 수 없는 애틋한 생각에 가슴이 찢겼습니다. 나는 가슴에 서린 정을 단소로 하소연하였습니다.

단소 소리가 나면 온 동네가 모여 들어서 들었습니다. 어떤 늙은이는

---

* 원문에는 '그는' 으로 되어있으나 문맥상 고침.

자기 집으로 끌고 가서 술도 받아주고 밥도 먹이고 어떤 사람은 돈푼씩 줍디다. 처음에는 사양 하였으나, 차츰 궁하니까 사양하던 마음은 딴 판으로 돈 주기를 원하였습니다. 그때부터 나는 자연 단소로 밥을 먹었고, 밥이 떨어지면 단소를 불었지요. 나로 생각해도 내 소위가 더럽기 측량 없습니다."

하고 그는 한숨을 쉬었다.

9

"산천은 고금동이요 인심은 조석변이라는 말과 같이 알지 못할 것은 사람의 마음인 줄 압니다. 몸이 성하고 주먹이 든든해서 어디를 가나 두려울 것이 없을 때에는 고향 생각이 나고 용녀 생각이 나도 빈주먹에 어찌가랴 하여,

'어느 때든지 돈벌어 가지고……'

하고 어느 때든지 돈벌 날이 있으리라는 것을 믿었으나, 이렇게 병신된 뒤로는 그런 희망은 끊어졌습니다.

'인제야 언제 돈벌어 가지고……'

하는 생각이 앞서서 용녀와 이모 생각을 하다가도 혼자 탄식하였습니다. 그리고 이렇게 병신이 되어서 어디를 가든지 별로 돌보는 사람도 없이 되니까 더욱 고적하고 더욱 고적할수록 옛날의 어머니와 이모 내외와 용녀가 생각납디다.

작년…… 아니 재작년이었습니다. 나는 어찌어찌 녕변 근방까지 갔다가 부끄러움을 무릅쓰고 녕변읍으로 들어갔습니다. 그러니 고향을 떠난지 열 세 해 만에 고향 땅을 밟게 되었지요. 옛날 면목이 있으면서도 생소한 것은 마치 꿈에 본 산천 같았습니다. 길에서 옛날 면목이 알리는 사람을 만났으나 나는 그의 눈에 띄는 것이 싫어서 슬슬 피하여

갔습니다. 그렇게 이골목 저 골목으로 돌아다니다가 옛날에 내가 있던 이모의 집 골목에 들어서서 한참 가다가 나는 놀라지 않을수 없었습니다. 이모의 오막살이가 있어야 할 터에는 커다란 기와집이 놓였겠지요.

　'우리 이모가 갑자기 부자가 되었나'

하고 나는 문패를 들여다보니 그것은 딴 사람이었습니다. 나는 그만 섭섭히 돌아섰습니다. 거리에 나오면서 누구보고 물어 볼까 하다가 나의 꼴이 이 꼴이 되다 보니 차마 묻지 못하였습니다. 그러나 그저 돌아서기는 너무도 섭섭하여서,

　'어떻게 찾노?'

하고 계책을 생각하다가 저편으로부터 점점 가까이 오는 사람을 보고 놀라지 않을 수 없었습니다. 그 사람은 나에게 단소를 가르쳐 주던 소학교 시대 친구였습니다. 나는 머뭇거리다가 지나가려는 그의 이름을 불렀습니다.

　'이게 웬일이오? 응!'

　그는 나를 돌아다보고 의아해하드니 차츰 눈이 둥그래지면서 내 손목을 잡았습니다.

　'이렇게 만나기는 참 뜻밖인데'

　나는 그 사람이 반가우면서도 그 사람의 시선이 몸을 스치는 것이 싫었습니다.

　'자, 우리 집으로 갑시다.'

　그 사람은 싫다는 나를 직구지* 끌었습니다. 그는 옛날집 대로 있었으나 모든 것은 옛날만 못하였습니다. 그도 변모가 퍽 되었습니다.

　'차츰 얘기하지.'

　내가 모든 것을 물으니 그는 이렇게 대답하였습니다. 나는 저녁때에

---

* 짖궂게.

그의 얘기를 들었습니다.

그의 말을 듣는 나는 무어라 형용할 수 없는 감정에 어쩔 줄 몰랐습니다. 이모 내외는 삼사 년 전에 북간도로 갔다는데 소식이 없었습니다. 늙은이가 간도 간다고 나으리마는 낯익은 곳에서 남에게 졸리는 것이 창피하니까 갔나보더군요! 그리고 용녀는…… 용녀는 참말 기맥힌 일이지요…….

그는 차마 말할 수 없다는 듯이 한참이나 머뭇거리다가 용녀는 신세를 망쳤습니다. 내가 떠난 뒤에 성례하여 그럭저럭 살았으나, 그 남편 되는 사람이 아편장이가 되었더랍니다. 본래 없는 형세에 그꼴이 되니 집안은 더 말할 수 없이 되고 용녀의 괴로움은 컸던가 봅니다. 그것도 시어머니와 시아버지가 있었으면 괜찮았겠는데, 그들이 구몰*하고 남편이 그 꼴이니 얼마나 괴로왔습니까? 그 뒤 그들은 평양 가까운 곳으로 이사하였다가 그 남편은 용녀를 어떤 유곽에 팔아먹고 도망하였습니다. 그 뒤 용녀는 안동현 어떤 유곽에 있다고도 하고 대련 어떤 유곽에 있다고도 하는데 잘 알 수 없다고 하였습니다.

나는 그말을 듣고 그날 밤을 일각이 삼추같이 지냈습니다. 이튿날 떠나 절름절름하면서 안동현으로 향하였습니다. 안동현과 대련의 유곽 밖으로 돌아다니면서 찾아보았습니다. 나는 '용녀'라고 불렀으나 '용녀'를 아는 사람은 없었습니다. 나는 단소를 불면서 돌아 다녔습니다. 단소 소리에 머리를 내미는 분 바른 여자의 얼굴은 마른 내 가슴에 이상한 물결을 쳤습니다. 나는 그 속에서 용녀 비슷한 얼굴만 보면 가까이 가서 들여다보았드니,

'애, 너한테 반했나 보다.'

'아이, 별꼴 다 보겠네.'

---

* 俱沒 : 부모가 다 세상을 떠남.

하고 저희들끼리 농도 하고 욕도 합디다. 그러나 근 일년이나 그렇게 다니면서 물어 보았더니 나는 대련 창기들과도 거의 면목이 익어지고 또 '용녀' 란 이름은 이 입 건너 저 입 건너 그들이 대개 알게 되었습니다. 처음에는 그들이 용녀를 감추고 가르쳐 주지 않는 것같이 생각되었으나, 그 뒤에는 참말로 거기는 용녀가 없다고 믿었습니다. 그래 나는 떠나려고 하였습니다. 그러다가 하루는 어떤 키작고 예쁘장하게 생긴 색시가,

'그것이 아마 계월인가봐! 그래 옳아. 영변이 고향이라든가? 한데 키가 크고 눈이 작은……. 저 어른 말과 같이 생긴 애야요…. 참, 그 오빠가 있는데 애꾸눈이래.'

하고 나를 보더니,

'서울 신마찌××루에 가 찾으세요.'

하고 가르쳐 줍디다. 나는 어떻게 반가운지 미칠 것 같습디다. 이튿날 그곳을 떠났습니다.

도보로 근 달이나 걸려서 서울로 갔습니다. 서울 가서 그런 색시를 찾았더니 얼마 전에 군산 어떤 유곽으로 갔다고 역시 어떤 색시가 가르쳐 줍디다. 나는 그만 어깨가 축 늘어지고 가슴이 덜렁 내려앉았습니다. 여러 가지 사정으로 서울서 봄을 지나 군산으로 내려갔습니다. 돈이나 있어서 차를 타고 다녔으면 무슨 걱정이겠읍니까마는 이 다리를 가지고 도보로 다니니 그 고생은 무어라 할 수 없이 컸습니다…….

그렇게 군산으로 간 것은 작년 여름이었습니다. 군산 가서 한 달이나 찾았습니다. 그들은 내 꼴이 이 모양이니 잘 가르쳐 주지 않습디다. 그런것도 귀찮게 돌아다니면서 단소를 불다가는 물어 보았더니 그런 색시가—서울서 온 평안도 색시 계월이가—얼마 전에 부산으로 내려갔

---

* 中路 : 중도. 가던 길의 중간.

다고 합디다. 나는 다시 부산으로 떠나 내려가다가 중로*에서 절도 혐의로 경찰서에 잡혔지요……. 가도록 심산이라더니 나 두고 한 말인가 봐요……. 그래 얼마 신고하다 전에 부산 가서 군산서 가르켜 주던 그 유곽으로 찾아갔더니…… 참……."

그는 기가 막힌 듯이 머리를 들어 하늘을 쳐다 보았다.

나의 머릿속에는 아까부터 떠오르는 생각이 있었다.

먼 촌에서 닭 우는 소리가 들렸다.

"이곳 와서……."

하고 그는 입을 열었다.

"용녀는 열흘 전에 이곳 와서 물에 빠져 죽었답니다. 나는 마지막으로 예까지 찾아왔습니다마는……. 조금만 일찌기 왔더면 그가 죽지 않았을는지……."

이때 곁에 앉았던 친구가,

"응, 전번에 그 송장이로군!"

하고 말하였습니다.

"보셨어요? 나는 노형만도 못하구려!"

그는 말을 하며 그 사람을 바라보드니

"나도 이곳을 인제는 떠나겠습니다."

하고 고요히 말하였다.

나는 이튿날 아침 차로 김군과 같이 동래 온천으로 갔었다. 그 이튿날 해운대에서 온 사람의 편에

'그 단소 불던 사람도 어제 낮에 물에 빠져 죽었다'

는 마산 친구의 편지를 받았다.

그도 누이동생의 뒤를 따랐는가?

최서해 문학의 탈식민적 가능성

1

최서해는 초기 프롤레타리아 문학의 모든 영예를 대표하는 작가이다. 흔히 신경향파 문학으로 불리는 초기 프롤레타리아 문학은 3·1운동을 전후해 좌표를 상실한 부르주아 계몽 문학을 대신할 새로운 대안으로 제시되었다. 일제에 의한 식민화 이래 퇴행의 길을 걸어오던 부르주아 계몽 문학은 3·1운동 이후 급속히 개량화의 길로 빠져들게 되었다. 그에 따라 한국근대문학은 부르주아 계몽 문학과는 다른 새로운 방향들을 모색하면서 다기한 분화상을 보여준다.

그 중에서도 프롤레타리아 문학은 부르주아 계몽주의를 전면 부정하면서 등장했다. 프롤레타리아 문학은 사회주의를 이념적 바탕으로 삼고 있었다. 따라서 노동자계급을 비롯한 민중의 입장에서 현실을 바라보려 했고, 그 결과 식민지 자본주의에 대한 기본 시각 자체가 기존의 문학과는 판이했다. 그러다 보니까 흔히 프롤레타리아 문학이 계급주의에 빠져 민족 문제 혹은 식민지 문제에 무관심했다는 오해들을 하곤 한다. 하지만 프롤레타리아 문학은 자신의 방식으로 식민지 문제에 적극적으로 개입했다. 이때 '자신의 방식'이란 식민지 문제를 자본주의와의 연관 속에서 이해하는 것이다. 부르주아 계몽주의의 계보에 속한 문학들이 식민지 문제를 오로지 민족 문제로만 인식한 데 비해 프롤레타리아 문학은 식민주의가 자본주의에서 발원한 현상이라고 생각했다. 그래서 프롤레타리아 문학은 민족 문제를 언제나 계급 문제와의 관련 속에서 이해하려 노력했다.

초기 프롤레타리아 문학, 곧 신경향파 문학에서도 이러한 특징은 그대로 나타난다. 신경향파 문학이 민족주의 이데올로기를 정면에서 부정했던 것은 사실이다. 하지만 민족주의의 거부가 곧 민족의 부정은 아니었다. 이는 '조선의 부르주아나 프롤레타리아는 다 함께 피학대계급'이라고 한 김기진의 언명에서 잘 드러난다. 조선의 부르주아와 프롤레타리아가 한묶음으로 '피학대계급'인 것은 이들이 피식민 민족의 일원이기 때문이다. 박영희 역시 마찬가지의 이유에서 조선 민족 전체를 '백의의 무산자'라고 칭한 바 있다.

이런 식의 논리가 민족의 내적 이질성에 대한 미분화된 인식을 바탕으로 하고 있음은 분명하다. 그런 점에서 신경향파 문학론은 민족주의의 자장으로부터 온전히 자유롭지는 못하다. 하지만 그와 함께 백의의 무산자론이나 조선 민족 피학대계급론이 민족 문제의 특수성을 고민하는 가운데 나온 논리라는 점도 잊어서는 안된다. 김기진과 박영희가 보기에 조선 민족은 부르주아나 프롤레타리아나 피식민이라는 공통분모가 낳은 모종의 동질성을 지니고 있었다. 김기진과 박영희는 바로 이 점에 주목했던 것이다. 당시의 상당수 사회주의자들도 비슷한 인식을 보여주었고, 신간회 운동을 가능케 한 동인動因 또한 그것이었다. 그렇게 보면, 신경향파 문학론은 피식민을 공통분모로 한 사회주의와 민족주의의 연대라는 맥락에서 이해할 필요도 있다. 볼세비키화 시기의 프롤레타리아 문학이 민족적 특수성을 경시하면서 관념적 국제주의에 빠진 점을 생각하면, 민족 문제에 대한 신경향파 문학론의 강조는 나름대로 소중한 의의가 있다.

최서해의 문학은 신경향파 문학론의 이러한 특징을 가장 전형적으로 체현하고 있다. 일반적으로 최서해 하면 계급 대립을 제일 먼저 떠올린다. 그러나 최서해가 계급 착취와 그로 말미암은 갈등에 주목한 것은 사실이지만, 그에 못지않게 민족 문제에도 깊은 관심을 기울였다. 엄밀히 말하자면, 최서해에게 계급 문제와 민족 문제는 분리 불가능하게 얽혀 있다. 요컨대 최서해 문학에서 민족 문제는 곧 계급 문제이고 계급 문제는 곧 민족 문제이다.

2

전기 최서해 문학의 무대는 거의가 '간도'이다. 간도로 상징되는 만주는 우리 민족에게 민족적·계급적 모순과 갈등이 중첩되어 있는 공간이었다. 최서해는 1918년부터 1923년까지 5년여에 걸쳐 만주에서 살면서 온갖 체험을 했다. 이때의 만주 체험은 최서해 문학의 원체험이 되어 그의 모든 작품에 직간접적으로 스며들어 있다.

최서해의 만주 체험과 관련하여 주목할 것이 '밑바닥' 체험이다. 만주에서 최서해는 노동자 생활을 전전한 것으로 알려져 있다. 이른바 민중 체험이라 할 수 있는 밑바닥 생활은 최서해로 하여금 자연스럽게 민중들의 삶에 관심을 갖도록 만들었을 것이다. 정확히 말하자면, 그의 삶이 곧 민중의 삶이었다는 점에서 자신의 삶을 돌아보는 것 자체가 민중의 삶에 대한 관심과 직통直通했다고 하는 것이 적절하겠다.

이 민중 체험이 중요한 까닭은 민중들의 삶이야말로 민족적 모순과 계급적 모순이 중첩되어 있는 교차점이었기 때문이다. 중국인 대 조선 민중의 관계가 그러했다. 양자의 관계는 지배 민족 대 피지배 민족의 관계인 동시에 착취 계급 대 피착취 계급의 관계였다. 그런 만큼 만주는 민족적 모순과 계급적 모순을 '동시에' 체험할 수 있는 독특한 공간이었다. 이와 관련하여〈탈출기〉는 흥미롭다. 간도 이주 후 주인공이 제일 먼저 부닥친 것은 계급 착취의 현실이었다. 땅 살 돈이 없는 주인공이 농사를 짓기 위해서는 소작을 해야 했다. 그러나 소작의 결과는 소작료 주고나면 '일 년 양식 빚'도 갚을 수 없게 되는 참담한 궁핍이었다. 게다가 주인공 같은 무경험자는 소작조차 얻을 수 없었다. 그래서 구들 고치는 '온돌장이'도 해보고 두부 장사도 해보지만, 가난에서 벗어날 수는 없었다. 그러자 주인공은 "나에게 최면술을 걸려는 무리를, 험악한 이 공기의 원류를 쳐부수"겠다고 결심하고 ××단에 들어간다.

××단은 전후 맥락으로 보아 독립운동 단체로 여겨진다. 이때 드는 의문이 계급적 착취와 차별을 겪으면서 내린 결단이 왜 독립운동이냐 하는 것이다. 독립운동은 계급운동도 아니고 중국을 상대로 한 운동도 아니다. 얼핏 논리적 모순으로 보이는 주인공의 결정을 제대로 이해하려면 만주에서의 계급적 모순이란 곧 민족적 모순과 통한다는 점에 주목해야 한다. 말하자면 주인공은 계급적 착취와 차별을 민족적 착취와 차별로 받아들였고, 중국인에 의한 민족적 착취와 차별에서 벗어나려면 일제로부터 해방되는 것이 선결 과제라고 생각한 것이다. 그래서 계급 모순을 해결하기 위해 독립운동에 뛰어드는 결정을 주인공이 내린 것이다.

〈탈출기〉 주인공의 선택을 이렇게 해석할 수 있는 것은 최서해 문학에서 계급적 착취와 차별이 언제나 민족적 착취 및 차별과 맞물려 있기 때문이다. 가령 〈기아와 살육〉에서 주인공의 어머니는 앓는 며느리를 먹이려고 월자月子를 팔러 '되놈' 동네에 갔다가 개에게 물린다. 그 사건에 대해 조선사람들은 "이놈(지나인)의 땅에 사는 우리가 불쌍하지!"라고 반응한다. 〈기아와 살육〉의 중심 내용은 아픈 아내에게 약 한 첩은커녕 죽 한 그릇도 먹이지 못하는 극한적 궁핍상이다. 돈 없다고 약한 첩 지어주지 않는 한의사의 행태는 계급 차별 바로 그것이다. 그런데 이야기는 어느 순간 민족적 차별의 문제로 넘어간다. 이는 조선인 이주민들이 자신들의 가난을 '되놈'의 탓으로 여기고 있음을 말해준다. 그래서 주인공은 가족들을 죽인 후 중국 경찰서로 쳐들어가 난동을 부리는 것이다.

이러한 주인공의 대응을 절망감의 역설적 표현으로만 이해해서는 곤란하다. 가족을 죽이고 주위 사람들을 닥치는 대로 해친 것은 그렇게 해석할 수 있지만, 중국 경찰서를 습격한 것은 그와는 다른 의미, 즉 민족적 저항이라는 의미를 담고 있다. 중국 경찰서의 습격은 주인공의 의도된 행동이었다.

다시 말해 우발적인 충동의 결과가 아니라 분명한 목적의식에서 나온 행동인 셈이다. 주인공은 자신의 삶을 나락으로 떨어뜨린 근본 원인이 민족적 착취와 차별이라고 판단했고, 그에 대한 저항의 한 방편으로 중국 공권력을 상징하는 경찰서를 습격한 것이다.

〈탈출기〉의 주인공이 독립운동에 뛰어든 것도 같은 맥락에서 이해할 수 있다. 중국인들에 의한 착취와 차별은 주인공에게 계급적이기보다는 민족적인 문제로 받아들여졌고, 그러한 생각이 민족의식을 불러일으키면서 착취와 차별에서 벗어나려면 민족적 주체성을 세워야 한다고 주인공은 판단한 것이다. 그러한 판단이 독립운동에의 투신으로 이어진 것은 민족 주체의 정립이 일제 식민 상태로부터의 해방과 직결되어 있었기 때문일 터이다. 만주로 이주했다고 해서 조선인들이 일제의 자장에서 벗어난 것은 아니다. 일제는 만주를 둘러싸고 중국과 헤게모니 다툼을 벌이면서 재만在滿 조선인들을 감시하고 억압했다. 어디에 살든 간에 조선인은 일본이라는 국가에 소속된 존재였기 때문이다.

최서해 역시 이 점을 간파하고 있었다. 가령 〈해돋이〉에 나오는 재만 조선인들은 하나같이 가난하다. 중국인의 소작으로 살면서 계급적 착취와 민족적 착취가 중첩된 고통에 시달린다. 주목할 것은 재만 조선인들이 '일본과 중국의 이중 법률의 지배를 받는다'는 사실이다. 중국 '땅'에서 살고 있으니 중국 법률의 지배를 받아야 하고, 일본 '사람'이기 때문에 일본 법률을 따라야 한다. 하지만 이 두 법률 가운데 어느 것도 조선인을 위한 것은 없다. 그래서 재만 조선인들은 '두 나라 틈에서 참혹한 유린을 받고 있다.'

하지만 나라 잃은 민족이기에 '어디 가서 호소할 곳도 없다.' 최서해는 이것이 재만 조선인들의 삶의 조건이라고 설명한다. 형식적으로 보자면 재만 조선인들은 일본의 '보호'를 받을 권리가 있다. 그러나 실질적으로는 불가능하다. 조선인은 일본의 '국민'이 아니라 '피식민 민족'에 불과하기 때문이다.

그렇게 보면, 재만 조선인은 이중의 지배와 차별을 겪고 있다고 할 수 있다. 최서해는 그 중 일제에 의한 지배가 더 심각한 문제라고 본다. '그래도 그네(조선인—인용자)들은 내지(조선) 있을 때보다 낫다고 한다'는 서술에서 그러한 생각을 어렴풋하게 엿볼 수 있다. 어째서 조선에 있을 때보다 나은가. 그것은 일본의 지배로부터 상대적으로 자유롭기 때문일 것이다. 최서해에게 일제의 식민 지배는 조선 민중의 삶을 근원에서부터 무너뜨린 원인이다.

〈큰물 진 뒤〉는 일제가 조선 민중의 삶을 어떻게 무너뜨렸는지를 잘 보여준다. 이 소설의 주인공인 윤호의 마을은 홍수로 삶의 터전을 잃어버린다. 그런데 홍수가 난 이유가 무엇인가 하면 철도 때문이다. 일제는 주인공의 마을 밖에 철로를 내기 위해 물의 방향을 바꿔버렸다. 이에 주민들은 '군청, 도청, 철도국에 방축을 더 굳게 쌓아 주든지, 철교를 좀 비스듬히 놓아서 물길이 돌게 하여 달라고 진정서를 여러 번이나 들였으나 조금의 효과도 얻지 못하였다.' 일제에게 식민지 주민들의 삶이란 애당초 관심 대상이 아니었던 것이다.

철도 건설이 조선의 근대화를 위한 것이라면 마을 주민들의 처지를 최소한이나마 배려했을 것이다. 그러나 일제는 그렇게 하지 않았다. 이는 철도의 건설이 본질적으로 수탈을 위한 것임을 말해주거니와 그런 점에서 일제의 식민 지배는 조선 민중에게서 삶의 터전을 앗아간 원흉일 뿐이다. 재만 조선인들이 중국인들에 의한 착취와 차별에 대한 대응 방식으로 독립운동을 선택한 것은 그래서이다. 말하자면 중국인들에 의한 착취와 차별이 근본적으로는 일제에 식민화되면서 민족적 주체성을 빼앗기고 삶의 터전마저 잃은 데서 비롯되었다는 것이 최서해의 현실 인식이었던 것이다. 따라서 중국인과의 지배/피지배 관계에서 벗어나려면 일제로부터의 해방이 선결 과제가 된다. 〈탈출기〉의 주인공이 독립운동에 뛰어든 까닭이 여기에 있다.

이와 관련하여 흥미로운 것이 〈큰물 진 뒤〉에서도 작가가 '호소할 곳이 없었다.'고 적고 있다는 사실이다. 최서해의 여러 작품이 살인과 같은 극단적 행동으로 끝나곤 한다는 것은 여러 연구자들이 이미 지적한 바이다. 그런데 그러한 행동의 밑바닥에는 바로 '호소할 곳이 없다'라는 절박감이 자리잡고 있다. 우리는 살인이나 방화 같은 행동 이전에 어째서 그들이 그러한 행동을 선택할 수밖에 없었는지에 먼저 관심을 기울일 필요가 있다. 이때 결정적인 중요성을 갖는 것이 '호소할 곳이 없다'라는 절박감이다. 최서해 문학의 주인공들은 이중의 민족적 착취와 차별로 고통받고 있다. 하지만 도움을 청할 곳은 어디에도 없다. 즉 그들은 '고립된 개인'인 것이다. 이럴 경우 개인이 선택할 수 있는 해결책은 두 가지이다. 하나는 고립된 개인으로서 문제를 해결하는 방식이다. 살인이나 방화 또는 약탈이 거기에 해당한다. 다른 하나는 고립된 개인들이 '결사'를 통해 저항의 공동체를 만드는 방식이다. 독립운동에 투신하는 것이 그것이다.

최서해 문학은 두 가지 선택을 함께 보여준다. 어떻게 같은 작가가 두 경향의 작품을 동시에 쓸 수 있었을까. 그 비밀을 풀어줄 열쇠가 바로 '호소할 곳이 없다'라는 심리 상태이다.

3

최서해는 자신의 작품 곳곳에서 '호소할 곳이 없다'는 절박감을 토로하고 있다. '참을 수 없다'거나 '오갈 데 없다'거나 '가슴이 터질 것 같다' 등등 극한의 한계 상황에 몰린 심리 상태를 표현하고 있는 구절들을 최서해의 소설에서는 어렵지 않게 발견할 수 있다. 이러한 극한적 위기 의식은 최서해 문학의 주인공들을 행동에 나서게 만드는 심리적 동인動因이다. 살인과 방화이건 독립운동에의 투신이건 심리적 동기는 똑같다는 말이다. 그런 점에서 살인·방화와 독립운동은 동전의 앞뒷면과 같은 관계라고 할 수 있다. 요컨대 양자는 실존적 위기 의식이라는 한 뿌리에서 나온 두 가지인 셈이다. 다만 그 실존적 위기를 개인적 차원의 문제로 받아들이면 살인이나 방화로 나아가는 것이고, 그것을 민족적 차원의 문제로 인식하면 독립운동에 투신하는 것이다. 〈기아와 살육〉은 그 점을 잘 보여준다.

주인공인 경수는 가난의 문제를 처음에는 '인류가 다 같이 살아갈 운동에 몸을 바'침으로써 해결하려고 생각하지만 용기의 부족과 식구에 대한 애착 때문에 포기한다. 그러다 아내가 병으로 죽어가고 어머니가 중국인 마을의 개에 물리자 살인 행위로 나아가게 된다. 살인 행위는 두 측면을 함께 지니고 있다. 특히 중국인 경찰서 습격은 개인적 복수와 민족적 저항의 의미를 동시에 함축하고 있다. 다만 '인류가 다 같이 살아갈 운동'이라는 보편적 대의가 중국인 경찰서 습격으로 변형된 것은 두 가지 요인이 작용한 것으로 보인다.

첫째, 민족 의식의 부족. 경수의 의식은 인류 보편적 대의라는 추상적 휴머니즘에 머물러 있을 뿐 그것을 민족의식으로까지 구체화하지 못하고 있다. 그로 인해 민족적 저항이 경찰서 습격이라는 즉자적 수준에서 그친 것이다.

둘째, 현실적 여건의 한계. 경수의 주변은 민족운동과 연결되어 있지 못했고, 그러한 상황에서 경수가 택할 수 있는 방법은 개인적 반항 외에는 없었을 터이다. 그렇게 보면 경수의 행위는 단순히 절망감의 역설적 표현만은 아니다. 그보다는 민족적 저항이 개인적 반항이라는 즉자적 형식을 통해 표출된 것으로 이해하는 것이 좀더 적절하다. 요컨대 중국인 경찰서 습격은 민족의식이 부족하고 현실적 여건이 미비未備된 조건에서 나올 수 있는 최대치의 민족적 저항인 셈이다. 따라서 두 가지 요인이 풀린다면 최서해 문학의 주인공들은 언제라도 민족운동에 뛰어들 내적 준비가 되어 있다고 할 수 있다. 그런 점에서 최서해 문학에 개인적 복수와 독립운동에의 투신이 병존하고 있는 것은 모순이 아니다.

최서해 문학에서 개인적 복수와 독립운동에의 투신이 내적으로 연결되어 있다는 것은 최서해 문학의 탈식민적 가능성을 규명하는 데 있어 결정적인 의미를 갖는다. 왜냐하면 이는 독립운동에의 투신이 개인의 실존적 위기를 민족이라는 집합적 존재를 통해 해결하기 위해서임을 말해주기 때문이다. 그런 점에서 최서해 문학에서 민족이란 개인과 무관하게 존재하는 선험적 실체가 아니라 일종의 결사체結社體이다. 〈탈출기〉가 상정하고 있는 민족이 그러하다.

〈탈출기〉의 주인공은 '세상에 대하여 충실' 함으로써 가난에서 벗어나고자 했다. 개인의 실존적 위기를 개인 차원에서 해결하려 한 셈이다. 그러나 세상은 그러한 개인적 '충실' 을 받아들이지 않는다. 소작 부칠 땅도 얻을 수 없고, 온돌장이나 두부 장사를 아무리 열심히 해도 끼니조차 해결하기 어렵다. 이때 여전히 개인 차원에서 문제를 풀려 하면 살인이나 방화로 나아갈 수밖에 없다. 하지만 그러한 개인적 복수로는 문제의 근본적 해결이 불가능하다. 그래서 〈탈출기〉의 주인공은 집단적 차원에서 문제에 대응하기로 결심한다. 가난이란 '제도' 의 문제임을 깨달았기 때문이다. 그러나 이때의 '집단'은 선험적 실체가 아니다. 오히려 그것은 개인의 실존적 위기를 해결하기 위한 자발적 선택과 참여라는 점에서 결사에 가깝다.

〈탈출기〉에서도 주인공은 '호소할 곳이 없다'라고 토로한다. 이러한 고립무원의 상황에서 '결사'는 문제 해결의 효과적인 방식이 된다. 독립운동에의 투신은 그 연장선에서 이루어진 선택이다. 르낭은 〈민족이란 무엇인가〉란 글에서 민족을 '매일매일의 국민투표'에 비유한 바 있다. 이 말은 민족이 영속적이고 선험적인 집단이 아니라 끊임없이 새롭게 선택되고 만들어지는 결사체임을 가리킨다. 최서해 문학에서 독립운동에의 투신은 바로 그러한 의미를 갖고 있다. 〈탈출기〉의 주인공은 처음에는 고립된 개인이었다. 호소할 곳이 없는 것은 그래서이다. 고립된 개인으로 남아 있는 한 이러한 상황은 극복 불가능하다. 살인이나 방화는 고립된 개인이 택할 수 있는 마지막 수단이다. 따라서 호소할 곳 없는 상황을 제대로 극복하기 위해서는 고립된 개인에서 벗어나는 것이 선결 과제가 된다.

이때 〈탈출기〉의 주인공이 선택한 것이 바로 민족이다. 그가 민족을 선택한 까닭은 재만 조선인들이 겪는 운명의 동질성에 대한 자각 때문이라 할 수 있다. 말하자면 조선인 이주민에 대한 중국인의 지배와 착취가 개인의 위기를 민족의 위기로 인식하게 만들었고, 그렇게 형성된 민족의식은 민족적 위기의 궁극적 원인인 일제에 대한 집합적 저항으로 표출된 것이다.

그런 점에서 최서해 문학에서 민족은 선험적으로 개인을 규율하는 초월적 대주체가 아니라 개인의 실존적 위기를 해결하기 위해 자발적으로 선택하고 참여한 결사체이다. 주인공이 독립운동에의 투신을 '생의 충동이며 확충'이라고 한 것은 그런 연유에서이다. 엄밀히 말해, 조선인 이주민들은 종족적(ethnic)으로 같을 뿐 하나의 온전한 민족

(nation)을 이루지 못한 상태이다. 고립된 개인으로 뿔뿔히 흩어져 있기 때문이다. 독립운동에의 투신을 통해 종족은 비로소 민족으로 전화轉化한다. 고전적 용법을 빌리면, 독립운동에의 투신을 매개로 즉자적 민족은 대자적 민족으로 고양된다. 이 대자적 민족이 바로 결사로서의 민족이며, 독립운동 단체가 그것에 해당한다.

근대적 민족은, 긍정적 의미로든 부정적 의미로든, 결사적 성격을 갖고 있다. 이는 달리 말하면 근대적 민족이 자기 결정의 산물임을 뜻한다. 물론 그 이면에는 부르주아 지배체제를 수립하기 위해 민중을 동원하려는 계급적 전략이 작용하고 있음에 틀림없다. 그런 점에서 우리는 민족의 양면성—결사와 동원—을 통일적으로 인식해야 한다. 피식민 민족의 경우도 마찬가지다. 피식민 민족은 제국주의에 맞서 스스로를 지키기 위한 저항의 공동체라는 결사적 측면과 함께 민족 부르주아의 헤게모니를 강화하려는 동원적 측면을 동시에 갖고 있다. 부르주아 계몽문학이 그 가운데 후자를 대표한다면, 최서해는 전자의 입장에 서 있다.

최서해는 만주 체험에 근거해 계급적 착취와 차별을 민족적 착취와 차별로 받아들였다. 만주가 조선인에게 민족적 착취와 계급적 착취가 중첩된 공간이라는 점에서 양자의 동일시는 현실적 근거를 가진다. 최서해 문학의 호소력은 그로부터 발원한다. 부르주아 계몽문학이 '위로부터의 민족', 즉 부르주아 헤게모니에 바탕한 민족을 상정하고 있었던 데 비해 최서해 문학은 민중이 중심이 된 민족의 가능성을 보여준다. 그래서 부르주아 계몽 문학의 민족이 언제나 민중에게 '부과된' 민족인 데 비해 최서해 문학에서 민족은 민중이 스스로 만들어가는 민족이다. 최서해 문학의 민족이 민중 동원적 성격보다 민중 결사적 성격이 훨씬 강한 것은 그 때문이라 할 수 있다.

이는 최서해 문학이 민족주의와 구별되는 민족 인식을 갖고 있음을 의미한다. 이인직과 이광수는 물론이고 신채호나 염상섭조차도 민중이 스스로 만들어가는 민중적 결사로서의 '아래로부터의 민족'에 대한 기획을 보여주지 못했다. 저항적 민족주의를 지향했던 신채호에게도 민족이란 '위로부터의 민족', 곧 부과된 민족이었다. 신채호가 민족을 영속적이고 초월적인 존재로 생각한 것도 이와 관련이 깊다. 신채호가 민족주의에서 사회주의로 이념적 전회轉回를 감행한 것도 그러한 한계를 극복하기 위해서였다고 할 수 있다. 〈만세전〉을 통해 식민지적 근대에 대한 심오한 통찰을 보여준 염상섭 또한 '위로부터의 민족' 관념에서 벗어나지 못했다. 그로 인해 염상섭에게 민중이란 동정과 혐오의 양가적 대상일 뿐이었으니, 염상섭이 부르주아를 대체할 새로운 민족 주체를 정립하지 못한 것은 여기에 기인한다.

그런 점에서 최서해 문학의 민족, 곧 민중적 결사로서의 '아래로부터의 민족'은 문학사적으로 획기적인 의미를 갖는다. 민족 형성에 대한 민중적 경로를 제시함으로써 한국근대문학의 새로운 가능성을 열었기 때문이다. 요컨대 탈식민에 대한 민족주의적 전망이 지닌 원천적 한계를 넘어설 수 있는 새로운 길을 예비해준 것이다.

4

지금까지 최서해 문학이 재만 조선인들의 삶을 통해 민중적 결사로서의 '아래로부터의 민족'을 그려나가는 과정을 살펴보았다. 이러한 민족 서사는 이전까지의 한국근대문학이 보여주지 못했던 새로운 세계라는 점에서 탈식민의 새로운 길을 제시했다는 문학사적 의의를 갖는다. 특히 민족주의와는 다른 기획, 곧 민중이 주체가 되는 민족의 가능성을 모색했다는 사실은 중요한 성취라 하지 않을 수 없다. '민족주의가 민족을 창출한다'는 겔너의 유명한 명제처럼 민족은 민족주의의 전유물로 여겨져 왔다. 하지만 최서해의 문학은 민족이 민족주의의 전유물이 아님을 예증해준다. 최서해 문학은 개인의 실존적 위기가 어째서 민족을 통해 해결될 수밖에 없는지를 만주라는 공간을 통해 설득력 있게 보여준다.

그러나 계급 문제와 민족 문제가 착종되어 있는 것은 최서해의 문학이 본격적인 프롤레타리아 문학으로 나아가는 데 심각한 걸림돌로 작용하고 있다. 이와 관련하여 독립운동 단체의 이념적 성향이나 구체적 내용이 불분명하다는 점을 지적할 필요가 있다. 가령 〈탈출기〉를 보면, ××단에 들어가 활동하고 있다는 이야기만 나올 뿐 활동의 구체적 내용에 대해서는 아무런 설명도 없다. 〈고국〉에서도 '배낭을 지고 총을 메었다'는 언급 이외에는 더 이상의 서술이 없다. 독립운동에 대해 비교적 자세히 기술하고 있는 〈해돋이〉 또한 활동 내용에 대해서는 묵묵부답이다. 이로 인해 어떤 이념을 지닌 단체인지를 도무지 가늠할 수 없다. 검열 탓도 있겠지만, 그와 함께 계급 문제가 부차화되고 민족 문제만이 전면화된 상태에서 어떤 이념이냐는 중요하지 않게 된 것도 또하나의 이유가 될 것이다.

말하자면 계급 문제와 민족 문제가 뒤섞이면서 계급 문제를 바라보는 시각과 직결된 이념에 대한 사유가 정지되고 만 셈이다. 이 대목에서 최서해 문학은 다시금 민족주의에 포섭된다.

물론 계급 문제와 민족 문제의 내적 연관과 차별성을 동시에 읽으려 노력한 작품이 없는 것은 아니다. 〈홍염〉이 대표적이다. 〈홍염〉은 지주 대 소작의 비대칭적 관계를 축으로 작품의 서사가 구성되어 있다. 〈홍염〉은 조선에서나 만주에서나 문서방은 똑같이 소작인이라는 사실을 강조한다.

요컨대 지주 대 소작이라는 계급적 관계는 어디서나 마찬가지라는 것이다. 따라서 인가와 문서방의 기본 관계 역시 지주/소작 관계가 된다. 그런 점에서 인가와 문서방의 비대칭성은 계급적 비대칭성으로부터 비롯된 결과이다. 딸을 빼앗겼음에도 불구하고 인가가 주는 돈을 거절하지 못하는 문서방의 심리 또한 이러한 맥락에서 이해될 수 있다. 인가와 문서방의 관계를 민족적 관계라는 측면에서 보면 돈을 거절하는 것이 자연스럽다. 순수한 민족적 관계에서는 돈이란 이차적인 것이기 때문이다 그러므로 문서방이 인가의 돈을 받았다는 것은 결국 둘의 관계가 경제에 의해 규율되는 계급적 관계임을 말해준다.

이처럼 〈홍염〉은 인가와 문서방의 관계를 기본적으로 계급 관계로 규정하면서 서사를 풀어나간다. 여기에 민족적 갈등이 중첩되면서 문제가 증폭된다. 빚과 소작료를 갚지 못했다고 딸을 빼앗아가는 인가의 행태를 '되놈'의 반反인륜적 관습과 연계시키면서 민족적 갈등이 본격화되는데, 이러한 갈등은 문서방의 아내가 환각 상태에 빠져 "아이구, 우리 용녜가 죽소! 저 흉한 되놈에게 깔려서"라고 외치며 피를 토하고 죽으면서 절정에 이른다. 그런 점에서 문서방의 살인 행위에는 계급적 저항과 민족적 저항이 중첩되어 있다. 요컨대 비대칭적 계급 관계에 대한 분노와 민족적 수난에 대한 복수심이 병존하고 있는 셈이다.

최서해 문학에서 〈홍염〉이 갖는 가장 중요한 의의는 이 작품에 와서야 명실상부한 의미에서의 '계급의 발견'이 이루어졌다는 점이다. 이전까지의 최서해 문학은 계급 문제가 민족 문제에 해소되는 모습을 보여준다. 분명한 계급적 갈등조차도 어느새 민족적 갈등으로 치환되곤 한다. 물론 그런 가운데서도 민족 문제를 민중의 관점에서 접근함으로써 민중적 결사로서의 '아래로부터의 민족'의 가능성을 제시한 것은 문학사적으로 획기적인 의의를 갖는다.

하지만 계급 문제와 민족 문제의 착종과 민족 문제의 전면화가 당시 재만 조선인들의 현실을 일면적으로만 반영하고 있는 것은 부인하기 힘들다. 〈박돌의 죽음〉처럼 계급적 갈등을 취급한 작품이 없었던 것은 아니지만, 이 소설에서 다루어지는 계급적 갈등은 '돈 없으면 사람 대접 못받는다' 정도의 그야말로 소박한 수준이어서 계급적 갈등이라고 부르기조차 어색하다. 이렇게 된 것은 무엇보다 계급적 갈등의 핵심인 착취 문제가 빠져 있기 때문이다.

반면에 〈홍염〉에서는 계급적 착취와 그로 말미암은 갈등이 서사의 축을 이루면서 거기에 민족적 갈등이 중첩된다. 계급적 갈등이 축을 이루는 까닭은 지주/소작 관계가 착취의 토대이기 때문이다. 이러한 서사의 축에 민족적 갈등을 접합시킴으로써 〈홍염〉은 만주에서 계급적 갈등이 작동되는 특수한 방식, 곧 계급 문제와 민족 문제가 중첩되는 과정을 핍진하게 보여준다. 계급적 착취와 대립이 그 자체로만 순수하게 현상하는 경우는 없다는 점에서 〈홍염〉은 참다운 의미에서의 '계급의 발견'을 성취한, 즉 계급 문제의 보편성과 특수성을 통일적으로 포착한 선구적 작품이라 할 만하다. 1920년대의 한국문학을 통틀어 보더라도 계급 문제에 대해 이러한 인식을 보여주는 사례를 찾기 어렵다는 점을 감안하면 더더욱 그러하다.

5

〈홍염〉에서 최서해는 계급 문제가 민족 관계 속에서 어떻게 특수화되는지를 규명했다. 최서해 문학을 결말부만 놓고 평가해서는 곤란하다. 중요한 것은 결말부까지 이르는 서사의 전체 과정이다. 그러한 관점에서 보면, 〈홍염〉의 서사 구조는 대단히 탄탄하다. 특히 계급적 착취가 민족적 차별과 접합되어 가는 과정은 이중의 착취와 차별로 고통받던 재만 조선인들의 현실과 적절히 조응하면서 결말부의 개연성을 한껏 높여준다. 그 과정에서 문서방의 살인 행위는 계급적인 동시에 민족적인 저항이라는 이중의 의미를 지닐 수 있게 되었으며, 그런 점에서

〈홍염〉은 탈식민 문학의 새로운 지평을 연 작품으로 손색이 없다.

하지만 최서해 문학은 거기서 멈춘다. 〈홍염〉 이후 기대할 수 있는 것은 계급적 각성에 기초한 민족적 저항의 세계였다. 그렇게 되었더라면 프롤레타리아 문학의 성숙도 좀더 앞당겨질 수 있었을 것이다. 그러나 최서해는 만주로부터 조선의 현실로 눈을 돌리면서 급속히 일상성의 세계로 빠져들어 간다. 민중의 삶은 사라지고 지식인과 소시민의 일상이 평면적으로 그려진다. 계급 문제를 다룰 때에도 소박한 휴머니즘의 차원을 벗어나지 못하며, 민족 문제에 대한 날카로운 인식 또한 찾아보기 힘들게 된다.

물론 그런 가운데서도 지식인의 프롤레타리아화를 풍자적으로 그린 〈무명초〉라는가 민중 수난사를 핍진하게 다룬 〈누이동생을 따라〉 같은 작품은 최서해 문학의 저력을 유감없이 보여주기도 한다. 이 소설들에서 우리는 풍자나 서정 같은 최서해 문학의 새로운 매력을 발견하게 되는데 안타깝게도 때 이른 요절로 인해 더 이상의 진전은 이루어지지 못하고 만다.

그런 점에서 이런저런 가능성에도 불구하고 전체적으로 최서해의 후기 문학은 자연주의와 휴머니즘의 범박한 결합에 머물러 있다고 평하지 않을 수 없다. 이렇게 된 것은 아마도 조선에서의 소시민 체험이 그의 문학에 그대로 삼투되었기 때문으로 보인다. 최서해의 문학이 본격 프롤레타리아 문학이 대두한 1927년 이후 한국문학의 중심에서 밀려난 것은 그런 연유에서였다고 할 수 있을 터이다.

그러나 민중적 결사로서의 '아래로부터의 민족'에 주목해 그것을 계급 문제와의 상호 연관 속에서 그려낸 점은 부르주아 계몽문학의 민족주의적 한계를 넘어 탈식민 문학의 새로운 가능성을 제시한 소중한 성취로 기록되어야 할 것이다. 전지구적 자본주의 시대를 맞아 최서해 문학을 새롭게 조명해야 할 이유도 여기에 있다.

* 작가연보 작성에는 문학과지성사의 《최서해 전집》과 《근대문학 갈림길에 선 작가들》에서 도움을 받았음을 밝혀둔다.

1901년 1월 21일, 함북 성진군 임명에서 부친 최씨와 모친 김능생 사이의 외아들로 출생했다. 아버지에게 한문을 배웠다. 아명은 저곡苧谷이나 이 이름의 사용 여부는 불확실하며 지명인 듯하다. 본명은 학송鶴松이고 호는 설봉雪峰이다. 부친으로부터 혹은 서당은 통해 한문 공부를 한 듯하다. 성진보통학교를 중퇴한 것(3학년 또는 5학년)으로 알려져 있으나 신학문과 관련된 읽고 쓰는 능력의 발달 정도로 보면 중학교를 중퇴한 것으로 추정된다. 부친은 지방의 소관리였던 듯하다. 독립군이란 설(김동환)도 있으나 불명확하며 일제 강점기 이후 가족을 돌보지 않은 듯하다. 모친은 바느질과 돈놀이 등으로 생계를 유지했다. 형제로는 누이하나(청진 토박이에게 출가했다가 기생이 되었다)와 여동생 하나가 있다.

1905년 함북 성진시 한천리 254번지에 사는 숙부 김순기의 집에서 기거했다.

1910년 이즈음에 부친이 간도 지방으로 간 듯하다. 부친이 가족을 돌보지 않았다는 것, 서해가 부친의 이름조차 기억할 수 없었다는 것은 개인사의 비극이지만 역사적인 상징으로도 볼 수 있다. 그의 소설에서 부친의 존재는 〈홍염〉에서와는 달리 미미한 것으로 나타날 수밖에 없었다.

1913년 신소설과 구소설을 닥치는 대로 읽었고 잡지 《청춘》과 《학지―1915년 광》 등을 사서 탐독했다.

1917년 이광수의 《무정》을 읽고 감동을 받았다.

1918년 이광수의 소개로 《학지광》에 세 편의 수필(〈우후 정원의 월광〉〈추교의 모색〉〈반도 청년에게〉)을 발표했다. 어머니와 간도로 들어가 유랑생활을 했고 빼허에서 농노 생활을 했다.

1920년 한 여성과 동거했으나 빈곤으로 헤어졌고 곧 다른 여성과 재혼했으나 사별했다. 빼허에서 야반도주한 뒤 음식점 머슴, 정거장 목도, 중 노릇 등을 전전했다. 시인 조운을 만났다.

1921년 서간도에서 세 번째 여성과 결혼하여 첫딸 백금을 낳았다.

1923년 얼따꼬우에서 살다 봄에 귀국, 회령 부근 어느 정거장에서 콩 자루를
       날라주는 등의 노동을 했다. 시조 〈춘교에서〉, 수필 〈고적〉이 《동아일
       보》에 게재되었고, 소설 〈누구의 편지〉와 〈평화의 임금〉은 《신생명》에
       게재되었다. 시 〈자신〉을 《북선일일신문》에 투고했고, 서해라는 필명
       을 사용했다. 단편 〈토혈〉을 《동아일보》에 투고, 독자란에 게재되었다.

1924년 1월에 단편 〈고국〉이 《조선문단》에 발표되었고 이어서 〈매월〉을 발표
       했다. 11월에 이광수를 찾아 노모와 처자를 살던 곳에 남겨둔 채 단신
       으로 상경했다. 잠시 김동환의 집에 기거했고 이광수의 소개로 경기도
       양주군 봉선사로 들어가 중 노릇을 했으나 주지 이학수와 다투고 다시
       춘원 집으로 왔다. 아내가 시어머니와 딸을 버리고 집을 나갔다.

1925년 2월 조선문단사에 입사했고 조선문단사 사주 방인근의 집에서 기거했
       다. 8월에 김기진의 권유로 조선프롤레타리아 예술동맹(카프)에 가입했
       다. 10월에 조선문단사를 퇴사했다. 《조선문단》에 〈13원〉〈탈출기〉〈살
       려는 사람들〉〈박돌의 죽음〉〈기아와 살육〉, 평론 격인 〈근대독일문단개
       관〉 등을 발표, 문단의 중심적 작가가 되었다.

1926년 정초에 조선문단사의 수금차 지방 순회 중 영광의 조운 집에 들렀고 이
       때 그의 누이 분려와 사귀었다. 4월 8일에 조선문단사에서 최남선의 주
       례로 조운의 누이 분려와 결혼하여 명륜동 2가에서 살림을 시작했다.
       이광수와 불화했다. 6월에 조선문단사가 휴간되자 퇴사하고 《현대평론》
       문예란 담당 기자로 얼마간 종사했다. 단편 〈폭군〉〈설날밤〉〈의사〉〈5원
       75전〉〈백금〉〈해돋이〉〈그믐밤〉〈누가 망하나〉〈농촌야화〉〈기아〉〈8개월〉〈이
       역원혼〉〈동대문〉〈무서운 인상〉 등을 발표했다. 창작집 《혈흔》 출판.

1927년 1월에 장남 백白을 출생(이은상의 부인 김신복의 도움)했다. 같은 달에 범
       문단 조직인 조선문예가협회에서 이익상, 김광배 등과 함께 간사직을
       맡았다. 방인근으로부터 남진우가 인수한 조선문단사에 다시 입사, 《조
       선문단》이 복간되자 편집 책임을 맡고 추천위원이 되었다. 5월, 문예시
       대사 주최 문예 강연회에서 '소설 작법론'을 강연했다. 10월에 경영난
       으로 다시 퇴사하고 서울 기생들의 잡지 《장한長恨》의 편집을 맡았다.
       단편 〈미덥지 못한 사랑〉〈홍염〉〈전아사〉〈쥐 죽은 뒤〉〈서막〉〈낙백불우〉
       등을 발표했다.

1928년 8월에 조선프롤레타리아 예술동맹(카프) 전국대회에서 조중곤, 이기영
       과 함께 재무에 피촉 되었다. 단편 〈갈등〉〈폭풍우 시대〉〈사랑의 원수〉
       등을 발표했다.

1929년 《중외일보》 기자가 되었고 《신생》지 문예 추천작가로 위촉되었다. 카
프 탈퇴. 단편 〈행복〉〈인정〉〈먼동이 틀 때〉〈주인 아씨〉〈같은 길을 밟는
사람들〉〈잊지 못할 사람들〉 등을 발표했다.
1930년 두 살된 둘째딸 사망. 단편 〈누이동생의 길을 따라〉와 장편 《호외시대》
를 연재했다.
1931년 5월에 창작집 《홍염》을 간행했다. 최독견의 후임으로 《매일신보》 학예
부장이 되었다. 위병 악화.
1932년 경성 의전병원으로 옮겨져서 7월 9일에 위암 수술을 받고 출혈 과다로
사망했다. 공식 사인은 위문 협착증. 당시 가족으로는 어머니, 부인, 아
들 백白과 택澤이 있었다. 주소는 종로구 체부동 118번지였고 장지는 미
아리 공동 묘지였다. 7월 25일에 유족 구제 발기회를 가졌다.

시

〈자신自信〉,《북선일일신문》, 1923.
〈시골 소년이 부른 노래〉,《동아일보》, 1925. 3. 25.
〈세 처녀 문명文明〉, 1925. 12. 25 .

장편

《호외시대》(10회 연재),《매일신보》, 1930. 9. 20~1931.8.13.
《호외시대》(곽근 엮음), 문학과지성사, 1994.

단편

〈토혈〉,《동아일보》, 1924. 1. 28~2. 4.
〈고국(추천작)〉,《조선문단》, 1924. 10. 1.
〈매월每月〉,《혈혼(창작집)》, 1924. 11.
〈십삼 원拾參圓〉,《조선문단》, 1925. 2. 1.
〈탈출기〉,《조선문단》, 1925. 3. 1.
〈살려는 사람들〉,《조선문단》, 1925. 4. 1.
〈큰물 진 뒤〉,《개벽》, 1925. 12. 1.
〈향수〉,《동아일보》, 1925. 4. 6~13.
〈박돌의 죽음〉,《조선문단》, 1925. 5. 1.
〈기아와 살륙〉,《조선문단》, 1925. 6. 1.
〈방황〉,《시대일보》, 1925. 6. 29.
〈보석반지〉,《시대일보》, 1925. 7.
〈기아棄兒〉,《여명》, 1925. 9.
〈폭군〉,《개벽》, 1926. 1. 1.
〈설날밤〉,《신민》, 1926. 1. 1.
〈그 찰나〉(미완),《시대일보》, 1926. 1. 4.
〈5월 75전〉,《동아일보》, 1926. 1. 1~1. 4.
〈백금白琴〉,《신민》, 1926. 2. 1.
〈의사〉,《문예운동》, 1926. 2. 1.

〈소살笑殺〉,《가면假面》, 1926. 3. 1.
〈누가 망하나〉,《신민》, 1926. 7. 1.
〈그믐밤〉,《신민》, 1926. 5. 1.
〈담요〉,《조선문단》, 1926. 5. 1.
〈금붕어〉,《조선문단》, 1926. 6. 1.
〈만두〉,《시대일보》, 1926. 7. 12.
〈농촌야화〉(게재 금지),《동광》, 1926. 8. 1.
〈8개월〉,《동광》, 1926. 9. 1.
〈저류低流〉,《신민》, 1926. 10. 1.
〈이역원혼異域冤魂〉,《동광》, 1926. 11. 1.
〈동대문〉,《문예시대》, 1926. 11. 10.
〈홍한녹수紅恨綠愁〉,《매일신보》(연작, 소제목 〈남은 꿈〉), 1926. 11. 14.
〈무서운 인상〉,《동광》, 1926. 12. 1.
〈미치광이〉,《창작집『혈흔』》, 1926. 12.
〈돌아가는 날〉,《신사회》, 1926. 12.
〈쥐죽인 뒤〉,《매일신보》, 1927. 1. 1.
〈홍염〉,《조선문단》, 1927. 1. 1.
〈전아사餞迓辭〉,《동광》, 1927. 1. 1.
〈서막〉,《동아일보》, 1927. 1. 20.
〈가난한 아내〉(미완),《조선지광》, 1927. 2. 1.
〈이중二重〉,《현대평론》, 1927. 5. 1.
〈갈등〉,《신민》, 1928. 1. 1.
〈성동도城東途〉,《조선일보》, 1928. 4. 22.
〈폭풍우 시대〉(미완),《동아일보》, 1928. 4. 4~12.
〈용신난容身難 1〉(미완),《신민》, 1928. 8. 1.
〈부부〉,《매일신보》, 1928. 10. 6~21.
〈전기轉機〉,《신생》, 1929. 1. 1.
〈먼동이 틀 때〉,《조선일보》, 1929.1. 1~2. 26
〈인정人情〉,《신생》, 1929. 2. 1.
〈주인 아씨〉,《신생》, 1929. 4. 1.
〈수난受難〉(미완 연작소설),《학생》, 1929. 4. 1.
〈젊은 시절의 로맨스〉(연작, 소제목〈차중에 나타난 마지막 그림자〉),《조선일보》,
1929. 4. 15~22.

〈여류 음악가〉(연작),《동아일보》, 1929. 5. 24.
〈무명초〉,《신민》, 1929. 8. 1.
〈같은 길을 밟는 사람들〉,《신소설》, 1929. 12. 1.
〈잊지 못할 사람들〉,《신사회》, 1929.
〈누이동생을 따라〉,《신민》, 1930. 2. 1.

수필

〈우후雨後 정원庭園의 월광月光〉,《학지광》, 1918. 3.
〈추교秋郊의 모색暮色〉,《학지광》, 1918. 3.
〈반도 청년에게〉,《학지광》 1918. 3.
〈고적孤寂〉,《동아일보》, 1923. 7. 29.
〈여정에서〉,《조선문단》, 1924. 10. 1.
〈그리운 어린 때〉,《조선문단》, 1925. 3.1.
〈전 생명의 요구는 아니다〉,《조선문단》, 1925. 7. 1.
〈여름과 물〉,《조선문단》, 1925. 8.
〈해운대〉,《신민新民》, 1925. 10.
〈병우病友 조운曹雲〉,《조선문단》, 1925. 11. 1.
〈혈흔〉,《조선문단》, 1925. 11. 1.
〈흐르는 이의 군소리〉,《조선문단》, 1926. 4. 1.
〈연주창과 독사〉,《동아일보》, 1926. 6. 2.
〈운雲과 인생〉,《가면》, 1926. 7.
〈신음성呻吟聲〉,《동아일보》, 1926. 7. 10~17.
〈쌍포유기雙浦遊記〉,《신민》, 1926. 8. 1.
〈천재와 범재〉,《문예시대》, 1926. 11. 10.
〈미덥지 못한 마음〉,《조선문단》, 1927. 1. 1.
〈잡담〉,《문예시대》, 1927. 1. 20.
〈여름과 나〉,《동광》, 1927. 8. 1.
〈근감近感〉,《조선일보》, 1928. 7. 10.
〈값없는 생명〉,《조선일보》, 1928. 9. 23.
〈면회사절〉,《조선일보》, 1928. 9. 25~26.
〈수박〉,《조선일보》, 1928. 9. 27.
〈파약破約의 비애〉,《조선일보》, 1928. 9. 30.
〈매화 옛 등걸〉,《중외일보》, 1929. 2. 11.

〈봄! 봄! 봄!〉,《신생》, 1929. 3. 1.
〈병신의 넉두리〉,《조선농민》, 1929. 3. 26.
〈봄을 맞는다〉,《학생》, 1929. 4. 1.
〈달리소〉,《신생》, 1929. 6. 1.
〈어느 풍경〉,《학생》, 1929. 8. 1.
〈가을을 맞으며〉,《동아일보》, 1929. 8. 21~24.
〈숙연肅然한 우성雨聲〉,《동아일보》, 1929. 8. 25~26.
〈가을의 마음〉,《동아일보》, 1929. 8. 29~9. 1.
〈이충명추(가을 벌레)〉,《학생》, 1929. 9. 1.
〈입춘을 맞으며〉,《별건곤》, 1930. 3. 1.
〈신록과 나〉,《별건곤》, 1930, 6, 1.
〈의문의 그 여자〉,《신소설》, 1930. 9. 1.
〈탈〉,《신생》, 1930. 10. 5.
〈K화상의 눈〉,《동방평론》, 1932. 4.
〈님 찾아서〉(유고),《월간 매신》, 1932. 9.

산문
〈춘효설경春曉雪景〉,《청춘》14호, 1918. 6.
〈해평海坪의 일야一夜〉,《청춘》15호, 1918. 9.

시조
〈춘교春郊에서〉,《동아일보》, 1923. 6. 10.
〈우음偶吟〉,《동아일보》, 1925. 7. 28.

동화
〈누구의 편지〉,《신생명》, 1923. 9. 15.
〈평화와 임금〉,《신생명》, 1923. 12. 15.

번역동화
〈토끼와 포도 넝쿨〉(마테로 원작),《신생》, 1929. 10. 1.

평론

〈근대노서아문단개관〉,《조선문단》, 1924. 12. 1.

〈근대영미문학개관〉,《조선문단》, 1925. 1. 1.

〈근대독일문학개관〉,《조선문단》, 1925. 2. 1.

〈감과 배 가면假面〉, 1926. 1.

〈7,8월의 소설〉,《동아일보》, 1926. 8. 7~17.

〈문예시감〉,《현대평론》, 1927. 7. 1.

〈문예시감〉,《현대평론》, 1927. 9. 1.

〈조선문학 개척자—국초〉〈이인직 씨와 그 작품〉,《중외일보》, 1927. 11. 15.

〈떼카단의 상징〉,《별건곤》, 1927. 12. 20.

〈문예시감〉,《조선일보》, 1928. 1. 8~11.

〈제재 선택의 필요〉,《중외일보》, 1928. 8. 2.

〈문예와 시대〉,《동아일보》, 1929. 7. 2~3.

〈내용과 기교〉,《동아일보》, 1929. 7. 4.

〈노동대중과 문예운동〉,《동아일보》, 1929. 7. 5~10.

〈조선의 특수성〉,《동아일보》, 1929. 7. 12~14.

〈작가가 본 평론가〉,《삼천리》, 1930. 7. 1.

일기

〈?! ?! ?!〉,《조선문단》, 1925. 4.

앙케이트

〈우리의 감정에서 우러나는 글을〉,《게재지불명》, 1927. 1.

〈문단 침체의 원인과 그 대책〉,《조선문단》, 1927. 1. 11~15.

〈조선을 안 되랴〉,《조선지광》, 1928. 1. 1.

〈지금까지 잊혀지지 않는 여자〉〈 '옛날의 그이' 〉,《별건곤》, 1928. 2. 1.

〈소년소녀와 영화극 문제〉,《신민》, 1928. 4. 1.

〈각계명사 제씨 1일 생활기〉,《별건곤》, 1928. 12. 1.

〈결국은 빵 문제〉,《별건곤》, 1929. 1. 1.

〈내가 다시 태어난다면〉〈아주 가난한 노동자의 자녀로〉,《삼천리》, 1929. 6. 12.

대담

〈3·1 문사방문기〉,《조선문단》, 1927. 2. 1.

탐전소설 번안

〈사랑의 원수〉(80회연재),《중외일보》, 1928. 5. 16~8. 30.

번역

〈행복, 알츄이바세프 원작의 중역〉,《신민》, 1929. 1. 1.

콩트

〈육가락 방판관〉,《중외일보》, 1929. 3. 1.
〈물벼락〉,《조선일보》, 1929. 3. 5.
〈경계선〉,《중생衆生 1927》, 1929.3.7

잡문

〈굶어 본 이야기—네끼 굶고 중노릇〉,《별건곤》, 1930. 2. 1.
〈호외시대 예고〉,《매인신보》, 1930. 9. 14.
〈내가 감격한 외국 작품〉,《삼천리》, 1931. 1. 1.
〈내가 본 내 얼굴〉,《별건곤》, 1931. 1. 1.

탐방 기사

〈모범 농촌 순례〉,《매일신보》, 1930. 8. 19~8. 22.

기사

〈산 사람의 마음 위로〉,《별건곤》, 1930. 10.

창작집

《혈흔》, 글벗집, 1926. 2. 28.
《홍염》, 신생, 1931. 5. 15.

전집

《최서해 전집(상·하)》, 문학과지성사, 1987. 7.

자료집

《최서해 작품 자료집》(곽근 엮음), 국학자료원, 1997.

김기진, 「문단 일년」, 《동광》, 1921. 1.

박종화, 「갑자甲子문단 종횡관」, 《개벽》 54호, 1924. 12.

방인근, 「문사들의 이 모양 저 모양」, 《조선문단》, 1925. 1.

박영희, 「문사들의 이 모양 저모양」, 《조선문단》, 1925. 2.

_____, 「3월 창작 총평」, 《개벽》, 1925. 3.

박종화, 「3월 창작소설 총평」, 《조선문단》 7호, 1925. 4.

_____, 「3월 창작평」, 《개벽》 58호, 1925. 4.

김기진, 「6월 창작 총평」, 《조선문단》, 1925. 7.

박영희, 「2월 창작 총평」, 《조선문단》 6호, 1925. 8.

현진건, 「신춘문단 소설평」, 《조선문단》, 1925. 10.

박영희, 「신경향과 문학과 그 문단적 지위」, 《개벽》, 1925. 12.

이은상, 「서해 창작집 《혈흔》을 읽고」, 《동아일보》, 1925. 12. 2~3.

현진건, 「조선혼과 현대정신의 파악」, 《개벽》, 1926. 1.

방인근, 「2월 창작평」, 《신민》, 1926. 3.

최독견, 「2월의 창작평」, 《신민》, 1926. 3.

방인근, 「3월 소설평」, 《조선문단》, 1926. 4.

이상화, 「5월 창작소럴 총평」, 《조선문단》 9호, 1926. 5.

_____, 「지난 달의 시와 소설」, 《개벽》 60호, 1926. 5.

현진건, 「신춘문단 소설 만평」, 《개벽》, 1926. 5.

한설야, 「문예비평―주로 '콘트'에 대하여」, 《조선지광》 85호, 1926. 6.

노 봉, 「그믐밤의 독사毒蛇문제」, 《동아일보》, 1926. 6. 1.

P.B생生, 「반역의 선언 《혈흔》―서해의 근업에 대하여」, 《시대일보》, 1926. 6. 7.

오 영, 「서해에게 진언」, 《중외일보》, 1926. 11. 30.

김기진, 「병인세모丙寅歲暮 문단 총평」, 《중외일보》, 1926. 12. 11~25.

김성근, 「조선현대문예개관」, 《동아일보》, 1927. 1. 1~6.

권구현, 「계급 문학과 그 비판적 요소―김지긴 군과 박영희 군의 논전을 읽고」,
　　　《동광》 10호, 1927. 1. 29~2. 3.

김기진, 「문예시평」, 《조선지광》, 1927. 2.

양주동, 「문단시평」, 《신민》, 1927. 2.

주요한, 「취제의 경향과 제3증 문예 운동」, 《조선문단》, 1927. 2.

최독견, 「조선 정조情調」, 《조선문단》, 1927. 2.

윤기정, 「1927년 문단의 총결산」, 《조선지광》. 1928. 1.

김기진, 「창자계의 1년」, 《동아일보》. 1928. 1. 1~1.2.

이수창, 「문단 제가의 측면관」, 《중외일보》. 1928. 8. 17~18.

심　훈, 「내가 좋아하는 작품과 작가」, 《문예공론》, 1929. 5.

윤기정, 「문예시감」, 《조선문예》, 1929. 5.

이은상, 「문예시감」, 《조선문예》, 1929. 5.

방인근, 「문인상」, 《문예공론》, 1929. 6.

김동인, 「조선근대소설고」, 《조선일보》, 1929. 7. 28~8. 16.

박종화, 「조선문단의 회고」, 《신생》, 1929. 10.

천봉학인天峯學人, 「조선문단의 작일과 명일」, 《매일신보》, 1931. 1. 1~9.

김동인, 「작가 4인」, 《매일신보》, 1931. 1. 8.

이윤재 엮음, 《문예독본》 2권, 한성도서주식회사, 65쪽, 김기림, 「문예시평─
　　'홍염'에 나타난 의식의 흐름」, 《삼천리》, 1931. 1. 5.

김안서, 「서해의 근작 《홍염》을 읽고서」, 《동아일보》, 1931. 9. 21.

김동인, 「속 문단 회고(10)」, 《매일신보》, 1931. 11. 22.

최정희, 「문인 초初인상기」, 《삼천리》, 1932. 2.

심　훈, 「곡 서해」, 《동아일보》, 1932. 7. 10.

이태준, 「오호, 서해 형!」, 《동아일보》, 1932. 7. 18.

박종화, 「곡哭 최서해」, 《동아일보》, 1932. 7. 20

김동인, 「사람으로서의 서해」, 《삼천리》, 1932 .8

＿＿＿, 「소설가로서의 서해」, 《동광》 36호, 1932.8

김동환, 「매장 후기」, 《삼천리》, 1932. 8.

김석송, 「서해와 우리들」, 《삼천리》, 1932. 8.

김안서, 「서해의 핀을 읊었노라」, 《동광》 36호, 1932. 8 .

박종화, 「억億 최서해」, 《삼천리》, 1932. 8.

염상섭, 「곡哭 최서해」, 《삼천리》, 1932. 8.

왕　인, 「매장후기」, 《삼천리》, 1932. 8.

이광수, 「최서해와 나」, 《삼천리》, 1932. 8.

홍효민, 「호호, 서해 형이여」, 《삼천리》, 1932. 8.

이병기, 「추억(시조)」, 《삼천리》, 1932. 8. 1.

심　훈, 「《홍염》의 영화화, 기타」, 《동광》, 1932. 10.

남우훈, 서해의 일화」, 《삼천리》, 1932. 12.

박상엽, 「서해와 그 유족」, 《신여성》, 1933.

이광수, 「조선의 문학」, 《삼천리》, 1933. 3.

이종명, 「서해의 추억」, 《매일신보》, 1933. 6. 20~7. 4.

양건식, 「인간 서해」, 《매일신보》, 1933. 7. 11~12.

박상엽, 「감상의 7월─서해 영전에」, 《매일신보》, 1933. 7. 14~19.

전영택, 「서해의 예술과 생애」, 《삼천리》, 1933. 8.

김안서, 「서해의 3주기를 맞으며」, 《조선일보》, 1934. 6. 10, 12, 14, 16.

김동환, 「살풍경하고 짜른 생애─서해의 3주기에」, 《조선중앙일보》, 1934. 6.
       12~13.

염상섭, 「서해 3주기에」, 《매일신보》, 1934. 6. 12~13.

민병휘, 「포석과 서해」, 《삼천리》, 1935. 1.

박상엽, 「서해와 그 극적 생애─그의 사후 3주년을 당하여」, 《조선문단》, 1935. 8.

이광수, 「전前 조선문단 추억담」, 《조선문단》, 1935. 8.

김동환, 「생전의 서해, 사후의 서해」, 《신동아》, 1935. 9.

임 화, 「조선신문학사서설─이인직에서 최서해까지」, 《조선중앙일보》, 1935.
       10. 9~11. 13.

김태준, 「조선소설발달사」, 《삼천리》, 1935. 12~1936. 1.

이광수, 「다난한 반생의 도정」, 《조광》, 1936. 4.

방인근, 「문학 운동의 중축中軸 조선문단 시절」, 《조광》, 1938. 6.

_____, 「서해를 추억함」, 《조광》, 1939. 12.

박영희, 「현대조선문학사」, 《조선교육》, 1947. 10.

백 철, 「최서해 등의 체험 문학, 기타」, 《조선 신문학사조사 근대편 현대편》,
       수선사, 1948.

김동인, 「문단 30년의 자취」, 《신천지》, 1949. 2.

박화성, 「고사우故思友─서해가 살았다면」, 《국제신문》, 1949. 11. 16~17.

방인근, 「문단 교우록交友錄」, 《문예》, 1950. 3.

안광함, 《최서해론》, 조선작가동맹출판사, 1956.

조연현, 「최학송」, 《한국현대문학사》, 성문각, 1957.

김동인, 「문단 이면사」, 《신문예》, 1958. 8.

염상섭, 「서해의 매장이 절급切急한데」, 《문화시보》, 1958. 9. 18.

김 송, 「서해 문학의 재음미」, 《동아일보》, 1958. 9. 21.

방인근, 「인간 최서해」, 《자유문학》1958. 10.

박영희, 「한국현대문학사」, 《사상계》 1959. 1.

_____, 「초창기의 문단측면사」, 《현대문학》, 1960. 4.

윤병로, 「반역과 열정의 작가」, 《여원》, 1960. 8.

이명온, 「무골호인 최서해」, 《희망》, 1962. 2.

박화성, 「빈곤과 고투한 최서해」, 《현대문학》, 1962. 12.

방인근, 「북청의 의지, 서해」, 《사상계》 128호, 1963. 11.

_____, 《황혼을 가는 길》, 삼중당, 1963. 12.

하동호, 안동민, 「처녀작 주변―최서해 편」, 《신아일보》, 1966. 3. 25.

김기진, 「나와 카프 시대―최서해」, 《대한일보》, 1966. 7. 1.

홍이섭, 「1920년대 식민지 치하의 정신―최서해의 《홍염》에 대하여」, 《오종식
          선생 회갑기념논문집》, 춘추사, 1967.

김우종, 「최서해 연구」, 《이숭녕박사 송수기념논총》, 1968.

방인근, 「조선문단의 회고연구」, 《월간문학》, 1968. 12~1969. 2.

김원경, 「1920년대 경향 신문의 특성」, 건국대 석사 논문.

이승만, 「학이 소나무를 잃었구나」, 《월간중앙》, 1972. 11. 1972. 6.

홍이섭, 「1920년대 식민지적 현실―민족적 궁핍 속의 최서해」, 《문하과 지성》,
          1972.

김기현, 「최서해의 일화」, 《석탑 위의 흰 구름》, 고려대 출판부, 1973.

_____, 「최서해의 처녀작」, 《국어국문학》 61호, 1973.

김윤식, 김현, 「최서해 혹은 빈민의 절규」, 《한국 문학사》, 민음사, 160~163쪽.
          1973.

신춘호, 「한국 농민소설 연구」, 고려대 박사 논문, 1973.

_____, 「한국 빈궁문학의 두 양상」, 고려대 석사 논문, 1973.

김용성, 「'탈출기'의 서해 최학송」, 《한국일보》 1973. 2. 25.

임종국, 「'탈출기'―빈궁의 문학」, 《여성동아》 1973. 6.

김기현, 「최서해의 초기작―초뇨적 '토혈'을 중심으로」, 《국어국문학》 61호
          1973. 7.

김우종, 「최서해론」, 《작가론》, 동화문화사, 1973. 9.

김기현, 「최서해의 초기 작품」, 《문학과지성》, 14호, 1973.

권영혜, 「'탈출기'와 '살인'에 나타난 반항성 연구」, 《한국어문학연구》 14호,
          이화여대 1974.

윤병로, 「최서해론」, 《현대작가론》, 선명문화사, 1974.

임종국, 「빈궁문학의 기수―최서해의 장」, 《한국 문학의 사회사》, 정음사, 1974. 9.

김예진, 「서해와 그의 작품 세계」, 《청파문학》 11호, 1974. 11.

김주연, 「울음의 문체와 직적 화법」, 《문학사상》 26호, 1974. 11.

백 철, 「한 발 앞선 고독의 의미」, 《문학》 26호, 1974. 11.

이명자, 「새 자료에 의한 최서해의 작품 목록」, 《문학사상》 26호, 1974. 11.

　　　이해성, 「새 자료를 통한 최서해의 생애」, 《문학사상》 26호, 1974. 11.

조남현, 「1920년대 한국 경향소설 연구」, 서울대 석사 논문, 1974. 11.

채 훈, 「빈궁문학에서 '탈출기'」, 《문학사상》 265호, 1974. 11.

김영화, 「서해 소설 연구」, 《국문학보》 6집, 제주대, 1974. 12.

김기현, 「최서해의 전기적 고찰―그의 청소년 시절」, 《어문논집》 16집, 고려대,
　　　1975.

김영화, 「빈궁의 추적―최서해 소설의 구조」, 《월간문학》, 1975. 6.

김근수, 「아직도 엷은 안개 속의 서해」, 《문학사상》, 1975. 12.

곽 근, 「서해 최학송 연구」, 건국대 석사 논문, 1976.

김기현, 「간도 시절의 최서해」, 《우리문학연구》 1집, 1976.

서종택, 「궁핍한 시대의 현실과 작품 수용―최서해, 김유정의 현실 수용 문제」,
　　　《어문논집》 17집, 고려대, 1976.

_____, 「최서해와 김유정의 세계 인식」, 《어문논집》 17집, 고려대, 1976.

조진기, 「20년대 현실과 빈궁의 문학」, 《어문학》 34호, 1976.

_____, 「최서해 작품 논고」, 《논문집》 3집, 경남대, 1976.

조남현, 「관점으로 본 서해와 현민」, 《월간문학》 84호, 1976. 2.

김기현, 「귀국 직후의 최서해」, 《연민이가원박사 육질 송수기념논집》, 1977.

_____, 「조선 문단 시절의 최서해」, 《우리문학연구》 2집, 1977.

손영옥, 「최서해 연구」, 서울대 석사 논문, 1977.

유재엽, 「최서해 연구」, 동국대 석사 논문, 1977.

장광섭, 「최서해 연구」, 《선청어문》 8집. 1977.

구중서, 「최서해론」, 《분단시대의 문학》, 전예원, 1978.

유재엽, 「최서해 연구」, 《동악어문논집》 11집, 1978.

채 훈, 「최서해 연구―소위 제3계열 작품을 중심으로」, 《논문집》 18집, 숙명여
　　　대. 1978.

김우종, 「철이 없는 가난의 문학―최서해 '탈출기'」, 《문학사상》, 1978. 3.

김치수, 「최서해의 방화소설」, 《문학사상》, 1978. 3.

김근수, 「최서해는 독립군이었다」, 《월간 독서》, 1978. 9.

윤홍로, 「최서해 연구」, 《동양학》 9호, 단국대 동양학 연구소, 1979.

이재선, 「최서해와 기아의 딜레마」, 《한국현대소설사》, 홍성사, 1979.

김기현, 「만년의 최서해」, 《우리문학연구》 3집, 1980.

이어령 엮음, 「최서해」, 《한국 작가 전기 연구(하)》, 동화출판공사, 1980.

조갑상, 「최서해 작품론」, 동아대 석사 논문, 1980.

채 훈, 「최서해 수필고」, 《청파문학》 13호, 1980.

곽 근, 「서해 소설의 특질 연구」, 《성대문학》 21호, 1980. 12.

김병익, 「탈줄기」, 《한국현대소설작품론》, 문장, 1981.

안일순, 「최서해 연구」, 연세대 교육대학원 석사 논문, 1981.

이병렬, 「서해 최학송 연구」, 고려대 교육대학원 석사논문, 1981.

권수길, 「최서해 연구」, 국민대 석사 논문, 1982.

김용희, 「최서해에 끼친 고리끼와 알지바세푸의 영향」, 《국어국문학》 88호, 1982.

김윤규, 「최서해 작품 연구」, 경북대 교육대학원 석사 논문, 1982.

임헌영, 「《탈출기》 해설」, 《탈출기》, 문공사, 1982.

송영목, 「서해 최학송 연구」, 《국어국문학》, 87호, 1982. 5.

이강언, 「춘원과 서해의 서간체 소설 연구」, 《한국어문논집》 2집, 한사대, 1982. 12.

강대성, 「최서해 소설 연구─민족주의를 중심으로」, 제주대 교육대학원석사논문,
     1983.

김상조, 「최서해 초기 작품 연구─〈토혈〉〈고국〉〈탈출기〉를 중심으로」, 동아대
     석사 논문. 1983.

신수호, 「서해 최학송 연구」, 숭전대 석사 논문, 1983.

장성수, 「최서해 문학의 재검토」, 《국어국문학》 23호, 전북대, 1983.

전명희, 「최서해 소설 연구─작품 세계의 변모 양상을 중심으로」, 영남대 석사
     논문, 1983.

정국한, 「서해 문학의 성격 분석」, 건국대 석사 논문, 1983.

정덕훈, 「최학송 작품 연구」, 서강대 석사 논문, 1983.

김양호, 「1920년대 소설에 나타난 불의 상징 해석─나도향, 현진건, 최서해를
     중심으로」, 단국대 석사 논문, 1984.

김주남, 「1920년대 한국소설의 서술 문체 연구─김동인, 최서해, 염상섭을 중심
     으로」, 서강대 석사 논문, 1984.

김창식, 「최서해 소설의 언어와 그 상징 구조 연구:〈토혈〉〈기아와 살육〉〈홍염〉
     을 중심으로」, 《국어국문학》 22호, 부산대, 1984.

박종홍, 「최서해 소설의 정신분석적 고찰」, 《어문논집》 1집, 울산대, 1984.

방영주, 「최서해론─일제 식민지 치하 궁핍화에 대한 문학적 증언」, 《북안논

총》, 국민대, 1984.

윤홍로, 「최서해의 문학과 현실 인식」, 《한국현대소설사연구》, 민음사, 206~220쪽, 1984.

이동희, 「최서해 소설의 문체론적 고찰」, 《영남대 인문연구》 6호, 1984.

김을수, 「서해 최학송 연구」, 한국외대 교육대학원 석사 논문, 1984. 2.

방광호, 「서해 최학송 연구」, 청주대 석사 논문, 1984. 6.

김창식, 「서해 소설의 구조 연구」, 부산대 석사 논문, 1985.

노재일, 「서해 최학송 연구」, 충북대 교육대학원 석사 논문, 1985.

우두현, 「최서해 소설의 정신분석적 연구—특히 파괴성을 중심으로」, 계명대 교육대학원 석사 논문, 1985.

조병길, 「서해 최학송 연구」, 성균관대 석사 논문, 1985.

김정자, 「'서술의 유형'으로 본 소설의 문체적 분석—채만식과 최서해를 중심으로」, 《국어국문학》 23호, 부산대, 1986.

김창식, 「최서해 액자소설의 구조와 의미—'누가 망하나', '무서운 인상'을 중심으로」, 《국어국문학》 23호, 부산대, 1986.

신용은, 「최서해 연구」, 경남대 석사 논문, 1986.

홍승택, 「최서해 연구」, 연세대 교육대학원 석사 논문, 1986.

김성수, 「최서해 소설의 서술 방법 연구」, 건국대 석사 논문, 1987.

이석재, 「최서해의 소설 연구」, 한양대 교육대학원 석사 논문, 1987.

이 훈, 「최서해 소설론—가난 체험과 가족애를 중심으로」, 《관악어문연구》 12집, 서울대, 1987.

최연순, 「최서해 소설 연구—사회상과 작가 의식을 중심으로」, 《말과글》 1집, 충북대, 1987.

신준호, 「간도 이주 농민들의 반항적 삶 〈홍염〉」, 《한글새소식》, 1987. 2.5~3.5.

팔중견애자, 「한국 근대소설과 國木田獨步」, 《건국어문학》 11~12호, 건국 국문학연구회, 1987. 4.

조남현, 「최서해의 '호외시대'와 그 갈등 구조」, 《한국문학》 163호, 1987. 5.

박태상, 「파괴와 침몰의 미학」, 《한국방송통신대논문집》 6집, 1987. 12.

김기현, 「최서해 연구」, 《논문집》 25집, 순천향대, 1988.

윤지관, 「민족적 현실과 가난 체험의 모랄리즘—최서해론」, 《한국문학》 174호, 1988.

하창수, 「이미지를 통한 소설 분석 시론—최서해의 '저류'를 중심으로」, 《어문교육논집》, 부산대 사대, 1988.

소관섭,「최서해 소설 연구—작품 분석을 중심으로」, 원광대 석사 논문, 1989.

신영동,「최서해 소설 연구」, 연세대 석사 논문, 1989.

오원규,「최서해 연구」, 충북대 교육대학원 석사 논문, 1989.

이계홍,「최서해 문학의 실존 의식」, 동국대 석사 논문, 1989.

이점숙,「최서해 소설의 인물 연구」, 경남대 교육대학원 석사 논문, 1989.

이정성,「최서해의 소설 연구」, 인하대 교육 대학원 석사 논문, 1989.

장병희,「최서해 단편 소설 연구」,《어문학 논총》 8집, 국민대, 1989.

채종규,「최서해 연구」, 성균관대 석사 논문, 1989.

구보경,「최서해 소설 연구—구조주의 의미론을 중심으로」, 충북대대 석사 논문, 1990.

김정숙,「최서해 소설 연구」, 세종대 석사 논문, 1990.

신춘호,「최서해 소설의 시대적 의미」,《현대 한국소설 연구》, 새문사, 1990.

안정애,「최서해 소설의 변모 양상」, 경북대 석사 논문, 1990.

임홍준, 최서해 소설 연구—간도 배경작을 중심으로」, 계명대 교육대학원 석사 논문, 1990.

곽 근,「최서해의 항일문학고」,《대동문화연구》 26호, 성균관대, 1991.

박철석,「한국 리얼리즘 소설 연구」,《동아대대학원논문집》 16집, 1991.

윤금산,「최서해의 단편소설 연구」, 한양대 석사 논문, 1991.

윤병로,「1920년대 전반기의 소설 양상—새로운 소설 미학의 추구와 경향」,《대동문화연구》 26호, 성균관대, 1991.

황요일,「최서해 소설 연구」,《국민어문연구》 3집, 국민대, 1991.

김선중,「최서해 연구」, 전주우석대 교육대학원 석사 논문, 1992.

김인자,「최서해 소설 연구」, 연세대 교육대학원 석사 논문, 1992.

유경희,「최서해 연구—체험적 빈궁성을 중심으로」, 중앙대 석사 교육대학원 논문, 1992.

유미정,「최서해 작품 연구」, 숙명여대 교육대학원 석사 논문.1992.

김재용·이상경·오성호·하정일,「궁핍한 삶에 대한 분노의 폭발—최서해」,《한국근대민족문학사》, 한길사, 1993.

송준호,「최서해 소설의 재고」,《한국언어문학》 31호, 1993.

이국환,「최서해의 서간체 소설 연구」, 동아대 석사 논문, 1993.

정세기,「최서해 전기 고찰을 통한 작품의 양면성 연구」, 건국대 석사 논문, 1993

최예열,「최서해 소설 연구」,《재전어문학》 10호, 1993.

한상권,「최서해 소설 연구」, 명지대 석사 논문, 1993.

한수영, 「돈의 철학 혹은 화려한 물신을 넘어서기—최서해의 《호외시대》론」, 한국 문학연구회 엮음, 《1930년대 문학 연구》, 평민사, 1993.

홍귀자, 「최서해 소설 연구」, 성신여대 교육대학원 석사 논문, 1993.

홍연실, 「간도 소설 연구—최서해·강경애·안수길의 작품을 중심으로」, 건국대 석사 논문, 1993.

김윤식, 정호웅, 「초기 경향소설의 형식—추상적 무시간성의 형식」, 《한국소설사》, 예문서원, 1994.

류　만, 「최서해의 작품 세계」, 《현대 조선문학선집》 10권, 한국문화사, 1994.

　　　신춘호, 《최서해—궁핍과의 문학적 싸움》, 건국대 출판부, 1994.

김상희, 「최서해 소설 연구—부권 부재 의식을 중심으로」, 대구대 석사논문, 1995.

이귀훈, 「최서해 소설 연구—가족과 사회의 관계를 중심으로」, 서강대석사 논문, 1995.

곽　근, 「《호외시대》연구」, 《동국논집 인문사회과학편》 17집, 1995. 12.

김동환, 「근대초기 소설의 현실 묘사 양상과 그 미학적 근거」, 《한양어문연구》 13집, 1995.12.

김창식, 「1930년대 신문소설의 특성과 그 존재 의미에 관한 연구—최서해의 《호외시대》를 중심으로」, 《국어국문학》 32호, 부산대, 1995. 12.

김우종, 「빈궁과 반항」, 《한국현대소설사》, 성문각, 212~221쪽. 1996.

이연진, 「작가 최서해 연구」, 창원대 석사 논문, 1996.

이원배, 「최서해의 《호외시대》 연구」, 경남대 교육대학원 석사 논문, 1996.

大村益夫, 「朝鮮の初期プロレタリア文學—崔曙海の諸作品」, 《社會科學研究》 11권 3호, 1996.

송희복, 「최서해의 '홍염' 과 평판의 문제」, 《국어국문학 논문집》 17집, 동국대, 1996. 2.

윤영심, 「최서해의 탈빈궁 계열 작품 연구—제재별 분석을 중심으로」, 성신여대 교육대학원 석사논문, 1997.

문현기, 「최서해 연구」, 상지대 교육대학원 석사 논문, 1998.

유병수, 「최서해 소설의 갈등 구조 연구」, 한양대 교육대학원 석사 논문, 1998.

정혜정, 「최서해 소설의 인물 연구」, 숙명여대 교육대학원 석사 논문, 1998.

김성구, 「최서해의 장편 《호외시대》 연구」, 한국외대 석사 논문, 1999.

서순석, 「최서해의 장편 소설에 나타난 현실 인식 연구」, 경기대 교육대학원 석사 논문, 1999.

이의진, 「최서해의 전기 소설 연구」, 성균관대 교육대학원 석사 논문, 1999.

장순희, 「한국 신경향파 소설의 현실 대응 양상 연구—이익상, 주요한, 최서해, 조명희의 작품을 중심으로」, 학국외대 교육대학원 석사 논문, 1999.

조현일, 「신경향파와 카프 초기 소설」, 문학과문학교육연구소, 《한국현대소설사》, 삼지원, 1999.

최은경, 「최서해 소설 연구—소외 문제와 그 대응 양상을 중심으로」, 전북대 교육대학원 석사 논문, 1999.

권진국, 「최서해 소설 연구—작품 양상과 작가 의식의 변모 양상을 중심으로」, 전북대 교육대학원 석사 논문, 2000.

신창순, 「최서해 소설 연구—작중 인물의 변모 양상을 중심으로」, 경기대 교육대학원 석사 논문, 2000.

이영성, 「최서해 문학 연구 서설」, 《국민문학연구》 8집, 국민대, 2000.

곽 근, 「북한에서의 최서해 연구고」, 《국제언어문학》 1호, 2000, 5.

오정수, 「최서해의 장편 《호외시대》 연구」, 단국대 교육대학원 석사 논문, 2001.

임규찬, 《문학사와 비평적 쟁점》, 태학사, 2001.

곽 근, 「개인과 사회의 관계에 천착한 작가: 최서해의 생애와 문학 재조명」, 《문학사상》, 2001. 9.

김원우, 「현대소설 독법에서의 근대성의 문제: 최서해 탄생 100주년에 부쳐」, 《동서문학》, 2001. 12.

김은정, 「최서해 소설의 현실 수용 태도와 가족의 의미 연구」, 《한국어문학연구》 14집, 한국외대, 2001. 12.

계 곤, 「일제 강점기 간도소설 연구」, 경남대 박사 논문, 2002.

문학사와 비평학회 엮음, 《최서해 문학의 재조명》, 새미, 2002.

곽 근, 「해방 후 북한에서의 최서해 논의에 대한 연구」, 《비평문학》 16호, 2002. 7

임영봉, 「식민지 근대성과 광인 서사의 의미」, 《인문학연구》 34집, 중앙대, 2002. 8.

신창순, 「최서해 소설의 변모 양상 고찰」, 《성균어문연구》 37집, 2002. 12.

정문권, Kotchanova Tatcana, 「막심 고리끼 문학이 한국 작가들에게 끼친 영향」, 《인문논총》 18집, 배재대, 2002. 12.

장수익, 《한국 현대소설의 시각》, 역락, 2003.

_____, 「최서해 소설과 조선 자연주의」, 《어문논총》 38호, 한국문학언어학회, 2003. 6.

유태영, 「최서해 소설에 나타난 폭력의 성격 연구」, 《한국언어문화》, 23호, 2003. 6.

이경돈, 「최서해와 기록의 소설화」, 《반교어문연구》 15호, 2003. 8.

책임편집 하정일

연세대 국어국문학과 졸업.
연세대 대학원 국어국문학과 석·박사.
현 원광대학교 한국어문학부 교수.
주요 저서:《민족문학의 이념과 방법》《한국근대민족문학사》(공저),
《20세기 한국문학과 근대성의 변증법》《분단 자본주의 시대의 민족문학사론》 등.

입력·교정 박태건

논문〈김수영 시 연구〉(원광대 대학원 석사논문, 1999) 외 다수.
원광대학교 대학원 국어국문학과 박사 과정 수료.

범우비평판 한국문학·30-❶

홍염(외)

초판 1쇄 발행 2005년 10월 20일

지은이   최서해
책임편집   하정일
펴낸이   윤형두
펴낸데   종합출판 범우(주)
기 획   임헌영 오창은
편 집   장현규
디자인   왕지현
등 록   2004. 1. 6. 제105-86-62585
주 소   413-756 경기도 파주시 교하읍 문발리 출판도시 525-2
전 화   (031) 955-6900~4
팩 스   (031) 955-6905
홈페이지   http://www.bumwoosa.co.kr
이메일   bumwoosa@chol.com
ISBN   89-91167-20-9 04810
            89-954861-0-4 (세트)

* 책값은 뒤 표지에 있습니다.
* 잘못된 책은 바꾸어 드립니다.

근대 개화기부터 8·15광복까지

잊혀진 작가의 복원과 묻혀진 작품을 발굴, 근대 이후 100년간 민족정신사적으로

❶ 백세 노승의 미인담(외) 신채호 편 | 김주현(경북대)

❷ 송뢰금(외) 개화기 소설편 | 양진오(경주대)

❸ 홍도화(외) 이해조편 | 최원식(인하대)

❹ 금수회의록(외) 안국선편 | 김영민(연세대)

❺ 슬픈 모순(외) 양건식·현상윤(외)편 | 김복순(명지대)

❻ 해파리의 노래(외) 김억편 | 김용직(서울대)

❼ 어머니(외) 나도향편 | 박헌호(성균관대)

❽ 낙동강(외) 조명희편 | 이명재(중앙대)

❾ 사상의 월야(외) 이태준편 | 민충환(부천대)

❿ 승방비곡(외) 최독견편 | 강옥희(상명대)

⓫ 은세계(외) 이인직편 이재선(서강대)

⓬ 약한 자의 슬픔(외) 김동인편 | 김윤식(서울대)

⓭ 운수 좋은 날(외) 현진건편 | 이선영(연세대)

⓮ 아름다운 노을(외) 백신애편 | 최혜실(경희대)

범우비평판 한국문학의 특징

▶문학의 개념을 민족 정신사의 총체적 반영

▶기존의 문학전집에서 누락된 작가 복원 및 최초 발굴작품 수록

▶기존의 '문학전집' 편찬 관성을 탈피, 작가 중심의 새로운 편집

▶학계의 대표적인 문학 연구자들의 작가론과 작품론 및 작가연보, 작품연보 등
비평판 문학선집의 신뢰성을 확보

▶정본 확정 작업을 통해 근현대 문학의 '정본'을 확인한 최고의 역작

종합출판 범우(주) 경기도 파주시 교하읍 문발리 525-2 파주출판도시

집대성한 '범우비평판 한국문학'

재평가한 문학·예술·종교·사회사상 등 인문·사회과학 자료의 보고 ―임헌영(문학평론가)

 28권 발행! **계속 출간됩니다**

크라운 변형판 / 각권 350~620쪽 내외
각권 값 10,000~15,000원
전국 서점에서 낱권으로 판매합니다

온고지신(溫故知新)으로 21세기를!

현대사회를 보다 새로운 시각으로 종합진단하여
그 처방을 제시해주는

범우사상신서

범우사 서울시 마포구 구수동 21-1호 전화 717-2121, FAX 717-0429
http://www.bumwoosa.co.kr (천리안·하이텔 ID) BUMWOOSA

미국 수능시험주관 대학위원회 추천도서!

위한 책 최다 선정(31종) 1위!

세계문학

▶ 크라운변형판
▶ 각권 7,000원~15,000원
▶ 전국 서점에서 낱권으로 판매합니다

149권
발행 ▶ 계속 출간

★ 서울대 권장도서
● 연고대 권장도서
◆ 미국대학위원회 추천도서

범우학술·평론·예술

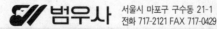

범우사 서울시 마포구 구수동 21-1
전화 717-2121 FAX 717-0429